ENTERREM MEU CORAÇÃO NA CURVA DO RIO

Dee Brown

ENTERREM MEU CORAÇÃO NA CURVA DO RIO

Tradução de Geraldo Galvão Ferraz *e* Lola Xavier

www.lpm.com.br

L&PM POCKET

Coleção **L&PM** POCKET, vol. 338

Texto de acordo com a nova ortografia.
Título original: *Bury my Heart at Wounded Knee*

Primeira edição na Coleção **L&PM** POCKET: outubro de 2003
Edição ampliada e atualizada: fevereiro de 2010
Esta reimpressão: outubro de 2025

Tradução: Geraldo Galvão Ferraz
Tradução dos capítulos 3, 10, 13, 15, 16: Lola Xavier
Capa: Marco Cena sobre foto de chefe sioux, 1868, cortesia de Nebraska State Historical Society.
Revisão: Renato Deitos, Jó Saldanha, Bianca Pasqualini e Patrícia Rocha.

CIP-Brasil. Catalogação na Fonte
Sindicato Nacional dos Editores de Livros, RJ.

B897e

Brown, Dee Alexander, 1908-2002
Enterrem meu coração na curva do rio / Dee Brown; tradução Geraldo Galvão Ferraz e Lola Xavier. – Porto Alegre, RS: L&PM, 2025.
464p. – (Coleção L&PM POCKET; v.338)

Tradução de: *Bury my Heart at Wounded Knee*
Inclui bibliografia
ISBN 978-85-254-1293-5

1. Índios da América do Norte - Guerras - Estados Unidos, Oeste. 2. Índios da América do Norte - Estados Unidos, Oeste. 3. Estados Unidos, Oeste - História. I. Título. II. Série.

10-0304. CDD: 978
CDU: 94(738)

Este livro foi publicado originalmente nos Estados Unidos em 1970.

Rua Comendador Coruja 314, loja 9 – Floresta – 90.220-180
Porto Alegre – RS – Brasil / Fone: 51.3225.5777

Pedidos & Depto. Comercial: vendas@lpm.com.br
Fale conosco: info@lpm.com.br
www.lpm.com.br

Impresso no Brasil
Primavera de 2025

Apresentação

Geraldo Galvão Ferraz

Nos velhos tempos em que o mocinho ganhava do bandido e casava com a mocinha, ninguém era mais bandido que o índio. Nos filmes, quando os pacíficos colonos vinham falando de uma nova terra prometida, a câmera se movia para os altos das escarpas próximas e era inevitável: lá estavam as silhuetas odiadas.

Confusão. Berros. O mocinho dava as ordens, os carroções ficavam em círculo. Corte. Um índio velho, cheio de penas, dava um berro ou agitava uma lança. Lá ia o bando de gente pintada berrando. Corte. O mocinho, fazendo careta, dizia para o idiota ao lado que não devia atirar. "Espere! Temos pouca munição!"

Lá vinham os índios, o mocinho dizia "agora!" e começava a cair gente pintada do cavalo. Mas a pouca munição provocava caretas desesperadas no mocinho, cercado de gente ferida. Até o idiota estava ferido. Quando a mocinha (que estava carregando os rifles) dizia que era a última carga, soava o clarim salvador da Cavalaria e milhões de Casacos Azuis encurralavam um punhado de índios, acabando com todos. Beijo final. The End.

Mas, e a verdade? *Enterrem meu coração na curva do rio* (*Bury My Heart at Wounded Knee*), o best-seller de Dee Brown, conta o outro lado da história, a história índia do Oeste Americano.

Os mocinhos, de repente, não têm a pele branca. Pelo menos, a maioria. Têm nomes que, nos filmes, eram perseguidos por bandos comandados por John Wayne, Henry Fonda ou James Stewart: Cochise, Gerônimo, Nuvem Vermelha, Cavalo Doido, Victorio, Touro Sentado, Galha...

A tal gente pintada que berrava é um povo altivo, nobre, com uma cultura própria, que só entra em guerra defendendo o direito de viver nas terras que sempre foram suas. Contra eles, um dos maiores exércitos da época, armado com as últimas descobertas da tecnologia bélica para enfrentar mosquetões obsoletos e arcos e flechas.

Os brancos guardam a memória dos massacres Fetterman e de Little Big Horn, onde morreu o general Custer. Ficou relegado aos livros especializados e a documentos de difícil acesso o grande número de massacres de aldeias índias, com morte a sangue frio de velhos, mulheres e crianças. Massacres que, comparados a My Lai, são como um filme de Sam Peckinpah ao lado de um desenho de Walt Disney.

Dee Brown, nesta sua obra que veio na hora certa, quando a consciência do povo norte-americano estava sendo incomodada pela guerra vietnamita e pela questão racial, conseguiu mostrar, em primeiro lugar, a grande tragédia do índio, uma minoria incômoda para a expressão desenvolvimentista de uma nação em progresso, que precisava de terras para ampliar seu território, para fazer estradas e colonizar o interior.

O resultado foi fulgurante. Após *Enterrem meu coração na curva do rio,* a opinião pública voltou-se para o índio. Uma avalanche de livros e filmes (*Pequeno Grande Homem* e *Seven Arrows*, por exemplo) realizou a tardia revisão histórica da "epopeia" da conquista do Oeste.

O livro de Dee Brown chegou às listas de best-sellers e passou mais de um ano sacudindo consciências e revelando uma face triste da formação dos Estados Unidos, reabilitando os pobres subumanos mostrados pelo cinema e pela televisão de massas. Revela outro aspecto importante dessas décadas impiedosas: o papel do homem branco como agente poluidor da natureza exuberante da região habitada pelos índios. Os brancos introduziram a fumaça dos trens, o uísque, as doenças infecciosas e acabaram com as florestas e a vida selvagem.

Dee Brown, bibliotecário de profissão, é uma das maiores autoridades na história do Oeste Americano. Passou mais de dois anos pesquisando relatos de reuniões de assinatura de tratados, de massacres e histórias tribais para escrever seu livro. Escreveu dezoito livros: quinze sobre a história do Oeste e três sobre a Guerra Civil.

Nasceu num acampamento madeireiro da Louisiana, filho de um lenhador. Seu primeiro amigo de infância foi um menino índio, que ia com ele a todo filme de mocinhos-contra-índios que passasse; o pequeno índio aplaudia sempre as vitórias da cavalaria ou dos colonos. "Certo dia", lembra-se Brown, "perguntei por que torcia pelos brancos, e ele disse: 'Não são índios de verdade'. Para ele, eram apenas atores. Todos os livros sobre índios nessa época eram caricaturas, e, assim, percebi que não eram índios reais, mesmo."

Dee Brown formou-se na Universidade George Washington, na capital americana, durante a Depressão, e o melhor emprego que conseguiu foi o de bibliotecário do Departamento de Agricultura. Foi um pesquisador nato e provou isso em *Enterrem meu coração na curva do rio,* revelando uma quantidade imensa de material original e desconhecido sobre índios.

Dee Brown dedicou grande parte de seu tempo à pesquisa e também trabalhou na biblioteca da Universidade de Illinois, em Champaign. Faleceu no dia 2 de dezembro de 2002 em sua casa em Little Rock, Arkansas, aos 94 anos.

No Brasil, além do interesse natural por uma obra sobre o assunto, *Enterrem meu coração na curva do rio* é um livro de advertência, profundamente atual, sobre o problema das minorias raciais em confronto com uma cultura tecnologicamente adiantada.

Nota: Com a devida autorização de Dee Brown, na edição brasileira original deste livro foram suprimidos trechos relativos a episódios considerados de interesse puramente local, que não alteravam o pensamento do autor nem a sequência lógica dos eventos tratados. Os atuais editores, no entanto, decidiram, a partir desta edição (2010), incluir os trechos que faltavam. Desta forma, agora a edição brasileira é, na íntegra, igual à americana.

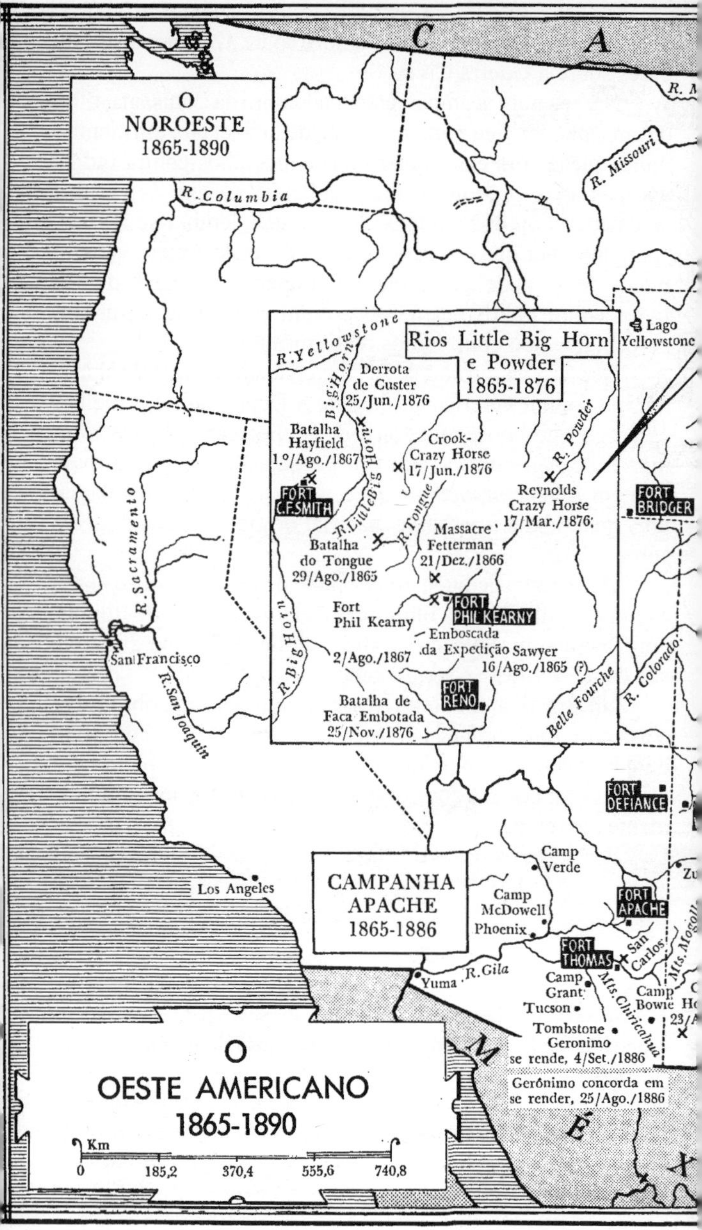

O NOROESTE 1865-1890
C A
R. Columbia
R. Missouri
Rios Little Big Horn e Powder 1865-1876
R. Yellowstone
Big Horn
Derrota de Custer 25/Jun./1876
Batalha Hayfield 1.º/Ago./1867
Crook-Crazy Horse 17/Jun./1876
R. Powder
Reynolds Crazy Horse 17/Mar./1876
FORT C.F.SMITH
R. Little Big Horn
R. Tongue
Batalha do Tongue 29/Ago./1865
Massacre Fetterman 21/Dez./1866
Fort Phil Kearny 2/Ago./1867
FORT PHIL KEARNY
Emboscada da Expedição Sawyer 16/Ago./1865 (?)
R. Big Horn
FORT RENO
Batalha de Faca Embotada 25/Nov./1876
Belle Fourche
Lago Yellowstone
FORT BRIDGER
R. Colorado
R. Sacramento
San Francisco
R. San Joaquin
FORT DEFIANCE
Los Angeles
CAMPANHA APACHE 1865-1886
Camp Verde
Camp McDowell
Phoenix
FORT APACHE
FORT THOMAS
San Carlos
R. Gila
Yuma
Camp Grant
Tucson
Mts. Chiricahua
Camp Bowie
Tombstone
Geronimo se rende, 4/Set./1886
Gerônimo concorda em se render, 25/Ago./1886
M É X
O OESTE AMERICANO 1865-1890
Km
0 185,2 370,4 555,6 740,8

CAMPANHA
SIOUX-CHEYENNE
1865-1890
Agências Sublinhadas
TERRITÓRIO
DO RIO VERMELHO
1865-1885
Lago Superior
FORT BUFORD
FORT UNION
FORT BERTHOLD
FORT A. LINCOLN
Bismarck
FORT KEOGH
FORT RICE
Standing Rock
FORT YATES
Morte de
Touro Sentado
Black Hills
Deadwood
R. Cheyenne
FORT SULLY
R. James
Missouri R.
Brule Inferior
Wounded
Knee-1890
FORT RANDALL
Pine Ridge
Rosebud
FORT ROBINSON
Cauda Pintada
Nuvem Vermelha
Platte Superior
R. North Platte
FORT SEDGWICK
Julesburg
FORT KEARNEY
Summit
Springs-1869
Ilha
Beecher
St. Joseph
R. Missouri
FORT RILEY
St. Louis
Kansas
City
FORT HAYS
FORT WALLACE
FORT LARNED
Sand Creek
R. Arkansas
FORT LYON
Dodge City
FORT DODGE
Camp Supply
St. Paul
FORT SNELLING
R. Mississippi
FORT UNION
Washita
1868
FORT ELLIOTT
Wichita
Canyon Palo
Duro-1874
FORT COBB
R. Arkansas
Mackenzie-
Comanche
26/Set./1874
FORT SILL
FORT SUMNER
Bosque
Rio Vermelho
FORT WICHITA
FORT RICHARDSON
R. Brazos
FORT GRIFFIN
FORTH WORTH
Rio Vermelho
R. Pecos
FORT CONCHO
Rio Grande
FORT DAVIS
FORT CLARK
Golfo do México
W. Bromage

Índice

Para Nicholas Brave Wolf

INTRODUÇÃO

Dee Brown

Desde a viagem de exploração de Lewis e Clark à costa do Pacífico no começo do século XIX, o número de relatos publicados que descrevem a "abertura" do Oeste Americano se eleva a milhares. A maior concentração de experiência e observação registradas ocorreu no intervalo de trinta anos entre 1860 e 1890 – o período coberto por este livro. Foi uma era incrível de violência, cobiça, audácia, sentimentalismo, exuberância mal orientada e de uma atitude quase reverente para com o ideal de liberdade pessoal, por parte dos que já a possuíam.

Durante essa época, a cultura e a civilização do índio americano foram destruídas, e é dessa época que vieram praticamente todos os grandes mitos do Oeste Americano – histórias de negociantes de peles, homens das montanhas, pilotos de vapores, mineiros, jogadores, pistoleiros, soldados da cavalaria, vaqueiros, prostitutas, missionários, professores e colonizadores. Só ocasionalmente foi ouvida a voz de um índio e, muito frequentemente, não registrada pela pena de um homem branco. O índio era a ameaça negra dos mitos e, mesmo se soubesse escrever em inglês, onde encontraria um impressor ou um editor?

Porém, não estão perdidas todas essas vozes índias do passado. Alguns relatos autênticos da história do Oeste Americano foram registrados por índios em pictogramas ou em inglês vertido, e alguns conseguiram ser publicados em jornais obscuros, panfletos ou livros de pequena circulação. No fim do século XIX, quando a curiosidade do homem branco sobre os sobreviventes índios das guerras atingiu um ponto alto, repórteres de iniciativa costumavam entrevistar guerreiros e chefes, dando-lhes uma oportunidade de expressar suas opiniões sobre o que acontecia no Oeste. A qualidade dessas entrevistas variava muito, dependendo da capacidade dos intérpretes ou da disposição dos índios em falar livremente. Alguns temiam represálias por falar a verdade, enquanto outros se divertiam enganando os repórteres com histórias impossíveis e imaginosas. As declarações de índios em jornais da época devem, portanto, ser lidas com ceticismo, embora algumas sejam obras-primas de ironia e outras ardam com explosões de fúria poética.

Entre as fontes mais ricas de declarações de índios, em primeiro lugar estão os registros de conselhos de tratados e outras reuniões formais com representantes civis e militares do governo dos Estados Unidos. O novo sistema estenográfico de Isaac Pitman estava entrando na moda durante a segunda metade do século XIX e, quando os índios falavam no conselho, um escrivão sentava-se ao lado do intérprete oficial.

Mesmo quando as reuniões ocorriam em partes distantes do Oeste, alguém habitualmente era designado para registrar os discursos e, devido à lentidão do processo de tradução, muito do que se disse pôde ser retido em manuscritos. Os intérpretes geralmente eram mestiços que sabiam falar as línguas, mas que quase nunca sabiam ler ou escrever. Como a maioria dos povos se exprimia de forma diferente, eles e os índios dependiam das imagens para expressar seus pensamentos, de modo que as traduções em inglês estão cheias de símiles gráficos e metáforas do mundo natural. Se um índio eloquente tinha um mau intérprete, suas palavras se transformariam em prosa vulgar, mas um bom intérprete podia fazer um mau orador soar poético.

A maioria dos líderes índios falava livre e candidamente nos conselhos com funcionários brancos e, à medida que se tornavam mais sofisticados em tais questões, durante as décadas de 1870 e 1880, exigiam o direito de escolher seus próprios intérpretes e registradores. Nesse último período, todos os membros das tribos falavam livremente, e alguns dos homens mais velhos aproveitavam essa oportunidade para contar novamente os fatos que haviam testemunhado no passado, ou para resumir as histórias de seus povos. Embora os índios que viveram durante esse funesto período de sua civilização tenham desaparecido da face da terra, milhões de suas palavras foram conservadas e estão contidas nos registros oficiais. Muitos dos trabalhos dos conselhos mais importantes foram publicados em documentos e relatórios do governo.

Com todas essas fontes da quase esquecida história oral, tentei armar uma narrativa da conquista do Oeste Americano segundo suas vítimas, usando suas palavras sempre que possível. Os americanos, que sempre olham para oeste quando leem sobre este período, devem ler este livro olhando para leste.

Este não é um livro alegre, mas a história tem um jeito de se introduzir no presente, e talvez os que o lerem tenham uma compreensão mais clara do que é o índio americano, sabendo o que ele foi. Poderão surpreender-se ao ouvir que palavras gentis e ponderadas saem da boca de índios estereotipados no mito americano como selvagens impiedosos. Poderão aprender algo sobre sua própria relação com a terra, com um povo que era de conservacionistas verdadeiros. Os índios sabiam que a vida equivale à terra e seus recursos, que a América era um paraíso, e não podiam compreender por que os invasores do Leste estavam decididos a destruir tudo que era índio e a própria América.

E se os leitores deste livro alguma vez puderem ver a pobreza, a desesperança e a miséria de uma reserva índia moderna, acharão possível compreender realmente as razões disso.

URBANA, ILLINOIS – *abril de 1970*

Capítulo Um

"Suas maneiras são decentes e elogiáveis"

Onde estão hoje os pequots? Onde estão os narragansetts, os moicanos, os pokanokets e muitas outras tribos outrora poderosas de nosso povo? Desapareceram diante da avareza e da opressão do Homem Branco, como a neve diante de um sol de verão. Vamos nos deixar destruir, por nossa vez, sem luta, renunciar a nossas casas, a nossa terra dada pelo Grande Espírito, aos túmulos de nossos mortos e a tudo que nos é caro e sagrado? Sei que vão gritar comigo: "Nunca! Nunca!"

TECUMSEH, DOS SHAWNEES

Tudo começou com Cristóvão Colombo, que deu ao povo o nome de *índios.* Os europeus, os homens brancos, falavam com dialetos diferentes, e alguns pronunciavam a palavra "Indien", ou "Indianer", ou "Indian". *Peaux-rouges,* ou *"redskins"* (peles-vermelhas), veio depois. Como era costume do povo ao receber estrangeiros, os tainos da ilha de São Salvador presentearam generosamente Colombo e seus homens com dádivas e os trataram com honra.

"Tão afáveis, tão pacíficos, são eles", escreveu Colombo ao rei e à rainha da Espanha, "que juro a Vossas Majestades que não há no mundo uma nação melhor. Amam a seus próximos como a si mesmos, e sua conversação é sempre suave e gentil, e acompanhada de sorrisos; embora seja verdade que andam nus, suas maneiras são decentes e elogiáveis."

Claro que tudo isso foi tomado como sinal de fraqueza, senão de barbárie, e Colombo, sendo um europeu bem-intencionado, convenceu-se de que o povo deveria "ser posto a trabalhar, plantar e fazer tudo que é necessário e *adotar nossos costumes"*. Nos quatro séculos seguintes (1492-1890), vários milhões de europeus e seus descendentes tentaram impor seus costumes ao povo do Novo Mundo.

Colombo raptou dez de seus amistosos anfitriões tainos e levou-os à Espanha, onde eles poderiam ser apresentados para se adaptarem aos costumes do homem branco. Um deles morreu logo depois de chegar, mas não antes de ser batizado cristão. Os espanhóis gostaram tanto de possibilitar ao primeiro índio a entrada no céu que se apressaram em espalhar a boa nova pelas Índias Ocidentais.

Os tainos e outros povos arawak não relutaram em se converter aos costumes religiosos europeus, mas resistiram fortemente quando hordas de estrangeiros barbudos começaram a explorar suas ilhas em busca de ouro e pedras preciosas. Os espanhóis saquearam e queimaram aldeias; raptaram centenas de homens, mulheres e crianças e os mandaram à Europa para serem vendidos como escravos. Porém a resistência dos arawak deu origem a que os invasores fizessem uso de armas de fogo e sabres, trucidando centenas de milhares de pessoas e destruindo tribos inteiras, em menos de uma década após Colombo ter pisado na praia de São Salvador, a 12 de outubro de 1492.

Eram lentas, naquela época, as comunicações entre as tribos do Novo Mundo, e raramente as notícias das barbaridades dos europeus ultrapassavam a disseminação rápida de novas conquistas e colonizações. Porém, bem antes de os homens brancos que falavam inglês chegarem à Virgínia em 1607, os powhatan haviam ouvido algo sobre as técnicas civilizatórias dos espanhóis. Os ingleses passaram a usar métodos mais sutis. E para garantir a paz por tempo suficiente, enquanto estabeleciam uma colônia em Jamestown, colocaram uma coroa de ouro na cabeça de Wahunsonacook, chamaram-no rei Powhatan e o convenceram de que deveria pôr seu povo a trabalhar, fornecendo comida para os colonizadores brancos. Wahunsonacook hesitou entre a lealdade a seus súditos rebeldes e aos ingleses, mas depois de John Rolfe ter casado com sua filha, Pocahontas, aparentemente decidiu que era mais inglês que índio. Depois da morte de Wahunsonacook, os powhatan insurgiram-se para mandar os ingleses de volta ao mar de onde haviam vindo, mas os índios subestimaram o poder das armas inglesas. Em pouco tempo, os oito mil powhatan foram reduzidos a menos de mil.

Em Massachusetts, a história começou de modo algo diverso, mas acabou da mesma forma que na Virgínia. Depois de os ingleses desembarcarem em Plymouth (1620), a maioria deles teria morrido de fome, não fosse a ajuda que receberam de nativos amistosos do Novo Mundo. Um pemaquid chamado Samoset e três wampanoags chamados Massasoit, Squanto e Hobomah tornaram-se missionários autodesignados junto aos peregrinos. Todos falavam alguma coisa de inglês, aprendido com exploradores que haviam aportado à costa em anos anteriores. Squanto havia sido raptado por um marinheiro inglês que o vendeu como escravo na Espanha. Mas ele escapou com a ajuda de outro inglês e finalmente conseguiu voltar à sua terra. Ele e outros índios viam os colonos de Plymouth como crianças indefesas; davam-lhes milho dos depósitos tribais, mostravam-lhes onde e como pegar peixes e passaram com eles o primeiro inverno. Quando chegou a primavera, deram aos homens brancos algumas sementes de milho e mostraram-lhes como plantar e cultivar.

Por vários anos, esses ingleses e seus vizinhos índios viveram em paz, mas muitas outras levas de homens brancos continuaram a chegar. O barulho dos machados e o estrondo das árvores que caíam ecoavam pelas costas da terra que os homens brancos agora chamavam de Nova Inglaterra. As colônias começaram a se disseminar por toda parte. Em 1625, alguns dos colonos pediram a Samoset mais doze mil acres de terra dos pemaquids. Samoset sabia que a terra vinha do Grande Espírito, era infinita como o céu e não pertencia a homem algum. Para agradar os estrangeiros e seus costumes estranhos, ele participou de uma cerimônia em que cedeu a terra e colocou sua marca num papel. Era a primeira transferência documentada de terra índia a colonos ingleses.

A maioria dos outros povoadores, chegando aos milhares, não se incomodou em realizar tal cerimônia. Na época em que Massasoit, grande chefe dos wampanoags, morreu, em 1602, seu povo estava sendo expulso para as florestas. Seu filho Metacom previu que os índios chegariam ao fim, se não se unissem para resistir aos invasores. Embora os habitantes da Nova Inglaterra tentassem agradar Metacom, coroando-o rei Philip de Pokanoket, ele dedicou a maior parte do seu tempo à formação de alianças com os narragansetts e outras tribos da região.

Em 1675, depois de uma série de ações arrogantes por parte dos colonos, o rei Philip levou sua confederação índia a uma guerra destinada a salvar as tribos da extinção. Os índios atacaram 52 acampamentos, destruíram completamente doze, mas, depois de meses de luta, o poder de fogo dos colonos praticamente exterminou os wampanoags e narragansetts. O rei Philip foi morto e sua cabeça exibida publicamente em Plymouth por vinte anos. Juntamente com outras mulheres e crianças índias capturadas, sua mulher e seu filho foram vendidos como escravos nas Índias Ocidentais.

Quando os holandeses chegaram à ilha de Manhattan, Peter Minuit comprou-a por sessenta florins em anzóis e contas de vidro, mas eles encorajaram os índios a permanecer e continuar trocando suas valiosas peles por tais bugigangas. Em 1641, Willem Kieft cobrou tributos dos mahicans e enviou soldados à ilha Staten para punir os raritans por ofensas cometidas por colonos brancos, não por eles. Quando os índios revidaram, matando quatro holandeses, Kieft ordenou o massacre de duas aldeias inteiras enquanto os habitantes dormiam. Os holandeses passaram à baioneta homens, mulheres e crianças, cortaram seus corpos em pedaços e arrasaram as aldeias com fogo.

Por mais dois séculos, esses fatos se repetiram, enquanto os colonos europeus deslocavam-se para o interior, através de passagens entre os montes Alleghenies, e para os rios que corriam no rumo oeste, para o Grandes Águas (o Mississippi) e para o Grande Barrento (o Missouri).

As cinco nações dos iroqueses, as mais poderosas e avançadas de todas as tribos orientais, agiram em vão rumo à paz. Depois de anos de derramamento de sangue para conservar sua independência política, finalmente se conformaram com a derrota. Alguns fugiram para o Canadá, outros se dirigiram para o Oeste, e os restantes viveram no confinamento das reservas.

Durante a década de 1760, o chefe Pontiac dos ottawas uniu tribos do território dos Grandes Lagos, esperando forçar os britânicos a cruzar os Alleghenies de volta, mas fracassou. Seu grande erro foi uma aliança com homens brancos de fala francesa que retiraram a ajuda aos *peaux-rouges* durante o crucial cerco de Detroit.

Uma geração depois, o chefe Tecumseh dos shawnees formou uma grande confederação de tribos do Meio-Oeste e do Sul para proteger suas terras da invasão. O sonho terminou com a morte de Tecumseh numa batalha durante a guerra de 1812.

Entre 1795 e 1840, os miamis travaram batalha após batalha e assinaram tratado após tratado, cedendo suas ricas terras do vale do Ohio até que não havia nada mais a ceder.

Quando os colonos brancos começaram a fluir pelo território do Illinois depois da guerra de 1812, os sauks e foxes atravessaram o Mississippi. Um chefe subordinado, Falcão Negro, recusou-se a retirar-se. Ele criou uma aliança com os winnebagos, pottawoatamies e kickapoos e declarou guerra contra as novas colônias. Um bando de winnebagos, que aceitou um suborno de um chefe de soldados brancos – vinte cavalos e cem dólares –, traiu Falcão Negro, que foi capturado em 1832. Depois de sua morte, em 1838, o governador do recém-criado Território de Iowa conseguiu o esqueleto de Falcão Negro e manteve-o em seu escritório.

Em 1829, Andrew Jackson, que era chamado de Faca Afiada pelos índios, tomou posse como presidente dos Estados Unidos. Durante sua carreira na fronteira, Faca Afiada e seus soldados mataram milhares de cherokees, chickasaws, choctaws, creeks e seminoles, mas estas tribos sulinas ainda eram numerosas e se agarraram teimosamente às suas terras tribais, que lhes haviam sido concedidas para sempre, segundo os tratados dos homens brancos. Na primeira mensagem de Faca Afiada ao Congresso, ele recomendava que todos os índios fossem afastados para oeste, além do Mississippi. "Sugiro a decência de se assegurar uma ampla área a oeste do Mississippi... para ser entregue às tribos índias, enquanto elas a ocuparem."

Embora a promulgação de tal lei só aumentasse a longa lista de promessas quebradas feitas aos índios orientais, Faca Afiada estava certo de que índios e brancos não podiam viver juntos em paz e que seu plano tornaria possível uma promessa final que nunca mais seria quebrada. Em 28 de maio de 1830, as sugestões de Faca Afiada tornaram-se lei.

Dois anos depois, ele designou um comissário de Assuntos Índios para servir no Departamento de Guerra e averiguar se as novas leis sobre os índios estavam sendo cumpridas adequadamente. E em 30 de junho de 1834, o Congresso votou uma "Lei para regulamentar o comércio e as relações com as tribos índias e preservar a paz nas fronteiras". Toda a terra dos Estados Unidos a oeste do Mississippi, "não incluindo os Estados de Missouri e Louisiana ou o Território de Arkansas", seria dos índios. Nenhum branco poderia comerciar no território índio sem licença. Nenhum comerciante branco de mau caráter teria permissão para residir em território índio. A força militar dos Estados Unidos seria empregada na apreensão de qualquer pessoa branca que fosse surpreendida ao violar as disposições da lei.

Antes de essas leis poderem ser postas em vigor, uma nova onda de colonos brancos fluiu para o Oeste e formou os territórios de Wisconsin e Iowa. Isso obrigou os que tomavam decisões em Washington a mudar a "fronteira índia permanente" do rio Mississippi ao meridiano 95. (Esta linha corre do Lago dos Bosques, onde hoje se situa a fronteira Minnesota-Canadá, rumando para sul através do que hoje são os Estados de Minnesota e Iowa e, depois, ao longo das fronteiras ocidentais do Missouri, Arkansas, Louisiana, até Galveston Bay, no Texas.) Para manter os índios além do meridiano 95 e para impedir brancos não-autorizados de atravessá-lo, foram colocados soldados numa série de postos militares que iam, rumo sul, do Fort Snelling, no rio Mississippi, aos Forts Atkinson e Leavenworth, no Missouri, Forts Gibson e Smith, no Arkansas, Fort Towson, no rio Vermelho, e Fort Jessup, em Louisiana.

Mais de três séculos haviam se passado desde que Cristóvão Colombo desembarcara em São Salvador, mais de dois séculos desde que os colonos ingleses haviam chegado à Virgínia e à Nova Inglaterra. Nesse espaço de tempo, os amistosos tainos que receberam Colombo na praia haviam sido completamente dizimados. Bem antes do último dos tainos morrer, a simplicidade de sua cultura de lavoura e artesanato fora destruída e substituída por plantações de algodão onde trabalhavam escravos. Os colonos brancos abateram as florestas tropicais para aumentar seus campos; os algodoeiros cansaram o solo; sem o escudo das florestas, ventos cobriram os campos de areia. Quando Colombo viu a ilha pela primeira vez, descreveu-a como "muito grande, muito alta e com árvores muito verdes... o conjunto é tão verde que é um prazer olhá-lo". Os europeus que o seguiram destruíram sua vegetação e seus habitantes – homens, animais, pássaros e peixes – e, depois de a transformarem num deserto, abandonaram-na.

No continente, os wampanoags de Massasoit e do rei Philip haviam desaparecido, junto com os chesapeakes, os chickahominys e os potomacs da grande confederação Powhatan. (Só Pocahontas era lembrada.) Dispersos ou reduzidos a sobreviventes: os pequots, montauks, nanticokes, machapungas, catawbas, cheraws, miamis, hurons, eries, mohawks, senecas e mohegans. (Só Uncas era lembrado.) Seus nomes, que se celebrizaram na história da sua pátria, permaneceram para sempre fixados na terra americana; mas seus ossos estavam abandonados, esquecidos em mil aldeias queimadas, perdidos em florestas que logo desapareciam diante dos machados de vinte milhões de invasores. Os rios, de cujas águas límpidas e cristalinas se serviam esses povos, a maioria com nomes índios, já estavam turvados pelo lodo e pelos detritos dos intrusos; a própria terra estava sendo devastada e dissipada. Para os índios, parecia que os europeus odiavam tudo na natureza – as florestas vivas e seus pássaros e bichos, as extensões de grama, a água, o solo e o próprio ar.

A década que se seguiu ao estabelecimento da "fronteira índia permanente foi um período ruim para as tribos orientais. A grande nação cherokee sobrevivera a mais de cem anos de guerras, doenças e uísque do homem branco, mas agora seria dizimada. Como os cherokees eram vários milhares, sua deslocação para o Oeste havia sido planejada em etapas gradativas, mas a descoberta do ouro apalachiano dentro de seu território causou um clamor por seu êxodo total e imediato. Durante o outono de 1888, os soldados do general Winfield Scott os cercaram e os concentraram em acampamentos. (Algumas centenas deles escaparam para as montanhas Smoky e, muitos anos depois, conseguiram uma pequena reserva na Carolina do Norte.) Dos campos de prisioneiros, começaram a partir para o Oeste, rumo ao Território Índio. Na longa jornada de inverno, um entre quatro cherokees morreu de frio, fome ou doença. Chamaram-na de marcha do "caminho de lágrimas". Os choctaws, chickasaws, creeks e seminoles também renunciaram aos seus territórios no sul. No Norte, remanescentes sobreviventes dos shawnees, miamis, ottawas, hurons, delawares e muitas outras tribos outrora poderosas andaram ou viajaram a cavalo ou em carroças para além do Mississippi, levando seus bens miseráveis, seus enferrujados utensílios agrícolas e alguns sacos de sementes de milho. Todos chegavam como refugiados, desamparados, ao país dos orgulhosos e livres índios das planícies.

Mal os refugiados se estabeleceram atrás da segurança da "fronteira índia permanente", soldados começaram a marchar para oeste, através do Território Índio. Os brancos dos Estados Unidos – que falavam demais de paz, mas raramente pareciam praticá-la – estavam marchando para guerrear com os brancos que haviam conquistado os índios do México. Quando a guerra com o México acabou, em 1847, os Estados Unidos tomaram posse de uma vasta extensão de terra, que se estendia do Texas à Califórnia. Tudo a oeste da "fronteira índia permanente".

Em 1848, foi descoberto ouro na Califórnia. Em alguns meses, gente do Leste aos milhares, buscando fortuna, estava cruzando o território índio. Índios que viviam ou caçavam ao longo das trilhas de Santa Fé e Oregon acostumaram-se a ver uma caravana ocasional de carroções, autorizada para comerciantes, caçadores ou missionários. Agora, de repente, as trilhas estavam cheias de carroções, e os carroções estavam cheios de gente branca. A maioria indo rumo ao ouro da Califórnia, mas alguns se dirigindo para o sul, para o Novo México ou para o norte, para o território do Oregon.

Para justificar essas quebras da "fronteira índia permanente", os homens que tomavam decisões em Washington inventaram o Destino Manifesto, uma expressão que elevava a fome de terras a um plano sublime. Os europeus e seus descendentes haviam sido escolhidos pelo destino para dominar toda a América. Eram a raça dominante e, portanto, responsável pelos índios – juntamente com suas terras, suas florestas e suas riquezas minerais. Só os habitantes da Nova Inglaterra, que haviam destruído ou expulsado todos seus índios, falaram contra Destino Manifesto.

Em 1850, embora nenhum dos modocs, mohaves, paiutes, shastas, yumas ou de uma centena de outras tribos menos conhecidas da costa do Pacífico fosse consultado sobre o assunto, a Califórnia tornou-se o 31º Estado da União. Nas montanhas do Colorado, foi descoberto ouro, e novas hordas de garimpeiros se infiltraram pelas planícies – dando origem à formação de dois novos e amplos territórios, Kansas e Nebraska, vindo a abranger praticamente todo o território das tribos que viviam naquela região. Em 1858, Minnesota tornou-se Estado, com seus limites atingindo 160 quilômetros além do meridiano 95, a "fronteira índia permanente".

E assim, só um quarto de século depois da promulgação da Lei de Comércio e Relações Índios de Faca Afiada-Andrew Jackson, colonos brancos atingiram os flancos norte e sul da linha do meridiano 95, e elementos de avanço dos mineiros e comerciantes brancos penetraram no centro.

Foi então, no começo da década de 1860, que os homens brancos entraram em guerra entre si – os Casacos Azuis contra os Casacos Cinza, a grande Guerra Civil. Em 1860, havia provavelmente trezentos mil índios nos Estados Unidos e territórios, a maioria deles vivendo a oeste do Mississippi. Segundo cálculos que variam, seu número diminuíra de metade, ou de dois terços, desde a chegada dos primeiros colonos à Virgínia e à Nova Inglaterra. Os sobreviventes agora estavam pressionados entre as populações brancas em expansão no Leste e no litoral do Pacífico – mais de trinta milhões de europeus e seus descendentes. Se as tribos livres remanescentes acreditavam que a Guerra Civil dos homens brancos trouxesse qualquer trégua em suas pressões por territórios, logo se desiludiriam.

A mais numerosa e poderosa tribo do Oeste eram os sioux, ou dakotas, separados em várias subdivisões. Os sioux santees viviam nas florestas de Minnesota e, durante alguns anos, retiraram-se ante o desenvolvimento dos acampamentos. Corvo Pequeno, dos santees mdewkantons, depois de ser levado a uma viagem pelas cidades do Leste, convencera-se de que não poderia haver resistência ao poder dos Estados Unidos. Ele estava tentando, relutantemente, levar sua tribo pelo caminho do homem branco. Wabasha, outro líder santee, também aceitara o inevitável, mas tanto ele como Corvo Pequeno estavam determinados a se opor a qualquer outra cessão de suas terras.

Mais a oeste, nas Grandes Planícies, viviam os sioux tetons, todos índios cavaleiros e completamente livres. Estavam bastante aborrecidos com seus primos santees das florestas, por terem capitulado diante dos colonos. Mais numerosos e mais confiantes em sua capacidade de defender seu território eram os tetons oglalas. No começo da Guerra Civil dos brancos, seu líder principal era Nuvem Vermelha, de 38 anos, um astuto chefe guerreiro. E havia Cavalo Doido, um inteligente e destemido adolescente oglala, ainda jovem demais para ser guerreiro.

Entre os hunkpapas, uma divisão menor dos sioux tetons, um jovem, com seus 25 anos, já conseguira reputação de caçador e guerreiro. Em conselhos tribais ele defendera a oposição radical a qualquer invasão de homens brancos. Era Tatanka Yotanka, o Touro Sentado. Era o mentor de um menino órfão chamado Galha. Junto com Cavalo Doido, dos oglalas, fariam história dezesseis anos depois, em 1876.

Embora ainda não tivesse quarenta anos, Cauda Pintada já era o porta-voz principal dos tetons brulés, que viviam nas planícies a extremo oeste. Cauda Pintada era um belo e sorridente índio que gostava de festas alegres e mulheres complacentes. Adorava seu modo de vida e a terra em que vivia, mas estava disposto a negociar para evitar a guerra.

Intimamente ligados com os sioux tetons eram os cheyennes. Nos velhos tempos, os cheyennes viviam no território do Minnesota, dos sioux santees, mas gradativamente se mudaram para oeste e conseguiram cavalos. Agora, os cheyennes do Norte dividiam o rio Powder e o território de Big Horn com os sioux, frequentemente acampando perto deles. Faca Embotada, com seus quarenta anos, era um líder importante do ramo norte da sua tribo. (Por seu próprio povo, Faca Embotada era chamado Estrela Matutina, mas os sioux chamavam-no de Faca Embotada, e a maior parte dos relatos contemporâneos costuma chamá-lo assim.)

Os cheyennes do sul dirigiram-se para baixo do rio Platte, estabelecendo aldeias nas planícies do Colorado e do Kansas. Chaleira Preta, do ramo sul, havia sido um grande guerreiro na juventude. No fim de sua meia-idade, era o chefe reconhecido, mas os jovens e os hotamitanios (*dog soldiers*) dos cheyennes do sul estavam mais inclinados a seguir líderes como Touro Alto e Nariz Romano, que estavam em seu vigor.

Os arapahos eram velhos companheiros dos cheyennes e viviam nas mesmas áreas. Alguns continuaram com os cheyennes do norte, outros seguiram o ramo sul. Corvo Pequeno, em seus quarenta anos, era o chefe mais conhecido nessa época.

Ao sul das áreas de búfalos de Kansas-Nebraska havia os kiowas. Alguns dos kiowas mais velhos ainda podiam lembrar as Black Hills, mas a tribo fora forçada a ir para o sul ante o poder conjunto dos sioux, cheyennes e arapahos. Por volta de 1860, os kiowas haviam feito paz com as tribos das planícies do Norte e se tornaram aliados dos comanches, em cujas planícies sulinas haviam entrado. Os kiowas tinham vários grandes líderes – um chefe idoso, Satank; dois vigorosos guerreiros de aproximadamente trinta anos, Satanta e Lobo Solitário; e um estadista inteligente, Pássaro Saltador.

Os comanches, constantemente em marcha e divididos em muitos grupos pequenos, não tinham a liderança de seus aliados. Dez Ursos, muito velho, era mais um poeta que um chefe guerreiro. Em 1860, o mestiço Quanah Parker, que levaria os comanches a uma grande e última luta para salvar sua área de búfalos, ainda não tinha vinte anos.

No árido sudoeste, havia os apaches, veteranos de 250 anos de guerra e de guerrilhas com os espanhóis, que lhes ensinaram as refinadas artes da tortura e da mutilação, mas que nunca os derrotaram. Embora poucos – provavelmente não mais que seis mil, divididos em vários grupos –, sua reputação como defensores tenazes de sua árida e impiedosa terra já estava consagrada. Mangas Colorado, no fim dos seus sessenta anos, assinara um tratado de amizade com os Estados

Unidos, mas já estava desiludido pelo influxo de mineiros e soldados em seu território. Cochise, seu genro, ainda acreditava que poderia coexistir com os americanos brancos. Victorio e Delshay não confiavam nos invasores brancos e os evitavam. Nana, com cinquenta e poucos anos, mas duro como couro cru, considerava os brancos de fala inglesa iguais aos mexicanos de fala espanhola que ele combatera a vida toda. Gerônimo, com vinte anos, ainda não se sobressaía.

Os navajos ficavam próximos dos apaches, mas a maior parte dos navajos seguiu o caminho do branco espanhol e estava criando carneiros e cabras, cultivando cereais e frutas. Como criadores e tecelões, alguns grupos da tribo ficaram ricos. Outros navajos continuavam nômades, atacando seus velhos inimigos, os pueblos, os colonos brancos ou membros prósperos de sua própria tribo. Manuelito, um criador bigodudo e musculoso, era o chefe principal – escolhido por uma eleição dos navajos, realizada em 1855. Em 1859, quando alguns navajos selvagens atacaram cidadãos dos Estados Unidos em seu território, o Exército americano deu o troco, não caçando os culpados, mas destruindo os *hogans** e atirando em todo o gado de Manuelito e membros de seu grupo. Por volta de 1860, Manuelito e alguns seguidores navajos entraram numa guerra não declarada contra os Estados Unidos no norte do Novo México e no Arizona.

Nas Montanhas Rochosas, ao norte dos territórios dos apaches e navajos, havia os utes, uma agressiva tribo montanhosa, inclinada a atacar seus vizinhos mais pacíficos do sul. Ouray, seu líder mais conhecido, favoreceu a paz com os homens brancos a ponto de alistar seus guerreiros como mercenários contra outras tribos índias.

No Extremo Oeste, a maioria das tribos era muito pequena, muito dividida ou muito fraca para oferecer muita resistência. Os modocs da Califórnia do Norte e do sul do Oregon, menos de uma centena, lutaram por suas terras travando guerrilhas. Kintpuash, chamado Capitão Jack pelos colonos da Califórnia, era apenas um jovem em 1860. Sua trajetória como líder chegaria ao auge doze anos depois.

---

* *Hogan*, proveniente do navajo *goghan*, designa uma moradia "coberta de terra", uma cabana de pau-a-pique. (N.T.)

A noroeste dos modocs, os nez percés viveram em paz com os brancos desde que Lewis e Clark passaram pelo seu território em 1805. Em 1855, um ramo da tribo cedeu terras dos nez percés aos Estados Unidos para colonização e concordou em viver dentro dos limites de uma ampla reserva. Outros grupos da tribo continuaram a vagar entre as Montanhas Azuis do Oregon e as Bitterroots de Idaho. Devido à amplidão do território do Noroeste, os nez percés acreditavam que sempre haveria terra suficiente para brancos e índios usarem como entendessem. Heinmot Tooyalaket, depois conhecido como Chefe Joseph, teria de tomar uma decisão fatal em 1877, entre a paz e a guerra. Em 1860, tinha vinte anos, era filho de um chefe.

No território do Nevada dos paiutes, um futuro messias chamado Wovoka, que depois teria uma influência breve mas poderosa sobre os índios do Oeste, só tinha quatro anos em 1860.

Durante os trinta anos que se seguiram, esses líderes e muitos outros entrariam na história e na lenda. Seus nomes se tornariam tão conhecidos quanto os dos homens que tentavam destruí-los. A maioria deles, jovens e velhos, cairia por terra bem antes da chegada do final simbólico da liberdade índia, em Wounded Knee, em dezembro de 1890. Agora, um século depois, numa era sem heróis, são talvez os mais heroicos de todos os americanos.

Capítulo dois

A longa marcha dos navajos

1860 – *12 de março*, o Congresso aprova a Lei de Apropriação, distribuindo terras aos colonos dos territórios do Oeste. 3 de abril, a primeira Pony Express deixa St. Joseph, Missouri; entrega correspondência em Sacramento, Califórnia, em 13 de abril. 23 de abril, a Convenção Democrática Nacional em Charleston, Carolina do Sul, não entra em consenso a respeito da questão da escravatura. 16-18 de maio, a Convenção Republicana Nacional em Chicago escolhe Abraham Lincoln para a presidência. Junho, a população dos Estados Unidos é de 31.443.321. Julho, o rifle de repetição Spencer é inventado. 6 de novembro, Abraham Lincoln recebe apenas 40% dos votos populares mas vence as eleições para presidente. 20 de dezembro, a Carolina do Sul separa-se da União.

1861 – *4 de fevereiro*, Congresso Confederado organizado em Montgomery, Alabama. 9 de fevereiro, Jefferson Davis é eleito presidente dos Estados Confederados. 11 de fevereiro, Abraham Lincoln despede-se de amigos e vizinhos em Springfield, Illinois, e parte de trem para Washington. Março, o presidente Davis pede cem mil soldados para defender a Confederação. 12 de abril, confederados abrem fogo contra Fort Sumter. 14 de abril, Fort Sumter é tomado. 15 de abril, o presidente Lincoln conclama 75 mil soldados voluntários. 21 de julho, Primeira Batalha de Bull Run; o Exército da União recua para Washington. 6 de outubro, revolta estudantil na Rússia fecha a Universidade de São Petersburgo. 25 de outubro, é finalizado o cabeamento da Pacific Telegraph entre St. Louis e São Francisco. 5 de dezembro, a metralhadora Gatling é patenteada. 14 de dezembro, os britânicos lamentam a morte do príncipe Albert, consorte da rainha Vitória. 30 de dezembro, bancos americanos suspendem pagamentos a ouro.

Quando nossos pais viviam, ouviram dizer que os americanos estavam chegando, através do grande rio, rumo ao Oeste... ouvimos armas e pólvora e balas – primeiro as pederneiras, depois cápsulas de percussão e agora rifles de repetição. Vimos os americanos, pela primeira vez, em Cottonwood Wash. Guerreamos contra os mexicanos e os pueblos. Capturamos mulas dos mexicanos e tínhamos muitas mulas. Os americanos chegaram para comerciar conosco. Quando os americanos vieram pela primeira vez, fizemos uma grande dança e eles dançaram com nossas mulheres. Também comerciamos.

MANUELITO, DOS NAVAJOS

MANUELITO E OUTROS líderes navajos fizeram tratados com os americanos. "Então os soldados construíram o forte aqui", lembrou Manuelito, "e nos deram um agente que nos avisou para nos comportarmos bem. Ele nos disse que vivêssemos em paz com os brancos; que mantivéssemos nossas promessas. Escreveram as promessas, de modo a sempre nos lembrarmos delas."[1] Manuelito tentou manter as promessas do tratado, mas depois que os soldados vieram e queimaram seus *hogans* e mataram seu gado por alguma coisa que poucos e selvagens navajos jovens haviam feito, ele odiou os americanos. Ele e seu grupo haviam sido ricos, mas os soldados os tornaram pobres. Para se enriquecerem novamente, deviam atacar os mexicanos no sul: por isso, os mexicanos os chamaram de *ladrones,* ladrões. Por tanto tempo quanto alguém podia lembrar, os mexicanos atacavam os navajos para roubar suas crianças e escravizá-las; por tanto tempo quanto alguém podia recordar, os navajos revidavam com ataques contra os mexicanos.

Depois que os americanos chegaram a Santa Fé e chamaram o lugar de Novo México, protegeram os mexicanos, pois eles haviam se tornado cidadãos americanos. Os navajos não eram cidadãos, pois eram índios; quando atacavam os mexicanos, os soldados invadiam o território navajo para puni-los como fora da lei. Isso era um enigma terrível para Manuelito e seu povo, pois eles sabiam que muitos dos mexicanos tinham sangue índio; os soldados nunca perseguiam os mexicanos para puni-los por roubar crianças navajas.

O primeiro forte que os americanos construíram no território navajo ficava num vale gramado, na boca do Canyon Bonito. Chamaram-no Fort Defiance e deixaram seus cavalos comer em pastos há muito zelosamente conservados por Manuelito e seu povo. O chefe dos soldados disse aos navajos que os pastos pertenciam ao forte e ordenou-lhes que mantivessem seus animais longe dali. Como não havia cercas, os navajos não podiam impedir o gado de atingir os campos proibidos. Certa manhã, uma companhia de soldados montados saiu do forte e matou todos os animais que pertenciam aos navajos.

Para substituir seus cavalos e mulas, os navajos atacaram os comboios de suprimentos e rebanhos dos soldados. Por seu lado, estes começaram a atacar bandos de navajos. Em fevereiro de 1860, Manuelito liderou quinhentos guerreiros contra a tropa de cavalos do Exército, que estava pastando a algumas milhas ao norte de Fort Defiance. As lanças e flechas dos navajos não podiam fazer frente à bem armada guarda de soldados. Sofreram mais de trinta baixas e capturaram poucos cavalos. Durante as semanas seguintes, Manuelito e seu aliado Barboncito reuniram uma força de mais de mil guerreiros e, na escuridão da madrugada de 30 de abril, cercaram Fort Defiance. Duas horas antes do alvorecer, os navajos atacaram o forte por três lados. Estavam decididos a varrê-lo da face da sua terra.

Quase conseguiram isso. Com uma salva de suas poucas armas de fogo espanholas, os navajos liquidaram as sentinelas e tomaram vários edifícios. Quando os surpreendidos soldados saíram de suas casernas, encontraram-se sob chuvas de flechas, mas depois de vários minutos de confusão eles formaram fileiras e logo começaram um ininterrupto fogo de mosquetes. Quando rompeu o dia, os navajos fugiram para as colinas, contentes por terem dado uma boa lição aos soldados.

Porém, os Estados Unidos consideraram o ataque um desafio à bandeira que flamulava sobre o Fort Defiance, um ato de guerra. Poucas semanas depois, o coronel Edward Richard Sprigg Canby, à frente de seis companhias de cavalaria e nove de infantaria, vasculhava as montanhas Chuska em busca dos rebeldes de Manuelito. As tropas marcharam pelo território de pedra vermelha até esgotar os cavalos e quase morreram de sede. Embora raramente vissem algum navajo, os índios estavam ali, fustigando os flancos da coluna, mas sem fazer ataques diretos. No fim desse ano, os dois lados estavam fartos de ciladas e escaramuças. Os soldados não conseguiam punir os navajos, e estes não podiam ir até suas colheitas e criações.

Em janeiro de 1861, Manuelito, Barboncito, Herrero Grande, Armijo, Delgadito e outros líderes "ricos" concordaram em encontrar com o coronel Canby em um novo forte que os soldados estavam construindo, a 56 quilômetros a sudoeste de Fort Defiance. O novo forte tinha o nome de Fort Fauntleroy, em honra de um chefe militar. No fim das conversações com Canby, os navajos escolheram Herrero Grande como chefe principal (21 de fevereiro de 1861). Os líderes concordaram que seria melhor viver em paz, e Herrero Grande prometeu expulsar todos os ladrões da tribo. Manuelito não estava certo de que essa promessa pudesse ser realizada, mas assinou seu nome no papel de Canby. De novo um próspero criador de gado, acreditava nas virtudes da paz e da honestidade.

Depois do encontro de inverno em Fort Fauntleroy, houve vários meses de amizade entre os soldados e os navajos. Notícias de uma grande guerra, em algum lugar distante a leste, uma guerra entre os americanos brancos do Norte e do Sul, chegaram aos índios. Souberam que alguns dos soldados de Canby trocaram seus casacos azuis por casacos cinza e foram para o Leste, lutar contra os soldados de casacos azuis dali. Um deles era o Chefe Águia, o coronel Thomas Fauntleroy; seu nome foi apagado, e agora chamavam o posto de Fort Wingate.

Nesse período de amizade, os navajos iam frequentemente a Fort Fauntleroy (Wingate), para comerciar e receber rações de seu agente. A maioria dos soldados recebia-os bem, e desenvolveu-se um costume de fazer corridas de cavalos entre os navajos e os soldados. Todos os navajos esperavam ansiosamente por essas corridas, e, nos dias de competição, centenas de homens, mulheres e crianças vestiam suas melhores roupas e iam, em suas melhores montarias, a Fort

Wingate. Numa clara e ensolarada manhã de setembro, foram disputadas várias corridas, mas a corrida especial do dia estava marcada para o meio-dia. Seria entre Bala de Pistola (nome dado a Manuelito pelos soldados), num cavalo navajo, e um tenente, num cavalo do Exército. Muitas apostas haviam sido feitas para a corrida – dinheiro, cobertores, gado, contas de vidro, tudo que um homem pode usar numa aposta. Os cavalos partiram juntos, mas em alguns segundos todos podiam ver que Bala de Pistola (Manuelito) estava em apuros. Perdera o controle do cavalo, que saíra do percurso. Logo, todos viram que as rédeas de Bala de Pistola haviam sido cortadas com uma faca. Os navajos recorreram aos juízes – todos soldados – e pediram que a corrida fosse disputada outra vez. Os juízes recusaram; declararam vencedor o cavalo militar do tenente. Imediatamente os soldados fizeram um desfile de vitória numa marcha até o forte, para pegar as apostas.

Insultados por esse roubo, os navajos correram atrás deles, mas as portas do forte foram fechadas nas suas caras. Quando um navajo tentou forçar a entrada, uma sentinela matou-o com um tiro.

O que aconteceu depois foi escrito por um oficial branco, o capitão Nicholas Hodt:

> Os navajos, mulheres e crianças correram em todas as direções e foram atacados com tiros e baionetas. Consegui formar cerca de vinte homens... Marchei então para a ala leste do posto; vi ali um soldado matando duas criancinhas e uma mulher. Ordenei imediatamente que o soldado parasse. Ele olhou, mas não obedeceu à minha ordem. Corri tão depressa quanto pude, mas não consegui chegar a tempo de impedi-lo de matar as duas crianças inocentes e de ferir gravemente a mulher. Ordenei que seu cinturão fosse retirado e que o levassem prisioneiro até o posto... Enquanto isso, o coronel dera ordens ao oficial de dia para que a artilharia (morteiros de montanha) fosse mobilizada para dispersar os índios. O sargento encarregado dos morteiros de montanha fingiu não compreender a ordem dada, que considerava ilegal. Sendo admoestado pelo oficial de dia, e ameaçado, teve de cumprir a ordem, para não se ver atrapalhado. Os índios espalharam-se por todo o vale abaixo do posto, atacaram o rebanho do posto, feriram o pastor

mexicano, mas não conseguiram tirar gado; também atacaram um mensageiro a dezesseis quilômetros do posto, pegaram seu cavalo e a mala postal, e o feriram no braço. Depois do massacre, não se viam mais índios no posto, com exceção de algumas mulheres, favoritas dos oficiais. O oficial comandante tentou fazer as pazes de novo com os navajos, mandando algumas das favoritas mulheres falar com os chefes; mas a única satisfação que as mulheres receberam foi uma boa surra.[2]

Depois desse dia, 22 de setembro de 1861, passou-se muito tempo antes de haver amizade de novo entre os brancos e os navajos.

Enquanto isso, um exército de Casacos Cinza confederados marchara para o Novo México e travara grandes batalhas contra os Casacos Azuis, ao longo do rio Grande. Kit Carson, o Lançador do Laço, era líder dos Casacos Azuis. A maioria dos navajos confiava em Lançador do Laço Carson, pois ele sempre falara uma só língua com os índios, e estes esperavam fazer as pazes com ele, quando houvesse acabado com os Casacos Cinza.

Na primavera de 1862, muito mais Casacos Azuis vieram marchando do Oeste para o Novo México. Chamavam-se a Coluna da Califórnia. Seu general, James Carleton, usava estrelas nos ombros e era mais poderoso que o Chefe Águia, Carson. Os californianos acamparam no vale do rio Grande, mas não tinham nada para fazer, pois os Casacos Cinza haviam ido para o Texas.

Os navajos logo souberam que o Chefe Estrelado Carleton cobiçava bastante suas terras e o metal que pudesse estar escondido sob elas. "Uma região magnífica", chamou-a, "um território pastoril e mineral soberbo." Como tinha muitos soldados sem nada para fazer exceto marchar à volta de seus acampamentos, experimentando suas armas, Carleton começou a considerar um combate contra os índios. Os navajos, disse, eram "lobos que percorrem as montanhas" e deveriam ser subjugados.

Carleton voltou sua atenção, primeiramente, para os apaches mescalero, que eram menos de um milhar e viviam em bandos espalhados entre o rio Grande e o rio Pecos. Seu plano era matar ou capturar todos os mescaleros e então confinar os sobreviventes numa reserva sem valor ao longo do Pecos. Isso deixaria o rico vale do rio Grande aberto para as reivindicações de terras e colonização de cidadãos americanos. Em setembro de 1862, enviou uma ordem:

> Não haverá nenhum conselho com os índios nem quaisquer conversações. Os homens devem ser mortos onde e quando forem encontrados. As mulheres e crianças devem ser aprisionadas, mas, claro, não serão mortas.[3]

Este não era o modo de Kit Carson tratar com índios, muitos dos quais ele contava como amigos desde seus dias de comércio. Enviou soldados às montanhas, mas também abriu linhas de comunicação com os líderes mescaleros. No fim do outono, conseguiu que cinco chefes visitassem Santa Fé e negociassem com o general Carleton. A caminho de Santa Fé, dois dos chefes e suas comitivas encontraram um destacamento de soldados sob o comando de um antigo dono de saloon, o capitão James (Paddy) Graydon. Graydon fingiu grande amizade pelos mescaleros, chegando a lhes dar farinha de trigo e carne para sua longa viagem. Pouco tempo depois, perto de Gallina Springs, o grupo de escolta de Graydon encontrou outra vez os mescaleros. Ninguém sabe o que aconteceu, pois nenhum mescalero sobreviveu ao incidente. Um oficial branco, o major Arthur Morrison, fez um breve relato:

> A operação foi realizada de forma estranha pelo capitão Graydon... e pelo que pude saber, ele enganou os índios, indo direto ao acampamento, dando-lhes bebida, depois atirando e matando; os índios, sem dúvida, acharam que ele viera com propósitos amistosos, já que lhes tinha dado farinha de trigo, carne e provisões.

Os outros três chefes, Cadette, Chato e Estrella, chegaram a Santa Fé e garantiram ao general Carleton que seu povo estava em paz com os brancos e apenas queria ser deixado sozinho em suas montanhas. "Vocês são mais fortes que nós", disse Cadette. "Lutaríamos com vocês se tivéssemos rifles e pólvora; mas suas armas são melhores que as nossas. Deem-nos armas iguais e nos deixem livres, que também os combateremos; mas estamos abatidos; não temos mais ânimo;

não temos provisões, nenhum meio de vida; suas tropas estão em toda parte; nossas fontes e nossos poços estão ocupados ou vigiados por seus jovens. Vocês nos tiraram de nosso último e melhor baluarte, e não temos mais ânimo. Façam conosco o que bem entenderem, mas não se esqueçam de que somos homens e bravos."[4]

Carleton, com arrogância, informou-lhes que a única maneira de os mescaleros conseguirem a paz seria deixarem sua terra e irem ao Bosque Redondo, a reserva que ele preparara para eles no Pecos. Ali seriam mantidos em confinamento por soldados em um novo posto militar chamado Fort Sumner.

Em número inferior ao de soldados, incapazes de proteger mulheres e crianças, e confiando na boa vontade de Lançador do Laço Carson, os chefes mescaleros aceitaram as exigências de Carleton e levaram seu povo para a prisão no Bosque Redondo.

Com alguma inquietação, os navajos observaram a rápida e impiedosa conquista de seus primos, os apaches mescaleros, por Carleton. Em dezembro, dezoito dos lideres "ricos" – incluindo Delgadito e Barboncito, mas não Manuelito – viajaram para Santa Fé, a fim de ver o general. Disseram-lhe que representavam pacíficos criadores e fazendeiros navajos que não queriam guerra. Era a primeira vez que viam o Chefe Estrelado Carleton. Seu rosto era barbudo com olhos altivos, e sua boca era a de um homem sem humor. Não sorriu quando disse a Delgadito e aos outros: "Vocês não terão paz até darem outras garantias além de sua palavra de que a paz será mantida. Voltem e digam isso a seu povo. Não tenho fé em suas promessas."[5]

Na primavera de 1863, a maioria dos mescaleros escapara para o México ou havia sido arrebanhada para o Bosque Redondo. Em abril, Carleton foi a Fort Wingate, para "reunir informações para uma campanha contra os navajos, logo que a grama crescesse o suficiente para alimentar o gado". Combinou um encontro com Delgadito e Barboncito perto de Cubero; informou bruscamente aos chefes que a única maneira de provarem que as intenções dos índios eram pacíficas seria tirar seu povo da região dos navajos e reunirem-se com os "satisfeitos" mescaleros em Bosque Redondo. A isso, Barboncito respondeu: “Eu não irei ao Bosque. Nunca deixarei minha terra nem mesmo se isso significar a minha morte.”

Em 23 de junho, Carleton estabeleceu um prazo final para a saída dos navajos para o Bosque Redondo. “Encontre Delgadito e Barboncito”, ordenou ao oficial comandante de Fort Wingate, “e repita o que eu já lhes disse antes, e diga-lhes que eu lamentarei muito se eles se recusarem a ir... Diga-lhes que terão tempo até o dia 20 de julho para partir – eles e todos os que pertencem ao que chamam o grupo da paz; *depois desse dia, todo navajo à vista será considerado hostil e assim tratado;* depois desse dia a porta agora aberta estará fechada.”[6] O 20 de julho chegou e passou, mas nenhum navajo se dispôs à rendição.

Enquanto isso, Carleton ordenou a Kit Carson que levasse seus soldados do território mescalero a Fort Wingate e se preparasse para uma guerra contra os navajos. Carson estava hesitante; queixou-se de que havia se apresentado como voluntário para enfrentar soldados confederados, não índios, e mandou a Carleton uma carta de demissão.

Kit Carson gostava dos índios. Nos velhos tempos, vivera com eles durante meses, sem ver brancos. Adotara um filho de uma mulher arapaho e vivera, durante algum tempo, com uma mulher cheyenne. Mas depois de se casar com Josefa, filha de Don Francisco Jaramillo de Taos, Carson trilhara novos caminhos, prosperara e pedira terra para uma fazenda. Descobrira que no Novo México havia lugar de destaque mesmo para um montanhês rude, supersticioso e analfabeto. Aprendeu a ler e escrever algumas palavras e, embora só tivesse 1 metro e 67, tinha a fama de um gigante. Famoso como era, o Lançador do Laço nunca dominou seu respeito pelos homens da elite, bem-vestidos e de fala mansa. Em 1863, no Novo México, o maior homem era o Chefe Estrelado Carleton. Assim, no verão desse ano, Kit Carson retirou sua demissão do Exército e foi a Fort Wingate para lutar contra os navajos. Antes do fim da campanha, seus relatórios a Carleton estavam repetindo as afirmações de Destino Manifesto, do homem arrogante que lhe dava ordens.

Os navajos respeitavam Carson como guerreiro, mas não consideravam da mesma forma os seus soldados – os Voluntários do Novo México. Muitos deles eram mexicanos, e os navajos os expulsavam de suas terras há tanto tempo quanto se podia lembrar. Havia dez vezes mais navajos que mescaleros, e eles tinham a vantagem de uma região ampla e acidentada, cortada por cânions profundos, arroios escarpados e planaltos cercados de precipícios. Seu baluarte era o cânion de Chelly, que se alongava, no sentido oeste, por 48 quilômetros, a partir das montanhas Chuska. Estreitando-se, em algumas partes, até 4,5 metros, as paredes de pedra rosada do cânion elevavam-se a trinta metros ou mais, com saliências pendentes que ofereciam excelentes posições defensivas contra os invasores. Em locais onde o cânion se alargava até várias centenas de metros, os navajos criavam carneiros e cabras nas pastagens ou plantavam milho, trigo, frutas e melões, em solo cultivado. Tinham um orgulho particular pelos seus pomares de pêssegos, desenvolvidos desde os dias dos espanhóis. Na maior parte do ano, a água corria em abundância pelo cânion e havia suficientes choupos-do-canadá e negundos para fornecer madeira combustível.

Mesmo sabendo que Carson liderara mil soldados até Pueblo Colorado e contratara seus velhos amigos utes para servirem de guias, os navajos desprezaram a ameaça. Os chefes lembravam a seu povo como, nos velhos tempos, haviam mandado os espanhóis embora. "Se os americanos vierem nos tirar daqui, nós os mataremos", prometiam os chefes, mas tomaram precauções para garantir a segurança de mulheres e crianças. Sabiam que os utes mercenários tentariam aprisioná-las para vendê-las a mexicanos ricos.

No fim de julho, Carson, deslocou-se para Fort Defiance, rebatizou-o com o nome do velho adversário dos índios, Canby, e começou a enviar destacamentos de reconhecimento. É provável que não tenha se surpreendido com o fato de que só foram descobertos poucos navajos. Sabia que o único jeito de conquistá-los era destruir suas colheitas e seu gado – queimar sua terra – e, em 25 de julho, mandou o major Cummings pegar todo gado que pudesse encontrar e colher ou queimar todo o trigo e todo o milho ao longo do rio Bonito. Assim que os navajos descobriram o que Cummings estava fazendo com sua reserva de comida para o inverno, ele se tornou um homem marcado. Pouco tempo depois, um atirador perito dos navajos atirou em Cummings enquanto este cavalgava, matando-o instantaneamente. Também atacaram o curral de Carson, perto de Fort Canby, recapturaram alguns carneiros e cabras e roubaram o cavalo favorito do Lançador do Laço.

O general Carleton ficou muito mais irritado com esses incidentes do que Carson, que vivera tempo bastante com os índios para apreciar réplicas ousadas. Em 18 de agosto, o general decidiu "estimular o zelo" de suas tropas, estabelecendo um prêmio em dinheiro pelo gado navajo capturado. Ofereceu vinte dólares por "cada cavalo ou mula sadios e aproveitáveis" e um dólar por cabeça pelos carneiros trazidos ao oficial de intendência, em Fort Canby.

Como o salário dos soldados era de menos de vinte dólares mensais, a oferta generosa estimulou-os bastante, e alguns dos homens estenderam-na aos poucos navajos que podiam matar. Para provar suas habilidades militares, começaram a cortar o punhado de cabelo que os navajos prendiam com uma faixa vermelha na cabeça. Os navajos não podiam acreditar que Carson permitisse o escalpo, que consideravam um costume bárbaro introduzido pelos espanhóis. (Os europeus podem ou não ter introduzido o escalpo no Novo Mundo, mas colonos espanhóis, holandeses, franceses e ingleses tornaram popular o costume de se oferecerem prêmios pelos escalpos de seus respectivos inimigos.)

Embora Carson continuasse sua destruição constante de campos de cereal e de plantações de feijão e abóbora, estava agindo devagar demais, segundo o general Carleton. Em setembro, Carleton ordenou que, daí em diante, todo navajo que fosse visto deveria ser morto ou aprisionado. Escreveu a Carson as palavras exatas que deveria usar para os navajos capturados:

> Diga-lhes: "vão para o Bosque Redondo, ou nós os perseguiremos e destruiremos. Não haverá paz sob quaisquer outros termos... Esta guerra contra vocês continuará, mesmo que leve anos, agora que começamos, até que cessem de existir ou se mudem. Não pode haver qualquer outra conversação a respeito".

Na mesma época, o general escreveu ao quartel-general do Departamento de Guerra em Washington, pedindo um novo regimento de cavalaria. Dizia que eram necessários mais soldados devido a uma nova descoberta de ouro num local próximo, a oeste do território navajo; soldados suficientes para "derrotar os índios e proteger quem fosse às minas ou nelas trabalhasse... Sem dúvida, a Providência nos abençoou... o ouro está ali, a nossos pés, basta pegá-lo!"[7]

Sob a pressão obsessiva de Carleton, Kit Carson acelerou seu programa de destruição de terra e, no outono, já destruíra a maioria dos rebanhos e do cereal entre Fort Canby e cânion de Chelly. Em 17 de outubro, dois navajos apareceram sob uma bandeira de trégua em Fort Wingate. Um deles era El Sordo, emissário de seus irmãos Delgadito e Barboncito e seus quinhentos seguidores. A reserva de alimentos acabara, disse El Sordo; estavam reduzidos a comer pinhões. Quase não tinham roupas e cobertores, tinham medo das arremetidas dos soldados e não acendiam fogueiras para se aquecerem. Não queriam ir até o distante Bosque, mas construiriam *hogans* perto de Fort Wingate, onde sempre ficariam sob as vistas dos soldados, como índios pacíficos. Em nove dias, Delgadito e Barboncito viriam com os quinhentos. Os chefes estavam dispostos a ir a Santa Fé encontrar o Chefe Estrelado e pedir paz.

O capitão Rafael Chacon, comandante de Fort Wingate, transmitiu a oferta do acordo ao general Carleton, que respondeu: "Os navajos não têm escolha a respeito; devem partir e ir ao Bosque Redondo ou ficar em seu território, em guerra".[8]

Não tendo escolha, pressionado com a carga de mulheres e crianças sofrendo com frio e fome, Delgadito rendeu-se. Barboncito, El Sordo e vários guerreiros esperavam nas montanhas para ver o que aconteceria a seu povo.

Os que se renderam foram enviados ao Bosque Redondo, mas Carleton conseguiu que os primeiros cativos tivessem tratamento especial – as melhores rações, os melhores abrigos – na viagem e na chegada ao Bosque. Ameaçadora como era a planície estéril à beira do rio Pecos, Delgadito ficou impressionado com a bondade de seus captores. Quando o Chefe Estrelado informou-o de que poderia voltar a Fort Wingate com sua família se convencesse outros líderes navajos de que a vida no Bosque era melhor do que passar fome e frio, Delgadito concordou em tentar. Ao mesmo tempo, o general ordenou a Kit Carson que invadisse o cânion de Chelly, destruísse os alimentos e o gado e matasse ou capturasse os navajos em seu último baluarte.

Como preparativo para a campanha do Chelly, Carson reuniu uma tropa que levaria provisões, mas a 13 de dezembro Barboncito e seus guerreiros arremeteram sobre a tropa e levaram as mulas até o cânion, onde poderiam ser usadas como reserva de carne para o inverno. Carson enviou dois destacamentos de soldados em perseguição, mas os navajos dividiram-se em vários grupos pequenos e escaparam sob a cobertura de uma pesada tempestade de neve. Os homens do tenente Donaciano Montoya toparam com um pequeno acampamento, atacaram-no, encurralaram os navajos num matagal de cedros e capturaram treze mulheres e crianças. O tenente fez um relatório:

> Um índio foi ferido no lado direito, mas conseguiu escapar através do matagal cerrado. Seu filho, um menino de dez anos e muito inteligente para um índio, foi preso pouco depois; contou que o pai morreu contra as rochas de um arroio próximo.

Sem mulas para transportar suprimentos, Kit Carson informou ao general Carleton que a expedição ao cânion de Chelly teria de ser adiada. O general respondeu prontamente: "Você não adiará a expedição devido à falta de transporte. Mandará os homens carregarem seus cobertores e, se necessário, rações para três ou quatro dias em mochilas."[9]

A 6 de janeiro de 1864, os soldados saíram de Fort Canby. O capitão Albert Pfeiffer liderava uma pequena força, que deveria entrar pelo extremo leste do cânion de Chelly. Kit Carson comandava uma tropa maior, que deveria forçar o extremo oeste. Quinze centímetros de neve cobriam o chão, a temperatura estava abaixo de zero, e a marcha era lenta.

Uma semana depois, Pfeiffer entrou no cânion. Das bordas e saliências dos rochedos, centenas de navajos semimortos de fome atiraram pedras, pedaços de pau e xingamentos em espanhol nas cabeças dos soldados. Mas não podiam detê-los. Os homens de Pfeiffer destruíram *hogans*, depósitos de alimento e gado; mataram três navajos que chegaram ao alcance de suas armas, acharam dois velhos navajos mortos de frio e capturaram dezenove mulheres e crianças.

Enquanto isso, Carson estabeleceu um acampamento no Extremo Oeste e fazia reconhecimentos do cânion desde as margens. A 12 de janeiro, uma de suas patrulhas encontrou um grupo de navajos, matando onze deles. Dois dias depois, os dois comandantes se encontraram. Todo o cânion havia sido atravessado sem um combate maior.

Na mesma noite, três navajos dirigiram-se ao acampamento dos soldados, com uma bandeira de trégua. Seu povo estava morrendo de fome e frio, disseram a Carson. Escolhiam a rendição em vez da morte. "Vocês têm até amanhã de manhã", respondeu Carson. "Depois disso, meus soldados caçarão vocês." Na manhã seguinte, sessenta navajos andrajosos e emagrecidos chegaram ao acampamento e se renderam.

Antes de voltar a Fort Canby, Carson ordenou a destruição completa das propriedades dos navajos dentro do cânion – inclusive seus belos pomares de pêssegos, mais de cinco mil árvores. Os navajos podiam perdoar o Lançador do Laço por combatê-los como soldado, por fazê-los prisioneiros, até por destruir suas reservas alimentares, mas nunca o perdoariam por este ato: cortar seus queridos pessegueiros.

Durante as semanas seguintes, à medida que se espalhavam pelos acampamentos secretos dos navajos as notícias de que os soldados haviam entrado no cânion de Chelly, o povo foi perdendo o ânimo. "Lutávamos por este território porque não queríamos perdê-lo", disse mais tarde Manuelito. "Quase perdemos tudo... A nação americana é poderosa demais para a enfrentarmos. Quando tínhamos de lutar por alguns dias, sentíamo-nos bem dispostos, mas dentro de pouco tempo estávamos cansados, e os soldados venciam-nos pela fome."[10]

Em 31 de janeiro, Delgadito, com sua louvação das condições em Bosque Redondo, convenceu 680 outros navajos a se renderem em Fort Wingate. Um inverno severo e a falta de comida forçaram outros a ir até Fort Canby. Nos meados de fevereiro, 1,2 mil estavam ali, famintos e sem recursos. O Exército forneceu-lhes rações insuficientes, e crianças e velhos começaram a morrer. A 21 de fevereiro, Herrero Grande chegou com seu grupo, e o número subiu para 1,5 mil. No começo de março, oito mil haviam se rendido em ambos os fortes, e as trilhas para o norte estavam cheias de navajos amedrontados, chegando pela neve. Mas os chefes "ricos" Manuelito, Barboncito e Armijo recusavam-se a ceder. Com seu povo, ficavam nas montanhas, ainda determinados a não se render.

Durante o mês de março, a Longa Marcha dos navajos a Fort Sumner e ao Bosque Redondo foi iniciada. O primeiro contingente de 1,48 mil homens alcançou Fort Sumner em 18 de março; dez morreram na viagem; três crianças foram raptadas, provavelmente por mexicanos da escolta de soldados.

Enquanto isso, um segundo grupo de 2,4 mil deixara Fort Canby, com 126 a menos, que haviam morrido no forte. A longa caravana incluía oitenta carroções, três mil carneiros e 478 cavalos. Os navajos tinham coragem para suportar o clima gelado, a fome, a disenteria, as zombarias dos soldados e a dura viagem de 4,8 mil quilômetros, mas não podiam aguentar a saudade da terra, a perda do seu território. Sofriam por isso, e 197 deles morreram antes de chegar ao seu destino cruel.

A 20 de março, outros oitocentos navajos deixaram Fort Canby, em sua maioria mulheres, crianças e velhos. O Exército forneceu-lhes só 23 carroções. "No segundo dia de marcha", o oficial comandante relatou, "uma intensa tempestade de neve desabou, durando quatro dias com intensidade pouco habitual, e ocasionou grandes sofrimentos entre os índios, muitos dos quais estavam quase nus e, evidentemente, incapazes de suportar uma tempestade daquelas." Quando alcançaram Los Pinos, além de Albuquerque, o Exército requisitou os carroções para outros fins, e os navajos tiveram de acampar ao ar livre. No momento em que a viagem pôde recomeçar, várias crianças haviam desaparecido. "Neste lugar", comentou um tenente, "os oficiais que têm índios a seu cargo devem exercer vigilância extrema, ou as crianças índias serão roubadas e vendidas." Este contingente chegou ao Bosque em 11 de maio de 1864. "Deixei Fort Canby com oitocentos e recebi 146 na viagem a Fort Sumner, totalizando 946. Deste número, morreram 110."

No fim de abril, um dos chefes resistentes, Armijo, apareceu em Fort Canby e informou ao comandante do posto (capitão Asa Carey) que Manuelito chegaria dentro de dias com os navajos que haviam passado o inverno bem ao norte, ao longo do Little Colorado e San Juan. O grupo de Armijo, de mais de quatrocentos, chegou alguns dias depois, mas

Manuelito fez seu povo parar a alguns quilômetros de um lugar chamado Quelitas e mandou um mensageiro informar ao chefe dos soldados que gostaria de falar com ele. Durante a conversação que se seguiu, Manuelito disse que seu povo desejava ficar perto do forte, plantar suas culturas de cereais e pastorear seus carneiros, como sempre.

– Só há um lugar para vocês – respondeu o capitão Carey –, devem ir até o Bosque.

– Por que devemos ir ao Bosque? – perguntou Manuelito. – Nunca roubamos ou assassinamos e sempre mantivemos a paz que prometemos ao general Canby.

Acrescentou que seu povo tinha medo de que estivesse sendo reunido no Bosque para que os soldados pudessem matá-los a todos, como em Fort Fauntleroy em 1861. Carey garantiu-lhe que isso não era verdade, mas Manuelito disse que não renderia seu povo até falar com seu velho amigo Herrero Grande ou algum dos outros líderes navajos que estavam no Bosque.

Quando o general Carleton soube que havia uma chance de rendição de Manuelito, enviou quatro navajos cuidadosamente escolhidos no Bosque (mas não Herrero Grande) para usar sua influência sobre o relutante chefe guerreiro. Não convenceram Manuelito. Certa noite de junho, depois de conversarem, Manuelito e seu grupo desapareceram de Quelitas e voltaram a seus esconderijos ao longo do Little Colorado.

Em setembro, soube que seu velho aliado Barboncito fora capturado no cânion de Chelly. Agora ele, Manuelito, era o último dos "ricos" resistentes, ciente de que os soldados o procuravam por toda parte.

Durante o outono, os navajos que haviam escapado do Bosque Redondo começaram a voltar para sua terra, com histórias terríveis do que estava acontecendo ali ao povo. Era uma terra ruim, disseram. Os soldados os empurravam com baionetas e os arrebanhavam em recintos de paredes de adobe, onde os chefes dos soldados sempre os estavam contando e anotando números em livrinhos. Os chefes dos soldados prometeram-lhes roupas, cobertores e melhor comida, mas suas promessas nunca foram cumpridas. Todos os choupos-do-canadá e mesquites foram cortados, só sobrando raízes para queimar. Para se abrigar da chuva e do sol, precisavam cavar buracos no chão arenoso, cobri-los e forrá-los com montes de grama trançada. Viviam como marmotas em tocas. Com as poucas ferramentas que os soldados lhes deram, rasgaram o solo das terras de aluvião do rio Pecos e plantaram cereal, mas as enchentes, as secas e os insetos mataram as colheitas e, agora, todos viviam com meia-ração. Amontoados como estavam, as doenças começaram a exigir seu tributo dos mais fracos. Era um lugar ruim e, embora a fuga fosse difícil e perigosa, sob os olhos vigilantes dos soldados, muitos arriscavam suas vidas para escapar.

Enquanto isso, o Chefe Estrelado Carleton convencera o vigário de Santa Fé a cantar um *Te Deum* em homenagem à bem-sucedida remoção dos navajos para o Bosque, empreendida pelo Exército. O general descreveu o lugar para seus superiores em Washington como "uma excelente reserva... não há razão para que eles (os navajos) não sejam os índios mais felizes, prósperos e bem providos dos Estados Unidos... De qualquer modo... podemos alimentá-los a preço bem menor do que guerrear com eles".

Aos olhos do Chefe Estrelado, seus prisioneiros eram apenas bocas e corpos.

> Essas seis mil bocas precisam comer, e esses seis mil corpos precisam se vestir. Quando se considera o magnífico território pastoril e mineral que nos cederam – um território cujo valor dificilmente pode ser estimado –, a ninharia, em comparação, que lhes deve ser dada para sobreviver representa uma insignificância como paga da sua herança natural.

E nenhum defensor de Destino Manifesto jamais expressou seu apoio a essa filosofia mais lisonjeiramente que ele:

> O êxodo de todo esse povo da terra de seus pais é uma visão não só interessante, como também tocante. Combateram-nos corajosamente anos e anos; defenderam suas montanhas e seus estupendos cânions com um heroísmo que qualquer povo poderia se orgulhar de igualar; mas, quando afinal descobriram que seu destino, também como o de seus irmãos, tribo após tribo, no sentido contrário do nascer do sol, era dar lugar ao insaciável progresso de nossa raça, depuseram suas armas e, como homens

corajosos merecedores de nossa admiração e respeito, vieram a nós com confiança em nossa magnanimidade, julgando que éramos um povo demasiado poderoso e justo para retribuir essa confiança com baixeza e negligência – achando que, tendo-nos sacrificado sua bela região, seus lares, as amizades de suas vidas, as cenas tornadas clássicas em suas tradições, não lhes daríamos uma recompensa miserável em troca do que eles e nós sabemos ser uma região magnífica.[11]

Manuelito, contudo, não havia deposto suas armas e era um chefe importante demais para o general Carleton permitir que tal indisciplina continuasse incontestada. Em fevereiro de 1865, mensageiros navajos de Fort Wingate trouxeram a Manuelito uma missiva do Chefe Estrelado, um aviso de que ele e seu grupo seriam caçados até a morte, a menos que se entregassem pacificamente antes da primavera. "Não estou fazendo mal a ninguém", disse Manuelito aos mensageiros. "Não deixarei meu território. Pretendo morrer aqui." Mas, afinal, ele concordou em conversar outra vez com alguns dos chefes que estavam no Bosque Redondo.

No fim de fevereiro, Herrero Grande e cinco outros líderes navajos do Bosque combinaram encontrar Manuelito perto do posto comercial de Zuni. O tempo estava frio e a terra, coberta de neve profunda. Depois de abraçar seus velhos amigos, Manuelito levou-os às colinas onde seu povo estava escondido. Do grupo de Manuelito só haviam sobrado cerca de cem homens, mulheres e crianças. Tinham alguns cavalos e carneiros. "Aqui está tudo o que tenho no mundo", disse Manuelito. "Vejam que quantidade insignificante. Vejam como são pobres. Meus filhos estão comendo raízes de *palmilla*." Depois de uma pausa, acrescentou que seus cavalos não estavam em condições de viajar até o Bosque. Herrero respondeu que não tinha autoridade para ampliar o prazo em que ele devia se render e avisou Manuelito, de modo amistoso, que ele estaria arriscando seu povo, se não se mudasse e se rendesse. Manuelito hesitou. Disse que se renderia para o bem das mulheres e crianças; então, acrescentou que precisaria de três meses para preparar o gado. Finalmente, declarou diretamente que não poderia deixar seu território.

> Meu Deus e minha mãe vivem no Oeste e não os deixarei. É uma tradição de meu povo o fato de não podermos, nunca, cruzar os três rios – o Grande, o San Juan, o Colorado. Também não poderia deixar as montanhas Chuska. Nasci ali. Devo ficar. Nada tenho a perder senão minha vida e *isso* eles podem vir e tomar quando quiserem, mas não me mudarei. Nunca fiz mal nenhum aos americanos ou aos mexicanos. Nunca roubei. Se eu for morto, sangue inocente será derramado.

Herrero disse-lhe: "Fiz tudo que podia em seu benefício; dei-lhe o melhor dos conselhos; agora, deixo-o como se seu túmulo já estivesse feito".[12]

Em Santa Fé, poucos dias depois, Herrero Grande informou o general Carleton da posição de desafio de Manuelito. A resposta de Carleton foi uma ordem áspera ao comandante de Fort Wingate:

> Na minha opinião, se Manuelito... puder ser capturado, seu grupo viria sem qualquer dúvida; e se o senhor puder fazer certas combinações com os índios da aldeia Zuni, onde ele frequentemente está de visita e para comerciar, eles cooperarão com o senhor na sua captura... Tente pegar Manuelito de qualquer forma. Mantenha-o firmemente acorrentado e cuidadosamente guardado... Seria um favor àqueles que ele controla, capturá-lo ou matá-lo imediatamente. Prefiro que seja capturado. Se tentar escapar, será morto a tiros.[13]

Mas Manuelito era esperto demais para cair na armadilha de Carleton em Zuni e conseguiu evitar a captura na primavera e no verão de 1865. No fim desse verão, Barboncito e vários de seus guerreiros escaparam de Bosque Redondo; informou-se que estavam no território apache da Sierra del Escadello. Tantos navajos estavam fugindo da reserva, que Carleton colocou guardas permanentes por 64 quilômetros em volta de Fort Sumner. Em agosto, o general ordenou ao comandante do posto que matasse todo navajo descoberto fora da reserva sem um passe.

Quando as colheitas de cereal do Bosque fracassaram outra vez, no outono de 1865, o Exército forneceu aos navajos carne, farinha de trigo e toucinho que havia sido condenado como estragado para os soldados. As mortes começaram a se multiplicar novamente, bem como o número de tentativas de fuga.

Embora o general Carleton estivesse sendo francamente criticado pelos habitantes do Novo México pelas condições de Bosque Redondo, continuou a perseguir os navajos. Finalmente, a 10 de setembro de 1866, o chefe que ele mais desejava – Manuelito – irrompeu em Fort Wingate com 23 guerreiros exaustos e se rendeu. Estavam em farrapos, com os corpos emagrecidos. Ainda usavam braçadeiras de couro nos pulsos para protegê-los dos golpes da corda dos arcos, mas não tinham mais arcos de guerra nem flechas. Um dos braços de Manuelito pendia inerte no seu flanco, devido a uma ferida. Pouco tempo depois, Barboncito apareceu com 21 seguidores e se rendeu pela segunda vez. Agora, não havia mais chefes guerreiros.

Ironicamente, dezoito dias depois da rendição de Manuelito, o general Carleton foi afastado do comando do Departamento do Exército no Novo México. A Guerra Civil, que trouxera o Chefe Estrelado Carleton ao poder, acabara havia mais de um ano, e os habitantes do Novo México estavam fartos dele e das suas maneiras pomposas.

Quando Manuelito chegou ao Bosque, estava ali um novo superintendente, A.B. Norton. O superintendente examinou o solo da reserva e considerou-o inadequado ao cultivo de cereal, devido à presença de sal alcalino. "A água é negra e salobra, de gosto dificilmente suportável, considerada malsã pelos índios, pois um quarto de sua população foi varrido pela doença." A reserva, acrescentou Norton, custara ao governo milhões de dólares. "Quanto mais cedo for abandonada e os índios saírem, melhor. Ouvi dizer que havia especulação por trás disso... Esperam que um índio fique contente e satisfeito ao ser privado dos confortos comuns da vida, sem os quais um homem branco não se contentaria em parte alguma? Será que qualquer homem sensível escolheria um local para reserva de oito mil índios em que a água mal seja tolerável, onde o solo seja ruim e frio e onde as raízes de muskite (mesquite), a vinte quilômetros de distância, sejam a única madeira que os índios podem usar?... Se eles permanecerem nesta reserva, precisarão sempre ser mantidos ali pela força, não por sua vontade. Sim! Deixem que eles voltem ou os levem aonde possam ter água decente para beber, bastante madeira para evitar que morram de frio e onde o solo produza algo que eles possam comer..."[14]

Durante dois anos, um fluxo constante de investigadores e funcionários de Washington desfilou pela reserva. Alguns estavam verdadeiramente penalizados; outros, interessados principalmente em reduzir as despesas.

"Ficamos ali alguns anos", lembrou Manuelito. "Muitos de nosso povo morreram devido ao clima... Gente de Washington fez um conselho conosco. Ele explicou como os brancos puniam os que desobedeciam à lei. Prometemos obedecer às leis se tivéssemos permissão de voltar ao nosso território. Prometemos cumprir o tratado... Prometemos quatro vezes fazer isso. Todos dissemos 'sim' ao tratado, e ele nos deu bom conselho. Ele era o general Sherman."

Quando os líderes navajos viram pela primeira vez o Grande Guerreiro Sherman, ficaram com medo dele, pois seu rosto era igual ao do Chefe Estrelado Carleton – orgulhoso, barbudo, com uma boca cruel –, mas seus olhos eram diferentes, olhos de um homem que sofrera e sabia o que era a dor nos outros.

"Dissemos que tentaríamos lembrar o que ele falara", lembrou Manuelito. "Ele dissera: ' – Quero que todos vocês olhem para mim'. Levantou-se para que nós o víssemos. Ele disse que se nós agíssemos direito poderíamos olhar as pessoas de frente. Então, ele disse: '– Meus filhos, mandarei vocês de volta às suas casas'."

Antes de poderem partir, os chefes tiveram de assinar o novo tratado (1º de junho de 1868), que começava assim: "A partir deste dia, deve cessar, para sempre, toda guerra entre as partes deste acordo". Barboncito assinou primeiro, depois Armijo, Delgadito, Manuelito, Herrero Grande e sete outros.

"As noites e os dias ficaram compridos antes que chegasse a hora de irmos para nossos lares", disse Manuelito. "Um dia antes da partida, andamos um pouco na direção de casa, porque estávamos muito ansiosos para partir. Voltamos e os americanos deram-nos algum gado e agradecemos-lhes isso. Dissemos aos condutores para chicotearem as mulas, estávamos com muita pressa. Quando vimos o cimo da montanha de Albuquerque, imaginamos que fosse nossa montanha, sentimo-nos como que conversando com o chão, tanto gostávamos dele, e alguns dos velhos e das mulheres gritavam de alegria quando atingiram seus lares."[15]

E assim, os navajos voltaram para casa. Quando as novas fronteiras da reserva foram demarcadas, muitos dos seus melhores pastos haviam sido tomados pelos colonos brancos. A vida não seria fácil. Teriam de lutar para resistir. Apesar de tudo, os navajos viriam a saber que eram os menos infelizes dos índios do Oeste. Para os outros, mal começara a provação.

Capítulo três

A Guerra de Corvo Pequeno

1862 – *6 de abril*, o general Grant derrota os confederados na batalha de Shiloh. 6 de maio, Henry D. Thoreau morre aos 44 anos de idade. 20 de maio, o Congresso aprova a Lei Homestead, distribuindo a colonos lotes de 160 acres no Oeste a $1,25 o acre. 2 de julho, o Congresso aprova a Lei Morrill para a construção de faculdades em terras cedidas pelo governo. 10 de julho, começa a construção da Central Pacific Railroad. 30 de agosto, o Exército da União é derrotado na Segunda Batalha de Bull Run. 17 de setembro, o Exército Confederado é derrotado em Antietam. 22 de setembro, Lincoln declara a libertação de todos os escravos a partir de 1º de janeiro de 1863. 13 de outubro, na Alemanha, Bismarck pronuncia o discurso de "sangue e ferro". 13 de dezembro, o Exército da União sofre graves perdas e é derrotado em Fredericksburg; nação mergulhada na tristeza; algumas unidades do Exército quase se amotinam quando vão para o aquartelamento de inverno. 29 de dezembro, o general Sherman é derrotado na Baía Chickasaw. Sai a publicação de *Os miseráveis,* de Victor Hugo, e *Pais e filhos,* de Turguêniev.

1863 – *2 de abril*, revolta do pão em Richmond, Virgínia. 2-4 de maio, os confederados vencem em Chancellorsville. 1-3 de julho, o Exército da União derrota os confederados em Gettysburg. 4 de julho, Vicksburg se rende ao exército de Grant. 11 de julho, começa o recrutamento de soldados para o Exército da União. 13-17 de julho, muitas centenas de mortos nos motins contra o recrutamento na cidade de Nova York; outros motins em várias cidades. 15 de julho, o presidente Davis ordena os primeiros recrutamentos obrigatórios para o serviço militar confederado. 5 de setembro, revoltas do pão em Mobile; o valor do dólar confederado cai para oito centavos. 1º de outubro, cinco navios de guerra russos entram no porto de Nova York e são recebidos com entusiasmo. 24-25 de novembro, derrota dos confederados em Chattanooga. 8 de dezembro, o presidente Lincoln oferece anistia aos confederados dispostos a se reintegrar à União.

Os brancos estavam sempre tentando que os índios desistissem de sua vida e vivessem como homens brancos – plantar, trabalhar muito e fazer como eles faziam – e os índios não sabiam fazer isso, e não queriam fazer, de qualquer maneira... Se os índios tivessem tentado que os brancos vivessem como eles, os brancos resistiriam, e foi a mesma coisa com muitos índios.

WAMDITANKA (ÁGUIA GRANDE), DOS SIOUX SANTEES

QUASE 1,6 MIL QUILÔMETROS ao norte do território navajo e na mesma época da grande Guerra Civil dos brancos, os sioux santees estavam perdendo a terra natal para sempre. Os santees eram de quatro divisões: os mdewkantons, os wahpetons, os wahpekutes e os sissetons. Eram sioux das florestas, mas tinham laços próximos e compartilhavam um grande orgulho tribal com seus irmãos de sangue das pradarias, os yanktons e os tetons. Os santees eram o "povo da ponta distante", os guardiões da fronteira do domínio sioux.

Nos dez anos anteriores à Guerra Civil, mais de 150 mil colonos brancos entraram em território santee, assim derrubando o flanco esquerdo da "fronteira indígena permanente" de outrora. Como resultado de dois tratados enganosos, os sioux das florestas perderam nove décimos de seu território e ficaram amontoados numa estreita faixa ao longo do rio Minnesota. Desde o começo, agentes e negociantes os rodeavam como abutres em volta da carcaça de um búfalo morto, sistematicamente roubando a maior parte dos pagamentos anuais com que tinham sido persuadidos a ceder suas terras.

"Muitos homens brancos frequentemente abusavam dos índios e os tratavam mal", disse Águia Grande.

> Talvez tivessem desculpa, mas os índios não pensavam assim. Muitos brancos pareciam sempre estar dizendo, pela maneira como olhavam um índio: "Sou melhor do que você", e os índios não gostavam disso. Havia desculpa para isso, mas os dakotas [sioux] achavam que não havia no mundo nenhum homem melhor do que eles. E alguns brancos abusavam das mulheres índias de uma certa maneira e as desgraçavam, e para isso certamente não havia desculpa. Por causa de tudo isso, muitos índios não gostavam dos brancos.[1]

No verão de 1862, a situação entre os santees e os homens brancos parecia ir de mal a pior. Grande parte da caça havia desaparecido da reserva e, quando os índios entravam em seus antigos locais de caça agora reivindicados por colonos brancos, não raro surgiam problemas. Pelo segundo ano seguido, os índios tiveram uma colheita ruim, e muitos tiveram de ir aos comerciantes para pedir alimento a crédito. Os santees detestavam o sistema a crédito porque não tinham controle sobre as contas. Quando seus pagamentos anuais chegavam de Washington, os comerciantes tinham prioridade para receber, e qualquer quantia que os comerciantes dissessem, os agentes do governo lhes pagariam. Alguns dos santees tinham aprendido a manter as contas, mas, mesmo que seus valores fossem muito abaixo das contas dos comerciantes, os agentes do governo não os aceitavam.

Ta-oya-te-duta (Corvo Pequeno) ficou muito zangado com os comerciantes durante o verão de 1862. Corvo Pequeno era chefe dos Mdewkantons, como o pai e o avô haviam sido antes dele. Tinha sessenta anos de idade e sempre usava roupas de mangas compridas para cobrir os antebraços e os pulsos, que haviam definhado por causa de ferimentos de batalha mal curados, sofridos quando era jovem. Corvo Pequeno havia assinado os dois tratados que enganaram seu povo, levando-os a perder a terra e o dinheiro prometido pela terra. Ele tinha estado em Washington para visitar o Grande Pai, o presidente Buchanan; havia trocado a tanga e a manta por calças e jaquetas com botões de metal; havia entrado na Igreja Episcopal, construiu uma casa e começou uma lavoura. Mas no verão de 1862 a desilusão de Corvo Pequeno estava se convertendo em raiva.

Em julho, vários milhares de santees se reuniram na Agência de Cima no rio Remédio Amarelo para receber suas anuidades, prometidas nos tratados para poderem trocar por comida. O dinheiro não chegou, e correram rumores de que o Grande Conselho (o Congresso) em Washington gastara todo o ouro deles lutando na grande Guerra Civil e não pôde enviar nenhum dinheiro para os índios. Como seu povo estava passando fome, Corvo Pequeno e alguns dos outros chefes foram ao agente deles, Thomas Galbraith, e perguntaram por que não podiam receber alimentos do armazém da agência, que estava repleto de víveres. Galbraith respondeu que não podia fazer isso enquanto o dinheiro não chegasse, e trouxe cem soldados para guardar o armazém. Em 4 de agosto, quinhentos santees cercaram os soldados enquanto outros entraram no armazém e começaram a tirar sacos de farinha. O soldado chefe branco, Timothy Sheehan, simpatizava com os santees. Em vez de disparar contra eles, convenceu o agente Galbraith a distribuir carne de porco e farinha para os índios e adiar o pagamento até a chegada do dinheiro. Depois que Galbraith assim fez, os santees foram embora pacificamente. Corvo Pequeno, porém, não saiu enquanto o agente não lhe prometeu distribuir a mesma quantidade de alimento aos santees na Agência de Baixo, 48 quilômetros rio abaixo, em Redwood.

Embora a aldeia de Corvo Pequeno ficasse perto da Agência de Baixo, Galbraith o deixou esperando vários dias antes de marcar uma reunião em Redwood para 15 de agosto. Neste dia, de manhã cedo, Corvo Pequeno e várias centenas de mdewkantons famintos se reuniram, mas desde o começo ficou claro que Galbraith e os quatro comerciantes na Agência de Baixo não pretendiam distribuir comida de seus armazéns enquanto as anuidades não chegassem.

Sentindo raiva por mais uma promessa quebrada, Corvo Pequeno se levantou, encarou Galbraith e falou por seu povo:

> Esperamos há muito tempo. O dinheiro é nosso, mas não podemos recebê-lo. Não temos alimento, mas aqui estão estes armazéns, cheios de comida. Pedimos que você combine alguma coisa para que a gente possa receber comida dos armazéns, ou vamos dar nosso próprio jeito para não morrer de fome. Quando os homens têm fome, eles se arranjam.[2]

Em vez de responder, Galbraith se virou para os comerciantes e perguntou o que eles fariam. O comerciante Andrew Myrick declarou com desprezo: "No que me diz respeito, se eles estão com fome, que comam capim ou sua própria merda".[3]

Por um momento o círculo de índios ficou em silêncio. Então houve uma explosão de gritos raivosos, e os santees se levantaram como um homem só e abandonaram a reunião.

As palavras de Andrew Myrick deixaram todos os santees com raiva, mas para Corvo Pequeno elas foram como um sopro quente em suas emoções já em brasa. Durante anos ele tentou cumprir os tratados, seguir o conselho dos homens brancos e conduzir seu povo para o caminho deles. Agora parecia que tinha perdido tudo. Seu próprio povo estava perdendo a fé nele, culpando-o por suas desgraças, e agora os agentes e comerciantes tinham se virado contra ele. Um pouco antes, naquele mesmo verão, os mdewkantons da Agência de Baixo tinham acusado Corvo Pequeno de traí-los ao ceder seus territórios assinando os tratados. Em vez de Corvo Pequeno, escolheram Granizo Rolante como representante. Se Corvo Pequeno tivesse conseguido persuadir o agente Galbraith e os comerciantes a dar alimento para seu povo, voltaria a ser respeitado, mas sua tentativa não deu certo.

Antigamente, ele poderia reconquistar a liderança indo para a guerra, mas os tratados o obrigavam a não entrar em hostilidades com os homens brancos nem com outras tribos. Como, perguntava-se ele, os americanos falavam tanto de paz entre eles e os índios, e entre índios e índios, e agora eles mesmos entravam numa guerra tão selvagem contra os Casacos Cinzentos que nem lhes sobrava dinheiro para pagar suas pequenas dívidas com os santees? Ele sabia que alguns jovens de sua tribo estavam falando abertamente em guerra contra os homens brancos, uma guerra para expulsá-los do vale do Minnesota. Era um bom momento para combater os brancos, diziam eles, porque muitos soldados Casacos Azuis estavam longe, combatendo os Casacos Cinzentos. Corvo Pequeno achava essas conversas uma tolice; ele havia estado no Leste e viu o poder dos americanos. Estavam por todas as partes como gafanhotos e destruíam os inimigos com grandes canhões trovejantes. A guerra contra os homens brancos era impensável.

Em 17 de agosto, um domingo, Corvo Pequeno foi à Igreja Episcopal na Agência de Baixo e ouviu o sermão do reverendo Samuel Hinman. No final do culto, ele trocou apertos de mão com os outros presentes e voltou para casa, a cerca de três quilômetros de distância da agência, subindo o rio.

Mais tarde, naquela noite, Corvo Pequeno foi despertado pelo som de várias vozes e pelo barulho de vários santees entrando em seu quarto. Ele reconheceu a voz de Shakopee. Acontecera algo muito importante, algo muito grave. Shakopee, Mankato, Garrafa de Remédio e Grande Águia tinham vindo e disseram que Wabasha logo chegaria para uma reunião.

Quatro rapazes do grupo de Shakopee que estavam com fome haviam atravessado o rio naquela tarde ensolarada para caçar na Mata Grande, e lá aconteceu algo horrível. Águia Grande contou:

> Eles chegaram na cerca de um colono e encontraram ali um ninho de galinha com alguns ovos. Um deles pegou os ovos quando um outro disse:
>
> – Não pegue, pois são de um homem branco e podemos ter problemas.
>
> O outro ficou bravo, pois estava com muita fome e queria comer os ovos, então jogou-os no chão e respondeu:
>
> – Você é um covarde. Você tem medo do homem branco. Tem medo até de pegar um ovo dele, mesmo que esteja quase morrendo de fome. É, você é um covarde, e vou dizer isso para todo mundo.
>
> O outro respondeu:
>
> – Não sou um covarde. Não tenho medo do homem branco e, para lhe mostrar que não tenho medo, vou até a casa onde ele mora e dou um tiro nele. Você tem coragem de vir comigo?
>
> Aquele que o tinha chamado de covarde disse:
>
> – Sim, eu vou com você, e vamos ver qual de nós tem mais coragem.
>
> Os outros dois companheiros então disseram:
>
> – Nós vamos com vocês, e também temos coragem.
>
> Foram todos até a casa do homem branco, mas ele ficou assustado e foi para uma outra casa onde havia mais alguns brancos e brancas. Os quatro índios os seguiram e mataram

três homens e duas mulheres. Então subiram num carro de bois que era de um outro colono e foram para o acampamento de Shakopee [...] e contaram o que tinham feito.[4]

Ao saber da morte dos brancos, Corvo Pequeno repreendeu os quatro rapazes e então perguntou sarcástico a Shakopee e aos outros por que tinham vindo se aconselhar com ele, se haviam escolhido Granizo Rolante como representante. Os chefes garantiram que Corvo Pequeno ainda era o chefe guerreiro deles. E disseram que nenhum santee estaria a salvo depois dessas mortes. O homem branco castigava todos os índios pelos crimes de um ou de alguns; mais valia que os santees atacassem antes, em vez de ficar esperando que os soldados viessem e os matassem. Era melhor combater os homens brancos agora, enquanto estavam lutando entre eles lá no sul.

Corvo Pequeno não concordou com os argumentos. Os homens brancos eram poderosos demais, disse ele. Mas concordava que os colonos iam planejar uma vingança terrível por causa da morte das mulheres. O filho de Corvo Pequeno, que estava presente, disse que depois o pai ficou com uma cara muito preocupada e grandes gotas de suor apareceram na sua testa.

Finalmente um dos bravos gritou:

– Ta-oya-te-duta [Corvo Pequeno] é um covarde!

"Covarde" era a palavra que havia dado início à matança, o desafio ao rapaz faminto que estava com medo de pegar os ovos do homem branco. "Covarde" não era uma palavra que um chefe sioux seria capaz de engolir à toa, mesmo que estivesse a meio caminho na estrada do homem branco.

A resposta de Corvo Pequeno (como contou depois o filho):

> Ta-oya-te-duta não é covarde, e não é tolo! Quando ele fugiu de algum inimigo? Quando ele deixou os seus bravos para trás no caminho da guerra e voltou para a sua tenda? Quando ele escapou dos inimigos de vocês, seguiu no rastro de vocês com a cara voltada para os ojibways e os protegeu como uma ursa protege os filhotes! Ta-oya-te-duta não tem escalpos? Olhem suas plumas de guerra! Vejam os cabelos dos escalpos dos seus inimigos pendurados lá nos paus da tenda! Vocês

> dizem que ele é um covarde? Ta-oya-te-duta não é covarde, e não é tolo. Bravos, vocês parecem crianças; não sabem o que estão fazendo.
>
> Vocês estão cheios da água do demônio do homem branco. São como cachorros na Lua Quente quando enlouquecem e mordem a própria sombra. Somos apenas pequenas manadas de búfalos espalhadas; as grandes manadas que antigamente cobriam as pradarias não existem mais. Vejam! Os homens brancos são como os gafanhotos quando voam em tanta quantidade que o céu inteiro vira uma nevasca. Vocês podem matar um, dois, dez; sim, são inúmeros como as folhas da floresta lá adiante, e os irmãos deles não vão sentir falta. Matem um – dois – dez, e dez vezes dez virão matar vocês. Fiquem contando nos dedos e os homens brancos com armas nas mãos virão mais depressa do que vocês conseguem contar.
>
> Sim, eles estão lutando entre si – lá longe. Vocês ouvem o trovão das grandes armas deles? Não; levaria duas luas para chegar até onde eles estão lutando, e durante o caminho inteiro vocês passariam por soldados brancos tão numerosos quanto os lariços nos pântanos dos ojibways. Sim, eles estão lutando entre si, mas se vocês os atacarem se virarão contra vocês e vão devorar vocês, suas mulheres e crianças como os gafanhotos que se lançam nas árvores e devoram todas as folhas num dia só.
>
> Vocês são tolos. Não veem o rosto do seu chefe; estão com os olhos cheios de fumaça. Não ouvem a voz dele; estão com os ouvidos cheios de águas rugindo. Bravos, vocês são crianças – são tolos. Vão morrer como os coelhos que os lobos famintos caçam na Lua Rigorosa de janeiro.
>
> Ta-oya-te-duta não é covarde; ele vai morrer com vocês.[5]

Águia Grande então falou em paz, mas foi calado aos gritos. Dez anos de abusos dos homens brancos – os tratados rompidos, as áreas de caça perdidas, as promessas não cumpridas, as anuidades não pagas, a fome enquanto os armazéns da agência transbordavam de comida, os insultos de Andrew Myrick – tudo isso veio à tona e deixou o assassinato dos colonos brancos em segundo plano.

Corvo Pequeno mandou mensageiros rio acima para convocar os wahpetons e sissetons para a guerra. As mulheres foram despertadas e começaram a preparar balas enquanto os guerreiros limpavam as armas.

Águia Grande relatou mais tarde:

> Corvo Pequeno deu ordens de atacar a agência na madrugada seguinte e matar todos os comerciantes.
>
> Na manhã seguinte, quando a força começou a atacar a agência, eu fui junto. Não levei meu grupo e não tomei parte na matança. Fui para salvar a vida de dois amigos pessoais, se pudesse. Acho que outros foram pela mesma razão, pois quase todo índio tinha algum amigo que não queria que fosse morto; claro que não se importava com o amigo de mais ninguém. A matança tinha quase terminado quando cheguei lá. Corvo Pequeno estava no local dirigindo as operações. [...] O sr. Andrew Myrick, um comerciante casado com uma índia, havia recusado crédito a alguns índios com fome, pouco tempo antes, quando lhe pediram alguns alimentos. Ele disse:
>
> – Vão e comam capim.
>
> Agora estava no chão, morto, com a boca cheia de capim, e os índios escarneciam:
>
> – Agora é Myrick que está comendo capim.[6]

Os santees mataram vinte homens, capturaram dez mulheres e crianças, esvaziaram os armazéns de alimentos, e atearam fogo às construções. Os 47 habitantes que sobraram (alguns ajudados na fuga por santees amigos) escaparam pelo rio e foram para Fort Ridgely, vinte quilômetros abaixo.

No caminho para Fort Ridgely, os sobreviventes encontraram uma companhia de 45 soldados marchando em auxílio da agência. O reverendo Hinman, que no dia anterior tinha pregado o último sermão que Corvo Pequeno ouviu, avisou aos soldados que voltassem. O soldado chefe, John Marsh, não aceitou o conselho e caiu numa emboscada santee. Apenas 24 dos seus homens escaparam vivos para voltar ao forte.

Animado com esses sucessos iniciais, Corvo Pequeno decidiu atacar a própria Casa dos Soldados, Fort Ridgely. Wabaha e seu grupo tinham chegado, a força de Mankato havia aumentado com novos guerreiros, corria a notícia de que viriam novos aliados da Agência de Cima, e Águia Grande não podia mais ficar neutro enquanto seu povo estava em guerra.

À noite, os chefes e várias centenas de guerreiros desceram o vale do Minnesota e de manhã cedo, em 19 de agosto, começaram se reunindo na pradaria a oeste do forte. “Os jovens estavam todos ansiosos em ir”, disse Manta Raiada, um dos participantes, “e nos vestimos como guerreiros com pintura de guerra, tangas e perneiras, com uma faixa larga enrolada para guardar a comida e a munição.”[7]

Quando alguns dos rapazes inexperientes viram as sólidas construções de pedra da Casa dos Soldados e os Casacos Azuis armados à espera, reconsideraram a ideia de atacar o local. Quando estavam vindo da Agência de Baixo, comentaram como seria fácil atacar o povoado em Cottonwood, New Ulm. A vila do outro lado do rio estava cheia de armazéns que podiam ser saqueados, e não havia nenhum soldado. Por que não podiam combater em New Ulm? Corvo Pequeno lhes disse que os santees estavam em guerra, e para serem vitoriosos teriam de derrotar os soldados Casacos Azuis. Se conseguissem afastar os soldados do vale, todos os colonos brancos iriam embora. Os santees não ganhariam nada matando apenas algumas pessoas em New Ulm.

Mas, apesar das súplicas e advertências de Corvo Pequeno, os rapazes começaram a se espalhar para o lado do rio. Corvo Pequeno consultou os outros chefes, e decidiram adiar o ataque a Fort Ridgely para o dia seguinte.

Naquela noite os rapazes voltaram de New Ulm. Contaram que tinham dado um susto no pessoal de lá, mas que a vila estava bem defendida, e, além disso, à tarde caiu um tremendo temporal com raios e relâmpagos. Águia Grande disse que eles eram uns “índios salteadores”, sem chefe para liderá-los, e naquela noite todos concordaram em ficar juntos e atacar Fort Ridgely na manhã seguinte.

Manta Raiada rememorou:

> Saímos ao nascer do sol e atravessamos o rio de barco, perto da agência, seguindo o caminho até o alto do morro abaixo de Faribault’s Creek, onde paramos para descansar um pouco. Lá Corvo Pequeno apresentou os planos para atacar o forte. [...]
>
> Depois de alcançar o forte, os homens de Garrafa de Remédio dariam um sinal com três disparos, para atrair a atenção e o fogo dos soldados, e assim os homens a leste (de Águia Grande) e os do oeste e do sul (de Corvo Pequeno e Shakopee) poderiam invadir e tomar o forte.

Chegamos ao riacho Três Milhas antes do meio-dia e preparamos um pouco de comida. Depois de comer, nós nos separamos, eu indo com os homens a pé para o norte, e depois de deixar Corvo Pequeno não demos nenhuma atenção aos chefes; cada um fazia o que queria. Os dois grupos chegaram ao forte mais ou menos ao mesmo tempo, pois vimos passarem para oeste, Corvo Pequeno num pônei negro. O sinal, três disparos, foi dado do nosso lado, pelos homens de Garrafa de Remédio. Depois do sinal os homens a leste, sul e oeste demoraram para aparecer. Enquanto davam os tiros, corremos para a construção que ficava perto da outra construção grande de pedra. Quando entramos correndo, vimos o homem com as armas grandes, que todos nós conhecíamos, e como só nós estávamos à vista ele atirou contra a gente, pois tinha se preparado ao ouvir os tiros vindos da nossa direção. Se os homens de Corvo Pequeno tivessem disparado depois que demos o sinal, os soldados que atiraram em nós teriam morrido. Dois dos nossos morreram e três ficaram feridos, dois morreram mais tarde. Corremos de volta para o riacho e não sabíamos se os outros apareceriam ali perto ou não, mas apareceram, e as armas grandes os fizeram recuar daquele lado. Se soubéssemos que eles apareceriam de perto, poderíamos ter atirado ao mesmo tempo e matado todos, pois os soldados estavam do lado de fora na grande faixa aberta entre as duas construções. Não lutamos como os brancos comandados por um oficial; todos nós atirávamos como bem entendíamos. O plano de invadir correndo as construções foi abandonado, e disparamos nas janelas, principalmente na construção grande de pedra, pois achamos que muitos brancos estavam lá.

Não conseguíamos vê-los, então não dava para saber se estávamos matando algum. Durante o tiroteio tentamos incendiar as construções com flechas de fogo, mas as construções não queimaram, então tivemos de pegar mais pólvora e munição. O sol tinha subido fazia umas duas horas quando viramos para o oeste do forte, então decidimos voltar para a aldeia de Corvo Pequeno e continuar o combate no dia seguinte. [...]

Havia cerca de quatrocentos índios nesse ataque, sem nenhuma mulher. Todas tinham ficado na aldeia de Corvo Pequeno. Quem cozinhava eram os meninos de dez a quinze anos de idade, novos demais para lutar.[8]

Naquela noite na aldeia, Corvo Pequeno e Águia Grande estavam desanimados porque não haviam conseguido tomar a Casa dos Soldados. Águia Grande foi contrário a atacar de novo. Ele disse que os santees não tinham guerreiros suficientes para assaltar as armas grandes dos soldados. Perderiam homens demais se atacassem outra vez. Corvo Pequeno disse que mais tarde decidiria o que fazer. Enquanto isso, todo mundo devia ir preparar o máximo possível de balas; havia sobrado muita pólvora do armazém da agência.

Na mesma noite, mais tarde, a situação mudou. Apareceram quatrocentos guerreiros wahpetons e sissetons vindos da Agência de Cima e se ofereceram para se juntar com os mdewkantons na guerra contra os homens brancos. Corvo Pequeno ficou felicíssimo. Os sioux santees estavam unidos de novo, oitocentos homens, certamente um número suficiente para tomar Fort Ridgely. Ele convocou um conselho de guerra e deu ordens estritas para o combate do dia seguinte. Desta vez não podiam falhar.

Conta Manta Raiada:

> Saímos cedo em 22 de agosto, mas o capim estava úmido de orvalho, mais do que no dia do primeiro ataque, e por isso, quando o sol já estava bem alto, ainda não tínhamos avançado muito, e só chegamos ao forte logo antes do meio do dia. [...] Desta vez não paramos para comer, e cada um levava na faixa da perneira alguma coisa para comer, e comemos no meio do dia, enquanto lutávamos.[9]

Águia Grande disse que o segundo combate em Forte Ridgely era uma grande ocasião. "Descemos decididos a tomar o forte, pois sabíamos que era da maior importância ocupá-lo. Se conseguíssemos tomá-lo, logo teríamos o vale do Minnesota inteiro."

Agora, em vez de enfrentar diretamente o forte, os guerreiros santees prenderam um pouco de mato e umas flores na faixa da testa como camuflagem, e então foram se esgueirando pelas ravinas e rastejando entre os arbustos até chegarem a uma distância de onde poderiam disparar contra os soldados. Uma chuva de flechas acesas ateou fogo aos telhados, e os santees foram correndo para os estábulos. Conta Wakonkdayamanne:

> Nesse combate fui pelo lado sul até os estábulos e tentei pegar um cavalo. Quando estava saindo com ele, explodiu uma granada dentro do estábulo, perto de onde eu estava, e o cavalo pulou por cima de mim, me derrubou e foi embora. Quando levantei, vi uma mula e estava tão louco que disparei nela.[10]

Durante alguns minutos houve uma luta corpo a corpo em volta dos estábulos, mas os santees tiveram de recuar outra vez diante das cargas furiosas da artilharia dos soldados.

Corvo Pequeno foi ferido, não gravemente, mas a perda de sangue o deixou fraco. Quando ele se retirou do campo para recuperar suas forças, Mankato liderou outro assalto. Cargas duplas de metralha derrubaram os guerreiros, e o ataque falhou.

"Se não fosse o canhão, acho que teríamos tomado o forte", disse Águia Grande. "Os soldados nos combateram com tanta bravura que pensamos que eram mais do que eram." (Cerca de 150 soldados e 25 civis armados defenderam Fort Ridgely em 22 de agosto.) Águia Grande perdeu a maioria de seus homens naquele dia.

À tarde, os chefes santees suspenderam o ataque. Disse Manta Raiada:

> O sol estava baixando, e quando vimos os homens no sul e no oeste repelidos pelas armas grandes, e vimos Corvo Pequeno e seus homens indo para o noroeste, decidimos nos juntar a eles e ver o que fazer. [...] Depois que nos juntamos, imaginamos que voltaríamos à aldeia de Corvo Pequeno para pegar mais guerreiros. [...] Corvo Pequeno nos disse que não havia mais guerreiros, e então houve uma discussão. Alguns queriam retomar o ataque ao forte na manhã seguinte e então ir para New Ulm; outros queriam atacar New Ulm na manhã seguinte, logo cedo, e então voltar e tomar o forte. Tínhamos medo de que os soldados fossem primeiro para New Ulm.[11]

Os soldados a que se referia Manta Raiada eram 1,4 mil homens do Sexto Regimento de Minnesota que estavam vindo de St. Paul. O chefe que estava no comando era muito conhecido pelos sioux santees. Era o Comerciante Comprido, coronel Henry H. Sibley. Dos 475 mil dólares prometidos aos santees no primeiro tratado, o Comerciante Comprido Sibley tinha reivindicado 145 mil dólares para sua Companhia Americana de Peles, como devolução de pagamentos extras feitos para os santees. Os santees achavam que a empresa de peles pagara muito pouco a eles, mas o agente Alexander Ramsey aceitou as alegações de Sibley e de outros negociantes, de modo que os santees não receberam praticamente nada por suas terras. (Ramsey agora era o governador de Minnesota e havia nomeado o Comerciante Comprido como o Chefe Águia do regimento de Minnesota.)

Pelo meio da manhã de 23 de agosto, os santees atacaram New Ulm. Saíram das matas em plena luz do sol, num movimento rápido e contínuo, formaram um arco na pradaria e avançaram em conjunto para a vila. Os cidadãos de New Ulm estavam prontos para recebê-los. Depois do ataque malogrado dos jovens bravos em 19 de agosto, os moradores ergueram barricadas, trouxeram mais armas e conseguiram o apoio da milícia das cidades de todo o vale. Quando os santees chegaram a pouco mais de dois quilômetros da linha avançada da defesa branca, a massa de guerreiros começou a se abrir como um leque. Ao mesmo tempo aumentaram a velocidade e começaram a lançar gritos de guerra para assustar os homens brancos. Mankato foi o chefe guerreiro daquele dia (Corvo Pequeno, ferido, havia ficado na aldeia), e seu plano de ataque era cercar a vila.

O tiroteio de ambos os lados foi rápido e intenso, mas os habitantes da vila conseguiram retardar o avanço dos índios, pois estavam usando construções com seteiras para suas posições de defesa. No começo da tarde, os santees incendiaram diversas estruturas no lado da cidade onde soprava o vento, na esperança de avançar sob uma nuvem de fumaça. Sessenta guerreiros, a pé e a cavalo, atacaram uma barricada, mas foram repelidos por um tiroteio pesado. Foi uma batalha longa e difícil, travada nas ruas, nas casas, em galpões e depósitos. Quando escureceu, os santees foram embora sem a vitória, mas deixaram atrás de si as ruínas fumegantes de 190 construções e mais de cem baixas entre os obstinados defensores de New Ulm.

Três dias depois, a coluna do regimento do Comerciante Comprido Sibley alcançou Fort Ridgely, e os santees começaram a recuar para o vale do Minnesota. Levavam mais de duzentos prisioneiros, na maioria mulheres e crianças brancas, e uma quantidade considerável de mestiços sabidamente simpáticos aos brancos. Depois de montar uma aldeia provisória subindo a Agência de Cima, Corvo Pequeno começou a negociar com outros chefes sioux na área, esperando ganhar seu apoio. Não teve muito sucesso. Uma das razões da falta de entusiasmo deles era porque Corvo Pequeno não havia conseguido expulsar os soldados de Fort Ridgely. Outra razão era a matança indiscriminada de colonos brancos no lado norte do rio Minnesota, uma chacina sangrenta perpetrada por bandos de jovens salteadores indisciplinados enquanto Corvo Pequeno sitiava Fort Ridgely. Várias centenas de colonos haviam ficado presos em suas cabanas sem qualquer alerta prévio. Muitos foram brutalmente assassinados. Outros fugiram para se salvar, alguns indo para as aldeias dos grupos sioux que Corvo Pequeno pretendia conquistar para sua causa.

Embora sentindo desprezo por quem atacava colonos indefesos, Corvo Pequeno sabia que fora sua a decisão de iniciar a guerra que desencadeara a ação dos atacantes. Agora era tarde demais para voltar atrás. A guerra contra os soldados continuaria enquanto ele tivesse guerreiros para combater.

O plano de Corvo Pequeno era evitar um encontro frontal com os soldados, esgueirando-se para a retaguarda das linhas de Sibley e tentando capturar os suprimentos do exército. Para isso, ele deu uma grande volta para o norte, posicionando seus guerreiros perto de várias colônias que haviam resistido aos ataques dos salteadores nas duas semanas anteriores. A tentação de atacar algumas das colônias menores gerou dissensão entre os seguidores de Corvo Pequeno. No segundo dia de reconhecimento, um dos subchefes convocou um conselho de guerra e propôs que atacassem e pilhassem os povoados. Corvo Pequeno foi contra. Insistiu que os inimigos eram os soldados; eles deviam combater os soldados. No final do conselho, 75 guerreiros se alinharam com o subchefe em favor da pilhagem. Apenas 35 seguidores leais ficaram com Corvo Pequeno.

Na manhã seguinte, o pequeno grupo de Corvo Pequeno teve um inesperado encontro com uma companhia de 75 soldados. Na rápida batalha que se seguiu, os santees desertores do dia anterior voltaram correndo ao som dos disparos para salvar Corvo Pequeno. Na luta sangrenta, os soldados usaram suas baionetas, mas os santees mataram seis e feriram quinze inimigos, antes que estes fugissem numa veloz retirada para Hutchinson.

Nos dois dias subsequentes, os santees fizeram um reconhecimento ao redor de Hutchinson e Forest City, mas os soldados continuavam dentro das paliçadas. Em 5 de setembro, cinco mensageiros trouxeram a notícia de uma batalha a poucos quilômetros a sudoeste. Águia Grande e Mankato haviam acuado os soldados de Comerciante Comprido em Birch Coulee.

Na noite anterior à batalha em Birch Coulee, Águia Grande e Mankato haviam cercado silenciosamente o acampamento dos soldados, que então não poderiam escapar. Águia Grande relatou:

> A luta começou logo ao amanhecer. Continuou o dia todo e depois à noite até a manhã seguinte, em hora adiantada. Os dois lados lutaram bem. Devido à maneira de lutar dos brancos, eles perderam muitos homens. Devido à maneira de lutar dos índios, eles perderam poucos. [...] No meio da tarde, nossos homens estavam muito insatisfeitos com a demora da luta e a teimosia dos brancos, e correu a instrução nas linhas para se prepararem para o ataque ao acampamento. O bravo Mankato queria atacar após a primeira hora. [...]
>
> Bem no momento em que íamos atacar, correu a notícia de que estava chegando um grande número de soldados a cavalo, vindos do leste para Fort Ridgely. Isso interrompeu o ataque e criou uma certa agitação. Mankato pegou imediatamente alguns homens da ravina e foram de encontro a eles. [...] Mankato dispôs ostensivamente seus homens ao seu redor e todos os índios na ravina levantaram um vozerio, e por fim os brancos começaram a recuar e se retiraram a mais de três quilômetros e começaram a cavar trincheiras. Mankato foi atrás deles e deixou cerca de trinta homens para vigiá-los e voltou para lutar na ravina junto com os demais. Os índios davam risada ao voltar, lembrando como tinham enganado os brancos, e estávamos

todos alegres que os brancos não tivessem avançado e nos feito retroceder. [...]

Na manhã seguinte, o general Sibley veio com uma força muito grande e nos afastou do campo. Saímos devagar. Alguns de nossos homens disseram que ficaram até que Sibley se levantou e atiraram em alguns de seus homens enquanto trocavam apertos de mão com outros homens do acampamento. Os índios que estavam na pradaria voltaram para o oeste, descendo o vale. [...] Não houve perseguição. Os brancos dispararam os canhões deles contra nós quando saímos do campo, mas se tocassem tambor seria a mesma coisa. Só fizeram barulho. Atravessamos o rio de volta para nossos acampamentos na aldeia antiga, e depois subimos o rio até o Remédio Amarelo e a foz do Chippewa, onde Corvo Pequeno se juntou a nós. [...] Finalmente veio a notícia de que Sibley com seu exército estava avançando de novo contra nós. [...] Ele deixou uma carta para Corvo Pequeno numa forquilha no campo de batalha de Birch Coulee, e alguns dos nossos encontraram e trouxeram o bilhete. [...][12]

A mensagem do Comerciante Comprido era curta e neutra:

Se Corvo Pequeno tiver alguma proposta a fazer, que envie um mestiço até mim e ele estará protegido dentro e fora do acampamento.

H. H. Sibley, Cel. Com. Mil. Ex.[13]

Corvo Pequeno evidentemente não confiava naquele homem tão esperto, que tinha embolsado a maior parte do dinheiro que, por contrato, cabia aos santees. Mas ele decidiu mandar uma resposta. Achou que o Comerciante Comprido, que estava em White Rock (St. Paul), talvez não soubesse por que os santees tinham entrado em guerra. Corvo Pequeno também queria que o governador Ramsey conhecesse as razões para a guerra. Muitos santees neutros ficaram assustados com o que Ramsey disse aos minnesotenses brancos: “Os índios sioux precisam ser exterminados ou expulsos para sempre das fronteiras do estado”.[14]

Eis a mensagem de Corvo Pequeno ao general Sibley, em 7 de setembro:

> Por que razão nós começamos esta guerra, eu vou lhe contar. É por causa do major Galbraith. Fizemos um tratado com o governo, pedimos o que ficou combinado e não conseguimos receber até que nossos filhos começaram a morrer de fome. São os negociantes que começaram com ela. O sr. A. J. Myrick disse para os índios que comessem mato ou porcaria. Então o sr. Forbes disse aos sioux de baixo que eles não eram homens. Então Roberts ficou trabalhando com os amigos dele para roubar nossos dinheiros.* Se os jovens bravos pressionaram os homens brancos, eu pressionei. Assim, também quero que informe o governador Ramsey sobre isso. Estou com muitos prisioneiros, mulheres e crianças. ...Quero que me dê uma resposta pelo portador.

Eis a resposta do general Sibley:

> CORVO PEQUENO – Você matou muitos do nosso povo sem razão. Devolva-me os prisioneiros sob uma bandeira de trégua, e então conversarei com você como homem.[15]

Corvo Pequeno não tinha a menor intenção de devolver os prisioneiros antes que o Comerciante Comprido desse alguma indicação de que pretendia levar a cabo a declaração do governador Ramsey sobre o extermínio ou o exílio dos santees. Ele queria usar os prisioneiros na negociação. Mas, antes que o exército de Sibley alcançasse o Remédio Amarelo, houve muitas divergências nos conselhos dos vários grupos sobre o curso que os santees deveriam tomar. Paul Mazakootemane dos sissetons da Agência de Cima acusou Corvo Pequeno de ter começado a guerra. "Dê-me todos esses prisioneiros brancos", disse ele. "Vou entregá-los aos amigos deles. ...Pare de lutar. Quem luta com os brancos nunca fica rico nem continua dois dias no mesmo lugar, mas está sempre fugindo e passando fome."[16]

Wabasha, que havia participado nas batalhas em Forte Ridgely e New Ulm, agora também era a favor de abrir uma via de pacificação libertando os prisioneiros, mas seu cunhado Rda-in-yan-ka falou por Corvo Pequeno e a maioria dos guerreiros:

---

* Thomas J. Galbraith era o agente da reserva. A. J. Myrick, William Forbes e Louis Roberts eram negociantes do posto na Agência de Baixo.

> Sou a favor da continuação da guerra e contra a libertação dos prisioneiros. Não confio que os brancos mantenham qualquer acordo que façam se os entregarmos. Sempre que tratamos com eles, os agentes e negociantes dos brancos nos roubam e nos enganam. Alguns dos nossos foram mortos a tiros, alguns foram enforcados; outros foram postos em blocos de gelo e afogados; e muitos morreram de fome nas prisões deles. A nação não pretendia matar nenhum branco até que os quatro homens voltaram de Acton e contaram o que tinham feito. Quando fizeram aquilo, todos os rapazes ficaram animados e começaram o massacre. Os mais velhos, se pudessem, teriam impedido, mas desde os tratados eles tinham perdido toda a influência. Podemos lamentar o que aconteceu, mas o assunto foi longe demais para ser remediado. Vamos morrer. Então vamos matar o máximo possível de brancos, e os prisioneiros que morram junto conosco.[17]

Em 12 de setembro, Corvo Pequeno deu ao Comerciante Comprido uma última chance para terminar a guerra sem derramar mais sangue. Em sua mensagem garantiu a Sibley que os prisioneiros estavam sendo bem tratados. E acrescentou: "Quero saber de você, como amigo, de que maneira posso trazer paz para meu povo".

Sem que Corvo Pequeno soubesse, naquele mesmo dia Wabasha mandou uma mensagem secreta a Sibley, acusando Corvo Pequeno de ter iniciado a guerra e alegando que ele (Wabasha) era amigo do "bom povo branco". Não comentou que havia lutado contra os brancos poucas semanas antes, em Forte Ridgely e New Ulm. E afirmou:

> Fui impedido por ameaças de que me matariam se eu fizesse alguma coisa para ajudar os brancos, mas, se agora você me indicar algum lugar para encontrá-lo, eu e os poucos amigos que tenho levaremos todos os prisioneiros que conseguirmos, e com nossa família iremos a qualquer lugar que você indicar para o encontro.

Sibley respondeu imediatamente às duas mensagens. Repreendeu Corvo Pequeno por não entregar os prisioneiros, dizendo-lhe que não era assim que ele conseguiria paz, mas não respondeu ao apelo do chefe guerreiro quanto à maneira de terminar o conflito. Por outro lado, Sibley escreveu uma longa carta a Wabasha, o traidor de Corvo Pequeno, dando-lhe instruções explícitas de usar uma bandeira de trégua para a libertação dos prisioneiros. E Sibley prometeu:

> Ficarei contente em receber todos os verdadeiros amigos dos brancos, com todos os prisioneiros que conseguirem trazer, e tenho poder suficiente para esmagar todos os que tentarem se opor a meu avanço e para punir os que mergulharam as mãos em sangue inocente.[18]

Depois de receber a fria resposta do Comerciante Comprido, Corvo Pequeno teve certeza de que a única esperança de paz seria uma rendição indigna. Se não era possível derrotar os soldados, então restava apenas a morte ou o exílio para os sioux santees.

Em 22 de setembro, alguns batedores informaram que os soldados de Sibley haviam montado acampamento em Wood Lake. Corvo decidiu combatê-los antes que alcançassem o Remédio Amarelo.

"Todos os nossos chefes guerreiros e todos os nossos melhores combatentes índios estavam presentes", disse Águia Grande. "Sentimos que seria a luta decisiva da guerra." Tal como tinham feito em Birch Coulee, os santees prepararam uma emboscada silenciosa para os soldados.

> Nós os ouvíamos rindo e cantando. Quando todos os nossos preparativos ficaram prontos, Corvo Pequeno e eu e mais alguns chefes fomos até o morro ou monte a oeste, para observar melhor a luta quando começasse. [...]
>
> Amanheceu, e um acidente estragou nossos planos. Por alguma razão, Sibley não se moveu na hora que imaginávamos. Nossos homens estavam deitados escondidos, esperando pacientemente. Alguns estavam bem perto das linhas do acampamento na ravina, mas os brancos não viram um único homem nosso. Não creio que iriam descobrir nossa emboscada. Parecia ter se passado um bom tempo desde o nascer do sol, quando quatro ou cinco carroças com vários soldados começaram a sair do acampamento na direção da velha agência de Remédio Amarelo. Depois soubemos que tinham saído sem ordens para colher batatas perto da agência, a oito quilômetros dali. Vieram

para o lado da pradaria, justo onde estava uma parte de nossas forças. Algumas carroças não estavam na estrada, e se seguissem reto passariam bem por cima de nossos homens deitados no capim. Finalmente chegaram tão perto que nossos homens tiveram de se levantar e abrir fogo. Isso deu início ao combate, claro, mas não como tínhamos planejado. Corvo Pequeno viu aquilo e ficou transtornado. [...]

Os índios que estavam no combate lutaram bem, mas centenas de homens nossos não entraram na luta e não dispararam um único tiro. Estavam longe demais. Os homens na ravina e a linha ligando-os aos que estavam na estrada é que travaram a maior parte da batalha. Nós que estávamos no morro fizemos o máximo que foi possível, mas logo fomos repelidos. Mankato foi morto ali e perdemos um chefe guerreiro muito bom e muito corajoso. Ele foi morto por uma bala de canhão tão fraca que nem teve medo dela, e ela o atingiu nas costas, quando ele estava deitado no chão, e o matou. Os brancos expulsaram nossos homens da ravina com uma carga e aquilo pôs fim ao combate. Nossa retirada foi meio desordenada, mas os brancos não se dispuseram a nos perseguir. Atravessamos uma larga pradaria, mas os cavaleiros não nos seguiram. Perdemos catorze ou quinze homens e muitos ficaram feridos. Alguns feridos morreram depois, mas não sei quantos. Não levamos nenhum cadáver, mas recolhemos todos os nossos feridos. Os brancos escalpelaram todos os nossos mortos – foi o que ouvi dizer.

Depois que os soldados mutilaram os santees mortos, Sibley lançou uma ordem proibindo tal ação: "Os corpos dos mortos, mesmo de um inimigo selvagem, não serão submetidos a indignidades por homens civilizados e cristãos".[19]

Naquela noite, no acampamento dos santees a cerca de dezenove quilômetros subindo o Remédio Amarelo, os chefes se reuniram num último conselho. Agora estavam convencidos, em sua maioria, de que o Comerciante Comprido era forte demais para eles. Os sioux das florestas tinham de se render ou fugir para a terra de seus primos, os sioux das pradarias de Dakota. Os que não tinham participado da luta decidiram ficar e se render, achando que a entrega dos prisioneiros brancos lhes valeria a perpétua amizade do Comerciante Comprido Sibley. Wabasha se somou a eles e convenceu seu genro Rda-in-yan-ka a ficar. No último minuto, Águia Grande também resolveu ficar. Alguns mestiços lhe garantiram que, se ele se rendesse, ficaria como prisioneiro de guerra por pouco tempo. Ele viveria para lamentar tal decisão.

Na manhã seguinte, amargurado com a derrota e sentindo o peso de seus sessenta anos, Corvo Pequeno fez um último discurso para seus seguidores:

> Tenho vergonha de me dizer um sioux. Ontem, setecentos de nossos melhores guerreiros foram aniquilados pelos brancos. Agora o melhor que nos resta a fazer é fugir correndo e nos espalhar pelas planícies como búfalos e lobos. É verdade que os brancos tinham armas móveis e armas melhores do que as nossas, e eram em número muito maior. Mas isso não é razão para não os termos batido, pois somos sioux corajosos e os brancos são mulheres covardes. Não consigo explicar a infame derrota. Deve ser obra de traidores entre nós.[20]

Então ele, Shakopee e Garrafa de Remédio mandaram que o povo desmontasse as tendas. Carregaram os pertences e alimentos, as mulheres e crianças em algumas carroças tomadas da agência e partiram para o oeste. A Lua do Arroz Selvagem (setembro) estava chegando ao fim, e as luas frias já se aproximavam.

Em 26 de setembro, com a ajuda de Wabasha e de Paul Mazakootemane, erguendo bandeiras de trégua, Sibley entrou no acampamento santee e exigiu a libertação imediata dos prisioneiros; 107 brancos e 162 mestiços foram entregues aos soldados. Seguiu-se um conselho, onde Sibley anunciou que os santees deviam se considerar prisioneiros de guerra até que ele conseguisse descobrir e enforcar os culpados. Os chefes da paz protestaram com obsequiosos votos de amizade, como Paul Mazakootemane: “Eu cresci como filho seu. Como o que é seu, você me fez crescer, e agora pego sua mão como uma criança pega a mão de seu pai. ...Vejo todos os brancos como meus amigos e entendo a bênção que veio deles”.[21]

A resposta de Sibley foi cercar o acampamento com um cordão de artilharia. Então mandou mensageiros mestiços irem avisar a todos os santees do vale do Minnesota que fossem até o Acampamento da Libertação (nome que ele deu ao local).

Os que não fossem voluntariamente seriam perseguidos e capturados ou mortos. Enquanto os santees eram cercados e desarmados, os soldados cortaram árvores e ergueram uma enorme armação de troncos. Sua finalidade logo ficou clara, quando a maioria dos homens santees – cerca de seiscentos entre os dois mil índios do acampamento – foram acorrentados aos pares e aprisionados lá dentro.

Nesse meio-tempo, Sibley escolheu cinco oficiais seus para compor um tribunal militar e julgar todos os santees suspeitos de participação na revolta. Como os índios não tinham direitos jurídicos, ele não viu razão para lhes nomear um advogado de defesa.

O primeiro suspeito levado à corte foi um mestiço chamado Godfrey, casado com uma mulher do grupo de Wabasha, e que morava na Agência de Baixo fazia quatro anos. As testemunhas foram três brancas que tinham ficado prisioneiras dos índios. Nenhuma delas o acusou de estupro, nenhum delas o viu matar alguém, mas disseram que ouviram Godfrey se gabando por ter matado sete brancos em New Ulm. Com tal depoimento, o tribunal militar declarou Godfrey culpado de assassinato e o condenou à forca.

Ao saber que a corte estaria disposta a comutar sua pena capital se ele apontasse os santees que participaram nos ataques, Godfrey logo se dispôs a ser informante, e os julgamentos seguiram sem percalços, a um ritmo que chegava a quarenta índios por dia condenados à prisão ou à morte. Em 5 de novembro terminaram as sessões; 303 santees foram condenados à morte e dezesseis a longas penas de prisão.

A responsabilidade em eliminar tantas vidas humanas, mesmo de "demônios em forma humana", era mais do que o Comerciante Comprido Sibley pretendia carregar sozinho. Ele transferiu o ônus para o comandante do Departamento Militar do Noroeste, general John Pope. O general Pope, por sua vez, passou a decisão final para o presidente dos Estados Unidos, Abraham Lincoln. "Os prisioneiros sioux serão executados a menos que o presidente proíba, o que tenho certeza que ele não fará", informou o general Pope ao governador Ramsey.

Mas, sendo um homem de consciência, Abraham Lincoln pediu "o registro integral e completo das condenações; se o registro não indicar plenamente os acusados mais culpados e influentes, por favor providencie uma exposição cuidadosa sobre esses pontos e encaminhe para mim". Ao receber os processos, o presidente indicou dois advogados para examiná-los e diferenciar os assassinos e os que haviam apenas participado nos combates.

O general Pope e o governador Ramsey ficaram furiosos com essa recusa de Lincoln em autorizar a execução imediata dos 303 condenados. Pope protestou que "os criminosos condenados, sob todos os pontos de vista, deveriam ser executados imediatamente sem exceção. ...Por humanidade, o caso requer pronto encaminhamento". Ramsey pediu autorização ao presidente para proceder à rápida execução dos 303 condenados e avisou que o povo de Minnesota tiraria sua "vingança privada" contra os prisioneiros se Lincoln não agisse depressa.[22]

Enquanto o presidente Lincoln revia as atas dos processos, Sibley transferiu os índios condenados para um campo de prisioneiros em South Bend, junto ao rio Minnesota. Quando passavam escoltados por New Ulm, uma multidão de moradores, entre eles várias mulheres, tentaram realizar uma "vingança privada" contra os prisioneiros usando forcados, água fervente e pedras. Quinze prisioneiros ficaram feridos, um com o queixo quebrado, antes que os soldados conseguissem escoltá-los para fora da cidade. Na noite de 4 de dezembro, um grupo de cidadãos invadiu o campo de prisioneiros dispostos a linchar os índios. Os soldados contiveram a multidão e no dia seguinte transferiram os índios para um campo mais reforçado perto da vila de Mankato.

Nesse ínterim, Sibley decidiu manter os 1,7 mil santees restantes – na maioria, mulheres e crianças – como prisioneiros, embora não fossem acusados de nenhum crime além de terem nascido índios. Ordenou a transferência deles para Fort Snelling, e no caminho também foram agredidos por cidadãos brancos enfurecidos. Muitos foram apedrejados e espancados; uma criança foi arrancada dos braços da mãe e apanhou até morrer. Em Fort Snelling, o cortejo com mais de seis quilômetros de comprimento foi levado para um terreno cercado, uma área barrenta de aluvião. Lá, sob a guarda dos soldados, abrigados em choças derruídas e recebendo uma escassa ração de alimentos, os remanescentes dos outrora orgulhosos sioux das florestas ficaram aguardando seu destino.

Em 6 de dezembro, o presidente Lincoln notificou Sibley que deveria "proceder à execução" de 39 dos 303 santees condenados. "Os outros prisioneiros condenados, você manterá até novas ordens, cuidando para que não escapem nem sejam submetidos a qualquer violência ilegal".[23]

A execução foi marcada para o 26º dia da Lua Quando os Cervos Trocam a Galhada. Naquela manhã, a vila de Mankato ficou lotada de cidadãos vingativos e morbidamente curiosos. Um regimento de soldados entrou no povoado para manter a ordem. No último minuto, um índio recebeu adiamento da sentença. Por volta das dez horas, os 38 condenados foram conduzidos da prisão ao cadafalso. Cantaram a canção fúnebre dos sioux, até que os soldados lhes enfiaram um capuz branco na cabeça e lhes passaram o laço no pescoço. A um sinal de um oficial do exército, a corda foi cortada e 38 sioux santees sem vida ficaram oscilando no ar. Se não fosse a intervenção de Lincoln, teriam sido mais de trezentos; mesmo assim, um espectador alardeou que tinha sido "a maior execução em massa da América".

Poucas horas depois, alguns funcionários descobriram que dois dos enforcados não estavam na lista de Lincoln, mas ninguém comentou nada publicamente durante nove anos. Um dos responsáveis declarou: "Foi lamentável que tenham ocorrido alguns enganos. Tenho certeza de que não foi de propósito". Um dos inocentes enforcados tinha salvado a vida de uma mulher branca durante os ataques.[24]

Vários outros que foram executados naquele dia sustentaram sua inocência até o final. Um deles era Rda-in-yan-ka, que desde o começo tentou impedir a guerra, mas depois se aliou a Corvo Pequeno. Quando Corvo Pequeno e seus seguidores foram para Dakota, Wabasha convenceu Rda-in-yan-ka a não ir.

Logo antes da execução, Rda-in-yan-ka ditou uma carta de despedida a seu chefe:

> Wabasha – Você me enganou. Você me disse que, se seguíssemos o conselho do general Sibley e nos entregássemos aos brancos, ficaria tudo bem; nenhum inocente seria ferido.

Não matei, não feri nem lesei nenhum homem branco nem nenhuma pessoa branca. Não participei da pilhagem de suas propriedades; e mesmo assim hoje estou separado para a execução e vou morrer em poucos dias, enquanto homens que são culpados vão ficar na prisão. Minha mulher é sua filha, meus filhos são seus netos. Deixo todos eles aos seus cuidados e sob sua proteção. Não deixe que sofram; e quando meus filhos crescerem, conte-lhes que o pai deles morreu porque seguiu o conselho do chefe dele, e sem ter o sangue de um homem branco ao qual responder diante do Grande Espírito.

Minha mulher e meus filhos são caros para mim. Não deixe que sofram por mim. Lembre a eles que os bravos devem estar preparados para enfrentar a morte; e assim farei como faz um dakota.

Seu genro,
Rda-in-yan-ka[25]

Os que escaparam à execução foram condenados à prisão. Um deles foi Águia Grande, que prontamente admitiu ter participado dos combates. Ele disse:

> Se eu soubesse que seria mandado para a penitenciária, não teria me rendido, mas, depois que fiquei três anos preso e eles estavam para me soltar, eu disse que, se quisessem, podiam me segurar por mais um ano, e era verdade. Não gostei da maneira como fui tratado. Eu me rendi de boa-fé, sabendo que muitos brancos me conheciam e sabiam que eu não era um assassino nem estive presente quando foi cometido algum assassínio, e se eu matei ou feri um homem foi em luta aberta e justa.[26]

Vários outros lamentaram por não ter fugido de Minnesota junto com os guerreiros.

Na época das execuções, Corvo Pequeno e seus seguidores estavam acampados no Devil's Lake, um local de inverno para diversas tribos sioux. Durante o inverno ele tentou unir os chefes numa aliança militar, alertando que, se não estivessem preparados para lutar, todos sucumbiriam à invasão dos brancos. Ganhou a simpatia deles, mas poucos Índios das Planícies achavam que corriam algum perigo. Se os brancos entrassem na terra dakota, os índios simplesmente seguiriam para o oeste. A terra era grande e havia espaço para todos.

Na primavera, Corvo Pequeno, Shakopee e Garrafa de Remédio levaram seus homens para o norte, entrando no Canadá. Em Fort Garry (Winnipeg), Corvo Pequeno tentou convencer as autoridades britânicas a ajudar os santees. Para seu primeiro encontro com eles, Corvo Pequeno vestiu suas melhores roupas – um casaco preto com lapela de veludo, uma tanga de pano azul e perneiras de couro de gamo. Lembrou aos britânicos que seu avô tinha sido aliado deles em guerras anteriores com os americanos, e que na Guerra de 1812 os santees haviam capturado um canhão dos americanos, que deram de presente aos ingleses. Naquela ocasião, disse Corvo Pequeno, os britânicos tinham prometido aos santees que, se algum dia tivessem problemas e quisessem ajuda, eles devolveriam o canhão com homens para manejá-lo. Os santees agora estavam com problemas e queriam o canhão de volta.

Mas a única coisa que Corvo Pequeno conseguiu dos canadenses britânicos foi um sortimento de comida. Não tinham nenhum canhão para dar aos santees nem sequer munição para suas armas.

Na Lua dos Morangos, em junho de 1863, Corvo Pequeno decidiu o que devia fazer. Se ele e a família fossem obrigados a se tornar Índios das Planícies, precisariam de cavalos. Os brancos que o haviam expulsado de sua terra tinham cavalos; ele pegaria esses cavalos em troca da terra. Decidiu voltar a Minnesota com um pequeno grupo, para capturar cavalos.

Seu filho Wowinapa, que então tinha dezesseis anos, contou mais tarde:

> O pai disse que não podia combater os homens brancos, mas desceria e roubaria cavalos deles e daria a seus filhos, para que ficassem bem, e então iria embora.
>
> O pai também me disse que estava ficando velho e queria que eu fosse com ele para carregar seus pacotes. Ele deixou as esposas e outros filhos para trás. Havia dezesseis homens e uma mulher no grupo que desceu conosco. Não tínhamos cavalos, e fomos a pé até os assentamentos.[27]

Na Lua dos Lírios Vermelhos Florindo, eles chegaram à Mata Grande, que até poucos anos antes era terra santee, mas agora estava se enchendo de fazendas e colônias. No dia

3 de julho à tarde, Corvo Pequeno e Wowinapa deixaram o esconderijo onde estavam acampando e foram colher amoras silvestres perto do povoado de Hutchinson. Foram vistos na hora do poente por dois colonos que estavam voltando de uma caçada. Como o estado do Minnesota tinha começado recentemente a pagar uma recompensa de 25 dólares por escalpos de sioux, os colonos logo abriram fogo.

Corvo Pequeno foi atingido no lado, logo acima da coxa. Disse Wowinapa:

> A arma dele e a minha estavam no chão. Ele pegou minha arma e disparou primeiro com ela, e depois disparou sua própria arma. A bala bateu na coronha da arma dele e então o pegou de lado, perto do ombro. Foi este o tiro que o matou. Ele me disse que tinha sido atingido e me pediu água, que eu lhe dei. Morreu logo depois. Quando ouvi o primeiro tiro, deitei, e os homens não me viram antes de o meu pai morrer.

Wowinapa rapidamente pôs mocassins novos no pai morto, para sua jornada até a Terra dos Espíritos. Cobriu o corpo com um casaco e fugiu para o acampamento. Depois de avisar os companheiros do grupo e dizer que se espalhassem, ele retomou seu caminho de volta para Devil's Lake. "Eu só andava de noite, e como não tinha munição para matar alguma coisa para comer, não tinha forças para andar rápido." Numa aldeia abandonada perto de Big Stone Lake, ele encontrou um único cartucho e conseguiu acertar um lobo. "Comi um pouco, o que me deu forças para avançar, e continuei indo para o lago até o dia em que fui capturado."[28]

Wowinapa foi capturado por alguns soldados do Comerciante Comprido Sibley, que tinham entrado na terra dakota naquele verão para matar sioux. Os soldados reconduziram o rapaz de dezesseis anos para Minnesota, onde recebeu julgamento militar e foi condenado à forca. Então soube que o escalpo e o crânio do pai tinham sido preservados e estavam expostos em St. Paul. O estado do Minnesota presenteou os colonos que haviam matado Corvo Pequeno com a recompensa de praxe pelo escalpo e mais um bônus de quinhentos dólares.

Quando as atas do julgamento de Wowinapa foram enviadas para Washington, as autoridades militares não aprovaram os procedimentos e comutaram a sentença do rapaz para pena de prisão. (Alguns anos mais tarde, depois de sair da prisão, Wowinapa trocou de nome para Thomas Wakeman, tornou-se diácono e fundou a primeira Associação Cristã de Moços entre os sioux.)

Enquanto isso, Shakopee e Garrafa de Remédio ficaram no Canadá, crendo-se a salvo dos vingativos minnesotenses. Mas, em dezembro de 1863, um dos pequenos chefes do Comerciante Comprido, o major Edwin Hatch, marchou com um batalhão da cavalaria de Minnesota até Pembina, logo antes da fronteira canadense.

De lá, Hatch mandou um tenente cruzar a divisa e ir até Fort Garry, para se encontrar secretamente com um cidadão americano, John McKenzie. Com o auxílio de McKenzie e dois canadenses, o tenente organizou a captura de Shakopee e de Garrafa de Remédio. Durante uma reunião amistosa com os dois chefes de guerra santees, os conspiradores lhes deram vinho misturado com láudano, sedaram-nos com clorofórmio quando estavam dormindo, amarraram-lhes os pés e as mãos e os prenderam num trenó puxado por cães. Em total desrespeito pelas leis internacionais, o tenente atravessou a fronteira com suas presas e as entregou ao major Hatch em Pembina. Pouco meses mais tarde, Sibley montou outro julgamento espetacular, e Shakopee e Garrafa de Remédio foram condenados à forca. O *Pioneer* de St. Paul comentou a respeito do veredito:

> Não cremos que as execuções de amanhã sejam qualquer injustiça séria, mas seria mais digno se tivesse se apresentado alguma prova concreta da culpa deles... nenhum homem branco, julgado perante um júri de iguais, seria executado com o testemunho que foi apresentado.

Após a execução, a câmara legislativa de Minnesota destinou mil dólares ao pagamento de John McKenzie, por seus serviços no Canadá.[29]

Os dias dos sioux santees em Minnesota agora haviam se acabado. Embora os chefes de guerra e os guerreiros estivessem, em sua grande maioria, mortos, presos ou muito longe das fronteiras do estado, a revolta deu aos cidadãos brancos a oportunidade de se apoderar do restante das terras santees sem precisar sequer simular qualquer pagamento. Os tratados anteriores foram anulados, e os índios sobreviventes foram informados de que seriam removidos para uma reserva em território dakota. Mesmo os líderes que haviam colaborado com os brancos tiveram de ir. "Exterminar ou banir" eram as palavras de ordem dos colonos que ambicionavam mais terras. A primeira leva de 770 santees saiu de St. Paul, num barco a vapor, em 4 de maio de 1863. Minnesotenses brancos ficaram à beira do rio assistindo à partida, gritando impropérios e atirando saraivadas de pedras.

Crow Creek, no rio Missouri, foi o local escolhido para a reserva santee. O solo era estéril, chovia pouco, faltava caça e a água era salobra e não prestava para beber. Logo os morros próximos ficaram cobertos de túmulos; dos 1,3 mil santees levados para lá em 1863, nem mil sobreviveram ao primeiro inverno.

Entre as pessoas que visitaram Crow Creek naquele ano, estava um jovem sioux teton. Olhava seus primos santees cheio de pena e ouviu suas histórias sobre os americanos que tinham tomado suas terras e os expulsado. É mesmo, pensou ele, aquela nação de homens brancos é como uma enchente de primavera quando o rio transborda e destrói tudo o que está pelo caminho. Logo tomariam a terra do búfalo, a menos que os índios tivessem força suficiente no coração para defendê-la. Ele decidiu que lutaria para defendê-la. Seu nome era Tatanka Yotanka, o Touro Sentado.

Capítulo quatro

A guerra chega para os Cheyennes

1864 – *13 de janeiro*, Stephen Foster, compositor de canções e baladas, morre aos 38 anos. 10 de abril, o arquiduque Maximilian, apoiado pelo exército francês, torna-se imperador do México. 17 de abril, revoltas do pão em Savannah, Geórgia. 19 de maio, Nathaniel Hawthorne morre aos sessenta anos. 30 de junho, o secretário do Tesouro Chase renuncia; especuladores conspiram para prolongar a guerra a fim de aumentar ganhos financeiros. O legislador e historiador Robert C. Winthrop afirma: "O patriotismo declarado pode ser o disfarce de uma infinitude de pecados". 2 de setembro, Atlanta, Geórgia, tomada pelo Exército da União. 8 de novembro, Lincoln é reeleito presidente. 8 de dezembro, em Roma, Pio IX lança o *Syllabus Errorum*, condenando o liberalismo, o socialismo e o racionalismo. 21 de dezembro, Savannah é tomada pelo exército de Sherman. Dezembro, Edwin Booth apresenta-se em *Hamlet*, no New York's Winter Garden Theater.

Embora me tenham feito mal, tenho esperanças. Não fiquei com dois corações... Agora estamos juntos outra vez para fazer a paz. Minha vergonha é tão grande quanto a terra, embora eu vá fazer o que meus amigos aconselham. Antes eu pensava que era o único homem que insistia em ser amigo do branco, mas, desde que eles vieram e acabaram com nossas tendas, cavalos e tudo o mais, é difícil para mim acreditar ainda nos brancos.

MOTAVATO (Chaleira Preta), dos cheyennes do sul

Em 1851, os cheyennes, arapahos, sioux, crows e outras tribos encontraram-se em Fort Laramie com representantes dos Estados Unidos e concordaram em permitir que os americanos estabelecessem postos militares e estradas através de seu território. Ambas as partes do tratado prometeram solenemente "manter boa-fé e amizade em suas relações mútuas e construir uma paz efetiva e duradoura". No fim da primeira década após a assinatura do tratado, os brancos haviam aberto um túnel através do território índio, ao longo do vale do rio Platte. Primeiro, vieram os carroções em comboios e depois uma cadeia de fortes; após, as diligências e uma cadeia mais cerrada de fortes; mais tarde, os mensageiros a cavalo, seguidos pelos fios falantes do telégrafo.

No tratado de 1851, os índios das planícies não haviam cedido qualquer direito ou posse em relação às suas terras nem "concederam o privilégio de caçar, pescar ou passar em qualquer dos segmentos do território aqui descrito". A corrida de ouro de Pike's Peak em 1858 trouxe mineiros brancos aos milhares para cavar o metal amarelo na terra dos índios. Os mineiros construíram pequenas aldeias de madeira em toda parte e, em 1859, construíram uma grande aldeia que chamaram Denver City. Corvo Pequeno, um chefe arapaho que se divertia com as atividades do homem branco, visitou Denver; aprendeu a fumar charutos e a comer carne com faca e garfo. Também disse aos mineiros que gostava de vê-los pegar ouro, mas lembrou-lhes que a terra pertencia aos índios e expressou a esperança de que eles não fossem ficar ali depois de encontrar todo o metal amarelo que queriam.

Os mineiros não só ficaram, como outros milhares deles chegaram. O vale do Platte, que outrora fora cheio de búfalos, começou a se encher de colonos construindo ranchos e delimitando o território destinado pelo tratado de Laramie aos cheyennes do sul e arapahos. Só dez anos depois da assinatura do tratado, o Grande Conselho em Washington criou o Território de Colorado; o Grande Pai enviou um governador e os políticos começaram a manobrar para conseguir uma cessão de terra dos índios.

Apesar de tudo isso, os cheyennes e arapahos mantiveram a paz e, quando os funcionários dos Estados Unidos convidaram seus líderes para uma reunião em Fort Wise, no rio Arkansas, para discutir um novo tratado, vários chefes compareceram. Segundo declarações posteriores de chefes de ambas as tribos, o que lhes haviam dito que estaria no tratado era muito diferente do que realmente estava. Os chefes julgavam que os cheyennes e arapahos conservariam seus direitos territoriais e liberdade de movimentos para caçar búfalos, mas eles teriam, segundo o tratado, de concordar em viver numa área triangular do território limitado por Sand Creek e o rio Arkansas. A liberdade de movimentos era uma questão particularmente vital, pois a reserva destinada às duas tribos quase não tinha caça e era inadequada à agricultura, a menos que fosse irrigada.

A assinatura do tratado em Fort Wise foi uma ocasião de gala. Devido à sua importância, o coronel A. B. Greenwood, comissário de Assuntos Índios, chegou a comparecer, fornecendo medalhas, cobertores, açúcar e fumo. O Pequeno Homem Branco (William Bent), que se casara na tribo cheyenne, ali estava para cuidar dos interesses índios. Quando os cheyennes assinalaram que só seis dos seus 44 chefes estavam presentes, os funcionários dos Estados Unidos responderam que os outros podiam assinar depois. Nenhum dos outros jamais fez isso, e, por essa razão, a legalidade do tratado permaneceu duvidosa. Chaleira Preta, Antílope Branco e Urso Magro foram alguns dos signatários pelos cheyennes. Corvo Pequeno, Tempestade e Boca Grande assinaram pelos arapahos. As testemunhas das assinaturas foram dois oficiais da Cavalaria dos Estados Unidos, John Sedgwick e J. E. B. Stuart. (Poucos meses depois, Sedgwick e Stuart, que recomendaram propósitos pacíficos aos índios, estavam lutando em lados opostos na Guerra Civil e, por uma ironia do destino, ou da história, morreram com poucas horas de diferença nas batalhas de Wilderness.)

Durante os primeiros anos da Guerra Civil dos brancos, os cheyennes e arapahos, em suas expedições de caça, perceberam que, cada vez mais, era difícil não encontrarem soldados Casacos Azuis que estavam patrulhando na direção sul, em busca de Casacos Cinzentos. Souberam dos problemas dos navajos e ouviram, de amigos entre os sioux, o triste destino dos santees que ousaram desafiar o poder dos soldados em Minnesota. Os chefes cheyennes e arapahos tentaram manter seus jovens ocupados na caça ao búfalo, longe das rotas de viagem dos brancos. Porém, a cada verão, o número e a arrogância dos Casacos Azuis cresciam. Na primavera de 1864, os soldados estavam perambulando por distantes regiões de caça, entre os rios Smoky Hill e Republican.

Quando a grama estava alta, nesse ano, Nariz Romano e um bom número de cheyennes dog soldiers foram para o norte em busca de caça melhor no território do rio Powder, onde estavam seus primos, os cheyennes do norte. Chaleira Preta, Antílope Branco e Urso Magro mantiveram seus grupos para baixo do rio Platte, bem como Corvo Pequeno, dos arapahos. Tomavam cuidado em evitar soldados e caçadores brancos de búfalo, ficando longe dos fortes, trilhas e acampamentos.

Chaleira Preta e Urso Magro foram a Fort Larned (Kansas) para comerciar naquela primavera. Ainda no ano anterior, os dois chefes haviam sido convidados para uma visita ao Grande Pai, Abraham Lincoln, em Washington; estavam certos de que os soldados do Grande Pai, em Fort Larned, iriam tratá-los bem. O presidente Lincoln dera-lhes medalhas para usar no peito, e o coronel Greenwood presenteou Chaleira Preta com uma bandeira dos Estados Unidos, uma enorme bandeira de guarnição, com as estrelas brancas dos 84 estados, maiores que as estrelas que brilhavam no céu numa noite clara. O coronel Greenwood disse-lhes que, enquanto essa bandeira flamulasse sobre eles, nenhum soldado jamais dispararia contra eles. Chaleira Preta tinha muito orgulho de sua bandeira e, quando em acampamento permanente, sempre a içava num mastro sobre sua tenda.

Em meados de maio, Chaleira Preta e Urso Magro souberam que os soldados haviam atacado alguns cheyennes no rio South Platte. Decidiram levantar acampamento e partir para o norte, a fim de encontrarem o resto da tribo por razões de força e proteção. Depois de um dia de marcha, foram ao acampamento perto de Ash Creek. Na manhã seguinte, como de costume, os caçadores saíram para caçar, mas logo voltaram correndo. Viram soldados com canhões aproximando-se do acampamento.

Urso Magro gostava de excitação e disse a Chaleira Preta que iria encontrar os soldados e ver o que eles queriam. Ostentava a medalha do Grande Pai Lincoln na parte externa do casaco e levava alguns papéis que lhe haviam sido dados em Washington, certificando que ele era um bom amigo dos Estados Unidos; partiu a cavalo com uma escolta de guerreiros. Urso Magro subiu numa colina perto do acampamento e viu os soldados aproximando-se, em quatro grupos de cavalaria. Tinham dois canhões no centro, e vários carroções seguiam na retaguarda.

Chefe Lobo, um dos jovens guerreiros que escoltavam Urso Magro, disse depois que assim que os cheyennes foram vistos pelos soldados, estes formaram em linha.

> Urso Magro disse a nós, os guerreiros, que ficássemos onde estávamos para não assustarmos os soldados, enquanto ele cavalgava em frente para apertar a mão do oficial e mostrar seus papéis... Quando o chefe estava a apenas dois ou três metros da fileira, o oficial gritou numa voz bem alta, e todos os soldados abriram fogo sobre Urso Magro e os outros de nós. Urso Magro caiu de seu cavalo bem em frente dos soldados, acontecendo o mesmo a Estrela, outro cheyenne. Os soldados cavalgaram para diante e atiraram contra Urso Magro e Estrela outra vez, quando eles jaziam, indefesos, no chão. Eu estava a meia distância, com um grupo de jovens, a um lado. Havia uma companhia de soldados à nossa frente, mas todos estavam atirando em Urso Magro e nos outros cheyennes que estavam perto dele. Não prestaram atenção em nós até começarmos a atirar com arcos e armas de fogo. Estavam tão próximos que acertamos vários deles com flechas. Dois deles caíram de seus cavalos. Nesse momento, havia muita confusão. Mais cheyennes começaram a chegar, em pequenos grupos, e os soldados se agruparam, parecendo bastante atemorizados. Atiravam em nós com o canhão. A metralha varria o chão à nossa volta, mas a pontaria era ruim.[1]

No meio da luta, Chaleira Preta apareceu em seu cavalo e começou a passar de um lado para outro, entre os guerreiros.

"Parem de lutar!", ele gritou. "Não façam guerra!" Passou bastante tempo antes que os cheyennes o ouvissem. "Estávamos enfurecidos", disse Chefe Lobo, "mas afinal ele parou a luta. Os soldados fugiram. Capturamos quinze cavalos da cavalaria, com selas, freios e mochilas. Vários soldados haviam morrido. Urso Magro, Estrela e outro cheyenne estavam mortos, havia muitos feridos."

Os cheyennes estavam certos de que poderiam ter matado todos os soldados e capturado seus morteiros de montanha, pois quinhentos guerreiros cheyennes estavam no acampamento e os soldados eram só cem. Mas aconteceu que muitos dos jovens, furiosos com a morte a sangue frio de Urso Magro, perseguiram os soldados em retirada numa luta na corrida, até Fort Larned.

Chaleira Preta estava espantado com esse ataque repentino. Sentia muito por Urso Magro; haviam sido amigos por quase meio século. Ele se lembrava como a curiosidade de Urso Magro sempre lhe causava problemas. Algum tempo antes, quando os cheyennes haviam feito uma visita amistosa a Fort Atkinson no rio Arkansas, Urso Magro viu um anel brilhante e reluzente usado pela mulher de um oficial. Impulsivamente, ele pegou a mão da mulher para ver o anel. O marido adiantou-se e chicoteou Urso Magro. Este virou-se, pulou em seu cavalo e voltou ao acampamento cheyenne. Pintou o rosto e cavalgou pelo acampamento, instando os guerreiros a segui-lo e atacar o forte. Um chefe cheyenne fora insultado, gritava. Chaleira Preta e os outros chefes tiveram muita dificuldade para acalmá-lo nesse dia. Agora, Urso Magro estava morto, e sua morte incitava os guerreiros a ter mais ódio que quando do incidente em Fort Atkinson.

Chaleira Preta não podia compreender por que os soldados haviam atacado um acampamento cheyenne pacífico sem aviso. Ele supôs que, se alguém pudesse saber, seria seu velho amigo, o Pequeno Homem Branco, William Bent. Mais de trinta anos haviam se passado desde que o Pequeno Homem Branco e seus irmãos haviam chegado ao rio Arkansas, onde construíram Bent's Fort. William se casara com Mulher Coruja e, depois de sua morte, casou-se com sua irmã, Mulher Amarela. Em todos esses anos, os Bents e os cheyennes haviam vivido em estreita amizade. O Pequeno Homem Branco tinha três filhos e duas filhas, que viviam boa parte do tempo com o povo de sua mãe. Naquele verão, dois dos irmãos mestiços, George e Charlie, estavam caçando búfalos com os cheyennes no rio Smoky Hill.

Depois de pensar um pouco no assunto, Chaleira Preta mandou um mensageiro num cavalo rápido encontrar o Pequeno Homem Branco. "Diga-lhe que tivemos um combate com os soldados e matamos vários deles", disse Chaleira Preta. "Diga-lhe que não sabemos por que ou para que foi o combate, e que gostaríamos de vê-lo e falar com ele sobre isso."[2]

Por sorte, o mensageiro de Chaleira Preta encontrou William Bent no caminho entre Fort Larned e Fort Lyon. Bent mandou o mensageiro voltar, com instruções para Chaleira Preta encontrá-lo no riacho Coon. Uma semana depois, os velhos amigos se encontraram, ambos aflitos com o futuro dos cheyennes, Bent especialmente preocupado por seus filhos. Ficou aliviado ao saber que estavam caçando no Smoky Hill. Dali, não havia notícia de incidentes, mas ele sabia de dois combates que haviam acontecido em outro lugar. Em Fremont's Orchard, ao norte de Denver, um bando de dog soldiers fora atacado por uma patrulha dos Voluntários do Colorado, do coronel John M. Chivington, que estava procurando cavalos roubados. Os dog soldiers estavam pegando um cavalo e uma mula que julgavam extraviados, mas os soldados de Chivington abriram fogo antes de dar aos cheyennes uma oportunidade de explicar onde haviam conseguido os animais. Depois dessa luta, Chivington enviou uma força maior, que atacou um acampamento de cheyennes perto de Cedar Bluffs, matando duas mulheres e duas crianças. Os soldados da artilharia, que haviam atacado o acampamento de Chaleira Preta em 16 de maio, também eram homens de Chivington, enviados de Denver, sem autoridade para operar em Kansas. O oficial em comando, o tenente George S. Eayre, estava sob as ordens do coronel Chivington, para "matar cheyennes quando e onde os encontrasse".[3]

Se tais incidentes continuassem, concordaram William Bent e Chaleira Preta, uma guerra geral deveria irromper por todas as planícies. "Não é minha intenção ou vontade lutar com os brancos", disse Chaleira Preta. "Quero ser amistoso e pacífico e manter assim minha tribo. Não poderei lutar com os brancos. Quero viver em paz."

Bent disse a Chaleira Preta para evitar que seus jovens fizessem ataques de vingança e prometeu que voltaria ao Colorado e tentaria convencer as autoridades militares a não continuar na trilha perigosa que estavam tomando. Partiu, então, para Fort Lyon.

"Ao chegar ali", testemunhou mais tarde, sob juramento, "encontrei o coronel Chivington, relatei-lhe a conversa que ocorrera entre mim e os índios e que os chefes desejavam amizade. Em resposta, ele disse que não estava autorizado a fazer tratativas de paz e que, então, estava no caminho da guerra – acho que foram as palavras que usou. Então, afirmei-lhe que havia grandes riscos em travar a guerra; que havia muitas caravanas do governo viajando para o Novo México e outros pontos; além de muitos cidadãos cuja viagem eu não achava que haveria força suficiente para proteger, e que cidadãos e colonos do local iriam sofrer. Ele disse que os cidadãos teriam de se proteger por si. Então, não falei nada mais."[4]

No fim de junho, o governador do Território do Colorado, John Evans, publicou uma circular dirigida aos "amigos índios das planícies", informando-lhes que alguns membros de suas tribos haviam declarado guerra aos brancos. O governador Evans declarava que "em algumas ocasiões, haviam atacado e matado soldados". Não fez nenhuma menção a soldados atacando índios, embora todas as três lutas com os cheyennes houvessem começado assim. "Por isso, o Grande Pai está zangado", prosseguia, "e certamente irá persegui-los e puni-los, mas não quer ferir os que ficarem amigos dos brancos; deseja protegê-los e cuidar deles. Por esse motivo, aconselho que todos os índios amigos fiquem longe dos que estão em guerra e vão a lugar seguro." Evans ordenou que cheyennes e arapahos amistosos se dirigissem a Fort Lyon, em sua reserva, onde seu agente, Samuel G. Colley, iria fornecer-lhes provisões e mostrar-lhes um lugar seguro. "O objetivo disso é impedir índios amigos de serem mortos por engano... A guerra aos índios hostis continuará até que todos estejam realmente dominados."[5]

Assim que William Bent soube do decreto do governador Evans, começou imediatamente a avisar cheyennes e arapahos para que fossem a Fort Lyon. Como os vários grupos estavam espalhados pelo Kansas ocidental para a caça de verão, passaram-se várias semanas antes que os mensageiros pudessem alcançar todos. Durante esse período, aumentaram constantemente os choques entre soldados e índios. Guerreiros sioux, em pé de guerra com as expedições punitivas do general Alfred Sully, em 1863 e 1864, em Dakota, vinham em grande quantidade do norte, para atacar comboios de carroções, estações de diligências e colonos ao longo da estrada do rio Platte. Por essas ações, grande parte da culpa foi atribuída aos cheyennes do sul e aos arapahos, bem como a maior parte da atenção dos soldados do Colorado foi para eles atraída. O filho mestiço de William Bent, George, que estava com um grupo grande de cheyennes no rio Solomon, em julho, disse que foram atacados várias vezes pelos soldados sem qualquer motivo, até que começaram a revidar da única forma que sabiam – queimando postos de diligências, perseguindo os carroções, dispersando o gado e forçando os comerciantes a fazerem círculos com seus comboios e lutar.

Chaleira Preta e os chefes mais velhos tentaram parar esses ataques, mas sua influência enfraquecera com o prestígio de líderes mais velhos como Nariz Romano e os membros do *Hotamitanio,* ou Sociedade do Dog Soldier. Quando Chaleira Preta descobriu que sete prisioneiros brancos – duas mulheres e cinco crianças – haviam sido trazidos aos acampamentos de Smoky Hill pelos guerreiros, resgatou quatro deles dos captores, com seus próprios cavalos, devolvendo-os a seus parentes. Por esse tempo, finalmente, recebeu uma mensagem de William Bent informando-o da ordem do governador Evans para apresentação em Fort Lyon.

Era, então, fim de agosto. Evans fizera uma segunda proclamação, "autorizando todos os cidadãos do Colorado, individualmente ou em grupos, a organizar-se e perseguir todos os índios hostis das planícies, evitando escrupulosamente aqueles que responderam a meu chamado de concentração nos pontos indicados; também autorizando a matar e destruir como inimigos do país, onde quer que se encontrem, todos esses índios hostis"[6]. A perseguição já era para todos os índios não confinados a uma das reservas fixadas.

Chaleira Preta imediatamente convocou um conselho, e todos os chefes do acampamento concordaram em aceitar as propostas de paz do governador. George Bent, que fora educado no Webster College de St. Louis, teve a missão de escrever uma carta ao agente Samuel Colley, em Fort Lyon, informando-o que eles queriam a paz. "Ouvimos dizer que vocês têm alguns prisioneiros em Denver. Temos sete prisioneiros que estamos dispostos a resgatar, desde que libertem os seus... Queremos notícias verdadeiras da sua parte, como resposta".

Chaleira Preta esperava que Colley lhes desse instruções sobre como levar seus cheyennes através do Colorado, sem serem atacados por soldados ou grupos errantes dos cidadãos armados do governador Evans. Ele não confiava inteiramente em Colley; suspeitava que o agente vendia parte do estoque de bens índios para assegurar um lucro pessoal. (Chaleira Preta não sabia ainda o quanto Colley estava intimamente ligado ao governador Evans e ao coronel Chivington em seu plano de expulsar os índios das planícies do Colorado.) Em 26 de julho, o agente escrevera a Evans que eles não poderiam depender de quaisquer índios para fazer tratativas de paz. "Acho agora que um pouco de pólvora e chumbo é a melhor comida para eles", concluiu.[7]

Devido à sua desconfiança para com Colley, Chaleira Preta tirou uma segunda cópia da carta e enviou-a para William Bent. Deu as cópias separadas a Ochinee (Um-Olho) e Cabeça de Águia; ordenou-lhes que cavalgassem até Fort Lyon. Seis dias depois, quando Um-Olho e Cabeça de Águia estavam perto do forte, de repente se viram ante três soldados. Os soldados tomaram posição de fogo, mas Um-Olho fez rapidamente sinais de paz e acenou com a carta de Chaleira Preta. Em poucos momentos, os índios foram escoltados até Fort Lyon como prisioneiros e levados ao oficial comandante, o major Edward W. Wynkoop.

O Chefe Alto Wynkoop desconfiava dos motivos dos índios. Quando soube, por Um-Olho, que Chaleira Preta queria que ele fosse ao acampamento de Smoky Hill para guiar os índios até a reserva, perguntou quantos índios havia ali. Dois mil cheyennes e arapahos, respondeu Um-Olho, e talvez duzentos dos seus amigos sioux do norte, que estavam exaustos da perseguição dos soldados. Wynkoop nada comentou. Tinha pouco mais de cem soldados montados e sabia que os índios conheciam o tamanho de suas forças. Receando uma armadilha, ordenou que os mensageiros cheyennes fossem presos na cadeia dos soldados e convocou seus oficiais para uma reunião. O Chefe Alto era jovem, com cerca de 25 anos, e sua única experiência militar fora uma batalha contra os confederados do Texas, no Novo México. Pela primeira vez em sua carreira, estava ante uma decisão que poderia significar desastre para seu comando inteiro.

Depois de um dia, Wynkoop decidiu finalmente que teria de ir a Smoky Hill – não para o bem dos índios, mas para resgatar os prisioneiros brancos. Sem dúvida, por essa razão é que Chaleira Preta mencionara os prisioneiros em sua carta; sabia que os brancos não poderiam suportar a ideia de mulheres e crianças brancas vivendo com os índios.

A 6 de setembro, Wynkoop estava pronto para partir com 127 soldados armados. Soltou Um-Olho e Cabeça de Águia da cadeia e disse que eles serviriam como guias e reféns da expedição. "Ao primeiro sinal de traição do seu povo", avisou-lhes Wynkoop, "matarei vocês."

"Os cheyennes não faltarão à sua palavra", respondeu Um-Olho. "Se fizessem isso, não me importaria em viver mais."

(Wynkoop disse mais tarde que suas conversas com os dois cheyennes, nessa viagem, haviam mudado suas opiniões de bastante tempo sobre os índios. "Vi-me na presença de seres superiores; eles eram os representantes de uma raça que até então eu considerara, sem exceção, como cruel, traiçoeira e sanguinária, sem sentimentos ou afeições para com amigos ou parentes".)[8]

Cinco dias depois, nas cabeceiras do Smoky Hill, os batedores de Wynkoop assinalaram uma força de várias centenas de guerreiros com cores de batalha.

George Bent, que ainda estava com Chaleira Preta, disse que quando os soldados de Wynkoop apareceram, os dog soldiers "prepararam-se para uma luta e partiram ao encontro dos soldados com os arcos prontos e flechas nas mãos, mas

Chaleira Preta e alguns dos chefes interferiram e, pedindo que o major Wynkoop colocasse suas tropas a uma pequena distância, evitaram um combate".[9]

Na manhã seguinte, Chaleira Preta e os outros chefes reuniram-se com Wynkoop e seus oficiais para um conselho. Chaleira Preta deixou os outros falarem primeiro. Urso Forte, líder dos dog soldiers, disse que ele e seu irmão Urso Magro haviam tentado viver em paz com os brancos, mas os soldados haviam atacado sem causa ou razão e haviam matado Urso Magro.

– Os índios não têm culpa pela luta – afirmou. – Os homens brancos são raposas e não se consegue fazer paz com eles; a única coisa que os índios podem fazer é lutar.

Corvo Pequeno, dos arapahos, concordava com Urso Forte.

– Gostaria de apertar as mãos dos brancos – disse –, mas receio que eles não queiram a paz conosco.

Um-Olho pediu para falar, então, e disse que estava envergonhado por ouvir falarem assim. Havia arriscado sua vida para ir a Fort Lyon, disse, e dera sua palavra ao Chefe Alto Wynkoop que os cheyennes e arapahos iriam pacificamente para sua reserva.

– Empenhei com o Chefe Alto minha palavra e minha vida – declarou Um-Olho. – Se meu povo não agir com boa-fé, irei com os brancos e lutarei em seu favor e tenho muitos amigos que me seguirão.

Wynkoop prometeu que faria tudo que pudesse para impedir que os soldados lutassem com os índios. Disse que não era um grande chefe e não podia falar por todos os soldados, mas que, se os índios entregassem os prisioneiros brancos a ele, iria com os líderes índios a Denver e os ajudaria a fazer a paz com os chefes principais.

Chaleira Preta, que estivera silencioso durante a reunião ("imóvel, com um leve sorriso no rosto", segundo Wynkoop), levantou-se e disse que estava contente em ouvir o Chefe Alto Wynkoop falar. "Há brancos maus e índios maus", disse. "Os homens maus dos dois lados fizeram esta confusão. Alguns dos meus jovens juntaram-se a eles. Sou contra a guerra e faço todo o possível para evitá-la. Acho que a culpa é dos brancos. Eles começaram a guerra e forçaram os índios a lutar." Prometeu, então, entregar os quatro prisioneiros brancos que tinha; os outros três estavam num acampamento mais ao norte, e seria preciso mais tempo para negociar sobre eles.

Os quatro cativos, todos crianças, pareceram estar bem; na verdade, quando um soldado perguntou a Ambrose Archer, de oito anos, como os índios o haviam tratado, o menino respondeu que "de bom grado, aceitaria ficar com os índios".[10]

Depois de mais negociações, ficou acertado finalmente que os índios continuariam acampados no Smoky Hill enquanto sete chefes iriam a Denver com Wynkoop fazer a paz com o governador Evans e o coronel Chivington. Chaleira Preta, Antílope Branco, Urso Forte e Um-Olho representariam os cheyennes; Neva, Bosse, Muitos-Búfalos e Notanee, os arapahos. Corvo Pequeno e Canhoto, que estavam céticos quanto a quaisquer promessas de Evans e Chivington, ficariam atrás para manter seus jovens arapahos longe de problemas. Cocar de Guerra tomaria conta dos cheyennes no acampamento.

A caravana de soldados montados do Chefe Alto Wynkoop, as quatro crianças brancas e os sete líderes índios chegaram a Denver em 28 de setembro. Os índios num carroção *flatbed* puxado por mulas, cheio de bancos de madeira. Para a viagem, Chaleira Preta içou sua grande bandeira de quartel sobre o carroção e, quando entraram nas ruas empoeiradas de Denver, o pavilhão flutuava protetoramente sobre as cabeças dos chefes. Denver inteira participou do cortejo.

Antes do conselho começar, Wynkoop visitou o governador Evans para uma conversa. O governador estava hesitando em tratar com os índios. Disse que os cheyennes e arapahos deveriam ser punidos antes de acertar a paz. Essa também era a opinião do comandante do departamento, o general Samuel R. Curtis, que telegrafou ao coronel Chivington do Fort Leavenworth, no mesmo dia. "Não quero paz alguma antes que os índios sofram mais."[11]

Finalmente, Wynkoop teve de pedir ao governador que se encontrasse com os índios. "Mas o que farei com o Terceiro Regimento do Colorado se acertar a paz?", perguntou Evans. "Foram mobilizados para matar índios e devem matar índios." Explicou a Wynkoop que funcionários de Washington haviam dado permissão para que ele mobilizasse o novo regimento porque ele insistira ser necessário para a proteção contra índios hostis. Se agora ele fizesse a paz, os políticos de Washington iriam acusá-lo de adulterar os fatos. Havia pressão política sobre Evans, da parte de habitantes do Colorado, que queriam evitar a diretiva militar de 1864, que os fazia servir em uniforme contra alguns poucos índios malarmados, em vez de contra os confederados, mais ao leste. Eventualmente, Evans cedeu aos pedidos do major Wynkoop; afinal, os índios haviam percorrido 6,4 mil quilômetros para vê-lo, em resposta à sua proclamação.[12]

O conselho foi realizado em Camp Weld, perto de Denver, e incluiu os chefes Evans, Chivington, Wynkoop, vários outros oficiais do exército e Simeon Whitely, que estava ali por ordem do governador para registrar cada palavra dos participantes. O governador Evans abriu as conversações bruscamente, perguntando aos chefes o que eles tinham a dizer. Chaleira Preta respondeu em cheyenne, com o velho amigo comerciante da tribo, John S. Smith, traduzindo:

> Com relação a sua circular de 27 de junho de 1864, tomei conhecimento da matéria e agora vim para falar sobre isso... O major Wynkoop propôs que viéssemos para encontrá-lo. Viemos com os nossos olhos fechados, seguindo seu punhado de homens, como se atravessássemos fogo. Tudo que pedimos é que seja possível termos paz com os brancos. Queremos pegar na sua mão. É nosso pai. Viajamos como no meio de uma nuvem. O céu tem estado escuro desde o começo da guerra. Esses bravos que estão comigo desejam fazer o que digo. Queremos levar boas garantias para casa, ao nosso povo, para que este possa dormir em paz. Quero que o senhor faça todos estes chefes de soldados que estão aqui compreender que estamos aqui pela paz, e que faremos a paz, que não devemos ser tomados por eles como inimigos. Não vim aqui com um pequeno uivo de lobo; vim para falar direito com o senhor. Devemos viver perto do búfalo ou morrer de fome. Quando viemos aqui, viemos livremente, sem qualquer apreensão, para encontrá-lo; quando for para casa e disser ao meu povo que peguei na sua mão e nas mãos de todos os chefes aqui em Denver, ele se sentirá bem e, também, todas as várias tribos dos índios das planícies, depois de termos comido e bebido com eles.

Evans respondeu:

– Lamento que não tenham respondido ao meu chamado imediatamente. Vocês fizeram uma aliança com os sioux, que estão em guerra conosco.

Chaleira Preta estava espantado:

– Não sei quem pode ter-lhe contado isso – disse.

– Não importa quem disse isso – replicou Evans –, mas sua conduta provou, para minha satisfação, que isso era verdade.

Vários dos chefes falaram ao mesmo tempo, então:

– Isso é um erro; não fizemos aliança com os sioux nem ninguém mais.

Evans mudou de assunto, afirmando que ele não estava em situação de fazer um tratado de paz:

– Soube que vocês pensam que, como os brancos estão em guerra entre si – continuou –, vocês poderão, agora, expulsar os brancos deste país, mas essa crença é falsa. O Grande Pai de Washington tem homens suficientes para expulsar todos os índios das planícies e surrar os rebeldes, ao mesmo tempo... Meu conselho a vocês é que fiquem do lado do governo e mostrem, pelos seus atos, essa disposição amistosa que me apresentam. Está totalmente fora de questão a sua paz conosco, enquanto viverem com nossos inimigos e estiverem em termos amistosos com eles.

Antílope Branco, o mais velho dos chefes, falou então:

– Compreendi cada palavra que disse e as continuarei... Os cheyennes, todos eles, têm seus olhos abertos sobre isso e ouvirão o que disser. Antílope Branco está orgulhoso de ter visto o chefe de todos os brancos desta região. Dirá isso a seu povo. Desde que fui a Washington e recebi esta medalha, tenho chamado de meus irmãos todos os brancos. Mas outros índios foram a Washington e receberam medalhas. Agora, os soldados não apertam as mãos, mas tentam matar-me... Temo que estes novos soldados que apareceram possam matar alguns do meu povo, enquanto estou aqui.

Evans disse-lhe, sem rodeios:

– Há grande perigo disso.

– Quando mandamos nossa carta ao major Wynkoop – continuou Antílope Branco –, foi como se os homens do major Wynkoop tivessem de passar por um fogo pesado ou uma explosão para ir até nosso acampamento; foi o mesmo para nós virmos encontrá-lo.

O governador Evans começou então a fazer perguntas aos chefes sobre incidentes específicos ao longo do rio Platte, tentando fazer alguns deles cair em armadilhas e admitir participação nos ataques.

– Quem tomou o gado de Fremont's Orchard – perguntou – e travou o primeiro combate com os soldados nesta primavera, ao norte daqui?

– Antes de responder a esta pergunta – respondeu corajosamente Antílope Branco – gostaria que soubesse que isso foi o começo da guerra e gostaria que soubesse o que houve. Um soldado atirou primeiro.

– Os índios haviam roubado cerca de quarenta cavalos – replicou Evans. – Os soldados foram recuperá-los, e os índios dispararam uma salva em suas fileiras.

Antílope Branco negou.

– Eles estavam descendo o Bijou – disse – e acharam um cavalo e uma mula. Devolveram o cavalo, antes de chegarem ao posto de Gerry, a um homem e foram até Gerry, esperando devolver o outro animal a alguém. Então souberam que soldados e índios estavam lutando no Platte; ficaram com medo e partiram.

– Quem cometeu depredações em Cottonwood? – perguntou Evans.

– Os sioux; que grupo, não sabemos.

– O que os sioux vão fazer agora?

Touro Forte respondeu à pergunta:

– Seu plano é limpar todo esse território – declarou. – Estão furiosos e causarão todo o dano que puderem aos brancos. Estou com o senhor e os soldados, para lutar com todos aqueles que não têm ouvidos para escutar o que disse... Nunca feri um homem branco. Estou querendo algo bom. Sempre seremos amigos dos brancos; eles podem me fazer bem... Meu irmão Urso Magro morreu tentando manter a paz com os brancos. Estou disposto a morrer do mesmo jeito e espero fazê-lo.

Como parecia haver pouco mais para discutir, o governador perguntou ao coronel Chivington se ele tinha algo a dizer aos chefes. Chivington levantou-se. Era um homem grande, com um peito largo e um pescoço grosso, ex-pastor metodista, que dedicara boa parte de seu tempo à organização de escolas dominicais nos campos de mineração. Para os índios, ele parecia um grande búfalo barbudo, com um lampejo de loucura furiosa nos olhos.

– Não sou um grande chefe guerreiro – disse Chivington –, mas todos os soldados desta região estão sob meu comando. Minha regra de combater brancos ou índios é lutar com eles até que deponham suas armas e se submetam à autoridade militar. Eles (os índios) estão mais perto do major Wynkoop do que de ninguém e podem ir a ele, quando estiverem prontos para fazê-lo.[13]

Assim acabou o conselho, deixando os chefes confusos, sem saber se haviam feito a paz ou não. Estavam certos de uma coisa – o único amigo verdadeiro com que podiam contar entre os soldados era o Chefe Alto Wynkoop. O Chefe Águia Chivington, de olhos brilhantes, dissera que eles deveriam ir a Wynkoop em Fort Lyon e isso foi o que decidiram fazer.

"Então levantamos nosso acampamento do Smoky Hill e nos mudamos para Sand Creek, cerca de 65 quilômetros a nordeste de Fort Lyon", disse George Bent. "Deste novo acampamento, os índios partiam e visitavam o major Wynkoop, e as pessoas do forte pareciam tão amistosas que, pouco tempo depois, os arapahos nos deixaram e se mudaram para perto do forte, onde estabeleceram um acampamento e receberam rações regulares."[14]

Wynkoop forneceu as rações depois que Corvo Pequeno e Canhoto lhe disseram que os arapahos não achavam búfalos ou outra caça na reserva e tinham medo de enviar grupos de caçadores de volta aos terrenos do Kansas. Eles podiam ter ouvido sobre a ordem recente de Chivington a seus soldados: "Matem todos os índios que encontrarem".[15]

Os gestos amistosos de Wynkoop para com os índios logo o fizeram cair em desfavor ante os funcionários militares do Colorado e do Kansas. Foi censurado por levar os chefes a Denver sem autorização e foi acusado de "deixar os índios tomarem conta das coisas em Fort Lyon". Em 5 de novembro, o major Scott J. Anthony, um oficial dos Voluntários do

Colorado, de Chivington, chegou a Fort Lyon com ordens de substituir Wynkoop como comandante do posto.

Uma das primeiras ordens de Anthony foi cortar as rações dos arapahos e exigir a entrega de suas armas. Eles lhe deram três rifles, uma pistola e sessenta arcos com flechas. Poucos dias depois, quando um grupo de arapahos desarmados aproximou-se do forte para trocar peles de búfalo por rações, Anthony ordenou que seus guardas disparassem contra eles. Anthony riu quando os índios deram a volta e fugiram. Declarou a um dos soldados "que eles o haviam aborrecido bastante e que era o único jeito de se ver livre deles".[16]

Os cheyennes que estavam acampados em Sand Creek souberam, pelos arapahos, que um pequeno e inamistoso chefe de soldados, de olhos vermelhos, havia tomado o lugar de seu amigo Wynkoop. Na Lua do Casamento dos Gamos, em meados de novembro, Chaleira Preta e um grupo de cheyennes dirigiram-se para o forte, para ver esse novo chefe dos soldados. Seus olhos eram mesmo vermelhos (consequência do escorbuto), mas ele se mostrou amistoso. Vários oficiais que estiveram presentes à reunião entre Chaleira Preta e Anthony testemunharam depois que Anthony garantiu aos cheyennes que, se eles voltassem a seu acampamento de Sand Creek, estariam sob a proteção de Fort Lyon. Também lhes disse que seus jovens poderiam ir para leste, no rumo do Smoky Hill, caçar búfalos até que ele conseguisse permissão do Exército para lhes fornecer rações de inverno.

Satisfeito com as promessas de Anthony, Chaleira Preta disse que ele e outros líderes cheyennes estavam pensando em ir bem para o sul de Arkansas, de modo a se sentirem seguros, mas que as palavras do major Anthony os fizeram sentir segurança em Sand Creek. Ficariam ali no inverno.

Depois da partida da delegação cheyenne, Anthony ordenou a Canhoto e Corvo Pequeno que desfizessem o acampamento arapaho, perto de Fort Lyon. "Vão e cacem búfalos para comer", disse-lhes. Alarmados pela brusquidão de Anthony, os arapahos reuniram suas coisas e começaram a se mudar. Quando estavam bem fora da vista do forte, os dois grupos de arapahos dividiram-se. Canhoto foi com seu povo até Sand Creek, juntar-se aos cheyennes. Corvo Pequeno levou seu grupo através do rio Arkansas e rumou para o sul; não confiava no Chefe dos Soldados Olhos-Vermelhos.

Anthony informou então aos seus superiores que "há um grupo de índios a sessenta quilômetros do posto... devo tentar manter os índios tranquilos até a hora em que receba reforços".[17]

Em 26 de novembro, quando o agente comercial do posto, Cobertor Cinza John Smith, pediu permissão para ir a Sand Creek negociar peles, o major Anthony estava inusitadamente cooperativo. Forneceu a Smith uma ambulância do Exército para transportar seus bens, além de um condutor, o soldado David Louderback, da Cavalaria do Colorado. Mais do que tudo, a presença de um agente comercial do posto e de um pacífico representante do Exército encheu os índios de sentimento de segurança e os manteve acampados ali onde estavam.

Vinte e quatro horas depois, os reforços que Anthony disse precisar para atacar os índios aproximaram-se de Fort Lyon. Eram seiscentos homens dos regimentos do Colorado, do coronel Chivington, incluindo a maioria do Terceiro, que havia sido formado pelo governador John Evans com o único fim de combater os índios. Quando a vanguarda atingiu o forte, cercaram-no e proibiram a saída de qualquer pessoa sob pena de morte. No mesmo momento, um destacamento de vinte homens da cavalaria chegou ao rancho de William Bent, alguns quilômetros a leste, cercou a casa de Bent e proibiu a entrada ou saída de qualquer pessoa. Os dois filhos mestiços de Bent, George e Charlie, e seu cunhado mestiço, Edmond Guerrier, estavam acampados com os cheyennes em Sand Creek.

Quando Chivington foi até o alojamento dos oficiais em Fort Lyon, o major Anthony recebeu-o calorosamente. Chivington começou a falar de "colecionar escalpos" e "nadar em sangue". Anthony respondeu dizendo que estivera "esperando uma boa oportunidade de atacá-los" e que cada homem em Fort Lyon estava ansioso para se juntar à expedição de Chivington contra os índios.[18]

Porém nem todos os oficiais de Anthony estavam ansiosos ou dispostos a aderir ao bem-planejado massacre de Chivington; o capitão Silas Soule, o tenente Joseph Cramer e o tenente James Connor protestaram, dizendo que um ataque ao pacífico acampamento de Chaleira Preta violaria a garantia de segurança dada aos índios tanto por Wynkoop quanto por Anthony, "que isso seria assassinato em todo o sentido da palavra", e qualquer oficial que participasse desonraria o uniforme do Exército.

Chivington ficou violentamente encolerizado e agitou seu punho perto do rosto do tenente Cramer. "Maldito seja qualquer homem que simpatiza com os índios!", gritou. "Vim para matar índios e acho que é certo e honroso usar qualquer meio sob o céu do Senhor para matar índios."[19]

Soule, Cramer e Connor tinham de participar da expedição ou enfrentar uma corte marcial, mas intimamente resolveram não mandar seus homens atirar nos índios, a não ser em defesa própria.

Às oito da noite de 28 de novembro, a coluna de Chivington, agora englobando mais de setecentos homens, com a inclusão dos soldados de Anthony, deslocou-se em colunas de quatro. Quatro morteiros de montanha de doze libras acompanhavam a cavalaria. Estrelas brilhavam num céu limpo; o ar da noite tinha um travo cortante de frio.

Para guia, Chivington convocara James Beckwourth, de 69 anos, um mulato que vivera com os índios por meio século. Beckwourth tentou recusar, mas Chivington ameaçou-o de enforcamento se se negasse a guiar os soldados ao acampamento cheyenne-arapaho.

À medida que a coluna se deslocava, tornava-se evidente que os olhos fracos e os ossos reumáticos de Beckwourth prejudicavam sua utilidade como guia. Numa casa de rancho perto de Spring Bottom, Chivington parou e ordenou que o rancheiro saísse da sua cama e tomasse o lugar de Beckwourth. O rancheiro era Robert Bent, filho mais velho de William Bent; os três filhos meio-cheyennes de Bent logo estariam reunidos em Sand Creek.

O acampamento cheyenne ficava numa curva em ferradura do Sand Creek, ao norte do leito de um rio quase seco. A tenda de Chaleira Preta era perto do centro da aldeia, com a gente de Antílope Branco e Cocar de Guerra a oeste. Do lado leste e pouco separado dos cheyennes estava o acampamento arapaho de Canhoto. Ao todo, havia cerca de seiscentos índios à beira do riacho, dois terços sendo mulheres e crianças. A maioria dos guerreiros estava a vários quilômetros, caçando búfalos para o acampamento, como haviam sido instados a fazer pelo major Anthony.

Os índios estavam tão confiantes da segurança absoluta que não tinham sentinelas noturnas, a não ser na manada de cavalos que estava arrebanhada mais para baixo, à beira do riacho. O primeiro aviso que tiveram do ataque foi por volta do nascer do sol – o ressoar dos cascos na planície de areia. "Eu estava dormindo numa tenda", disse Edmond Guerrier. "Primeiro, ouvi algumas das mulheres lá fora dizerem que havia muitos búfalos vindo para o acampamento, outras diziam que eram muitos soldados." Guerrier imediatamente saiu e foi para a tenda de Cobertor Cinza Smith.[20]

George Bent, que estava dormindo na mesma área, disse que ainda estava sob os cobertores quando ouviu gritos e o barulho de pessoas correndo pelo acampamento.

> Lá de baixo, do riacho, uma grande força de soldados estava avançando a trote rápido... mais soldados podiam ser vistos na direção das manadas de cavalos índios ao sul do acampamento. No acampamento, tudo era confusão e barulho – homens, mulheres e crianças correndo para fora das tendas, semivestidos; mulheres e crianças gritando ao ver as tropas; homens correndo para as tendas, em busca de armas... Olhei para a cabana do chefe e vi que Chaleira Preta içara uma grande bandeira americana, amarrada na ponta de um mastro comprido e estava em pé, na frente da tenda, segurando o mastro, com a bandeira que flutuava à luz cinzenta da aurora de inverno. Ouvi-o dizer a todos que não ficassem com medo, que os soldados não os feririam; então, as tropas abriram fogo de dois lados do acampamento.[21]

Enquanto isso, o jovem Guerrier se reunira a Cobertor Cinza Smith e ao soldado Louderback na tenda do comerciante. "Louderback propôs que saíssemos e nos dirigíssemos aos soldados. Tentamos. Antes de sairmos da área da tenda pude ver os soldados começando a desmontar. Achei que eram artilheiros e iriam bombardear o acampamento. Mal começara a falar, quando começaram a atirar com seus rifles e pistolas. Quando vi que não os alcançaria, fugi; deixei o soldado e Smith."

Louderback parou momentaneamente, mas Smith continuou a ir na direção dos homens da cavalaria. "Matem o maldito velho filho de uma puta!", gritou um soldado, das fileiras. "Ele não é melhor que um índio." Aos primeiros tiros disparados, Smith e Louderback voltaram-se e correram para sua tenda. Jack, o filho mestiço de Smith, e Charlie Bent já haviam se protegido ali.[22]

Nesse momento, centenas de mulheres e crianças cheyennes estavam reunidas em volta da bandeira de Chaleira Preta. Pelo leito seco do riacho, outras estavam vindo do acampamento de Antílope Branco. Afinal, o coronel Greenwood não dissera a Chaleira Preta que, enquanto a bandeira dos Estados Unidos estivesse sobre ele, nenhum soldado atiraria nele? Antílope Branco, um velho de 71 anos, desarmado, com o rosto escuro sulcado pelo sol e pelo frio, dirigiu-se aos soldados. Ainda confiava que os soldados parariam de atirar logo que vissem a bandeira americana e a bandeira branca de rendição que Chaleira Preta içara então.

Beckwourth, cavalgando atrás do coronel Chivington, viu Antílope Branco se aproximando. "Ele veio correndo para se encontrar com o comando", testemunhou mais tarde Beckwourth, "com as mãos para o alto e dizendo 'Parem! Parem!' Falava isso num inglês tão bom quanto o meu. Parou e cruzou os braços, até ser atingido".[23] Os sobreviventes dos cheyennes disseram que Antílope Branco cantou a canção da morte antes de expirar:

"Nada vive muito tempo
Só a terra e as montanhas".

Do lado do acampamento arapaho, Canhoto e seu povo também tentavam chegar à bandeira de Chaleira Preta. Quando Canhoto viu os soldados, ficou com os braços cruzados, dizendo que não lutaria com os brancos, pois eles eram seus amigos. Foi atingido pelos tiros.

Robert Bent, que estava cavalgando a contragosto com o coronel Chivington, disse que quando avistaram o acampamento:

> Vi a bandeira americana flamulando e ouvi Chaleira Preta dizer aos índios que ficassem à volta da bandeira, e ali estavam

eles amontoados – homens, mulheres e crianças. Isso quando estávamos a uns cinco metros dos índios. Também vi uma bandeira branca içada. As bandeiras estavam numa posição tão evidente que, necessariamente, seriam vistas. Quando os soldados atiraram, os índios correram, alguns dos homens para suas tendas, provavelmente para pegar armas... Acho que havia, ao todo, uns seiscentos índios. Uns 35 bravos e alguns velhos, cerca de sessenta ao todo... O resto dos homens estava fora do acampamento, caçando... Depois da salva, os guerreiros puseram as mulheres e as crianças juntas e as cercaram para protegê-las. Vi cinco mulheres sob um banco, em busca de proteção. Quando as tropas as alcançaram, saíram e mostraram-se para que os soldados vissem que eram mulheres, e pediram mercê, mas os soldados feriram-nas. Vi uma mulher no banco, com a perna quebrada por um obus; um soldado foi até ela com o sabre desembainhado; ela levantou um braço para se proteger, quando ele golpeou, quebrando-lhe o braço; ela rolou e levantou o outro braço, que ele golpeou e quebrou; depois, deixou-a, sem matá-la. Parecia haver uma matança indiscriminada de homens, mulheres e crianças. Havia cerca de trinta ou quarenta mulheres reunidas numa caverna como abrigo. Enviaram uma menina de cerca de seis anos com uma bandeira branca num pau; mal dera uns passos, ela foi atingida e morta. Todas as mulheres da caverna foram mortas mais tarde, além de quatro ou cinco homens fora dela. As mulheres não ofereceram resistência. Todo mundo que vi morto estava escalpado. Vi uma mulher cortada com um filho ainda não nascido, segundo me pareceu, ao seu lado. O capitão Soule me disse depois que havia sido isso mesmo. Vi o corpo de Antílope Branco com os genitais cortados e ouvi um soldado dizer que iria fazer uma bolsa de fumo com eles. Vi uma mulher com os genitais cortados... Vi uma menina de uns cinco anos que se escondera na areia; dois soldados descobriram-na, tiraram seus revólveres e a mataram, arrastando-a depois pelo braço sobre a areia. Vi várias crianças de colo mortas com suas mães.[24]

(Num pronunciamento público feito em Denver, pouco antes do massacre, o coronel Chivington defendera a morte e o escalpo de todos os índios, mesmo crianças. “Dos ovos é que nascem os piolhos!”, declarara.)

A descrição de Robert Bent sobre as atrocidades dos soldados foi corroborada pelo tenente James Connor:

> Ao passar pelo campo de batalha no dia seguinte não vi um corpo de homem, mulher ou criança que não estivesse escalpado, e, geralmente, os corpos estavam mutilados da maneira mais horrível – homens, mulheres e crianças com os genitais cortados etc.; ouvi um homem dizer que havia cortado as partes genitais de uma mulher e as pendurara num pau para mostrar; ouvi outro homem dizer que cortara os dedos de um índio para ficar com os anéis da mão; segundo meu melhor conhecimento e crença, essas atrocidades foram cometidas com o conhecimento de J. M. Chivington e não sei de qualquer medida que ele tenha tomado para impedi-las; ouvi o caso de uma criança de poucos meses que foi jogada no interior de um carroção e, depois de ser levada a alguma distância, deixada no chão para morrer; também ouvi vários casos de homens que cortaram genitais de mulheres e os penduraram no arção da sela ou os usaram nos chapéus, quando cavalgavam nas fileiras.[25]

Um regimento treinado e bem-disciplinado de soldados poderia, sem dúvida, ter destruído quase todos os índios indefesos de Sand Creek. A falta de disciplina, combinada com o grande consumo de uísque durante a marcha noturna, covardia e falta de perícia no tiro entre os soldados do Colorado, tornara possível a fuga de muitos índios. Vários cheyennes cavaram trincheiras nas margens altas do riacho seco e as mantiveram até a noite. Outros escaparam sozinhos ou em pequenos grupos pela planície. Quando o tiroteio acabou, 105 mulheres e crianças índias, além de 28 homens, estavam mortos. Em seu relatório oficial, Chivington afirmou que morreram entre quatrocentos e quinhentos guerreiros. Teve nove perdas e 38 feridos, muitas dessas baixas causadas por disparos errados de soldados uns contra os outros. Entre os chefes mortos estavam Antílope Branco, Um-Olho e Cocar de Guerra. Chaleira Preta escapara milagrosamente subindo uma ravina, mas sua mulher estava gravemente ferida. Canhoto, embora atingido, também conseguiu sobreviver.

Os prisioneiros, no fim da luta, eram sete – a mulher cheyenne de John Smith, a mulher de outro civil branco de Fort Lyon, seus três filhos e os dois rapazes mestiços, Jack Smith e Charlie Bent. Os soldados queriam matar os rapazes mestiços porque estavam com roupas índias. O velho Beckwourth salvou Charlie Bent escondendo-o num carroção, com um oficial ferido, deixando-o depois com seu irmão Robert. Mas Beckwourth não pôde salvar a vida de Jack Smith; um soldado matou o filho do agente disparando contra ele por um buraco na tenda onde o rapaz estava preso.

O terceiro filho de Bent, George, separou-se de Charlie no começo da luta. Juntou-se aos cheyennes que cavaram trincheiras nas margens altas do riacho. "Quando nosso grupo chegou a esse lugar", disse, "fui atingido por uma bala no quadril e caí; mas consegui me arrastar para uma das cavernas e ficar entre guerreiros, mulheres e crianças." Depois de cair a noite, os sobreviventes saíram dali. Estava muito frio e corria sangue de suas feridas, mas não ousavam fazer fogueiras. O único pensamento em suas mentes era fugir para leste até o Smoky Hill e tentar a reunião com os guerreiros. "Foi uma marcha terrível", lembrou George Bent, "com a maioria de nós descalça, sem comida, semivestida, atrapalhada por mulheres e crianças." Suportaram, por oitenta quilômetros, ventos gelados, fome e a dor das feridas, mas finalmente chegaram ao acampamento de caça.

> Quando chegamos ao acampamento, houve uma cena terrível. Todo mundo estava chorando, mesmo os guerreiros, e as mulheres e crianças gritavam e gemiam. Quase todos que estavam ali tinham perdido alguns parentes ou amigos e muitos deles, em sua dor, cortavam-se com suas facas até jorrar sangue.[26]

Assim que sua ferida sarou, George voltou ao rancho do pai. Ali, ouviu do seu irmão Charlie mais detalhes das atrocidades dos soldados em Sand Creek – os horríveis escalpos e mutilações, a carnificina de crianças e bebês. Depois de alguns dias, os irmãos decidiram que, como mestiços, não queriam fazer parte da civilização do homem branco e deixaram silenciosamente seu rancho. Com eles, seguiu a mãe de Charlie, Mulher Amarela, que jurou nunca mais viver com um homem branco. Partiram para o norte, a fim de se juntarem aos cheyennes.

Era janeiro, a lua do Frio Forte, quando os índios das planícies tradicionalmente faziam fogueiras em suas tendas, contavam histórias nas noites longas e dormiam até tarde. Mas aquela era uma época ruim e, à medida que as notícias do massacre de Sand Creek se espalhavam pelas planícies, os cheyennes, arapahos e sioux enviavam mensageiros para lá e para cá, com apelos para uma guerra de vingança contra os brancos assassinos.

No momento em que Mulher Amarela e os jovens irmãos Bent alcançaram seus parentes no rio Republican, os cheyennes haviam recebido apoio de milhares de aliados compassivos – os sioux brulés de Cauda Pintada, os sioux oglalas de Matador-de-Pawnee e grandes grupos de arapahos do norte. Os cheyennes dog soldiers (agora liderados por Touro Forte) que se recusaram a ir a Sand Creek estavam ali, bem como Nariz Romano e seu bando de jovens guerreiros. Enquanto os cheyennes choravam seus mortos, os líderes das tribos fumavam cachimbos de guerra e planejavam sua estratégia.

Em algumas horas de loucura em Sand Creek, Chivington e seus soldados destruíram as vidas ou a força de todo chefe cheyenne e arapaho que insistira em fazer a paz com os brancos. Depois da fuga dos sobreviventes, os índios rejeitaram Chaleira Preta e Canhoto, voltando-se para líderes guerreiros que os salvassem do extermínio.

Ao mesmo tempo, funcionários dos Estados Unidos pediam uma investigação sobre o governador Evans e o coronel Chivington e, embora devessem saber que era tarde demais para evitar uma guerra índia total, enviaram Bezerro Mágico Beckwourth como emissário junto a Chaleira Preta, para ver se havia possibilidades de paz.

Beckwourth achou os cheyennes, mas logo soube que Chaleira Preta havia partido para algum lugar com um punhado de parentes e velhos. O chefe principal agora era Perna-na-Água.

"Fui até a tenda de Perna-na-Água", disse Beckwourth. "Quando entrei, ele se levantou e disse: 'Bezerro Mágico, para que veio aqui? Você conseguiu que o homem branco pare de matar nossas famílias?' Disse-lhe que viera falar com ele; convocar seu conselho. Eles vieram pouco depois e queriam saber para que eu estava ali. Disse-lhes que viera para convencê-los a fazer a paz com os brancos, já que não havia bastantes deles para lutar com os brancos, que eram tão numerosos quanto as folhas das árvores. 'Sabemos disso', foi a resposta geral do conselho. 'Mas para que queremos viver? O homem branco tomou nossa terra, matou toda nossa caça; não satisfeito com isso, matou nossas mulheres e crianças. Agora, nada de paz. Queremos ir e encontrar nossas famílias na terra dos espíritos. Gostávamos dos brancos até descobrirmos que eles mentiram para nós e nos roubaram o que tínhamos. Levantamos a machadinha da guerra até a morte'.

"Perguntaram-me então por que eu fora a Sand Creek com os soldados para mostrar-lhes o caminho. Disse-lhes que, se não fosse, o chefe branco me enforcaria. 'Vá e fique com seus irmãos brancos, mas vamos lutar até a morte.' Obedeci à ordem e voltei, pensando em largar tudo."[27]

Em janeiro de 1865, a aliança de cheyennes, arapahos e sioux desencadeou uma série de ataques ao longo do South Platte. Atacaram comboios de carroções, estações de diligências e pequenos postos militares. Queimaram a cidade de Julesburg, escalpando os defensores brancos como vingança do escalpo dos índios em Sand Creek. Cortaram quilômetros de fios do telégrafo. Atacaram e saquearam a estrada do Platte de cima a baixo, cessando todas as comunicações e a entrega de provisões. Em Denver, houve pânico quando os racionamentos de alimentos aumentaram.

Quando os guerreiros voltaram ao acampamento de inverno nas Grandes Árvores às margens do Republican, fizeram uma grande dança para celebrar seus primeiros golpes de vingança. A neve cobria as planícies, mas os chefes sabiam que logo os soldados viriam marchando de todas as direções com seus canhões de fala grossa. Enquanto as danças ainda estavam sendo realizadas, os chefes fizeram um conselho para decidir onde deveriam ir a fim de escapar aos soldados. Chaleira Preta estava ali e falou para irem ao sul, para baixo do Arkansas, onde os verões eram longos e havia muitos búfalos. A maioria dos outros chefes queria ir para o norte, através do Platte, para alcançar seus parentes no território do rio Powder. Nenhum soldado iria ousar marchar no grande baluarte dos sioux tetons e dos cheyennes do norte. Antes do conselho acabar, a aliança concordou em enviar mensageiros ao território do rio Powder para dizer às tribos que eles iriam.

Porém Chaleira Preta não iria, e cerca de quatrocentos cheyennes – na maior parte velhos, mulheres e alguns guerreiros gravemente feridos – concordaram em segui-lo rumo ao sul. No último dia antes do acampamento ser levantado, George Bent disse adeus a esses últimos remanescentes do povo de sua mãe, os cheyennes do sul. "Andei pelas tendas e apertei as mãos de Chaleira Preta e de todos os meus amigos. As tendas chefiadas por Chaleira Preta foram para o sul do Arkansas e se juntaram aos arapahos do sul, kiowas e comanches."[28]

Com cerca de três mil sioux e arapahos, os cheyennes (incluindo Mulher Amarela e os irmãos Bent) foram para o norte, exilados para uma terra que poucos deles haviam visto antes. Pelo caminho, tiveram combates com soldados que procediam de Fort Laramie, mas a aliança era forte demais para os soldados, e os índios mantiveram-nos a distância, como se fossem coiotes acossando uma poderosa manada de búfalos.

Quando chegaram ao território do rio Powder, os cheyennes do sul foram recebidos por seus parentes, os cheyennes do norte. Os do sul, vestidos de mantas e perneiras, trocadas com os brancos, acharam os do norte com uma aparência muito selvagem em suas roupas de búfalo e perneiras de pele. Os cheyennes do norte prendiam seus cabelos trançados com faixas de couro pintado de vermelho, usavam penas de corvo na cabeça e empregavam tantas palavras sioux que os cheyennes do sul tinham dificuldade para compreendê-los. Estrela da Manhã, um chefe importante dos cheyennes do norte, vivera e caçara tanto tempo com os sioux que quase todos o chamavam pelo nome sioux, Faca Embotada.

Primeiro, os do sul acamparam perto do Powder, cerca de meio quilômetro de distância dos do norte, mas havia tantas visitas de parte a parte, que logo decidiram acampar juntos, colocando as tendas num círculo tribal tradicional, com os clãs reunidos. A partir daí, pouco se falou de norte e sul entre os cheyennes.

Na primavera de 1865, quando mudaram suas montarias para o rio Tongue em busca de pasto melhor, acamparam perto dos sioux oglalas de Nuvem Vermelha. Os cheyennes do sul nunca haviam visto tantos índios acampados juntos, mais de oito mil, e os dias e noites eram cheios de caçadas e cerimônias, festas e danças. George Bent contou depois que recebeu Jovem-Medroso-de-seus-Cavalos, um sioux, em seu clã cheyenne, os lanças-curvas. Isso indica como sioux e cheyennes estavam ligados nessa época.

Embora cada tribo mantivesse suas próprias leis e costumes, esses índios pensavam em si como o Povo, confiantes em seu poder e certos de seu direito de viver como desejavam. Os invasores brancos estavam desafiando-os a leste, em Dakota, e a sul, ao longo do Platte, mas os índios estavam prontos a enfrentar todos os desafios. "O Grande Espírito criou o branco e o índio", disse Nuvem Vermelha. "Acho que criou o índio primeiro. Criou-me nesta terra e ela me pertence. O branco foi criado à margem das grandes águas e sua terra é ali. Desde que cruzaram o mar, dei-lhes lugar. Agora há brancos por toda minha volta. Tenho apenas um pequeno punhado de terra. O Grande Espírito disse-me que o conservasse."[29]

Durante a primavera, os índios enviaram patrulhas para observar os soldados que guardavam as estradas e os fios de telégrafo ao longo do Platte. As patrulhas assinalaram mais soldados que de costume, alguns deles se dirigindo para o norte, ao longo da trilha Bozeman, ao longo do território do rio Powder. Nuvem Vermelha e os outros chefes decidiram que era tempo de dar uma lição aos soldados; iriam atacá-los no ponto em que estivessem mais ao norte, um lugar que os brancos chamavam de Platte Bridge Station.

Como os guerreiros cheyennes do sul queriam vingança pelos parentes massacrados em Sand Creek, a maioria deles foi convidada para ir na expedição. Nariz Romano, dos lanças-curvas, era seu líder e ele cavalgou com Nuvem Vermelha, Faca Embotada e Velho-Medroso-de-Seus-Cavalos. Quase três mil guerreiros formaram o grupo bélico. Entre eles, os irmãos Bent, pintados e vestidos para luta.

A 24 de julho, chegaram às colinas que estão a cavaleiro da ponte que cruza o Platte do Norte. Na extremidade oposta da ponte, havia o posto militar – uma estacada, estação de diligências e agência do telégrafo. Cerca de mil soldados estavam dentro da estacada. Após olhar o lugar com binóculos de campanha, os chefes decidiram queimar a ponte, cruzar o rio num vau raso abaixo e então sitiar a estacada. Mas primeiro tentariam atrair os soldados para fora, com engodos, e matar tantos quanto pudessem.

Dez guerreiros desceram à tarde, mas os soldados não saíram da estacada. Na manhã seguinte, outro grupo de chamarizes espreitava os soldados na ponte, mas eles também não saíram. Na terceira manhã, para surpresa dos índios, um pelotão de cavalarianos saiu do forte, atravessou a ponte e dirigiu-se para oeste, a trote. Em questão de segundos, várias centenas de cheyennes e sioux estavam sobre seus cavalos e corriam velozmente pelas colinas, atrás dos Casacos Azuis. "Quando chegamos perto dos soldados", disse George Bent, "vi um oficial passar correndo num cavalo baio, através das densas nuvens de poeira e fumaça. Seu cavalo original estava fugindo dele... o tenente tinha uma ferida de flecha na testa e seu rosto estava estriado de sangue." (O oficial mortalmente ferido era o tenente Caspar Collins.) Poucos cavalarianos escaparam e se reuniram a um pelotão de salvamento da infantaria, na ponte. O canhão do forte impediu uma perseguição posterior por parte dos índios.

Enquanto ocorria o combate, alguns dos índios ainda nas colinas descobriram por que os cavalarianos haviam saído do forte. Sua marcha era destinada a encontrar uma caravana de carroções que se aproximava, vinda do oeste. Em poucos minutos, os índios cercaram o comboio de carroções, mas os soldados se esconderam sob os carroções e travaram uma luta obstinada. Durante os primeiros minutos da batalha, o irmão de Nariz Romano foi morto. Quando Nariz Romano soube disso, ficou alucinado por vingança. Convocou todos os cheyennes para um ataque. "Vamos esvaziar as armas dos soldados!", gritou. Nariz Romano estava usando seu escudo e o cocar mágico; sabia que as balas não o atingiriam. Liderou os cheyennes até um círculo em volta dos carroções e todos soltaram seus cavalos para correr mais depressa. Quando o círculo se fechou em torno dos vagões, os soldados esvaziaram todas as suas armas imediatamente e, então, os cheyennes atacaram os carroções diretamente, matando todos os soldados. Ficaram decepcionados com o que acharam nos carroções: apenas roupa de cama dos soldados e caixas de rações.

Nessa noite, no acampamento, Nuvem Vermelha e os outros chefes decidiram que haviam ensinado os soldados a temer o poder dos índios. Retornaram, então, ao território do rio Powder, esperando que os brancos agora obedecessem ao tratado de Laramie e deixassem de passar sem permissão pelo território dos índios no norte do Platte.

Enquanto isso, Chaleira Preta e os últimos remanescentes dos cheyennes do sul mudaram-se para o sul do rio Arkansas. Juntaram-se aos arapahos de Corvo Pequeno, que, por essa época, souberam do massacre de Sand Creek, onde haviam perdido amigos e parentes, que estavam pranteando. Durante o verão (1865), seus caçadores só encontraram poucos búfalos abaixo do Arkansas, mas tinham medo de voltar para o norte, onde os grandes rebanhos pastavam entre os rios Smoky Hill e Republican.

No fim do verão, enviados e mensageiros começaram a vir de todas as direções, procurando Chaleira Preta e Corvo Pequeno. De repente, eles haviam se tornado muito importantes. Alguns funcionários brancos viajaram desde Washington para encontrar os cheyennes e arapahos e dizer-lhes que o Grande Pai e seu Conselho estavam cheios de piedade por eles. Os funcionários do governo queriam fazer um novo tratado.

Embora os cheyennes e arapahos houvessem sido expulsos do Colorado e colonos estivessem querendo suas terras, parecia que os títulos das terras não eram claros. Pela lei dos velhos tratados, poder-se-ia provar que a própria Denver City ficava em terra cheyenne e arapaho. O governo queria que acabassem todas as reivindicações de terra dos índios no Colorado, de modo que os colonos brancos tivessem certeza de possuir a terra, uma vez que a reclamassem.

Chaleira Preta e Corvo Pequeno não concordaram em se encontrar com os funcionários, até que o pedido foi feito pelo Pequeno Homem Branco, William Bent. Ele disse-lhes que tentara convencer os Estados Unidos a dar direitos permanentes aos índios sobre o território dos búfalos, entre o Smoky Hill e o Republican, mas o governo recusara porque uma linha de diligências e, depois, uma estrada de ferro passariam através do território, trazendo mais colonos brancos. Os cheyennes e arapahos teriam de viver ao sul do rio Arkansas.

Na lua da Grama Seca, Chaleira Preta e Corvo Pequeno encontraram-se com os delegados dos brancos, na foz do Pequeno Arkansas. Os índios haviam visto antes dois desses fazedores de tratados – Suíças Pretas Sanborn e Suíças Brancas Harney. Achavam que Sanborn era um amigo, mas lembravam-se de que Harney massacrara os sioux brulés na Água Azul, em Nebraska, em 1855. Os agentes Murphy e Leavenworth estavam ali, bem como um homem de fala honesta, James Steele. Lançador do Laço Carson, que separara os navajos de suas terras tribais, também estava. Cobertor Cinzento Smith, que sofrera a provação de Sand Creek com eles, chegou como intérprete, e o Pequeno Homem Branco estava ali para fazer o melhor que podia por eles.

"Aqui estamos juntos, arapahos e cheyennes", disse Chaleira Preta, "mas poucos de nós; nós somos um povo... Todos os meus amigos, os índios que não vieram, estão com medo de vir; estão com medo de serem traídos como eu fui."

"Será muito difícil deixar o território que Deus nos deu", disse Corvo Pequeno. "Nossos amigos estão enterrados ali e odiamos deixar esse chão... Há algo difícil para nós – esse bando louco de soldados que esvaziou nossas tendas e matou nossas mulheres e crianças. Isso é difícil para nós. Lá em Sand Creek – Antílope Branco e muitos outros chefes jazem ali; nossas mulheres e filhos jazem ali. Nossas tendas foram destruídas ali, nossos cavalos nos foram tomados ali e não me sinto disposto a ir assim para um novo território e deixá-los."

James Steele respondeu:

> Todos nós percebemos muito bem que é duro para qualquer povo deixar seus lares e os túmulos de seus ancestrais, mas, infelizmente para vocês, foi descoberto ouro em seu território e uma multidão de gente branca foi morar lá, e a maioria dessa gente são os piores inimigos dos índios – homens que não se importam com o interesse alheio e que não se deteriam ante qualquer crime para se enriquecerem. Esses homens agora estão em seu território – em todas as partes dele – e não há lugar onde vocês possam viver e se sustentar sem entrar em contato com eles. As consequências desse estado de coisas é que vocês estão em perigo constante de sujeição e terão de recorrer às armas em defesa própria. Nessas circunstâncias não há, na opinião da

comissão, qualquer parte do antigo território suficientemente grande para viverem em paz.

Chaleira Preta disse:

> Nossos antepassados, quando vivos, moravam todos nesse território; não sabiam fazer mal a ninguém; depois morreram e foram não sei para onde. Todos nós perdemos o caminho... Nosso Grande Pai mandou-os aqui, com suas palavras para nós, e as ouvimos. Embora os soldados nos tenham atacado, deixamos isso para trás e estamos contentes por encontrá-los em paz e amizade. Ao que vocês vieram fazer aqui e ao que fez o Presidente enviá-los, não objeto, digo sim... Os brancos podem ir aonde quiserem e não serão perturbados por nós, e quero que lhes digam isso... Somos nações diferentes, mas é como se fôssemos um só povo, brancos e todos... Outra vez, pego-os pela mão e fico feliz. Estas pessoas que estão conosco ficam felizes em pensar que temos paz novamente, que podemos dormir sossegados e que podemos viver.[30]

E assim concordaram em viver ao sul do Arkansas, partilhando a terra que pertencia aos kiowas. A 14 de outubro de 1865, os chefes e líderes que restavam aos cheyennes do sul e arapahos, assinaram o novo tratado concordando com uma "paz perpétua". O artigo 2 do tratado dizia:

> Fica estabelecido plenamente pelos grupos índios aqui reunidos... que doravante cederão, sem dúvida, quaisquer reivindicações ou direitos... a ou sobre o território demarcado como se segue, isto é: começando na junção dos braços norte e sul do rio Platte; daí, do braço norte ao cimo da cadeia principal das Montanhas Rochosas ou até aos montes Vermelhos; daí, para o sul, ao longo do cimo das Montanhas Rochosas, até a parte superior do rio Arkansas; daí, para baixo, pelo rio Arkansas, até o Cimarron cruzar o mesmo; daí, ao lugar do começo. Esse território é o que proclamam ter possuído originalmente e que nunca contestarão por esse título.

Assim os cheyennes e arapahos abandonaram todas as reivindicações ao território do Colorado. E esse, sem dúvida, foi o real propósito do massacre de Sand Creek.

Capítulo cinco

Invasão do rio Powder

1865 – *2 de abril*, confederados abandonam Richmond. 9 de abril, Lee rende-se a Grant em Appomattox; a Guerra Civil acaba. 14 de abril, John Wilkes Booth mata o presidente Lincoln, Andre Johnson torna-se presidente. 13 de junho, o presidente Johnson emite uma proclamação para a reconstrução dos antigos Estados Confederados. Outubro, os Estados Unidos pedem à França que retirem tropas francesas do México. 18 de dezembro, é abolida a escravatura com a Décima-terceira Emenda. *Alice no País das Maravilhas*, de Lewis Carroll, e *Guerra e paz*, de Tolstói, são publicados.

De quem foi a voz que primeiro soou nesta terra? A voz do povo vermelho que só tinha arcos e flechas... O que foi feito em minha terra, eu não quis nem pedi; os brancos percorrendo minha terra... Quando o homem branco vem ao meu território, deixa uma trilha de sangue atrás dele... Tenho duas montanhas neste território – as Black Hills e a montanha Big Horn. Quero que o Grande Pai não faça estradas através delas. Já disse estas coisas três vezes; agora venho dizê-las pela quarta vez.

MAHPIUA LUTA (NUVEM VERMELHA), DOS SIOUX OGLALAS

DEPOIS DE VOLTAR AO território do rio Powder, após o combate de Platte Bridge, os índios das planícies começaram a se preparar para suas costumeiras cerimônias mágicas de verão. As tribos acamparam próximas, na foz do riacho Crazy Woman, no rio Powder. Mais ao norte, ao longo do rio e do Missouri Pequeno, estavam alguns sioux tetons que haviam se mudado para oeste nesse ano, para fugir dos soldados do general Sully em Dakota. Touro Sentado e sua gente hunkpapa estava aí, e esses primos dos oglalas enviaram emissários para uma grande dança solar, a renovação religiosa anual dos tetons. Enquanto decorria a dança solar, os cheyennes fizeram sua cerimônia das flechas e de mágica, com duração de quatro dias. O Guardador da Flecha retirou as quatro flechas secretas de sua bolsa de pele de coiote e todos os homens da tribo desfilaram ante elas, para fazer uma oferenda e rezar para as flechas.

Urso Negro, um dos principais chefes dos arapahos do norte, decidiu levar seu povo para oeste, ao rio Tongue; convidou alguns dos arapahos do sul que haviam vindo do norte, depois de Sand Creek, a ir com eles. Disse que eles fariam uma aldeia no Tongue e fariam muitas caçadas e danças antes da chegada das luas frias.

E assim, no fim de agosto de 1865, as tribos do território do rio Powder estavam espalhadas desde o rio Big Horn, a oeste, até as Black Hills, a leste. Estavam tão certas da inexpugnabilidade do território que a maioria deles se mostrou cética quando começaram a ouvir notícias sobre soldados que viriam até eles, de quatro direções.

Três das colunas de soldados estavam sob o comando do general Patrick E. Connor, transferido de Utah, em maio, para combater índios ao longo da estrada do Platte. Em 1863, o Chefe Estrelado Connor cercara um acampamento de paiutes no rio Bear e massacrara 278 deles. Por isso, era considerado pelos brancos como um bravo defensor da fronteira contra o "inimigo vermelho".

Em julho de 1865, Connor anunciou que os índios ao norte do Platte "devem ser caçados como lobos" e começou a organizar três colunas de soldados para uma invasão do território do rio Powder. Uma coluna, comandada pelo coronel Nelson Cole, marcharia de Nebraska até as Black Hills de Dakota. Uma segunda coluna, sob as ordens do coronel Samuel Walker, se deslocaria diretamente para o norte de Fort Laramie, para ligação com Cole nas Black Hills. A terceira coluna, com o próprio Connor no comando, tomaria a direção noroeste, ao longo da estrada Bozeman, rumo a Montana. O general Connor esperava, assim, emboscar os índios entre a sua coluna e as forças combinadas de Cole e Walker. Aconselhou seus oficiais a não aceitarem aberturas de paz dos índios e ordenou severamente: "Ataquem e matem todo homem índio com mais de doze anos de idade".[1]

No começo de agosto, as três colunas foram postas em movimento. Se tudo corresse de acordo com o plano, iriam encontrar-se, cerca de 1º de setembro, no rio Rosebud, no coração do território índio hostil.

Uma quarta coluna, que não tinha ligação com as expedições de Connor, também estava se aproximando do território do rio Powder, vinda do leste. Organizada por um civil, James A. Sawyers, para abrir uma nova rota terrestre, esta coluna tinha como único objetivo alcançar os campos de ouro de Montana. Como Sawyers sabia que penetraria em terras índias cedidas por tratados, esperava resistência e, assim, conseguiu duas companhias de infantaria para escoltar seu grupo de 73 buscadores de ouro e oitenta carroções de suprimentos.

Foi mais ou menos em 14 ou 15 de agosto que os sioux e cheyennes, que estavam acampados ao longo do Powder, souberam do comboio de Sawyers. "Nossos caçadores percorreram o acampamento muito excitados", lembrou-se George Bent, "e disseram que os soldados estavam rio acima. Nosso pregoeiro, um homem chamado Urso Forte, montou e cavalgou pelo acampamento, gritando que os soldados estavam chegando. Nuvem Vermelha reuniu sua gente, montou e cavalgou pelo acampamento sioux, gritando a mesma coisa para os sioux. Todo mundo correu para os cavalos. Em ocasiões assim, um homem sempre pegava o cavalo que queria; se o cavalo morresse na luta, o cavaleiro não teria de pagá-lo a seu dono, mas tudo que o cavaleiro capturasse na batalha pertenceria ao dono do cavalo que ele montasse. Quando todos estavam montados, cavalgamos pelo Powder acima cerca de 24 quilômetros, onde descobrimos o 'grupo de construção de estradas' de Sawyers, um grande comboio de emigrantes deslocando-se com soldados em cada lado."[2]

Como parte dos despojos tomados durante a batalha de Platte Bridge, os índios haviam trazido alguns uniformes e clarins do Exército. Ao deixar o acampamento, George Bent pegara apressadamente uma túnica de oficial, e seu irmão

Charlie levara um clarim. Achavam que essas coisas poderiam enganar os soldados e enervá-los. Cerca de quinhentos sioux e cheyennes estavam no grupo guerreiro, e tanto Nuvem Vermelha quanto Faca Embotada faziam parte dele. Os chefes estavam muito irritados porque os soldados haviam vindo para seu território sem pedir permissão.

Quando viram primeiramente o comboio de carroções, ele estava entre duas montanhas com um rebanho de cerca de trezentas cabeças de gado na retaguarda. Os índios dividiram-se, espalharam-se por saliências dos dois lados e, a um sinal, começaram a disparar contra a escolta de soldados. Em poucos minutos, o comboio formou um curral circular, com o gado reunido no interior e as rodas dos carroções enganchadas.

Por duas ou três horas, os guerreiros divertiram-se descendo dissimuladamente por sulcos da terra e, de repente, disparando a pequena distância. Alguns dos cavaleiros mais ousados galopavam até perto, cercavam os carroções e, então, saíam do alcance dos defensores. Depois que os soldados começaram a atirar com seus dois morteiros, os guerreiros ficaram atrás de pequenos outeiros, lançando gritos de guerra e insultando os soldados. Charlie Bent tocou seu clarim várias vezes e gritou todo palavrão anglo-saxão que pôde lembrar ter ouvido em volta do posto comercial de seu pai. ("Eles nos insultavam da maneira mais terrível", disse depois um dos mineiros sitiados. "Alguns poucos sabiam inglês suficiente para nos chamar com os nomes mais ofensivos que se podia imaginar."[3])

A caravana de carroções não podia se mover, mas os índios também não podiam chegar até ela. Por volta do meio-dia, para acabar com o impasse, os chefes ordenaram que fosse içada uma bandeira branca. Poucos minutos depois, um homem de calças de couro saiu a cavalo do curral de carroções. Como os irmãos Bent sabiam falar inglês, foram enviados para encontrar o emissário. O homem era um mexicano bem-humorado, Juan Suse, e ficou tão espantado com o inglês dos Bent quanto com o blusão azul de uniforme usado por George. Suse, que sabia pouco de inglês, teve de usar a linguagem de sinais, mas conseguiu fazê-los compreender que o comandante do comboio de carroções estava disposto a parlamentar com os chefes índios.

Uma reunião foi prontamente organizada, os Bent como intérpretes agora para Nuvem Vermelha e Faca Embotada. O coronel Sawyers e o capitão George Williford saíram do curral com uma pequena escolta. O título do coronel Sawyers era honorário, mas ele se considerava comandante do comboio. O título do capitão Williford era autêntico; suas duas companhias de soldados eram de ianques "Galvanizados", antigos prisioneiros de guerra confederados. Os nervos de Williford estavam à flor da pele. Estava inseguro com relação a seus homens, inseguro a respeito de sua autoridade na expedição. Olhou fixamente para a túnica azul usada pelo intérprete mestiço dos cheyennes, George Bent.

Quando Nuvem Vermelha pediu uma explicação pela presença de soldados em território índio, o capitão Williford respondeu perguntando por que os índios haviam atacado homens brancos pacíficos. Charlie Bent, ainda desgostoso com lembranças de Sand Creek, disse a Williford que os cheyennes iriam combater todos os brancos até que o governo enforcasse o coronel Chivington. Sawyers protestou que não viera para lutar contra os índios; estava procurando um caminho curto para os campos de ouro de Montana e só queria passar pelo território.

"Traduzi para os chefes", disse depois George Bent, "e Nuvem Vermelha respondeu que, se os brancos fossem embora de seu território e não fizessem estradas, tudo estava bem. Faca Embotada disse o mesmo, pelos cheyennes. Então, ambos os chefes disseram ao oficial que levasse a caravana para oeste daquele lugar, depois tomasse a direção norte e, quando houvesse passado das montanhas Big Horn, estaria fora de seu território."[4]

Sawyers protestou de novo. Seguir tal caminho iria levá-lo muito para fora de seu objetivo, disse que queria ir para o norte, ao longo do vale do rio Powder, para chegar a um forte que o general Connor estava construindo ali.

Essa foi a primeira notícia que Nuvem Vermelha e Faca Embotada tiveram do general Connor e sua invasão. Mostraram surpresa e raiva pelo fato de os soldados ousarem construir um forte no coração de seus campos de caça. Vendo que os chefes estavam ficando mais hostis, Sawyers ofereceu depressa um carroção de mantimentos – farinha, açúcar, café e fumo. Nuvem Vermelha sugeriu que pólvora, balas e cápsulas de percussão fossem acrescentadas à lista, mas o capitão Williford objetou fortemente; na verdade, o oficial era contra dar qualquer coisa aos índios.

Finalmente, os chefes concordaram em aceitar um carroção cheio de farinha, açúcar, café e fumo em troca da permissão para comboio passar pelo rio Powder. "O oficial me disse", revelou depois George Bent, "para manter os índios longe do comboio, que ele iria descarregar os mantimentos no chão. Isso foi ao meio-dia. Depois de ele chegar ao rio e estacionar seu comboio ali, outro grupo de sioux chegou da aldeia. O carroção cheio de mercadorias já havia sido dividido entre o primeiro grupo de índios, de modo que esses recém-chegados exigiram mais coisas e, quando o oficial recusou, começaram a disparar contra o curral".[5]

Esse segundo bando de sioux fustigou Sawyers e Williford durante vários dias, mas Nuvem Vermelha e Faca Embotada não tomaram parte nisso. Foram vale acima, ver se era verdade a notícia de que os soldados estavam construindo um forte no Powder.

Enquanto isso, o Chefe Estrelado Connor começara a construção de uma estacada a cerca de cem quilômetros ao sul do riacho Crazy Woman, no rio Powder e, em honra própria, chamou-o Fort Connor. Com a coluna de Connor estava uma companhia de batedores pawnees sob o comando do capitão Frank North. Os pawnees eram velhos inimigos tribais dos sioux, cheyennes e arapahos; haviam sido mobilizados para a campanha com o soldo de homens da cavalaria regular. Enquanto os soldados cortavam troncos para a estacada de Connor, os pawnees patrulhavam a área em busca de seus inimigos. Em 16 de agosto, avistaram um pequeno grupo de cheyennes vindos do sul. Com eles estava a mãe de Charlie Bent, Mulher Amarela.

Ela estava cavalgando com quatro homens, um pouco adiante do grupo maior; quando viu pela primeira vez os pawnees numa colina baixa, pensou que fossem cheyennes ou sioux. Os pawnees fizeram sinais com os cobertores, dizendo que eram amigos, e os cheyennes dirigiram-se a eles, sem desconfiar do perigo. Quando os cheyennes chegaram perto da colina, os pawnees de repente os atacaram. E assim Mulher Amarela, que deixara William Bent porque ele era um membro da raça branca, morreu nas mãos de um mercenário da sua própria raça. Nesse dia, seu filho Charlie estava a apenas alguns quilômetros a leste, com os guerreiros de Faca Embotada, voltando do cerco do comboio de Sawyers.

A 22 de agosto, o general Connor decidiu que a estacada do Powder estava suficientemente forte para ser mantida por uma companhia de cavalaria. Deixando ali a maioria das suas provisões, começou – com o resto de sua coluna – uma marcha forçada para o vale do rio Tongue, em busca de qualquer concentração grande de tendas índias que seus batedores pudessem descobrir. Se tivesse ido para o norte, ao longo do Powder, teria achado milhares de índios ansiosos por um combate – os guerreiros de Nuvem Vermelha e Faca Embotada, que estavam procurando os soldados de Connor.

Cerca de uma semana depois da coluna de Connor deixar o Powder, um guerreiro cheyenne chamado Cavalo Pequeno estava viajando pela mesma região com a mulher e o filho pequeno. A mulher de Cavalo Pequeno era arapaho, e estavam indo fazer uma visita de verão a parentes no acampamento arapaho de Urso Preto no rio Tongue. Certo dia, quando estavam a caminho, soltou-se um fardo do cavalo da mulher. Quando ela desmontou para amarrá-lo, olhou para trás por acaso, para um monte. Uma fileira de homens montados estava vindo pela trilha ao longe, atrás deles.

– Olhe lá para cima – disse a Cavalo Pequeno.

– São soldados – gritou Cavalo Pequeno. – Corra!

Assim que chegaram à próxima montanha, fora da vista dos soldados, saíram da trilha. Cavalo Pequeno desatrelou a esteira em que estava viajando seu filho, pôs o filho na garupa e cavalgaram depressa – através da região para o acampamento de Urso Preto. Chegaram galopando, perturbando a tranquila aldeia de 250 tendas colocadas num planalto escarpado acima do rio. Os arapahos estavam ricos de cavalos nesse ano; três mil estavam reunidos ao longo da corrente.

Nenhum dos arapahos acreditou que soldados poderiam estar a centenas de quilômetros e, quando a mulher de Cavalo Pequeno tentou fazer o pregoeiro avisar o povo, ele disse: "Cavalo Pequeno errou; só viu alguns índios vindo pela trilha, nada além disso". Certos de que os cavaleiros que viram eram soldados, Cavalo Pequeno e sua mulher correram para encontrar seus parentes. O irmão dela, Pantera, estava descansando na frente da sua tenda, e eles lhe disseram que os soldados estavam chegando, que ele deveria fugir logo. "Arrume o que você quiser carregar", disse Cavalo Pequeno. "Devemos partir à noite."

Pantera riu do seu cunhado cheyenne.

– Vocês estão sempre ficando com medo e se enganando com as coisas – disse. – Vocês só viram alguns búfalos.

– Muito bem – respondeu Cavalo Pequeno –, não precisa ir se não quiser, mas nós vamos hoje à noite. Sua mulher conseguiu convencer alguns dos outros parentes a arrumar suas coisas e, antes de a noite cair, deixaram a aldeia e percorreram vários quilômetros Tongue abaixo.[6]

No começo da manhã seguinte, os soldados do Chefe Estrelado Connor atacaram o acampamento arapaho. Por sorte, um guerreiro que fora pegar um dos seus cavalos de raça para uma cavalgada viu os soldados se reunindo atrás de um monte. Galopou de volta ao acampamento, tão depressa quanto pôde, dando a alguns dos arapahos uma oportunidade de fugir rio abaixo.

Poucos momentos depois, ao som do clarim e ao detonar de um canhão, oitenta batedores pawnees e 250 cavalarianos de Connor atacaram a aldeia por dois lados. Os pawnees se desviaram rumo aos três mil cavalos que os tratadores arapahos estavam tentando desesperadamente dispersar ao longo do vale do rio. A aldeia, que estivera pacífica e tranquila poucos minutos antes, de repente se tornou cenário de um tumulto terrível – cavalos empinando e relinchando, cachorros latindo, mulheres gritando, crianças chorando, guerreiros e soldados berrando e xingando.

Os arapahos tentaram formar uma linha de defesa para encobrir a fuga dos não combatentes, mas na primeira rajada de fogo dos rifles algumas mulheres e crianças foram atingidas, entre os guerreiros e os soldados. "Os soldados", disse um dos oficiais de Connor, "mataram um guerreiro que, caindo do seu cavalo, arrastou duas crianças índias que carregava.

Ao se retirarem, os índios deixaram as crianças mais ou menos na metade do caminho entre as duas linhas, onde não podiam ser alcançadas por nenhum dos lados." As crianças foram mortas.[7]

"Eu estava na aldeia, no meio de uma luta corpo a corpo com guerreiros e suas mulheres", disse outro oficial, "pois boa parte do lado feminino dessa tribo lutou tão bravamente quanto seus senhores selvagens. Infelizmente, para as mulheres e crianças, nossos homens não tinham tempo para verificar sua pontaria... mulheres e crianças, bem como guerreiros, caíram mortas e feridas."[8]

Tão depressa quanto podiam pegar os cavalos, os arapahos montavam e se retiravam para Wolf Creek, com os soldados em sua perseguição. Com os soldados estava um batedor de calças de couro e alguns dos arapahos mais velhos reconheceram-no como um antigo conhecido que montara armadilhas no Tongue e no Powder, anos antes; casara-se com uma das suas mulheres. Consideravam-no um amigo. Cobertor, eles o chamavam. Cobertor Jim Bridger. Agora, era um mercenário como os pawnees.

Os arapahos retiraram-se uns dezesseis quilômetros nesse dia e, quando os cavalos dos soldados começaram a cansar, os guerreiros voltaram-se contra os Casacos Azuis, usando seus velhos rifles e fustigando-os com as flechas. No começo da tarde, Urso Preto e seus guerreiros rechaçaram os cavalarianos de Connor de volta para a aldeia, mas os artilheiros haviam montado dois morteiros ali e as armas ruidosas encheram o ar com estilhaços sibilantes de metal. Os arapahos não podiam ir adiante.

Enquanto os arapahos observavam das montanhas, os soldados derrubaram todas as tendas da aldeia, amontoaram estacas, coberturas de tendas, mantas de búfalo, cobertores, peles e trinta toneladas de *pemmican** em grandes pilhas, que incendiaram. Tudo o que os arapahos possuíam – casas, roupas e sua reserva de comida para o inverno – virou fumaça. E então os soldados e os pawnees montaram e foram embora, com os cavalos que haviam capturado, mil animais, um terço da manada de cavalos da tribo.

* Carne seca e prensada. (N.T.)

Durante a tarde, Cavalo Pequeno, o cheyenne que tentara avisar os arapahos de que os soldados estavam chegando, ouviu o barulho dos canhões. Assim que os soldados partiram, ele, a mulher e os parentes que haviam ouvido seu alerta voltaram à aldeia queimada. Acharam mais de cinquenta índios mortos. Pantera, o cunhado de Cavalo Pequeno, jazia ao lado de um círculo de grama amarelada, onde ficava sua tenda, naquela manhã. Muitos outros, inclusive o filho de Urso Preto, estavam gravemente feridos e logo morreriam. Os arapahos não tinham nada mais, além dos cavalos que salvaram da captura, poucas armas velhas, arcos e flechas, e a roupa que estavam usando quando os soldados atacaram a aldeia. Essa foi a batalha do rio Tongue, que aconteceu na Lua em que os Gansos Perdem suas Penas.

Na manhã seguinte, alguns dos guerreiros partiram atrás dos cavalarianos de Connor, que estavam indo para o norte, rumo a Rosebud. No mesmo dia, o comboio de carroções de Sawyers, que os sioux e cheyennes haviam cercado duas semanas antes, passou pelo território arapaho. Furiosos com a presença de tantos invasores, os índios emboscaram os soldados que patrulhavam à frente do comboio, fizeram o gado estourar na retaguarda e até abateram um condutor de carroção. Como haviam gasto a maioria da sua munição na luta com os cavalarianos de Connor, os arapahos não eram suficientemente fortes para cercar e atacar os carroções de Sawyers. Fustigaram constantemente os mineiros até que eles saíram do território das Big Horns para Montana.

O Chefe Estrelado Connor, enquanto isso, marchava para Rosebud, buscando ansiosamente outras aldeias índias para destruir. À medida que se aproximava do ponto de encontro no Rosebud, enviava batedores em todas as direções para achar as outras duas colunas da sua expedição, as dirigidas pelos chefes Águias, Cole e Walker. Não foi possível encontrar qualquer pista das colunas, que estavam uma semana atrasadas. A 9 de setembro, Connor ordenou que o capitão North levasse seus mercenários pawnees numa marcha forçada ao rio Powder, esperando interceptar as colunas. No segundo dia, os mercenários pawnees foram atingidos por uma terrível tempestade de granizo e, dois dias depois, encontraram o lugar onde Cole e Walker haviam acampado pouco antes. O chão estava cheio de cavalos mortos, novecentos deles. Os pawnees "ficaram espantados e hesitantes ante isso, pois não sabiam como os cavalos haviam morrido. Muitos dos cavalos haviam sido mortos a tiros na cabeça."[9] Perto dali, havia destroços carbonizados, em que acharam pedaços de metal, clarins, estribos e anéis – restos de selas e rédeas queimadas. O capitão North não tinha certeza do que fazer com esses sinais de desastre; voltou imediatamente rumo ao Rosebud, para fazer seu relato ao general Connor.

Em 18 de agosto, as duas colunas sob o comando de Cole e Walker se reuniram no rio Belle Fourche, nas Black Hills. O moral dos dois mil soldados estava baixo; eram voluntários da Guerra Civil que achavam que deveriam ter sido desmobilizados quando a guerra acabara, em abril. Antes de deixar Fort Laramie, soldados de um dos regimentos de Walker no Kansas fizeram motim e não marcharam até serem reforçados de artilharia. No fim de agosto, as rações para as colunas combinadas eram tão pequenas que começaram a matar mulas para comer. O escorbuto começou a grassar entre os homens. Devido a uma escassez de grama e água, suas montarias ficaram cada vez mais fracas. Com homens e cavalos em tais condições, nem Cole nem Walker tinham qualquer desejo de travar luta com índios. Seu único objetivo era chegar ao Rosebud, para o encontro com o general Connor.

No que diz respeito aos índios, havia milhares deles nos lugares sagrados de Paha-Sapa, as Black Hills. Era verão, tempo de comunhão com o Grande Espírito, para implorar sua mercê e buscar visões. Membros de todas as tribos estavam ali no centro do mundo, individualmente ou em pequenos grupos, empenhados nessas cerimônias religiosas. Viram as esteiras de poeira de dois mil soldados e seus cavalos e carroções. Eles os odiaram pelo sacrilégio em Paha-Sapa. Mas nenhum grupo de guerra foi formado e os índios ficaram longe da barulhenta e poeirenta coluna.

A 28 de agosto, quando Cole e Walker chegaram ao Powder, enviaram batedores ao Tongue e Rosebud para descobrir o general Connor, mas ele ainda estava longe, ao sul, preparando-se para destruir a aldeia arapaho de Urso Preto. Depois que os batedores voltaram ao acampamento, sem achar qualquer indício de Connor, os dois comandantes colocaram seus homens a meias rações e decidiram começar a marchar rumo ao sul, antes que a fome trouxesse a catástrofe.

Durante os poucos dias em que os soldados acamparam no Powder, onde o rio faz uma curva ao norte, rumo ao Yellowstone, grupos de sioux minneconjous e hunkpapas estavam seguindo seu rastro desde as Black Hills. A 1º de setembro, os seguidores eram quase quatrocentos guerreiros. Com eles, estava o líder hunkpapa, Touro Sentado, que dois anos antes, no acampamento do riacho Crow, dos exilados santees do Minnesota, jurara que lutaria, se necessário, para poupar o território dos búfalos da fome de terra dos brancos.

Quando o grupo guerreiro sioux descobriu os soldados acampados numa mata perto do Powder, vários dos jovens quiseram ir, sob uma bandeira de trégua, ver se poderiam convencer os Casacos Azuis a dar fumo e açúcar como oferendas de paz. Touro Sentado não confiava nos brancos e foi contra tal pedido, mas se afastou e deixou os outros mandarem um grupo de trégua rumo ao acampamento.

Os soldados esperaram até o grupo de paz dos sioux chegar ao alcance dos rifles e dispararam contra ele, matando e ferindo vários índios, antes que pudessem fugir. No caminho de volta ao grupo principal de guerreiros, os sobreviventes da comissão de trégua escaparam com vários cavalos da manada dos soldados.

Touro Sentado não se surpreendeu com a maneira que os soldados haviam tratado seus pacíficos visitantes índios. Depois de olhar para os cavalos magros tomados dos soldados, decidiu que quatrocentos sioux, com rápidos mustangs, poderiam enfrentar dois mil soldados com cavalos do Exército, assim meio mortos de fome. Lua Preta, Urso Veloz, Folha Vermelha, Olha-para-Trás e a maioria dos outros guerreiros concordaram com ele. Olha-para-Trás tinha um sabre que tomara de um dos homens do general Sully em Dakota e queria experimentá-lo contra os soldados.

Em pictogramas que Touro Sentado fez depois, para sua autobiografia, retratou-se nesse dia com perneiras de contas e um gorro de pele com protetores de orelha. Estava armado com uma arma de um tiro, que carregava pela boca, um arco e aljava, além de carregar seu escudo com a águia mágica.

Cavalgando para o acampamento em coluna por um, os sioux cercaram os soldados que guardavam a manada de cavalos e começaram a disparar contra eles, matando-os um a um, até que uma companhia de cavalarianos atacou da margem do Powder. Os sioux retiraram-se rapidamente em seus cavalos velozes, ficando fora de alcance até que as magras montarias dos Casacos Azuis começaram a fraquejar. Então, voltaram-se contra seus perseguidores, Olha-para-Trás à frente, brandindo seu sabre e avançando até lançar um soldado fora do cavalo. Olha-para-Trás então rodopiou com seu cavalo e voltou, ileso, gritando de alegria com sua façanha.

Depois de alguns minutos, os soldados se dispuseram em linha novamente e, ao som do clarim, voltaram a perseguir os sioux. Mais uma vez os velozes mustangs dos sioux os colocaram fora de alcance; os índios espalharam-se até que os frustrados soldados pararam. Desta vez, os sioux atacaram de todos os lados, correndo entre os soldados e jogando-os para fora dos cavalos. Touro Sentado capturou um garanhão preto, tendo feito depois um pictograma desse fato para sua autobiografia.

Alarmados pelo ataque índio, os chefes Águias Cole e Walker formaram suas colunas para uma marcha forçada no rumo sul, ao longo do Powder. Por alguns dias, os sioux seguiram os soldados, amedrontando-os com aparições súbitas nos cimos de morros ou fazendo pequenas incursões contra a retaguarda. Touro Sentado e os outros líderes riam ao ver como os Casacos Azuis ficaram com medo, amontoados o tempo todo e olhando por cima dos ombros, sempre correndo, correndo, tentando escapar deles.

Quando chegou a grande tempestade de granizo, os índios abrigaram-se durante dois dias e, certa manhã, ouviram disparos intermitentes da direção tomada pelos soldados. No dia seguinte, acharam o acampamento abandonado com cavalos mortos por toda parte. Podiam ver que os cavalos estavam cobertos de montes de chuva congelada e os soldados haviam-nos matado pois não os podiam fazer ir além.

Como muitos dos amedrontados Casacos Azuis agora estavam a pé, os sioux decidiram continuar a segui-los e deixá-los tão loucos de medo que nunca voltariam às Black Hills. Pelo caminho, esses hunkpapas e minneconjous começaram a encontrar pequenos grupos de patrulha dos sioux oglalas e cheyennes que ainda estavam procurando a coluna do Chefe Estrelado Connor. Havia grande excitação nesses encontros. A alguns poucos quilômetros ao sul havia uma grande aldeia cheyenne e, quando mensageiros reuniram os líderes dos grupos, eles começaram a planejar uma grande emboscada para os soldados.

Durante esse verão, Nariz Romano fizera muitos jejuns mágicos para conseguir proteção especial contra os inimigos. Como Nuvem Vermelha e Touro Sentado, estava determinado a lutar por seu território, e determinado a vencer. Touro Branco, um velho feiticeiro cheyenne, aconselhou-o a ir sozinho até um lago mágico próximo e viver com os espíritos da água. Por quatro dias, Nariz Romano ficou numa jangada, no lago, sem comida nem água, suportando o sol quente de dia e tempestades à noite. Rezou ao Grande Feiticeiro e aos espíritos da água. Depois que Nariz Romano voltou ao acampamento, Touro Branco fez-lhe um cocar de guerra protetor com tantas penas de águia que, quando ele montava, o cocar ia quase até o chão.

Em setembro, quando o acampamento cheyenne soube em primeiro lugar dos soldados que fugiam ao sul, Powder acima, Nariz Romano pediu o privilégio de liderar um ataque contra os Casacos Azuis. Um ou dois dias depois, os soldados acamparam numa margem do rio, com barrancos altos e mato cerrado de ambos os lados. Decidindo que era um lugar excelente para um ataque, os chefes colocaram várias centenas de guerreiros em posição, em toda a volta do acampamento, e começaram a luta, mandando pequenos grupos de engodo, para tirar os soldados de seu curral de carroções. Mas os soldados não saíram.

Então, Nariz Romano desfilou em seu cavalo branco, o cocar de guerra atrás dele, o rosto pintado para guerra. Ordenou que os guerreiros não lutassem sozinhos, como sempre, mas juntos, como os soldados. Disse-lhes para formarem uma linha em campo aberto, entre o rio e os barrancos. Os guerreiros dispuseram seus cavalos numa linha que defrontava os soldados; estes estavam formados a pé, diante dos carroções. Nariz Romano passava com seu cavalo branco à frente dos guerreiros, dizendo-lhes para esperar até ele ter esvaziado as armas dos soldados. Então, fustigou seu cavalo para uma corrida e avançou, direto como uma flecha, para uma das extremidades da linha dos soldados. Quando estava perto bastante para ver seus rostos claramente, voltou-se e galopou ao longo da extensão da linha dos soldados. Estes esvaziaram suas armas contra ele em todo o percurso. No fim da linha, fez o cavalo rodopiar e voltou pela frente dos soldados.

"Deu três ou talvez quatro galopes de uma ponta da linha até a outra", disse George Bent. "E então seu cavalo foi ferido e caiu sob ele. Ao verem isso, os guerreiros deram um grito e atacaram. Atacaram os soldados ao longo da linha toda, mas não a puderam romper em parte alguma."[10]

Nariz Romano perdera seu cavalo, mas sua mágica protetora salvou-lhe a vida. Também aprendeu algumas coisas nesse dia sobre lutar com os Casacos Azuis – da mesma forma que Nuvem Vermelha, Touro Sentado, Faca Embotada e os outros líderes. Bravura, número, cargas maciças – não significavam nada se os guerreiros só estivessem armados com arcos, lanças, clavas e velhas armas dos dias de caçadas de peles. ("Estávamos sendo atacados, então, por todos os lados, frente, retaguarda e flancos", relatou o coronel Walker, "mas os índios pareciam ter poucas armas de fogo."[11]) Os soldados estavam armados com modernos rifles da Guerra Civil e tinham o apoio dos morteiros.

Vários dias depois da luta – que seria lembrada pelos índios como a luta de Nariz Romano – os cheyennes e sioux continuaram a fustigar e punir os soldados. Os Casacos Azuis agora estavam descalços e em andrajos, sem nada para comer além de seus magros cavalos, que devoraram crus, pois estavam com muita pressa para fazer fogueiras. Finalmente, na Lua da Grama Seca, perto do fim de setembro, o Chefe Estrelado Connor chegou com sua coluna, de volta, para salvar os derrotados de Cole e Walker. Os soldados acamparam juntos em volta da estacada de Fort Connor, no Powder, até que mensageiros de Fort Laramie chegaram com ordens de chamada dos soldados (exceto duas companhias, que deveriam ficar em Fort Connor).

As duas companhias que haviam recebido ordem de ficar no inverno em Fort Connor (logo rebatizado Fort Reno) eram os ianques "Galvanizados" que escoltaram o comboio de carroções de Sawyers para oeste, até os campos de ouro. O general Connor deixou com esses ex-soldados confederados seis canhões para defender a estacada. Nuvem Vermelha e os outros líderes estudaram o forte de alguma distância. Sabiam que tinham guerreiros suficientes para atacar a estacada, mas muitos morreriam sob a chuva de chumbo atirada pelas grandes armas. Finalmente, acertaram uma estratégia pouco elaborada de manter observação constante do forte e sua rota de provisões, desde Fort Laramie. Manteriam os soldados prisioneiros em seu forte o inverno inteiro e cortariam seu abastecimento, vindo de Fort Laramie.

Antes do fim do inverno, metade dos infelizes ianques "Galvanizados" estava morta ou morrendo de escorbuto, subnutrição e pneumonia. Com o tédio do confinamento, muitos escaparam e desertaram, aceitando o risco dos índios no exterior.

Quanto aos índios, todos, menos os pequenos grupos de guerreiros necessários para vigiar o forte, foram para as Black Hills, onde grandes rebanhos de antílopes e búfalos os alimentaram bem, em suas tendas quentes. Nas longas noites de inverno, os chefes contavam os fatos da invasão do Chefe Estrelado Connor. Por terem sido confiantes em excesso e descuidados, os arapahos perderam uma aldeia, várias vidas e parte de sua rica manada de cavalos. As outras tribos haviam perdido poucas vidas e nenhuma tenda ou nenhum cavalo. Haviam capturado muitos cavalos e mulas com as marcas U.S. Haviam tomado muitas carabinas, selas e outros equipamentos dos soldados. Acima de tudo, haviam ganho uma nova confiança em sua habilidade de expulsar os soldados Casacos Azuis de seu território.

"Se os brancos voltarem a meu território outra vez, irei puni-los outra vez", disse Nuvem Vermelha, mas ele sabia que, a menos que pudesse conseguir, de algum modo, muitas novas armas como as que capturara dos soldados e muita munição para elas, os índios poderiam nunca mais punir os soldados.

CAPÍTULO SEIS

A GUERRA DE NUVEM VERMELHA

1866 – *27 de março*, o presidente Johnson veta a Lei de Direitos Civis. 1º de abril, o Congresso anula o veto do presidente à Lei de Direitos Civis e concede direitos iguais a todas as pessoas nascidas nos Estados Unidos (exceto aos índios); o presidente é outorgado a usar o Exército para manter a lei. 13 de junho, a Décima-quarta Emenda à Constituição, concedendo aos negros o direito à cidadania, é enviada aos estados para ratificação. 21 de julho, centenas morrem numa epidemia de cólera em Londres. 30 de julho, revoltas raciais em New Orleans. Werner Von Siemens inventa o dínamo. *Crime e castigo*, de Dostoiévski, e *Snowbound*, de Whittier, são publicados.

1867 – *9 de fevereiro*, Nebraska compõe o 37º Estado da União. 17 de fevereiro, o primeiro navio atravessa o Canal de Suez. 12 de março, as últimas tropas francesas deixam o México. 30 de março, os Estados Unidos compram o Alaska da Rússia por sete milhões de dólares. 20 de maio, a lei de Stuart Mill que permitiria o voto às mulheres é rejeitada pelo parlamento em Londres. 19 de junho, os mexicanos executam o imperador Maximiliano. 1º de julho, estabelecido o Domínio do Canadá. 27 de outubro, Garibaldi marcha em Roma. 25 de novembro, um comitê parlamentar decide que o presidente Johnson deve "ser deposto por conduta criminosa e contravenções". Alfred Nobel inventa a dinamite. Christopher L. Sholes constrói a primeira máquina de escrever. Johann Strauss compõe *Danúbio azul*. Karl Marx publica a primeira parte de *O capital*.

Esta guerra não surgiu aqui na nossa terra; esta guerra foi trazida até nós pelos filhos do Grande Pai que vieram tomar nossa terra sem pedir preço e que, na nossa terra, fizeram muitas coisas más. O Grande Pai e seus filhos culpam-nos por estes problemas... Nossa vontade era viver aqui, na nossa terra, pacificamente, e fazer o possível pelo bem-estar e prosperidade do nosso povo, mas o Grande Pai a encheu de soldados que só pensavam na nossa morte. Alguns do nosso povo que saíram daqui de maneira a poder mudar alguma coisa, e outros que foram para o norte caçar, foram atacados pelos soldados dessa direção e, quando chegaram ao norte, foram atacados por soldados do outro lado, e agora, quando desejam voltar, os soldados se interpõem para impedi-los de voltar ao lar. Parece-me que há um caminho melhor que esse. Quando povos entram em choque, é melhor para ambos os lados reunirem-se sem armas e conversar sobre isso e encontrar algum modo pacífico de resolver.

SINTE-GALESHKA (CAUDA PINTADA), DOS SIOUX BRULÉS

NO FIM DO VERÃO E NO outono de 1865, enquanto os índios do território do rio Powder estavam demonstrando seu poder militar, uma comissão de tratados oficial estava viajando ao longo do rio Missouri superior. Em cada aldeia sioux perto do rio, os comissários paravam para negociar com todos os líderes que encontravam. Newton Edmunds, recentemente designado governador do território de Dakota, era o principal motivador dessa comissão. Outro membro era o Comerciante Comprido, Henry Sibley, que três anos antes havia expulso os sioux santees do Estado de Minnesota. Edmunds e Sibley carregavam cobertores, melado, biscoitos e outros presentes para os índios que visitavam e não tiveram dificuldades em convencer seus anfitriões a assinar novos tratados. Também enviaram mensageiros às Black Hills e ao território do rio Powder, convidando os chefes guerreiros a vir e assinar, mas os chefes estavam muito ocupados na luta contra os invasores do general Connor e nenhum respondeu.

Na primavera desse ano, a Guerra Civil dos brancos terminou, e o fluxo da emigração branca para o Oeste mostrava sinais de aumento para uma torrente. O que os comissários de tratados queriam era o direito de passagem para trilhas, estradas e, eventualmente, estradas de ferro, através do território índio.

Antes do outono acabar, os comissários acertaram nove tratados com os sioux – incluindo os brulés, hunkpapas, oglalas e minneconjous, cujos chefes guerreiros, na sua maioria, estavam em alguma parte, longe das aldeias, no Missouri. As autoridades governamentais em Washington saudaram os tratados como o fim das hostilidades índias. Afinal, os índios das planícies estavam pacificados, disseram; nunca mais seria necessário fazer campanhas caras como a expedição de Connor no rio Powder, que fora organizada para matar índios "ao custo de mais de um milhão de dólares por cabeça, enquanto centenas de nossos soldados perderam suas vidas, muitos de nossos colonos das fronteiras foram massacrados e muita propriedade destruída".[1]

O governador Edmunds e os outros membros da comissão sabiam muito bem que os tratados não significavam nada, pois nenhum chefe guerreiro os assinara. Embora os comissários enviassem exemplares para Washington, a fim de serem ratificados pelo Congresso, eles continuaram seus esforços para convencer Nuvem Vermelha e os outros chefes do rio Powder a fazerem uma reunião em qualquer lugar conveniente para estabelecer outros tratados. Como a trilha Bozeman era a estrada mais importante do Fort Laramie até Montana, os oficiais militares do forte sofriam severa pressão para persuadir Nuvem Vermelha e outros líderes guerreiros a acabar com o bloqueio da estrada e vir a Laramie o mais cedo possível.

O coronel Henry Maynadier, que fora designado para Fort Laramie como comandante de um dos regimentos de ianques "Galvanizados", tentou usar um homem de fronteira digno de confiança como Cobertor Jim Bridger ou Bezerro Mágico Beckwourth como intermediário junto a Nuvem Vermelha, mas ninguém estava disposto a ir ao território do rio Powder tão pouco tempo depois que Connor despertara o ódio das tribos com sua invasão. Afinal, Maynadier decidiu empregar como mensageiros cinco sioux que passavam muito do seu tempo no forte – Boca Grande, Costelas Grandes, Pé de Águia,

Furacão e Corvo Pequeno. Chamados desdenhosamente de "Vadios de Laramie", esses índios comerciantes eram realmente negociantes astutos. Se um homem branco quisesse uma manta de búfalo de primeira qualidade a bom preço, ou se um índio no rio Tongue desejasse suprimentos do armazém do forte, os Vadios de Laramie arranjavam trocas. Desempenhariam um papel importante como fornecedores de munições para os índios durante a guerra de Nuvem Vermelha.

Boca Grande e seu grupo ficaram fora dois meses, espalhando a notícia de que ótimos presentes esperavam todos os chefes guerreiros, se eles fossem a Fort Laramie e assinassem novos tratados. A 16 de janeiro de 1866, os mensageiros voltaram em companhia de dois grupos necessitados de brulés, liderados por Alce-em-Pé e Urso Veloz. Alce-em-Pé disse que seu povo perdera muitos cavalos numa nevasca e que a caça era rara no Republican. Cauda Pintada, o chefe dos brulés, viria assim que sua filha pudesse viajar. Ela estava doente, com a doença da tosse. Alce-em-Pé e Urso Veloz estavam ansiosos para assinar o tratado e receber roupas e provisões para seu povo.

"Mas, e Nuvem Vermelha?", queria saber o coronel Maynadier. "Onde estão Nuvem Vermelha, Medroso-de-seus-Cavalos, Faca Embotada – os líderes que combateram os soldados de Connor?" Boca Grande e os outros Vadios de Laramie garantiram que os chefes guerreiros viriam dentro de pouco tempo. Não podiam ser apressados, especialmente na Lua do Frio Forte.

Passaram-se semanas e, no começo de março, um mensageiro chegou, a mando de Cauda Pintada, informando ao coronel Maynadier que o chefe brulé estava vindo para discutir o tratado. A filha de Cauda Pintada, Pé Ligeiro, estava muito doente, e ele esperava que o médico dos soldados pudesse fazê-la ficar boa de novo. Poucos dias depois, quando Maynadier soube que Pé Ligeiro morrera no caminho, ele partiu com uma companhia de soldados e uma ambulância para encontrar a procissão fúnebre dos brulés. Era um dia frio com chuva de granizo, e, na desolada paisagem do Wyoming, os rios estavam gelados, as colinas, marrons manchadas de neve. A menina morta fora embrulhada em pele de gamo, firmemente amarrada e creosotada com fumaça; essa mortalha rude estava suspensa entre seus cavalos favoritos, um par de mustangs brancos.

O corpo de Pé Ligeiro foi transferido para a ambulância, os cavalos brancos galopando atrás, e a procissão continuou no rumo de Fort Laramie. Quando o grupo de Cauda Pintada chegou ao forte, o coronel Maynadier fez a guarnição inteira prestar honras aos índios enlutados.

O coronel convidou Cauda Pintada a ir até seu quartel-general e lamentou a perda de sua filha. O chefe disse que nos dias em que os brancos e os índios estavam em paz, ele trouxera a filha a Fort Laramie muitas vezes, que ela gostava do forte, e ele gostaria que o palanque fúnebre fosse elevado no cemitério do posto. O coronel Maynadier imediatamente deu permissão. Ficou espantado ao ver lágrimas nos olhos de Cauda Pintada; ele não sabia que um índio podia chorar. Um pouco embaraçado, o coronel mudou de assunto. O Grande Pai de Washington enviaria uma nova comissão de paz na primavera; ele esperava que Cauda Pintada pudesse ficar perto do forte até os comissários chegarem; havia grande necessidade de tornar a estrada Bozeman segura para se viajar.

– Estou informado de que será grande a passagem na próxima primavera – disse o coronel – rumo às minas de Idaho e Montana.

– Achamos que fomos muito enganados – respondeu Cauda Pintada – e merecemos uma indenização pelo dano e pelo infortúnio causados pelos que fazem tantas estradas através do nosso território, pelos que expulsam e destroem o búfalo e a caça. Meu coração está muito triste e não posso falar de negócios; esperarei e encontrarei os conselheiros que o Grande Pai mandar.[2]

No dia seguinte, Maynadier organizou um funeral militar para Pé Ligeiro e, pouco antes do pôr do sol, um cortejo dirigiu-se ao cemitério do posto atrás do caixão coberto de vermelho, que estava colocado sobre uma carreta de artilharia. Segundo o costume dos brulés, as mulheres levaram o caixão até o palanque, colocaram uma pele de búfalo sobre ele e a amarraram com cordas. O céu estava carregado, cor de chumbo, e o granizo começou a cair no crepúsculo. A uma voz de comando, os soldados deram meia-volta e dispararam três salvas seguidas. Eles e os índios voltaram, então, ao posto. Um pelotão de artilheiros ficou ao lado do palanque a noite toda; fizeram uma grande fogueira de madeira de pinheiro e dispararam seu morteiro a cada meia hora até o nascer do dia.

Quatro dias depois, Nuvem Vermelha e um grande grupo de oglalas apareceram de repente ante o forte. Pararam primeiro no acampamento de Cauda Pintada, e os dois líderes tetons estavam reunidos quando Maynadier saiu com uma escolta de soldados para levar ambos a seu alojamento com a pompa e a cerimônia de tambores e clarins.

Quando Maynadier disse a Nuvem Vermelha que os novos comissários da paz não iriam chegar a Fort Laramie nas próximas semanas, o chefe oglala ficou irritado. Boca Grande e os outros mensageiros haviam dito que, se ele fosse e assinasse um tratado, receberia presentes. Ele precisava de armas, pólvora e provisões. Maynadier respondeu que poderia fornecer provisões dos armazéns do Exército aos visitantes oglalas, mas não tinha autoridade para distribuir armas e pólvora. Nuvem Vermelha então quis saber o que o tratado daria ao seu povo; eles haviam assinado tratados antes e sempre parecera que os índios davam aos brancos. Desta vez, os brancos deveriam dar algo aos índios.

Lembrando-se de que o presidente da nova comissão, E. B. Taylor, estava em Omaha, Maynadier sugeriu que Nuvem Vermelha enviasse uma mensagem a Taylor pelos fios telegráficos. Nuvem Vermelha estava desconfiado; não acreditava inteiramente na mágica dos fios falantes. Depois de algum adiamento, concordou em ir com o coronel ao posto telegráfico do forte e, através de um intérprete, ditou uma mensagem de paz e amizade ao conselheiro do Grande Pai em Omaha.

A resposta do comissário Taylor veio através dos sinaizinhos: "O Grande Pai em Washington... quer que todos vocês sejam seus amigos e amigos do homem branco. Se concluir um tratado de paz, dará presentes ao chefe e ao seu povo, como penhor da sua amizade. Um comboio cheio de suprimentos e presentes não pode chegar a Fort Laramie do rio Missouri antes de 1º de junho, e ele deseja que, por volta desse dia, seja marcada a época em que seus comissários irão encontrá-lo para fazer um tratado."[3]

Nuvem Vermelha estava impressionado. Também gostava do jeito franco do coronel Maynadier. Poderia esperar até a Lua em que a Grama Verde está Alta para assinar o tratado. Isso lhe daria tempo para voltar ao Powder e enviar mensageiros a todos os grupos espalhados de sioux, cheyennes e arapahos. Isso daria tempo aos índios para reunir mais couros de búfalo e peles de castor para negociar quando viessem a Fort Laramie.

Como gesto de boa vontade, Maynadier cedeu pequenas quantidades de pólvora e chumbo aos oglalas que partiam, e eles seguiram em excelente humor. Nada fora dito por Maynadier sobre a abertura da estrada Bozeman. Nada fora dito por Nuvem Vermelha sobre Fort Reno, que ainda estava sob cerco no Powder. Esses assuntos poderiam ser adiados até o conselho do tratado.

Nuvem Vermelha não esperou a grama verde ficar alta. Voltou a Fort Laramie em maio, a Lua em que os Cavalos se Espalham, e trouxe consigo seu imediato, Medroso-de-seus-Cavalos, e mais de mil oglalas. Faca Embotada trouxe várias famílias de cheyennes, e Folha Vermelha chegou com seu grupo de brulés. Junto com o povo de Cauda Pintada e os outros brulés, formaram um grande acampamento ao longo do rio Platte. Os postos de comércio e as vendas dos vivandeiros tornaram-se um turbilhão de atividade. Nunca Boca Grande e os Vadios de Laramie estiveram tão ocupados acertando trocas.

Poucos dias depois, os comissários da paz chegaram e, a 5 de junho, começaram as reuniões formais, com as habituais falas compridas de membros da comissão e dos vários líderes índios. Então, Nuvem Vermelha pediu inesperadamente alguns dias de adiamento, enquanto se esperava a chegada de outros tetons que queriam participar das discussões. O comissário Taylor concordou em adiar o conselho até 13 de junho.

Por azar, 13 de junho foi o dia em que o coronel Henry B. Carrington e setecentos oficiais e homens do 18º Regimento de Infantaria chegaram perto de Fort Laramie. O regimento viera de Fort Kearney, em Nebraska, e tinha ordens de estabelecer uma cadeia de fortes ao longo da estrada Bozeman, preparando-se para o tráfego pesado previsto rumo a Montana, durante o verão. Embora os planos para a expedição estivessem sendo feitos há semanas, nenhum dos índios convidados para a assinatura do tratado soube de nada sobre aquela ocupação militar do território do rio Powder.

Para evitar atritos com os dois mil índios acampados em torno de Fort Laramie, Carrington deteve seu regimento a sete quilômetros a leste do posto. Alce-em-Pé, um dos chefes brulés que viera durante o inverno, viu de sua tenda distante os soldados formando seu comboio de carroções num quadrado. Montou em seu cavalo e foi até o acampamento, onde os soldados o conduziram até o coronel Carrington. Carrington indicou um de seus guias como intérprete e, depois de realizadas as cerimônias de fumar o cachimbo, Alce-em-Pé perguntou diretamente:

– Aonde estão indo?

Carrington respondeu com franqueza que estava levando suas tropas para o território do rio Powder para guardar a estrada até Montana.

– Há um tratado sendo feito em Laramie com os sioux que estão no território para onde vocês estão indo – disse-lhe Alce-em-Pé. – Terão de lutar com os guerreiros sioux se forem para lá.

Carrington disse que não iria fazer guerra com os sioux, mas só guardar a estrada.

– Eles não venderão seus campos de caça aos brancos por uma estrada – insistiu Alce-em-Pé. – Não lhes darão a estrada, a menos que sejam derrotados.

Acrescentou rapidamente que ele era um brulé, que ele e Cauda Pintada eram amigos dos brancos, mas que os oglalas de Nuvem Vermelha e os minneconjous lutariam contra qualquer homem branco que fosse para o norte do Platte.[4]

Antes da reunião do tratado do próximo dia, a presença e o propósito do regimento de Casacos Azuis eram conhecidos de todo índio em Fort Laramie. Quando Carrington foi para o forte na manhã seguinte, o comissário Taylor decidiu apresentá-lo aos chefes e informá-los calmamente do que já sabiam – que o governo dos Estados Unidos tencionava abrir uma estrada através do território do rio Powder, sem considerar o tratado.

As primeiras palavras de Carrington apagaram-se diante de um coro de desaprovadoras vozes índias. Quando voltou a falar, os índios continuaram a trocar comentários e começaram a se mexer nervosamente nos bancos de tábua de pinheiro onde estavam reunidos, no terreno de paradas do forte. O intérprete de Carrington sugeriu, num sussurro, que talvez devesse deixar os chefes falarem primeiro.

Medroso-de-seus-Cavalos foi à plataforma. Numa torrente de palavras esclareceu que, se os soldados marchassem para o território sioux, seu povo lutaria contra eles. "Em duas luas, os soldados não teriam nem mais um casco de cavalo", declarou.[5]

Agora, era a vez de Nuvem Vermelha. O corpo flexível, vestido numa manta leve e mocassins, moveu-se até o centro da plataforma. O cabelo preto e liso, partido no meio, cobria seus ombros e ia até a cintura. A boca rasgada era uma fenda resoluta sob seu nariz curvo. Os olhos brilhavam quando começou a censurar os comissários da paz por tratarem os índios como crianças. Acusou-os de fingir negociar sobre um território, enquanto se preparavam para tomá-lo pela força. "Os brancos forçaram os índios, ano a ano", disse, "até sermos obrigados a viver num pequeno território ao norte do Platte, e agora nosso campo de caça, o lar do Povo, deve nos ser tomado. Nossas mulheres e crianças morrerão de fome, mas, no que me diz respeito, prefiro morrer lutando do que de fome... O Grande Pai mandou-nos presentes e quer uma nova estrada. Mas o Chefe Branco vai com soldados roubar a estrada antes de os índios dizerem sim ou não!" Enquanto o intérprete ainda estava tentando traduzir as palavras sioux para o inglês, os índios que escutavam ficaram tão agitados que o comissário Taylor encerrou abruptamente a sessão do dia. Nuvem Vermelha passou por Carrington como se ele não estivesse ali e continuou, através do campo de paradas, até o acampamento oglala. Antes da aurora seguinte, os oglalas haviam deixado Fort Laramie.[6]

Durante as semanas que se seguiram, quando o comboio de carroções de Carrington seguiu para o norte, ao longo da estrada Bozeman, os índios puderam perceber seu tamanho e força. Os duzentos carroções estavam repletos de ceifadeiras, máquinas de fazer telhas de madeiras e tijolos, portas de madeira, caixilhos de janela, fechaduras, pregos, instrumentos musicais para uma banda de 25 membros, cadeiras de balanço, batedeiras de manteiga, conservas e sementes, bem como as munições e a pólvora habituais, além de outros suprimentos militares. Os Casacos Azuis, evidentemente, esperavam ficar no território do rio Powder; vários deles traziam mulheres e crianças, com uma quantidade de animais domésticos e criados. Estavam armados com armas de um só tiro, obsoletas, e algumas carabinas Spencer de retrocarga e tinham o apoio de quatro peças de artilharia. Como guias, usavam os serviços de Cobertor Jim Bridger e Bezerro Mágico Beckwourth, que sabiam que os índios estavam observando o avanço diário do comboio ao longo da estrada do rio Powder.

A 28 de junho, o regimento chegou a Fort Reno, levantando o cerco das duas companhias de ianques "Galvanizados" que, durante o inverno e a primavera, foram mantidas como virtuais prisioneiras, dentro de sua estacada. Para guarnecer Fort Reno, Carrington deixou cerca de um quarto do seu regimento e, então, deslocou-se para o norte, buscando um local para seu quartel-general. Dos acampamentos índios ao longo do Powder e do Tongue, centenas de guerreiros começaram a se reunir pela extensão dos flancos do comboio militar.

A 13 de julho, a coluna parou entre os braços dos riachos Little Piney e Big Piney. Ali, no coração de uma pradaria exuberante, perto das ladeiras cheias de pinheiros das Big Horns, nos melhores campos de caça dos índios das planícies, os Casacos Azuis armaram suas tendas do Exército e começaram a construir Fort Phil Kearny.

Três dias depois, um grande grupo de cheyennes aproximou-se do acampamento. Duas Luas, Cavalo Preto e Faca Embotada estavam entre os líderes, mas Faca Embotada ficou atrás, porque os outros chefes censuraram-no severamente por ficar em Fort Laramie e assinar o papel que dera aos soldados permissão de construir fortes e abrir a estrada do rio Powder. Faca Embotada insistiu que tocara na pena em Laramie para conseguir presentes de cobertores e munição e não sabia o que estava escrito no papel. Reprovaram-no ainda por ter feito isso depois de

Nuvem Vermelha voltar as costas para os brancos, desprezando seus presentes e reunindo seus guerreiros para desafiá-los.

Sob bandeiras de trégua, os cheyennes conseguiram uma reunião com o Pequeno Chefe Branco Carrington. Quarenta chefes e guerreiros tiveram permissão para visitar o acampamento dos soldados. Carrington os recebeu com a banda militar que trouxera desde Fort Kearney, no Nebraska, divertindo os índios com música marcial animada. Cobertor Jim Bridger estava ali, e eles sabiam que não poderiam enganá-lo, mas iludiram o Pequeno Chefe Branco, que acreditou que eles haviam vindo falar de paz. Enquanto se realizavam os discursos preliminares e se fumava o cachimbo, os chefes estudavam a força dos soldados.

Antes de estarem prontos para partir, o Pequeno Chefe Branco apontou um dos seus canhões para uma colina e explodiu uma cápsula esférica sobre ela. "Ele atira duas vezes", disse Cavalo Preto, com solenidade forçada. "O Chefe Branco atira uma vez. Então, o Grande Espírito do Chefe Branco dispara-o mais uma vez por seus filhos brancos."[7]

O poder da arma grande impressionou os índios, como Carrington esperava, mas este não desconfiou que Cavalo Preto estava rindo à sua custa com a maliciosa menção sobre o Grande Espírito disparando "mais uma vez por seus filhos brancos". Quando os cheyennes se preparavam para sair, o Pequeno Chefe Branco deu-lhes pedaços de papel dizendo que haviam combinado "uma paz duradoura com os brancos e todos os viajantes da estrada", e partiram. Dentro de algumas horas, as aldeias ao longo do Tongue e do Powder souberam, pelos cheyennes, que o novo forte era poderoso demais para ser tomado sem grandes perdas. Eles teriam de atrair os soldados para campo aberto, onde poderiam ser atacados mais facilmente.

Na aurora seguinte, um grupo de oglalas de Nuvem Vermelha estourou 175 cavalos e mulas da manada de Carrington. Quando os soldados saíram atrás deles, os índios empenharam-nos numa perseguição de 24 quilômetros e causaram as primeiras baixas entre os Casacos Azuis invasores no território do rio Powder.

Desde esse dia, por todo o verão de 1866, o Pequeno Chefe Branco viu-se envolvido numa incessante guerra de guerrilhas.

Nenhum dos numerosos comboios de carroções, civis ou militares, que passavam pela estrada Bozeman estava a salvo de ataques de surpresa. Escoltas montadas eram deficientes, e os soldados logo aprenderam a esperar emboscadas fatais. Os soldados destacados para cortar madeira a alguns quilômetros de Fort Phil Kearny eram constante e mortalmente fustigados.

À medida que passava o verão, os índios estabeleciam uma base de suprimentos no Powder superior e, logo, sua grande estratégia tornou-se evidente – tornar difícil e perigosa a viagem pela estrada, cortar o abastecimento dos soldados de Carrington, isolá-los e atacar.

Nuvem Vermelha estava em toda parte, e seus aliados aumentavam diariamente. Urso Preto, o chefe arapaho cuja aldeia fora destruída pelo general Connor no verão anterior, informou Nuvem Vermelha de que seus guerreiros estavam ansiosos para entrar em combate. Cavalo Alazão, outro arapaho, também trouxe seus guerreiros para a aliança. Cauda Pintada, ainda acreditando na paz, fora caçar búfalo ao longo do Republican, mas muitos dos seus guerreiros brulés foram para o norte juntar-se a Nuvem Vermelha. Touro Sentado esteve ali durante o verão; depois fez um pictograma de sua captura de um cavalo com orelhas partidas de viajantes brancos na estrada do rio Powder. Galha, um jovem hunkpapa, também esteve ali. Com um minneconjou chamado Corcunda e um jovem oglala chamado Cavalo Doido, inventara truques para insultar, enfurecer e então emboscar soldados ou emigrantes em armadilhas bem preparadas.

No começo de agosto, Carrington decidiu que Fort Phil Kearny era bastante poderoso para se arriscar a dividir sua força. Portanto, de acordo com instruções do Departamento de Guerra, destacou 150 homens e enviou-os para o norte, a 150 quilômetros, para construir um terceiro forte na estrada Bozeman – Fort C. F. Smith. Ao mesmo tempo, enviou os batedores Bridger e Beckwourth para se comunicarem com Nuvem Vermelha. Era uma missão difícil, mas os dois velhos homens de fronteira foram em busca de intermediários amistosos.

Numa aldeia crow ao norte das Big Horns, Bridger conseguiu umas informações surpreendentes. Embora os sioux fossem inimigos hereditários dos crow, tendo-os expulso de seus ricos campos de caça, Nuvem Vermelha em pessoa fizera recentemente uma visita conciliatória visando convencê-los a aderir à aliança índia. "Queremos que vocês nos ajudem a destruir os brancos", informaram terem sido essas as palavras usadas por Nuvem Vermelha. O líder sioux afirmou que cortaria os suprimentos dos soldados quando as neves chegassem e os faria morrer de fome ou sair dos fortes, quando então os mataria. Bridger ouviu boatos de que alguns crows haviam concordado em se juntar aos guerreiros de Nuvem Vermelha, mas, quando se encontrou com Beckwourth em outra aldeia crow, Beckwourth afirmou que estava alistando crows que queriam se unir aos soldados de Carrington para combater os sioux.[8] (Bezerro Mágico Beckwourth nunca voltou a Fort Phil Kearny. Morreu de repente na aldeia crow, possivelmente envenenado por um marido ciumento, mais provavelmente de causa natural.)

No fim do verão, Nuvem Vermelha tinha uma força de três mil guerreiros. Através dos seus amigos, os Vadios de Laramie, conseguiu reunir um pequeno arsenal de rifles e munição, mas a maioria dos guerreiros tinha apenas arcos e flechas. Durante o começo do outono, Nuvem Vermelha e os outros chefes concordaram que deviam concentrar sua força contra o Pequeno Chefe Branco e o odiado forte nos Pineys. Assim, antes da chegada das luas frias, foram para as Big Horns e fizeram seus acampamentos ao longo das cabeceiras do Tongue. Dali, estavam a uma distância ideal para atacar Fort Phil Kearny.

Durante os ataques de verão, dois oglalas, Espinha Alta e Águia Amarela, fizeram seus nomes com estratagemas cuidadosamente planejados para enganar os soldados, com cavalgadas temerárias e ousados ataques corpo a corpo depois que os soldados caíam nas armadilhas. Espinha Alta e Águia Amarela às vezes operavam com o jovem Cavalo Doido no planejamento de seus ardis elaborados. No começo da Lua das Árvores que Estalam, começaram a atormentar os cortadores de madeira no bosque de pinheiros e os soldados que guardavam os carroções transportadores de madeira para Fort Phil Kearny.

A 6 de dezembro, um dia com rajadas frias de ar proveniente das encostas das Big Horns, Espinha Alta e Águia Amarela lideraram cerca de cem guerreiros e os espalharam em vários pontos ao longo da estrada do pinheiral. Nuvem Vermelha estava com outro grupo de guerreiros, que tomaram posição no alto das escarpas. Usaram sinais de espelhos e agitaram bandeiras para assinalar os movimentos dos soldados a Espinha Alta e sua emboscada. Antes do dia terminar, os índios faziam os Casacos Azuis correr em todas as direções. Em dado momento, o Pequeno Chefe Branco avançou e fez parte da perseguição. Escolhendo o momento exato, Cavalo Doido desmontou e mostrou-se na trilha, bem em frente de um dos jovens oficiais de sangue quente da cavalaria de Carrington, que imediatamente liderou um punhado de soldados que galopou em sua perseguição. Assim que os soldados saíram da trilha estreita, Águia Amarela e seus guerreiros deixaram seus esconderijos na retaguarda. Em questão de segundos, os índios caíram sobre os soldados. (Foi esse o combate em que o tenente Horatio Bingham e o sargento G. R. Bowers foram mortos e vários soldados gravemente feridos.)

Em seus acampamentos, nessa noite e durante vários dias, os chefes e os guerreiros discutiram sobre como os Casacos Azuis haviam agido de modo irrefletido. Nuvem Vermelha estava certo de que, se pudesse atrair um grande número de soldados para fora do forte, mil índios armados só com arcos e flechas poderiam matar todos. Em algum momento durante a semana, os chefes concordaram que, depois da passagem da próxima lua cheia, preparariam uma grande armadilha contra o Pequeno Chefe Branco e seus soldados.

Na terceira semana de dezembro, tudo estava pronto e cerca de dois mil guerreiros começaram a ir para o sul, desde as tendas ao longo do Tongue. O clima era muito frio e eles usavam mantas de búfalo com o pelo virado para dentro, perneiras de lã escura, mocassins de pelo de búfalo com cano longo e levavam cobertores vermelhos Hudson's Bay amarrados nas suas selas. A maioria montava cavalos de carga, puxando seus velozes cavalos de guerra com laços. Alguns tinham rifles, mas a maior parte estava armada de arcos e flechas, facas e lanças. Levavam *pemmican* suficiente para vários dias e, quando se apresentava a oportunidade, pequenos grupos saíam da trilha, matavam um gamo e pegavam tanta carne quanto pudesse ser carregada nas selas.

A cerca de dezesseis quilômetros ao norte de Fort Phil Kearny, fizeram um acampamento temporário em três círculos de sioux, cheyennes e arapahos. Entre o acampamento e o forte estava o lugar escolhido para a emboscada – o pequeno vale do riacho Peno.

Na manhã de 21 de dezembro, os chefes e feiticeiros decidiram que o dia era favorável para uma vitória. Na primeira luz cinzenta do nascer do dia, um grupo de guerreiros partiu num amplo circuito rumo à estrada do transporte da madeira, onde deveriam fazer um ataque simulado contra os carroções. Dez jovens já haviam sido escolhidos para a perigosa missão de iscas para os soldados – dois cheyennes, dois arapahos e dois de cada uma das três divisões dos sioux (oglalas, minneconjous e brulés). Cavalo Doido, Corcunda e Lobo Pequeno eram os líderes. Enquanto os que fariam papel de iscas montavam e partiam para Lodge Trail Ridge, o grupo principal dos guerreiros seguia pela estrada Bozeman. Manchas de neve e gelo apareciam pelas encostas cheias de árvores dos montes, mas o dia estava luminoso, o ar frio e seco. A cerca de cinco quilômetros do forte, onde a estrada corria ao lado de uma escarpa estreita e descia para o riacho Peno, começaram a preparar uma grande emboscada. Os cheyennes e arapahos colocaram-se no lado oeste. Alguns dos sioux esconderam-se num terreno plano cheio de grama, do outro lado; outros ficaram montados e esconderam-se atrás de duas saliências rochosas. Pelo meio da manhã, quase dois mil guerreiros estavam esperando que as iscas trouxessem os Casacos Azuis para a armadilha.

Enquanto o grupo guerreiro estava fazendo seu ataque simulado ao comboio de madeira, Cavalo Doido e os chamarizes desmontaram e esperaram escondidos num morro diante do forte. Ao primeiro som de tiroteio, uma companhia de soldados saiu rapidamente do forte e, a galope, foi salvar os cortadores de madeira. Assim que os Casacos Azuis saíram de vista, os chamarizes mostraram-se no morro e iniciaram a descida rumo ao forte. Cavalo Doido agitava seu cobertor vermelho e corria bruscamente para dentro e para fora do mato que cercava o Piney gelado. Depois de decorridos alguns minutos, o Pequeno Chefe Branco do forte disparou seu grande canhão de tiro duplo. Os chamarizes espalharam-se pelo morro, saltando, fazendo ziguezagues e gritando para fazer os soldados acharem que estavam com medo. Nesse momento, o grupo guerreiro retirou-se do comboio de madeira e retornou a Lodge Trail Ridge. Em poucos minutos, os soldados vieram em perseguição, alguns montados, outros a pé. (Eram comandados pelo capitão William J. Fetterman, que tinha ordens explícitas de não fazer perseguições além de Lodge Trail Ridge.)

Cavalo Doido e os outros "iscas" saltaram para seus cavalos e começaram a cavalgar para cima e para baixo nas encostas de Lodge Trail Ridge, atormentando os soldados e irritando-os tanto, que estes disparavam sem parar. As balas ricocheteavam nas pedras e os chamarizes iam para trás, lentamente. Quando os soldados diminuíam seu avanço ou paravam, Cavalo Doido desmontava e fingia arranjar suas rédeas ou examinar os cascos do cavalo. As balas zuniam em torno dele, e, então, os soldados finalmente subiram até o cimo, para forçar os chamarizes a descer para o riacho Peno. Eram os únicos índios à vista, só dez, e os soldados fustigaram seus cavalos para pegá-los.

Quando os chamarizes cruzaram o riacho Peno, os 81 homens da cavalaria e da infantaria estavam dentro da armadilha. Os chamarizes dividiram-se em dois grupos e, rapidamente, cavalgaram em cruz pela trilha. Era o sinal de ataque.

Cavalo Pequeno, o cheyenne que um ano antes avisara os arapahos da chegada do general Connor, teve a honra de dar a ordem de ataque ao seu povo, que estava escondido em buracos do lado oeste. Levantou sua lança e todos os cheyennes e arapahos montados atacaram com um estrondo repentino de cascos.

Do lado oposto vieram os sioux e, durante alguns minutos, os índios e os soldados misturaram-se num confuso combate corpo a corpo. Os infantes logo foram mortos, mas os cavalarianos retiraram-se para uma elevação rochosa perto do cimo do morro. Soltaram seus cavalos e tentaram conseguir cobertura entre as pedras cobertas de gelo.

Cavalo Pequeno fez seu nome nesse dia, saltando sobre rochas, para dentro e para fora de buracos, até chegar a uns doze metros dos soldados sitiados. Touro Branco, dos minneconjous, também se destacou na sangrenta luta da encosta do monte. Armado apenas com um arco e uma lança, atacou um cavalariano desmontado que o alvejava com uma carabina. Num pictograma que Touro Branco fez depois, sobre o fato, retratou-se vestido com uma manta vermelha de guerra, disparando uma flecha no coração do soldado e golpeando-o na cabeça com a lança, para concluir o primeiro sucesso.

No fim da luta, os cheyennes e arapahos de um lado e os sioux do outro estavam tão perto uns dos outros, que começaram a atingir-se com suas rajadas de flechas. Então tudo acabou. Nenhum soldado ficou vivo. Um cachorro apareceu entre os mortos, e um sioux começou a caçá-lo para levá-lo consigo, mas Tratante Grande, um cheyenne, disse: "Não deixem o cachorro escapar", e alguém o matou com uma flecha. Essa foi a batalha que os brancos chamaram Massacre Fetterman; os índios chamaram-na Batalha dos Cem Mortos.[9]

As baixas entre os índios foram pesadas, quase duzentos mortos e feridos. Devido ao frio intenso, decidiram levar os feridos a um acampamento temporário, onde poderiam ser protegidos da baixa temperatura. No dia seguinte, uma nevasca enorme prendeu os guerreiros em abrigos improvisados e, quando a tempestade amainou, voltaram às suas aldeias no Tongue.

Era a Lua do Frio Forte e não haveria mais combates durante algum tempo. Os soldados que sobraram no forte deveriam ter um amargo sabor de derrota em suas bocas. Se não houvessem aprendido a lição e ainda estivessem lá quando a grama ficasse verde na primavera, a guerra continuaria.

O Massacre Fetterman impressionou profundamente o coronel Carrington. Ficou assustado com as mutilações – as estripações, os membros cortados, as "partes genitais arrancadas e colocadas indecentemente na pessoa". Preocupou-se com as razões de tal selvageria e, por fim, escreveu um ensaio sobre o assunto, filosofando que os índios eram impelidos por alguma crença pagã para cometer as ações terríveis que ficaram para sempre em seu espírito. Se o coronel Carrington visitasse o cenário do Massacre de Sand Creek, que acontecera dois anos antes do Massacre Fetterman, teria visto as mesmas mutilações – cometidas contra os índios pelos soldados do coronel Chivington. Os índios que emboscaram Fetterman só estavam imitando seus inimigos, uma prática que na guerra, como na vida civil, é considerada a mais sincera forma de lisonja.

O Massacre Fetterman também causou uma profunda impressão no governo dos Estados Unidos. Havia sido a pior derrota que o Exército sofrera na guerrilha índia e a segunda na história americana em que não houve sobreviventes. Carrington foi tirado do comando, reforços foram enviados aos fortes do território do rio Powder, e uma nova comissão de paz foi enviada de Washington a Fort Laramie.

A nova comissão era liderada por Suíças Pretas John Sanborn que, em 1865, convencera Chaleira Preta e seus cheyennes a desistir dos seus campos de caça em Kansas e viver abaixo do rio Arkansas. Sanborn e o general Alfred Sully chegaram a Fort Laramie em abril de 1867 e sua missão, então, era convencer Nuvem Vermelha e os sioux a renunciar aos seus campos de caça no território do rio Powder e a fazê-los ir morar numa reserva. Como no ano anterior, os brulés foram os primeiros a comparecer – Cauda Pintada, Urso Veloz, Alce-em-Pé e Casco de Ferro.

Ferida Pequena e Matador-de-Pawnee, que haviam trazido seus grupos de oglalas Platte abaixo, na esperança de achar búfalos, vieram ver que espécie de presentes os comissários podiam oferecer. Medroso-de-seus-Cavalos chegou como representante de Nuvem Vermelha. Quando os comissários lhe perguntaram se Nuvem Vermelha estava vindo para falar de paz, Medroso respondeu que o líder oglala não falaria de paz até que todos os soldados fossem tirados do território do rio Powder.

Durante esses contatos, Sanborn pediu que Cauda Pintada falasse com os índios reunidos. Cauda Pintada aconselhou os seus ouvintes a abandonar a guerra com os brancos e viver em paz e felicidade. Por isso, ele e os brulés receberam bastante pólvora e chumbo para caçar búfalos no rio Republican. Os hostis oglalas nada receberam. Medroso voltou para se juntar com Nuvem Vermelha, que já recomeçara os ataques ao longo da estrada Bozeman. Ferida Pequena e Matador-de-Pawnee seguiram os brulés aos campos de búfalo, juntando-se ao seu velho amigo cheyenne Perna de Peru. A comissão de paz de Suíças Pretas Sanborn nada fizera.

Antes do fim do verão, Matador-de-Pawnee e Perna de Peru envolveram-se em complicações com um chefe de soldados a quem chamavam de Traseiro Duro, pois ele os perseguia em longas distâncias, por muitas horas, sem deixar a sela. Depois, eles o chamariam Cabelos Compridos Custer. Quando o general Custer os convidou a ir ao Fort McPherson para uma reunião, foram ao forte e aceitaram café e açúcar. Disseram a Traseiro Duro que eram amigos dos brancos, mas não gostavam do Cavalo de Ferro que corria em trilhos de ferro, apitando e soltando fumaça, assustando toda a caça do vale do Platte. (Os trilhos da estrada de ferro Union Pacific estavam sendo colocados através do Nebraska oriental em 1867.)

À procura de búfalos e antílopes, os oglalas e cheyennes cruzaram os trilhos da estrada de ferro várias vezes nesse verão. Às vezes, viam Cavalos de Ferro puxando casas de madeira com rodas, a grande velocidade pelos trilhos. Ficavam imaginando o que poderia haver dentro das casas, e, certo dia, um cheyenne decidiu laçar um dos Cavalos de Ferro e tirá-lo dos trilhos. Mas, pelo contrário, o Cavalo de Ferro é que o tirou do cavalo e arrastou-o sem dó, antes que ele conseguisse soltar-se do laço.

Foi Coelho-que-Dorme que sugeriu que deveriam tentar pegar um dos Cavalos de Ferro de outro jeito. "Se pudermos curvar o trilho para cima e o afastarmos, o Cavalo de Ferro pode cair", disse. "Então, poderemos ver o que há nas casas de madeira sobre rodas." Fizeram isso e esperaram o trem. Realmente, o Cavalo de Ferro caiu para o lado e saiu muita fumaça dele. Homens saíram correndo do trem, e os índios mataram todos, menos dois, que escaparam e fugiram. Então, os índios penetraram nas casas de rodas e acharam sacos de farinha, açúcar e café; caixas de sapatos e barris de uísque. Beberam parte do uísque e começaram a amarrar as pontas de peças de roupa nas caudas de seus cavalos. Os cavalos saíram correndo pela pradaria com grandes fitas de tecido desenrolando-se e voando atrás deles. Depois de algum tempo, os índios pegaram carvão em brasa da máquina descarrilhada e puseram fogo nos vagões. Então fugiram, antes que os soldados viessem castigá-los.[10]

Incidentes como este, combinados com a contínua guerra de Nuvem Vermelha, que fizera cessar o tráfego civil pelo território do rio Powder, tiveram um poderoso efeito sobre o governo dos Estados Unidos e seu alto comando militar. O governo estava decidido a proteger o caminho da estrada de ferro Union Pacific, mas até guerreiros veteranos como o general Sherman estavam começando a pensar se não seria indicado deixar o território do rio Powder aos índios, em troca da paz ao longo do vale Platte.

No fim de julho, depois de realizarem as suas cerimônias da dança do sol e da flecha mágica, os sioux e cheyennes decidiram atacar um dos fortes da estrada Bozeman. Nuvem Vermelha queria atacar Fort Phil Kearny, mas Faca Embotada e Duas Luas acharam que seria mais fácil tomar Fort C. F. Smith, pois guerreiros cheyennes já haviam matado ou capturado quase todos os cavalos dos soldados dali. Finalmente, depois que os chefes não conseguiram chegar a um acordo, os sioux disseram que atacariam Fort Phil Kearny, e os cheyennes foram para o norte, ao Fort C. F. Smith.

A 1º de agosto, quinhentos ou seiscentos guerreiros cheyennes surpreenderam trinta soldados e civis num campo de feno a cerca de trinta quilômetros de Fort C. F. Smith. Os defensores estavam armados com novos rifles de repetição, desconhecidos dos índios, e, quando estes atacaram o cercado de troncos dos soldados, encontraram um fogo tão destruidor que só um guerreiro pôde penetrar nas fortificações, e foi morto. Então, os índios puseram fogo na grama alta e seca que havia à volta do cercado. "O fogo veio em vagas rolantes, como as ondas do oceano", disse depois um dos soldados.

> Quando chegou a uns seis metros da barricada, parou, como se detido por força sobrenatural. As chamas subiram numa altura perpendicular de pelo menos doze metros, fizeram um ou dois movimentos ondulatórios e se apagaram com um estalo rápido, como o som da pancada de uma lona pesada ao vento forte; o

vento, no instante seguinte, levou a fumaça... para os rostos dos índios que atacavam, que aproveitaram a oportunidade para levar seus mortos e feridos, sob a cobertura da fumaça.[11]

Foi o bastante para os cheyennes, nesse dia. Muitos guerreiros sofreram feridas graves com as armas de tiro rápido e cerca de vinte morreram. Partiram para o sul, para ver se os sioux haviam tido melhor sorte em Fort Phil Kearny.

Não haviam. Depois de fazer vários ataques simulados em volta do forte, Nuvem Vermelha decidira usar o truque dos chamarizes que dera tão certo com o capitão Fetterman. Cavalo Doido atacaria o acampamento dos cortadores de madeira e, quando os soldados saíssem do forte, Espinha Alta atacaria com oitocentos guerreiros. Cavalo Doido e seus chamarizes fizeram perfeitamente sua missão, mas, por alguma razão, várias centenas de guerreiros saíram prematuramente dos seus esconderijos para debandar a manada de cavalos próxima do forte, revelando sua presença aos soldados.

Para salvar alguma coisa da batalha, Nuvem Vermelha digiriu o ataque contra os madeireiros, que se haviam abrigado atrás de uma cerca de quatorze estruturas de carroções, reforçadas com troncos. Várias centenas de guerreiros montados avançaram e fizeram um círculo, mas como em Fort C. E. Smith, os defensores estavam armados com Springfields de carga rápida. Ante o rápido e contínuo fogo das novas armas, os sioux rapidamente levaram seus cavalos para fora do alcance. "Então deixamos nossos cavalos numa ravina e atacamos a pé", disse depois um guerreiro chamado Trovão de Fogo, "mas era como a grama verde destruída pelo fogo. Então pegamos nossos feridos e fomos embora. Não sei quantos do nosso povo morreram, mas foram muitos. Foi terrível."[12]

(Os dois combates foram chamados de batalhas do Campo de Feno e do Círculo de Carroções pelos brancos, que criaram muitas lendas sobre elas. Um cronista imaginativo descreveu as estruturas dos carroções como cercadas de corpos de índios mortos; outro disse que havia 1.137 baixas índias, embora menos de mil houvessem atacado.)

Os índios não consideraram nenhum dos combates uma derrota, e, embora alguns soldados possam ter achado que

Campo de Feno e Círculo de Carroções foram vitórias, o governo dos Estados Unidos não era da mesma opinião. Poucas semanas depois, o general Sherman em pessoa estava viajando para oeste, com um novo conselho de paz. Dessa vez, as autoridades militares estavam decididas a acabar com a guerra de Nuvem Vermelha, por qualquer meio, exceto a rendição.

No fim do verão de 1867, Cauda Pintada recebeu uma mensagem do novo comissário dos índios, Nathaniel Taylor. Os brulés percorriam pacificamente a região abaixo do Platee, e o comissário pediu a Cauda Pintada para informar tantos chefes das planícies quanto pudesse de que seria fornecida munição a todos os que se mostrassem amistosos, durante a Lua da Grama Seca. Os chefes deveriam reunir-se no fim dos trilhos da estrada de ferro Union Pacific, no Nebraska oriental. O Grande Guerreiro Sherman e seis novos comissários de paz iriam até ali no Cavalo de Ferro discutir com os chefes o fim da guerra de Nuvem Vermelha.

Cauda Pintada procurou Nuvem Vermelha, mas o oglala recusou-se novamente, enviando Medroso para representá-lo. Matador-de-Pawnee e Perna de Peru foram, bem como Boca Grande e os Vadios de Laramie, Urso Veloz, Alce-em-Pé, e vários outros chefes brulés também aceitaram o convite.

A 19 de setembro, um brilhante vagão de estrada de ferro chegou à estação de Platte City, e dele desceram o Grande Guerreiro Sherman, o comissário Taylor, Suíças Brancas Harney, Suíças Pretas Sanborn, John Henderson, Samuel Tappan e o general Alfred Terry. Esses homens eram bem conhecidos pelos índios, menos o de pernas compridas e olhos tristes, que era o que se chamava general Terry. Alguns deles iriam enfrentar a força de Uma Estrela Terry em circunstâncias diferentes, nove anos depois, em Little Big Horn.

O comissário Taylor começou as conversações:

– Fomos enviados aqui para investigar e saber qual é o problema. Queremos ouvir dos seus lábios as suas queixas e reclamações. Meus amigos, falem tudo, falem livremente, e falem toda a verdade... A guerra é má, a paz é boa. Devemos escolher o bem, não o mal... Espero o que têm a dizer.

Cauda Pintada respondeu:

– O Grande Pai tem feito estradas que alcançam leste e oeste. Essas estradas são a causa de todos nossos problemas... O território onde vivemos está cheio de brancos. Toda nossa caça foi embora. Tenho sido amigo dos brancos e sou agora... Se pararem com suas estradas poderemos pegar nossa caça. Esse território do rio Powder pertence aos sioux... Meus amigos, ajudem-nos; tenham piedade de nós.

Durante toda a reunião do primeiro dia, os outros chefes repetiram as palavras de Cauda Pintada. Embora poucos desses índios considerassem o território do rio Powder como seu lar (preferiam as planícies de Nebraska e Kansas), todos apoiavam a determinação de Nuvem Vermelha de manter inviolado esse último grande campo de caça.

– Essas estradas afugentaram toda nossa caça – disse um. – Quero que parem a estrada do rio Powder.

– Deixem nossa caça em paz – disse outro. – Não a perturbem e, então, viverão.

– Quem é nosso Grande Pai? – Matador-de-Pawnee perguntou, com genuína admiração. – O que é ele? É verdade que os mandou aqui para resolver nossos problemas? A causa de nossos problemas é a estrada do rio Powder... Se o Grande Pai parar a estrada do rio Powder, sei que seu povo poderá viajar por esta estrada de ferro sem ser molestado.

No dia seguinte, o Grande Guerreiro Sherman falou aos chefes, garantindo-lhes gentilmente que havia pensado em suas palavras a noite inteira e que estava pronto para lhes dar uma resposta.

– A estrada do rio Powder foi construída para mandar provisões aos nossos homens – disse. – O Grande Pai achava que haviam consentido em dar permissão para essa estrada em Fort Laramie na primavera passada, mas parece que alguns dos índios não estavam ali e foram para a guerra.

As risadas reprimidas dos chefes podem ter surpreendido Sherman, mas ele continuou, com a voz um pouco mais áspera:

– Enquanto os índios continuarem a fazer guerra por causa da estrada, ela não será parada. Mas se, após verificarmos, em Laramie, no mês de novembro, que a estrada faz mal para vocês, nós desistiremos dela ou pagaremos por ela. Se tiverem qualquer queixa, apresentem-na em Laramie para nós.

Sherman começou uma discussão sobre a necessidade dos índios de possuir uma terra própria; aconselhou-os a renunciar à sua dependência da caça e, então, lançou uma proposta inesperada: – Propomos, portanto, deixar que toda a nação sioux escolha seu território acima do rio Missouri, incluindo os rios White Earth e Cheyenne, para ter suas terras como os brancos, para sempre, e propomos manter todos os brancos distantes dali, menos os agentes e comerciantes que vocês poderão escolher.

Quando essas palavras foram traduzidas, os índios mostraram surpresa, murmurando entre si. Então era isso que os novos comissários queriam que eles fizessem! Levantar acampamento e mudar até o rio Missouri? Há anos, os sioux tetons seguiam caça a oeste dali; por que deveriam voltar ao Missouri para morrer de fome? Por que não poderiam viver em paz onde ainda pudessem encontrar caça? Já teriam os cobiçosos olhos dos brancos escolhido essas terras para si?

Durante o resto das discussões, os índios estavam inquietos. Urso Veloz e Matador-de-Pawnee fizeram discursos amistosos em que pediam pólvora e chumbo, mas a reunião acabou em um grande tumulto, quando o Grande Guerreiro Sherman propôs que só os brulés deveriam receber munição. Quando o comissário Taylor e Suíças Brancas Harney assinalaram que todos os chefes haviam sido convidados para o conselho com a promessa de um fornecimento de munição para caça, o Grande Guerreiro retirou sua oposição e pequenas quantidades de pólvora e chumbo foram dadas aos índios.[13]

Medroso não perdeu tempo em voltar para o acampamento de Nuvem Vermelha no Powder. Se Nuvem Vermelha tinha qualquer intenção de se reunir com os novos comissários de paz em Laramie, durante a Lua das Folhas que Caem, ele mudou de ideia depois de ouvir o relatório de Medroso sobre a atitude arrogante do Grande Guerreiro Sherman e suas palavras sobre a remoção da nação sioux para o rio Missouri.

A 9 de novembro, quando os comissários chegaram a Fort Laramie, só encontraram alguns chefes crows esperando por eles. Os crows eram amistosos, mas um deles – Dente de Urso – fez um discurso surpreendente em que condenava todos os brancos por sua negligente destruição da vida selvagem e do ambiente natural:

> Pais, pais, pais, ouçam-me bem. Chamem seus jovens de volta das montanhas dos carneiros de chifres grandes. Eles passaram pelo nosso território; destruíram as árvores que cresciam e a grama verde; puseram fogo em nossas terras. Pais, seus jovens devastaram a região e mataram meus animais, o alce, o gamo, o antílope, meu búfalo. Não os mataram para comer; deixam-nos apodrecendo onde caem. *Pais, se eu fosse ao seu território para matar seus animais, o que diriam? Eu não estaria errado e vocês não me guerreariam?*[14]

Poucos dias depois da reunião dos comissários com os crows, chegaram mensageiros de Nuvem Vermelha. Ele viria até Laramie para falar de paz, informava aos comissários, assim que os soldados fossem retirados dos fortes da estrada do rio Powder. A guerra, repetia, estava sendo travada com um só objetivo – salvar o vale do Powder, o único campo de caça deixado para sua nação, da invasão dos brancos.

> O Grande Pai mandou seus soldados até aqui para derramar sangue. Não fui o primeiro a começar o derramamento de sangue... Se o Grande Pai mantiver os brancos fora de meu território, a paz durará para sempre, mas se eles me incomodarem, não haverá paz... O Grande Espírito fez-me nascer aqui nesta terra e fez com que vocês nascessem em outra terra. Falei o que quero realmente. Quero manter esta terra.[15]

Pela terceira vez em dois anos, uma comissão de paz fracassara. Antes dos comissários voltarem a Washington, porém, enviaram a Nuvem Vermelha uma carga de fumo, com outro pedido para que fosse a Laramie assim que as neves do inverno derretessem na primavera. Nuvem Vermelha respondeu polidamente que recebera o fumo da paz e iria fumá-lo. Iria a Laramie assim que os soldados deixassem seu território.

Na primavera de 1868, o Grande Guerreiro Sherman e a mesma comissão de paz voltou a Fort Laramie. Desta vez, tinham ordens severas de um governo impaciente de abandonar os fortes na estrada do rio Powder e conseguir um tratado de paz com Nuvem Vermelha. Desta vez, enviaram um agente especial da agência índia para convidar pessoalmente o líder oglala para assinar a paz. Nuvem Vermelha disse ao agente que precisaria de cerca de dez dias para consultar seus aliados e que, provavelmente, iria a Laramie durante o mês de maio, a Lua em que os Cavalos se Espalham.

Porém, só poucos dias depois da volta do agente a Laramie, chegou uma mensagem de Nuvem Vermelha: "Estamos nas montanhas vendo os soldados e os fortes. Quando virmos os soldados partindo e os fortes abandonados, descerei e falarei."[16]

Tudo isso era muito humilhante e embaraçoso para o Grande Guerreiro Sherman e os comissários. Conseguiram obter as assinaturas de alguns chefes menores que vieram em busca de presentes, mas, à medida que os dias passavam, os frustrados comissários partiam silenciosamente, um a um, para o leste. No fim da primavera, só Suíças Pretas Sanborn e Suíças Brancas Harney haviam ficado para negociar, mas Nuvem Vermelha e seus aliados permaneceram no poder o verão inteiro, mantendo uma severa vigilância sobre os fortes e a estrada para Montana.

Finalmente o relutante Departamento de Guerra enviou ordens para o abandono do território do rio Powder. A 29 de julho, as tropas de Fort C. F. Smith arrumaram suas coisas e começaram a marchar rumo ao sul. No começo da manhã seguinte, Nuvem Vermelha liderou um grupo de festivos guerreiros até o posto e puseram fogo em todos os prédios. Um mês depois, Fort Phil Kearny foi abandonado, e a honra de queimá-lo foi dada aos cheyennes sob as ordens de Lobo Pequeno. Poucos dias depois, o último soldado partiu de Fort Reno, e a estrada do rio Powder foi oficialmente fechada.

Depois de dois anos de resistência, Nuvem Vermelha vencera a guerra. Manteve os especialistas em tratados esperando mais algumas semanas e, a 6 de novembro, cercado por um punhado de guerreiros triunfantes, chegou a cavalo em Fort Laramie. Agora um herói conquistador assinaria o tratado:

> A partir deste dia, toda guerra entre as partes deste tratado deverá cessar para sempre. O governo dos Estados Unidos deseja paz e sua honra está agora empenhada em mantê-la. Os índios desejam paz e agora empenham sua honra em conservá-la.

Porém, nos doze anos seguintes, o conteúdo dos outros dezesseis artigos desse tratado de 1868 permaneceria como uma questão de disputa entre os índios e o governo dos Estados Unidos. O que muitos dos chefes compreendiam era que o tratado e o que estava realmente escrito depois que o Congresso o ratificou pareciam dois cavalos de cor diferente.

(Cauda Pintada, nove anos depois: "Essas promessas não foram mantidas... Todas as palavras mostraram-se falsas... Havia um tratado feito pelo general Sherman, o general Sanborn e o general Harney. Nessa época, o general nos disse que teríamos anuidades e mercadorias durante 35 anos, segundo o tratado. Disse isso, mas não falou a verdade".[17])

Capítulo sete

"O índio bom é índio morto"

1868 – *24 de fevereiro*, a Câmara dos Deputados decide pelo impeachment ao presidente Johnson. 5 de março, reunião do Senado como Comissão de Impeachment; o presidente Johnson é convocado. 22 de maio, o primeiro roubo a trem ocorre em Indiana. 26 de maio, o Senado fracassa em condenar o presidente Johnson. 28 de julho, a Décima-quarta Emenda (direitos iguais a todos, exceto aos índios) passa a integrar a Constituição dos Estados Unidos. 25 de julho, o Congresso forma o Território de Wyoming a partir de partes de Dakota, Utah e Idaho. 11 de outubro, Thomas Edison patenteia sua primeira invenção, um contador de votos elétrico. 3 de novembro, Ulysses Grant é eleito presidente. 1º de dezembro, John D. Rockefeller inicia uma guerra incansável contra competidores no ramo do petróleo.

Nunca fizemos mal algum ao homem branco; não queremos isso... Desejamos ser amigos do homem branco... Os búfalos estão diminuindo depressa. Os antílopes, que eram muitos há poucos anos, agora são poucos. Quando morrerem todos, ficaremos famintos; vamos querer algo para comer e seremos obrigados a ir ao forte. Seus jovens não devem atirar em nós; em toda parte onde nos veem, atiram, e atiramos neles.

TONKAHASKA (Touro Alto) ao general Winfield Scott Hancock

Mulheres e crianças não são mais temerosas que os homens? Os guerreiros cheyennes não têm medo, mas o senhor nunca ouviu falar de Sand Creek? Seus soldados parecem exatamente iguais aos que massacraram as mulheres e crianças ali.

WOQUINI (Nariz Romano) ao general Winfield Scott Hancock

Antes, éramos amigos dos brancos, mas vocês nos atormentaram com suas intrigas e agora, quando estamos em conselho, continuam a atormentar. Por que não falam, não são diretos e acertam as coisas?

MOTAVATO (CHALEIRA PRETA) AOS ÍNDIOS EM MEDICINE CREEK LODGE

NA PRIMAVERA DE 1866, quando Nuvem Vermelha estava se preparando para lutar pelo território do rio Powder, um número considerável de cheyennes do sul, que estavam com ele, decidiram – com saudades do lar – ir para o sul, no verão. Queriam caçar búfalos novamente ao longo de seu amado Smoky Hill e esperavam encontrar alguns velhos amigos e parentes que foram com Chaleira Preta para baixo do Arkansas. Entre eles estavam Touro Alto, Cavalo Branco, Barba Cinza, Urso Forte e outros chefes dog soldiers. O grande líder guerreiro Nariz Romano também partiu, bem como os dois irmãos mestiços Bent.

No vale do Smoky Hill, encontraram vários grupos de jovens cheyennes e arapahos que haviam deixado os acampamentos de Chaleira Preta e Corvo Pequeno abaixo do Arkansas. Haviam vindo ao Kansas caçar, contra as vontades de seus chefes, que, ao assinarem o tratado de 1865, haviam renunciado aos direitos tribais sobre seus velhos campos de caça. Nariz Romano e os chefes dog soldiers zombavam do tratado; nenhum deles o assinara e nenhum o aceitara. Vindos da libertação e da independência do território do rio Powder, não respeitavam chefes que haviam cedido terras tribais.

Poucos dos exilados que voltavam foram ao Sul visitar o povo de Chaleira Preta. Entre os poucos, estava George Bent. Em especial, ele queria ver a sobrinha de Chaleira Preta, Pega, e, não muito tempo depois dessa visita, casou-se com ela. Ao se encontrar novamente com Chaleira Preta, Bent descobriu que o velho amigo dos cheyennes do sul, Edward Wynkoop, agora era o agente da tribo. "Foram dias felizes para nós", disse depois George Bent, "Chaleira Preta era um homem excelente e muito respeitado por todos que o conheciam".[1]

Quando o agente Wynkoop soube que os dog soldiers estavam caçando novamente ao longo do Smoky Hill, quis ver seus chefes e tentar convencê-los a assinar o tratado, além de juntá-los a Chaleira Preta. Recusaram diretamente, dizendo que nunca mais deixariam seu território. Wynkoop avisou-os de que provavelmente os soldados iriam atacá-los se ficassem no Kansas, mas a resposta foi: "Viveremos ou morreremos aqui". A única promessa que fizeram ao agente foi a de que controlariam seus jovens.

No fim do verão, os dog soldiers ouviram notícias sobre os triunfos de Nuvem Vermelha contra os soldados no território do rio Powder. Se os sioux e os cheyennes do Norte podiam travar uma guerra para manter sua terra, por que os cheyennes do sul e arapahos não lutariam para conservar seu território entre o Smoky Hill e o Republican?

Com Nariz Romano como líder unificador, muitos grupos se reuniram, e os chefes planejaram cessar o tráfego na estrada Smoky Hill. Enquanto os cheyennes haviam estado no Norte, uma nova linha de diligências fora aberta através do coração de seu melhor campo de búfalos. Redes de estações espalhavam-se por toda a estrada Smoky Hill, e os índios concordaram que essas estações deveriam desaparecer se quisessem parar com as diligências e as caravanas de carroções.

Foi durante essa época que George e Charlie Bent separaram suas vidas. George decidiu seguir Chaleira Preta, mas Charlie era um ardente discípulo de Nariz Romano. Em outubro, durante uma reunião com seu pai branco, em Fort Zarah, Charlie irritou-se e acusou seu irmão e seu pai de estarem traindo os cheyennes. Depois de ameaçar matar ambos, teve de ser desarmado à força. (Charlie reuniu-se aos dog soldiers e liderou vários ataques contra as estações de diligências; em 1868, foi ferido, pegou malária e morreu num dos acampamentos cheyennes.)

No fim do outono de 1866, Nariz Romano e um grupo de guerreiros visitaram Fort Wallace e informaram o agente da Overland Stage Company que, se ele não parasse com o tráfego de diligências através de seu território dentro de quinze dias, os índios iriam começar a atacá-las. Contudo, uma série de tempestades de neve prematuras parou o tráfego antes de

Nariz Romano poder começar seus ataques; os dog soldiers tiveram de se contentar com poucos reides contra currais de gado nas estações. Ante a perspectiva de um longo inverno, os dog soldiers decidiram fazer um acampamento permanente nas Grandes Árvores às margens do Republican e ali esperaram a primavera de 1867.

Para ganhar algum dinheiro nesse inverno, George Bent passou várias semanas com os kiowas, comerciando com peles de búfalo. Quando voltou à aldeia de Chaleira Preta na primavera, encontrou todo mundo excitado pelas notícias de uma grande força de Casacos Azuis marchando para oeste, através das planícies de Kansas, em direção a Fort Larned. Chaleira Preta convocou um conselho e disse a seu povo que soldados só poderiam significar confusão; então, ordenou que todos arrumassem suas coisas e se mudassem para o sul, no rumo do rio Canadian. Por isso é que os mensageiros enviados pelo agente Wynkoop não encontraram Chaleira Preta até depois que a confusão – que o chefe previra tão habilmente – já houvesse começado.

Os enviados de Wynkoop encontraram a maioria dos líderes dog soldiers e quatorze deles concordaram em ir a Fort Larned e ouvir o que o general Winfield Scott Hancock tinha a lhes dizer. Urso Alto, Cavalo Branco, Barba Cinzenta e Urso Forte levaram cerca de quinhentas tendas até o riacho Pawnee, fizeram um grande acampamento ali, a uns cinquenta quilômetros de Fort Larned e, depois de um intervalo de poucos dias, causado por uma tempestade de neve, foram ao forte. Vários deles usavam os grandes casacos azuis do Exército que haviam capturado no Norte e puderam ver que o general Hancock não gostou disso. Ele estava usando a mesma espécie de casaco, com galões nos ombros e medalhas brilhantes. Recebeu-os de modo arrogante e insolente, deixando que vissem o poder dos seus 1,4 mil soldados, incluindo a nova Sétima Cavalaria comandada por Traseiro Duro Custer. Depois que o general Hancock fez seus artilheiros dispararem alguns dos canhões em sua homenagem, eles decidiram chamá-lo Velho do Trovão.

Embora seu amigo Chefe Alto Wynkoop estivesse ali, eles estavam desconfiados desde o começo com relação ao

Velho do Trovão. Em vez de esperar até o dia seguinte para falar, ele os reuniu para um conselho noturno. Consideraram isso um mau sinal, fazer um conselho à noite.

"Não vejo muitos chefes aqui", queixou-se Hancock. "Qual é a razão? Tenho muita coisa para dizer aos índios, mas quero falar a todos juntos... Amanhã vou ao seu acampamento." Os cheyennes não gostaram de ouvir isso. Suas mulheres e filhos estavam no acampamento, muitas delas sobreviventes dos horrores de Sand Creek, três anos antes. Hancock iria usar novamente seus 1,4 mil soldados e suas armas trovejantes contra elas? Os chefes sentaram-se em silêncio, com a luz da fogueira do acampamento dançando em suas faces graves, esperando que Hancock continuasse. "Soube que muitos índios querem combater. Muito bem, estamos aqui, e viemos preparados para a guerra. Se quiserem a paz, sabem as condições. Se quiserem a guerra, preparem-se para as consequências." Falou-lhes, então, sobre a estrada de ferro. Eles haviam ouvido boatos sobre isso, os trilhos de ferro que já passavam de Fort Riley, dirigindo-se para o território do Smoky Hill.

"O homem branco está vindo para cá tão depressa que nada pode detê-lo", alardeou Hancock. "Vindo do Leste e do Oeste, como uma pradaria em fogo sob um vento forte. Nada pode pará-lo. Isso acontece porque os brancos são um povo numeroso e estão se espalhando. Precisam de espaço e não podem evitar isso. Os que estão à margem de um mar no Oeste querem se unir com os que vivem à beira de outro mar no Leste, e essa é a razão pela qual estão construindo essas estradas, essas estradas de carroções e estradas de ferro e telégrafos... Não devem deixar seus jovens detê-los; devem manter seus homens longe das estradas... Não tenho mais nada a dizer. Esperarei o fim de seu conselho para ver se querem guerra ou paz."[2]

Hancock sentou-se, com o rosto expectante, enquanto o intérprete completava sua última frase, mas os cheyennes ficaram silenciosos, olhando através da fogueira do acampamento ao general e seus oficiais. Finalmente, Touro Alto acendeu um cachimbo, soltou a fumaça e passou-o pelo círculo. Levantou-se, suspendeu seu cobertor vermelho e preto, para libertar seu braço direito, e estendeu a mão para o Velho do Trovão.

"Você nos procurou", disse Urso Alto. "Viemos aqui... Nunca fizemos mal algum ao homem branco; não queremos isso. Nosso agente, coronel Wynkoop, disse-nos para encontrá-lo aqui. Sempre que quiser ir ao Smoky Hill, pode ir; pode ir por qualquer estrada. Quando passarmos pela estrada, seus jovens não devem atirar em nós. Desejamos ser amigos do homem branco... Disse que irá amanhã à nossa aldeia. Se for, não terei mais a dizer lá do que aqui. Disse tudo que eu queria."[3]

O Velho do Trovão levantou-se e mostrou suas maneiras arrogantes de novo. "Por que Nariz Romano não está aqui?", perguntou. Os chefes tentaram dizer-lhe que, embora Nariz Romano fosse um guerreiro poderoso, não era um chefe, e só os chefes haviam sido convidados para o conselho.

"Se Nariz Romano não vier me ver, irei vê-lo", declarou Hancock. "Levarei meus soldados amanhã à sua aldeia."

Assim que acabou a reunião, Urso Alto dirigiu-se a Wynkoop e pediu-lhe que evitasse que o Velho do Trovão levasse suas tropas ao acampamento cheyenne. Urso Alto tinha medo de que, se os Casacos Azuis chegassem perto do acampamento, pudesse haver confusão entre eles e os esquentados dog soldiers.

Wynkoop concordou. "Antes da partida do general Hancock", disse Wynkoop mais tarde, "mostrei-lhe meus receios sobre o resultado de fazer seus soldados marcharem imediatamente à aldeia índia; mas, apesar de tudo, ele insistiu em fazer isso." A coluna de Hancock incluía cavalaria, infantaria e artilharia, "e era tão formidável em aspecto e se apresentava como uma expedição bélica como qualquer outra que marchasse para encontrar o inimigo num campo de batalha".

Nessa marcha para a confluência do Pawnee, alguns dos chefes foram à frente para avisar os guerreiros cheyennes de que os soldados estavam chegando. Outros foram com Wynkoop, que depois disse que eles mostraram, de várias maneiras, "seu temor pelo resultado da expedição – não medo por suas vidas ou liberdade... mas temor pelo pânico que esperavam que iria surgir entre as mulheres e crianças com a chegada das tropas".[4]

Enquanto isso, o acampamento cheyenne soubera que a coluna dos soldados estava chegando. Mensageiros contaram que o Velho do Trovão estava furioso porque Nariz Romano não fora vê-lo em Fort Larned. Nariz Romano estava orgulhoso, mas nem ele nem Matador-de-Pawnee (cujos sioux estavam acampados perto) tinham qualquer intenção de deixar o Velho do Trovão levar seus soldados perto das suas aldeias desprotegidas. Reunindo cerca de trezentos guerreiros, Nariz Romano e Matador-de-Pawnee levaram-nos para observar a coluna que se aproximava. Em volta de suas aldeias, puseram fogo na grama da pradaria, de modo que os soldados não acampassem facilmente nas proximidades.

Durante o dia, Matador-de-Pawnee avançou para se encontrar com a coluna e falar com Hancock. Disse ao general que, se os soldados não acampassem muito perto das aldeias, ele e Nariz Romano iriam encontrá-lo em conselho na manhã seguinte. Pelo crepúsculo, os soldados pararam para acampar; ainda tinham muitos quilômetros a percorrer até as tendas da confluência do Pawnee. Era o 13º dia de abril, a Lua em que Aparecia a Grama Vermelha.

Nessa noite, Matador-de-Pawnee e vários dos chefes cheyennes deixaram o acampamento dos soldados e foram para suas aldeias, reunir conselhos e decidir o que fazer. Entretanto, havia muito desacordo entre os chefes e nada foi feito. Nariz Romano queria desarmar as tendas e começar a se dirigir para o norte, espalhando-se de modo que os soldados não os pegassem, mas os chefes que haviam visto a força dos soldados de Hancock não queriam provocá-los para uma perseguição sem piedade.

Na manhã seguinte, os chefes tentaram convencer Nariz Romano a ir com eles ao conselho com Hancock, mas o líder guerreiro desconfiava de uma possível armadilha. Afinal, o Velho do Trovão não o havia mencionado, não havia deslocado um exército de soldados pelas planícies em busca de Nariz Romano? Como a manhã avançasse, Urso Forte decidiu que seria melhor ir ao acampamento dos soldados. Encontrou Hancock com uma disposição arrogante, exigindo saber onde estava Nariz Romano. Urso Forte tentou ser diplomático; disse que Nariz Romano e os outros chefes haviam sido atrasados por uma caçada de búfalo. Isso só irritou Hancock. Disse a Urso Forte que iria levar seus soldados até a aldeia e acampar lá, até ver

Nariz Romano. Urso Forte não respondeu; montou casualmente, cavalgou lentamente por alguns minutos e então galopou de volta à aldeia tão depressa quanto seu cavalo aguentava.

A notícia de que os soldados estavam chegando despertou o acampamento índio para a ação imediata. "Irei sozinho e matarei Hancock!", gritou Nariz Romano. Não havia tempo para desmontar as tendas ou arrumar qualquer coisa. Puseram as mulheres e crianças em cavalos e mandaram que corressem para o norte. Então, todos os guerreiros se armaram com arcos, lanças, armas de fogo, facas e clavas. Os chefes nomearam Nariz Romano seu líder de guerra, mas ordenaram que Urso Forte cavalgasse a seu lado, para garantir que, em seu ódio, ele não fizesse nada sem pensar.

Nariz Romano colocou sua túnica de oficial com dragonas tão brilhantes quanto as de Hancock. Colocou uma carabina em sua bainha de soldado da cavalaria e duas pistolas no cinturão e, como tinha pouca munição, acrescentou a isso seu arco e o carcás. No último momento, pegou uma bandeira de trégua. Formou sua força de trezentos combatentes numa linha com extensão de quase dois quilômetros através da planície. Com as lanças em riste, arcos em posição, rifles e pistolas prontas, levou-os lentamente para encontrar com os 1,4 mil soldados e suas grandes armas trovejantes.

"Esse oficial que eles chamam de Hancock", disse Nariz Romano a Urso Forte, "está louco por uma luta. Eu o matarei na frente de seus homens e lhes darei algo por que lutar."[5]

Urso Forte respondeu cautelosamente, destacando o fato de que os soldados vinham na proporção de cinco para um; estavam armados com rifles de tiro rápido e grandes armas; os cavalos dos soldados eram rápidos e estavam cheios de cereal, enquanto os cavalos em que suas mulheres e crianças estavam fugindo eram fracos, depois de um inverno sem grama. Se houvesse uma batalha, os soldados poderiam pegá-los e matá-los todos.

Em poucos minutos, viram a coluna chegando e souberam que os soldados os haviam avistado, pois as tropas adotaram uma formação em linha. Traseiro Duro Custer colocou sua cavalaria em posição de combate, em linha, com os sabres desembainhados.

Nariz Romano calmamente fez um sinal para os guerreiros pararem. Levantou sua bandeira de trégua. Com isso, os soldados diminuíram seu avanço; foram até cerca de 150 metros dos índios e pararam. Um vento forte fez as bandeiras e fitas tremularem em ambas as linhas. Depois de cerca de um minuto, os índios viram o Chefe Alto Wynkoop adiantar-se sozinho. "Eles cercaram meu cavalo", disse depois Wynkoop, "mostrando seu contentamento em me ver ali, dizendo que agora sabiam que tudo estava bem e que não lhes iriam fazer mal... Dirigi os homens principais e encontrei o general Hancock, com seus oficiais e assessores, mais ou menos na metade do terreno entre as duas linhas."[6]

Nariz Romano parou perto dos oficiais; sentou-se em seu cavalo, defrontando o Velho do Trovão e olhando-o fixamente nos olhos.

– Vocês querem paz ou guerra? – perguntou rispidamente Hancock.

– Não queremos guerra – respondeu Nariz Romano. – Se quiséssemos, não chegaríamos tão perto das suas armas grandes.

– Por que não veio ao conselho em Fort Larned? – continuou Hancock.

– Meus cavalos são fracos – respondeu Nariz Romano –, e todo homem que vem a mim conta-me uma história diferente sobre suas intenções.

Touro Alto, Barba Cinzenta e Urso Forte chegaram mais perto. Estavam preocupados por Nariz Romano estar agindo de modo tão calmo. Urso Forte falou, pedindo ao general que não levasse seus soldados para mais perto do acampamento índio. "Não fomos capazes de segurar nossas mulheres e crianças", disse. "Estão aterrorizadas e fugiram; não voltarão, pois temem os soldados."

– Devem trazê-las de volta – ordenou Hancock rispidamente, e espero que façam isso.

Quando Urso Forte virou-se, com um gesto de frustração, Nariz Romano falou-lhe tranquilamente, dizendo-lhe para levar os chefes de volta à linha índia. "Vou matar Hancock", disse. Urso Forte pegou as rédeas do cavalo de Nariz Romano e conduziu-o a seu lado, avisando-o de que isso certamente causaria a morte de toda a tribo.

O vento aumentara, carregando areia e tornando a conversa difícil. Depois de ordenar que os chefes partissem imediatamente para trazer suas mulheres e crianças, Hancock anunciou que o conselho acabara.[7]

Embora os chefes e guerreiros cavalgassem obedientemente na direção tomada por suas mulheres e crianças, não as trouxeram de volta. Nem retornaram. Hancock esperou, sentindo seu ódio crescer, por um ou dois dias. Então, depois de ordenar que Custer levasse a cavalaria para perseguir os índios, foi com a infantaria para o acampamento abandonado. De modo metódico, as tendas e seu conteúdo foram inventariados e, depois, tudo foi queimado – 251 tendas, 962 mantas de búfalo, 436 selas, centenas de mochilas de couro de búfalo, laços, esteiras e utensílios para cozinhar, comer e morar. Os soldados destruíram tudo que esses índios possuíam, menos os cavalos que estavam cavalgando e os cobertores e as roupas que usavam.

O ódio frustrado dos dog soldiers e seus aliados, causado pela queima de suas aldeias, explodiu através das planícies. Atacaram estações de diligências, cortaram fios telegráficos, atacaram acampamentos de operários da estrada de ferro e fizeram cessar o tráfego ao longo da estrada Smoky Hill. A Overland Express emitiu uma ordem aos seus agentes: "Se os índios chegarem ao alcance dos tiros, matem-nos. Não mostrem piedade, pois eles não a terão por vocês. O general Hancock irá protegê-los e à nossa propriedade."[8] A guerra que Hancock viera evitar fora por ele irrefletidamente precipitada. Custer galopou com sua Sétima Cavalaria, de forte em forte, mas não encontrou nenhum índio.

"A expedição do general Hancock, lamento dizer, não resultou em bem nenhum, mas, pelo contrário, produziu muito mal", escreveu o superintendente de Assuntos Índios, Thomas Murphy, ao comissário Taylor, em Washington.

"As operações do general Hancock", informou Suíças Pretas Sanborn ao secretário do Interior, "foram tão desastrosas ao interesse público e, ao mesmo tempo, parecem-me tão desumanas, que julgo conveniente apresentar ao senhor minhas opiniões sobre o assunto... Pois uma nação poderosa como a nossa estar realizando uma guerra contra uns poucos nômades isolados, em tais circunstâncias, é um espetáculo muito humilhante, uma injustiça sem paralelo, um crime nacional muito revoltante que deve, mais cedo ou mais tarde, atrair sobre nós ou nossa posteridade o julgamento do Céu."

O Grande Guerreiro Sherman adotou uma posição diferente no relatório ao secretário da Guerra Stanton: "Minha opinião é a de que, se cinquenta índios tiverem permissão de ficar entre o Arkansas e o Platte, teremos de guardar cada estação de diligências, cada trem e cada grupo de trabalhadores da ferrovia. Em outras palavras, cinquenta índios hostis derrotarão três mil soldados. Melhor removê-los tão depressa quanto possível e não faz muita diferença persuadi-los com comissários índios ou matá-los."[9]

Sherman foi convencido por autoridades oficiais superiores a tentar persuadi-los com uma comissão de paz e, assim, no verão de 1867, formou a comissão com Taylor, Henderson, Tappan, Sanborn, Harney e Terry – o mesmo grupo que tentara fazer a paz com Nuvem Vermelha em Fort Laramie no fim do outono. Hancock foi removido das planícies e seus soldados foram espalhados pelos fortes ao longo dos trilhos.

O novo plano de paz para as planícies do sul incluía não só os cheyennes e arapahos como também os kiowas, comanches e apaches da pradaria. Todas as cinco tribos seriam instaladas numa grande reserva ao sul do rio Arkansas, e o governo iria fornecer-lhes rebanhos de gado e ensiná-los como trabalhar na terra.

O riacho Medicine Lodge, a cem quilômetros ao sul de Fort Learned, foi escolhido como local de um conselho de paz, e as reuniões seriam realizadas em outubro. Para garantir que todos os chefes importantes estariam ali, a Agência de Assuntos Índios estocou presentes em Fort Learned e enviou vários mensageiros cuidadosamente escolhidos. George Bent, que agora estava sendo empregado como intérprete pelo Chefe Alto Wynkoop, era um deles. Não teve dificuldades em convencer Chaleira Preta a ir. Corvo Pequeno, dos arapahos, e Dez Ursos, dos comanches, também estavam dispostos a viajar até o riacho Medicine Lodge para um conselho. Mas quando Bent foi aos acampamentos dog soldiers, encontrou líderes relutantes em ouvi-lo. O Velho do Trovão fizera com que se tornassem cautelosos sobre reuniões com chefes dos soldados. Nariz Romano disse diretamente que não iria ao riacho Medicine Lodge se o Grande Guerreiro Sherman fosse para lá.

Bent e os comissários sabiam que Nariz Romano era a chave para qualquer acordo de paz com os cheyennes. O líder guerreiro comandava agora uma liga de várias centenas de combatentes de todas as sociedades cheyennes. Se Nariz Romano não assinasse o tratado, este não valeria nada, já que seu objetivo era a paz no Kansas. Provavelmente, por sugestão de Bent, Edmond Guerrier foi escolhido para visitar Nariz Romano e convencê-lo de que deveria ir ao riacho Medicine Lodge para, pelo menos, uma discussão preliminar. Guerrier, que sobrevivera a Sand Creek, era casado com a irmã de Bent; Nariz Romano era casado com uma prima de Guerrier. Com tais laços de família, a diplomacia não era difícil.

A 27 de setembro, Guerrier chegou a Medicine Lodge com Nariz Romano e Barba Cinzenta. Nariz Romano insistiu que Barba Cinzenta seguisse como seu porta-voz; Barba Cinzenta compreendia algumas palavras de inglês e não podia ser enganado facilmente por intérpretes. O superintendente Thomas Murphy, que estava acertando acordos antes da chegada dos comissários, saudou calorosamente os líderes cheyennes, disse que o conselho iminente seria importantíssimo para eles e prometeu que os comissários iriam ceder-lhes provisões e "apertar suas mãos e traçar um bom caminho para a paz".

"Um cachorro correria para comer as provisões", disse Barba Cinzenta em resposta. "As provisões que vocês trazem fazem-nos adoecer. Queremos viver de búfalo, mas os artigos principais de que necessitamos, não vemos – pólvora, chumbo e balas. Quando nos trouxerem isso, acreditaremos que são sinceros."

Murphy respondeu que os Estados Unidos só davam munição como presente aos índios amigos e queria saber por que alguns dos cheyennes eram tão hostis que continuavam os ataques. "Porque Hancock queimou nossa aldeia", responderam Nariz Romano e Barba Cinzenta. "Só estamos vingando isso."[10]

Murphy garantiu-lhes que o Grande Pai não autorizara a queima da aldeia; o Grande Pai já afastara Hancock das planícies por ter feito esta coisa ruim. Quanto ao Grande Guerreiro Sherman, cuja presença era desagradável a Nariz Romano, o Grande Pai também o chamara para Washington. Nariz Romano finalmente chegou a um acordo. Ele e seus seguidores acampariam a cem quilômetros, no Cimarron. Iriam observar o conselho à distância e, se ele os agradasse, viriam participar.

Era a Lua da Estação que Muda, 16 de outubro, quando o conselho começou, num belo bosque de árvores altas, à beira do riacho Medicine Lodge. Os arapahos, comanches, kiowas e apaches da pradaria acamparam ao longo da margem arborizada, ao lado do local do conselho. Chaleira Preta escolheu a margem oposta do riacho. Em caso de confusão, ele queria, pelo menos, ter o riacho entre ele e os duzentos homens da cavalaria que estavam guardando os comissários. Nariz Romano e os chefes dog soldiers enviaram mensageiros ao acampamento de Chaleira Preta para informá-los das negociações de paz. Esses delegados vigiavam tanto Chaleira Preta quanto os comissários; não tencionavam permitir que Chaleira Preta assinasse um mau tratado em nome do povo cheyenne.

Embora mais de cinco mil índios estivessem reunidos em Medicine Lodge, os cheyennes presentes eram tão poucos que a coisa se tornou um assunto kiowa-comanche-arapaho, quase inteiramente. Isso preocupou os comissários, cujo objetivo principal era conseguir paz com os hostis dog soldiers, convencendo-os de que suas maiores vantagens estariam na reserva proposta, abaixo do Arkansas. Chaleira Preta, Manta Pequena e George persuadiram alguns dos chefes relutantes, mas outros se tornaram tão hostis que ameaçaram matar todos os cavalos de Chaleira Preta, a menos que ele se retirasse do conselho.

A 21 de outubro, os kiowas e comanches assinaram o tratado, prometendo partilhar uma reserva com os cheyennes e arapahos e, entre outras coisas, limitar sua caça ao búfalo a áreas abaixo do Arkansas e a retirar toda oposição à construção da estrada de ferro que estava sendo instalada ao longo da estrada Smoky Hill. Chaleira Preta, porém, não concordou em assinar até que mais chefes cheyennes viessem a Medicine

Lodge; Corvo Pequeno e os arapahos não assinariam até os cheyennes assinarem. Os frustrados comissários concordaram em esperar mais uma semana, enquanto Chaleira Preta e Manta Pequena iam ao acampamento dog soldier para continuar sua diplomacia persuasiva. Cinco dias se passaram, mas nenhum cheyenne apareceu. Então, no fim da tarde de 26 de outubro, Manta Pequena voltou do acampamento dog soldier.

Os chefes cheyennes estavam vindo, anunciou Manta Pequena, com cerca de quinhentos guerreiros. Estavam armados e provavelmente disparariam seus rifles para exprimir seu desejo de munição – necessária para as caças de búfalo no outono. Não fariam mal a ninguém e, se recebessem presentes de munição, assinariam o tratado.

Ao meio-dia do dia seguinte, sob um quente sol de verão, os cheyennes chegaram a galope. Quando apareceram no cimo de um morro ao sul dos terrenos do conselho, formaram fileiras de quatro homens, lado a lado, como os cavalarianos de Traseiro Duro. Vários estavam vestidos com túnicas capturadas do Exército, outros usavam cobertores vermelhos. Suas lanças e enfeites prateados brilhavam ao sol. Quando a coluna veio do lado oposto do local de conselho, os guerreiros adotaram uma formação de pelotões, defrontando os comissários através do riacho. Um dos cheyennes fez soar uma clarinada e os cavalos saltaram em frente, numa carga, quinhentas vozes gritando "Iiiiá-i-i-i-iá!" Brandiam suas lanças, levantavam seus arcos armados, disparavam alguns rifles e pistolas no ar e mergulhavam no riacho espalhando água. As fileiras da frente fustigaram seus cavalos margem acima até poucos metros de Suíças Brancas Harney, que ficou parado para recebê-los. Os outros comissários estavam correndo para se abrigar. Obrigando seus cavalos a fazer paradas rápidas, os chefes e guerreiros apearam, cercaram os comissários espantados e começaram a rir e a apertar as mãos. Haviam demonstrado satisfatoriamente a ousadia e a bravura dos cheyennes combatentes.

Como cerimônias preliminares estavam fora de questão, os discursos começaram. Touro Alto, Cavalo Branco, Urso Forte e Chefe Búfalo falaram. Não queriam guerra, disseram, mas a aceitariam, se não pudessem ter uma paz honrosa.

Chefe Búfalo fez um apelo final para o uso dos campos de caça ao longo do Smoky Hill. Os cheyennes deixariam em paz a estrada de ferro, prometeu, e acrescentou com um tom de bom senso: "Vamos possuir juntos o território – os cheyennes devem continuar caçando ali". Mas os homens brancos do conselho não acreditavam em partilhar qualquer terra ao norte do Arkansas. Na manhã seguinte, depois de servido o café, os chefes cheyenne e arapaho ouviram uma leitura do tratado, com George Bent interpretando. No começo, Urso Forte e Cavalo Branco recusaram-se a assinar, mas Bent os levou para um canto e os convenceu de que aquela era a única forma de manter sua força e viver com a tribo. Depois da assinatura, os comissários deram presentes, inclusive munição para caça. O conselho de Medicine Lodge acabara. Agora a maioria dos cheyennes e arapahos se mudaria para o sul, como prometido. Mas havia outros que não iriam. Trezentos ou quatrocentos já estavam indo para o norte do Cimarron, com seus destinos ligados a um guerreiro que não se renderia. O nome de Nariz Romano não estava assinado no tratado.[11]

Durante o inverno de 1867-68, a maior parte dos cheyennes e arapahos estava acampada abaixo do Arkansas, perto de Fort Larned. Com suas caçadas de outono, conseguiram carne suficiente para sobreviver às luas frias, mas na primavera a falta de comida ficou cada vez maior. O Chefe Alto Wynkoop veio do forte, ocasionalmente, para distribuir as magras provisões que ele pôde obter da Agência Índia. Disse aos chefes que o Grande Conselho de Washington ainda estava discutindo sobre o tratado e não fornecera o dinheiro para que comprassem comida e roupas, conforme prometido. Os chefes responderam que, se tivessem armas e munição, poderiam descer até o rio Vermelho e matar búfalo suficiente para abastecer seu povo. Mas Wynkoop não tinha armas e munição para dar.

À medida que passavam os quentes dias de primavera, os jovens começaram a ficar cada vez mais intranquilos, reclamando porque não havia comida suficiente, amaldiçoando as promessas rompidas dos brancos em Medicine Lodge. Em pequenos grupos, começaram a se dirigir no rumo norte, para seus velhos campos de caça do Smoky Hill. Touro Alto,

Cavalo Branco e Urso Forte cederam às exigências de seus orgulhosos dog soldiers e também cruzaram o Arkansas. No caminho, alguns dos jovens violentos atacaram colônias isoladas esperando encontrar comida e armas.

O agente Wynkoop apressou-se em ir à aldeia de Chaleira Preta, pedindo que os chefes fossem pacientes e afastassem seus jovens do caminho da guerra, mesmo se o Grande Pai tivesse faltado a eles.

"Os irmãos brancos estão afastando da nossa a mão que nos deram em Medicine Lodge", disse Chaleira Preta, "mas tentaremos segurá-la. Esperamos que o Grande Pai tenha pena de nós e nos deixe ter as armas e as munições que nos prometeu, para que possamos caçar búfalos e evitar que nossas famílias fiquem famintas."[12]

Wynkoop esperava que agora as armas e a munição pudessem ser conseguidas, pois o Grande Pai enviara um novo Chefe Estrelado, o general Philip Sheridan, para comandar os soldados dos fortes do Kansas. O agente conseguiu que vários líderes, incluindo Chaleira Preta e Bezerro de Pedra, se encontrassem com Sheridan em Fort Larned.

Quando os índios viram Sheridan, de pernas curtas, pescoço grosso e longos braços que balançavam, pensaram que ele se parecia com um urso de mau humor. Durante o conselho, Wynkoop perguntou ao general se ele poderia fornecer armas aos índios.

– Sim, dê-lhes armas – grunhiu Sheridan –, e, se eles guerrearem contra meus soldados, eles os matarão como homens.

Bezerro de Pedra replicou:

– Deixe crescer os cabelos dos seus soldados, de modo a termos alguma honra em matá-los.

Não foi um conselho amistoso e, embora Wynkoop conseguisse obter alguns rifles obsoletos para eles, os cheyennes e arapahos que ficaram para caçar abaixo do Arkansas estavam muito inquietos. Muitos dos seus jovens e a maioria dos grupos de dog soldiers ainda estavam ao norte do rio, alguns deles atacando e matando brancos, sempre que os encontravam.

No fim de agosto, a maioria dos cheyennes do norte estava reunida ao longo da confluência do Arikaree com o rio Republican. Touro Alto, Cavalo Branco e Nariz Romano estavam ali com cerca de trezentos guerreiros e suas famílias. Alguns arapahos e os sioux de Matador-de-Pawnee estavam acampados perto. Por Urso Forte, que estava acampado com seu grupo no Solomon, souberam que o general Sheridan organizara uma companhia de batedores para descobrir acampamentos índios, mas esses índios estavam ocupados demais em conseguir carne para o inverno e não se preocuparam com batedores ou soldados que os procuravam.

E, então, certo dia, na Lua em que os Gamos Batiam com as Patas na Terra, 16 de setembro, um grupo de caça de sioux, do acampamento de Matador-de-Pawnee, viu cerca de cinquenta brancos fazendo um acampamento no Arikaree, cerca de trinta quilômetros abaixo dos acampamentos índios. Só três ou quatro dos brancos usavam uniformes azuis; os outros estavam vestidos com roupas grosseiras da fronteira. Era essa a companhia especial organizada por Sheridan para descobrir acampamentos índios; eram conhecidos como os Batedores de Forsyth.

Assim que os caçadores sioux alertaram seu povo, Matador-de-Pawnee enviou mensageiros ao acampamento cheyenne para pedir que se juntassem a eles num ataque aos batedores brancos que haviam invadido seus campos de caça. Touro Alto e Cavalo Branco enviaram imediatamente pregoeiros pelos acampamentos, instando os guerreiros a preparar seu equipamento de guerra e fazer suas pinturas de batalha. Foram ver Nariz Romano, que estava em sua tenda realizando cerimônias de purificação. Poucos dias antes, quando os cheyennes haviam ido festejar com os sioux, uma das mulheres sioux usara um garfo de ferro para fazer pão frito e Nariz Romano só descobriu isso depois de comer o pão. Qualquer metal que tocasse sua comida era contra sua mágica; a força mágica de Nariz Romano de escapar das balas do homem branco seria inútil até que ele completasse as cerimônias de purificação.

Os chefes cheyennes aceitaram essa crença como um fato lógico, mas Touro Alto disse a Nariz Romano que se apressasse com as cerimônias para restaurar sua mágica. Touro Alto estava certo de que os cheyennes e sioux juntos poderiam destruir cinquenta batedores brancos, mas deveria haver companhias de Casacos Azuis nas proximidades e, se assim fosse, os índios logo precisariam de Nariz Romano para os liderar nos ataques. Nariz Romano disse-lhes que fossem na frente. Quando estivesse pronto, partiria.

Devido à longa distância do acampamento dos batedores dos soldados, os chefes decidiram esperar até o próximo dia para atacar. Montando seus melhores cavalos de guerra e armados com seus melhores arcos, lanças e rifles, quinhentos ou seiscentos guerreiros descerem para o vale do Arikaree. Os sioux usavam seus cocares de penas de águia; os cheyennes estavam com seus cocares de penas de corvo. Pararam a pouca distância do acampamento dos batedores, e os chefes deram ordens estritas para que nenhum pequeno grupo atacasse sozinho o inimigo. Todos atacariam juntos, como Nariz Romano os ensinara; cavalgariam contra os batedores e os destruiriam.

Apesar das ordens, seis sioux e dois cheyennes, todos jovens, saíram rapidamente antes do nascer do sol e tentaram capturar a manada de cavalos dos brancos. Atacaram com gritos e sacudindo cobertores para estourar os animais. Alguns poucos foram capturados, mas os jovens bravos alertaram os Batedores de Forsyth para a presença de índios. Antes que o corpo principal de sioux e cheyennes pudesse atacar o acampamento exposto, os batedores tiveram tempo de ir para uma pequena ilha no leito seco do Arikaree e se abrigaram entre as touceiras de salgueiros e a grama alta.

Através do vale nublado, os índios atacaram numa frente ampla, os cascos de seus cavalos ecoando na terra. Quando estavam suficientemente perto para ver os batedores correndo para a ilha cheia de mato, um dos guerreiros cheyennes tocou uma clarinada. Eles pretendiam aniquilar o acampamento, atravessando-o. Agora, tinham de se desviar para o leito seco do rio. Uma rajada de fogo dos rifles Spencer de repetição dos batedores dizimou as fileiras da frente e os guerreiros atacantes dividiram-se, alguns para a esquerda e outros para a direita, rodeando a ilha.

Na maior parte da manhã, os índios rodearam a ilha. Os únicos alvos eram os cavalos dos batedores em pé na grama alta e, quando os guerreiros mataram os animais, os batedores usaram-nos como proteção. Alguns guerreiros fizeram ataques individuais contra a ilha, desmontando e tentando aproximar-se dos batedores, arrastando-se através do mato. Mas o rifle de tiro rápido era forte demais para eles. Um cheyenne chamado Barriga de Lobo fez duas cargas montadas diretas pelo anel de defesa dos batedores. Estava usando sua pele mágica de pantera, e isso lhe deu uma mágica tão poderosa que nenhuma bala o atingiu.

No começo da tarde, Nariz Romano chegou ao campo e tomou posição num terreno alto que dava para a ilha. A maioria dos guerreiros parou de lutar e esperou para ver o que Nariz Romano faria. Touro Alto e Cavalo Branco foram falar com ele, mas não lhe pediram que os liderasse na batalha. Então, um velho, Teimoso Branco, aproximou-se e disse:

– Eis Nariz Romano, o homem de quem dependemos, sentado atrás desse morro.[13]

Nariz Romano riu. Já fizera seus planos sobre o que faria nesse dia e sabia que iria morrer, mas riu do que o velho dissera.

– Todos esses que estão lutando aqui sentem que lhe pertencem – continuou Teimoso Branco – e farão tudo que lhes disser, e ainda fica atrás desse morro.

Nariz Romano afastou-se para um lado e se preparou para a batalha, pintando sua testa de amarelo, o nariz de vermelho, o queixo de preto. Então colocou o cocar de guerra com um chifre e quarenta penas. Quando ficou pronto, montou e cavalgou até o leito do rio seco, onde os guerreiros esperavam em formação para que ele os liderasse num ataque vitorioso.

Partiram num trote lento, aumentaram a velocidade para um galope e, então, fustigaram seus cavalos sem dó, para que nada pudesse impedi-los de ir para a ilha. Mas novamente o poder de fogo dos batedores de Forsyth dizimou as fileiras da frente, reduzindo a força da carga desesperada. Nariz Romano atingiu a parte externa dos salgueiros; aí, o fogo cruzado atingiu-o acima dos quadris, e uma bala penetrou na sua espinha. Caiu no mato, jazendo ali até o anoitecer, quando conseguiu arrastar-se para a margem. Alguns jovens guerreiros estavam ali procurando por ele. Levaram-no para cima até o morro, onde mulheres cheyennes e sioux haviam chegado para cuidar dos feridos. Durante a noite, Nariz Romano morreu.

Para os jovens guerreiros cheyennes, a morte de Nariz Romano foi como uma grande luz fugindo pelo céu. Ele acreditava e fez com que acreditassem que, se lutassem pelo seu território como Nuvem Vermelha estava fazendo, algum dia iriam vencer.

Nem os cheyennes, nem os sioux tinham mais vontade de lutar, mas mantiveram os batedores de Forsyth sitiados ali no mato e na areia por oito dias. Os batedores tiveram de comer cavalos mortos e cavar a areia em busca de água. No oitavo dia, quando uma coluna de salvamento de soldados chegou, os índios estavam prontos para deixar o mau cheiro da ilha.

Os brancos deram muita importância a essa batalha; chamaram-na a Batalha da Ilha Beecher, por causa do jovem tenente Frederick Beecher, que morreu ali. Os sobreviventes afirmaram que haviam matado "centenas de peles-vermelhas" e, embora os índios não pudessem contar mais de trinta, a perda de Nariz Romano era incalculável. Sempre se lembrariam da Luta em que Nariz Romano Foi Morto.

Depois de descansarem do cerco, muitos cheyennes partiram para o sul. Com os soldados caçando-os por toda parte, sua única esperança de sobrevivência estava com seus parentes abaixo do Arkansas. Consideravam Chaleira Preta um velho derrotado, mas ele ainda estava vivo e era o chefe dos cheyennes do sul.

Não poderiam saber, claro, que o chefe dos soldados que parecia um urso zangado, Sheridan, estava planejando uma campanha de inverno abaixo do Arkansas. Quando as neves das luas frias chegassem, ele mandaria Custer e seus soldados a cavalo destruírem as aldeias dos índios "selvagens", cuja maior parte cumprira seus deveres do tratado. Para Sheridan, qualquer índio que resistisse quando atacado era um "selvagem".

Durante esse outono, Chaleira Preta estabeleceu uma aldeia no rio Washita, a 65 quilômetros a leste das Antílope Hills e, quando os jovens voltaram do Kansas, ele os censurou por suas vidas errantes, mas, como um pai generoso, aceitou-os de volta na tribo. Em novembro, quando soube que soldados estavam se aproximando, ele, Manta Pequena e dois líderes arapahos fizeram uma viagem de quase 170 quilômetros pelo vale do Washita até Fort Cobb, quartel-general de sua nova agência ao sul do Arkansas. O general William B. Hazen era o comandante do forte e, nas suas visitas de verão, os cheyennes e arapahos consideraram-no amigo e simpático.

Nessa ocasião urgente, entretanto, Hazen não foi cordial. Quando Chaleira Preta pediu permissão para levar suas 180 tendas para perto de Fort Cobb como proteção, Hazen recusou. Também recusou dar permissão para que os cheyennes e arapahos se juntassem às aldeias kiowas e comanches. Garantiu a Chaleira Preta que, se sua delegação voltasse às aldeias e mantivesse seus jovens ali, elas não seriam atacadas. Depois de dar açúcar, café e fumo aos visitantes, Hazen mandou-os de volta, sabendo que provavelmente nunca mais veria qualquer um deles. Sabia muito bem dos planos de guerra de Sheridan.

Enfrentando um forte vento norte que se transformou numa tempestade de neve, os chefes, decepcionados, voltaram para suas aldeias, chegando na noite de 26 de novembro. Apesar de cansado com a longa viagem, Chaleira Preta imediatamente convocou um conselho de líderes da tribo. (George Bent não estava presente; levara sua mulher, a sobrinha de Chaleira Preta, para uma visita ao rancho de William Bent, no Colorado.)

Desta vez, Chaleira Preta disse ao seu povo que eles não deveriam ser tomados de surpresa, como acontecera em Sand Creek. Em vez de esperar que os soldados chegassem até a aldeia, ele levaria uma delegação para se encontrar com os soldados e convencê-los de que a aldeia cheyenne era pacífica. A neve era profunda e ainda estava caindo, mas assim que as nuvens deixassem o céu, eles partiriam ao encontro dos soldados.

Embora Chaleira Preta tivesse ido dormir tarde, acordou antes da aurora, como sempre fizera. Foi para fora da tenda e ficou contente ao ver que o céu estava clareando. Uma neblina pesada cobria o vale do Washita, mas ele podia ver a neve profunda nos montes do outro lado do rio.

De repente, ouviu uma mulher gritando, com a voz se tornando mais clara quando ela se aproximou. “Soldados! soldados!”, gritava ela. Reagindo automaticamente, Chaleira Preta correu para dentro e pegou seu rifle. Nos poucos segundos antes de voltar para fora, percebeu o que deveria fazer – despertar o acampamento e fazer todo mundo fugir. Não deveria haver outro Sand Creek. Ele se encontraria sozinho com os soldados no vau do rio e conversaria com eles. Apontando o rifle para o alto, puxou o gatilho. O estampido despertou completamente a aldeia. Enquanto gritava ordens para todos montarem e fugirem, sua mulher desamarrou seu cavalo e o trouxe até ele.

Estava se preparando para galopar até o vau, quando uma clarinada irrompeu da neblina, seguida por ordens gritadas e berros selvagens dos soldados que atacavam. Por causa da neve, não houve o estrondo dos cascos, só o barulho de fardos que se chocavam e um retinir de metal de arreios, uma gritaria rouca e clarins soando por toda parte. (Custer trouxera sua banda militar pela neve e ordenara que tocasse "Garry Owen" para o ataque.)

Chaleira Preta esperava que os soldados viessem pelo vau do Washita, mas eles irrompiam da neblina de quatro direções. Como poderia encontrar com quatro colunas que atacavam e falar-lhes de paz? Era Sand Creek de novo. Pegou a mão de sua mulher, colocou-a atrás dele e fustigou o cavalo num súbito galope. Ela sobrevivera a Sand Creek com ele; agora, como sonhadores torturados, tinham o mesmo pesadelo outra vez, estavam fugindo novamente das balas que assobiavam.

Estavam quase no vau, quando ele viu os cavalarianos que atacavam, com seus grossos casacos azuis e capas de pele. Chaleira Preta diminuiu o passo de seu cavalo e levantou a mão no gesto de paz. Uma bala queimou no seu estômago e seu cavalo caiu de lado. Outra bala atingiu-o nas costas e ele caiu na neve da margem do rio. Várias balas derrubaram a mulher, do lado do chefe, e o cavalo fugiu. Os homens de cavalaria entraram no rio pelo vau cavalgando sobre Chaleira Preta e sua mulher, jogando lama em seus corpos mortos.

As ordens de Sheridan a Custer eram explícitas:

> Dirigir-se para o sul no rumo das Antílope Hills, daí para o rio Washita, a provável moradia de inverno das tribos hostis; destruir suas aldeias e seus cavalos, matar ou enforcar todos os guerreiros e trazer de volta todas as mulheres e crianças.[14]

Em questão de minutos, os soldados de Custer destruíram a aldeia de Chaleira Preta; em outros poucos minutos de matança sangrenta, destruíram a tiros várias centenas de cavalos cercados. Matar ou enforcar todos os guerreiros queria dizer separá-los dos velhos, das mulheres e das crianças. Esse trabalho seria muito lento e perigoso para os cavalarianos; acharam mais eficiente e seguro matar indiscriminadamente. Mataram 103 cheyennes, mas só onze deles eram guerreiros. Capturaram 53 mulheres e crianças.

Nesse momento, o tiroteio que ecoava pelo vale trouxe um grande número de arapahos de sua aldeia próxima, e eles se juntaram aos cheyennes numa ação de retaguarda. Um grupo de arapahos cercou um pelotão perseguidor de dezenove soldados comandados pelo major Joel Elliott e matou todos. Por volta do meio-dia, kiowas e comanches estavam chegando de mais longe, rio abaixo. Quando Custer viu o número crescente de guerreiros nas montanhas próximas, reuniu seus prisioneiros e, sem procurar o ausente major Elliott, partiu de volta ao norte, numa marcha forçada, rumo à sua base temporária em Camp Supply, no rio Canadian.

Em Camp Supply, o general Sheridan esperava ansiosamente notícias de uma vitória de Custer. Quando foi informado de que o regimento de cavalaria estava de volta, ordenou que o posto inteiro se preparasse para uma revista formal. Com a banda tocando triunfalmente, os vitoriosos entraram, sacudindo os escalpos de Chaleira Preta e dos outros “selvagens” mortos; Sheridan cumprimentou Custer publicamente pelos “eficientes e heroicos serviços prestados”.

Em seu relatório oficial da vitória sobre “carniceiros selvagens” e “bandos selvagens de saqueadores cruéis”, o general Sheridan mostrava-se contente por ter eliminado o velho Chaleira Preta... “uma nulidade velha, ultrapassada e inútil”. Afirmou então que prometera abrigo a Chaleira Preta, se ele fosse para um forte antes de as operações militares começarem. “Ele recusou”, mentiu Sheridan, “e foi morto em combate.”[15]

O Chefe Alto Wynkoop, que já se demitira num gesto de protesto contra as decisões de Sheridan, estava longe, na Filadélfia, quando soube da notícia da morte de Chaleira Preta.

Wynkoop afirmou que seu velho amigo fora traído e "encontrara a morte pelas mãos de brancos em quem ele confiara demais e que noticiavam triunfalmente o fato da posse de seu escalpo". Outros homens brancos que haviam conhecido e gostavam de Chaleira Preta também atacaram a política de guerra de Sheridan, mas Sheridan descartou-os como "bons e piedosos padrecos... ajudantes e cúmplices dos selvagens que mataram, sem dó, homens, mulheres e crianças".[16]

O Grande Guerreiro Sherman, porém, deu apoio a Sheridan e ordenou que ele continuasse a matar os índios hostis e seus cavalos, mas, ao mesmo tempo, o aconselhou a colocar os índios amistosos em acampamentos onde pudessem ser alimentados e expostos à cultura civilizada do homem branco.

Em resposta a isso, Sheridan e Custer foram a Fort Cobb e, dali, enviaram mensageiros para as quatro tribos da área, aconselhando-as a vir ao forte e fazer a paz, ou então seriam perseguidas e mortas. O próprio Custer partiu em busca de índios amistosos. Para essa operação, requisitou uma das mais belas mulheres dentre seus prisioneiros cheyennes para ir com ele. Ela foi classificada como intérprete, embora não soubesse inglês.

No fim de dezembro, os sobreviventes do grupo de Chaleira Preta começaram a chegar a Fort Cobb. Tinham de viajar a pé, pois Custer matara todos os seus cavalos. Manta Pequena era agora o líder nominal de sua tribo e, quando foi levado até Sheridan, disse ao soldado que parecia um urso que seu povo estava morrendo de fome. Custer queimara suas reservas de carne para o inverno; não puderam encontrar búfalos ao longo do Washita; haviam comido todos os seus cachorros.

Sheridan respondeu que os cheyennes seriam alimentados se viessem todos a Fort Cobb e se rendessem incondicionalmente. "Não podem fazer a paz agora e começar a matar os brancos outra vez na primavera", acrescentou Sheridan. "Se não quiserem acertar uma paz completa, podem voltar e acertaremos tudo lutando."

Manta Pequena sabia que só havia uma resposta a dar. "O senhor deve dizer o que temos de fazer", disse.[17]

Urso Amarelo, dos arapahos, também concordou em trazer seu povo a Fort Cobb. Poucos dias depois, Tosawi trouxe o primeiro bando de comanches que se rendeu. Quando foi apresentado a Sheridan, os olhos de Tosawi brilhavam. Falou seu nome e acrescentou duas palavras de inglês trôpego. Disse: "Tosawi, bom índio".

Foi então que o general Sheridan pronunciou as palavras imortais: "Os únicos índios bons que já vi estavam mortos"[18]. O tenente Charles Nordstrom, que estava presente, lembrou-se das palavras e as passou adiante, até que com o tempo se transformaram num aforismo americano: *Índio bom é índio morto.*

Durante o inverno, os cheyennes e arapahos, bem como alguns dos comanches e kiowas, viveram com as rações do homem branco em Fort Cobb. Na primavera de 1869, o governo dos Estados Unidos decidiu concentrar os comanches e kiowas em torno de Fort Sill, enquanto os cheyennes e os arapahos ficariam numa reserva perto de Camp Supply. Algumas das tribos dog soldiers permaneciam bem ao norte em seus acampamentos à beira do Republican; outras, sob Touro Alto, haviam partido para o sul em busca de rações e proteção.

Quando os cheyennes estavam subindo o Washita, de Fort Cobb a Camp Supply, Manta Pequena brigou com Touro Alto, acusando-o e a seus jovens de causarem muito da confusão com os soldados. O chefe dog soldier, em troca, acusou Manta Pequena de ser fraco como Chaleira Preta, de se curvar ante os brancos. Touro Alto declarou que não ficaria nos limites da péssima reserva escolhida para os cheyennes, abaixo do Arkansas. Os cheyennes sempre haviam sido um povo livre, disse. Que direito tinham os brancos de lhes dizer onde deveriam viver? Deveriam continuar livres ou morrer.

Manta Pequena ordenou furiosamente que Touro Alto e seus dog soldiers deixassem para sempre a reserva cheyenne. Se eles não fossem embora, ele se juntaria aos brancos e os expulsaria. Touro Alto respondeu orgulhosamente que levaria seu povo para o norte e se juntaria com os cheyennes do norte, que com os sioux de Nuvem Vermelha haviam expulso os brancos do território do rio Powder.

E assim, como acontecera depois de Sand Creek, os cheyennes do sul se dividiram de novo. Quase duzentos guerreiros dog soldiers e suas famílias partiram para o norte com Touro Alto. Em maio, na Lua em que os Cavalos se Espalham, juntaram-se às tribos que haviam passado o inverno no Republican. Quando estavam se preparando para a longa e perigosa viagem até o território do rio Powder, Sheridan enviou uma força de cavalaria sob o comando do general Eugene A. Carr para procurá-los e destruí-los. Os soldados de Carr encontraram o acampamento dog soldier e atacaram-no tão violentamente quanto Custer fizera com a aldeia de Chaleira Preta. Porém, dessa vez, um grupo de guerreiros sacrificou suas vidas numa ação diversiva e, assim, conseguiram evitar a captura de suas mulheres e crianças.

Espalhando-se em grupos pequenos, os índios escaparam aos pelotões de perseguição de Carr. Após alguns dias, Touro Alto reuniu os guerreiros e liderou-os num ataque de vingança no Smoky Hill. Cortaram três quilômetros de trilhos ao longo da odiada ferrovia e atacaram pequenas colônias, matando tão impiedosamente quanto os soldados haviam matado seu povo. Lembrando-se que Custer levara mulheres cheyennes prisioneiras, Touro Alto levou duas mulheres sobreviventes de uma casa de rancho. Ambas eram imigrantes alemãs (Maria Weichel e Susannah Allerdice), e nenhum dos cheyennes compreendia uma palavra sequer do que diziam. Essas mulheres brancas eram incômodas, mas Touro Alto insistiu em levá-las como prisioneiras e tratá-las como as mulheres cheyennes haviam sido tratadas pelos Casacos Azuis.

Para evitar os soldados a cavalo que agora os estavam procurando por toda parte, Touro Alto e seu povo tinham de fazer acampamentos provisórios e seguir adiante. Tomaram gradativamente uma direção oeste, através de Nebraska, rumo ao Colorado. Chegou julho, antes que Touro Alto pudesse levar sua tribo a Summit Springs, onde esperava atravessar o Platte. Devido ao volume de água no rio, tiveram de fazer um acampamento temporário. Touro Alto mandou alguns dos jovens marcarem um vau na corrente, com paus. Era a Lua em que as Cerejas estão Maduras e o dia era muito quente. A maioria dos cheyennes estava descansando na sombra de suas tendas.

Por acaso, nesse dia, os batedores pawnees do major Frank North descobriram o rastro dos cheyennes fugitivos.

(Esses pawnees eram os mesmos que, quatro anos antes, haviam ido para o território do rio Powder com o general Connor e sido expulsos pelos guerreiros de Nuvem Vermelha.) Praticamente sem aviso os pawnees e os Casacos Azuis do general Carr atacaram o acampamento de Touro Alto. Vieram de leste e de oeste, de modo que a única rota de fuga para os cheyennes era o sul. Cavalos corriam em todas as direções; os homens tentavam pegá-los, e as mulheres e crianças fugiam a pé.

Muitos não escaparam. Touro Alto e cerca de vinte outros abrigaram-se numa ravina. Entre eles, estavam sua mulher e filho, além das duas prisioneiras alemãs. Quando os mercenários pawnees e os soldados atacaram o acampamento, uma dúzia de guerreiros morreu defendendo a boca da ravina.

Touro Alto pegou sua machadinha e fez buracos no lado da ravina, para poder subir até o cimo e disparar contra os atacantes. Atirou uma vez, escondeu-se e, quando se levantou para disparar outra vez, foi atingido por uma bala no crânio.

Nos poucos minutos seguintes, os pawnees e os soldados chegaram à ravina. Todos os cheyennes, menos a mulher e o filho de Touro Alto, foram mortos. As duas alemãs levaram tiros, mas uma ainda estava viva. Os brancos disseram que Touro Alto havia atirado nas prisioneiras brancas, mas os índios nunca acreditaram que ele tivesse desperdiçado suas balas de modo tão bobo.

Nariz Romano estava morto; Chaleira Preta estava morto; Touro Alto estava morto. Agora todos eram índios bons. Como o antílope e o búfalo, as fileiras dos orgulhosos cheyennes estavam entrando em extinção.

CAPÍTULO OITO

ASCENSÃO E QUEDA DE DONEHOGAWA

1869 – *4 de março*, Ulysses Grant assume a presidência. 10 de maio, as ferrovias da Union Pacific e a Central Pacific unem-se em Promontory Point, estebelecendo a primeira linha ferroviária transcontinental. 13 de setembro, Jay Gould e James Fisk planejam monopolizar o mercado de ouro. 24 de setembro, o governo libera ouro no mercado para forçar queda de preços; a "Sexta-feira Negra" causa desastre financeiro a pequenos especuladores. 24 de novembro, a American Woman's Suffrage Association é formada. 10 de dezembro, o Wyoming promulga lei concedendo às mulheres o direito de votar e trabalhar. 30 de dezembro, o Knights of Labor forma-se na Filadélfia. Mark Twain publica *Innocents Abroad.*

1870 – *10 de janeiro*, John D. Rockefeller funda a Standard Oil Company para monopolizar a indústria. 15 de fevereiro, começa em Minnesota a construção da Northern Pacific Railroad. Junho, a população dos Estados Unidos atinge 38.558.371. 18 de Roma, o Conselho do Vaticano declara a Infalibilidade Papal como doutrina da Igreja. 19 de julho, a França declara guerra contra a Rússia. 2 de setembro, Napoleão III capitula e rende-se à Prússia. 19 de setembro, começa o Cerco a Paris. 20 de setembro, William M. Tweed, líder democrata, é acusado de roubar o tesouro de Nova York. 29 de novembro, educação obrigatória introduzida na Inglaterra. Começa a produção de papel a partir de madeira macia na Nova Inglaterra.

Embora este país fosse outrora habitado por índios, as tribos, e muitas delas poderosas, que há tempos ocupavam os territórios que agora constituem os Estados a leste do Mississippi têm sido, uma a uma, exterminadas em suas tentativas fracassadas de deter a marcha ocidental da civilização... Se qualquer tribo protesta contra a violação de seus direitos naturais e dos tratados, membros dessa tribo são abatidos desumanamente e o resto é tratado como simples cães... Seria de imaginar que a humanidade presidisse à política original da remoção e concentração dos índios do Oeste, para preservá-los da ameaça da extinção. Mas hoje, em razão do imenso aumento da população americana e a extensão de suas colônias por todo o Oeste, cobrindo ambos os lados das Montanhas Rochosas, os povos índios estão mais gravemente ameaçados por um extermínio rápido do que nunca, antes, na história do país.

DONEHOGAWA (ELY PARKER), O PRIMEIRO COMISSÁRIO ÍNDIO DE ASSUNTOS ÍNDIOS

QUANDO OS SOBREVIVENTES cheyennes do combate de Summit Springs chegaram finalmente ao território do rio Powder, descobriram que muitas coisas haviam mudado durante os três invernos que passaram no Sul. Nuvem Vermelha vencera sua guerra, os fortes haviam sido abandonados, nenhum Casaco Azul aparecia ao norte do Platte. Mas os acampamentos dos sioux e dos cheyennes do norte estavam cheios de boatos dizendo que o Grande Pai de Washington queria que eles se mudassem bem para leste, até o rio Missouri, onde havia pouca caça. Alguns de seus amigos comerciantes brancos disseram-lhes que estava escrito no tratado de 1868 que a agência dos sioux tetons seria no Missouri. Nuvem Vermelha não dava importância a isso. Quando voltou a Laramie para assinar o tratado, disse aos oficiais dos Casacos Azuis que testemunhavam sua assinatura que desejava que Fort Laramie fosse o posto comercial dos sioux tetons, ou ele não assinaria. Haviam concordado com isso.

Na primavera de 1869, Nuvem Vermelha levou mil oglalas a Laramie para comerciar e conseguir provisões prometidas pelo tratado. O comandante do posto disse-lhe que o posto comercial dos sioux era em Fort Randall, no rio Missouri, e que eles deveriam ir até lá para comerciar e pegar provisões. Como Fort Randall ficava a cinco mil quilômetros dali, Nuvem Vermelha riu para o comandante e pediu permissão para comerciar em Laramie. Com mil guerreiros armados ameaçando o posto aberto, o comandante concordou, mas aconselhou a Nuvem Vermelha que levasse seu povo para mais perto de Fort Randall antes da chegada de outra temporada de comércio.

Logo ficou evidente que as autoridades militares de Fort Laramie cumpririam o que disseram. Cauda Pintada e seus pacíficos brulés nem foram autorizados a acampar perto de Laramie. Quando Cauda Pintada soube que se quisesse provisões teria de ir até Fort Randall, levou seu povo através das planícies e instalou-se perto desse forte. A vida fácil dos Vadios de Laramie também chegou ao fim; foram enviados para Fort Randall, onde – num ambiente pouco familiar – tiveram de construir uma empresa completamente nova.

Nuvem Vermelha, entretanto, permaneceu inflexível. Conquistara o território do rio Powder depois de uma guerra dura. Fort Laramie era o posto comercial mais próximo e ele não tinha intenções de se mudar para o Missouri ou viajar até ali em busca de provisões.

Durante o outono de 1869, os índios de toda parte nas planícies estavam em paz, e chegavam notícias de grandes mudanças, espalhando-se pelos acampamentos. Diziam que um novo Grande Pai fora escolhido em Washington, o presidente Grant. Também se disse que o novo Grande Pai escolhera um índio para ser o Pai Pequeno dos Índios. Isso não era fácil de acreditar. O Comissário dos Assuntos Índios sempre fora um homem branco que soubesse ler e escrever. Será que o Grande Espírito, afinal, ensinara um homem vermelho a ler e escrever para que ele pudesse ser o Pai Pequeno dos Índios?

Na Lua em que a Neve Cai nas Tendas (janeiro de 1870), uma notícia ruim veio do território dos pés negros. Em alguma parte do rio Marias, em Montana, soldados haviam cercado um acampamento de pés negros piegan e os mataram como coelhos presos numa toca. Esses índios das montanhas eram velhos inimigos dos índios das planícies, mas tudo estava mudando agora e, quando os soldados matavam índios em qualquer lugar, isso deixava as tribos inquietas. O Exército tentou manter o massacre em segredo, anunciando apenas que o major Eugene M. Baker levara um comando da cavalaria de Fort Ellis, em Montana, para punir um bando de pés negros que eram ladrões de cavalos. Os índios das planícies, porém, sabiam da história real muito antes de ela ter chegado à Agência Índia em Washington.

Durante as semanas que se seguiram ao referido massacre, algumas coisas estranhas aconteceram nas planícies superiores. Em várias agências, os índios demonstraram sua irritação organizando reuniões em que condenavam os Casacos Azuis e chamavam o Grande Pai de "um louco e um cachorro, sem ouvidos nem cérebro"; em duas agências, os ânimos ficaram tão exaltados que prédios foram incendiados; agentes foram mantidos prisioneiros por algum tempo, e alguns funcionários do governo branco foram expulsos das reservas.[1]

Devido ao segredo que cercava o massacre de 23 de janeiro, a Comissão de Assuntos Índios só soube dele três meses depois. Um jovem oficial do Exército, tenente William B. Pease, trabalhando como agente dos pés negros, arriscou sua carreira apresentando os fatos ao comissário. Usando o pretexto do roubo de umas poucas mulas de um transportador de carroções, o major Baker organizara sua expedição de inverno e atacara o primeiro acampamento em seu caminho. O acampamento estava indefeso, sendo mais de velhos, mulheres e crianças, vários dos quais doentes de varíola. Dos 219 piegans no acampamento, só 46 escaparam para contar a história; 33 homens, noventa mulheres e cinquenta crianças foram mortos a tiros quando corriam para fora de suas tendas.

Assim que recebeu o relatório, o comissário exigiu uma investigação imediata pelas autoridades do governo.

Embora o nome anglicizado do comissário fosse Ely Samuel Parker, seu nome verdadeiro era Donehogawa, Guardião da Porta Ocidental da Grande Casa dos Iroqueses. Quando jovem, na reserva tonawanda em Nova York, era Hasanoanda dos iroqueses senecas, mas logo aprendeu que o possuidor de um nome índio não seria levado a sério no mundo dos brancos. Hasanoanda mudou seu nome para Parker porque era ambicioso e esperava ser levado a sério como homem.

Por quase meio século, Parker combatera o preconceito racial, às vezes vencendo, às vezes perdendo. Antes de completar dez anos, fora trabalhar como menino de estábulos num posto do Exército; seu orgulho foi ferido quando os soldados zombaram dele devido ao precário domínio da língua inglesa. O orgulhoso e jovem seneca conseguiu imediatamente entrar numa escola missionária. Estava decidido a aprender a ler, falar e escrever inglês tão bem que nenhum branco jamais riria dele. Depois de se formar, decidiu que poderia ajudar mais o seu povo tornando-se advogado. Por aqueles dias, um jovem se tornava advogado trabalhando num escritório de advocacia, passando depois por um exame do tribunal estadual. Ely Parker trabalhou três anos numa firma de Ellicotville, em Nova York, mas, quando requereu admissão ao tribunal, disseram-lhe que só cidadãos masculinos *brancos* poderiam exercer a prática da lei em Nova York. *Índios* não eram admitidos. Adotar um nome inglês não mudara a cor bronzeada de sua pele.

Parker recusou-se a desistir. Depois de fazer verificações cuidadosas sobre quais eram as profissões ou atividades a que um índio poderia ser admitido, entrou no Rensselaer Polytechnic Institute e seguiu todos os cursos de engenharia civil. Logo achou emprego no canal do Erie. Antes de completar trinta anos, o governo dos Estados Unidos procurou-o para supervisionar a construção de diques e edifícios. Em 1860, seu serviço levou-o a Galena, no Illinois, e ali encontrou e fez amizade com um escrivão numa loja de arreios. O escrivão era um ex-capitão do Exército chamado Ulysses S. Grant.

Quando começou a Guerra Civil, Parker voltou a Nova York, com planos de mobilizar um regimento de índios iroqueses para lutar pela União. Seu pedido para fazer isso foi indeferido pelo governador, que lhe disse bruscamente que não tinha lugar para índios nos Voluntários de Nova York. Parker não se importou com a negativa e viajou para Washington a fim de oferecer seus serviços como engenheiro ao Departamento de Guerra. O Exército da União estava com uma necessidade aguda de engenheiros treinados, mas não de engenheiros *índios*. "A Guerra Civil é uma guerra do homem branco", disseram a Parker. "Volte para casa, cultive sua fazenda, que iremos resolver nossos problemas sem qualquer ajuda índia."[2]

Parker voltou à reserva tonawanda, mas conseguiu que seu amigo Ulysses Grant soubesse que estava tendo dificuldades em entrar para o Exército da União. Grant precisava de engenheiros e, depois de combater a burocracia do Exército durante vários meses, finalmente conseguiu a ordem para seu amigo juntar-se a ele em Vicksburg. Fizeram juntos a campanha de Vicksburg a Richmond. Quando Lee se rendeu em Appomattox, o tenente-coronel Ely Parker estava lá e, devido a seu excelente estilo, Grant pediu-lhe que escrevesse os termos da rendição.

Durante os quatro anos que se seguiram ao fim da guerra, o brigadeiro-general Parker serviu em várias missões para resolver divergências com tribos índias. Em 1867, depois da luta de Fort Phil Kearny, viajou pelo rio Missouri para investigar as causas da agitação entre os índios das planícies do norte. Voltou a Washington com muitas ideias de reforma da política índia do país, mas teve de esperar um ano antes de poder começar a realizá-la. Quando Grant foi eleito presidente, escolheu Parker como novo Comissário de Assuntos Índios, acreditando que ele poderia tratar de modo mais inteligente com os índios do que qualquer homem branco.

Parker mergulhou em suas novas funções com entusiasmo, mas descobriu que a Agência Índia era ainda mais corrupta do que esperava. Uma limpeza dos burocratas entrincheirados há muito tempo parecia necessária e, com o apoio de Grant, estabeleceu um sistema de designar agentes recomendados por várias entidades religiosas da nação. Como muitos quakers se apresentaram como voluntários para servir como agentes índios, o novo plano ficou conhecido como a "política quaker" de Grant, ou "política de paz" para os índios.

Além disso, uma Junta de Comissários Índios, composta por cidadãos de espírito público, foi formada para agir como fiscal das operações da Agência de Assuntos Índios. Parker recomendara que essa junta deveria ser uma comissão mista de brancos e índios, mas a política interferiu. Como não foi possível descobrir índios com influência política, nenhum índio foi designado.

Durante o inverno de 1869-70, o comissário Parker (ou Donehogawa dos iroqueses, como cada vez mais ele se considerava) foi recompensado pela condição pacífica da fronteira oeste. Porém, na primavera de 1870, ficou preocupado com relatórios de rebelião provenientes das agências índias nas planícies. A primeira manifestação que teve sobre a causa da agitação foi o chocante relato do tenente Pease com relação ao massacre piegan. Parker sabia que, a menos que algo fosse feito para assegurar aos índios as boas intenções do governo, uma guerra total irromperia provavelmente durante o verão.

O comissário estava ciente da insatisfação de Nuvem Vermelha, da determinação do líder sioux de manter o território que conquistara pelo tratado e do seu desejo de um entreposto comercial perto desse território. Embora Cauda Pintada houvesse viajado até Fort Randall no rio Missouri, os brulés já estavam entre os mais rebeldes dos índios da reserva. Com seus inúmeros seguidores entre as tribos das planícies, Nuvem Vermelha e Cauda Pintada pareciam as chaves da paz para o comissário. Poderia um chefe iroquês conquistar a confiança dos chefes sioux? Donehogawa não estava certo, mas decidiu tentar.

O comissário enviou um convite cortês a Cauda Pintada, mas era um índio muito perspicaz para usar uma mensagem direta solicitando uma visita de Nuvem Vermelha. Tal convite provavelmente seria recebido por Nuvem Vermelha como uma intimação a ser orgulhosamente desprezada. Através de um intérprete, Nuvem Vermelha foi informado de que seria um visitante bem-vindo à casa do Grande Pai em Washington, se ele quisesse ir.

A ideia de tal viagem intrigou Nuvem Vermelha; ela iria dar-lhe uma oportunidade de falar com o Grande Pai e dizer-lhe que os sioux não queriam uma reserva no Missouri. Também poderia ver se o Pai Pequeno dos Índios, o comissário chamado Parker, era realmente um índio e sabia escrever como um homem branco.

Assim que o comissário soube que Nuvem Vermelha queria ir a Washington, enviou o coronel John E. Smith a Fort Laramie para agir como escolta. Nuvem Vermelha escolheu quinze oglalas para acompanhá-lo e, a 26 de maio, o grupo embarcou num vagão especial da Union Pacific e começou a longa viagem para leste.

Foi uma grande experiência andar em seu velho inimigo, o Cavalo de Ferro. Omaha (uma cidade com nome dado pelos índios) era uma colmeia de gente branca, e Chicago (outro nome índio) era terrível com seu barulho e confusão, além dos prédios que pareciam chegar ao céu. Os brancos eram tão numerosos, abundantes e desnorteados como gafanhotos, sempre correndo, mas nunca parecendo chegar ao lugar para onde estivessem indo.

Após cinco dias de ruídos e movimento, o Cavalo de Ferro levou-os a Washington. A não ser Nuvem Vermelha, os membros da comissão estavam pasmados e irrequietos. O comissário Parker, que era realmente um índio, cumprimentou-os calorosamente:

– Estou muito contente em vê-los aqui hoje. Sei que vieram de muito longe para ver o Grande Pai, o presidente dos Estados Unidos. Estou contente porque não tiveram nenhum acidente e chegaram ilesos até aqui. Quero ouvir o que Nuvem Vermelha tem a dizer por si e seu povo.

– Tenho poucas palavras a dizer – respondeu Nuvem Vermelha. – Quando soube que meu Grande Pai iria permitir que eu viesse vê-lo, fiquei contente e vim imediatamente. Telegrafem ao meu povo e digam que estou bem. Isso é tudo que tenho a dizer hoje.[3]

Quando Nuvem Vermelha e os oglalas chegaram à Casa de Washington na avenida Pennsylvania, onde uma suíte fora reservada para eles, ficaram surpreendidos em ver Cauda Pintada e uma delegação de brulés esperando-os ali. Como Cauda Pintada obedecera ao governo e deslocara seu povo até a agência do rio Missouri, o comissário Parker receava que houvesse problemas entre os dois tetons rivais. Porém apertaram-se as mãos e, assim que Cauda Pintada disse a Nuvem Vermelha que ele e seus brulés odiavam totalmente a reserva de Dakota e queriam voltar aos seus campos de caça em Nebraska, a leste de Fort Laramie, o oglala aceitou o brulé como um aliado que voltava.

No dia seguinte, Donehogawa dos iroqueses levou seus convidados sioux a uma volta pela capital, visitando o Senado em sessão, o Pátio da Marinha e o Arsenal. Para sua viagem, os sioux haviam recebido roupas de homem branco, e era óbvio que a maioria deles estava pouco à vontade com seus paletós pretos justos e sapatos de abotoar. Quando Donehogawa lhes disse que Mathew Brady os convidara para ir ao seu estúdio tirar fotografias, Nuvem Vermelha disse que isso não lhe agradava.

– Não sou um homem branco, mas um sioux – explicou. – Não estou vestido para tal ocasião.[4]

Donehogawa compreendeu imediatamente e fez seus visitantes saberem que, se quisessem, poderiam vestir calças de couro, mantas e mocassins para jantar na Casa Branca com o presidente Grant.

Na recepção da Casa Branca, os sioux ficaram mais impressionados com as centenas de velas acesas em candelabros resplandecentes do que com o Grande Pai e os membros do seu gabinete, os diplomatas estrangeiros e os congressistas que haviam vindo ver esses homens selvagens no meio de Washington. Cauda Pintada, que gostava de boa comida, apreciou especialmente os morangos e o sorvete.

– Sem dúvida, os brancos têm muito mais coisas boas para comer do que as que mandam aos índios – assinalou.

Durante os dias seguintes, Donehogawa tratou de negociar com Nuvem Vermelha e Cauda Pintada. Para conseguir uma paz permanente, tinha de saber exatamente o que queriam, de modo a equilibrar isso contra as pressões dos políticos que representavam brancos que queriam a terra dos índios. Não era uma posição invejável para um índio simpático apresentar. Conseguiu uma reunião no Departamento do Interior, convidando representantes de todas as áreas do governo para se encontrarem com os visitantes sioux.

O secretário do Interior Jacob Cox abriu os trabalhos com a espécie de discurso que esses índios haviam ouvido muitas vezes. O governo gostaria de dar armas e munições para os índios caçarem, disse Cox, mas não poderia fazer isso até ficar certo de que todos os índios estivessem em paz.

– Mantenham a paz – concluiu – e faremos o que é bom para vocês.

Nada disse sobre a reserva sioux no Missouri.

Nuvem Vermelha respondeu dando a mão ao secretário Cox e aos outros funcionários.

– Olhem para mim – disse. – Nasci na terra onde o sol se levanta, agora venho de onde o sol se põe. De quem foi a voz que primeiro soou nesta terra? A voz do povo vermelho que só tinha arcos e flechas. O Grande Pai diz que é bom e gentil conosco. Não acho. Sou bom para seu povo branco. Por sua palavra que me foi enviada, vim de longe até sua casa. Meu rosto é vermelho; o seu é branco. O Grande Espírito fez com que vocês lessem e escrevessem, não a mim. Não aprendi. Vim aqui dizer ao meu Grande Pai o que não gosto em meu território. Vocês todos estão perto do Grande Pai e são chefes na maioria. Os homens que o Grande Pai nos manda não têm sentimentos nem coração.

– Não quero minha reserva no Missouri; esta é a quarta vez que digo isso. – Parou por um momento, fez um gesto na direção de Cauda Pintada e da delegação brulé. – Aqui estão algumas pessoas de lá. Seus filhos estão morrendo como carneiros; o lugar não é bom para eles. Nasci na confluência do Platte, e disseram-me que a terra me pertencia ao norte, sul, leste e oeste... Quando enviam mercadorias para mim, elas são roubadas pelo caminho e quando chegam a mim são apenas um pouquinho. Deram-me um papel para assinar e isso é tudo que consegui por minha terra. Sei que as pessoas que vocês mandaram são mentirosas. Olhem por mim. Estou pobre e nu. Não quero guerra com seu governo... Quero que digam tudo isso ao seu Grande Pai.

Donehogawa dos iroqueses, o comissário, respondeu:

– Diremos ao presidente o que Nuvem Vermelha disse hoje. O presidente disse-me que falará com Nuvem Vermelha dentro em breve.

Nuvem Vermelha olhou para o homem vermelho que aprendera a ler e escrever e que agora era o Pai Pequeno dos Índios.

– Vocês podem fornecer ao meu povo a pólvora que pedimos – disse. – Somos apenas um punhado, e vocês são uma nação grande e poderosa. Fazem toda a munição; tudo que peço é o suficiente para meu povo matar a caça. O Grande Espírito fez selvagens todas as coisas que tenho em meu território. Tenho de caçá-las; não é como vocês, que saem e encontram o que querem. Tenho olhos; vi tudo que vocês, brancos, estão fazendo, criando gado e outras coisas. Sei que terei de fazer isso daqui a alguns anos; isso é bom. Não tenho mais nada a dizer.[5]

Os outros índios, oglalas e brulés, reuniram-se em volta do comissário, todos querendo falar com ele, o homem vermelho que se tornara seu Pai Pequeno.

O encontro com o presidente Grant foi a 9 de junho, na sala executiva da Casa Branca. Nuvem Vermelha repetiu muito do que dissera no Departamento do Interior, enfatizando que seu povo não queria viver no rio Missouri. O tratado de 1868, acrescentou, dera-lhes o direito de comerciar em Fort Laramie e ter uma agência no Platte. Grant evitou uma resposta direta, mas prometeu que seria feita justiça aos sioux. O presidente sabia que o tratado ratificado pelo Congresso não mencionava Fort Laramie ou o Platte; afirmava especificamente que a agência sioux seria "em algum lugar do Missouri". Sugeriu, em particular, ao secretário Cox e ao comissário Parker que reunissem os índios no dia seguinte e lhes explicassem os termos do tratado.

Donehogawa passou uma noite agitada; sabia que os sioux haviam sido enganados. Quando o tratado impresso foi lido e explicado a eles, não gostaram do que ouviram. Na manhã seguinte, no Departamento do Interior, o secretário Cox abordou o tratado ponto por ponto, enquanto Nuvem Vermelha ouvia pacientemente a lenta interpretação das palavras inglesas. Quando isso acabou, declarou com firmeza: "Essa é a primeira vez que ouço falar de tal tratado. Nunca o ouvi e não tenciono cumpri-lo."

O secretário Cox respondeu que não acreditava que algum dos comissários de paz em Laramie houvesse mentido sobre o tratado.

– Não disse que os comissários mentiram – replicou Nuvem Vermelha –, mas os intérpretes erraram. Quando os soldados deixaram os fortes, assinei um tratado de paz, mas não era esse tratado. Queremos endireitar as coisas.

Levantou-se e começou a deixar a sala. Cox ofereceu-lhe um exemplar do tratado, sugerindo que ele fizesse seu próprio intérprete explicá-lo e que, então, discutissem em outra reunião.

– Não levarei o papel comigo – respondeu Nuvem Vermelha. – São só mentiras.

Nessa noite, em seu hotel, os sioux falaram de voltar para casa no dia seguinte. Alguns disseram que estavam envergonhados de voltar para casa e dizer a seu povo como haviam sido enganados e trapaceados ao assinar o tratado de 1868. Seria melhor morrer ali em Washington. Só a intervenção de Donehogawa, o Pai Pequeno, convenceu-os a voltar para mais uma reunião. Prometeu-lhes que os ajudaria a interpretar o tratado de maneira melhor. Encontrara-se com o presidente Grant e convencera-o de que havia uma solução para a dificuldade.

No Departamento do Interior, na manhã seguinte, Donehogawa recebeu os sioux dizendo simplesmente que o secretário Cox iria explicar a nova interpretação do tratado. Cox falou brevemente. Lamentava que Nuvem Vermelha e seu povo houvessem compreendido mal. Embora o território do rio Powder estivesse *fora* da reserva permanente, estava *dentro* da parte reservada para os campos de caça. Se alguns dos sioux preferissem viver em seus campos de caça em vez de no interior da reserva, poderiam fazer isso. Também não precisariam ir à reserva comerciar e receber suas mercadorias.

Assim, pela segunda vez em dois anos, Nuvem Vermelha conseguira uma vitória sobre o governo dos Estados Unidos, mas desta vez fora ajudado por um iroquês. Reconheceu isso adiantando-se e apertando a mão do comissário.

– Ontem, quando vi o tratado e todas as coisas falsas que havia nele – disse –, fiquei louco e suponho que o mesmo aconteceu com você... Agora estou contente... Temos 32 nações e uma casa do conselho, como vocês têm. Fizemos um conselho antes de vir aqui, e o pedido que fiz a vocês é o dos chefes que ficaram atrás. Somos todos iguais.

A reunião acabou num espírito de amizade, com Nuvem Vermelha pedindo a Donehogawa para dizer ao Grande Pai que não tinha mais o que tratar com ele; estava pronto para embarcar no Cavalo de Ferro e voltar para casa.

O secretário Cox, agora todo sorrisos, informou a Nuvem Vermelha que o governo planejara uma visita dos sioux a Nova York em seu caminho de casa.

– Não quero ir para esse lado – respondeu Nuvem Vermelha. – Quero um caminho direto. Vi o bastante de cidades... Não tenho negócios em Nova York. Quero voltar pelo caminho pelo qual vim. Os brancos são o mesmo em toda parte. Vejo-os todo dia.[6]

Depois, quando lhe disseram que fora convidado para fazer um discurso ao povo de Nova York, Nuvem Vermelha mudou de ideia. Foi para Nova York e ficou espantado com a tumultuosa ovação que a audiência lhe deu no Cooper Institute. Pela primeira vez, tinha oportunidade de falar ao povo, em vez de com funcionários do governo.

– Queremos manter a paz – disse-lhes. – Vocês nos ajudarão? Em 1868, vieram homens que levaram papéis. Não os podíamos ler, e eles não nos disseram realmente o que havia neles. Achamos que o tratado era para remover os fortes e que deveríamos parar a luta. Mas eles queriam mandar-nos para comerciantes no Missouri. Não queríamos ir ao Missouri, mas queríamos agentes onde estávamos. Quando cheguei a Washington, o Grande Pai explicou-me o que era o tratado e mostrou-me que os intérpretes me haviam enganado. Tudo que quero é certo e justo. Tentei conseguir com o Grande Pai o que é certo e justo. Não consegui totalmente.[7]

Nuvem Vermelha de fato não conseguira totalmente o que achava certo e justo. Embora voltasse a Fort Laramie com a boa certeza de que tinha muitos amigos brancos no Leste, descobriu muitos inimigos brancos esperando-o no Oeste. Pretendentes de terra, rancheiros, transportadores de carroções, colonos e outros eram contrários a uma agência sioux em qualquer parte próxima do rico vale do Platte e fizeram sentir sua influência em Washington.

Ao longo do verão e do outono de 1870, Nuvem Vermelha e seu imediato, Medroso-de-seus-Cavalos, trabalharam duramente pela paz. A pedido de Donehogawa, o comissário, reuniram dúzias de chefes poderosos e os trouxeram a Fort Laramie para um conselho que deveria decidir a localização da agência sioux. Convenceram Faca Embotada e Lobo Pequeno dos cheyennes do norte; Muitos Ursos, dos arapahos do norte; o Chefe Grama, dos sioux pés negros, e Pé Grande, dos minneconjous, que sempre desconfiaram dos brancos, para se juntarem a eles. Touro Sentado, dos hunkpapas, não tinha nada a ver com qualquer espécie de tratado ou reserva. "A gente branca pôs mágica ruim diante dos olhos de Nuvem Vermelha", disse, "para fazê-lo ver tudo e nada, conforme desejem."

Touro Sentado subestimava a astuta tenacidade de Nuvem Vermelha. Quando o líder oglala descobriu no conselho que os funcionários do governo queriam colocar a agência sioux a 64 quilômetros ao norte do Platte, em Raw Hide Buttes, não quis saber disso. "Quando voltarem até o Grande Pai", disse aos funcionários, "digam-lhe que Nuvem Vermelha não está disposto a ir aos Raw Hide Buttes."[8] Logo depois, partiu para o território do rio Powder para passar o inverno, confiando que Donehogawa, o iroquês, arranjaria as coisas em Washington.

A força do comissário Ely Parker estava diminuindo. Em Washington, seus inimigos brancos estavam cerceando-o.

Embora a teimosa determinação de Nuvem Vermelha garantisse uma agência temporária para os sioux, a 52 quilômetros a leste de Fort Laramie, no Platte, puderam usá-la menos de dois anos. Nessa época, Donehogawa saíra de Washington. Em 1873, a agência sioux foi tirada do caminho do fluxo nascente da emigração branca para as cabeceiras do rio White, no nordeste do Nebraska. Cauda Pintada e seus brulés também puderam mudar de Dakota para a mesma área. Num ano, mais ou menos, Camp Robinson foi estabelecido nas proximidades, e os militares dominariam as agências de Nuvem Vermelha e Cauda Pintada nos anos cheios de problemas que estavam à frente.

Poucas semanas depois da visita de Nuvem Vermelha a Washington em 1870, Donehogawa viu seus problemas se avolumarem. Suas reformas haviam criado inimigos entre os chefes políticos (a chamada Aliança Índia) que há muito tempo usavam a Agência Índia como um ramo lucrativo do sistema de empreguismo. Sua oposição à expedição mineira ao Big Horn, um grupo de homens da fronteira que queriam abrir as terras sioux do tratado, criou inimigos no Oeste.

A Associação Big Horn foi formada em Cheyenne, e seus membros acreditavam no Destino Manifesto:

> Os ricos e belos vales do Wyoming são destinados à ocupação e ao sustento da raça anglo-saxã. A riqueza que por

incontáveis eras está escondida debaixo dos cumes das nossas montanhas foi ali colocada pela Providência para recompensar os corajosos espíritos cuja tarefa é compor a vanguarda da civilização. Os índios deve dar passagem ou serão esmagados por ondas de emigração sempre crescentes e cada vez maiores. O destino dos aborígenes está escrito em letras claras. O mesmo Árbitro que decretou a queda de Roma sentenciou a extinção dos peles-vermelha da América.[9]

No verão de 1870, um pequeno grupo de inimigos de Donehogawa no Congresso tentou atrapalhá-lo, adiando verbas para fundos de compra de provisões para os índios das reservas. No meio do verão, começaram a chegar diariamente telegramas ao seu escritório, enviados por agentes que pediam estoques de comida para que os índios famintos não se vissem forçados a se afastar em busca de caça. Alguns agentes previram a violência, se a comida não pudesse ser fornecida depressa.

O comissário respondeu comprando provisões a crédito, sem o prazo de anúncios de concorrência. Então, conseguiu transporte rápido a preços pouco mais altos que as tarifas contratuais. Só desse modo os índios das reservas receberiam suas rações a tempo de evitar a fome. Porém, Donehogawa violara alguns poucos regulamentos menores, e isso deu aos seus inimigos a chance que estavam esperando.

Inesperadamente, o primeiro ataque veio de William Welsh, um comerciante, e missionário nas horas vagas para os índios. Welsh fora um dos primeiros membros da Junta de Comissários Índios de fiscalização, mas renunciou logo depois de aceitar o cargo. As razões de sua renúncia ficaram claras em dezembro de 1870, quando ele escreveu uma carta para ser publicada em vários jornais de Washington. Welsh acusou o comissário de "fraude e imprudência na direção dos assuntos índios" e culpou o presidente Grant por colocar no posto um homem "que estava a um passo da barbárie". Era evidente que Welsh acreditava que os índios estavam no caminho da guerra porque não eram cristãos e, portanto, sua solução para o problema índio era convertê-los ao cristianismo. Quando descobriu que Ely Parker (Donehogawa) era tolerante para com as religiões primitivas dos índios, sentiu uma violenta antipatia pelo comissário "pagão" e renunciou.

Assim que a carta de Welsh apareceu na imprensa, os inimigos políticos de Donehogawa aproveitaram-na como uma oportunidade perfeita para tirá-lo do cargo. Numa semana, a Comissão de Verbas da Câmara de Representantes adotou uma resolução de investigar as acusações contra o comissário de Assuntos Índios e submeteu-o a um interrogatório que durou dias. Welsh estabelecera uma lista de treze acusações de conduta errada, que Donehogawa teve de provar que eram infundadas. Porém, no fim do inquérito, o comissário foi exonerado de todas as acusações e cumprimentado por convencer as tribos índias "de que o governo está sendo honesto e que podem confiar nele", poupando ao Tesouro milhões de dólares por evitar outra guerra nas planícies.[10]

Só os mais íntimos amigos de Donehogawa sabiam como todo o caso lhe fora penoso. Considerava o ataque de Welsh uma traição, especialmente a implicação de que, como índio "a um passo da barbárie", não era adequado para servir como comissário de Assuntos Índios.

Durante vários meses, debateu qual seria o próximo rumo de ação. Acima de tudo, queria ajudar o progresso de sua raça, mas, se ficasse no cargo com inimigos políticos atormentando-o constantemente porque ele era índio, temia que poderia fazer mais mal que bem ao seu povo. Também imaginou que sua permanência no cargo poderia ser um embaraço político para seu velho amigo, o presidente Grant.

No fim do verão de 1871, apresentou sua demissão. Em particular, disse a amigos que estava renunciando porque se tornara "uma pedra de tropeço". Publicamente, disse que queria entrar nos negócios, para cuidar melhor de sua família. Como previra, a imprensa atacou-o, insinuando que ele deveria ter sido um membro da "Aliança Índia", um Judas do seu próprio povo.

Donehogawa não se importou com isso; depois de meio século, estava acostumado aos preconceitos do homem branco. Foi para a cidade de Nova York, fez uma fortuna nessa Idade de Ouro das finanças e viveu sua vida como Donehogawa, Guardião da Porta Ocidental da Casa Grande dos Iroqueses.

Capítulo nove

Cochise e as guerrilhas apaches

1871 – *28 de janeiro*, Paris rende-se ao exército alemão. 18 de março, revolta comunista em Paris. 10 de maio, é assinado o tratado de paz franco-alemão; a França cede a Alsácia-Lorena à Alemanha. 28 de maio, a revolta em Paris é contida. 8 de outubro, ocorre o Grande Incêndio de Chicago. 12 de outubro, o presidente Grant emite uma proclamação contra a Ku Klux Klan. 10 de novembro, na África, Henry M. Stanley encontra o dr. Livingstone. Pintores impressionistas fazem primeira exposição em Paris. *A descendência do homem*, de Darwin, é publicado.

1872 – *1º de março*, o Parque Nacional de Yellowstone é reservado ao povo americano. O cartel ferroviário corrupto de James Fisk e Jay Gould na Erie Ring entra em colapso. Junho, o Congresso acaba com o imposto de renda. Outubro, líderes republicanos são acusados de receber ações da Crédit Mobilier em troca de influência política em benefício da Union Pacific Railroad. 5 de novembro, em Rochester, NY, Susan B. Anthony e outras militantes pelos direitos das mulheres são presas por tentarem votar. 6 de novembro, o presidente Grant é reeleito.

Quando eu era jovem, andava por todo este território, pelo leste e oeste, e nunca vi outro povo além dos apaches. Depois de muitos verões, andei novamente por ele e encontrei outra raça de pessoas, que viera para tomá-lo. Como é isso? É por isso que os apaches esperam morrer – e não dão mais importância para suas vidas? Percorrem as montanhas e as planícies e querem que o céu desabe sobre eles. Os apaches eram outrora uma grande nação; agora são poucos e por isso querem morrer e não se importam mais com suas vidas.

COCHISE, DOS APACHES CHIRICAHUAS

Não quero mais correr pelas montanhas; quero fazer um grande tratado... Manterei minha palavra até que as pedras derretam... Deus fez o homem branco e Deus fez o apache, e o apache tem tanto direito ao território quanto o homem branco. Quero fazer um tratado que dure, para que ambos possam viajar pelo território e não haja transtornos.

DELSHAY, DOS APACHES TONTOS

Se não fosse pelo massacre, haveria muito mais gente aqui nesse momento; mas depois desse massacre, quem poderia ficar? Quando fiz a paz com o tenente Whitman meu coração estava muito grande e feliz. A gente de Tucson e San Xavier deve ser louca. Agiram como se não tivessem cabeças nem corações... devem ter sede de nosso sangue... Essa gente de Tucson escreveu para os jornais e contou sua história. Os apaches não têm ninguém para contar sua história.

ESKIMINZIN, DOS APACHES ARAVAIPAS

DEPOIS DA VISITA DE Nuvem Vermelha no verão de 1871, o comissário Ely Parker e os outros funcionários do governo discutiram sobre as vantagens de se convidar o grande chefe apache, Cochise, para vir a Washington. Embora não houvesse campanhas militares no território apache desde a partida do Chefe Estrelado Carleton, depois da Guerra Civil, aconteceram frequentes escaramuças entre bandos errantes desses índios e os colonos brancos, mineiros e transportadores de carroções que continuaram invadindo suas terras. O governo estabelecera quatro áreas de reserva no Novo México e no Arizona para os vários grupos, mas poucos apaches foram viver nelas. O comissário Parker esperava que Cochise pudesse ajudar a conseguir uma paz permanente no território apache e pediu aos representantes de sua entidade nessa área para que convidassem o chefe a ir até Washington.

Somente na primavera de 1871 é que um homem branco pôde encontrar Cochise e, quando se estabeleceu o contato, o chefe não aceitou o convite do governo. Disse simplesmente que não podia confiar nos representantes civis ou militares dos Estados Unidos.

Cochise era um apache chiricahua. Era mais alto do que a maioria do seu povo, de ombros largos e entroncado, seu rosto era inteligente, com olhos negros, grande nariz reto, testa muito larga e cabelo liso e preto. Os brancos que o encontraram disseram que suas maneiras eram corteses e que era muito limpo e cuidadoso da aparência.

Quando os americanos chegaram pela primeira vez ao Arizona, Cochise recebera-os bem. Em 1856, durante um encontro com o major Enoch Steen, do 1º Regimento de Dragões dos Estados Unidos, Cochise prometeu deixar os americanos atravessar o território chiricahua pela estrada sul para a Califórnia. Não fez objeções quando o Butterfield Overland Mail instalou uma estação de diligências em Apache Pass; na verdade, os chiricahuas que viviam perto dali cortaram madeira para a estação, trocando-a por provisões.

Então, certo dia de fevereiro de 1861, Cochise recebeu uma mensagem de Apache Pass pedindo-lhe que fosse à estação conferenciar com um oficial. Esperando que se tratasse de questão de rotina, Cochise levou cinco membros da sua família – seu irmão, dois sobrinhos, uma mulher e uma criança. O oficial que queria vê-lo era o tenente George N. Bascom, da Sétima Infantaria, enviado com uma companhia de soldados para recuperar o gado e um menino mestiço tirados do rancho de John Ward. Ward acusara os chiricahuas de Cochise do roubo do gado e do rapto.

Assim que Cochise e seus parentes entraram na barraca de Bascom, doze soldados cercaram-na e o tenente exigiu peremptoriamente que os chiricahuas devolvessem o gado e o menino.

Cochise soubera do menino capturado. Um bando de coyoteros do Gila atacara o rancho Ward, disse, e provavelmente estariam na Montanha Negra. Cochise achava que poderia manter um contato e resgatá-lo. A resposta de Bascom foi uma acusação de que os chiricahuas estavam com o gado e o menino. Primeiro, Cochise achou que o jovem oficial estava brincando. Bascom, porém, era irritadiço, e, quando Cochise não deu importância à acusação, o tenente ordenou a prisão de Cochise e seus parentes, declarando que os manteria como reféns até a entrega do gado e do menino.

No momento em que os soldados se adiantaram para fazer a prisão, Cochise abriu um buraco na barraca e fugiu sob uma salva de tiros de rifle. Embora ferido, conseguiu escapar da perseguição de Bascom, mas seus parentes ficaram prisioneiros. Para libertá-los, Cochise e seus guerreiros capturaram três brancos na trilha Butterfield e tentaram fazer uma troca com o tenente. Bascom recusou a troca, a menos que fossem incluídos o gado roubado e o menino.

Furioso porque Bascom não acreditava que seu povo fosse inocente, Cochise bloqueou o Apache Pass e sitiou a companhia de infantaria na estação de diligência. Depois de dar a Bascom mais uma chance de fazer a troca, Cochise executou seus prisioneiros, mutilando-os com lanças, uma prática cruel que os apaches haviam aprendido com os espanhóis. Poucos dias depois, o tenente Bascom revidou, enforcando os três parentes masculinos de Cochise.

Foi nessa altura da história que os chiricahuas transferiram seu ódio dos espanhóis para os americanos. Durante um quarto de século, eles e outros apaches travariam uma campanha de guerrilhas intermitentes que custaria mais em vidas e dinheiro do que qualquer outra das guerras índias.

Nessa época (1861), o grande chefe guerreiro dos apaches era Mangas Colorado ou Mangas Vermelhas, um mimbreño de setenta anos, ainda mais alto do que o grande Cochise. Tinha seguidores entre muitos dos grupos do sudeste do Arizona e do sudoeste do Novo México. Cochise era casado com a filha de Mangas e, depois do caso Bascom, os dois homens juntaram forças para tirar os americanos de sua terra natal. Atacaram caravanas de carroções, cessaram o tráfego de diligências e correios, expulsaram várias centenas de mineiros brancos do seu território, desde as montanhas Chiricahua às Mogollons. Depois do início da Guerra Civil dos Casacos Azuis e Casacos Cinza, Mangas e Cochise tiveram escaramuças com os Casacos Cinza até que estes se retiraram para leste.

E então, em 1862, o Chefe Estrelado veio marchando da Califórnia com seus milhares de Casacos Azuis, usando a velha trilha que atravessava o coração do território chiricahua.

Vieram primeiro em pequenas companhias, sempre parando para tomar água numa fonte perto da estação de diligências abandonada no Apache Pass. Na Lua do Cavalo, 15 de julho, Mangas e Cochise espalharam seus quinhentos guerreiros pelas elevações rochosas que davam para o passo e a fonte. Três companhias de infantaria dos Casacos Azuis escoltadas por uma tropa de cavalaria e dois veículos estavam se aproximando, provenientes do oeste. Quando a coluna de trezentos soldados estava no passo, os apaches atacaram de repente com balas e flechas. Depois de responder ao fogo por alguns minutos, os soldados retiraram-se apressadamente do passo.

Os apaches não os perseguiram. Sabiam que os Casacos Azuis voltariam. Depois de se reagruparem, os infantes entraram novamente no passo, dessa vez com os dois carroções rodando atrás deles. Os soldados chegaram a umas centenas de metros da fonte, mas não tinham nenhum abrigo ali, e os apaches tinham o poço de água enquadrado de cima. Por alguns minutos, os Casacos Azuis mantiveram sua posição. Então os carroções se movimentaram. De repente, grandes relâmpagos de fogo irromperam dos carroções. Nuvens de fumaça negra subiram, um grande estrondo ecoou nas rochas altas e pedaços de metal volante soaram estridentemente pelo ar. Os apaches conheciam os pequenos canhões dos espanhóis, mas essas grandes armas-carroções trovejantes estavam cheias de terror e morte. Os guerreiros se retiraram e os Casacos Azuis avançaram para tomar posse das águas correntes da fonte.

Mangas e Cochise ainda não estavam dispostos a partir. Se pudessem atrair pequenos grupos de soldados para longe das armas-carroções, ainda poderiam derrotá-los. Na manhã seguinte, viram um pelotão de soldados a cavalo indo de volta para o oeste, provavelmente para avisar outros soldados que vinham dessa direção. Mangas pegou cinquenta guerreiros montados e disparou em sua direção para detê-los. Na luta em correria que se seguiu, Mangas foi ferido no peito, caindo inconsciente de seu cavalo. Desanimados com a perda de seu líder, os guerreiros pararam de lutar e levaram o corpo sangrando de Mangas de volta às montanhas.

Cochise estava determinado a salvar a vida de Mangas. Em vez de confiar nos feiticeiros, nos seus cantos e chocalhos, colocou seu sogro numa padiola e, com uma escolta de guerreiros, cavalgou bem ao sul, por 160 quilômetros do México, até a aldeia de Janos. Um médico mexicano de grande fama morava ali e, quando lhe foi apresentado o corpo inerte de Mangas Colorado, foi-lhe dado um ultimato breve: *Cure-o. Se ele morrer, essa aldeia morrerá.*

Alguns meses depois, Mangas estava de volta às suas Montanhas Mimbres, usando um chapéu de palha de abas largas, um sarape, perneiras de couro e sandálias chinesas que comprara no México. Estava mais magro e seu rosto tinha mais rugas que antes, mas ainda pôde montar e liderar guerreiros meio século mais jovens do que ele. Enquanto descansava nas montanhas, soube que o Chefe Estrelado Carleton cercara os mescaleros e os confinara em Bosque Redondo. Soube que os Casacos Azuis estavam procurando os apaches por toda parte e matando-os com suas armas-carroções, como haviam morto 63 dos guerreiros seus e de Cochise em Apache Pass.

No Tempo das Formigas Voadoras (janeiro de 1863), Mangas estava acampado no rio Mimbres. Por algum tempo, ele pensara como poderia conseguir paz para os apaches antes de morrer. Lembrou-se do tratado que assinara em Santa Fé, em 1852. Nesse ano, os apaches e o povo dos Estados Unidos haviam combinado viver em paz perpétua e amizade. Houve alguns anos de paz e amizade, mas agora havia hostilidade e morte. Queria ver seu povo viver em paz novamente. Sabia que mesmo seus guerreiros mais bravos e hábeis, como Victorio e Gerônimo, não poderiam derrotar a grande força dos Estados Unidos. Talvez fosse o momento para um outro tratado com os americanos e seus soldados Casacos Azuis, que se haviam tornado tão numerosos quanto as formigas voadoras.

Certo dia, um mexicano aproximou-se do acampamento de Mangas com uma bandeira de trégua. Disse que havia alguns soldados próximos, querendo falar de paz. Para Mangas, sua vinda parecia providencial. Preferiria fazer conselho com um chefe estrelado, mas concordou em ir se encontrar com o pequeno *capitán* Edmond Shirland, dos Voluntários da Califórnia. Os guerreiros mimbreños aconselharam-no a não ir. Não se lembrava do que acontecera a Cochise quando fora ver os soldados em Apache Pass? Mangas não ligou para seus receios.

Afinal, era um velho. Que mal poderiam os soldados fazer a um velho que só queria falar de paz? Os guerreiros insistiram que uma guarda o acompanhasse; escolheu quinze homens e partiram pela trilha rumo ao acampamento dos soldados.

Quando chegaram à vista do acampamento, Mangas e seu grupo esperaram o *capitán* mostrar-se. Um mineiro que falava espanhol veio para escoltar Mangas até o acampamento, mas os guardas apaches não deixaram seu chefe ir até que o capitão Shirland içasse uma bandeira branca. Assim que a bandeira apareceu, Mangas ordenou que seus guerreiros voltassem; ele iria sozinho. Estava protegido por uma trégua, perfeitamente seguro. Mangas cavalgou rumo ao acampamento, mas mal seus guerreiros saíram de vista, uma dúzia de soldados saiu do mato atrás dele, com os rifles apontados e prontos para disparar. Era um prisioneiro.

"Levamos logo Mangas a nosso acampamento no velho Fort McLean", disse Daniel Conner, um dos mineiros que estava viajando com os Voluntários da Califórnia, "e chegamos a tempo de ver o general West aparecer com seu comando. O general foi até onde Mangas estava preso para vê-lo e parecia um pigmeu ao lado do velho chefe, que era mais alto do que todos em volta. Parecia preocupado e recusou-se a falar, evidentemente achando que cometera um grande erro em confiar nos cara-pálidas, nessa ocasião."[1]

Dois soldados foram designados para guardar Mangas e, com a chegada da noite e o ar frio, fizeram uma fogueira de troncos para se aquecerem e ao prisioneiro. Um dos Voluntários da Califórnia, o soldado Clark Stocking, contou depois que ouviu o general Joseph West dar ordens aos guardas: "Quero-o morto ou vivo amanhã de manhã, compreendem, *quero-o morto*".[2]

Devido à presença dos apaches de Mangas na área, sentinelas extras foram colocadas para patrulhar o acampamento depois de a noite cair. Daniel Conner foi designado para a missão e, quando passeava por seu posto, pouco antes da meia-noite, percebeu que os soldados que guardavam Mangas estavam molestando tanto o velho chefe que ele sacudia os pés sem parar sob sua manta. Curioso em saber o que os soldados estavam fazendo, Conner ficou fora da luz da fogueira e observou-os. Eles aqueciam suas baionetas no fogo e encostavam-nas nos pés e nas pernas de Mangas. Depois de sofrer essa tortura várias vezes, o chefe levantou-se e "começou a censurá-los de forma vigorosa, dizendo às sentinelas, em espanhol, que não era criança para brincarem com ele. Mas suas censuras foram cortadas logo, pois, mal começara suas exclamações, ambas as sentinelas prontamente tiraram seus mosquetes de balas cônicas, apontaram e dispararam, quase ao mesmo tempo, contra seu corpo."

Quando Mangas caiu, os guardas esvaziaram seus revólveres no corpo do chefe. Um soldado pegou seu escalpo, outro cortou-lhe a cabeça e queimou a carne, de modo a poder vender o crânio a um frenologista do Leste. Jogaram o corpo decapitado numa vala. O relatório militar oficial afirmou que Mangas foi morto ao tentar a fuga.

Depois disso, segundo Daniel Conner, "os índios entraram francamente em guerra... pareciam decididos a vingar sua morte com todas as suas forças".[3]

Do território chiricahua do Arizona às Montanhas Mimbres do Novo México, Cochise e seus trezentos guerreiros começaram uma campanha para expulsar os traiçoeiros brancos ou perder as vidas na tentativa. Victorio reuniu outro grupo, incluindo mescaleros que haviam fugido de Bosque Redondo, e atacou colônias e estradas ao longo do rio Grande, do Jornado del Muerto até El Paso. Durante dois anos, esses pequenos exércitos de apaches mantiveram o Sudoeste em alvoroço. A maioria deles estava armada com arcos e flechas, e suas flechas eram frágeis varetas de 90 centímetros, com três penas, de pontas triangulares de quartzo com uns 2,5 centímetros de comprimento, terminadas em extremidades finas. Presos a suas hastes por entalhes denteados, em vez de correias de couro ou corda, esses projéteis tinham de ser tratados com grande cuidado, mas quando as pontas atingiam seus alvos, penetravam com a força terrível de uma bala cônica. Com o que tinham, os apaches lutaram com valor, mas tinham uma proporção de um homem para cem inimigos e não tinham outro futuro além da morte ou da prisão.

Depois do fim da Guerra Civil e da partida do general Carleton, o governo dos Estados Unidos fez tentativas de paz com os apaches. Na Lua das Grandes Folhas (21 de abril de 1865), Victorio e Nana encontraram-se, em Santa Rita, com um representante dos Estados Unidos.

– Eu e meu povo queremos paz – disse Victorio. – Estamos cansados da guerra. Somos pobres e temos pouco para nossas famílias e para comermos ou vestirmos. Queremos fazer uma paz, uma paz duradoura, que se mantenha... Lavei minhas mãos e a boca com água fria e fresca e o que digo é verdade.

– Pode confiar em nós – acrescentou Nana.

A resposta do agente foi breve:

– Não vim pedir que façam a paz, mas dizer que podem ter paz indo para a reserva de Bosque Redondo.

Haviam ouvido muita coisa, e tudo ruim, sobre o Bosque Redondo.

– Não tenho bolsos para colocar o que acaba de dizer – comentou secamente Nana –, mas as palavras mergulharam fundo em meu coração. Não serão esquecidas.[4]

Victorio pediu um intervalo de dois dias antes de partir para a reserva; queria reunir todo o seu povo e seus cavalos. Prometeu que se encontraria com o agente a 23 de abril, em Pinos Altos.

O agente esperou quatro dias em Pinos Altos, mas nenhum apache apareceu. Em vez de irem para o odiado Bosque Redondo, preferiram enfrentar a fome, as privações e a morte. Alguns partiram para o México, ao sul; outros juntaram-se a Cochise nas montanhas Dragoon. Depois de sua experiência em Apache Pass e do assassinato de Mangas, Cochise nem respondera às aberturas de paz. Durante os cinco anos seguintes, os guerreiros apaches geralmente ficaram longe dos fortes e povoações americanos. Mas sempre que um rancheiro ou mineiro se descuidava, um grupo de atacantes investia para capturar cavalos ou gado, continuando sua guerra de guerrilhas. Em 1870, os reides tornaram-se mais frequentes e, como Cochise era o chefe mais conhecido dos brancos, era habitualmente responsabilizado por ações hostis, não importando onde acontecessem.

Por isso, na primavera de 1871, o comissário de Assuntos Índios pedira tão ansiosamente a Cochise para visitar Washington. Porém Cochise não acreditava que alguma coisa mudara;

ainda não podia confiar em qualquer representante do governo dos Estados Unidos. Poucas semanas depois, após o que acontecera a Eskiminzin e aos aravaipas em Camp Grant, Cochise ainda estava mais certo que nunca de que nenhum apache deveria colocar sua vida nas mãos dos traiçoeiros americanos.

Eskiminzin e sua pequena tribo de 150 seguidores viviam na margem do riacho Aravaipa, do qual haviam tirado seu nome. Era ao norte do baluarte de Cochise, entre o rio San Pedro e as montanhas Galiuro. Eskiminzin era um apache forte, com as pernas um pouco tortas, que tinha um belo rosto de buldogue. Às vezes era de trato fácil, mas em outras tornava-se violento. Certo dia, em fevereiro de 1871, Eskiminzin foi a Camp Grant, um pequeno posto na confluência do riacho Aravaipa e do San Pedro. Soubera que o *capitán,* tenente Royal E. Whitman, era amistoso e pediu para vê-lo.

Eskiminzin disse a Whitman que seu povo não tinha mais um lar e não podia estabelecer nenhum, porque os Casacos Azuis os estavam sempre perseguindo e atirando neles pela simples razão de que eram apaches. Queria fazer a paz para que pudessem instalar-se e fazer plantações ao longo do Aravaipa.

Whitman perguntou a Eskiminzin por que ele não ia para as montanhas White, onde o governo estabelecera uma reserva. "Esse não é nosso território", respondeu o chefe. "Nem eles são nosso povo. Estamos em paz com eles (os coyoteros), mas nunca nos misturamos com eles. Nossos pais e os pais de nossos pais viveram nessas montanhas e plantaram milho nesse vale. Fomos ensinados a fazer mescal*, nosso principal gênero alimentício, e no verão e no inverno temos aqui um estoque que nunca acaba. Nas montanhas White não há isso e, sem o mescal, ficamos doentes. Alguns do nosso povo estiveram por pouco tempo nas montanhas White, mas não gostaram e todos dizem: 'Vamos para o Aravaipa fazer uma paz definitiva que nunca será rompida'."[5]

O tenente Whitman disse a Eskiminzin que não tinha autoridade para fazer a paz com seu grupo, mas que, se eles

* Eskiminzin não estava se referindo à bebida alcoólica do mesmo nome, mas às folhas torradas do agave, um alimento doce e nutritivo que era preparado em buracos na terra. Os apaches mescaleros tiraram seu nome desse mescal. (N.T.)

entregassem suas armas de fogo, poderia permitir que ficassem perto do forte, tecnicamente como prisioneiros de guerra, até que ele recebesse instruções de seus oficiais superiores. Eskiminzin concordou com isso e os aravaipas logo vieram entregar suas armas, alguns até dando seus arcos e flechas. Instalaram uma aldeia poucos quilômetros riacho acima, plantaram milho e começaram a cozinhar mescal. Impressionado com sua atividade, Whitman empregou-os para cortar forragem para os cavalos da cavalaria do acampamento, a fim de que pudessem ganhar dinheiro para comprar provisões. Rancheiros vizinhos também empregaram alguns deles como lavradores. A experiência deu tão certo que, em meados de março, mais de cem outros apaches, inclusive alguns pinals, haviam se juntado à gente de Eskiminzin, e outros chegavam quase diariamente.

Enquanto isso, Whitman redigira uma explicação da situação aos seus superiores militares, pedindo instruções, mas no fim de abril seu pedido voltou para ser reapresentado em formulários oficiais apropriados. Perturbado porque sabia que toda responsabilidade pelas ações dos apaches de Eskiminzin era sua, o tenente manteve uma vigilância estreita sobre seus movimentos.

A 10 de abril, os apaches atacaram San Xavier, ao sul de Tucson, roubando gado e cavalos. A 13 de abril, quatro americanos foram mortos num reide perto do San Pedro, a leste de Tucson.

Tucson, em 1871, era um oásis de três mil jogadores, donos de saloon, comerciantes, transportadores de carroções, mineiros e alguns fornecedores que haviam enriquecido durante a Guerra Civil e esperavam continuar lucrando com uma guerra índia. Esse punhado de cidadãos organizara uma comissão de segurança pública para se protegerem dos apaches, mas como nenhum chegou perto da cidade, a comissão frequentemente montava e partia à procura de atacantes nas comunidades afastadas. Depois dos dois reides de abril, alguns membros da comissão anunciaram que os atacantes haviam vindo da aldeia aravaipa perto de Camp Grant. Embora Camp Grant estivesse a noventa quilômetros de distância e fosse improvável que aravaipas viajassem tanto para atacar, o pronunciamento foi prontamente aceito pela maioria dos cidadãos de Tucson. Em geral, eles eram contra agências em que os apaches trabalhassem para viver e fossem pacíficos. Tais condições levariam à redução das forças militares e à diminuição da prosperidade da guerra.

Durante as últimas semanas de abril, um veterano combatente de índios, chamado William S. Oury, começou a organizar uma expedição para atacar os aravaipas desarmados perto de Camp Grant. Seis americanos e 42 mexicanos concordaram em participar, mas Oury decidiu que isso não era suficiente para garantir o êxito. Recrutou 92 mercenários entre os índios papagos, que anos antes haviam sido subjugados pelos espanhóis e convertidos ao cristianismo por padres espanhóis. A 28 de abril, esse formidável grupo de 140 homens armados estava pronto para partir.

O primeiro aviso que o tenente Whitman em Camp Grant teve da expedição foi uma mensagem da pequena guarnição militar de Tucson, informando-o de que um grande grupo havia saído dali no dia 28, com o propósito evidente de matar todos os índios perto de Camp Grant. Whitman recebeu o informe de um mensageiro montado às sete e meia da manhã de 30 de abril.

"Enviei imediatamente os dois intérpretes, montados, ao acampamento índio", relatou Whitman depois, "com ordens de dizer aos chefes o que havia realmente e fazer com que eles trouxessem todo o grupo para dentro do forte... Meus mensageiros voltaram numa hora, afirmando que não havia mais índios vivos."[6]

Menos de três horas antes de Whitman receber a mensagem, a expedição de Tucson espalhara-se pelos barrancos do riacho e pelas proximidades arenosas da aldeia dos aravaipas. Os homens nos baixios puseram fogo nos *wickiups** e, quando os apaches correram para fora, tiros de rifle vindo dos barrancos os abateram. Em meia hora, todo apache no acampamento havia fugido, sido capturado ou estava morto. Os prisioneiros eram todos crianças, sendo 27 delas levadas

* *Wickiup* ou *wikiuop* é a palavra algonquina que designa a cabana usada pelas tribos nômades do Oeste e do Sudoeste dos Estados Unidos. Sua forma é elíptica, com estrutura desigual, sendo coberta de esteiras de palha ou grama ou ainda com pequenos troncos e folhagens. (N.T.)

pelos papagos cristianizados para serem vendidas como escravos no México.

Quando Whitman chegou à aldeia, ela ainda estava queimando, e o solo estava cheio de mulheres e crianças mortas e mutiladas.

> Descobri várias mulheres mortas enquanto dormiam, ao lado dos fardos de forragem que haviam reunido para levar de manhã. Os feridos que não puderam fugir tiveram as cabeças esmagadas com clavas ou pedras, enquanto alguns haviam sido crivados de flechas depois de mortalmente feridos a tiros. Todos os corpos foram desnudados.

O médico C. B. Briesly, que acompanhou o tenente Whitman, declarou que duas das mulheres "estavam numa tal posição que, pela aparência de seus órgãos genitais e de suas feridas, não podia haver dúvida de que haviam sido primeiramente violadas e, depois, mortas a tiros... Uma criança de cerca de dez meses foi atingida duas vezes e sua perna quase foi cortada".[7]

Whitman estava preocupado com o fato de que os sobreviventes que haviam fugido para as montanhas pudessem culpá-lo por ter falhado em protegê-los.

> Achei que o ato de cuidar de seus mortos seria pelo menos uma prova de nossa simpatia para com eles, hipótese que mostrou ser correta, pois, enquanto trabalhávamos, muitos deles vieram ao local e se entregaram a demonstrações de dor demasiado violentas e terríveis para serem descritas... Do total de cadáveres enterrados (cerca de cem), um era de um velho e outro de um rapaz desenvolvido – o resto, só mulheres e crianças.

Outros cadáveres, descobertos mais tarde, aumentaram o total de mortos para 144. Eskiminzin não voltou, e alguns dos apaches acreditavam que ele tomaria o caminho da guerra para se vingar do massacre.

"Minhas mulheres e meus filhos morreram à minha frente", disse um dos homens a Whitman, "e não pude defendê-los. A maioria dos índios, em meu lugar, pegaria uma faca e cortaria a garganta." Mas depois que o tenente empenhou sua palavra dizendo que não descansaria até que eles tivessem justiça, os tristes aravaipas concordaram em ajudar a reconstruir a aldeia e começar a vida de novo.

Os persistentes esforços de Whitman finalmente levaram os matadores de Tucson ao tribunal. A defesa afirmou que cidadãos de Tucson haviam seguido o rastro de apaches assassinos até a aldeia aravaipa. Oscar Hutton, o guia da guarnição de Camp Grant, testemunhou para a acusação: "Afirmo com meu julgamento ponderado que nenhum grupo atacante jamais foi constituído por causa dos índios desse lugar". F. L. Austin, o comerciante do posto, Miles L. Wood, o fornecedor de carne, e William Kness, que levava o correio entre Camp Grant e Tucson, prestaram depoimentos semelhantes. O processo durou quatro dias; o júri deliberou durante dezenove minutos; o veredicto foi a absolvição dos matadores de Tucson.

Quanto ao tenente Whitman, sua impopular defesa dos apaches destruiu sua carreira militar. Sobreviveu a três cortes marciais por acusações ridículas e, depois de vários anos de serviço sem promoção, demitiu-se.

Porém o massacre de Camp Grant atraiu a atenção de Washington para os apaches. O presidente Grant descreveu o ataque como "assassínio puro" e ordenou que o Exército e a Agência Índia realizassem ações urgentes para levar a paz ao Sudoeste.

Em junho de 1871, o general George Crook chegou a Tucson para assumir o governo do Departamento do Arizona. Poucas semanas depois, Vincent Colyer, um representante especial da Agência Índia, chegou a Camp Grant. Ambos os homens estavam particularmente interessados em conseguir um encontro com os principais apaches, sobretudo Cochise.

Colyer encontrou-se primeiro com Eskiminzin, esperando convencê-lo a voltar à sua disposição pacífica. Eskiminzin viera das montanhas e disse que estava contente por falar de paz com o comissário Colyer. "O comissário provavelmente pensava que encontraria um grande *capitán*", afirmou Eskiminzin com tranquilidade, "mas só vê um homem muito pobre sem muito de um *capitán*. Se o comissário me visse há três luas atrás, teria visto um *capitán*. Então, eu tinha muita gente, mas muitos foram massacrados. Agora tenho pouca gente. Desde que deixei este lugar, estive por perto. Sabia que tinha amigos aqui, mas tinha medo de voltar. Nunca tive muito a dizer, mas isto posso dizer, gosto deste lugar. Disse tudo que deveria dizer, já que tenho poucas pessoas por quem falar. Se não fosse pelo massacre, haveria muito mais gente aqui nesse momento; mas, depois do massacre, quem poderia ficar? Quando fiz a paz com o tenente Whitman, meu coração estava muito grande e feliz. A gente de Tucson e San Xavier deve ser louca. Agiram como se não tivessem cabeças nem corações... devem ter sede de nosso sangue... Essa gente de Tucson escreveu para os jornais e contou sua história. Os apaches não têm ninguém para contar sua história."

Colyer prometeu contar a história dos apaches ao Grande Pai e aos brancos que nunca a haviam ouvido.

– Acho que deve ter sido Deus que lhe deu um bom coração para vir e nos encontrar, ou então o senhor deve ter uma boa mãe e um bom pai que o fizeram tão bondoso.

– Foi Deus – declarou Colyer.

– Foi – disse Eskiminzin, mas os brancos presentes não souberam dizer na tradução se ele falara confirmando ou fazendo uma pergunta.

O chefe seguinte da agenda de Colyer era Delshay, dos apaches tontos. Delshay era um homem entroncado, de ombros largos, com cerca de 35 anos. Usava um enfeite prateado na orelha, sua expressão facial era orgulhosa e se movia constantemente num meio-trote, como se estivesse sempre com pressa. Já em 1868, Delshay concordara em manter os tontos em paz e em usar Camp McDowell na margem ocidental do rio Verde como sua agência. Porém Delshay achava que os soldados Casacos Azuis eram imensamente traiçoeiros. Numa ocasião, um oficial disparara chumbo grosso nas costas de Delshay, sem que o chefe jamais pudesse descobrir a razão, e ele estava quase certo de que o médico do posto tentara envenená-lo. Depois desses acontecimentos, Delshay ficara longe de Camp McDowell.

O comissário Colyer chegou a Camp McDowell no fim de setembro, com autoridade de usar os soldados para entrar em contato com Delshay. Embora bandeiras de trégua, sinais de fumaça e fogueiras noturnas houvessem sido muito usados por grupos de infantaria e cavalaria, Delshay não respondeu até ter verificado totalmente as intenções dos Casacos Azuis. No momento em que concordou em se encontrar com o capitão W. N. Netterville, no vale do Sunflower (31 de outubro de 1871), o comissário Colyer voltou a Washington para fazer seu relatório. Uma cópia das declarações de Delshay foi enviada a Colyer.

"Não quero mais correr pelas montanhas", disse Delshay. "Quero fazer um grande tratado... Farei uma paz que dure; manterei minha palavra até que as pedras derretam." Porém ele não queria levar os tontos de volta a Camp McDowell. Não era um bom lugar (afinal, fora alvejado e envenenado ali). Os tontos preferiam viver no vale do Sunflower, perto das montanhas, para colherem os frutos e pegarem caça. "Se o grande *capitán* em Camp McDowell não colocar um posto onde digo", insistiu, "nada mais posso fazer, pois Deus fez o homem branco e Deus fez o apache, e o apache tem tanto direito ao território quanto o homem branco. Quero fazer um tratado que dure, para que ambos possam viajar pelo território e não haja transtornos; assim que o tratado for feito, quero um pedaço de papel para poder viajar pelo território como um homem branco. Deixarei uma pedra para mostrar que, quando ela derreter, o tratado será rompido... Se eu fizer um tratado, espero que o grande *capitán* venha e me veja onde eu for buscá-lo, e farei a mesma coisa sempre que ele me buscar. Se um tratado for feito e o grande *capitán* não mantiver suas promessas, porei sua palavra num buraco e o cobrirei com sujeira. Prometo que, quando for feito um tratado, o homem branco ou os soldados poderão ficar com seus cavalos e mulas sem ninguém para cuidar e, se qualquer um for roubado pelos apaches, cortarei minha garganta. Quero fazer um grande tratado e, se os americanos romperem o tratado, não quero mais confusão; os brancos podem tomar um caminho, que tomarei outro... Diga ao grande *capitán* em Camp McDowell que irei vê-lo daqui a doze dias."[9]

O mais perto que Colyer chegou de Cochise foi em Cañada Alamosa, um posto que fora estabelecido pela Agência Índia 68 quilômetros a sudoeste de Fort Craig, Novo México. Ali, ele conversou com dois membros do grupo de Cochise.

Disseram-lhe que os chiricahuas haviam estado no México, mas o governo mexicano estava oferecendo trezentos dólares por escalpos apaches e isso atraíra grupos de batedores que os atacaram nas montanhas de Sonora. Espalharam-se e estavam retornando aos seus velhos baluartes do Arizona. Cochise estava em alguma parte das montanhas Dragoon.

Foi enviado um mensageiro para encontrar Cochise, mas, quando o homem penetrou no Território do Arizona, encontrou-se inesperadamente com o general Crook, que recusou reconhecer sua autoridade para ir ao acampamento de Cochise. Crook ordenou que o mensageiro voltasse sem demora ao Novo México.

Crook queria Cochise para si e, para descobri-lo vivo ou morto, ordenou que quatro ou cinco companhias de cavalaria vasculhassem as montanhas Chiricahua. Lobo Cinzento foi o nome dado pelos apaches ao general Crook. Cochise enganou o Lobo Cinzento passando para o Novo México. Enviou um mensageiro ao Chefe Estrelado em Santa Fé, general Gordon Granger, informando-o de que o encontraria em Cañada Alamosa para falar de paz.

Granger chegou numa ambulância de seis mulas, com uma pequena escolta, e Cochise os esperava. As preliminares foram breves. Ambos estavam ansiosos para resolver a questão. Para Granger era uma oportunidade de ganhar fama como o homem que recebeu a rendição do grande Cochise. Para Cochise era o fim do caminho; tinha quase sessenta anos e estava muito cansado; mechas de prata dominavam o seu cabelo comprido até o ombro.

Granger explicou que a paz só seria possível se os chiricahuas concordassem com o estabelecimento de uma reserva. "Nenhum apache terá permissão de deixar a reserva sem um passe escrito do agente", disse o general, "e *nunca* será dada permissão para qualquer espécie de excursão além da fronteira, no Velho México."

Cochise respondeu com voz calma, gesticulando às vezes:

> O sol tem estado muito quente sobre minha cabeça e me deixou como se estivesse num incêndio; meu sangue estava em chamas, mas agora vim para este vale e bebi estas águas e me lavei nelas e elas me refrescaram. Agora que estou frio, vim de

mãos abertas para viver em paz com vocês. Falo francamente e não quero decepcionar ou ser decepcionado. Quero uma paz boa, sólida e duradoura. Quando Deus fez o mundo, deu uma parte para o homem branco e outra para o apache. Por que isso? Por que eles vivem juntos? Agora que estou aqui para falar, o sol, a lua, a terra, o ar, as águas, os pássaros e os bichos, até as crianças que não nasceram se alegrarão com minhas palavras. Os brancos me procuram há tempos. Estou aqui! O que querem? Procuraram-me muito tempo; por que valho tanto? Se eu valho tanto, por que não fazer sinais onde ponho meu pé e olhar quando cuspo? Os coiotes saem à noite para roubar e matar; não posso vê-los; não sou Deus. Não sou mais chefe de todos os apaches; não sou mais rico; sou apenas um homem pobre. O mundo não foi sempre assim. Deus não nos fez como vocês; nós nascemos como os animais, na grama seca, não em camas como vocês. Por isso fazemos como os animais; saímos à noite, roubamos e saqueamos. Se eu tivesse essas coisas que vocês têm, não faria o que faço, pois então não precisaria. Há índios que matam e roubam. Não os comando. Se os comandasse, não fariam isso. Meus guerreiros foram mortos em Sonora. Vim aqui porque Deus me disse para fazer isso. Ele disse que era bom estar em paz – então eu vim! Eu estava indo pelo mundo com as nuvens e o ar, quando Deus falou em meus pensamentos e me disse para vir aqui e estar em paz com todos. Ele disse que o mundo era para todos nós; como poderia ser?

Quando eu era jovem, andava por todo este território, pelo leste e pelo oeste, e nunca vi outro povo além dos apaches. Depois de muitos verões, andei novamente por ele e encontrei outra raça de pessoas, que viera para tomá-lo. Como é isso? É por isso que os apaches esperam morrer – e não dão mais importância para suas vidas? Percorrem as montanhas e as planícies e querem que o céu desabe sobre eles. Os apaches eram outrora uma grande nação; agora são poucos e por isso querem morrer e não se importam mais com suas vidas. Muitos morreram em combate. Vocês devem falar francamente para que suas palavras possam vir como a luz do sol aos nossos corações. Digam-me: se a Virgem Maria andou por toda a terra, por que ela nunca entrou nos *wickiups* dos apaches? Por que nunca a vimos ou ouvimos?

Não tenho pai nem mãe; estou sozinho no mundo. Ninguém se importa com Cochise; por isso não me importo com a vida e desejo que as pedras caiam em cima de mim e me cubram. Se eu tivesse um pai e uma mãe como vocês, estaria com eles e eles comigo. Quando saí pelo mundo, todos perguntavam por Cochise. Agora, ele está aqui – vocês o veem e ouvem –, estão contentes? Se sim, digam. Falem, americanos e mexicanos, não quero que escondam nada de mim e não quero esconder nada de vocês; não mentirei para vocês; não mintam para mim.

Quando se discutiu sobre o lugar da reserva chiricahua, Granger disse que o governo queria mudar a agência de Cañada Alamosa para Fort Tularosa nas Mogollons. (Em Cañada Alamosa, trezentos mexicanos se haviam instalado e faziam reivindicações com relação às terras.)

"Quero viver nestas montanhas", protestou Cochise. "Não quero ir a Tularosa. É muito longe daqui. As moscas dessas montanhas comem os olhos dos cavalos. Os maus espíritos moram ali. Bebi destas águas e elas me refrescaram; não quero sair daqui."[10]

O general Granger disse que faria o possível para convencer o governo a deixar os chiricahuas viverem em Cañada Alamosa, com suas correntes de água fria e limpa. Cochise prometeu que manteria seu povo em paz com seus vizinhos mexicanos e manteve sua promessa. Poucos meses depois, porém, o governo ordenou a remoção de todos os apaches de Cañada Alamosa até Fort Tularosa. Assim que soube da ordem, Cochise partiu com seus guerreiros. Dividiram-se em pequenos grupos, fugindo novamente para suas secas e rochosas montanhas no sudeste do Arizona. Desta vez, Cochise resolveu que ficaria ali. Que o Lobo Cinzento, Crook, viesse atrás dele se precisasse; Cochise lutaria contra ele com pedras, se necessário, e, então, se Deus quisesse, as pedras cairiam sobre Cochise e o cobririam.

No Tempo de Colher o Milho (setembro de 1872), Cochise começou a receber informes, de suas sentinelas, que um pequeno grupo de brancos estava se aproximando do seu baluarte. Viajavam num dos carroções menores que serviam para carregar feridos. As sentinelas disseram que Taglito, o Barba Vermelha, estava com eles – Tom Jeffords. Cochise não via Taglito havia bastante tempo.

Nos velhos tempos, depois de Cochise e Mangas entrarem em guerra com os Casacos Azuis, Tom Jeffords foi contratado para levar o correio entre Fort Bowie e Tucson. Os guerreiros apaches tanto haviam emboscado Jeffords e seus cavaleiros que ele quase desistira do contrato. E então, certo dia, o homem branco de barba vermelha foi sozinho ao acampamento de Cochise. Desmontou, tirou seu cinturão de cartucheira e o entregou, bem como suas armas, a uma das mulheres chiricahuas. Sem dar mostras de medo, Taglito caminhou até onde Cochise estava sentado e sentou-se ao seu lado.

Depois de um intervalo adequado de silêncio, Taglito Jeffords disse a Cochise que queria um tratado pessoal com ele, para poder ganhar a vida levando o correio. Cochise estava espantado. Nunca vira um homem branco assim. Não podia fazer nada, além de honrar a coragem de Taglito, prometendo deixá-lo cavalgar pela estrada do correio, sem problemas. Jeffords e seus cavaleiros nunca mais foram emboscados e, muitas vezes depois, o alto homem de barba vermelha voltou ao acampamento de Cochise, onde os dois conversavam e bebiam tiswin* juntos.

Cochise sabia que, se Taglito estava com o grupo que vinha para as montanhas, eles estariam à sua procura. Mandou seu irmão Juan encontrar-se com os brancos e, então, esperou escondido com sua família, até estar certo de que tudo estava bem. Então, cavalgou para baixo com seu filho Naiche. Desmontando, abraçou Jeffords que disse, em inglês, ao homem de barba branca com roupas empoeiradas: "Este é Cochise". A manga direita do casaco do homem barbudo estava vazia; parecia um velho guerreiro, e Cochise não se surpreendeu quando Taglito o chamou de general. Era Oliver Otis Howard. "Buenos dias, señor", disse Cochise, e apertaram-se as mãos.

Um por um, a guarda de guerreiros de Cochise aproximou-se e todos formaram um semicírculo, sentando-se em cobertores, para um conselho com o barba cinzenta de um braço.

– Poderia o general explicar o objetivo de sua visita? – perguntou Cochise em apache. Taglito traduziu as palavras.

---

* Bebida fermentada dos apaches, também conhecida como *tejuino* ou *texguino*. (N.T.)

– O Grande Pai, presidente Grant, enviou-me para fazer a paz entre você e a gente branca – disse o general Howard.

– Ninguém quer mais a paz do que eu – garantiu-lhe Cochise.

– Então – disse Howard – podemos fazer a paz.

Cochise respondeu que os chiricahuas não haviam atacado nenhum branco desde sua fuga de Cañada Alamosa. "Meus cavalos são fracos e poucos", acrescentou. "Poderia conseguir outros atacando a estrada de Tucson, mas não fiz isso."

Howard sugeriu que os chiricahuas poderiam viver melhor se concordassem em se mudar para uma grande reserva no rio Grande.

– Estive ali – disse Cochise – e gostei do lugar. Em vez de não ter paz, irei junto com os do meu povo, mas essa mudança dispersará minha tribo. Por que não me dar Apache Pass? Deem-me isso e protegerei todas as estradas. Zelarei para que a propriedade de ninguém seja tomada pelos índios.

Howard se surpreendeu.

– Talvez possamos fazer isso – disse, e, então, assinalou as vantagens de morar no rio Grande.

Cochise não estava mais interessado no rio Grande.

– Por que me fechar numa reserva? – perguntou. – Faremos a paz. Vamos mantê-la fielmente. Mas nos deixem viajar sem restrições como os americanos. Deixem-nos ir aonde quisermos.

Howard tentou explicar que o território chiricahua não pertencia aos índios, que todos os americanos tinham interesse nele.

– Para manter a paz – disse –, devemos fixar limites e fronteiras.

Cochise não podia compreender por que os limites não poderiam ser fixados nas montanhas Dragoon como no rio Grande.

– Quanto tempo, general, o senhor ficará? – perguntou. – Esperará que meus *capitanes* venham e conversemos?

– Vim de Washington para encontrar seu povo e fazer a paz – respondeu Howard – e ficarei tanto quanto for preciso.

O general Oliver Otis Howard, puritano da Nova Inglaterra, formado em West Point, herói de Gettysburg, que perdera um braço na batalha de Fair Oaks, na Virgínia, ficou no acampamento apache durante onze dias e foi completamente conquistado pela cortesia e a simplicidade direta de Cochise. Encantou-se com as mulheres e crianças chiricahuas.

"Fui forçado a abandonar o plano de Alamosa", escreveu depois, "e a lhes dar, como Cochise sugerira, uma reserva que abrangia parte das montanhas Chiricahua e do vale adjacente a oeste, que incluía a Fonte Big Sulphur e o rancho de Rodgers."[11]

Mais uma coisa ainda precisava ser resolvida. Pela lei, um homem branco deveria ser designado como agente da nova reserva. Para Cochise isso não era problema; só havia um homem branco em que todos os chiricahuas confiavam – Taglito, o barba vermelha Tom Jeffords. Primeiro, Jeffords recusou-se. Não tinha experiência no assunto, e, além disso, o salário era pequeno. Cochise insistiu, até que Jeffords cedeu. Afinal, ele devia sua vida e prosperidade aos chiricahuas.

Menos felizes foram os apaches tontos de Delshay e os aravaipas de Eskiminzin.

Depois da oferta de Delshay ao grande *capitán* de Camp McDowell, de fazer um tratado se uma agência tonto fosse estabelecida no vale do Sunflower, o chefe não recebeu resposta. Delshay considerou isso uma recusa. "Deus fez o homem branco e Deus fez o apache", dissera, "e o apache tem tanto direito ao território quanto o homem branco." Não fizera nenhum tratado nem recebera nenhum pedaço de papel, então poderia viajar pelo país inteiro como um homem branco; portanto, ele e seus guerreiros viajaram pelo país como apaches. Os brancos não gostaram disso e, no fim de 1872, o Lobo Cinzento mandou soldados perseguirem Delshay e seu grupo de guerreiros pela bacia do Tonto. Só no Tempo das Folhas Grandes (abril de 1873) é que os soldados chegaram em número suficiente para apanhar Delshay e os tontos. Cercaram-nos, com balas voando entre suas mulheres e crianças, e só foi possível içar uma bandeira branca.

O chefe dos soldados, de barba preta, era o major George M. Randall, que levou os tontos a Fort Apache na reserva das montanhas White. Nesses dias, o Lobo Cinzento preferia usar seus chefes de soldados em vez de civis como agentes de reserva. Eles fizeram os apaches usar placas de metal como cachorros, e essas placas tinham números para que fosse impossível fugir da bacia do Tonto mesmo por alguns dias. Delshay e os outros ficaram mortos de saudade de suas montanhas cheias de árvores e de cumes nevados. Na reserva, nunca havia nada suficiente – comida ou ferramentas para trabalhar – e eles não se deram bem com os coyoteros, que os consideravam invasores da sua reserva. Mas a falta de liberdade para viajar pelo território é que angustiava os tontos.

Afinal, no Tempo da Maturação (julho de 1873), Delshay decidiu que não aguentaria mais o confinamento nas montanhas White e, certa noite, liderou seu povo na fuga. Para evitar que os Casacos Azuis os perseguissem, decidiu ir para a reserva no rio Verde. Um agente civil era o encarregado ali e ele prometeu a Delshay que os tontos poderiam viver em rio Verde se não lhe causassem problemas. Se fugissem de novo, seriam caçados e mortos. E, assim, Delshay e seu povo foram trabalhar na construção de uma *ranchería* no rio perto de Camp Verde.

Nesse verão, houve uma rebelião na agência em San Carlos, onde um pequeno chefe de soldado (o tenente Jacob Almy) fora morto. Os líderes apaches fugiram, alguns deles para o rio Verde, e acamparam perto da *ranchería* de Delshay. Quando o Lobo Cinzento soube disso, acusou Delshay de ajudar os fugitivos e enviou uma ordem a Camp Verde para que o chefe tonto fosse preso. Avisado a tempo, Delshay decidiu que teria de fugir novamente. Não queria perder a pouca liberdade que lhe restara, para ser preso com ferros e fechado no buraco de cinco metros que os soldados cavaram na encosta do cânion para prisioneiros índios. Com alguns seguidores leais, fugiu da bacia do Tonto.

Sabia que logo a caçada iria começar. O Lobo Cinzento não descansaria até apanhar Delshay. Durante meses, Delshay e seus homens enganaram os perseguidores. Finalmente, o general Crook decidiu que não poderia ficar com tropas perambulando para sempre na bacia do Tonto; só outros apaches poderiam achar Delshay. E assim o general anunciou que pagaria uma recompensa pela cabeça de Delshay. Em julho de 1874, dois mercenários apaches chegaram separadamente ao quartel-general de Delshay. "Estando satisfeito com a certeza de ambas as partes em suas crenças e com o fato de que a chegada de outra cabeça não tenha sido inoportuna", disse Crook, "pagarei a ambas as partes."[12] As cabeças, com as de outros apaches mortos, foram colocadas em exposição nos terrenos de desfiles de rio Verde e San Carlos.

Eskiminzin e os aravaipas também acharam difícil viver em paz. Depois da visita do comissário Corley, em 1871, Eskiminzin e seu povo começaram vida nova em Camp Grant. Reconstruíram sua aldeia *wickiup* e replantaram seus campos de milho. Porém, quando tudo parecia estar indo bem, o governo decidiu mudar Camp Grant para cem quilômetros a sudeste. Usando esta mudança como pretexto para limpar os índios do vale do San Pedro, o Exército transferiu os aravaipas para San Carlos, uma nova agência no rio Gila.

A mudança foi feita em fevereiro de 1873, e os aravaipas estavam começando a construir uma nova *ranchería* e a plantar novos campos em San Carlos, quando ocorreu a rebelião em que o tenente Almy foi morto. Nem Eskiminzin nem qualquer dos outros aravaipas teve nada a ver com o crime, mas, como Eskiminzin era um chefe, o Lobo Cinzento mandou que o prendessem e confinassem como uma "precaução militar".

Ficou prisioneiro até a noite de 4 de janeiro de 1874, quando fugiu e levou seu povo para longe da reserva. Durante quatro frios meses, percorreram as montanhas pouco familiares em busca de comida e abrigo. Em abril, a maioria dos aravaipas estava doente e faminta. Para evitar que morressem, Eskiminzin voltou a San Carlos e procurou o agente.

"Não fizemos nada de mal", disse. "Mas estamos com medo. Por isso é que fugimos. Agora, voltamos. Se ficássemos nas montanhas, morreríamos de fome e frio. Se os soldados americanos nos matarem aqui, dará na mesma. Não fugiremos outra vez."

Assim que o agente relatou a volta dos aravaipas, chegou uma ordem do Exército para prender Eskiminzin e seus subchefes, acorrentá-los para que não fugissem e transportá-los como prisioneiros de guerra para o novo local do Camp Grant.

– O que fiz? – perguntou Eskiminzin ao chefe de soldados que veio prendê-lo.

O chefe de soldados não sabia. A prisão era uma "precaução militar".

No novo Camp Grant, Eskiminzin e seus subchefes foram acorrentados juntos, enquanto faziam tijolos de adobe para os novos prédios do posto. À noite, dormiam no chão, ainda acorrentados, e comiam o que sobrava dos soldados.

Certo dia, nesse verão, um jovem branco veio ver Eskiminzin e lhe disse que era o novo agente de San Carlos. Era John Clum. Disse que os aravaipas em San Carlos precisavam de seu chefe para os liderar.

– Por que está preso? – perguntou Clum.

– Não fiz nada – respondeu Eskiminzin. – Talvez os brancos tenham contado mentiras sobre mim. Sempre tentei agir certo.

Clum disse que conseguiria sua libertação se Eskiminzin prometesse ajudá-lo na melhoria das condições em San Carlos.

Dois meses depois, Eskiminzin voltou para seu povo. Mais uma vez o futuro parecia brilhante, mas o chefe aravaipa era suficientemente inteligente para não esperar demais. Desde a chegada dos brancos, nunca pudera estar certo sobre onde estender seu cobertor; para qualquer apache, o futuro era muito incerto.

Na primavera de 1874, Cochise ficou muito doente, sofrendo de debilitamento geral. Tom Jeffords, o agente chiricahua, trouxe o médico do Exército de Fort Bowie para examinar seu velho amigo, mas o doutor não pôde descobrir qual era a doença. Suas receitas não melhoraram o doente, e o corpo musculoso do grande líder apache começou a definhar.

Durante esse período, o governo decidiu que se poderia economizar dinheiro, reunindo a agência chiricahua com a nova agência de Hot Springs, no Novo México. Quando os funcionários chegaram para discutir o assunto com Cochise, este lhes disse que a transferência não lhe importava, pois estaria morto antes de se mudar. Seus subchefes e filhos, entretanto, foram totalmente contrários, declarando que, se a agência fosse mudada, eles não iriam. Nem mesmo os Estados Unidos tinham soldados suficientes para mudá-los, disseram, pois preferiam morrer em suas montanhas a morar em Hot Springs.

Depois da partida dos funcionários do governo, Cochise ficou tão fraco e sentiu dores internas tão intensas, que Jeffords decidiu ir a Fort Bowie buscar o médico. Quando estava se preparando para partir, Cochise perguntou:

– Acha que me verá vivo de novo?

Jeffords respondeu, com a franqueza de um irmão:

– Não, não acho.

– Acho que morrerei amanhã, por volta das dez horas da manhã. Acha que nos veremos de novo?

Jeffords ficou quieto por um momento.

– Não sei. O que acha?

– Não sei – respondeu Cochise. – Não está claro no meu espírito, mas acho que sim, em algum outro lugar.[14]

Cochise morreu antes de Jeffords voltar de Fort Bowie. Após alguns dias, o agente anunciou aos chiricahuas que chegara o tempo de ele partir. Não quiseram saber disso. Os filhos de Cochise, Taza e Naiche, insistiram muito para que ele ficasse. Se Taglito os deixasse, disseram, o tratado e a promessa feitos entre Cochise e o governo não iriam ter valor. Jeffords prometeu ficar.

Na primavera de 1875, a maioria dos grupos de apaches estava confinada em reservas ou fugira para o México. Em março, o Exército transferiu o general Crook do Arizona para o Departamento do Platte. Os sioux e cheyennes, que haviam suportado a vida de reserva por mais tempo que os apaches, revoltavam-se cada vez mais.

Uma paz imposta cobria os desertos, montanhas e planaltos do território apache. Ironicamente, sua manutenção dependia em grande parte dos esforços pacientes de dois homens brancos que haviam conseguido o respeito dos apaches, simplesmente porque os aceitaram como seres humanos, em vez de selvagens sedentos de sangue. Tom Jeffords, o ateu, e John Clum, da Igreja Reformada Holandesa, estavam otimistas, mas eram bastante hábeis para não esperarem demais. Para qualquer homem branco no Sudoeste que defendesse os direitos dos apaches, o futuro era muito incerto.

Capítulo dez

O tormento do Capitão Jack

1873 – *6 de janeiro*, o Congresso americano começa a investigar o escândalo do Crédit Mobilier. 3 de março, a Lei "Agarra-Salário" eleva os salários dos congressistas e dos funcionários do governo, com aplicação retroativa. 7 de maio, fuzileiros navais americanos desembarcam no Panamá para proteger cidadãos e bens americanos. 15 de setembro, últimas unidades do exército alemão saem da França. 19 de setembro, falência da instituição bancária Jay Cooke & Company desencadeia pânico financeiro. 20 de setembro, Bolsa de Valores de Nova York fecha por dez dias; grave crise econômica se alastra pelo país e pelo mundo. Sai a publicação de *Volta ao mundo em oitenta dias*, de Júlio Verne, e *A era dourada*, de Mark Twain.

Sou apenas um homem. Sou a voz de meu povo. O coração deles, é o que falo. Não quero mais guerra. Quero ser um homem. Vocês me negam o direito de um homem branco. Minha pele é vermelha; meu coração é o coração de um branco; mas eu sou um modoc. Não tenho medo de morrer. Não cairei ...Quando eu morrer, meus inimigos estarão sob mim. Seus soldados investiram quando eu dormia no Lost River. Eles nos empurraram para essas rochas, como cervos feridos...
Eu sempre falei ao homem branco para vir e morar em minha terra; que era a terra dele e a terra de Capitão Jack. Que eles podiam vir e morar lá comigo e que eu não estava zangado com eles. Nunca recebi nada de ninguém, tudo eu comprei e paguei por mim mesmo. Sempre vivi como um homem branco, e queria viver assim. Sempre procurei viver em paz e nunca pedi nada a homem nenhum. Sempre vivi do que conseguia abater e matar com minha arma e pegar em minha armadilha.

KINTPUASH (Capitão Jack) dos modocs

Os índios da Califórnia eram brandos como o clima em que viviam. Os espanhóis lhes deram nomes, criaram-lhes missões, os converteram e depravaram. As organizações tribais não eram muito desenvolvidas entre os índios da Califórnia; cada aldeia tinha seus líderes, mas não havia grandes chefes de guerra entre esse povo pacífico. Após a descoberta do ouro em 1848, afluíram à Califórnia milhares de homens brancos do mundo todo, tomando o que queriam dos índios submissos, degradando os que ainda não tinham sido degradados pelos espanhóis e, depois, exterminando sistematicamente populações inteiras, agora esquecidas há tempos. Ninguém lembra os chilulas, os chimarikos, os urebures, os nipewais, os alonas e centenas de outras tribos cujos ossos ficaram enterrados sob milhões de quilômetros de estradas, estacionamentos e conjuntos habitacionais.

Uma exceção entre os índios pacíficos da Califórnia eram os modocs, que viviam no clima mais rigoroso do lago Tule, ao longo da fronteira do Oregon. Até os anos 1850, os modocs praticamente desconheciam os brancos; então começaram a chegar multidões de colonos, apropriando-se das melhores terras e esperando que os modocs se submetessem mansamente. Quando os modocs mostraram resistência, os invasores brancos tentaram o extermínio. Os modocs retaliaram com emboscadas.

Nessa época, um jovem modoc chamado Kintpuash estava atingindo a idade adulta e não conseguia entender por que modocs e brancos não podiam viver juntos sem tentar se matar entre eles. A terra do lago Tule era tão vasta quanto o céu, com cervos, antílopes, patos, gansos, peixes e raízes de *cama* suficientes para todos. Kintpuash repreendeu o pai por não fazer a paz com os homens brancos. Seu pai, que era um chefe, disse a Kintpuash que os brancos eram traiçoeiros e teriam que ser expulsos para que houvesse paz. Pouco tempo depois, o chefe foi morto numa luta contra os colonos brancos, e Kintpuash se tornou chefe dos modocs.

Kintpuash foi aos povoados para encontrar brancos em que pudesse confiar, a fim de fazer paz com eles. Em Yreka ele conheceu alguns homens bons, e logo todos os modocs passaram a ir ao povoado para comerciar. "Eu sempre disse aos homens brancos, quando vieram à minha terra", contou Kintpuash, "que, se quisessem um lar para morar lá, poderiam ter; e nunca lhes pedi nenhum pagamento para viver lá como vivia meu povo. Eu gostava que eles viessem e morassem. Eu gostava de estar com os brancos."[1] O jovem chefe também gostava das roupas que eles usavam, das casas, das carroças e da boa criação de animais que mantinham.

Os brancos de Yreka deram novos nomes a esses índios visitantes, o que os modocs acharam divertido, e muitas vezes eles mesmos usavam esses nomes entre si. Kintpuash era Capitão Jack. Havia também Hooker Jim, Steamboat Frank, Scarfaced Charley, Boston Charley, Curly Headed Doctor, Shack-nasty Jim, Schonchin John e Ellen's Man.

Na época da Guerra Civil do homem branco, surgiram problemas entre os modocs e os colonos. Se um modoc não encontrava um cervo para caçar, às vezes ele matava uma vaca de algum sítio; ou, se precisava de um cavalo, pegava emprestado do pasto de algum colono. Os amigos brancos dos modocs desculpavam o fato como uma espécie de "taxa" que os índios cobravam dos colonos pelo uso de suas terras, mas muitos não gostavam daquilo e, através de seus políticos, conseguiram um tratado para remover os modocs da área do lago Tule.

Os membros da comissão encarregada do tratado prometeram a Capitão Jack e aos outros líderes que, se fossem para o norte e se mudassem para uma reserva no Oregon, todas as famílias teriam terra própria, parelhas de cavalos, carroças, implementos agrícolas, ferramentas, roupas e alimentos – tudo fornecido pelo governo. Capitão Jack queria um pedaço de terra perto do lago Tule, mas a comissão não concordou com isso. Jack assinou o tratado com uma certa relutância, e os modocs foram rumo ao norte para a reserva klamath. Desde o começo houve problemas. A reserva ficava num território que tinha sido dos índios klamaths, e estes trataram os modocs como invasores. Quando os modocs cercavam os terrenos recebidos, os klamaths vinham e roubavam as cercas. Os suprimentos prometidos pelo governo nunca chegaram; o agente da reserva dava roupa e comida para os klamaths, mas para os modocs nunca havia nada. (O Grande Conselho em Washington não aprovou nenhuma verba para comprar suprimentos para os modocs.)

Quando Capitão Jack viu que a fome estava aumentando, ele tirou seu povo da reserva. Foram para o vale de Lost River, onde moravam antigamente, para procurar caça, pesca e raízes de *cama*. Mas os sitiantes brancos que moravam no vale não queriam os modocs por lá e fizeram várias reclamações às autoridades do governo. Capitão Jack alertou seu povo para ficar longe dos brancos, mas não era fácil trezentos índios se manterem invisíveis. No verão de 1872, o Departamento de Assuntos Índios avisou a Capitão Jack que ele devia voltar à reserva klamath. Jack respondeu que seu povo não podia viver com os klamaths. Solicitou que se criasse uma reserva modoc em algum lugar no Lost River, que sempre tinha sido uma área modoc. O Departamento Índio considerou a solicitação razoável, mas os colonos foram contrários a ceder qualquer parcela das férteis pastagens aos índios. No outono de 1872, o governo mandou que os modocs voltassem para a reserva klamath. Jack se recusou. O Exército recebeu a tarefa de transferir os modocs à força. Em 28 de novembro de 1872, debaixo de uma chuva gelada, o major James Jackson e uma companhia de 38 soldados da Primeira Cavalaria saíram de Fort Klamath para ir até o Lost River.

Logo antes de amanhecer, os soldados montados chegaram ao acampamento modoc. Desmontaram e, armados com suas carabinas, cercaram as tendas. Scarfaced Charley e vários outros homens saíram com suas armas. O major Jackson pediu para falar com o chefe e, quando Jack apareceu, o major lhe disse que tinha ordens do Grande Pai para levar os modocs de volta para a reserva klamath.

– Eu vou – respondeu Capitão Jack. – Vou levar o meu povo comigo, mas não ponho nenhuma fé em nada do que vocês brancos dizem. Pois vejam, vocês chegam aqui em meu acampamento quando está escuro. Fazendo assim, assustam a mim e todo meu povo. Não vou sair correndo. Venham a mim como homens, quando quiserem me ver ou falar comigo.[2]

O major Jackson disse que não estava ali para criar problemas. Então mandou que Jack reunisse seus homens na frente dos soldados. Feito isso, o major apontou para uma touceira de artemísia que estava na ponta da formação, e ordenou:

– Ponha sua arma ali.

– Para quê? – perguntou Jack.

– Você é o chefe. Você depõe sua arma, todos os seus homens vão fazer a mesma coisa. Faça isso, e não teremos nenhum problema.

O Capitão Jack hesitou. Ele sabia que seus homens não iam querer entregar as armas.

– Até hoje nunca lutei contra o povo branco, nem quero lutar – disse ele.

O major insistiu que entregassem as armas e prometeu:

– Não vou deixar que ninguém machuque vocês.

Capitão Jack colocou sua arma em cima da touceira e fez sinal aos outros para que fizessem o mesmo. Avançaram de um em um, depondo os rifles. Scarfaced Charley foi o último. Ele colocou seu rifle no alto da pilha, mas ficou com a pistola presa na faixa da cintura.

O major mandou que entregasse a pistola.

Scarfaced respondeu:

– Você tem minha arma.

O major chamou o tenente Frazier Boutelle:

– Desarme-o!

Boutelle avançou e ordenou:

– Me dê essa pistola, maldito, depressa!

Scarfaced Charley deu risada. Disse que não era cachorro para gritarem com ele.

Boutelle puxou seu revólver:

– Seu filho da puta, vou te mostrar como me responder.

Scarfaced repetiu que não era cachorro e acrescentou que ia ficar com sua pistola.[3]

Quando Boutelle destravou e apontou seu revólver, Scarfaced sacou rápido a pistola da cinta. O tiro do modoc rasgou e atravessou a manga do casaco do tenente. Scarfaced não foi atingido. Virou para a pilha de armas, agarrando seu rifle que estava por cima, e todos os guerreiros modocs seguiram o exemplo. O comandante da cavalaria ordenou que os soldados abrissem fogo. Por alguns segundos houve um tiroteio cerrado, e então os soldados se retiraram, deixando em campo um morto e sete feridos.

Nessa hora, as mulheres e crianças modocs estavam em suas canoas, remando para o sul, até o lago Tule. Capitão Jack e seus guerreiros seguiram pela margem, escondendo-se entre os juncos densos. Rumavam para o lendário santuário dos modocs, ao sul do lago – Lava Beds da Califórnia.

Lava Beds era uma área de erupções extintas que tinham se convertido em fendas, cavernas e fissuras rochosas. Algumas ravinas chegavam a ter mais de trinta metros de profundidade. O Capitão escolheu como fortaleza uma fossa em forma de cratera, cercada por uma rede de trincheiras naturais e defesas de pedras vulcânicas. Ele sabia que seu pequeno grupo de guerreiros conseguiria repelir um exército, se fosse necessário, mas tinha esperanças de que agora os soldados os deixassem em paz. Certamente os brancos não iriam querer aquelas rochas inúteis.

Quando os soldados do major Jackson chegaram ao acampamento de Capitão Jack, um pequeno grupo de modocs chefiados por Hooker Jim estava acampado na outra margem do Lost River. Nas primeiras horas da manhã, quando fugia com seu povo para Lava Beds, Capitão Jack ouviu disparos para os lados do acampamento de Hooker Jim. Mais tarde ele comentou: "Eu fugi e não quis lutar. Eles atiraram em algumas mulheres minhas e atiraram em meus homens. Não parei para perguntar nada, mas deixei e fui embora. Estava com pouquíssima gente e não queria lutar".[4]

Por um ou dois dias, ele não soube o que havia acontecido com o povo de Hooker Jim. Então, de repente, Hooker Jim apareceu do lado de fora do baluarte de Jack. Com ele estavam Curly Headed Doctor, Boston Charley e mais onze modocs. Contaram a Jack que, na hora em que os soldados estavam no acampamento dele, vários colonos tinham ido ao acampamento de Hooker e começaram a disparar. Esses brancos arrancaram a tiros um bebê dos braços da mãe, mataram uma mulher idosa e feriram alguns homens. Quando estavam indo para Lava Beds, Hooker Jim e seus homens decidiram vingar a morte dos seus. Parando brevemente em casas isoladas no caminho, haviam matado doze colonos.

No começo, Jack achou que Hooker Jim estava apenas contando vantagem, mas os outros disseram que era verdade. Quando deram os nomes dos brancos mortos, Jack não quis acreditar. Alguns eram colonos conhecidos e de confiança.

– Para que vocês mataram essas pessoas? – perguntou ele. – Nunca quis que vocês matassem meus amigos. Vocês fizeram isso por conta própria.[5]

Capitão Jack agora tinha certeza de que os soldados viriam; mesmo naquela vastidão de Lava Beds, viriam em busca de vingança. E, como era chefe dos modocs, ele teria de responder pelos crimes de Hooker Jim e dos outros.

Os soldados só vieram na Lua de Gelo. Em 13 de janeiro de 1873, os modocs de guarda na arena externa de defesa avistaram um grupo de reconhecimento de Casacos Azuis, aproximando-se de uma costa escarpada que dava vista para Lava Beds. Os modocs os afastaram com alguns tiros de longa distância. Três dias depois, 225 soldados regulares e o apoio de 104 Voluntários do Oregon e da Califórnia chegaram cavalgando como fantasmas na neblina de uma tarde gelada. Tomaram posição no topo das elevações de frente para o baluarte de Capitão Jack e, quando anoiteceu, eles começaram a fazer fogueiras de artemísia para se aquecer. Os comandantes militares tinham esperança de que os modocs, vendo os soldados posicionados contra eles, se apresentassem e se rendessem.

Capitão Jack era a favor da rendição. Ele sabia que o que os soldados mais queriam eram os modocs que tinham matado os colonos e preferia colocar sua vida junto com as deles nas mãos dos chefes militares do que sacrificar a vida de todo o seu povo numa batalha sangrenta.

Hooker Jim, Curly Headed Doctor e os que tinham matado os colonos eram contrários a qualquer forma de rendição, e obrigaram Jack a convocar um conselho para votar o rumo de ação que a tribo adotaria. Entre os 51 guerreiros no baluarte, apenas catorze queriam se render. Trinta e sete votaram a favor de combater os soldados até a morte.

Antes do amanhecer do dia 17, eles ouviram os clarins dos soldados ecoando por Lava Beds, imersos na neblina. Pouco depois, o som dos morteiros marcou o início do ataque dos Casacos Azuis. Os modocs estavam prontos. Camuflados com folhas de artemísia na cabeça, entravam e saíam das fendas nas rochas, abatendo os soldados na primeira linha da escaramuça.

Ao meio do dia, os atacantes estavam espalhados por quase dois quilômetros, com as comunicações seriamente interrompidas devido à neblina e ao terreno. Mantendo a camuflagem, os guerreiros modocs corriam de lá para cá na frente de batalha, para dar a impressão de uma superioridade numérica. Quando uma companhia de soldados se aproximou do baluarte, o fogo modoc se concentrou nela, as mulheres ajudando os guerreiros no tiroteio. Mais tarde, Jack e Ellen's Man lideraram uma carga que desbaratou os soldados, os quais deixaram seus mortos e feridos em campo.

Logo antes do crepúsculo, a neblina subiu, e os modocs viram os soldados batendo em retirada para o acampamento deles na crista dos rochedos. Os guerreiros foram até o local onde jaziam os Casacos Azuis mortos e encontraram nove carabinas e seis cartucheiras. Adiante dali havia mais munição e algumas rações do Exército que os soldados em fuga haviam jogado fora.

Quando baixou a escuridão, os modocs fizeram uma grande fogueira e comemoraram. Ninguém morreu no combate, e ninguém foi seriamente ferido. Tinham capturado rifles e munição suficiente para mais um dia de combate. Na manhã seguinte estavam preparados para enfrentar os soldados, mas, quando os soldados chegaram, eram poucos e carregavam uma bandeira branca. Queriam recolher os mortos. Antes de findar o dia, todos os soldados tinham ido embora.

Pensando que os Casacos Azuis voltariam, Capitão Jack mandou que alguns homens se mantivessem de atalaia, fora do baluarte. Mas os dias se passavam, e os soldados continuavam sem aparecer. Dizia o relatório do comandante das forças de ataque:

> Combatemos os índios por toda a área de Lava Beds até o baluarte deles, que fica no centro de quilômetros de fendas,

> cavernas, fissuras, gargantas e ravinas. [...] Serão necessários mil homens para desalojá-los de sua posição quase inexpugnável, e terá de ser feito de maneira muito calculada, com livre uso de baterias de morteiros. [...] Por favor, envie-me trezentos soldados de infantaria o mais rápido possível.[6]

Em 28 de fevereiro, Winema, prima de Capitão Jack, chegou a Lava Beds. Winema era casada com um branco chamado Frank Riddle, que estava junto com ela, e mais outros três brancos. Tinham sido amigos dos modocs na época em que eles tinham liberdade de frequentar Yreka. Winema era uma moça de rosto redondo, alegre, cheia de energia, que agora se chamava Toby Riddle. Tinha adotado os costumes do marido, mas Jack confiava nela. Ela lhe disse que havia trazido os brancos para conversar com ele e que pretendiam passar a noite no baluarte para provar que eram amigos. Jack lhe garantiu que seriam bem-vindos e que ninguém lhes faria mal.

No conselho que se seguiu, os brancos explicaram que o Grande Pai em Washington tinha enviado os membros de uma comissão que queriam falar em paz. O Grande Pai tinha esperança de evitar a guerra com os modocs e queria que fossem e conversassem com os membros da comissão para encontrar uma maneira de fazer paz. Eles estavam esperando na fazenda de Fairchild, não muito longe de Lava Beds.

Quando os modocs perguntaram o que aconteceria com o grupo de Hooker Jim por causa da morte dos colonos do Oregon, disseram-lhes que, se se entregassem como prisioneiros de guerra, não seriam julgados pela lei do Oregon. Seriam levados para longe e colocados numa reserva em algum lugar quente – no Território Índio ou no Arizona.

Jack respondeu:

> Voltem e digam aos membros da comissão que estou disposto a ouvi-los em conselho e ver o que eles têm a oferecer a mim e a meu povo. Digam-lhes que venham me ver ou me mandem chamar. Eu irei e falarei com eles, se me protegerem de meus inimigos enquanto estiver nesses conselhos de paz.[7]

No dia seguinte, os visitantes foram embora, e Winema prometeu que informaria Jack quando decidissem a data e o local para o conselho. Naquele mesmo dia, Hooker Jim e seus seguidores se esgueiraram até a fazenda de Fairchild, procuraram os membros da comissão e declararam que queriam se entregar como prisioneiros de guerra.

Os membros da comissão de paz eram Alfred B. Meacham, que havia sido agente dos modocs em Oregon, Eleazar Thomas, um clérigo da Califórnia, e L. S. Dyar, subagente da reserva klamath. Quem supervisionava suas atividades era o comandante das tropas reunidas nas proximidades de Lava Beds, o general Edward R. S. Canby – o mesmo Canby que, como Chefe Águia, havia combatido e feito a paz com os navajos de Manuelito, doze anos antes, no Novo México. (Ver Capítulo 2.)

Quando os modocs de Hooker Jim entraram no quartel-general de Canby com seu surpreendente anúncio de rendição, o general ficou tão encantado que despachou às pressas um telegrama para o Grande Guerreiro Sherman em Washington, informando que a guerra modoc havia terminado e perguntando quando e para onde deveria transportar seus prisioneiros de guerra.

Em seu entusiasmo, Canby não mandou prender Hooker Jim e seus oito companheiros. Os modocs saíram passeando pelo acampamento militar, para olhar mais de perto os soldados que agora supostamente iriam protegê-los dos cidadãos do Oregon. Numa dessas voltas, deram de cara com um cidadão do Oregon que os reconheceu e ameaçou que mandaria prendê-los pelo assassinato dos colonos em Lost River. Disse que o governador do Oregon havia exigido o sangue deles e que, tão logo o governador lhes pusesse as mãos em cima, a justiça os enviaria à forca.

Na primeira oportunidade, Hooker Jim e seu grupo montaram em seus cavalos e voltaram o mais depressa possível para Lava Beds. Avisaram a Capitão Jack que não fosse à fazenda de Fairchild encontrar os membros da comissão; a proposta de reunião era uma armadilha para apanhar os modocs e mandá-los de volta ao Oregon para serem enforcados.

Nos dias subsequentes, enquanto Winema e Frank Riddle levavam e traziam mensagens, as suspeitas dos modocs de Hooker Jim se revelaram verdadeiras no referente a eles.

A pressão política do Oregon forçou o general Canby e os membros da comissão a retirar a oferta de anistia ao grupo de Hooker Jim. Mas Capitão Jack e os demais modocs podiam vir e se entregar com garantias de proteção.

Capitão Jack então se viu preso num clássico dilema. Se ele abandonasse o pessoal de Hooker Jim, ele salvaria seus homens. Mas Hooker Jim tinha procurado sua proteção enquanto chefe dos modocs.

Em 6 de março, com a ajuda de sua irmã Mary, Jack escreveu uma carta à comissão de paz, que ela entregou na fazenda de Fairchild. Ele dizia:

> Vamos apagar tudo, lavar tudo, e que não haja mais sangue. Tenho um mau sentimento por aqueles assassinos. Tenho poucos homens e não vejo como posso entregá-los. Aqueles que mataram meu povo quando estava dormindo vão entregar o povo deles? Nunca pedi o povo que matou meu povo. [...] Eu até poderia entregar meu cavalo à forca, mas não vejo como poderia entregar meus homens à forca. Eu poderia entregar meu cavalo à forca e não choraria por isso, mas se eu entregasse meus homens eu teria de chorar por isso.[8]

Canby e os membros da comissão, porém, continuaram a querer uma reunião com Capitão Jack, para convencê-lo de que a guerra para seu povo seria pior do que entregar os assassinos. Embora o Grande Guerreiro Sherman aconselhasse Canby a usar os soldados contra os modocs, e assim "não será necessária nenhuma outra reserva para eles, exceto seus túmulos em Lava Beds, local que eles mesmos escolheram", o general manteve-se paciente.[9]

A 21 de março, Capitão Jack e Scarfaced Charley avistaram Canby e uma pequena escolta montada, descendo da crista que sobranceava o baluarte modoc. Jack não sabia o que fazer diante dessa aproximação tão ousada. Ele posicionou seus guerreiros entre as rochas e viu uma figura se destacar da escolta e se aproximar sozinha. O homem era um médico do exército e propôs uma reunião informal entre Capitão Jack e o general Canby. Poucos minutos depois, começaram a conversar. Canby garantiu a Jack que, se retirasse seus homens de Lava Beds, seriam bem tratados; receberiam alimentos, roupas e muitos presentes. Jack respondeu perguntando a Canby por que não tinha trazido algumas dessas coisas, já que tinha tanto para dar aos modocs. Também perguntou por que Canby não retirava seus soldados; a única coisa que os modocs queriam era ficar em paz, disse ele.

Durante essa curta conversa, nenhum dos dois fez qualquer menção ao grupo de Hooker Jim e à matança dos colonos. Jack não prometeu nada; ele queria esperar e ver o que Canby faria a seguir.

O que Canby fez a seguir foi trazer mais soldados e posicioná-los dos dois lados do baluarte modoc. Agora havia homens da Primeira Cavalaria e da 21ª Infantaria, com o apoio da 4ª Artilharia, a uma distância de fácil pontaria contra os índios.

A 2 de abril, Capitão Jack enviou uma mensagem à comissão. Queria encontrá-los a meio caminho entre o baluarte e o acampamento militar mais próximo. Naquele mesmo dia, Canby, Meacham, Thomas e Dyar, acompanhados por Winema e Frank Riddle, foram até uma bacia abaixo do acampamento militar que ficava na escarpa. Jack, Hooker Jim e vários outros modocs lá estavam à espera deles; tinham trazido suas mulheres como sinal de intenções pacíficas. Jack cumprimentou Meacham como um velho amigo, mas foi um tanto ríspido com Canby, perguntando-lhe por que tinha aproximado tanto seus soldados, nos dois lados do baluarte modoc.

Canby tentou desconversar, respondendo que tinha aproximado seu quartel-general do quartel-general de Jack pois assim ficava mais fácil fazerem suas reuniões e que precisava dos soldados para se sentir em segurança. Jack não aceitou a explicação de Canby; exigiu que os soldados fossem retirados de Lava Beds e mandados de volta para casa. E então trouxe à tona o delicado problema do grupo de Hooker Jim. Não se falaria mais em rendição, disse Jack, a menos que o povo de Hooker Jim fosse tratado igual a todos os outros modocs. Canby respondeu que o Exército teria de decidir o que fazer com eles e para onde iriam; ele não podia prometer anistia para os assassinos dos colonos.

Enquanto estavam conversando, nuvens negras cobriram a região de Lava Beds, e começou a cair uma chuva fria. Canby disse que não era possível continuar a conversar na chuva. "Você está mais agasalhado do que eu", foi a resposta trocista de Jack, "e eu não vou derreter como neve."[10] Canby fez que não ouviu o comentário e anunciou que providenciaria uma tenda para a próxima reunião.

Na manhã seguinte, Canby mandou alguns soldados descerem e montarem uma tenda para o conselho. Não a ergueram na bacia rochosa, mas escolheram uma área plana de arbustos de artemísia, que ficava em pleno campo de visão do acampamento dos soldados e suas formidáveis baterias de artilharia.

Dois dias mais tarde, Jack enviou uma mensagem a Alfred Meacham, dizendo que queria encontrar-se com ele e seu velho amigo John Fairchild, o dono da fazenda ali perto. Jack estipulou que não deviam levar o general Canby nem o reverendo Thomas. Meacham e Fairchild ficaram perplexos com a solicitação, mas foram até a tenda de reuniões com Winema e Frank Riddle. Os modocs estavam esperando, e Jack cumprimentou calorosamente os brancos. Ele explicou que não confiava em Canby porque usava um uniforme azul e falava demais sobre sua amizade com os índios; sua conversa não soava verdadeira porque continuava acercando os soldados de Lava Beds. Quanto ao reverendo Thomas, era um "médico dos domingos", e sua medicina religiosa contrariava as crenças dos modocs.

– Agora podemos conversar – disse Jack. – Conheço você e Fairchild. Conheço o coração de vocês.

E então explicou como os soldados os tinham obrigado a fugir de Lost River e procurar abrigo em Lava Beds.

– Deem-me um lar em Lost River – pediu Jack. – Posso cuidar do meu povo. Não peço ajuda de ninguém. Podemos cuidar de nossa subsistência. Deixem-nos ter a mesma oportunidade que os outros homens têm.

Meacham ressaltou que Lost River ficava no Oregon, onde os modocs tinham derramado o sangue de colonos brancos.

– Sempre surgirá sangue entre vocês e os homens brancos – declarou o membro da comissão.

Jack guardou silêncio por alguns minutos e disse:

– Ouço suas palavras. Deem-me este Lava Bed como lar. Posso viver aqui; levem embora seus soldados, e podemos acertar tudo. Ninguém jamais vai querer essas pedras; deem-me um lar aqui.

Meacham respondeu que os modocs só ficariam em paz em Lava Beds se entregassem os homens que tinham cometido os assassinatos em Lost River. Ele prometeu que seriam tratados com justiça num tribunal.

E Jack perguntou:

– Quem vai julgá-los? Brancos ou índios?

– Brancos, claro – admitiu Meacham.

– Então vocês vão entregar os homens que mataram as mulheres e crianças índias em Lost River, para serem julgados pelos modocs?

Meacham abanou a cabeça:

– A lei modoc morreu; agora é a lei do homem branco que governa o país; só vive uma lei por vez.

– Vocês vão julgar os homens que atiraram em meu povo? Pela lei de vocês? – prosseguiu Jack.

Meacham sabia e Capitão Jack sabia que isso não iria acontecer.

– É a lei do homem branco que governa o país – repetiu o membro da comissão. – A lei índia morreu.

– As leis do homem branco são boas para os homens brancos – disse Jack –, mas são feitas para deixar o índio de fora. Não, meu amigo, não posso entregar os rapazes à forca. Eu sei que eles erraram, o sangue deles era ruim... Mas não foram *eles* que começaram; o homem branco começou primeiro... Não, não posso entregar meus rapazes; levem embora os soldados e acaba-se o problema.

– Os soldados não podem ser levados embora – respondeu Meacham – enquanto vocês ficarem em Lava Beds.

Agarrando o braço de Meacham, Jack implorou:

– Diga, meu amigo, o que devo fazer? Não quero lutar.

– Agora a única maneira de ter paz é sair das rochas – disse Meacham sem rodeios. – Não haverá paz enquanto vocês ficarem em Lava Beds.

– Você me pede para sair e me entregar ao poder de vocês – bradou Jack. – Não posso fazer isso. Tenho medo... não, *eu* não tenho medo, mas meu povo tem... Eu sou a voz de meu povo... Sou um modoc. Não tenho medo de morrer. Posso mostrar a ele [Canby] como um modoc sabe morrer.

Ambos sabiam que não havia mais nada a dizer. Meacham convidou Jack a voltar com ele até o acampamento dos soldados e continuar a conversa com o general Canby e os outros membros da comissão de paz, mas Jack não aceitou. Disse que antes teria de se reunir com seu povo e que avisaria a comissão se houvesse mais alguma coisa a conversar.[11]

Quando Meacham relatou ao general Canby que o Capitão Jack nunca entregaria o grupo de Hooker Jim e, portanto, não renderia o baluarte de Lava Beds sem lutar, Canby decidiu dar mais uma oportunidade aos modocs que quisessem sair. No dia seguinte, enviou Winema até Jack para informá-lo de que qualquer modoc que quisesse se render poderia voltar com ela.

Enquanto Winema esperava, o Capitão Jack convocou um conselho. Apenas onze modocs votaram em favor da proposta de Canby. Hooker Jim, Schonchin John e Curly Headed Doctor foram enfáticos contra qualquer rendição, acusando Canby e a comissão de estarem tramando uma traição. A reunião terminou com uma ameaça dos seguidores de Hooker Jim de matar qualquer modoc que tentasse se render.

Naquela noite, quando Winema voltava para o quartel-general de Canby, um jovem modoc chamado Weuim, e que era parente dela, a fez parar na trilha a pequena distância. Avisou-lhe que não viesse mais ao baluarte modoc e dissesse a seus amigos brancos para não fazerem mais reuniões com o povo dele. Weuim falou que os seguidores de Hooker Jim estavam planejando matar todos os que estivessem contra eles. Winema retornou ao acampamento do exército, mas ficou com medo de dar o recado a quem quer que fosse e só contou ao marido. Frank Riddle, porém, foi imediatamente ao quartel-general e informou os membros da comissão sobre o alerta. Eles acharam que não passava de um falatório por raiva.

Em Lava Beds, porém, o falatório por raiva dos pacificadores brancos aumentou. Em 7 de abril à noite, Hooker Jim e seus seguidores decidiram colocar as coisas em pratos limpos numa conversa com o chefe. Alguns desconfiavam que Jack estava a ponto de traí-los.

Schonchin John abriu a reunião com um discurso ríspido:

– Fui enganado e ludibriado muitas vezes pelo povo branco. Não pretendo ser enganado outra vez.

Acusou a comissão de trapaça, de estar ganhando tempo enquanto o Exército trazia mais armas e soldados.

– Quando acharem que há homens suficientes, eles vão cair em cima de nós e matar até o último.

Black Jim foi o próximo a falar:

– Eu, por mim, não vou engolir a isca e ser abatido como um cachorro pelos soldados. Mato um antes que me peguem.

Em seguida falou em matar os membros da comissão de paz na próxima reunião com eles.

Quando Capitão Jack viu para onde rumava a conversa, tentou convencer os oradores de que estavam errados. Pediu tempo para negociar com a comissão, para tentar salvar o grupo de Hooker Jim e conseguir uma boa área de terra como reserva.

– A única coisa que peço a vocês é que se comportem e esperem.

Black Jim acusou Jack de cegueira.

– Você não é capaz de ver os soldados chegando a cada dois ou três dias? Você não sabe que os últimos soldados que chegaram trouxeram armas grandes que disparam balas do tamanho de sua cabeça? A comissão quer fazer paz com você arrancando sua cabeça fora com uma daquelas armas grandes.

Outros oradores deram apoio aos argumentos de Black Jim e, quando Jack tentou novamente ponderar com eles, calaram-no aos gritos:

– O que você diz não é bom! Estamos condenados. Vamos lutar e assim morremos logo. Vamos morrer de qualquer maneira.

Achando que era inútil dizer qualquer outra coisa, Jack se virou para sair da reunião, mas Black Jim o deteve.

– Se você é nosso chefe, prometa-nos que vai matar Canby na próxima vez que encontrar com ele.

– Não posso e não vou fazer isso.

Então Hooker Jim, que estava observando em silêncio, avançou até o chefe.

– Você vai matar Canby ou será morto. Você vai matar ou será morto por seus próprios homens.

Jack sabia que era um desafio à sua liderança, mas controlou a raiva.

– Por que você quer me forçar a praticar um ato de covardia?

– Não é um ato de covardia – replicou Hooker Jim. – Será corajoso matar Canby na frente de todos aqueles soldados.

Sem prometer nada, Jack começou a se afastar de novo da reunião. Alguns homens de Hooker Jim lhe atiraram uma manta de mulher nos ombros, zombando:

– Você é uma mulherzinha, uma mulherzinha molenga. Você não é um modoc. Repudiamos você.

Para salvar seu poder, para ganhar tempo, Jack sabia que tinha de dizer alguma coisa.

– Vou matar Canby – disse ele.

Empurrou os homens de lado e foi sozinho para a gruta.

Winema não apareceu com nenhuma mensagem no dia seguinte nem no outro, e então Boston Charley, que falava inglês, foi enviado para dizer ao general Canby que os modocs queriam uma reunião com ele e a comissão na sexta de manhã, dia 11 de abril. Boston Charley disse a Canby que os modocs iriam desarmados à tenda do conselho, e esperavam que os membros da comissão também fossem sem armas.

Em 10 de abril, de manhã, Jack reuniu seus homens fora da gruta. O dia estava primaveril, e o sol logo dissolveu a neblina da madrugada.

– Meu coração me diz que é a mesma coisa que falar com o vento e com as nuvens – disse ele –, mas eu quero dizer que a vida é doce, o amor é forte; o homem luta para salvar sua vida; o homem também mata para conquistar o que seu coração deseja; isto é amor. A morte é muito ruim. A morte logo nos alcançará.

Disse a seus homens que, se começassem a lutar de novo, todos iriam morrer, inclusive as mulheres e as crianças. Se tivessem de lutar, os soldados que começassem. Lembrou ainda que tinha prometido aos membros da comissão que não cometeria nenhum ato de guerra enquanto prosseguissem os conselhos de paz.

– Deixem que eu mostre ao mundo que Capitão Jack tem palavra – pediu ele.

E então citou a promessa de matar o general Canby, que ele fizera.

– Não me prendam a ela. Se vocês me prenderem ao que eu disse por raiva, estamos condenados. Hooker Jim, você sabe disso tão bem quanto eu.

– Prendemos vocês à promessa – respondeu Hooker Jim. – Você tem de matar Canby. Suas palavras são boas, mas agora é tarde demais para essa conversa.

Jack olhou os cinquenta homens sentados nas pedras a seu redor. A luz do sol brilhava em suas faces morenas.

– Todos os que querem que eu mate Canby fiquem de pé.

Apenas uma dúzia de seus seguidores leais continuou sentada.

– Vejo que vocês não amam a vida nem nada mais.

Estava com a voz triste enquanto procurava alguma alternativa. E falou que, na reunião com Canby, iria dizer o que os modocs queriam.

– Vou perguntar a ele várias vezes. Se ele concordar com meus termos, não vou matá-lo. Estão ouvindo?

– Sim – responderam todos.

– Está bom assim?

– Está – concordaram eles.

Agora somente as palavras de Canby poderiam deter a matança.[12]

A Sexta-Feira da Paixão de 1873 amanheceu límpida, com uma brisa fria fazendo adejar a lona da tenda do conselho, que ainda estava montada entre o acampamento dos soldados e o baluarte de Lava Beds. Capitão Jack, Hooker Jim, Schonchin Jim, Ellen's Man, Black Jim e Shacknasty Jim chegaram cedo ao local da reunião, e um deles fez uma fogueira de artemísia para aquecê-los enquanto esperavam a chegada dos membros da comissão. Desta vez não levaram as mulheres. E também não levaram rifles, mas todos estavam com pistolas escondidas sob o casaco.

Os membros da comissão chegaram atrasados (Winema continuava avisando que não fossem), mas logo depois das onze horas o general Canby e o reverendo Thomas apareceram a pé, e atrás deles, a cavalo, estavam L. S. Dyar, Alfred

Meacham, Winema e Frank Riddle. Acompanhando os membros da comissão e os intérpretes, vinham Boston Charley e Bogus Charley, que tinham ido até o acampamento para encontrá-los. Os dois Charleys traziam rifles a tiracolo, com displicência. Nenhum dos membros da comissão tinha armas à mostra; Meacham e Dyar estavam com pequenas pistolas no bolso do casaco.

Canby trouxe uma caixa de charutos, e logo que chegou à tenda deu um charuto para cada. Acenderam os charutos com um tição da fogueira e se sentaram em pedras ao redor do fogo, fumando em silêncio durante alguns minutos.

Rememorando mais tarde, Frank Riddle disse que Canby foi o primeiro a falar.

> Ele lhes disse que fazia cerca de trinta anos que tratava com os índios, e que estava ali para fazer paz com eles e falar por bem; e que providenciaria para que recebessem tudo o que lhes prometesse; e que, se viessem e saíssem com ele, iria levá-los para uma boa terra e assentá-los, para poderem viver como os brancos.[13]

Meacham foi o próximo a falar, começando com as usuais observações preliminares sobre o Grande Pai em Washington, que o mandara ali para limpar todo o sangue que tinha sido derramado. Disse que esperava levá-los para um lugar melhor, onde poderiam ter boas casas e muita comida, roupas e cobertores. Quando Meacham acabou de falar, Capitão Jack lhe disse que não queria sair da terra modoc e pediu uma reserva em algum lugar perto do lago Tule e de Lava Beds. Também repetiu seu pedido anterior de retirarem os soldados antes de falarem em paz.

Aparentemente Meacham se irritou com as exigências repetitivas de Jack e levantou a voz:

– Falemos como homens, não como crianças.

Então sugeriu que os modocs que quisessem poderiam ficar em Lava Beds, até se encontrar uma reserva onde poderiam viver em paz.

Schonchin John, que estava sentado na frente de Meacham, a cerca de três metros dele, falou em modoc, zangado, dizendo que calasse a boca. Nesse momento, Hooker Jim se levantou e foi até o cavalo de Meacham, que estava do lado dele. O capote de Meacham estava em cima da sela. Hooker Jim pegou o capote, vestiu e abotoou até em cima, e ficou fazendo um pouco de palhaçada enquanto andava na frente da fogueira.

– Vocês achar eu parecer Meacham? – perguntou ele num inglês estropiado.

Meacham tentou levar a interrupção na brincadeira e ofereceu seu chapéu a Hooker Jim:

– Tome, ponha ele, e aí você fica sendo Meacham.

Hooker Jim parou com o arremedo.

– Você ficar com ele um pouco. Chapéu ser meu já, já.

Canby evidentemente entendeu o sentido das palavras de Hooker Jim. Retomou depressa a negociação, dizendo que apenas o Grande Pai em Washington tinha autoridade para retirar os soldados. Pediu a Jack que confiasse nele. Jack respondeu:

– Quero lhe dizer, Canby, que não podemos fazer paz enquanto esses soldados estiverem me pressionando. Se você vai algum dia me prometer um lar, em algum lugar neste país, prometa hoje. Agora, Canby, prometa. Não quero mais nada. Sua chance é agora. Cansei de esperar você falar.

Meacham sentiu o tom de urgência na voz de Capitão Jack.

– General, pelo amor dos céus, prometa a ele – exclamou Meacham.

Antes que Canby pudesse dizer qualquer coisa, Jack se pôs de pé num salto e se afastou da fogueira. Schonchin John se virou para o general:

– Você tirar soldados, você devolver nossa terra – gritou ele. – Nós cansado falar. Nós não falar mais![14]

O Capitão Jack deu meia-volta, falando em modoc:

– *Ot-we-kau-tux-e* (Todos prontos!)

Puxou a pistola do casaco e apontou diretamente para Canby. O gatilho estalou, mas a arma falhou. Canby o fitou, assombrado, então a pistola disparou e Canby caiu morto. Quase ao mesmo tempo, Boston Charley atirou e matou o reverendo Thomas. Winema salvou a vida de Meacham desviando de um golpe a pistola de Schonchin John. Durante a confusão, Dyar e Riddle escaparam.

Depois de despir o uniforme de Canby, Jack voltou com os modocs para o baluarte, para aguardar a chegada dos soldados. O principal ponto de discórdia – a rendição dos matadores de Hooker Jim – nem sequer foi discutido naquela última reunião.

Três dias depois começou o combate. Baterias de morteiros martelavam constantemente Lava Beds, e ondas de soldados da infantaria carregavam contra as defesas rochosas. Quando os soldados finalmente tomaram o baluarte, ele estava vazio. Os modocs tinham se esgueirado pelas grutas e fendas. Sem disposição para procurar e expulsar esses índios tão combativos de seus esconderijos, o Exército contratou 72 índios teninos mercenários da reserva Warm Springs no Oregon. Os batedores de Warm Springs descobriram o refúgio dos modocs, mas, quando os soldados foram levados até lá para tomar o local, Capitão Jack montou uma emboscada e por pouco não liquidou toda a patrulha avançada.

Por fim, a superioridade esmagadora dos soldados em número e em poder de fogo obrigou os modocs a se espalharem. Tiveram de matar seus cavalos para comer, e em alguns dias não tinham nada de água para beber. Quando aumentou a quantidade de baixas entre os índios, Hooker Jim começou a brigar com Capitão Jack por causa de sua estratégia. Depois de alguns dias correndo, se escondendo e lutando, Hooker Jim e seu grupo abandonaram o chefe que lhes dera abrigo e depois se recusara a entregá-los a Canby. Jack ficou com 37 guerreiros para enfrentar mais de mil soldados.

Passado não muito tempo, o grupo de Hooker Jim se rendeu aos soldados e se ofereceu para ajudá-los a rastrear Capitão Jack em troca da anistia. O novo comandante militar, general Jefferson C. Davis, deu-lhes a proteção das Forças Armadas, e em 27 de maio Hooker Jim e três membros do grupo saíram para trair o chefe que se negara a traí-los. Encontraram Jack perto de Clear Lake, foram conversar com ele e lhe disseram que tinham sido enviados para obter sua rendição. Disseram que os soldados dariam justiça e muito alimento aos modocs. Jack respondeu:

> Vocês não valem mais que os coiotes que correm nos vales. Vêm aqui montando cavalos dos soldados, armados com armas do governo. Querem comprar sua liberdade me derrubando e me entregando aos soldados. Vocês sabem que a vida é doce, mas não pensavam assim quando me obrigaram a prometer que eu mataria aquele homem, Canby. Eu sempre soube que a vida era doce; é por isso que eu não queria lutar contra o povo branco. Achei que ficaríamos lado a lado se lutássemos, e morreríamos lutando. Agora vejo que sou o único a perder minha vida por matar Canby, e talvez mais um ou dois. Vocês e todos os outros que se entregaram estão se dando bem, e com muita comida, dizem vocês. Ah, seus fracos, vocês se viraram contra mim...[15]

O que mais amargurava o chefe modoc era que esses vira-casacas eram exatamente os mesmos que, poucas semanas antes, tinham-lhe posto uma mantilha nos ombros, dizendo que era uma mulherzinha molenga e assim o obrigaram a prometer que mataria Canby. Sabiam tão bem quanto ele que agora era tarde demais para se render; seria enforcado por ter assassinado Canby. Disse-lhes que estava decidido a morrer com uma arma na mão, em vez de com uma corda no pescoço, e então mandou que fossem embora e vivessem com os brancos, se quisessem. Mas jurou que, se algum dia eles aparecessem de novo e estivessem ao alcance de sua arma, ele os mataria como cachorros desprezíveis.

A perseguição continuou por mais alguns dias. Como disse o general Davis, era "mais uma caça a animais selvagens do que uma guerra, os destacamentos competindo entre si para ver quem seria o primeiro no término".[16]

Depois de uma exaustiva corrida a pé entre rochas denteadas e moitas trançadas, um pequeno grupo de soldados cercou Capitão Jack e três guerreiros que ficaram com ele até o fim. Quando Jack saiu para se render, estava usando o uniforme azul do general Canby, sujo e esfarrapado. Estendeu o rifle a um oficial. "As pernas de Jack cederam", disse ele. "Estou pronto para morrer."

O general Davis queria enforcá-lo imediatamente, mas o Departamento de Guerra em Washington mandou que fosse julgado. O julgamento foi realizado em Fort Klamath em julho de 1873. Capitão Jack, Schonchin John, Boston Charley e Black Jim foram acusados de assassinato. Não havia nenhum advogado representando os modocs; embora lhes fosse concedido o direito de acarear as testemunhas, a maioria não entendia quase o inglês e ninguém sabia falar direito a língua. Enquanto corria o julgamento, os soldados construíram um cadafalso do lado de fora da paliçada dos prisioneiros, de forma que não havia dúvida sobre o veredicto.

Entre as testemunhas de acusação estavam Hooker Jim e seus seguidores. O Exército lhes dera liberdade por terem traído seu próprio povo.

Depois que Hooker Jim foi interrogado pela promotoria, Capitão Jack não fez a acareação, mas em sua fala final na sala do tribunal, traduzida por Frank Riddle, Jack disse: "Hooker Jim é quem sempre quis lutar, e começou a matança e os assassinatos. [...] A vida é minha só por pouco tempo. Vocês brancos não me venceram; foram meus próprios homens."[17]

Capitão Jack foi enforcado a 3 de outubro. Na noite após a execução, seu cadáver foi desenterrado em segredo, transportado para Yreka e embalsamado. Algum tempo depois, o corpo apareceu em cidades do leste como atração de feira, com entrada a dez centavos.

Os 153 sobreviventes, entre homens, mulheres e crianças, inclusive Hooker Jim e seu grupo, foram exilados para o Território Índio. Seis anos depois Hooker morreu, e a maioria dos outros também morreu antes de 1909, quando o governo decidiu permitir que os 51 modocs restantes voltassem a uma reserva no Oregon.

Capítulo onze

A guerra para salvar o búfalo

1874 – *13 de janeiro*, conflito entre desempregados e a polícia de Nova York; centenas ficam feridos. 13 de fevereiro, tropas americanas chegam a Honolulu para proteger o rei. 21 de fevereiro, Benjamin Disraeli torna-se o primeiro-ministro britânico, substituindo William E. Gladstone. 15 de março, a França assume o protetorado de Annam (Vietnã). 29 de maio, a Alemanha dissolve o Partido Social-democrata. Julho, Alexander Graham Bell mostra sua nova invenção, o telefone elétrico. 7 de julho, Theodore Tilton acusa o reverendo Henry Ward Beecher de adultério. 4 de novembro, Samuel J. Tilden é eleito governador de Nova York após derrubar o esquema de Tweed. Dezembro, a Aliança do Uísque, envolvendo destilarias e funcionários do governo americano, é exposta.

Soube que pretendem colocar-nos numa reserva perto das montanhas. Não quero ficar nela. Gosto de vagar pelas pradarias. Nelas me sinto livre e feliz; quando nos estabelecemos, ficamos pálidos e morremos. Deixei de lado minha lança, o arco e o escudo, mas me sinto seguro na sua presença. Disse-lhes a verdade. Não tenho pequenas mentiras ocultas em mim, mas não sei como são os comissários. São tão francos quanto eu? Há muito tempo, esta terra pertencia aos nossos antepassados; mas quando subo o rio, vejo acampamentos de soldados em suas margens. Esses soldados cortam minha madeira, matam meu búfalo e, quando vejo isso, meu coração parece se partir; fico triste... Será que o homem branco se tornou uma criança que mata sem se importar e não come o que matou? Quando os homens vermelhos matam a caça, é para que possam viver e não morrer de fome.

SATANTA, CHEFE DOS KIOWAS

Meu povo nunca usou um arco ou disparou uma arma de fogo contra os brancos. Houve problemas na fronteira entre nós, e meus jovens dançaram a dança da guerra. Mas não fomos nós que começamos. Foram vocês que enviaram o primeiro soldado, e nós que mandamos o segundo. Há dois anos vim para esta estrada, seguindo o búfalo, para que minhas mulheres e filhos pudessem ficar com as faces cheias e os corpos aquecidos. Mas os soldados dispararam contra nós e, desde então, houve um barulho como o de uma tempestade e ficamos sem saber que caminho tomar. Foi assim no Canadian. Também não poderemos chorar sozinhos sempre. Os soldados de azul e os utes vieram da noite, quando estava escuro e sossegado, e queimaram nossas tendas como fogueiras. Em vez de perseguirem caça, mataram meus bravos, e os guerreiros da tribo cortaram os cabelos pelos mortos. Foi assim no Texas. Fizeram a tristeza vir para nossos acampamentos, e nós reagimos como os búfalos quando suas fêmeas são atacadas. Quando nós os achamos, nós os matamos e seus escalpos pendem de nossas tendas. Os comanches não são fracos e cegos como cachorrinhos de sete sonos de idade. São fortes e perspicazes como cavalos adultos. Tomamos o caminho deles e o seguimos. Os brancos choraram e nossas mulheres riram.

Mas há coisas que vocês me disseram e eu não gosto. Não são doces como açúcar, mas amargas como cabaças. Disseram que desejavam nos colocar numa reserva, construir-nos casas e fazer-nos tendas de cura. Não quero nada disso. Nasci na pradaria, onde o vento sopra livre e não existe nada que interrompa a luz do sol. Nasci onde não havia cercas, onde tudo respirava livremente. Quero morrer ali, não entre paredes. Conheço cada corrente e cada bosque entre o rio Grande e o Arkansas. Cacei e vivi nesse território. Vivi como meus pais, antes de mim, e, como eles, vivi feliz.

Quando estive em Washington, o Grande Pai Branco disse-me que toda a terra comanche era nossa e que ninguém deveria impedir-nos de morar ali. Assim, por que nos pedem para deixar os rios, o sol e o vento, para irmos morar em casas? Não nos peçam para trocarmos o búfalo pelos carneiros. Os jovens ouviram falar disso e ficaram tristes e furiosos. Não falem mais disso... Se os texanos ficassem fora do meu território, haveria paz. Mas o lugar em que vocês dizem que devemos viver é pequeno demais. Os texanos tomaram os lugares onde a grama cresce mais e a madeira é melhor. Se nós os conservássemos, poderíamos fazer as coisas que nos pedem. Mas é tarde demais, os brancos têm o território que amávamos e só queremos vagar pela pradaria até morrer.

PARRA-WA-SAMEN (DEZ URSOS), DOS COMANCHES YAMPARIKAS

DEPOIS DA BATALHA DO Washita, em dezembro de 1868, o general Sheridan ordenou que todos os cheyennes, arapahos, kiowas e comanches fossem a Fort Cobb e se rendessem, ou enfrentassem a extinção pela perseguição e morte nas mãos dos seus soldados Casacos Azuis. (Ver Capítulo seis.) Manta Pequena, que sucedera a Chaleira Preta como chefe, trouxe os cheyennes. Urso Amarelo trouxe os arapahos. Uns poucos líderes comanches – especialmente Tosawi, a quem Sheridan dissera que o único índio bom era um índio morto – também vieram se render. Porém, os orgulhosos e livres kiowas não deram sinais de cooperar, e Sheridan enviou Traseiro Duro Custer para obrigá-los à rendição ou destruí-los.

Os kiowas não viam motivos para ir a Fort Cobb, entregar suas armas e viver da caridade dos brancos. O tratado de Medicine Lodge, que os chefes assinaram em 1867, dera-lhes o território em que viviam e o direito de caçar em qualquer terra ao sul do Arkansas "desde que o búfalo atinja tal quantidade que justifique a perseguição".[1] Entre o Arkansas e os tributários ocidentais do rio Vermelho, as planícies escureciam com os milhares de búfalos impelidos desde o Norte pela civilização em marcha do homem branco. Os kiowas possuíam muitos cavalos velozes e, quando a munição escasseava, podiam usar suas flechas para matar animais suficientes para satisfazer todas as suas necessidades de comida, vestuário e abrigo.

Entretanto, longas colunas de soldados Casacos Azuis a cavalo chegaram ao acampamento kiowa de inverno no riacho Rainy Mountain. Não querendo lutar, Satanta e Lobo Solitário, com uma escolta de guerreiros, foram conversar com Custer. Satanta era um gigante corpulento, com um cabelo preto de azeviche que chegava aos ombros enormes. Seus braços e pernas eram solidamente musculosos e sua expressão franca revelava firme confiança na sua força. Usava uma pintura vermelha brilhante no rosto e no corpo, além de ostentar fitas vermelhas na sua lança. Gostava de cavalgar bastante e de lutas difíceis. Era um homem que comia e bebia com disposição e ria com entusiasmo. Chegava até a gostar dos seus inimigos.

Quando partiu para se encontrar com Custer, sorria de prazer. Ofereceu-lhe a mão, mas Custer recusou-se a dar a sua.

Tendo vivido perto dos fortes de Kansas o suficiente para saber dos preconceitos dos brancos, Satanta não se alterou. Não queria que seu povo fosse destruído como o de Chaleira Preta. A reunião começou friamente, com dois intérpretes tentando traduzir o diálogo. Percebendo que os intérpretes sabiam menos palavras de kiowa que ele de inglês, Satanta chamou um de seus guerreiros, Pássaro-que-Anda, que adquirira um vocabulário extenso junto aos carroceiros brancos. Pássaro-que-Anda falou orgulhosamente a Custer, mas o chefe de soldados balançou a cabeça; não compreendia o sotaque do kiowa. Decidido a se fazer compreender, Pássaro-que-Anda foi para bem perto de Custer e começou a bater em seu braço como vira os soldados batendo nos seus cavalos.

– É um monte de bons filhos da puta – disse. – Um monte de filhos da puta.[2]

Ninguém riu. Os intérpretes, finalmente, fizeram Satanta e Lobo Solitário compreenderem que deveriam levar seus grupos de kiowas a Fort Cobb ou enfrentar a destruição pelos soldados de Custer. Então, violando a trégua, Custer de repente mandou que os chefes e sua escolta fossem presos; seriam levados para Fort Cobb e mantidos prisioneiros até que seu povo se reunisse a eles. Satanta recebeu calmamente a decisão, mas disse que teria de mandar um mensageiro para dizer ao seu povo que fosse para o forte. Mandou seu filho de volta às aldeias kiowas, mas em vez de ordenar ao seu povo que o seguisse até Fort Cobb, avisou que todos deveriam fugir no rumo oeste para o território dos búfalos.

Cada noite, à medida que a coluna militar de Custer marchava de volta a Fort Cobb, alguns dos kiowas presos conseguiam fugir. Satanta e Lobo Solitário, porém, estavam muito bem guardados para escapar. Quando os Casacos Azuis chegaram a Fort Cobb, os dois chefes eram os únicos prisioneiros. Irritado com isso, o general Sheridan declarou que Satanta e Lobo Solitário seriam enforcados, a menos que todo seu povo fosse a Fort Cobb e se rendesse.

Foi assim, com ciladas e traição, que a maioria dos kiowas foi forçada a renunciar à sua liberdade. Só um chefe menor,

Coração de Mulher, fugiu com seu povo para as planícies demarcadas, onde a eles se reuniram os comanches kwahadi.

Para manter estreita vigilância sobre os kiowas e comanches, o Exército construiu uma nova cidade de soldados, alguns quilômetros ao norte da fronteira do rio Vermelho, e chamou-a de Fort Sill. O general Benjamin Grierson, um herói da Guerra Civil dos brancos, comandava as tropas, na maioria soldados negros da Décima Cavalaria. Soldados búfalos, como eram chamados pelos índios, devido à sua cor e ao seu cabelo. Pouco depois, um agente sem cabelos na cabeça chegou do Leste para ensiná-los a viver do cultivo da terra, em vez da caça ao búfalo. Seu nome era Lawrie Tatum, mas os índios chamaram-no de Cabeça Calva.

O general Sheridan veio para o novo forte, soltou Satanta e Lobo Solitário e convocou um conselho em que repreendeu os chefes por suas más ações passadas e aconselhou-os a obedecer a seu agente.

"O que me disser", respondeu Satanta, "será realizado depressa. Pegarei nisso e o manterei perto de meu peito. Não alterarei em nada a minha opinião se me pegar agora pela mão ou se me pegar e enforcar. Minha opinião será a mesma. O que me disse hoje abriu-me os olhos e meu coração também se abriu. Toda esta região é sua para fazer o caminho pelo qual viajaremos. Depois disso, seguirei o caminho do homem branco, plantarei milho e colherei milho... Não ouvirão mais dizer que os kiowas mataram mais brancos... Não estou dizendo uma mentira agora. É a verdade."[3]

Na época da semeadura do milho, 2 mil kiowas e 2,5 mil comanches estavam estabelecidos na nova reserva. Para os comanches, havia algo de irônico no fato de o governo forçá-los a deixar a caça ao búfalo pela agricultura. Os comanches haviam desenvolvido uma economia agrícola no Texas, mas os brancos chegaram ali e tomaram suas terras, forçando-os a caçar búfalos para sobreviver. Agora, esse velho gentil, Cabeça Calva Tatum, tentava dizer-lhes que deveriam tomar o caminho do homem branco e ir plantar, como se os índios não soubessem nada do cultivo do milho. Não fora um índio que ensinara ao branco como plantar milho e fazê-lo crescer?

Para os kiowas, era outra coisa. Os guerreiros achavam que cavar a terra era trabalho de mulher, indigno de caçadores montados. Além disso, se precisavam de milho, podiam trocar *pemmican* e mantas com os wichitas por milho, como sempre fizeram. Os wichitas gostavam de plantar milho, mas eram gordos e preguiçosos demais para caçar búfalos. Em meados do verão, os kiowas queixaram-se a Cabeça Calva Tatum das restrições do cultivo da terra. "Não gosto de milho", disse-lhe Satanta. "Machuca meus dentes." Também estava cansado de comer carne dura de *longhorn** e pediu a Tatum uma distribuição de armas e munições para que os kiowas pudessem ir caçar búfalo.[4]

Nesse outono, os kiowas e comanches colheram cerca de 4 mil alqueires de milho. Isso não durou muito, distribuído entre 5,5 mil índios e vários milhares de cavalos. Na primavera de 1870, as tribos estavam morrendo de fome e, Cabeça Calva Tatum deu-lhes permissão para caçar búfalo.

Na Lua do Verão de 1870, os kiowas fizeram uma grande dança do sol no braço norte do rio Vermelho. Convidaram os comanches e cheyennes do sul para assistirem a ela e, durante as cerimônias, muitos guerreiros desiludidos falaram de ficar nas planícies e viver na abundância com o búfalo, em vez de voltar à reserva e às esmolas reduzidas.

Dez Ursos, dos comanches, e Pássaro Saltador, dos kiowas, falaram contra isso. Achavam que seria melhor para as tribos seguir o caminho do homem branco. Os jovens comanches não condenaram Dez Ursos; afinal, ele era velho demais para caçar e lutar. Mas os jovens kiowas insurgiram-se contra o conselho de Pássaro Saltador; ele fora um grande guerreiro antes do homem branco engaiolá-lo na reserva. Agora, ele falava como uma mulher.

Assim que a dança acabou, muitos dos jovens foram para o Texas caçar búfalos e atacar os texanos que haviam tomado suas terras. Estavam particularmente furiosos com os caçadores brancos que vinham do Kansas para matar milhares de búfalos; os caçadores só pegavam as peles, deixando as carcaças sangrentas apodrecerem nas planícies. Para os kiowas e comanches, os brancos pareciam odiar tudo na natureza. "Este

---

* *Longhorn:* espécie de gado de chifres muito compridos. (N.T.)

território é antigo", queixou-se Satanta ao Velho do Trovão Hancock, quando se encontrou com ele em Fort Larned, em 1867. "Mas vocês estão cortando as árvores e agora o território não tem mais importância." No riacho Medicine Lodge, queixou-se outra vez aos comissários de paz:

– Há muito tempo, esta terra pertencia aos nossos antepassados; mas, quando subo o rio, vejo acampamentos de soldados em suas margens. Esses soldados cortam minha madeira; matam meu búfalo e, quando vejo isso, meu coração parece se partir; fico triste.[5]

Ao longo da Lua do Verão de 1870, os guerreiros que ficaram na reserva zombaram sem dó de Pássaro Saltador, por defender a agricultura em vez da caça. Afinal, Pássaro Saltador não aguentou mais. Organizou um grupo de guerra e convidou seus piores perseguidores – Lobo Solitário, Cavalo Branco e o velho Satank – a acompanhá-lo num reide contra o Texas. Pássaro Saltador não tinha o corpo musculoso e entroncado de Satanta. Era pequeno, vigoroso e de pele clara. Pode ter sido sensível ao fato de não ser um kiowa puro; um de seus avós era um índio crow.

Com cem guerreiros atrás de si, Pássaro Saltador atravessou a fronteira do rio Vermelho e capturou deliberadamente um vagão-correio como desafio aos soldados de Fort Richardson, Texas. Quando os Casacos Azuis saíram para combater, Pássaro Saltador mostrou sua capacidade de tática militar, empenhando os soldados numa escaramuça frontal, enquanto mandou duas colunas, como pinças, fustigar os flancos e a retaguarda do inimigo. Depois de dominar os soldados e submetê-los a ficar oito horas sob um sol inclemente, Pássaro Saltador encerrou a luta e levou os guerreiros triunfalmente de volta à reserva. Provara seu direito à chefia, mas desde esse dia só trabalhou no sentido de fazer a paz com o homem branco.

Com a chegada do frio, muitos bandos nômades voltaram a seus acampamentos perto de Fort Sill. Várias centenas de jovens kiowas e comanches, porém, permaneceram nas planícies no inverno. O general Grierson e Cabeça Calva Tatum censuraram os chefes por incursionarem no Texas, mas não podiam dizer nada contra a carne seca de búfalo e as peles que os caçadores trouxeram para ajudar suas famílias a passar outra estação de magras rações governamentais.

Em torno das fogueiras dos acampamentos dos kiowas naquele inverno, houve muita conversa sobre os brancos que estavam vindo das quatro direções. O velho Satank lamentava seu filho, que fora morto nesse ano pelos texanos. Satank trouxera os ossos do filho e colocara-os sobre uma plataforma alta dentro de uma tenda especial e, agora, sempre falava de seu filho como se este estivesse dormindo, não morto, e, todo dia, punha comida e água perto da plataforma, a fim de que o rapaz pudesse se revigorar quando acordasse. À noite, o velho sentava-se, com os olhos semicerrados, junto à fogueira, os dedos ossudos cofiando os pêlos grisalhos do seu bigode. Parecia esperar alguma coisa.

Satanta movia-se sem descanso, sempre falando, fazendo propostas para os outros chefes sobre o que deveriam fazer. De toda parte, ouviam boatos de que os trilhos de aço do Cavalo de Ferro estavam chegando ao seu território de búfalos. Sabiam que as estradas de ferro haviam afastado o búfalo do Platte e do Smoky Hill; não poderiam permitir que uma estrada de ferro atravessasse seu território de búfalos. Satanta queria falar com os oficiais no forte, convencê-los de que deveriam levar os soldados para longe e deixar os kiowas viverem como sempre, sem uma estrada de ferro que amedrontasse os rebanhos de búfalos.

Árvore Grande era mais direto. Queria ir ao forte numa noite, pôr fogo nos edifícios e matar todos os soldados que escapassem. O velho Satank foi contra essas soluções. Seria uma perda de tempo falar com os oficiais, e, mesmo que matassem todos os soldados do forte, outros viriam tomar seus lugares. Os brancos eram como coiotes; sempre havia mais deles, não importando quantos fossem mortos. Se os kiowas quisessem expulsar os brancos de sua região e salvar o búfalo, deveriam começar pelos colonos, que cercavam a grama, construíam casas, faziam estradas de ferro e matavam toda a caça.

Quando chegou a primavera de 1871, o general Grierson enviou patrulhas de seus soldados negros, a fim de guardar os vaus ao longo do rio Vermelho, mas os guerreiros estavam ansiosos por ver búfalos de novo e conseguiram passar pelos soldados. Por toda parte a que foram naquele verão, através do Texas, encontraram mais cercas, mais ranchos e mais caçadores brancos de búfalos, com rifles mortíferos de longo alcance, que dizimavam os rebanhos em decadência.

Na Lua das Folhas daquela primavera, alguns chefes kiowas e comanches realizaram uma grande expedição de caça pelo braço norte do rio Vermelho, esperando encontrar búfalos sem sair da reserva. Só acharam poucos, já que a maioria dos rebanhos estava longe no Texas. Em volta das fogueiras noturnas dos acampamentos, começaram a falar outra vez sobre como os brancos, especialmente os texanos, estavam tentando acabar com todos os índios. Logo teriam um Cavalo de Ferro correndo pela pradaria, e todo o búfalo desapareceria. Mamanti, O-que-Anda-no-Céu, um grande feiticeiro, sugeriu que era tempo de eles irem para o Texas e começarem a destruir os texanos.

Fizeram preparativos e, em meados de maio, o grupo guerreiro escapou das patrulhas de Grierson e passou através do rio Vermelho para o Texas. Satanta, Satank, Árvore Grande e muitos outros líderes guerreiros estavam no grupo, mas o ataque fora uma visão de Mamanti, portanto ele era o líder. A 17 de maio, Mamanti fez os guerreiros pararem numa colina que dava para a trilha Butterfield, entre os Forts Richardson e Belknap. Ali esperaram toda a noite e até o meio do dia seguinte, quando viram uma ambulância do Exército, escoltada por soldados montados, dirigindo-se para leste, ao longo da trilha. Alguns dos guerreiros queriam atacar, mas Mamanti recusou-se a dar o sinal. Garantiu-lhes que um prêmio muito maior viria logo, talvez uma caravana cheia de rifles e munições. (Sem que os índios soubessem, o passageiro do veículo do Exército era nada menos que o Grande Guerreiro Sherman, numa viagem de inspeção pelos postos militares do sudoeste.)

Como Mamanti previra, uma caravana de dez carroções de carga apareceu à vista algumas horas depois. No momento adequado, fez um sinal a Satanta, que segurava um clarim. Satanta fez soar o instrumento e os guerreiros desceram a encosta. Os carroceiros formaram um círculo e empreenderam uma resistência desesperada, mas o ímpeto de kiowas e comanches foi demais para eles. Os guerreiros penetraram no círculo dos carroções, mataram sete carroceiros e deixaram os outros fugir para uma mata próxima, enquanto saqueavam os carroções. Não acharam rifles nem munições, apenas milho. Pegaram as mulas dos carroções, colocaram os seus feridos nos cavalos e se dirigiram para norte, ao rio Vermelho.

Cinco dias depois, o Grande Guerreiro Sherman chegou a Fort Sill. Quando o general Grierson o apresentou a Cabeça Calva Tatum, Sherman perguntou ao agente se alguns dos seus kiowas e comanches estiveram ausentes da reserva durante a semana anterior. Tatum prometeu investigar o assunto.

Pouco depois, vários dos chefes chegaram de seus acampamentos para receberem as rações semanais. Pássaro Saltador, Satank, Árvore Grande, Lobo Solitário e Satanta entre eles. O agente Tatum convocou-os para seu escritório. Com sua costumeira solenidade gentil, Tatum perguntou aos chefes se sabiam de um ataque contra uma caravana no Texas. Se algum soubesse, disse, gostaria de ouvi-lo falar sobre isso.

Sem mencionar o fato de Mamanti ter liderado o ataque, Satanta levantou-se imediatamente e disse que fora o líder. Várias razões têm sido apresentadas para explicar isso. Terá sido por vaidade? Estava só se gabando ou achava que seu dever, como chefe principal, era assumir toda a responsabilidade? De qualquer modo, usou a oportunidade para se queixar a Tatum da maneira pela qual os índios eram tratados:

> Pedi repetidamente armas e munições, que não forneceram, e fiz muitos outros pedidos, nunca aceitos. Não me ouvem falar. Os brancos estão se preparando para construir uma estrada de ferro através do nosso território, que não permitiremos. Há alguns anos, fomos puxados pelo cabelo e levados para perto dos texanos, onde tivemos de lutar... Quando o general Custer esteve aqui, há dois ou três anos, prendeu-me e me manteve em confinamento durante vários dias. Mas agora deixou de prender índios, coisa que não será repetida. Por causa dessas afrontas, parti, há pouco tempo, acompanhado por cerca de cem dos meus guerreiros e pelos chefes Satank, Coração de Águia, Árvore Grande, Arco Grande e Urso Veloz... Fomos ao Texas, onde capturamos uma caravana perto de Fort Richardson... Se

qualquer outro índio vier aqui e proclamar ter a honra de haver liderado o grupo, estará mentindo, pois eu é que o fiz![6]

Tatum permaneceu aparentemente impassível ante o discurso surpreendente de Satanta. Disse a Satanta que não tinha autoridade para fornecer armas nem munições, mas que o Grande Guerreiro Sherman estava visitando Fort Sill e que, se os chefes quisessem pedir armas e munição a Sherman, tinham liberdade para isso.

Enquanto os chefes kiowas debatiam a oportunidade de um conselho com Sherman, Tatum enviou uma mensagem ao general Grierson, informando-o de que Satanta confessara ter liderado o ataque à caravana e apontara os outros chefes presentes. Pouco depois de Grierson ter recebido a mensagem e transferido a Sherman o seu conteúdo, Satanta chegou sozinho ao quartel-general do forte, pedindo para ver o grande chefe de soldados de Washington. Sherman apareceu no grande portão, deu a mão a Satanta e disse-lhe que estava convocando os chefes para um conselho.

A maioria dos chefes compareceu voluntariamente, mas os soldados tiveram de forçar o velho Satank a aparecer. Árvore Grande tentou fugir, mas foi preso. Coração de Águia escapou quando viu os soldados prendendo os outros.

Assim que os chefes se reuniram no portão, Sherman disse-lhes que estava prendendo Satanta, Satank e Árvore Grande por matarem carroceiros civis no Texas. Depois disso, seus soldados iriam levá-los ao Texas para julgamento numa corte de justiça.

Satanta jogou a manta para trás e pegou o revólver, gritando em kiowa que preferia morrer a ser levado como prisioneiro para o Texas. Sherman calmamente deu uma ordem; as venezianas das janelas da entrada se abriram e uma dúzia de carabinas foi apontada para os chefes. O quartel-general estava cheio de soldados negros da Décima Cavalaria.

Pássaro Saltador levantou-se em protesto.

– Convocou esses homens para matá-los – disse. – Mas eles são minha gente e não os deixarei ir. Você e eu vamos morrer aqui.[7]

Nesse momento, uma tropa de cavalaria montada chegou ao local. Enquanto tomavam posição ao longo de uma estacada diante da entrada, Lobo Solitário chegou a cavalo. Ignorando os soldados, desmontou normalmente, amarrou o cavalo à cerca e colocou suas duas carabinas de repetição no chão. Ficou ali por um momento, arrumando seu cinturão de armas, olhos alertas, uma expressão de desprezo divertido no rosto. Depois, pegou as armas e dirigiu-se para o portão. Quando atingiu os degraus, passou seu revólver ao chefe mais próximo e disse alto, em kiowa:

– Faça-o fumegar se acontecer alguma coisa.[8]

Deu uma carabina para outro chefe e, depois, sentou-se no chão da entrada, engatilhando a arma restante e olhando impudentemente para o Grande Guerreiro Sherman.

Um oficial deu uma ordem e os cavalarianos colocaram suas carabinas em mira, engatilhadas.

Satanta levantou as mãos e gritou:

– Não, não, não![9]

Sherman calmamente ordenou que os soldados baixassem as armas.

Era 8 de junho, na Lua do Verão, quando os soldados colocaram os três chefes em carroções para a longa jornada até Fort Richardson. Algemados e acorrentados, Satanta e Árvore Grande foram colocados num carroção e Satank no outro.

Quando os carroções saíram do forte com sua escolta de cavalaria, o velho Satank começou a cantar a canção de morte da sua sociedade de guerreiros kiowas:

> Ó sol, vós ficais para sempre, mas nós, os kaitsenko, devemos morrer.
>
> Ó terra, vós ficais para sempre, mas nós, os kaitsenko, devemos morrer.[10]

Apontou para uma árvore em que a estrada se desviava para atravessar um riacho. "Nunca irei além desta árvore", gritou em kiowa e jogou a manta por cima da cabeça. Sob o cobertor, rasgara a carne das mãos ao libertá-las das algemas. Escondera uma faca na roupa. Com um grito de desespero, saltou sobre o guarda mais próximo, derrubando-o e lançando-o para fora do carroção. Um instante depois, pegou a carabina de um dos outros guardas espantados. Fora, um tenente deu ordem de fogo. Uma rajada atingiu em cheio o velho kiowa. Os carroções tiveram de parar uma hora, enquanto os soldados esperavam que Satank morresse. Então, lançaram seu corpo numa vala ao lado da estrada e retomaram a viagem para o Texas.

O julgamento de Satanta e Árvore Grande por assassinato começou a 5 de julho de 1871, no tribunal de Jacksboro, Texas. Um júri de rancheiros e caubóis, com pistolas na cintura, ouviu os três dias de trabalhos e imediatamente pronunciou uma sentença de culpa. O juiz sentenciou os prisioneiros à forca. Porém, o governador do Texas deu atenção às advertências de que suas execuções poderiam levar os kiowas à guerra e comutou a sentença para prisão perpétua na penitenciária de Huntsville.

Agora os kiowas haviam perdido seus três líderes mais fortes. Durante o outono, muitos jovens fugiram em pequenos grupos para se reunirem aos índios que viviam a velha vida livre, nas planícies demarcadas. Evitando os caçadores e colonos brancos, seguiram rebanhos de búfalos entre o Vermelho e o Canadian. Com a chegada da Lua da Partida dos Gansos, fizeram acampamentos de inverno no cânion Palo Duro. Os comanches kwahadis lideravam esse grupo de índios, mas recebiam de braços abertos o número crescente de kiowas que se uniam a eles.

Lobo Solitário caçara com os kwahadis e deve ter pensado antes de se unir a eles, mas, nos primeiros meses de 1872, estava empenhado numa luta com Pássaro Saltador sobre qual a direção que os kiowas das reservas deveriam seguir. Pássaro Saltador e Urso Cambaleante defendiam a tomada do caminho do homem branco, mesmo que isso significasse abandonar as caçadas de búfalos no Texas. Lobo Solitário era contra isso. Os kiowas não poderiam viver sem suas caçadas de búfalos. Disse que se os brancos insistiam teimosamente em que os índios deveriam caçar dentro da reserva, então a reserva deveria ser ampliada até o rio Grande, ao sul, e o Missouri, ao norte!

Os vigorosos argumentos de Lobo Solitário deramlhe forte apoio, o que ficou provado quando os kiowas o escolheram como representante principal, acima de Pássaro Saltador e Urso Cambaleante, numa missão a Washington. Em agosto, a Agência Índia convidou delegações de todas as tribos dissidentes no território para visitar Washington para uma discussão das obrigações dos tratados.

Quando um comissário especial, Henry Alvord, chegou a Fort Sill para levar a delegação kiowa a Washington, Lobo Solitário informou ao comissário que não poderia ir a Washington até consultar Satanta e Árvore Grande. Embora estivessem numa prisão do Texas, Satanta e Árvore Grande eram os líderes da tribo, e nenhuma decisão poderia ser tomada em Washington sem seu conselho.

Alvord ficou confuso, mas depois percebeu que Lobo Solitário realmente tencionava fazer o que dissera; começou então o tedioso processo de conseguir uma reunião com os chefes prisioneiros. Algo relutante, o governador do Texas finalmente concordou em soltar seus prisioneiros famosos sob controle temporário do Exército dos Estados Unidos. Um comandante da cavalaria, extremamente apreensivo, assumiu a guarda dos chefes algemados em Dallas, no Texas, a 9 de setembro (1872), e partiu para Fort Sill. A escolta de cavalaria foi seguida por texanos armados, ansiosos pela glória de matar Satanta e Árvore Grande.

Quando a caravana chegou perto de Fort Sill, o comandante ficou tão agitado que enviou um batedor civil para avisar o oficial da cavalaria que deveria levar os prisioneiros para outro lugar:

> Os índios daqui e nas proximidades da reserva de Fort Sill... estão zangados, de cara feia e com disposição guerreira... Trazer Satanta, seu principal chefe guerreiro, a ferros, e esperar levá-lo de volta à penitenciária estadual, sem problemas – provavelmente uma luta desesperada –, seria quase impossível... Peço, portanto, apesar de suas ordens positivas em contrário, para não levá-los à reserva, mas até o terminal atual da Estrada de Ferro M. K. & T.[11]

O comissário Alvord agora tinha de convencer os kiowas de que estava sendo acertada uma reunião com Satanta e Árvore Grande na grande cidade de St. Louis. Para chegar lá, explicou Alvord, teriam de viajar em carroções até uma estrada de ferro e tomar o Cavalo de Ferro. Com uma escolta de guerreiros, a desconfiada delegação dos kiowas viajou 264 quilômetros para leste até Atoka, no Território Índio, o terminal da Estrada de Ferro Missouri, Kansas e Texas.

Em Atoka, esse caso de ópera cômica chegou ao clímax. Quase no momento em que ali chegou com a delegação de Lobo Solitário, Alvord recebeu uma mensagem do comandante da cavalaria, dizendo que estava levando Satanta e Árvore Grande à estação da estrada de ferro para transferi-los à custódia do comissário. Alvord ficou alarmado com tal perspectiva. O terminal da estrada de ferro era um lugar isolado, e o comissário temia que, se Satanta aparecesse de repente, a reação emocional poderia levar a uma situação incontrolável. Enviou imediatamente o mensageiro de volta ao comandante da cavalaria, pedindo-lhe que mantivesse os prisioneiros ocultos em alguma parte das matas de carvalho até que ele conseguisse fazer a delegação kiowa partir para St. Louis.

Afinal, a 29 de setembro, em quartos especiais da Everett House em St. Louis, Satanta e Árvore Grande celebraram sua liberdade temporária com Lobo Solitário, que tornara tudo isso possível. O comissário Alvord descreveu a reunião como uma "ocasião muito impressionante e comovente", mas aparentemente não percebeu que os chefes kiowas estavam realizando importantes negócios. Antes de Satanta e Árvore Grande serem levados de volta à prisão, Lobo Solitário sabia exatamente o que deveria fazer na sua missão em Washington.[12]

Várias outras delegações índias chegaram a Washington ao mesmo tempo que os kiowas – alguns chefes apaches menores, um grupo de arapahos, uns poucos comanches. Os comanches kwahadis, que eram a força real da tribo, não enviaram ninguém; Dez Ursos representava o grupo dos yamparikas, e Tosawi, os penatekas.

Os funcionários de Washington propiciaram um grande passeio aos índios, uma amostra do poderio militar do governo, um sermão dominical completo, com intérpretes fornecidos pela Igreja Metodista e uma recepção dada pelo Grande Pai Ulysses Grant na Sala Leste da Casa Branca. Depois da troca de discursos floridos cheios das palavras lisonjeiras habituais, o comissário de Assuntos Índios, Francis Walker, tratou de se dirigir em conjunto aos kiowas e comanches. Fez um ultimato surpreendente:

Primeiro, os kiowas e comanches aqui representados devem, antes do próximo 15 de dezembro, colocar cada chefe, cada líder, bravo e família completa a dezesseis quilômetros no máximo de Fort Sill e da agência; devem permanecer ali até a primavera, sem causar nenhum problema, e não sairão sem o consentimento do seu agente.[13]

Continuou dizendo que os comanches kwahadis e outros grupos que haviam se negado a mandar representantes a Washington logo saberiam que tropas dos Estados Unidos foram mandadas para agir contra eles. Além disso, todo índio que não estivesse acampado dentro de dezesseis quilômetros de Fort Sill a 15 de dezembro seria considerado inimigo do governo dos Estados Unidos, e os soldados o matariam onde o achassem.

Dez Ursos e Tosawi responderam que seus grupos comanches fariam o que o Grande Pai quisesse, mas Lobo Solitário disse que duvidava que tal ultimato seria aceito por todos os kiowas. Satanta e Árvore Grande, explicou, eram os chefes guerreiros da tribo e, enquanto os texanos os mantivessem na prisão, muitos dos jovens guerreiros quereriam entrar em guerra com os texanos. A paz só poderia ser conquistada se Satanta e Árvore Grande fossem libertados e levados de volta à reserva, onde poderiam evitar que os jovens atacassem o Texas.

Essa condição, sem dúvida, fora decidida naquela "ocasião muito impressionante e comovente" da reunião dos chefes kiowas em St. Louis. A manobra de Lobo Solitário foi digna de um diplomata treinado e, embora o comissário Walker não tivesse autoridade para ordenar ao governador do Texas a libertação de Satanta e Árvore Grande, teve finalmente de prometer a soltura dos chefes antes de Lobo Solitário concordar em obedecer ao ultimato. Além disso, Lobo Solitário estabeleceu uma data final para a libertação – antes do fim da próxima Lua dos Brotos e do começo da Lua das Folhas, pelo fim de março de 1873.

Um efeito da visita a Washington foi a completa alienação de Dez Ursos, dos comanches. Enquanto Lobo Solitário voltou à reserva como herói, Dez Ursos foi virtualmente ignorado. Doente e exausto, o velho poeta das planícies entregou-se e morreu a 23 de novembro de 1872.

– Com exceção do seu filho – disse o professor da agência, Thomas Battey – seu povo deixou-o.[14]

Enquanto isso, nas planícies demarcadas, como avisara o comissário Walker, o Exército começou a procurar os livres comanches kwahadis. Desde Fort Richardson, a Quarta Cavalaria percorreu os braços superiores do rio Vermelho. Esses soldados montados eram liderados por Ranald Mackenzie, um Chefe Águia de suíças, esperto e irascível. Os comanches chamavam-no de Mangoheute, Três Dedos. (Perdera seu indicador na Guerra Civil.) A 29 de setembro, ao longo do riacho McClellan, os batedores de Três Dedos descobriram uma grande aldeia comanche, a do povo de Urso Forte. Os índios estavam atarefados, secando carne para o inverno. Numa carga a galope, os cavalarianos dominaram a aldeia, mataram 23 comanches, capturaram 120 mulheres e crianças, tomando quase toda a manada, mais de mil cavalos. Depois de queimar as 262 tendas, Mackenzie dirigiu-se rio abaixo e fez um acampamento noturno. Enquanto isso, as centenas de guerreiros que escaparam do ataque foram até uma aldeia comanche vizinha. Com cavalos emprestados e reforços descansados fizeram um ataque noturno de surpresa. "Conseguimos reaver todos os nossos cavalos e pegamos alguns dos soldados, também", disse depois um dos guerreiros.[15] Mas não puderam reaver as mulheres e crianças presas e, depois que Mackenzie as levou para Fort Sill, Urso Forte e vários outros kwahadis foram para a reserva, a fim de ficarem com suas famílias. Entretanto, a força principal dos kwahadis ainda perseguia, livre, o búfalo e continuava a receber recrutas de outras tribos do Sudoeste; sob a liderança do mestiço de 27 anos Quanah Parker, foi mais implacável do que nunca.

Com os primeiros sinais da primavera de 1873, os kiowas começaram a se preparar para uma grande festa a fim de receber Satanta e Árvore Grande. Durante todo o inverno, Cabeça Calva Tatum usou sua influência para impedir a libertação dos chefes, mas o comissário dos Assuntos Índios prevaleceu. Tatum renunciou e James Haworth substituiu-o. Quando a Lua dos Brotos passou, e o calendário estava bem na Lua das Folhas, Lobo Solitário começou a falar de uma guerra com os texanos se eles se recusassem a soltar os chefes. Pássaro Saltador instou os guerreiros a serem pacientes; o governador do Texas estava tendo problemas com os colonos que desejavam deter os índios. Finalmente, na Lua em que Caem os Chifres dos Gamos (agosto), funcionários de Washington conseguiram que Satanta e Árvore Grande fossem transferidos para Fort Sill como prisioneiros. Pouco depois, o governador do Texas chegou, para um grande conselho.

No dia do conselho, Satanta e Árvore Grande tiveram permissão de comparecer, sob guarda de soldados. O governador abriu os trabalhos, dizendo que os kiowas deveriam se estabelecer em fazendas perto da agência. Deveriam pegar suas rações e responder a uma lista de chamada a cada três dias. Deveriam evitar que seus jovens atacassem o Texas, entregar suas armas e cavalos e plantar milho, como índios civilizados.

– Enquanto isso – continuou – Satanta e Árvore Grande ficarão na prisão até o oficial comandante de Fort Sill estar satisfeito com a realização dessas condições.

Lobo Solitário foi o primeiro a falar:

– Vocês já fizeram bem aos nossos corações ao trazerem esses prisioneiros. Façam mais ainda soltando-os hoje.

Mas o governador não cedeu:

– Não mudarei estas condições – disse, e o conselho acabou.[16]

Lobo Solitário estava amargamente decepcionado. As condições eram duras demais e os chefes ainda estavam presos. "Quero a paz", disse a Thomas Battey, o professor. "Trabalhei muito para isso. Washington decepcionou-me – deixou de confiar em mim e no meu povo, quebrou suas promessas; agora, nada nos resta além da guerra. Sei que a guerra com Washington significa o fim do meu povo, mas fomos forçados a isso; preferimos morrer a viver."

Até Pássaro Saltador fora ofendido pelas exigências do governador. "Meu coração é uma pedra; não há ponto fraco nele. Peguei na mão do homem branco, pensando que ele era um amigo, mas ele não é; o governo nos decepcionou; Washington é podre."[17]

Battey e o novo agente, Haworth, perceberam que o derramamento de sangue, possivelmente a guerra aberta, era provável se o governador não fizesse um gesto de boa vontade, soltando Satanta e Árvore Grande da cadeia. Foram até o governador, explicaram-lhe a situação e convenceram-no firmemente a ceder. Tarde da noite, o governador enviou uma mensagem a Lobo Solitário e aos outros chefes, pedindo-lhes que se encontrassem com ele na manhã seguinte. Os kiowas concordaram, mas acertaram, antes da aurora, que não ouviriam mais nenhuma promessa falsa. Compareceram à reunião totalmente armados, com guerreiros colocados perto da cadeia e cavalos rápidos prontos para escapar.

Nada disso passou despercebido ao governador do Texas. Fez um discurso curto, dizendo estar certo de que os kiowas iriam manter sua parte do acordo, anunciando então que estava libertando sob palavra Satanta e Árvore Grande, entregando-os ao agente. Eram homens livres. Lobo Solitário conquistara outra vitória sem derramamento de sangue.

Na Lua das Folhas Caídas, Satanta mudou-se para sua tenda vermelha, de fitas vermelhas flamulando nas pontas dos mastros acima dos buracos para saída de fumaça. Deu sua lança mágica vermelha a seu velho amigo Molotro Branco e disse que não desejava mais ser chefe. Só queria ser livre e feliz para vagar pelas pradarias. Mas manteve sua palavra e ficou perto da agência; não fugiu no outono para caçar búfalo com os jovens nas Staked Plains.*

Na Lua da Partida dos Gansos, alguns ladrões brancos do Texas atacaram as manadas de cavalos dos kiowas e comanches e roubaram duzentos dos seus melhores animais. Um grupo de guerreiros perseguiu-os, mas só recuperou alguns dos animais, antes de os ladrões texanos atravessarem o rio Vermelho.

Pouco tempo depois, um grupo de nove jovens kiowas e 21 comanches decidiu ir para o sul atrás de cavalos para substituir os que haviam sido roubados. Não desejando cau-

* *Staked Plains:* em tradução direta, planícies estacadas. É uma região árida, também conhecida pelo nome espanhol de Llano Estacado, situada nos estados do Novo México e do Texas, entre os rios Canadian e Peco. Um platô calcário, com 130 mil quilômetros, assim chamado devido às estacas ali colocadas pelos espanhóis para guiar os viajantes rumo às fontes ou aos raros rios do lugar. (N.T.)

sar problemas a Satanta e Árvore Grande ao atacar criações texanas, dirigiram-se para o México. Mantendo-se longe dos povoados, cavalgaram velozmente oitocentos quilômetros e cruzaram o rio Grande entre Eagle Pass e Laredo. No México, atacaram ranchos até reunirem o mesmo número de cavalos que os texanos haviam roubado. Mas mataram alguns mexicanos para pegar os cavalos e, no caminho de volta, mataram dois texanos que tentaram detê-los. Então, os Casacos Azuis perseguiram-nos tenazmente e, durante uma batalha em plena corrida, perto de Fort Clark, nove dos jovens índios foram mortos. Entre eles, estavam Tauankia e Guitan, filho e sobrinho de Lobo Solitário.

Estava no meio do inverno quando os sobreviventes voltaram a Fort Sill. Os kiowas e comanches passaram a lamentar a perda dos mais bravos de seus jovens. Na sua dor pelo filho, Lobo Solitário cortou o cabelo, queimou sua tenda, soltou seus cavalos e jurou vingar-se dos texanos.

Assim que a grama ficou verde nas pradarias, na primavera de 1874, Lobo Solitário organizou um grupo para penetrar no Texas e recuperar os corpos de Tauankia e Guitan. Como eram vigiados de perto na reserva, os kiowas não puderam manter secreta a expedição e, mal haviam cruzado o rio Vermelho, colunas de Casacos Azuis partiram para interceptá-los – dos Forts Concho, McKavett e Clark. De alguma maneira, Lobo Solitário conseguiu iludir todos os seus perseguidores. Seu grupo chegou ao lugar do enterro, recuperou os corpos de seu filho e do sobrinho e rumou para o norte, para as Staked Plains. Porém, uma tropa de cavalaria chegou tão perto deles que Lobo Solitário foi obrigado a enterrar novamente os corpos na encosta de uma montanha. Dividindo-se em pequenos grupos, os kiowas fugiram pelas Staked Plains. A maioria deles atingiu o rio Vermelho a tempo de comparecer a uma dança do Sol muito especial que estava sendo realizanda no riacho Elk.

Durante muitos anos, os kiowas convidaram seus amigos comanches a comparecer às suas danças do sol, mas os comanches sempre foram como espectadores e nunca realizaram uma cerimônia própria. Na primavera de 1874, convidaram os kiowas para sua primeira dança do sol e para ajudá-los a decidir o que seria feito com os caçadores brancos de búfalos, que estavam destruindo os rebanhos nas Staked Plains. Pássaro Saltador recusou-se a aceitar o convite. Soubera que os kwahadis é que haviam organizado a dança do sol e, como eram considerados hostis ao governo, Pássaro Saltador convenceu seus seguidores a ficar em seus acampamentos e esperar até julho a sua própria dança solar. Lobo Solitário, porém, ainda lamentando a morte do filho e furioso com os brancos por não terem deixado que ele trouxesse os ossos do próprio filho para um funeral adequado, decidiu levar seus seguidores à dança do sol comanche. Satanta foi com ele; o chefe libertado sob palavra não via mal em comparecer a uma cerimônia comanche dentro dos limites da reserva.

Os kwahadis chegaram em grande número ao riacho Elk, vindos das Staked Plains, com más notícias sobre os rebanhos de búfalos. Caçadores e vendedores brancos de peles estavam por toda parte; o cheiro das carcaças apodrecendo enchia os próprios ventos das planícies; como os índios, os grandes rebanhos estavam sendo destruídos.

(Dos 3,7 milhões de búfalos destruídos de 1872 a 1874, só 150 mil foram mortos pelos índios. Quando um grupo de preocupados texanos perguntou ao general Sheridan se nada iria ser feito para deter a matança indiscriminada dos caçadores brancos, ele respondeu: "Deixem-nos matar, esfolar e vender até que o búfalo tenha sido exterminado, pois esse é o único modo de conseguir paz duradoura e permitir à civilização progredir."[18])

Os kwahadis livres não queriam participar de uma civilização que progredia com o extermínio de animais úteis. Na dança do sol comanche, um profeta kwahadi chamado Isatai falou de uma guerra para salvar o búfalo. Isatai era um homem de grande mágica; diziam que podia vomitar cargas inteiras de munição da sua barriga e que tinha o poder de deter as balas dos brancos no meio do caminho.

Quanah Parker, o jovem chefe guerreiro dos kwahadis, também falou por uma guerra para expulsar os caçadores brancos dos territórios de pastagem. Sugeriu que atacassem primeiro a base dos caçadores, um posto comercial perto do rio Canadian, conhecido como Adobe Walls.

Antes de acabar a dança do sol, um grupo de cheyennes e arapahos chegou da sua reserva ao norte. Estavam furiosos porque alguns ladrões brancos de cavalos haviam roubado cinquenta dos seus melhores mustangs. Desconfiavam que os ladrões eram caçadores de búfalos. Quando souberam do plano de Quanah de atacar os caçadores brancos em Adobe Walls, decidiram unir-se aos kwahadis. Lobo Solitário e Satanta, com seus guerreiros kiowas, ofereceram-se também para lutar. Na sua opinião, a urgência de salvar o búfalo do extermínio era uma questão muito mais importante do que obedecer a pequenas regras da reserva. Afinal, os caçadores não estavam invadindo áreas de búfalos reservadas por tratados ao uso exclusivo dos índios? Se os soldados não expulsassem os caçadores, como deveriam fazer, então os índios se encarregariam disso.

Setecentos guerreiros dirigiram-se para oeste, a partir do riacho Elk, no fim da Lua do Verão. No caminho, Isatai fez mágica e deu confiança aos guerreiros.

– Esses brancos não podem atingir vocês – disse. – Com minha mágica, pararei todas as armas deles. Quando vocês atacarem, matarão todos.[19]

Antes da aurora de 27 de junho, os guerreiros chegaram perto de Adobe Walls e se prepararam para uma carga poderosa que acabasse com todo caçador de búfalo na base de abastecimentos. "Atacamos muito depressa em nossos cavalos, fazendo a poeira subir alto", disse depois Quanah Parker. Tocas de marmotas enchiam o chão, e alguns dos cavalos meteram os cascos nelas, caindo e rolando com seus cavaleiros pintados. Os índios viram dois caçadores tentando escapar num carroção e os mataram, escalpando ambos. Os tiros e os cascos trovejantes alertaram os brancos dentro das casas de adobe, e eles replicaram com seus rifles de búfalo, de longo alcance. Os índios recuaram e depois começaram seu tradicional ataque em círculo, com guerreiros avançando de repente para atirar lanças ou disparar através das janelas.

"Fui até as casas de adobe com outro comanche", disse Quanah. "Furamos buracos no teto para atirar."[20] Várias vezes os índios se retiraram para novos ataques, esperando forçar os caçadores a gastar toda a munição. Numa dessas cargas, o cavalo de Quanah foi atingido sob ele e, quando tentava se abrigar, uma bala acertou seu ombro. Ele se arrastou até um grupo de ameixeiras, sendo salvo depois.

"Os caçadores de búfalos eram muitos para nós", admitiu um dos guerreiros comanches. "Estavam atrás de paredes de adobe. Tinham miras telescópicas em suas armas... Um de nossos homens foi lançado para fora de seu cavalo por uma bala perdida disparada no raio de um quilômetro e meio. Ela o atingiu, mas não o matou."[21]

No começo da tarde, os atacantes se retiraram do alcance dos poderosos rifles de búfalos. Quinze guerreiros morreram; muitos outros estavam gravemente feridos. Viraram sua raiva e frustração contra Isatai, que lhes prometera proteção ante as balas dos brancos e uma grande vitória. Um cheyenne furioso chicoteou Isatai com seu relho e vários outros bravos adiantaram-se para fazer o mesmo, mas Quanah deteve o espancamento. A desgraça de Isatai era punição suficiente, disse. Desde esse dia, Quanah Parker nunca mais acreditou num feiticeiro.

Depois de os chefes desistirem do cerco inútil de Adobe Walls, Lobo Solitário e Satanta levaram seus guerreiros de volta ao braço norte do rio Vermelho, para comparecer à dança do sol kiowa. Convidaram, evidentemente, seus amigos comanches e cheyennes. Nesse verão, a característica principal das cerimônias kiowas era uma celebração da volta de Satanta e Árvore Grande à reserva. Os kwahadis e os cheyennes censuraram a gente da reserva por celebrar enquanto seus rebanhos de búfalos eram dizimados pelos caçadores brancos invasores. Instaram todos os kiowas a se juntarem a eles numa guerra para salvar o búfalo.

Pássaro Saltador não quis ouvir nenhum dos seus argumentos. Assim que a dança do sol acabou, levou seus seguidores rapidamente de volta para a agência. Lobo Solitário e seus partidários, entretanto, estavam certos de que seu dever era ficar com os decididos kwahadis.

Dessa vez, Satanta não se uniu a Lobo Solitário. Decidindo que arriscara suficientemente a sua sorte, o gregário e ativo chefe voltou relutante a Fort Sill. No caminho, levou sua família e alguns amigos pelo riacho Rainy Mountain abaixo para visitar a reserva wichita, a fim de fazer algumas trocas com esses índios plantadores de milho. Era um verão agradável e ele não tinha pressa de voltar a Fort Sill para começar a responder listas de chamada e pegar rações.

Mais tarde, nesse mesmo verão, parecia que tudo piorara nas planícies. Dia após dia, o sol tornava a terra seca mais seca ainda, os rios pararam de correr, grandes nuvens de gafanhotos percorriam o céu metálico para consumir a grama ressecada. Se uma estação assim acontecesse nessa terra alguns anos antes, um ribombar de um milhão de cascos de búfalos abalaria a pradaria num estouro frenético rumo à água. Mas agora os rebanhos haviam desaparecido, substituídos por uma desolação infinda de ossos, caveiras e cascos apodrecendo. A maioria dos caçadores brancos partiu. Bandos de comanches, kiowas, cheyennes e arapahos vagavam sem parar, descobrindo poucos rebanhos pequenos, mas muitos tiveram de voltar às suas reservas para não morrerem de fome.

Nas agências, tudo era confusão. O Exército e a Agência Índia não se entendiam. Os suprimentos não chegavam. Alguns agentes retiraram rações para punir os índios que caçavam sem permissão. Aqui e ali, irrompiam desordens; eram trocados tiros entre guerreiros e soldados. Em meados de julho, metade dos kiowas e comanches registrados na agência de Fort Sill havia ido embora. Como por alguma força mística, essas últimas tribos a viver do búfalo dirigiram-se para o coração da última área de búfalos, o Lugar das Árvores Sagradas, o cânion Palo Duro.

O Palo Duro era invisível do horizonte plano, uma fenda curva cortando as planícies, um oásis de fontes e cachoeiras e rios que mantinham os salgueiros e a grama dos búfalos verdes e viçosos. O cânion só podia ser adentrado por algumas trilhas feitas por rebanhos de búfalos. Coronado visitara-o no século XVI, mas só poucos brancos o haviam visto desde então ou sabiam de sua existência.

Por todo o fim do verão de 1874, os índios e os búfalos procuraram refúgio ali. Os índios só mataram os animais suficientes para suas necessidades de inverno. Estenderam a carne cuidadosamente para secar ao sol, armazenando tutano e gordura em peles, trataram os tendões para fazer cordas de arco e fios, fizeram colheres e xícaras com os chifres, trançaram o pêlo para cordas e cintos, curtiram os couros para cobertas de tendas, roupas e mocassins.

Antes do começo da Lua das Folhas Amarelas, o solo do cânion ao longo do riacho era uma floresta de tendas – kiowa, comanche e cheyenne –, todas bem providas de comida para durar até a primavera. Quase dois mil cavalos partilhavam a grama abundante com o búfalo. Sem medo, as mulheres iam para suas tarefas e as crianças brincavam ao longo das correntes. Para Quanah e os kwahadis, essa era a maneira pela qual sempre viveram; para Lobo Solitário e seus kiowas, bem como para os outros fugitivos das agências, era como começar de novo a viver.

Tal afastamento do modo de vida do homem branco era, obviamente, intolerável para as autoridades das reservas que se esvaziavam. Os implacáveis kwahadis e seus aliados mal haviam estabelecido suas aldeias ocultas para o inverno, quando o Grande Guerreiro Sherman começou a dar ordens militares. Em setembro, cinco colunas de Casacos Azuis estavam em marcha. De Fort Dodge, Casaco de Urso Nelson Miles partiu para o sul; de Fort Concho, Três Dedos Mackenzie marchou para o norte. De Fort Bascom, Novo México, o major William Price deslocou-se para leste; dos fortes Sill e Richardson, vieram os coronéis John Davidson e George Buell. Milhares de Casacos Azuis, armados com rifles de repetição e artilharia, procuravam algumas centenas de índios que só queriam conservar seu búfalo e viver suas vidas em liberdade.

Usando batedores tonkawas mercenários, os soldados montados de Mackenzie descobriram a grande aldeia de Palo Duro a 26 de setembro. Os kiowas de Lobo Solitário suportaram a fúria do primeiro assalto. Embora tomados de surpresa, os guerreiros resistiram tempo suficiente para que suas mulheres e crianças escapassem; depois, se retiraram sob uma nuvem de densa fumaça de pólvora. Os soldados de Mackenzie devastaram o riacho, queimando tendas e destruindo as provisões de inverno dos índios. No fim do dia, arrebanharam mais de mil cavalos. Mackenzie ordenou que os animais fossem levados ao vale Tule, e ali os Casacos Azuis mataram-nos, deixando mil cavalos mortos para os abutres que voavam em círculos.

Os índios fugiam pelas planícies, a pé, sem comida, roupas ou abrigo. E os milhares de Casacos Azuis, que marchavam em quatro direções, perseguiram-nos metodicamente; as colunas cruzavam-se e interceptavam-se, recolhendo primeiro os índios feridos, depois os velhos, em seguida as mulheres e crianças.

Lobo Solitário e 252 kiowas conseguiram evitar a captura, mas, finalmente, não podiam mais fugir. A 25 de fevereiro de 1875, foram até Fort Sill e se renderam. Três meses depois, Quanah trouxe os kwahadis.

Nesse rebuliço de ação militar, Satanta e Árvore Grande, os chefes libertados sob palavra, fugiram da reserva. Quando chegaram à agência cheyenne, renderam-se voluntariamente, mas foram colocados a ferros e postos na cadeia.

Em Fort Sill, cada bando de índios que se rendia era tangido para um curral, onde os soldados o desarmavam. As poucas posses que tinham eram colocadas numa pilha e queimadas. Seus cavalos e mulas eram levados à pradaria e mortos a tiros. Os chefes e guerreiros suspeitos de responsabilidade nas fugas das reservas eram trancados em celas ou eram confinados atrás das altas paredes de um depósito de gelo sem telhado. Todos os dias, seus captores lançavam pedaços de carne crua para eles, como se fossem animais numa jaula.

De Washington, o Grande Guerreiro Sherman ordenou processos e castigos para os prisioneiros. O agente Haworth pediu benevolência para Satanta e Árvore Grande. Sherman nada tinha contra Árvore Grande no seu coração, mas se lembrou da rebeldia de Satanta, e este voltou sozinho para a penitenciária do Texas.

Como as autoridades militares não podiam decidir quais dos muitos prisioneiros castigar, ordenaram que Pássaro Saltador escolhesse 26 kiowas para serem exilados nos calabouços de Fort Marion, na Flórida. Embora a tarefa fosse repugnante, Pássaro Saltador obedeceu. Sabia que Lobo Solitário tinha de ir, bem como Coração de Mulher, Cavalo

Branco e Mamanti, O-que-Anda-no-Céu, devido à sua luta no Texas. Para completar a quota, escolheu guerreiros obscuros e alguns cativos mexicanos que haviam crescido na tribo.

Mesmo assim, a parte de Pássaro Saltador no julgamento de seus companheiros de tribo tirou-lhe o apoio de seus seguidores. "Sou como uma pedra, quebrada e jogada fora", disse triste a Thomas Battey. "Uma parte jogada para este lado, a outra para aquele."[22]

No dia em que os prisioneiros acorrentados foram colocados nos carroções para começar sua longa viagem até a Flórida, Pássaro Saltador foi até eles, para se despedir.

– Tenho pena de vocês – disse. – Mas por causa de sua teimosia, não consegui afastá-los da confusão. Terão de ser punidos pelo governo. Provem sua cura. Não será por muito tempo. Gosto de vocês e trabalharei por sua libertação.

Mamanti, O-que-Anda-no-Céu, respondeu-lhe desdenhosamente:

– Você continua livre, um grande homem entre os brancos. Mas não viverá muito, Pássaro Saltador. Vejo isso.[23]

Dois dias depois, após beber uma xícara de café em sua tenda perto do posto, Pássaro Saltador morreu misteriosamente. Três meses depois, em Fort Marion, após saber da morte de Pássaro Saltador, Mamanti também morreu de repente, e os kiowas disseram que o feiticeiro desejara sua própria morte porque usara seu poder para destruir um companheiro de tribo. Três anos depois, definhando num hospital-prisão do Texas, Satanta atirou-se de uma janela alta, para se libertar com a morte. No mesmo ano, Lobo Solitário, atingido pelas febres da malária, teve permissão de voltar a Fort Sill, mas morreu também, dentro de um ano.

Os grandes líderes haviam partido; a poderosa força dos kiowas e comanches se quebrara; o búfalo que tentaram salvar desaparecera. Tudo aconteceu em menos de dez anos.

Capítulo doze

A guerra pelas Black Hills

1875 – *1º de maio*, acusações feitas a 238 membros da Aliança do Uísque, acusados de fraude contra a Receita Federal; funcionários de alto escalão estão envolvidos. 6 de dezembro, o 44º Congresso se reúne; os democratas têm maioria na Câmara dos Deputados pela primeira vez desde 1859.

1876 – *7 de fevereiro*, o secretário particular do presidente Grant é absolvido da acusação de ser cúmplice nas fraudes da Aliança do Uísque, mas Grant o demite. 4 de março, o Congresso decide pelo impeachment ao secretário de Guerra Belknap por cumplicidade nas fraudes da Aliança Índia. 10 de maio, a Centennial Exhibition é aberta na Filadélfia. 11 de junho, os republicanos indicam Rutherford B. Hayes à presidência. 27 de junho, os democratas indicam Samuel J. Tilden à presidência. 9 de julho, massacre de milicianos negros em Hamburg, Carolina do Sul. 1º de agosto, o Colorado passa a integrar a União, compondo o 38º Estado. Setembro, Thomas Edison monta um laboratório em Menlo Park, New Jersey. 17 de setembro, conflitos raciais explodem na Carolina do Sul. 7 de novembro, ambos os partidos alegam ter vencido a eleição presidencial; Tilden é o vencedor pelo voto popular. 6 de dezembro, o Colégio Eleitoral reúne-se e dá a Hayes 185 votos e 184 a Tilden.

Nenhuma pessoa branca poderá colonizar ou ocupar qualquer porção do território ou, sem o consentimento dos índios, passar pelo mesmo.

TRATADO DE 1888

Não queremos homens brancos aqui. As Black Hills pertencem a mim. Se os brancos tentarem tomá-las, lutarei.

TATANKA YOTANKA (Touro Sentado)

Não se vende a terra na qual as pessoas andam.

TASHUNKA WITKO (CAVALO DOIDO)

O homem branco está nas Black Hills como vermes, e quero que vocês façam com que ele saia tão depressa quanto possível. O chefe de todos os ladrões (o general Custer) fez uma estrada nas Black Hills no verão passado, e quero que o Grande Pai pague uma indenização pelo que Custer fez.

BAPTISTE GOOD

A terra conhecida como Black Hills é considerada pelos índios como o centro de sua terra. As dez nações de sioux estão olhando para elas como o centro da sua terra.

TATOKE INYANKE (ANTÍLOPE LIGEIRO)

Os jovens do Grande Pai estão vindo para levar ouro das montanhas. Espero que encham várias casas com ele. Devido a isso, quero que meu povo seja recompensado enquanto viver.

MATO NOUPA (DOIS URSOS)

O Grande Pai disse aos comissários que todos os índios tinham direitos nas Black Hills e que qualquer conclusão a que chegassem seria respeitada... Sou índio e sou considerado pelos brancos como um homem louco; mas isso deve ser porque sigo os conselhos do homem branco.

SHUNKA WITKO (CACHORRO LOUCO)

Nosso Grande Pai tem um grande baluarte, e nós também. A montanha é nosso baluarte... Queremos setenta milhões de dólares pelas Black Hills. Coloquem o dinheiro em algum lugar, a juros, para que possamos comprar gado. Essa é a maneira dos brancos.

MATO GLESKA (URSO PINTADO)

Vocês colocaram todas os nossas cabeças juntas e as cobriram com um cobertor. Esta montanha é nossa riqueza, mas vocês já a pediram a nós... Vocês, brancos, vieram todos à nossa reserva e se serviram à vontade da nossa propriedade, e não estão satisfeitos; foram além, para pegar a totalidade de nosso baluarte.

OLHOS MORTOS

Não quero deixar nunca este território; todos os meus parentes jazem aqui no solo e, quando eu me despedaçar, irei me despedaçar aqui.

SHUNKAHA NAPIN (Colar de Lobo)

Sentamo-nos e os observamos passando por aqui para pegar ouro e não dissemos nada... Meus amigos, quando fui a Washington, fui à sua casa de dinheiro e estava com alguns jovens, mas nenhum deles pegou dinheiro dessa casa, enquanto eu estava com eles. Ao mesmo tempo, quando o povo do Grande Pai veio ao meu território, foi até minha casa de dinheiro (as Black Hills) e levou dinheiro.

MAWATANI HANSKA (Mandan Comprido)

Meus amigos, há muitos anos estamos neste território; nunca fomos ao território do Grande Pai incomodá-lo sobre qualquer coisa. Foi seu povo que veio ao nosso território incomodar-nos, fazer muitas coisas más e ensinar nosso povo a ser mau... Antes de seu povo atravessar o oceano para vir a este país, e dessa época até agora, nunca propuseram comprar um lugar que fosse igual a este em riqueza. Meus amigos, este território que vieram comprar é o melhor que temos... este território é meu, cresci aqui; meus antepassados viveram e morreram nele e quero permanecer nele.

KANGI WIYAKA (Pena de Corvo)

Afastaram nossa casa e nossos meios de sobrevivência do território, até que agora só ficamos com uma coisa valiosa: as montanhas que nos pedem para ceder... A terra está cheia de minerais de toda espécie e, sobre a terra, o chão está coberto de florestas de pinheiro grosso e, quando nós as dermos ao Grande Pai, saberemos que demos a última coisa que é valiosa, tanto para nós quanto para a gente branca.

WANIGI SKA (Fantasma Branco)

Quando a pradaria está pegando fogo, veem-se os animais cercados pelo fogo; vê-se que eles correm e tentam esconder-se para não se queimarem. Desse jeito é que estamos aqui.

NAJINYANUPI (CERCADO)

NÃO MUITO TEMPO depois de Nuvem Vermelha e Cauda Pintada e seus povos tetons instalarem-se em suas reservas no nordeste de Nebraska, começaram a surgir boatos nas colônias brancas de que havia imensas quantidades de ouro escondidas nas Black Hills. Paha Sapa, as Black Hills, eram o centro do mundo, o lugar dos deuses e das montanhas sagradas, onde os guerreiros iam falar com o Grande Espírito e aguardar visões. Em 1868, o Grande Pai considerava as montanhas sem valor e as deu aos índios para sempre, segundo o tratado. Quatro anos depois, mineiros brancos estavam violando o tratado. Invadiram Paha Sapa, vasculhando os passos rochosos e as correntes cristalinas em busca do metal amarelo que fazia enlouquecer os brancos. Quando os índios descobriram esses brancos loucos em suas montanhas sagradas, os matavam ou expulsavam. Por volta de 1874, havia um tal clamor louco dos americanos famintos de ouro, que mandaram o exército fazer reconhecimento nas Black Hills. O governo dos Estados Unidos não se preocupou em obter o consentimento dos índios antes de começar esta invasão armada, embora o tratado de 1868 proibisse a entrada de homens brancos sem a permissão dos índios.

Durante a Lua das Cerejas Vermelhas, mais de mil soldados a cavalo marcharam através das planícies, de Fort Abraham Lincoln às Black Hills. Eram da Sétima Cavalaria, e no comando estava o general George Armstrong Custer, o mesmo Chefe Estrelado que, em 1868, massacrara os cheyennes do sul de Chaleira Preta no Washita. Os sioux chamavam-no de Pahuska, o Cabelo Comprido, e, como não foram avisados da sua vinda, só podiam olhar de longe as longas colunas de cavalarianos de uniforme azul e os carroções de suprimentos, cobertos de lona, invadindo seu território sagrado.

Quando Nuvem Vermelha soube das expedições de Cabelo Comprido, protestou: "Não gosto do general Custer e de todos os seus soldados passando pelas Black Hills, já que esse é o território dos sioux oglala". Também era o território dos cheyennes, arapahos e outras tribos sioux. A raiva dos índios foi tão forte que o Grande Pai, Ulysses Grant, anunciou sua determinação de "impedir toda invasão deste território por intrusos; pela lei e pelo tratado, ele é de propriedade garantida aos índios".[1]

Mas quando Custer informou que as montanhas estavam cheias de ouro, "desde as raízes da grama", grupos de brancos começaram a se formar como gafanhotos de verão, loucos para começarem a garimpar e cavar. A trilha que os carroções de suprimentos de Custer haviam rasgado no coração de Paha Sapa logo se tornou a Estrada dos Ladrões.

Nuvem Vermelha estava tendo problemas, naquele verão, com seu agente de reserva, J. J. Saville, sobre a má qualidade de rações e suprimentos que eram fornecidos aos oglalas. Preocupado como estava, Nuvem Vermelha deixou de avaliar o impacto total da invasão de Custer nas Black Hills sobre os sioux, especialmente sobre os que deixavam as reservas toda primavera para caçar e acampar perto das montanhas.

Como muitos outros líderes mais idosos, Nuvem Vermelha estava demasiado envolvido com detalhes menores, perdendo contato com os homens mais jovens da tribo.

No outono que se seguiu à expedição de Custer, os sioux que estavam caçando ao norte começaram a voltar à agência de Nuvem Vermelha. Estavam furiosos como vespas com a invasão de Paha Sapa, e alguns falavam de formar um grupo guerreiro para ir atrás dos mineiros que estavam se despejando nas elevações. Nuvem Vermelha ouviu o que se falava, mas aconselhou os jovens a serem pacientes; estava certo de que o Grande Pai manteria sua promessa e enviaria soldados para afastar os mineiros. Na Lua das Folhas Caídas, porém, algo aconteceu que fez Nuvem Vermelha perceber como seus jovens estavam furiosos com os soldados de Cabelo Comprido. A 22 de outubro, o agente Saville enviou alguns de seus operários brancos para cortar um pinheiro alto e trazer o tronco à estacada. Quando os índios viram o tronco do pinheiro no chão, perguntaram a Saville para que serviria. Um mastro de bandeira, disse-lhes o agente; iria içar uma bandeira acima da estacada. Os índios protestaram. Cabelo Comprido Custer içara bandeiras em seus acampamentos através das Black Hills; não queriam bandeiras ou nada mais, na sua agência, que os lembrassem dos soldados.

Saville não deu atenção aos protestos e, na manhã seguinte, colocou seus homens para cavar o buraco do mastro. Em alguns minutos, um bando de jovens guerreiros chegou com machados e começou a fazer o mastro em pedaços. Saville ordenou-lhes que parassem, mas não ligaram; o agente foi rapidamente ao escritório de Nuvem Vermelha e pediu-lhe que detivesse os guerreiros. Nuvem Vermelha recusou; sabia que os guerreiros só estavam expressando seu rancor pela invasão de Cabelo Comprido nas Black Hills.

Furioso, Saville ordenou então que um de seus trabalhadores cavalgasse até Soldier's Town (Fort Robinson) e pedisse uma companhia de cavalarianos para ajudá-lo. Quando os guerreiros que protestavam viram o homem cavalgando rumo ao forte, adivinharam sua missão. Correram para seus acampamentos, armaram-se e pintaram-se para a batalha e foram interceptar os cavalarianos, que eram somente 26 Casacos Azuis, liderados por um tenente; os guerreiros cercaram-nos, dispararam suas armas para o ar e soltaram alguns gritos de guerra. O tenente (Emmet Crawford) não mostrou medo. Através da grande nuvem de poeira levantada pelos guerreiros que faziam círculos, manteve seus homens firmemente dirigidos para a agência. Alguns dos guerreiros mais jovens começaram a cavalgar mais perto, batendo com seus cavalos nas montarias dos soldados, decididos a precipitar uma luta.

Desta vez não foi outra tropa de cavalaria que chegou galopando para salvar o tenente Crawford, mas um grupo de sioux da agência, liderados por Jovem-Medroso-de-seus-Cavalos, filho de Velho Medroso. Os índios da agência romperam o anel de guerreiros, formaram um muro protetor em volta dos Casacos Azuis e escoltaram-nos até a estacada. Os guerreiros agressivos, porém, estavam tão furiosos que tentaram queimar a estacada, e só a oratória persuasiva de Cachorro Vermelho e Velho-Medroso-de-seus-Cavalos acabou com a tentativa.

Novamente Nuvem Vermelha recusou-se a interferir. Não ficou surpreso quando muitos dos contestadores arrumaram suas coisas, desarmaram suas tendas e partiram para o norte a fim de passar o inverno fora da reserva. Eles lhe provaram que ainda havia guerreiros sioux que não aceitavam facilmente qualquer invasão de Paha Sapa, embora aparentemente Nuvem Vermelha não percebesse que estava perdendo esses jovens para sempre. Haviam trocado sua liderança pela de Touro Sentado e Cavalo Doido, que não viviam em reserva nem pegavam o que os brancos ofereciam.

Na primavera de 1875, as histórias do ouro das Black Hills haviam trazido centenas de mineiros rio Missouri acima, pela Estrada dos Ladrões. O Exército enviou soldados para deter o fluxo de garimpeiros. Poucos foram afastados das montanhas, mas nenhuma ação legal foi tomada contra eles e logo voltaram a explorar suas terras de garimpo. O general Crook (chamado pelos índios das planícies de Três Estrelas, em vez de Lobo Cinzento) fez um reconhecimento das Black Hills e descobriu mais de mil mineiros na área. Três Estrelas informou-lhes educadamente que estavam violando a lei e ordenou-lhes que se fossem, mas não fez esforço nenhum para ver suas ordens cumpridas.

Alarmados pela loucura de ouro dos brancos e pelo fracasso do Exército em proteger seu território, Nuvem Vermelha e Cauda Pintada fizeram protestos veementes a funcionários de Washington. A resposta do Grande Pai foi enviar uma comissão "para tratar com os índios sioux a cessão das Black Hills". Em outras palavras, chegara o momento de perder mais um pedaço do território que havia sido destinado em perpetuidade aos índios. Como de hábito, a comissão era constituída de políticos, missionários, comerciantes e oficiais militares. O senador William B. Allison, de Iowa, era o presidente. O reverendo Samuel D. Hinman, que há muito trabalhava para substituir a religião e a cultura dos santees pelo cristianismo, era o missionário principal. O general Alfred Terry representava os militares. John Collins, agente do entreposto de Fort Laramie, representava os interesses comerciais.

Para assegurar a presença de índios da agência e de fora das agências, foram enviados mensageiros para convidar

Touro Sentado, Cavalo Doido e outros chefes "selvagens" ao conselho. O mestiço Louis Richard levou a carta do governo a Touro Sentado e a leu para ele. "Quero que vá e diga ao Grande Pai", respondeu Touro Sentado, "que não quero vender terra nenhuma ao governo"; pegou um punhado de terra e acrescentou: "Nem mesmo isso".[2] Cavalo Doido também foi contra a venda de terra sioux, especialmente as Black Hills. Recusou-se a comparecer ao conselho, mas Pequeno Grande Homem iria como observador dos oglalas livres.

Se os comissários esperavam reunir-se tranquilamente com poucos chefes complacentes e combinar uma transação barata, tiveram uma dura surpresa. Quando chegaram ao lugar de encontro – no rio White, entre as agências de Nuvem Vermelha e Cauda Pintada –, as planícies, quilômetros em volta, estavam cobertas de acampamentos sioux e manadas imensas de cavalos que pastavam. Do rio Missouri, a leste, até o território de Bighorn, no oeste, todas as nações dos sioux e muitas de seus amigos cheyennes e arapahos haviam se reunido ali – mais de vinte mil índios.

Poucos deles haviam visto um exemplar do tratado de 1868, mas um bom número deles sabia a significação de uma certa cláusula nesse documento sagrado: "Nenhum tratado para cessão de qualquer parte da reserva aqui descrita... terá qualquer validade ou força... a menos que seja executado e assinado por, pelo menos, *três quartos de todos os índios adultos, do sexo masculino*, ocupando ou interessados nas terras".[3] Mesmo se os comissários conseguissem intimidar ou comprar todos os chefes presentes, não poderiam obter mais do que algumas dúzias de assinaturas dentre esses milhares de guerreiros furiosos e bem armados, que estavam decididos a manter cada punhado de terra e haste de grama dentro do seu território.

A 20 de setembro de 1875, a comissão reuniu-se sobre um grande oleado, que fora estendido ao lado de um choupo-do-canadá solitário, na planície ondulada. Os comissários sentaram-se em cadeiras, defronte aos milhares de índios que se estavam movendo incansavelmente à distância. Uma tropa de 120 cavalarianos, em cavalos brancos, viera de Fort Robinson e se enfileirara atrás do abrigo de lona. Cauda Pintada chegou num carroção da sua agência, mas Nuvem Vermelha anunciara que não viria. Uns poucos chefes aproximaram-se e, de repente, uma nuvem de poeira subia do cimo de uma elevação distante. Um bando de índios veio galopando até o lugar do conselho. Os guerreiros estavam vestidos para batalha e, quando chegaram mais perto, desviaram-se para rodear os comissários, dispararam seus rifles para o ar e deram alguns gritos de guerra antes de formarem uma linha, a trote, bem nas costas dos cavalarianos. Nesse momento, um segundo grupo de índios se aproximou e assim, tribo após tribo, os guerreiros sioux chegaram, fazendo suas demonstrações de força, até que um grande círculo de vários milhares de índios encerrou a comissão. Então, os chefes adiantaram-se, satisfeitos por terem dado algo de peso para os comissários pensarem. Sentaram-se num semicírculo, diante dos brancos nervosos, ansiosos para ouvir o que eles tinham a dizer sobre as Black Hills.

Durante os poucos dias que os comissários passaram em Fort Robinson observando o estado de espírito dos índios, reconheceram a futilidade de tentar comprar as montanhas e decidiram, em vez disso, negociar direitos minerais.

– Viemos agora perguntar se vocês poderiam dar ao nosso povo o direito de explorar as Black Hills – começou o senador Allison –, desde que sejam encontrados ouro ou outros minerais valiosos, em troca de uma soma justa e honesta. Se estiverem dispostos a isso, faremos um acordo vantajoso com vocês por este direito. Quando o ouro ou outros minerais valiosos forem levados, o território será seu novamente, para que disponham dele da maneira que bem entenderem.

Cauda Pintada considerou essa proposta uma piada ridícula. Será que o comissário estaria pedindo que os índios *emprestassem* as Black Hills aos brancos por algum tempo? Sua réplica foi perguntar ao senador Allison se ele lhe emprestaria um par de mulas em tais condições.

– Será difícil para nosso governo manter os brancos fora das montanhas – continuou Allison. – Tentar fazer isso provocará grandes transtornos para vocês e para nosso governo, pois os brancos que desejam ir para lá são muito numerosos.

A ignorância do senador com relação à opinião dos índios das planícies sobre o território do rio Powder evidenciou-se na sua proposta seguinte:

– Há outro território situado longe, na direção do Sol poente, pelo qual vocês viajam e caçam, território ainda não cedido, que se estende até o cimo das montanhas Bighorn... Não parece ser de valor muito grande para vocês, e nosso povo acha que gostaria de ter a porção dele que descrevi.[4]

Enquanto os incríveis pedidos do senador Allison estavam sendo traduzidos, Cachorro Vermelho chegou a cavalo e anunciou ter uma mensagem de Nuvem Vermelha. O chefe oglala ausente, provavelmente antecipando a avidez dos comissários, pedia um adiamento de uma semana para dar tempo às tribos para fazer conselhos próprios, considerando todas as propostas referentes às suas terras. Os comissários consideraram a questão e concordaram em dar três dias aos índios, para a realização de conselhos tribais. A 23 de setembro, esperariam respostas definitivas dos chefes.

A ideia de ceder seu último grande campo de caça era tão absurda que nenhum dos chefes sequer a discutiu durante seus conselhos. Debateram seriamente a questão das Black Hills. Alguns ponderaram que se o governo dos Estados Unidos não tinha intenção de cumprir o tratado e manter os mineiros longe, então talvez os índios devessem exigir pagamento – uma grande quantia em dinheiro – pelo metal amarelo tirado das montanhas. Outros estavam decididos a não vender por preço algum. As Black Hills pertenciam aos índios, afirmaram: se os soldados Casacos Azuis não expulsassem os mineiros, então os guerreiros deveriam fazê-lo.

A 28 de setembro, os comissários, em ambulâncias do Exército de Fort Robinson e escoltados por uma tropa de cavalaria um pouco aumentada, chegaram novamente ao lugar do conselho. Nuvem Vermelha estava ali desde cedo e protestou vigorosamente contra o grande número de soldados. Quando ele estava se preparando para fazer seu discurso preliminar aos comissários, uma excitação repentina irrompeu entre os guerreiros à distância. Cerca de oitocentos oglalas que haviam vindo do território do rio Powder, com seus cavalos a trote, desciam uma encosta, disparando ocasionalmente os rifles. Alguns cantavam uma música em sioux:

As Black Hills são minha terra e eu a amo
E quem nelas interferir
Ouvirá esta arma.[5]

Um índio montado num cavalo cinzento abriu caminho através das fileiras de guerreiros reunidos em volta do abrigo de lona. Era Pequeno Grande Homem, o enviado de Cavalo Doido, pintado para batalha e usando dois revólveres na cintura.

– Matarei o primeiro chefe que falar em vender as Black Hills! – gritou. Fez seu cavalo evoluir pelo espaço aberto entre os comissários e os chefes.[6]

Jovem-Medroso-de-seus-Cavalos e um grupo de policiais sioux oficiosos enxamearam imediatamente em volta de Pequeno Grande Homem e o afastaram. Contudo, os chefes e os comissários devem ter adivinhado que Pequeno Grande Homem expressara os sentimentos da maioria dos guerreiros presentes. O general Terry sugeriu aos seus colegas de comissão que entrassem nas ambulâncias do Exército e voltassem à segurança de Fort Robinson.

Depois de dar aos índios alguns dias para se acalmarem, os comissários combinaram, em sigilo, uma reunião com vinte chefes na sede do quartel-general da agência de Nuvem Vermelha. Durante três dias de discussões, os chefes mostraram aos representantes do Grande Pai que as Black Hills não poderiam ser compradas barato, se é que seria possível a compra. Cauda Pintada finalmente ficou cada vez mais impaciente com os comissários e pediu-lhes que apresentassem uma proposta definitiva por escrito.

A oferta foi: quatrocentos mil dólares anuais pelos direitos minerais: ou, se os sioux preferissem vender os montes de vez, o preço seria de seis milhões de dólares, pagáveis em quinze prestações anuais. (Era claramente um preço baixo, considerando-se que só uma mina das Black Hills produziu mais de quinhentos milhões de dólares em ouro.)

Nuvem Vermelha nem apareceu na reunião final, deixando Cauda Pintada falar por todos os sioux. Cauda Pintada rejeitou ambas as ofertas, firmemente. As Black Hills não eram para alugar ou vender.

Os comissários arrumaram suas coisas, voltaram a Washington, relataram seu fracasso em convencer os sioux a ceder as Black Hills e recomendaram que o Congresso não levasse em conta os desejos dos índios e reservasse uma verba fixada "como um equivalente justo do valor das elevações". Esta compra forçada das Black Hills deveria ser "apresentada aos índios como decisiva", disseram.[7]

Assim foi desencadeada uma série de ações que causariam a maior derrota jamais sofrida pelo Exército dos Estados Unidos em suas guerras contra os índios e, em última consequência, acabariam para sempre com a liberdade dos índios das planícies do norte:

9 de novembro de 1875: E. T. Watkins, inspetor especial da Agência Índia, relatou ao comissário de Assuntos Índios que os índios das planícies que viviam fora de reservas estavam alimentados e bem armados, com atitudes arrogantes e independentes, sendo portanto uma ameaça ao sistema de reservas. O inspetor Watkins recomendava que se enviassem tropas contra esses índios não civilizados "no inverno, quanto mais cedo melhor, e *forçá-los* à sujeição".[8]

22 de novembro de 1875: O secretário da Guerra, W. W. Belknap, previu distúrbios nas Black Hills, "a menos que algo seja feito para se obter a posse desse local para os mineiros brancos, que têm sido atraídos para lá em grande número, por relatos de ricos depósitos do metal precioso".[9]

3 de dezembro de 1875: O comissário de Assuntos Índios, Edward P. Smith, ordenou aos agentes sioux e cheyennes que avisassem todos os índios de fora das reservas para virem e se apresentarem às suas agências até 31 de janeiro de 1876, ou "uma força militar será enviada para obrigá-los a isso".

1º de fevereiro de 1876: O secretário do Interior informou ao secretário da Guerra que o tempo dado aos "índios hostis" para irem às suas reservas expirara e que os estava transferindo às autoridades militares, para que o Exército agisse como considerasse apropriado, sob as circunstâncias.[10]

7 de fevereiro de 1876: O Departamento de Guerra autorizou o general Sheridan, comandante da Divisão Militar do Missouri, a começar operações contra os "índios hostis", incluindo os grupos de Touro Sentado e Cavalo Doido.

8 de fevereiro de 1876: O general Sheridan ordenou aos generais Crook e Terry que começassem os preparativos para operações militares na direção das cabeceiras dos rios Powder, Tongue, Rosebud e Bighorn, "onde Cavalo Doido e seus aliados se encontravam frequentemente".[11]

Assim que a engrenagem do governo começou a se mover, tornou-se uma força inexorável, irracional e incontrolável. Quando saíram mensageiros das agências no fim de dezembro para avisar os chefes que não eram das agências que deveriam apresentar-se, as planícies do norte estavam cobertas pela neve. Nevascas e frio intenso tornaram impossível a volta de alguns mensageiros até semanas após o prazo final de 31 de janeiro; teria sido impossível mudar mulheres e crianças com cavalos e *travois*. Se alguns milhares de "hostis" tivessem conseguido, de algum modo, chegar às agências, teriam morrido de fome ali. Nas reservas, durante o fim do inverno, os suprimentos alimentares eram tão escassos que centenas de índios partiram em março para o norte, em busca de caça para reforçar suas magras rações governamentais.

Em janeiro, um mensageiro achou Touro Sentado acampado perto da foz do Powder. O chefe hunkpapa enviou a mensagem de volta ao agente, informando-o de que consideraria a ordem de ir, mas não poderia fazer isso até a Lua em que a Grama Verde está Alta.

Os oglalas de Cavalo Doido estavam num acampamento de inverno perto de Bear Butte, onde chegava a Estrada dos Ladrões, nas Black Hills, desde o norte. Durante a primavera, seria um bom lugar para fazer grupos atacantes irem sobre os mineiros que violavam Paha Sapa. Quando os mensageiros da agência chegaram, através da neve, até Cavalo Doido, este lhes disse polidamente que não poderia ir até que o frio fosse embora. "Estava muito frio", lembrou-se depois um jovem oglala, "e muitos de nosso povo, além dos cavalos, teriam morrido na neve. Ademais, estávamos em nosso território e não estávamos fazendo mal."[12]

O ultimato de 31 de janeiro era pouco menos que uma declaração de guerra contra os índios independentes, e muitos deles o aceitaram como tal. Mas não esperavam que os Casacos Azuis atacassem tão cedo. Na Lua da Neve que Cega, Três

Estrelas Crook veio marchando do norte, de Fort Fetterman, ao longo da velha estrada Bozeman onde, dez anos antes, Nuvem Vermelha começara sua luta obstinada para manter inviolado o território do rio Powder.

Mais ou menos nessa época, um grupo misto de cheyennes do norte e sioux oglalas deixou a agência de Nuvem Vermelha para ir ao território do rio Powder, onde esperavam descobrir alguns búfalos e antílopes. Em meados de março, uniram-se a alguns índios de fora das agências, acampados a alguns quilômetros de onde o Little Powder deságua no Powder. Duas Luas, Lobo Pequeno, Urso Velho, Árvore de Bordo e Touro Branco eram os líderes cheyennes. Cachorro Baixo era o chefe oglala, e alguns dos seus guerreiros eram da aldeia de Cavalo Doido, bem ao norte.

Sem aviso, na aurora de 17 de março, a coluna avançada de Crook, sob o comando do coronel Joseph J. Reynolds, atacou esse acampamento pacífico. Nada temendo em seu território, os índios estavam dormindo quando a tropa do capitão James Egan, em cavalos brancos, formou-se em linha de campanha e irrompeu pela aldeia de tendas, disparando pistolas e carabinas. Ao mesmo tempo, uma segunda tropa de cavalaria veio do flanco esquerdo, e uma terceira dispersou a manada de cavalos dos índios.

A primeira reação dos guerreiros foi colocar mulheres e crianças, o quanto fosse possível, fora do caminho dos soldados, que atiraram negligentemente em todas as direções. “Velhos cambaleavam e mancavam para sair do caminho das balas que assobiavam entre as tendas”, disse depois Perna de Pau. “Os bravos pegaram todas as armas que tinham e tentaram enfrentar o ataque.” Assim que os não combatentes fugiram por uma encosta acidentada da montanha, os guerreiros tomaram posição em saliências ou atrás de pedras grandes. Desses lugares, mantiveram os soldados imobilizados até que as mulheres e crianças pudessem escapar através do Powder.

“Vimos à distância a destruição da nossa aldeia”, disse Perna de Pau. “Nossas tendas foram queimadas com tudo que continham... Perdi tudo, menos a roupa do corpo.” Os Casacos Azuis destruíram toda a carne seca e as selas do acampamento e levaram quase todos os cavalos que os índios possuíam, “entre 1,2 mil e 1,5 mil cabeças”.[13] Assim que caiu a noite, os guerreiros voltaram para onde estavam acampados os Casacos Azuis, decididos a recuperar seus cavalos roubados. Duas Luas, resumidamente, conta o que aconteceu: “Nessa noite, os soldados dormiam, deixando os cavalos num dos lados; então avançamos cuidadosamente e os roubamos de volta; depois, fugimos.”[14]

Três Estrelas Crook ficou tão furioso com o coronel Reynolds por deixar os índios escaparem da sua aldeia e recuperarem os cavalos, que o mandou para a corte marcial. O Exército descreveu essa incursão como “o ataque à aldeia de Cavalo Doido”, mas Cavalo Doido estava acampado a quilômetros de distância, a nordeste. Para lá é que Duas Luas e os outros chefes conduziram seu povo sem lar, esperando encontrar comida e abrigo. Levaram mais de três dias fazendo a viagem; a temperatura ficava abaixo de zero à noite; só alguns poucos tinham mantas de búfalo e havia pouquíssima comida.

Cavalo Doido recebeu os fugitivos com hospitalidade, deu-lhes comida e mantas, colocando-os nas tendas oglalas.

– Estou contente por terem vindo – disse a Duas Luas, depois de ouvir como os Casacos Azuis saquearam a aldeia. – Vamos lutar outra vez com o homem branco.

– Muito bem – respondeu Duas Luas. – Estou pronto para lutar. Já lutei antes. Meu povo foi morto, meus cavalos, roubados; estou satisfeito por lutar.[15]

Na Lua de Postura dos Gansos, quando a grama estava alta e os cavalos fortes, Cavalo Doido levantou acampamento e levou os oglalas e cheyennes ao norte da foz do rio Tongue, onde Touro Sentado e os hunkpapas haviam ficado no inverno. Não muito depois disso, Gamo Coxo chegou com um bando de minneconjous e pediu permissão para acampar perto. Souberam que todos os Casacos Azuis estavam marchando pelos campos de caça sioux e queriam estar perto do poderoso grupo de hunkpapas de Touro Sentado, no caso de haver transtornos.

O tempo estava esquentando, as tribos começaram a se deslocar para norte, em busca de caça e grama nova. Ao longo do caminho, a elas se uniram bandos de brulés, sans arcs, sioux blackfoot e outros cheyennes. A maioria desses índios deixara suas reservas de acordo com seus direitos de tratado na qualidade de caçadores e os que souberam do ultimato de 11 de janeiro consideravam-no apenas outra ameaça ineficiente dos agentes do Grande Pai ou não acreditavam que ele se aplicava a índios pacíficos. "Muitos jovens estavam ansiosos para lutar contra os soldados", disse o guerreiro cheyenne Perna de Pau. "Mas os chefes e velhos nos instavam a ficar longe dos brancos."[16]

Enquanto esses vários milhares de índios estavam acampados no Rosebud, muitos jovens guerreiros juntaram-se a eles, vindos das reservas. Eles trouxeram notícias de grandes forças de Casacos Azuis em marcha, seguindo três direções. Três Estrelas Crook vinha do sul. O-que-Manca (coronel John Gibbon) estava vindo do oeste. Uma Estrela Terry e Cabelo Comprido Custer estavam vindo do leste.

No começo da Lua de Tornar Gordo, os hunkpapas fizeram sua dança solar anual. Durante três dias, Touro Sentado dançou, sangrou-se e olhou para o Sol até cair em transe. Quando se levantou novamente, falou ao seu povo. Em sua visão, ouvira uma voz gritar: "Dou-lhe esses porque não têm orelhas". Quando ele olhou para o céu, viu soldados caindo como gafanhotos, com suas cabeças para baixo e os chapéus caindo. Estavam caindo bem no acampamento índio. Como os brancos não tinham orelhas e não ouviriam, Wakantanka, o Grande Espírito, estava dando esses soldados aos índios, para serem mortos".[17]

Poucos dias depois, um grupo de caçadores cheyennes avistou uma coluna de Casacos Azuis acampados para a noite no vale do Rosebud. Os caçadores voltaram ao acampamento, soltando os uivos de lobo, indicadores de perigo. Três Estrelas estava chegando e usava mercenários crows e shoshones para patrulhas à frente das tropas.

Os vários chefes enviaram pregoeiros pelas suas aldeias e realizaram conselhos rápidos. Foi decidido deixar cerca de metade dos guerreiros para proteger as aldeias, enquanto os outros viajariam à noite e atacariam os soldados de Três Estrelas na manhã seguinte. Cerca de mil sioux e cheyennes formaram o grupo. Algumas mulheres também partiram para ajudar com os cavalos perdidos. Touro Sentado, Cavalo Doido e

Duas Luas estavam entre os líderes. Pouco antes do sol nascer, desmontaram e descansaram por algum tempo; então deixaram o rio para trás e cavalgaram pelas montanhas.

Os batedores crows de Três Estrelas haviam-no informado de uma grande aldeia sioux, Rosebud abaixo, e o general colocou em ação esses mercenários bem cedo naquela manhã. Quando os crows chegaram ao cimo de um morro e começaram a descer, dirigiram-se exatamente para os guerreiros sioux e cheyennes. Primeiro, os sioux e cheyennes afugentaram os crows e os perseguiram em todas as direções, mas os Casacos Azuis começaram a vir depressa e os guerreiros se retiraram.

Durante muito tempo, Cavalo Doido esperara uma oportunidade de testar a si mesmo em batalha contra os Casacos Azuis. Em todos os anos desde a batalha Fetterman, em Fort Phil Kearny, estudara os soldados e seus modos de lutar. Cada vez que ia às Black Hills à procura de visões, pedia a Wakantanka poderes secretos, de forma a saber como levar os oglalas à vitória, se os brancos entrassem novamente em guerra com seu povo. Desde o tempo de sua juventude, Cavalo Doido soubera que o mundo onde viviam os homens era apenas uma sombra do mundo real. Para chegar ao mundo real, tinha de sonhar e, quando estava no mundo real, tudo parecia flutuar ou dançar. No seu mundo real, seu cavalo dançava como se estivesse furioso ou doido e por isso é que se chamou Cavalo Doido. Aprendera que se sonhasse consigo no mundo real antes de ir para uma luta, poderia resistir a qualquer coisa.

Nesse dia, 17 de junho de 1876, Cavalo Doido sonhou consigo no mundo real e mostrou aos sioux como fazer muitas coisas que eles nunca haviam feito antes quando lutavam com os soldados brancos. Quando Crook enviou seus soldados a cavalo em cargas de cavalaria, em vez de correrem na direção do fogo de suas carabinas, os sioux debandaram para seus flancos e atacaram pontos fracos das linhas inimigas. Cavalo Doido manteve seus guerreiros montados, sempre se deslocando de um lugar para outro. Na hora em que o sol estava no alto do céu, fizera os soldados se dividirem e confundirem em três combates separados. Os Casacos Azuis estavam acostumados a formar fileiras de escaramuças e frentes sólidas e, quando

Cavalo Doido impediu-os de lutar assim, ficaram totalmente confusos. Fazendo muitos ataques bruscos em seus cavalos velozes, os sioux mantiveram os soldados separados e sempre na defensiva. Quando o fogo dos Casacos Azuis ficava muito cerrado, os sioux se retiravam, atraíam alguns soldados para a perseguição e, então, viravam-se contra eles, em fúria.

Os cheyennes também se destacaram nesse dia, especialmente em cargas perigosas. Chefe-Fica-à-Vista foi o mais bravo de todos, mas, quando estava virando o cavalo depois de um ataque ao flanco dos soldados, o animal foi atingido em frente a uma linha de infantaria dos Casacos Azuis. De repente, outro cavalo e cavaleiro vieram da posição cheyenne e se desviaram para abrigar Chefe-Fica-à-Vista do fogo dos soldados. Num instante, Chefe-Fica-à-Vista estava atrás do cavaleiro. O salvador foi sua irmã Mulher-da-Estrada-do-Filhote-de-Búfalo, que estava ali para ajudar com as manadas de cavalos. É por isso que os cheyennes sempre lembraram essa luta como a Batalha em que a Moça Salvou seu Irmão. Os brancos chamaram-na de batalha do Rosebud.

Quando o sol se pôs, acabou a luta. Os índios sabiam que tinham dado um bom combate a Três Estrelas, mas não souberam, até a manhã seguinte, que o haviam derrotado. Na primeira luz do dia, batedores sioux e cheyennes percorreram os morros e puderam ver a coluna de Casacos Azuis retirando-se para longe ao sul. O general Crook estava voltando a seu acampamento-base no riacho Goose para esperar reforços ou uma mensagem de Gibbon, Terry ou Custer. Os índios do Rosebud eram fortes demais para uma coluna de soldados.

Depois da luta no Rosebud, os chefes decidiram mudar-se para oeste, para o vale do Grama Gordurosa (Little Bighorn). Haviam chegado batedores com notícias de grandes rebanhos de antílopes a oeste dali, dizendo ainda que havia muita grama para os cavalos nas terras das margens. Logo os círculos do acampamento se espalharam ao longo da margem ocidental do sinuoso Grama Gordurosa por quase cinco quilômetros. Ninguém sabia ao certo quantos índios havia ali, mas não poderiam ser menos de dez mil pessoas, inclusive três ou quatro mil guerreiros. “Era uma aldeia muito grande e mal se podiam contar as tendas”, disse Alce Negro.[18]

Mais longe, corrente acima, na direção sul, ficava o acampamento hunkpapa com os sioux blackfoot perto. Os hunkpapas sempre acampavam na entrada, ou na extremidade superior do círculo, por isso se chamavam assim. Abaixo deles estavam os sans arcs, minneconjous, oglalas e brulés. No extremo norte, ficavam os cheyennes.

Era o começo da Lua em que as Cerejas Estão Maduras, com dias suficientemente quentes para os meninos nadarem na água de neve derretida do Grama Gordurosa. Grupos de caça iam e vinham na direção das Bighorns, onde encontravam algum búfalo e antílope. As mulheres colhiam nabos selvagens nas pradarias. Toda noite, um ou mais dos círculos tribais faziam danças e, em algumas noites, os chefes se encontravam em conselhos. "Os chefes das várias tribos se reuniam como iguais", disse Perna de Pau. "Só havia um que era considerado acima de todos os outros: era Touro Sentado, reconhecido como o chefe velho de todos os acampamentos reunidos."[19]

Touro Sentado não acreditava que a vitória do Rosebud houvesse realizado sua profecia de soldados caindo no acampamento índio. Mas desde a retirada de Três Estrelas nenhum grupo de caça avistara Casacos Azuis entre o Powder e o Bighorn.

Não souberam até a manhã de 24 de junho que Cabelo Comprido Custer estava percorrendo o Rosebud. Na manhã seguinte, batedores informaram que os soldados haviam cruzado o último morro alto entre o Rosebud e os acampamentos índios e marchavam para o Little Bighorn.

A notícia da aproximação de Custer chegou aos índios de várias maneiras, conforme disse Cavalo Vermelho, um dos chefes sioux de conselho:

> Eu e quatro mulheres estávamos a curta distância do acampamento, colhendo nabos selvagens. De repente, uma das mulheres chamou minha atenção para uma nuvem de poeira subindo a pouca distância do acampamento. Logo vi que os soldados iriam atacar o acampamento. Para ele, corremos todos. Quando cheguei, uma pessoa me disse para correr até a tenda do conselho. Os soldados atacaram tão depressa que não pudemos falar. Saímos da tenda do conselho e falamos em todas as direções. Os sioux deveriam montar, pegar armas e

lutar com os soldados. Mulheres e crianças deveriam montar e fugir, ir para longe.[20]

Pte-San-Waste-Win, prima de Touro Sentado, era uma das jovens que colhiam nabos nessa manhã. Disse que os soldados estavam dez ou doze quilômetros de distância, quando foram então avistados.

"Podíamos ver o reflexo de seus sabres e soubemos que eram muitos soldados no grupo"; os soldados vistos primeiramente por Pte-San-Waste-Win e outros índios no meio do acampamento eram os do batalhão de Custer. Esses índios não estavam sabendo do ataque de surpresa do major Marcus Reno contra a extremidade sul do acampamento até ouvirem fogo de rifle na direção das tendas dos sioux blackfoot.

> De repente, os soldados estavam sobre nós. Pelas estacas das tendas, as balas matraqueavam... Mulheres e crianças gritavam, com medo de morrer, mas os homens, os hunkpapas e blackfoot, os oglalas e minneconjous montaram em seus cavalos e foram até as tendas dos blackfoot. Ainda podíamos ver os soldados de Cabelo Comprido marchando à distância; nossos homens, surpreendidos, e de um ponto em que não esperavam ser atacados, começaram a cantar a música da batalha, indo para a luta atrás da aldeia blackfoot.[21]

Alce Negro, um menino oglala de treze anos, estava nadando com seus amigos no Little Bighorn. O sol estava a pino e fazia muito calor quando ouviu um pregoeiro gritar no acampamento hunkpapa: "O inimigo está atacando! Estão atacando! O inimigo está atacando!" O aviso foi repetido por um pregoeiro oglala, e Alce Negro pôde ouvir o grito ir de acampamento a acampamento, na direção norte, até os cheyennes.[22]

Cachorro Baixo, um chefe oglala, ouviu o mesmo grito de aviso.

> Não acreditei. Achei que era um alarma falso. Não achei possível que qualquer homem branco nos atacasse, fortes como estávamos... Embora eu não acreditasse e achasse que era um alarma falso, não perdi tempo em me aprontar. Quando peguei minha arma e saí da tenda, o ataque começara no fim do acampamento, onde estavam Touro Sentado e os hunkpapas.

Trovão de Ferro estava no acampamento minneconjou.

> Não sabia de nada sobre o ataque de Reno até que seus homens estavam tão perto que as balas passavam pelo acampamento e tudo estava em confusão. Os cavalos tinham tanto medo que não os podíamos pegar.

Corvo-Rei, que estava no acampamento hunkpapa, disse que os soldados a cavalo de Reno começaram a disparar de uma distância de cerca de quatrocentos metros. Os hunkpapas e sioux blackfoot retiraram-se lentamente a pé, para dar tempo às mulheres e crianças que corriam em busca de um lugar seguro. "Outros índios pegaram nossos cavalos. Nessa época, tínhamos bastantes guerreiros para derrotar os brancos."[23]

Perto do acampamento cheyenne, a cinco quilômetros ao norte, Duas Luas estava dando de beber aos cavalos.

> Lavei-os com água fria, depois nadei um pouco. Voltei para o acampamento a pé. Quando cheguei perto da minha tenda, olhei para o Little Bighorn na direção do acampamento de Touro Sentado. Vi uma grande poeira subindo. Parecia um furacão. Logo, um cavaleiro sioux entrou correndo pelo acampamento, gritando: "Os soldados chegaram! Muitos soldados brancos!

Duas Luas ordenou que os guerreiros cheyennes pegassem seus cavalos e, então, disse às mulheres que fugissem da aldeia.

> Fui depressa para o acampamento de Touro Sentado. Daí, vi os soldados brancos lutando em linha (os homens de Reno). Os índios cobriam o baixio. Começaram a afastar os soldados numa confusão – sioux, soldados, mais sioux, entre o tiroteio. O ar estava cheio de fumaça e poeira. Vi os soldados indo para trás e caindo no leito do rio como búfalos em fuga.[24]

O chefe guerreiro que reuniu os índios e revidou o ataque de Reno foi um hunkpapa de 36 anos, musculoso e de peito largo, chamado Pizi, ou Galha. Galha crescera na tribo como órfão. Ainda jovem, destacara-se como caçador e guerreiro, e Touro Sentado adotou-o como irmão mais jovem. Alguns anos antes, enquanto os comissários estavam tentando convencer os sioux a aceitar a constituição de fazendas como parte do tratado de 1868, Galha fora a Fort Rice para falar pelos hunkpapas.

> Nascemos nus e aprendemos a caçar e viver da caça. Vocês nos dizem que devemos aprender a plantar, viver numa casa e adotar suas maneiras. Suponham que o povo que vive além do grande mar venha e lhes diga que devem parar de plantar e mate o gado e tome suas casas e terras; o que fariam? Não os combateriam?[25]

Na década que se seguiu a esse discurso, nada mudou a opinião de Galha sobre a arrogância hipócrita do homem branco e, no verão de 1876, era geralmente aceito pelos hunkpapas como o lugar-tenente de Touro Sentado, o chefe guerreiro da tribo.

A primeira investida de Reno surpreendera várias mulheres e crianças em campo aberto, e as balas perdidas da cavalaria virtualmente dizimaram a família de Galha. "Isso tornou mau meu coração", disse a um jornalista, alguns anos depois. "Depois disso, matei todos os meus inimigos a machadinha." Sua descrição das táticas usadas para bloquear Reno é igualmente concisa:

> Touro Sentado e eu estávamos no ponto em que Reno atacou. Touro Sentado era grande mágico. As mulheres e crianças foram rapidamente mandadas rio abaixo... As mulheres e crianças pegaram os cavalos para os homens montarem; os homens montaram e atacaram Reno de volta; derrotaram-no e levaram-no para as árvores.[26]

Em termos militares, Galha contornara o flanco de Reno e forçara-o a ir para o bosque. Então, assustou Reno, obrigando-o a uma retirada rápida que os índios transformaram depressa numa fuga desordenada. O resultado possibilitou a Galha desviar centenas de guerreiros para um ataque frontal contra a coluna de Custer, enquanto Cavalo Doido e Duas Luas fustigavam o flanco e a retaguarda.

Enquanto isso, Pte-San-Waste-Win e as outras mulheres observavam ansiosamente os soldados de Cabelo Comprido através do rio.

> Eu podia ouvir a música do clarim e via a coluna de soldados virar à esquerda para marchar rio abaixo, onde o ataque deveria ser feito... Logo, vi vários cheyennes correrem para o rio, depois alguns jovens de meu grupo, depois outros, até que havia centenas de guerreiros no rio e correndo pela ravina. Quando algumas centenas haviam passado pelo rio e ido para a ravina, os outros que ficaram, ainda em número muito grande, voltaram do rio e esperaram pelo ataque. E eu sabia que os combatentes sioux, muitas centenas deles, estavam escondidos na ravina atrás do morro em que Cabelo Comprido estava marchando, e que ele seria atacado dos dois lados.[27]

Águia Abatida, um chefe sioux blackfoot, disse depois que o movimento de índios na direção da coluna de Custer foi "como um furacão... como abelhas saindo de uma colmeia". Corcunda, o amigo minneconjou de Galha e Cavalo Doido durante os velhos tempos do rio Powder, disse que a primeira carga maciça dos índios transtornou o chefe de cabelos compridos e seus homens. "Na primeira arremetida feita pelos índios, meu cavalo caiu atingido e fui ferido – um tiro acima do joelho, a bala foi até o quadril; caí e fiquei ali." Corvo-Rei, que estava com os hunkpapas, disse: "A porção maior de nossos guerreiros avançou junta contra sua linha e fustigamos nossos cavalos na sua direção. Ao mesmo tempo, guerreiros corriam para os flancos deles e os rodearam até estarem cercados";[28] Alce Negro, de treze anos, olhando tudo do rio, pôde ver uma grande poeira subindo do morro e, então, começaram a aparecer cavalos com selas vazias.

"A fumaça dos tiros e a poeira dos cavalos encobria o morro", disse Pte-San-Waste-Win, "e os soldados disparavam muitos tiros, mas os sioux atiravam certeiramente e os soldados caíam mortos. As mulheres atravessaram o rio depois dos homens de nossa aldeia e, quando fomos até o monte, não havia mais soldados vivos e Cabelo Comprido jazia morto entre os outros... O sangue do povo estava quente e seus corações estavam maus; não fizeram prisioneiros nesse dia".[29]

Corvo-Rei disse que todos os soldados desmontaram quando os índios os cercaram.

> Tentaram proteger-se com seus cavalos, mas quando nos aproximamos mais, deixaram seus cavalos fugir. Pressionamo-los para nosso acampamento principal e matamos todos. Ficaram em ordem e lutaram como bravos guerreiros até o último homem.[30]

Segundo Cavalo Vermelho, perto do fim do combate com Custer, "os soldados ficaram loucos, muitos jogaram fora suas armas e levantaram os braços, dizendo: 'Sioux, tenham pena de nós, levem-nos prisioneiros'. Os sioux não levaram nenhum soldado prisioneiro, mataram todos; nenhum foi poupado nem por poucos minutos."

Muito tempo depois da batalha, Touro Branco, dos minneconjous, fez quatro pictogramas mostrando-se em luta e matando um soldado identificado como Custer. Entre os que afirmaram ter morto Custer, estão Chuva-no-Rosto, Quadril Chato e Urso Bravo. Cavalo Vermelho disse que um guerreiro santee não-identificado matou Custer. A maioria dos índios que narraram a batalha disseram que nunca viram Custer e não sabiam quem o matou. "Não sabíamos até a luta acabar que ele era o chefe branco", disse Cachorro Baixo.[32]

Numa entrevista dada no Canadá um ano depois da batalha, Touro Sentado disse que não vira Custer, mas que outros índios o viram e reconheceram pouco antes de morrer. "Não estava com o cabelo comprido como costumava usar", disse Touro Sentado. "Estava curto, mas era da cor da grama quando chega o frio... Cabelo Comprido permanecia como um feixe de milho onde se fazia a última resistência, com todas as orelhas caindo à sua volta."[33] Mas Touro Sentado não disse quem matou Custer.

Um guerreiro arapaho que estava com os cheyennes disse que Custer foi morto por vários índios.

> Estava vestido de couro, casaco e calças, e se apoiava nas mãos e nos joelhos. Fora atingido no lado e havia sangue saindo da sua boca. Parecia estar observando os índios movendo-se ao seu redor. Quatro soldados estavam sentados à sua volta, mas todos estavam gravemente feridos. Todos os outros soldados haviam morrido. Então os índios fecharam o círculo sobre ele e não o vi mais.[34]

Deixando de lado a questão de quem o matou, Cabelo Comprido, que percorrera a Estrada dos Ladrões pelas Black Hills, estava morto com todos os seus homens. Contudo, os soldados de Reno reforçados pelos do major Frederick Benteen, estavam entrincheirados numa colina bem ao longe, rio abaixo. Os índios cercaram a colina completamente e observaram os soldados a noite inteira; na manhã seguinte, começaram a luta de novo. Durante o dia, batedores enviados pelos chefes voltaram com informações de que muitos soldados estavam marchando na direção do Little Bighorn.

Depois de um conselho, foi decidido levantar acampamento. Os guerreiros haviam gasto quase toda a munição e sabiam ser uma loucura tentar lutar com tantos soldados usando arcos e flechas. As mulheres receberam ordens de arrumar as coisas e, antes do crepúsculo, partiram pelo vale rumo às montanhas Bighorn, com as tribos se separando pelo caminho, tomando direções diferentes.

Quando os brancos no Leste souberam da derrota de Cabelo Comprido, chamaram-na de massacre e ficaram loucos de ódio. Queriam punir todos os índios do Oeste. Como não podiam punir Touro Sentado e os chefes guerreiros, o Grande Conselho em Washington decidiu punir os índios que fosse possível encontrar – os que ficaram nas reservas e não participaram da luta.

A 22 de julho, o Grande Guerreiro Sherman recebeu autoridade para assumir o controle militar de todas as reservas no território sioux e para tratar os índios como prisioneiros de guerra. A 15 de agosto, o Grande Conselho fez uma nova lei exigindo que os índios renunciassem a todos os direitos sobre o território do rio Powder e as Black Hills. Fizeram isso sem ligar para o tratado de 1868, afirmando que os índios haviam violado o tratado, entrando em guerra com os Estados Unidos. Isso era difícil para os índios das reservas compreenderem, pois não haviam atacado soldados dos Estados Unidos; nem os seguidores de Touro Sentado os atacaram, até Custer mandar Reno investir contra as aldeias sioux.

Para manter tranquilos os índios das reservas, o Grande Pai enviou uma nova comissão em setembro para ludibriar e ameaçar os chefes e garantir as suas assinaturas nos documentos legais que transferiam a riqueza incalculável das Black Hills para propriedade branca. Vários membros dessa comissão eram velhas raposas do roubo da terra de índios, especialmente Newton Edmunds, o bispo Henry Whipple e o reverendo Samuel D. Hinman. Na agência de Nuvem Vermelha, o bispo Whipple abriu os trabalhos com uma prece e, depois, o presidente George Manypenny leu as condições apresentadas pelo Congresso. Como essas condições estavam escritas na habitual linguagem arrevesada dos legisladores, o bispo Whipple tentou explicá-las em frases que pudessem ser usadas pelos intérpretes.

> Meu coração, há muitos anos, tem sido generoso para com o homem vermelho. Viemos aqui trazer-lhes uma mensagem do Grande Pai e há certas coisas que lhes daremos nas palavras exatas. Não podemos mudá-las mesmo com o rabisco de uma pena... Quando o Grande Conselho votou a verba para continuar com os seus suprimentos, fez certas condições, em número de três; a menos que sejam cumpridas, não haverá novas verbas do Congresso para provisões. Essas três condições são: primeiro, vocês devem renunciar ao território das Black Hills e ao território que fica ao norte; segundo, vocês devem receber suas rações no rio Missouri e, terceiro, o Grande Pai deve ter permissão de fazer três estradas do rio Missouri, através da reserva, até esse novo território onde estão as Black Hills... O Grande Pai disse que seu coração estava cheio de ternura pelos seus filhos vermelhos e escolheu esta comissão de amigos dos índios para que se possa armar um plano, como ele nos ordenou, para que as nações índias possam ser preservadas e que, em vez de ficarem cada vez menores até que o último índio olhe para seu túmulo, tornem-se como o homem branco, um povo grande e poderoso.[35]

Para os ouvintes do bispo Whipple, parecia realmente uma maneira estranha de preservar as nações índias, tirando suas Black Hills e seus campos de caça, mudando-as para longe, no rio Missouri. A maioria dos chefes sabia que já era tarde demais para salvar as Black Hills, mas protestaram firmemente contra a mudança de suas reservas para o Missouri. “Acho que se meu povo se mudar daqui", disse Nuvem Vermelha, "será destruído. Lá há muitos homens maus e uísque ruim; portanto não quero ir para lá."[36]

Sem Coração disse que os brancos já haviam estragado o território do rio Missouri, logo os índios não podiam viver ali. "Pode-se viajar de cima abaixo pelo rio Missouri sem ver nenhuma árvore", declarou. "Vocês provavelmente viram para onde foram as árvores dali, e o povo do Grande Pai destruiu-as."

"Há apenas seis anos é que viemos viver neste rio onde estamos vivendo agora", disse Cachorro Vermelho, "e nada do que nos foi prometido chegou a ser feito". Outro chefe lembrou-se de que desde que o Grande Pai lhes prometera que nunca se mudariam, haviam mudado cinco vezes. "Acho que seria melhor que colocassem rodas nos índios", disse sardonicamente, "para podê-los levar aonde quiserem."

Cauda Pintada acusou o governo e os comissários de traírem os índios, de não cumprirem promessas e de palavras falsas. "Esta guerra não nasceu aqui na nossa terra; essa guerra foi trazida para nós pelos filhos do Grande Pai que vieram tomar nossa terra sem pagar e que, na nossa terra, fizeram muitas coisas más... Essa guerra veio do roubo – do roubo de nossas terras."[37] Cauda Pintada era totalmente contra a mudança para o Missouri e disse aos comissários que não cederia as Black Hills até ir a Washington e falar com o Grande Pai.

Os comissários deram uma semana para os índios discutirem os termos entre si e logo se tornou claro que eles não iriam assinar nada. Os chefes assinalaram que o tratado de 1868 requeria as assinaturas de três quartos dos adultos de sexo masculino das tribos sioux para ser mudado, e mais de metade dos guerreiros estava no norte com Touro Sentado e Cavalo Doido. Em resposta a isso, os comissários explicaram que os índios fora das reservas eram hostis; só índios amistosos eram incluídos no tratado. A maioria dos chefes não aceitou isso. Para dobrar sua oposição, os comissários insinuaram repetidas vezes que, se não assinassem, o Grande Conselho, em sua fúria, cortaria todas as rações imediatamente, iria removê-los para o Território Índio, ao sul, e o Exército tomaria todos os seus cavalos e armas.

Não havia escapatória. As Black Hills foram roubadas; o território do rio Powder e seus rebanhos de caça foram roubados. Sem caça ou rações, o povo iria morrer de fome. A ideia de mudança para longe, até um território estranho no Sul, era insuportável, e, se o Exército tomasse suas armas e seus cavalos, não seriam mais homens.

Nuvem Vermelha e seus subchefes assinaram primeiro, depois assinaram Cauda Pintada e sua gente. Depois disso, os comissários foram para as agências de Standing Rock, rio Cheyenne, riacho Crow, Lower Brulé, Santee e forçaram as outras tribos sioux a assinar. Assim Paha Sapa, seus espíritos e seus mistérios, suas grandes florestas de pinheiros e seu bilhão de dólares em ouro passaram para sempre das mãos dos índios ao domínio dos Estados Unidos.

Quatro semanas depois de Nuvem Vermelha e Cauda Pintada passarem as penas no papel, oito companhias de cavalaria dos Estados Unidos sob o comando de Três Dedos Mackenzie (o chefe Águia que já destruíra os kiowas e comanches no cânion Palo Duro) marcharam de Fort Robinson aos acampamentos das agências. Sob ordens do Departamento de Guerra, Mackenzie viera tomar as armas e cavalos dos índios das reservas. Todos os homens foram detidos, as tendas revistadas e desmontadas, as armas reunidas e todos os cavalos arrebanhados pelos soldados. Mackenzie deu permissão às mulheres para usarem cavalos no transporte de seus bens para Fort Robinson. Os homens, inclusive Nuvem Vermelha e os outros chefes, foram forçados a andar até o forte. As tribos teriam de viver doravante em Fort Robinson, sob a mira dos soldados.

Na manhã seguinte, para degradar ainda mais seus prisioneiros abatidos, Mackenzie presenteou uma companhia de batedores mercenários pawnees (os mesmos pawnees que os sioux outrora haviam expulsado do território do rio Powder) com os cavalos que os soldados tomaram dos sioux.

Enquanto isso, o Exército dos Estados Unidos, ansioso por vingança, percorria o território a norte e oeste das Black Hills, matando os índios que achava. No fim do verão de 1876, a coluna reforçada de Três Estrelas Crook ficou sem rações no território do rio Hart em Dakota e iniciou uma marcha forçada para o sul a fim de conseguir suprimentos nos acampamentos de mineiros nas Black Hills. A 9 de setembro, perto de Slim Buttes, um destacamento avançado comandado pelo capitão Anson Mills deu com a aldeia minneconjou e oglala de Cavalo Americano. Esses índios haviam deixado o acampamento de Cavalo Doido no rio Grande poucos dias antes e estavam indo para o sul, passar o inverno em sua reserva. O capitão Miles atacou, mas os sioux rechaçaram-no e, enquanto ele esperava a chegada de Três Estrelas, todos os índios fugiram, menos Cavalo Americano, quatro guerreiros e quinze mulheres e crianças, que estavam presos numa caverna no fim de um pequeno cânion.

Quando Crook, com a coluna principal, ordenou que os soldados tomassem posições das quais pudessem disparar salvas contra a frente da caverna, Cavalo Americano e seus quatro guerreiros retribuíram o fogo e, depois de algumas horas de duelo contínuo, dois Casacos Azuis estavam mortos e nove, feridos. Crook enviou, então, um batedor, Frank Grouard, para dizer aos índios que se rendessem. Grouard, que vivera com os sioux, falou-lhes na sua língua. "Eles me disseram que sairiam se nós não os matássemos e, recebendo essa promessa, saíram." Cavalo Americano, dois guerreiros, cinco mulheres e várias crianças deixaram a caverna; os outros estavam mortos ou muito feridos para se mover. A virilha de Cavalo Americano havia sido rasgada por chumbo grosso. "Estava segurando suas entranhas com as mãos quando veio para fora", disse Grouard. "Estendendo uma de suas mãos manchadas de sangue, apertou-me a mão."[38]

O capitão Mills achara uma menina, com três ou quatro anos, escondida na aldeia. "Ela se levantou e correu como uma perdizinha", disse. "Os soldados pegaram-na e a trouxeram para mim." Mills consolou-a e lhe deu alguma comida, dizendo ao ordenança que a acompanhasse quando ele fosse entrar na caverna onde os soldados estavam cuidando das baixas índias. Dois dos mortos eram mulheres, sangrando de muitas feridas. "A menina começou a gritar e lutou com o ordenança até ser colocada no chão, quando ela correu e abraçou uma mulher, que era sua mãe. Eu disse ao ajudante Lemly que tencionava adotar a menina, já que lhe matara a mãe.

Um cirurgião veio para examinar a ferida de Cavalo Americano. Considerou-a fatal, e o chefe sentou-se diante de uma fogueira, segurando um cobertor sobre seu abdômen rasgado a bala, até perder a consciência e morrer.

Crook ordenou que o capitão Mills preparasse seus homens para refazer a marcha para as Black Hills. "Antes de partir", disse Mills, "o ajudante Lemly perguntou-me se eu queria realmente levar a menina. Disse-lhe que sim, mas ele perguntou: 'Bem, o que acha que a sra. Mills pensará disso?' Era a primeira vez que eu encarava esse aspecto da questão e decidi deixar a criança onde a encontrara."[39]

Enquanto Três Estrelas estava destruindo a aldeia de Cavalo Americano, alguns dos sioux que escaparam foram até o acampamento de Touro Sentado e lhe contaram o ataque. Touro Sentado e Galha, com cerca de seiscentos guerreiros, imediatamente saíram em ajuda de Cavalo Americano, mas chegaram muito tarde. Embora Touro Sentado atacasse os soldados de Crook, seus guerreiros tinham tão pouca munição que os Casacos Azuis os sustentaram em ações de retaguarda, enquanto a coluna principal marchava para as Black Hills.

Quando todos os soldados haviam partido, Touro Sentado e seus guerreiros foram à aldeia devastada de Cavalo Americano, recolheram os sobreviventes desesperados e enterraram os mortos. "O que fizemos para que os brancos queiram que paremos?", perguntou Touro Sentado. "Corremos esse território para baixo e para cima, mas eles nos seguem de um lugar para outro."[40]

Num esforço de ficar tão longe dos soldados quanto possível, Touro Sentado levou seu povo para o norte, ao longo do Yellowstone, onde havia búfalos. Na Lua das Folhas Caídas, Galha saiu com um grupo de caçadores e deparou com uma caravana de carroções do Exército viajando pelo território do Yellowstone. Os soldados estavam levando provisões para um novo forte que estavam construindo no local onde o rio Tongue deságua no Yellowstone (Fort Keogh, assim chamado em honra do capitão Miles Keogh, morto em Little Bighorn).

Os guerreiros de Galha emboscaram o comboio perto do riacho Glendive e capturaram sessenta mulas. Assim que Touro Sentado soube da caravana de carroções e do novo forte, convocou Johnny Brughiere, um mestiço que se juntara ao seu acampamento. Brughiere sabia escrever e Touro Sentado disse-lhe para colocar num pedaço de papel algumas palavras que ele tinha a dizer ao comandante dos soldados:

> Quero saber o que estão fazendo nesta estrada. Vocês espantam todo o búfalo. Quero caçar neste lugar. Quero que saiam daqui. Se não, lutarei novamente com vocês. Quero que nos deixem o que conseguimos aqui e saiam daqui. Sou seu amigo.
>
> Touro Sentado[41]

Quando o tenente-coronel Elwell Otis, comandante da caravana, recebeu a mensagem, enviou um batedor com uma resposta para Touro Sentado. Os soldados estavam indo para Fort Keogh, disse Otis, e muitos outros soldados estavam vindo para se juntarem a eles. Se Touro Sentado quisesse uma luta, os soldados a dariam. Com isso, Touro Sentado ficou furioso. Declarou que o Grande Espírito fizera-o um índio, não um índio de agência, e que não tinha a intenção de se tornar um deles. Encerrou bruscamente a reunião e voltou para os seus guerreiros, ordenando-lhes que se espalhassem, pois suspeitava que os soldados de Casaco de Urso tentariam atacá-los. Os soldados de fato atacaram e, novamente, os hunkpapas tiveram de começar a correr pelo território para cima e para baixo.

Na primavera de 1877, Touro Sentado estava cansado de correr. Decidiu que não havia mais lugar suficiente para que brancos e sioux vivessem juntos no país do Grande Pai. Levaria seu povo para o Canadá, para a terra da Grande Mãe, Rainha Vitória. Antes de partir, procurou Cavalo Doido, esperando convencê-lo a levar os oglalas para a terra da Grande Mãe. Mas o povo de Cavalo Doido estava correndo pelo território, tentando fugir dos soldados, e Touro Sentado não pôde encontrá-lo.

Nas mesmas luas frias, o general Crook também estava procurando Cavalo Doido. Desta vez, Crook reunira uma força enorme de infantaria, cavalaria e artilharia e levara consigo rações suficientes para encher 168 carroções e balas e munições bastantes para carregar o dorso de quatrocentas mulas de carga. A poderosa coluna de Três Estrelas passou pelo território do rio Powder como uma multidão de ursos pardos, derrotando e esmagando todos os índios no seu caminho.

Os soldados estavam procurando Cavalo Doido, mas descobriram primeiro uma aldeia cheyenne, a aldeia de Faca Embotada. A maioria desses cheyennes não estivera na batalha do Little Bighorn, mas haviam saído da agência de Nuvem Vermelha em busca de comida, depois que o Exército a dominou e cortou suas rações. O general Crook enviou Três Dedos Mackenzie contra essa aldeia de 150 tendas.

Touro Sentado não queria uma luta; só queria ser deixado em paz para caçar búfalos. Enviou um guerreiro com uma bandeira branca, pedindo para falar com o chefe dos soldados. Nessa altura, o coronel Nelson Miles e outros soldados haviam alcançado o comboio. Miles, que procurava Touro Sentado desde o fim do verão, concordou imediatamente em se reunir com ele.

Encontraram-se a 22 de outubro, entre uma linha de soldados e uma linha de guerreiros. Miles, escoltado por um oficial e cinco homens; Touro Sentado, por um subchefe e cinco guerreiros. O dia estava muito frio, e Miles usava um casaco comprido enfeitado com pele de urso. Desde que apareceu, foi o Casaco de Urso para os índios.

Não houve discursos preliminares nem se fumaram amistosamente os cachimbos. Com Johnny Bhughiere servindo de intérprete, Casaco de Urso começou a reunião acusando Touro Sentado de sempre ser contra o homem branco em suas ações. Touro Sentado admitiu que não era a favor dos brancos, mas também não era um inimigo deles, desde que o deixassem em paz. Casaco de Urso queria saber o que Touro Sentado estava fazendo no território do Yellowstone. A pergunta era idiota, mas o hunkpapa respondeu com educação: estava caçando búfalo para alimentar e vestir seu povo. Casaco de Urso, então, começou a mencionar uma reserva para os hunkpapas, mas Touro Sentado disse que isso estava fora de questão. Passaria o inverno nas Black Hills, disse. A reunião acabou sem nada resolver, mas os dois homens concordaram em se encontrar novamente no dia seguinte.

A segunda reunião logo se tornou uma sucessão de divergências. Touro Sentado começou dizendo que não lutara com os soldados até que estes vieram combatê-lo e prometeu que não haveria mais luta se os brancos tirassem seus soldados e fortes do território dos índios. Casaco de Urso respondeu que não podia haver paz para os sioux até todos estarem nas reservas.

Era na Lua do Casamento dos Gamos, fazia muito frio, com neve profunda nos lugares com árvores e neve com crosta de gelo nos descampados. Mackenzie colocou suas tropas em posição de ataque durante a noite e atacou os cheyennes à primeira luz do dia. Os mercenários pawnees primeiro, investindo nos cavalos velozes que Mackenzie tirara da reserva sioux. Surpreenderam os cheyennes em suas tendas, matando muitos deles enquanto acordavam. Outros corriam nus no frio cortante, os guerreiros tentando lutar com os pawnees e os soldados agressores durante o tempo necessário para suas mulheres e crianças escaparem.

Alguns dos melhores guerreiros dos cheyennes do norte sacrificaram suas vidas nesses primeiros momentos furiosos de luta; um deles foi o filho mais velho de Faca Embotada. Este e Lobo Pequeno finalmente conseguiram formar uma retaguarda ao longo da orla superior de um cânion, mas sua pequena reserva de munições logo terminou. Lobo Pequeno foi atingido sete vezes antes de ele e Faca Embotada escaparem para se reunirem às mulheres e crianças numa fuga desesperada para as Bighorns. Atrás deles, Mackenzie queimava suas tendas e, depois disso, reuniu seus cavalos capturados contra a parede do cânion e ordenou que seus homens os matassem a tiros, exatamente como fizeram outrora aos cavalos dos comanches e kiowas no cânion Palo Duro.

Para os cheyennes de Faca Embotada, sua fuga era uma repetição da fuga dos cheyennes de Duas Luas depois do ataque de surpresa em março, liderado pelo Chefe Águia Reynolds. Mas o tempo estava mais frio; só tinham poucos cavalos e pouquíssimos cobertores, mantas e mocassins. Como a gente de Duas Luas, só conheciam um santuário – a aldeia de Cavalo Doido no riacho Box Elder.

Durante a primeira noite da fuga, doze crianças e vários velhos morreram de frio. No dia seguinte, os homens mataram alguns dos cavalos, tiraram-lhes os couros e nestes colocaram as crianças pequenas para evitar que morressem de frio. Os velhos colocavam suas mãos e pés ao lado das crianças. Durante três dias, andaram penosamente pela neve gelada, com os pés descalços deixando uma trilha de sangue, até alcançarem o acampamento de Cavalo Doido.

Cavalo Doido dividiu comida, cobertores e abrigo com a gente de Faca Embotada, mas avisou-lhes que se preparassem para fugir. Os oglalas não tinham munição suficiente para ficar e lutar. Casaco de Urso Miles procurava-os ao norte e, agora, Três Estrelas Crook estava vindo pelo sul. Para sobreviverem, teriam de continuar percorrendo o território.

Na Lua das Árvores que Fazem Barulho, Cavalo Doido mudou o acampamento para o norte, ao longo do Tongue, para um esconderijo não muito longe do novo Fort Keogh, onde Casaco de Urso passava o inverno com seus soldados. O frio e a fome se tornaram tão insuportáveis para crianças e velhos que alguns dos chefes disseram a Cavalo Doido que era tempo de ir e falar com Casaco de Urso e descobrir o que ele queria que fizessem. Suas mulheres e crianças choravam de fome, e eles precisavam de abrigos quentes dos quais não precisassem sair. Cavalo Doido sabia que Casaco de Urso queria aprisioná-lo numa reserva, mas ele concordou que os chefes deveriam ir se quisessem. Foi com o grupo, cerca de trinta chefes e guerreiros, até um morro perto do forte. Oito chefes e guerreiros apresentaram-se como voluntários para ir até o forte, um deles carregando um grande pano branco numa lança. Quando se aproximaram do forte, alguns dos crows mercenários de Casaco de Urso atacaram-nos. Ignorando a bandeira de trégua, os crows dispararam à queima-roupa nos sioux. Só três dos oito escaparam vivos. Alguns dos sioux que observavam do morro queriam atacar e se vingar dos crows, mas Cavalo Doido insistiu para que voltassem ao acampamento. Teriam de arrumar as coisas e fugir de novo. Agora que Casaco de Urso sabia que havia sioux por perto, viria procurando por eles através da neve.

Casaco de Urso alcançou-os na manhã de 8 de junho (1877) em Battle Butte e enviou seus soldados num ataque através da neve com trinta centímetros de espessura. Cavalo Doido tinha pouca munição para defender seu povo, mas contava com alguns bons chefes guerreiros que sabiam truques suficientes para enganar e fustigar os soldados, enquanto o grupo principal de índios fugia através das montanhas Wolf rumo às Bighorns. Agindo juntos, Pequeno Grande Homem, Duas Luas e Corcunda atraíram as tropas para um cânion. Durante quatro horas, mantiveram os soldados – que estavam atrapalhados pelos grossos uniformes de inverno – tropeçando e caindo em saliências cobertas de gelo. Começou a nevar durante a luta e, no começo da tarde, desabou uma nevasca. O que era bastante para Casaco de Urso, que levou seus homens de volta ao abrigo de Fort Keogh.

Através da cortina de neve e granizo, Cavalo Doido e sua gente dirigiram-se para o território familiar do Little Powder. Acamparam ali em fevereiro, vivendo da caça que podiam encontrar, quando mensageiros trouxeram a notícia de que Cauda Pintada e um grupo de brulés estavam vindo do sul. Alguns dos índios do acampamento acharam que talvez Cauda Pintada, afinal, estivesse cansado de receber ordens na sua reserva e tivesse fugido dos soldados, mas Cavalo Doido via mais longe.

Durante as luas frias, Três Estrelas Crook levara seus homens para Fort Fetterman, através da neve. Enquanto esperava pela primavera, fez uma visita a Cauda Pintada e prometeu-lhe que a reserva sioux não precisaria mudar para o rio Missouri se o chefe brulé fosse como emissário de paz até Cavalo Doido e o convencesse a se render. Esse era o objetivo da visita de Cauda Pintada ao acampamento de Cavalo Doido.

Pouco antes da chegada de Cauda Pintada, Cavalo Doido disse a seu pai que iria partir. Pediu a seu pai que cumprimentasse Cauda Pintada e lhe dissesse que os oglalas poderiam ir, assim que o tempo permitisse a viagem de mulheres e crianças. Então, foi sozinho para as Bighorns. Cavalo Doido não havia decidido se chegara a hora da rendição; talvez deixasse seu povo ir enquanto ficava sozinho no território do rio Powder – como um velho búfalo afastado do rebanho.

Quando Cauda Pintada chegou, adivinhou que Cavalo Doido o estava evitando. Enviou mensageiros para descobrir o líder oglala, mas Cavalo Doido desaparecera nas neves profundas. Antes de Cauda Pintada voltar a Nebraska, convenceu Pé Grande a se render com seus minneconjous e recebeu promessas de Toca-as-Nuvens e três outros chefes de que levariam seu povo à agência no começo da primavera.

A 14 de abril, Toca-as-Nuvens, com um grande número de minneconjous e sans arcs da aldeia de Cavalo Doido, chegou à agência de Cauda Pintada e se rendeu. Alguns dias antes disso acontecer, Três Estrelas Crook enviara Nuvem Vermelha para achar Cavalo Doido e prometer-lhe que, se se rendesse, poderia ter uma reserva no território do rio Powder. A 27 de abril, Nuvem Vermelha encontrou Cavalo Doido e contou-lhe a promessa de Três Estrelas. Os novecentos oglalas de Cavalo Doido estavam morrendo de fome, os guerreiros não tinham munição e seus cavalos estavam magros e ossudos. A promessa de uma reserva no território do rio Powder era tudo que Cavalo Doido precisava para se render em Fort Robinson.

O último dos chefes guerreiros sioux agora se tornava um índio de reserva, sem armas e montarias, sem autoridade sobre seu povo, um prisioneiro do Exército, que nunca fora derrotado em combate. Embora ainda fosse um herói para os jovens e sua adulação causasse inveja entre os chefes mais velhos da agência, Cavalo Doido manteve-se distante, esperando – com seus seguidores – o dia em que Três Estrelas cumprisse suas promessas de uma reserva no território do rio Powder.

No fim do verão, Cavalo Doido soube que Três Estrelas queria que ele fosse a Washington para um conselho com o Grande Pai. Cavalo Doido recusou-se a ir. Não via por que falar sobre a reserva prometida. Vira o que acontecera aos chefes que haviam ido até a casa do Grande Pai em Washington; voltavam gordos com o modo de vida do homem branco e sem nada da ousadia anterior. Pudera ver as mudanças em Nuvem Vermelha e Cauda Pintada, e estes sabiam o que ele via e não gostavam dele por isso.

Em agosto, chegaram notícias de que os nez percés, que viviam além das montanhas Shining, estavam em guerra com os Casacos Azuis. Nas agências, chefes de soldados começaram a alistar guerreiros como batedores contra os nez percés. Cavalo Doido disse aos jovens para não irem enfrentar outros índios, mas alguns não escutaram e se deixaram comprar pelos soldados. A 31 de agosto, no dia em que esses ex-guerreiros sioux colocaram seus uniformes Casacos Azuis para partir, Cavalo Doido ficou tão desgostoso que disse que iria pegar seu povo e ir para o norte até o território do rio Powder.

Quando Três Estrelas soube disso, através de espiões, ordenou que oito companhias de soldados a cavalo marchassem até o acampamento de Cavalo Doido, fora de Fort Robinson, e o prendessem. Porém, antes da chegada dos soldados, os amigos de Cavalo Doido avisaram-no que estavam vindo. Não sabendo qual era o objetivo dos soldados, Cavalo Doido disse a seu povo para se espalhar e, então, partiu sozinho para a agência de Cauda Pintada para se refugiar com seu velho amigo Toca-as-Nuvens.

Os soldados acharam-no ali, colocaram-no sob prisão e informaram-no que o levariam para Fort Robinson, a fim de se encontrar com Três Estrelas. Ao chegar ao forte, disseram a Cavalo Doido que era muito tarde para falar com Três Estrelas naquele dia. Foi entregue ao capitão James Kennington e um dos policiais da agência. Cavalo Doido olhou fixamente para o policial da agência. Era Pequeno Grande Homem, que há pouco desafiara os comissários que vieram roubar Paha Sapa, o mesmo Pequeno Grande Homem que ameaçara matar o primeiro chefe que falasse em vender as Black Hills, o bravo Pequeno Grande Homem que por último lutara ao lado de Cavalo Doido nas cristas geladas das montanhas Wolf contra Casaco de Urso Miles. Agora, os brancos haviam comprado Pequeno Grande Homem e o tornaram policial de agência.

Enquanto Cavalo Doido andava entre eles, deixando o chefe de soldados e Pequeno Grande Homem levarem-no para onde o estavam conduzindo, deve ter tentado sonhar consigo no mundo real, para escapar da escuridão do mundo de sombras no qual tudo era loucura. Passaram por um soldado com um rifle de baioneta ao ombro e, então, ficaram diante da porta de um edifício. As janelas tinham barras de ferro e ele podia ver homens atrás das barras, com correntes nas pernas. Era uma jaula para um animal, e Cavalo Doido saltou para trás como um animal cativo, com Pequeno Grande Homem segurando seu braço. A luta durou alguns segundos apenas. Alguém gritou uma ordem, e o soldado de guarda, William Gentles, cravou profundamente sua baioneta no abdômen de Cavalo Doido.

Cavalo Doido morreu nessa noite, 5 de setembro de 1877, com 35 anos. Pela manhã do dia seguinte, os soldados entregaram o chefe morto a seus pais. Eles colocaram o corpo de Cavalo Doido numa caixa de madeira, pregaram-no a uma esteira puxada por um cavalo e levaram-no à agência de Cauda Pintada, onde o suspenderam num palanque. Por toda a Lua da Grama Seca, lamentadores ficaram ao lado do lugar do velório. Então, na Lua das Folhas Caídas, chegou a notícia angustiante: a reserva dos sioux deveria deixar Nebraska e mudar para um novo local no rio Missouri.

Pelo frio e seco outono de 1877, compridas fileiras de índios exilados guiadas por soldados dirigiam-se para o norte, rumo à terra estéril. Pelo caminho, vários grupos escaparam da coluna e se desviaram para o norte, decididos a fugir para o Canadá e se unir a Touro Sentado. Com eles, foram o pai e a mãe de Cavalo Doido, levando o coração e os ossos de seu filho. Num lugar só conhecido por eles, enterraram Cavalo Doido, em alguma parte de Chankpe Opi Wakpala, o riacho chamado Wounded Knee.

Capítulo treze

A fuga dos Nez Percés

1877 – *1º de janeiro*, rainha Vitória proclamada imperadora da Índia. 25 de janeiro, Congresso americano aprova projeto de Comissão Eleitoral para recontagem de votos; disputa Hayes-Tilden ainda indefinida. 12 de fevereiro, ferroviários iniciam greve de protesto contra cortes salariais. 26 de fevereiro, democratas do Sul fazem reunião secreta com representantes republicanos de Hayes e firmam o Compromisso de 1877, em que os primeiros concordam em apoiar os republicanos em troca da retirada das tropas federais do Sul e do fim da Reconstrução. 27 de fevereiro, Comissão Eleitoral anuncia recontagem em favor de Hayes. 2 de março, Congresso confirma eleição de Hayes. 5 de março, posse de Hayes na presidência. 10 de abril, presidente Hayes inicia retirada de tropas federais dos estados sulinos, marcando o fim da era de Reconstrução. 15 de abril, primeira linha telefônica empresarial instalada entre Boston e Somerville, Massachusetts. 14 de julho, greve geral interrompe o funcionamento das ferrovias. 20 de julho, tumultos grevistas se espalham pelos Estados Unidos. 21-27 de julho, soldados atacam ferroviários e põem fim à greve nacional. 17 de outubro, contrato entre a Pennsylvania Railroad e a Standard Oil Company fortalece monopólio de transporte de combustível. Dezembro, Edison inventa o fonógrafo. Publicação de *Ana Karenina*, de Tolstói.

Os brancos só contaram um lado. Contaram o que lhes agradava. Contaram muita coisa que não é verdade. Só as melhores ações deles, só as piores ações dos índios, foi o que o homem branco contou.

LOBO AMARELO, DOS NEZ PERCÉS

A terra foi criada com a ajuda do sol, e devia ficar como era. [...] O espaço foi feito sem linha de demarcação, e não cabe ao homem dividi-lo. [...] Vejo os brancos por todo o espaço ganhando riquezas, e vejo a vontade deles de nos dar áreas que não valem nada. [...] A terra e eu somos o mesmo espírito. A medida da terra e a medida do nosso corpo é igual. Digam se puderem que vocês foram enviados pelo Poder Criador para falar conosco. Talvez vocês pensem que o Criador enviou vocês aqui para dispor de nós à vontade. Se eu pensasse que vocês foram enviados pelo Criador, até poderia pensar que vocês têm o direito de dispor de mim. Não me entendam mal, mas me entendam totalmente em relação a meu amor pela terra. Eu nunca disse que a terra era minha para fazer com ela o que eu quisesse. O único que tem o direito de dispor dela é aquele que a criou. Peço o direito de viver em minha terra e lhes concedo o privilégio de viver na terra de vocês.

HEINMOT TOOYALAKET (CHEFE JOSEPH), DOS NEZ PERCÉS

EM SETEMBRO DE 1805, quando Lewis e Clark desceram as Montanhas Rochosas em sua jornada para o oeste, todos os membros da expedição estavam com fome e disenteria – fracos demais para se defender. Encontravam-se na área dos nez percés, nome dado por caçadores franceses, ao notar que alguns desses índios usavam conchas de fósseis no nariz. Se os nez percés quisessem, teriam terminado com a expedição de Lewis e Clark lá nas margens do rio Clearwater e capturariam seus cavalos. Mas os nez percés, pelo contrário, receberam bem os americanos brancos, deram-lhes comida e cuidaram dos cavalos dos exploradores durante vários meses, enquanto iam de canoa até a costa do Pacífico.

Assim teve início uma longa amizade entre os nez percés e os americanos brancos. Durante setenta anos, a tribo pôde se orgulhar de nunca ter matado um branco. Mas a cobiça dos homens brancos pela terra e pelo ouro acabou destruindo essa amizade.

Em 1855, o governador Isaac Stevens do Território de Washington convidou os nez percés para um conselho de paz.

> Ele disse que havia muitos brancos na região, e que chegariam muitos outros; que ele queria demarcar a terra para

deixar os índios e os brancos separados. Se quisessem viver em paz, disse ele, era necessário que os índios tivessem uma área separada para eles, e lá deviam ficar.

Tuekakas, um chefe que os brancos chamavam de Old Joseph, disse ao governador Stevens que ninguém possuía a terra, e que um homem não podia vender o que não lhe pertencia.

O governador não era capaz de entender tal atitude. Insistiu que Old Joseph assinasse o tratado e recebesse vários cobertores de presente. O chefe respondeu: "Leve embora esse seu papel. Não vou tocar nele."

Aleiya, que os brancos chamavam de Lawyer*, assinou o tratado, e vários outros nez percés também, mas Old Joseph voltou com seu povo para o lar do vale do Wallowa, uma região verdejante de águas sinuosas, vastas pradarias, matas nas montanhas e um lago azul cristalino. O grupo de nez percés chefiado por Old Joseph criava belos cavalos e gado, morava em bons abrigos e, quando precisava de algo dos brancos, negociava seus animais.

Poucos anos após assinado o primeiro tratado, os homens do governo voltaram a assediar os nez percés, querendo mais terras. Old Joseph alertou seu povo para não aceitar nenhum presente deles nem um único cobertor. "Daqui a pouco", disse ele, "eles vão alegar que vocês aceitaram pagamento por sua terra."[1]

Em 1863, foi apresentado um novo tratado aos nez percés. Ele retirava o vale do Wallowa e três quatros da terra restante, deixando-lhes apenas uma pequena reserva na atual região de Idaho. Old Joseph não compareceu à assinatura do tratado, mas Lawyer e vários outros chefes – sendo que nenhum deles jamais tinha morado no Vale das Águas Sinuosas – assinaram a cessão das terras de seu povo. O "tratado dos ladrões", assim dizia Old Joseph, e ele ficou tão ofendido que rasgou a Bíblia que um missionário branco tinha lhe dado para convertê-lo ao cristianismo. Para que os brancos soubessem que ele ainda reivindicava o vale do Wallowa, Old Joseph fincou estacas ao redor de toda a área onde vivia seu povo.

* Advogado, em inglês. (N.T.)

Algum tempo depois, em 1871, Old Joseph morreu, e a liderança do grupo passou para seu filho Heinmot Tooyalaket (Young Joseph), que estava com cerca de trinta anos de idade. Quando os funcionários do governo foram até lá e ordenaram que os nez percés saíssem do vale do Wallowa e fossem para a reserva Lapwai, Young Joseph não quis ouvir. Ele disse:

> Nem Lawyer nem nenhum outro chefe tinha autoridade para vender esta terra. Ela sempre pertenceu a meu povo. Nós a recebemos livre e desimpedida de nossos pais e vamos defender esta terra enquanto houver uma gota de sangue índio aquecendo o coração de nossos homens.[2]

Ele fez uma petição ao Grande Pai, Ulysses Grant, para deixar seu povo ficar onde sempre havia morado, e em 16 de junho de 1873 o presidente decretou uma ordem executiva retirando o vale do Wallowa da área de colonização branca.

Pouco tempo depois, chegou um grupo de encarregados para começar a montar uma nova agência indígena no vale. Um deles mencionou as vantagens de escolas para o povo de Joseph. Joseph respondeu que os nez percés não queriam as escolas dos brancos.

– Por que vocês não querem escolas? – perguntou o encarregado.

– Elas vão nos ensinar a ter igrejas – respondeu Joseph.

– Vocês não querem igrejas?

– Não, não queremos igrejas.

– Por que vocês não querem igrejas?

– Elas vão nos ensinar a discutir sobre Deus – disse Joseph. – Não queremos aprender isso. Às vezes podemos discutir com os homens sobre coisas desta terra, mas nunca discutimos sobre Deus. Não queremos aprender essas coisas.[3]

Enquanto isso, os colonos brancos estavam ocupando o vale, com os olhos na terra dos nez percés. Haviam encontrado ouro em montanhas ali próximas. Os garimpeiros roubavam os cavalos dos índios, e os negociantes vendiam o gado deles, marcando os animais para que os índios não pudessem reclamá-los. Políticos brancos foram até Washington, contando mentiras sobre os nez percés. Acusaram os índios de ser uma ameaça à paz e de roubar o gado dos colonos. Era mentira, mas, como disse Joseph, "não tínhamos nenhum amigo que defendesse nossa causa perante o conselho da lei".[4]

Dois anos depois de ter prometido que o vale de Wallowa seria sempre do povo de Joseph, o Grande Pai lançou uma nova proclamação, reabrindo o vale para a colonização branca. Os nez percés receberam "um prazo razoável" para se mudar para a reserva Lapwai. Joseph não tinha a menor intenção de ceder o vale de seus antepassados, mas em 1877 o governo enviou o Soldado Chefe de Um Braço Só, general Howard, para retirar todos os nez percés da área de Wallowa.

Nos quatro anos decorridos desde que Oliver Otis Howard tratou Cochise e os apaches com justiça, ele tinha aprendido que o Exército não era tolerante com os "amantes dos índios". Agora foi para as terras de noroeste com a firme decisão de recuperar seu prestígio nas forças armadas, executando suas ordens rapidamente e ao pé da letra. Em caráter privado, ele comentou com amigos de confiança que era "um grande erro tirar aquele vale de Joseph e de seu grupo de índios nez percés". Mas em maio de 1877 ele convocou Joseph para um conselho em Lapwai, para estabelecer a data em que teriam de entregar as terras.

Para acompanhá-lo a Lapwai, Joseph escolheu Ave Branca, Espelho, seu irmão Ollokot e o profeta Toohoolhoolzote de Wallowa. O profeta era um índio alto, de pescoço taurino, muito feio e com grande eloquência na réplica. "Fugido do inferno", foi como o descreveu um homem branco. Na abertura da reunião, que foi realizada num edifício perpendicular ao quartel da guarda de Fort Lapwai, Joseph apresentou Toohoolhoolzote como porta-voz dos nez percés de Wallowa.

– Uma parte dos nez percés cedeu sua área – disse o profeta. – Nós não. A terra faz parte de nosso corpo, e nós nunca cedemos a terra.

– Você sabe muito bem que o governo separou uma reserva, e os índios têm de ir para lá – declarou Howard.

– Quem pretendeu dividir a terra e nos colocar lá? – perguntou Toohoolhoolzote.

– Eu. Aqui eu represento o presidente – Howard estava começando a perder a paciência. – Minhas ordens são claras e serão executadas.

O profeta continuou espicaçando o Soldado Chefe de Um Braço Só, perguntando como a terra podia pertencer aos brancos se ela tinha passado aos nez percés desde seus ancestrais.

– Nós viemos da terra, e nossos corpos devem voltar para a terra, nossa mãe – disse ele.

– Não quero ofender sua religião – respondeu Howard, impaciente –, mas você tem de falar sobre coisas práticas. Já ouvi vinte vezes que a terra é a mãe de vocês e que é ela quem manda. Não quero mais ouvir isso, e vamos logo tratar de negócios.

– Quem vai me dizer o que devo fazer em meu próprio país? – retrucou Toohoolhoolzote.[5]

A discussão continuou até que Howard achou que devia dar uma demonstração de força. Mandou que prendessem o profeta e o levassem à cadeia dos soldados, e informou brutalmente a Joseph que os nez percés tinham trinta dias para se transferir do vale do Wallowa para a reserva Lapwai.

– Meu povo sempre foi amigo dos homens brancos – disse Joseph. – Por que tanta pressa? Não consigo preparar tudo para sair em trinta dias. Nosso gado está espalhado, e o rio Snake está muito alto. Vamos esperar até o outono, quando o rio baixar.

– Se você se atrasar um dia – respondeu Howard com rispidez –, os soldados estarão lá para levá-lo para a reserva, e todo o gado e os cavalos que estiverem fora da reserva naquela data irão para as mãos dos homens brancos.

Joseph sabia que agora não tinha alternativa. Era impossível defender o vale com seus guerreiros, que não chegavam a uma centena. Quando ele e seus subchefes voltaram para casa, já havia soldados por lá. Fizeram uma reunião e decidiram reunir imediatamente o gado para a transferência para Lapwai.

> Os brancos eram muitos e não podíamos enfrentá-los. Éramos como cervos, e eles como ursos pardos. Tínhamos uma área pequena. A área deles era grande. Nós nos contentávamos em deixar as coisas como o Grande Espírito tinha feito. Eles não, e mudariam os rios e as montanhas se não estivessem como queriam.[6]

Mesmo antes de iniciarem a longa marcha, alguns guerreiros começaram a falar que seria melhor entrar em guerra do que serem tirados como cachorros da terra onde tinham nascido. Toohoolhoolzote, solto da prisão, declarou que somente o sangue poderia lavar a desgraça que o Soldado Chefe de Um Braço Só tinha lançado sobre ele. Mas Joseph continuava a aconselhar a paz.

Para cumprir o prazo dado pelo general Howard, eles tiveram de deixar grande parte do gado no vale, e quando chegaram ao rio Snake as águas turbilhonavam com a neve derretida das montanhas. Milagrosamente conseguiram atravessar as mulheres e as crianças em jangadas de couro de búfalo, sem maiores percalços, mas, enquanto cuidavam dessa tarefa, chegou um grupo de homens brancos, que roubou parte do gado que estava esperando. Então, quando tentaram tocar os animais às pressas, para atravessar o rio, muitos deles se perderam na correnteza.

Mais irritados do que nunca, os chefes pediram que Joseph interrompesse a marcha em Rocky Canyon e fizessem um conselho. Toohoolhoolzote, Ave Branca e Ollokot defenderam a guerra. Joseph disse que era "melhor viver em paz do que começar uma guerra e morrer". Os outros disseram que era um covarde, mas ele não cedeu.

Enquanto estavam acampados no cânion, um pequeno grupo de guerreiros saiu furtivamente à noite e, quando voltaram, os nez percés já não podiam mais alegar que nunca tinham matado um branco. Os guerreiros haviam matado onze, como vingança pelo roubo do gado e por serem expulsos do vale.

Como muitos outros caciques defensores da paz, agora Joseph estava acuado entre as pressões dos brancos e a fúria de seu povo desesperado. Ele escolheu ficar com seu povo. E disse:

> Eu daria minha própria vida, se pudesse desfazer as mortes dos brancos às mãos de meu povo. Culpo meus rapazes e culpo os brancos. [...] Eu ia levar meu povo para a terra do búfalo [Montana] sem luta, se possível. [...] Fomos até White Bird Creek, a 25 quilômetros, e acampamos lá, pretendendo reunir nosso gado antes de prosseguir; mas os soldados nos atacaram, e travamos a primeira batalha.[7]

No dia 17 de junho, embora com o dobro de homens, os soldados de Howard caíram numa cilada dos nez percés em White Bird Canyon, os quais contornaram o flanco dos atacantes, mataram um terço deles e desbarataram os restantes. Dez dias depois, o Soldado Chefe de Um Braço Só trouxe grandes reforços para retomar a batalha, mas os nez percés escaparam pelas montanhas. Numa sucessão de ações militares astuciosas, Joseph fez manobras melhores do que as dos soldados, infligiu sérios danos a um destacamento avançado e foi rapidamente para o Clearwater, onde o chefe Espelho estava esperando com mais guerreiros.

As forças dos nez percés agora somavam 250 guerreiros, com 450 não combatentes, bagagens e dois mil cavalos. Em White Bird Canyon tinham capturado vários rifles e uma boa quantidade de munição.

Depois de recuar para o outro lado do Clearwater (onde seus antepassados haviam acolhido Lewis e Clark como precursores da civilização branca), Joseph convocou um conselho dos chefes. Todos sabiam que jamais poderiam voltar ao vale das Águas Sinuosas ou ir impunes para Lapwai. Só lhes restava uma saída – fugir para o Canadá. Touro Sentado dos Sioux tinha fugido para a terra da Grande Mãe, e os soldados americanos não se atreveram a ir até lá para matá-lo. Se os nez percés conseguissem alcançar Lolo Trail e transpor as Montanhas Bitterroot, poderiam escapar para o Canadá.

Como estavam acostumados a atravessar as Bitterroots para ir caçar em Montana, os nez percés logo ganharam distância das tropas de Howard, carregadas de bagagens. Em 25 de julho estavam descendo em fila o cânion perto da foz do Lolo Creek quando seus batedores avistaram soldados à frente. Os Casacos Azuis estavam construindo uma barricada de troncos num lugar estreito da passagem.

Empunhando uma bandeira branca, Joseph, Espelho e Ave Branca cavalgaram até a barricada, apearam calmamente e trocaram apertos de mão com o oficial encarregado, capitão Charles Rawn. Os chefes observaram a presença de cerca de duzentos soldados no acampamento.

– Passaremos por vocês sem lutar, se vocês deixarem – disse Joseph ao capitão –, mas passaremos de qualquer maneira.[8]

Rawn disse a Joseph que só passariam se entregassem as armas. Ave Branca respondeu que seus guerreiros jamais fariam isso.

Sabendo que o general Howard estava vindo do oeste e que um outro grande contingente sob o comando do coronel John Gibbon estava vindo do leste, o capitão Rawn decidiu dar um tempo. Propôs que se reunissem de novo no dia seguinte para combinar a passagem. Os chefes concordaram, mas depois de mais dois dias de negociações infrutíferas, os líderes dos nez percés concluíram que não podiam esperar mais.

A 28 de julho, de manhã cedo, Espelho levou os guerreiros para uma linha de proteção entre as árvores no alto da rampa, do lado superior do cânion. Ao mesmo tempo, Joseph subiu uma ravina conduzindo os não combatentes e os animais, foi até o alto de uma montanha e já tinha contornado uma boa distância da barricada do cânion antes que o capitão Rawn descobrisse o que os nez percés estavam fazendo. O capitão saiu em perseguição aos índios, mas, depois de algumas escaramuças com os guerreiros da retaguarda de Joseph, decidiu não arriscar uma luta de verdade e voltou à sua barricada, agora inútil.

Crendo que haviam escapado de Howard e sem saber do contingente de Gibbon, que estava para chegar, os chefes decidiram ir para o sul, até a região de caça que lhes era familiar em Big Hole. Lá poderiam descansar os cavalos e caçar alguns animais selvagens. Se os brancos os deixassem em paz, talvez não precisassem ir até a terra da Grande Mãe e se juntar a Touro Sentado.

Em 9 de agosto à noite, Aquele que Manca (coronel Gibbon) chegou com uma coluna de voluntários locais e infantaria montada e escondeu seus homens num monte que dava para o acampamento dos nez percés no rio Big Hole. Logo antes do amanhecer, os voluntários perguntaram a Gibbon se deviam fazer prisioneiros durante o ataque. Gibbon respondeu que não queria nenhum prisioneiro índio, homem ou mulher. O sereno da madrugada estava frio, e os homens se aqueceram bebendo uísque. À primeira luz do dia, quando Gibbon deu o comando do ataque, muitos já estavam bêbados. A linha de infantaria começou a disparar e então foi à carga contra as tendas dos nez percés.

Kowtoliks, de quinze anos de idade, estava dormindo quando ouviu o matraquear dos rifles.

> Saltei fora do cobertor, corri dez metros, me joguei de quatro e continuei indo. Uma velha, Patsikonmi, saiu da tenda e fez a mesma coisa – ficou de quatro. Ela estava à minha esquerda e foi atingida no peito. Ouvi a bala bater. Ela me disse: "Melhor não ficar aqui. Continue indo. Fui atingida." Então ela morreu. Claro que corri para salvar minha vida e me escondi nas moitas. Os soldados pareciam atirar por todas as partes. Nas tendas e onde vissem índios. Vi criancinhas morrerem e homens caírem sob a chuva de balas.[9]

Outro adolescente, Águia Negra, acordou com os projéteis atravessando a tenda de sua família. Tomado de medo, ele correu e saltou no rio, mas a água estava gelada demais. Ele saiu e ajudou a salvar os cavalos conduzindo-os para o alto de um morro, fora das vistas dos soldados.

Enquanto isso, os índios se recuperaram do susto com o ataque de surpresa. Joseph foi organizar a retirada dos não combatentes, e Ave Branca foi posicionar os guerreiros para o contra-ataque. "Lutem! Derrubem eles!", gritava ele. "Sabemos disparar tão bem quanto os soldados."[10] A pontaria dos nez percés, na verdade, era melhor do que a dos homens de Gibbon. "Então atrapalhamos muito os soldados", disse Lobo Amarelo. "Apavorados, recuaram cruzando o rio. Agiam como se tivessem bebido. Achamos que alguns foram mortos porque estavam bêbados."

Quando os soldados tentaram montar um morteiro, os nez percés caíram em cima dos artilheiros, capturaram o canhão e o destruíram. Um guerreiro mirou o coronel Gibbon e o transformou n'Aquele que Manca Duas Vezes.

Àquelas alturas, Joseph tinha levantado o acampamento e, enquanto alguns guerreiros mantinham os soldados de Gibbon agachados atrás de uma barricada improvisada de troncos e pedras, os nez percés retomaram a fuga. Viraram para o sul, afastando-se do Canadá, porque achavam que seria a única maneira de se livrar dos perseguidores. Os guerreiros tinham matado trinta soldados e ferido pelo menos quarenta. Mas no impiedoso ataque de Gibbon durante a madrugada, morreram oitenta nez percés, sendo dois terços mulheres e crianças, com os corpos crivados de balas, as cabeças esmagadas por botas e coronhas. "A dor pesava no ar", disse Lobo Amarelo. "Alguns soldados agiam como loucos."[11]

A retaguarda nez percé provavelmente obrigaria os soldados da barricada a saírem dali de fome e então matariam todos eles, se o general Howard não tivesse chegado para salvá-los com um novo destacamento de cavalaria. Retirando-se às pressas, os guerreiros alcançaram Joseph e o avisaram que o Soldado Chefe de Um Braço Só retomara a perseguição.

"Fizemos a retirada mais rápida que conseguimos", disse Joseph. "Depois de seis dias, o general Howard se aproximou de nós, e saímos e o atacamos e capturamos quase todos os seus cavalos e mulas."[12] Na verdade, a maioria dos animais capturados eram mulas de carga, que estavam transportando as provisões e munições de Howard. Deixando os soldados esfalfados para trás, os índios cruzaram Targhee Pass e chegaram a Yellowstone Park em 22 de agosto.

Apenas cinco anos antes, o Grande Conselho em Washington tinha transformado a área de Yellowstone no primeiro parque nacional do país, e naquele verão de 1877 estavam os primeiros turistas americanos, com gosto pela aventura, admirando suas belezas naturais. Entre eles estava nada mais, nada menos que o Grande Guerreiro Sherman, que fora ao Oeste numa viagem de inspeção para descobrir que menos de trezentos guerreiros nez percés, carregados com suas mulheres e crianças, haviam conseguido fazer de bobos os homens do Exército do Noroeste inteiro.

Quando Sherman soube que os índios em fuga estavam atravessando o Yellowstone Park quase às vistas de seu luxuoso acampamento, ele começou a enviar ordens urgentes aos comandantes dos fortes de todas as direções para que montassem uma rede de soldados cercando esses guerreiros impudentes. Os mais próximos eram os da Sétima Cavalaria, que havia se recomposto naquele último ano desde a catástrofe a que a conduzira Custer em Little Bighorn. Ansiosos em vingar a honra do regimento vencendo qualquer índio disposto a lutar, os homens da Sétima Cavalaria seguiram rumo ao sudoeste para Yellowstone. Na primeira semana de setembro, os batedores de ambos os lados viam quase diariamente as colunas do inimigo. Com hábeis manobras, os índios se livraram da Sétima Cavalaria depois de uma escaramuça em Canyon Creek e rumaram para o Canadá. Naturalmente não poderiam saber que o Grande Guerreiro Sherman tinha mandado que Casaco de Urso Miles saísse de Fort Keogh numa marcha forçada, numa rota que cruzaria a dos nez percés.

Em 23 de setembro, depois de combates de retaguarda quase diários, os nez percés vadearam o rio Missouri, em Cow Island Landing. Nos três dias seguintes, os batedores não viram sinal dos soldados em parte alguma. No dia 29, os caçadores localizaram uma pequena manada de bisões. Como estavam com pouco alimento e pouca munição e os cavalos estavam esgotados devido ao ritmo da fuga, os chefes decidiram acampar nas montanhas Bear Paw. No dia seguinte, depois de encherem o estômago vazio com carne de búfalo, iriam tentar alcançar a fronteira canadense em mais uma longa marcha.

"Nós sabíamos que o general Howard estava com mais de dois sóis de distância em nosso rastro", disse Lobo Amarelo. "Não seria nada difícil manter nossa dianteira."[13]

Mas, na manhã seguinte, dois batedores vieram galopando do sul e gritando: "Soldados! Soldados!" Enquanto se preparavam para levantar acampamento, apareceu um outro batedor numa escarpa distante, fazendo sinais com a manta: *Inimigos perto! Logo o ataque!*

Era uma carga de cavalaria ordenada por Casaco de Urso Miles, cujos batedores índios haviam encontrado o rastro dos nez percés poucas horas antes. Acompanhando a carga da cavalaria estavam os trinta batedores sioux e cheyennes levados pelos Casacos Azuis para Fort Robinson, aqueles jovens guerreiros que tinham dado as costas a seus povos e envergado os uniformes dos soldados – ação que havia precipitado o assassinato de Cavalo Doido.

O trovejar de seiscentos cavalos a galope fez tremer a terra, mas Ave Branca posicionou calmamente seus guerreiros na frente do acampamento. Quando a primeira onda de soldados montados arremeteu contra eles, os guerreiros nez percés abriram um fogo de mortal precisão. Em questão de segundos mataram 24 soldados, feriram 42 e detiveram a carga numa terrível cena em que se misturavam cavalos caindo e cavaleiros arrancados da sela.

"Lutamos de perto", disse o chefe Joseph, "a não mais de vinte passos, e fizemos os soldados recuar para a linha principal deles, deixando seus mortos em nossas mãos. Tomamos suas armas e munições. No primeiro dia e noite perdemos dezoito homens e três mulheres." Entre os mortos estavam Ollokot, irmão de Joseph, e o velho e rijo profeta Toohoolhoolzote.

Quando chegou o anoitecer, os nez percés tentaram se esgueirar para o norte, mas Casaco de Urso havia posicionado um cordão de soldados rodeando todo o acampamento. Os guerreiros passaram a noite cavando trincheiras, esperando um outro ataque ao amanhecer.

Em vez de atacar, porém, Casaco de Urso mandou um mensageiro com uma bandeira branca. O mensageiro trouxe um pedido para que Joseph se rendesse e salvasse a vida de seu povo. Joseph enviou a resposta: iria pensar e logo transmitiria sua decisão ao general Miles. Tinha começado a nevar, e os guerreiros esperavam que uma nevasca pudesse lhes facilitar a fuga para o Canadá.

Mais tarde, no mesmo dia, alguns batedores sioux de Miles vieram trotando sob outra bandeira de trégua. Joseph atravessou o campo de batalha para encontrá-los. "Disseram que acreditavam que o general Miles era sincero e realmente queria a paz. Fui até a tenda do general Miles."

Joseph ficou preso durante dois dias, mantido por Casaco de Urso por violação da bandeira de trégua. Durante esse prazo, Miles trouxe a artilharia e retomou o ataque, mas os guerreiros nez percés defenderam a posição e Joseph recusou render-se enquanto estava prisioneiro. Nos dois dias um forte vento gelado espalhou nevascas por todo o campo de batalha.

No terceiro dia, os guerreiros de Joseph conseguiram libertá-lo. Capturaram um dos oficiais de Miles e ameaçaram matá-lo se o general não soltasse o cacique. No mesmo dia, porém, o general Howard chegou com seu exército desordenado para reforçar os homens de Miles, e Joseph entendeu que seu grupo minguado de guerreiros estava condenado. Quando Miles enviou mensageiros de paz para combinar uma reunião no campo de batalha, Joseph foi para ouvir os termos da rendição do general. Eram simples e diretos: "Se vocês saírem e entregarem as armas", disse Miles, "pouparei suas vidas e os mandarei para a reserva".[14]

Voltando ao acampamento cercado, Joseph reuniu seus chefes pela última vez. Espelho e Ave Branca queriam continuar combatendo, se necessário até a morte. Tinham lutado por mais de dois mil quilômetros; não podiam abandonar agora. Relutante, Joseph concordou em adiar a decisão. Naquela tarde, na última escaramuça do cerco de quatro dias, uma bala de um atirador de precisão atingiu o lado esquerdo da testa de Espelho e o matou instantaneamente.

"No quinto dia", disse Joseph, "fui até o general Miles e entreguei minha arma." Ele também fez um eloquente discurso de rendição, que o tenente Charles Erskine Scott Wood* registrou na tradução para o inglês, tornando-se com o tempo o mais citado de todos os discursos dos índios americanos:

> Diga ao general Howard que conheço o coração dele. O que ele me disse antes, tenho em meu coração. Estou cansado de lutar. Nossos chefes foram mortos. Espelho está morto. Toohoolhoolzote está morto. Todos os anciãos estão mortos. São os jovens que dizem sim ou não. Quem comandava os jovens [Ollokot] está morto. Está frio e não temos mantas. As crianças pequenas estão morrendo congeladas. Meu povo, alguns deles fugiram para os montes e não têm mantas nem comida; ninguém sabe onde estão – talvez morrendo congelados. Quero tempo para procurar meus filhos e ver quantos consigo encontrar. Talvez eu os encontre entre os mortos. Ouçam-me, meus chefes! Estou cansado; meu coração está doente e triste. A partir de agora, ali onde está o sol, nunca mais lutarei.[15]

---

* O tenente Wood saiu do Exército algum tempo depois, tornou-se advogado e autor de ensaios e poemas satíricos. Suas experiências com o chefe Joseph e os nez percés influíram no rumo de sua vida: ele passou a ser um ardoroso militante pela justiça social e defensor dos despossuídos. (N.A.)

Caindo a noite, enquanto se faziam os preparativos para a rendição, Ave Branca e diversos guerreiros inflexíveis rastejaram pelas ravinas em vários pequenos grupos e começaram a correr a pé para a fronteira canadense. No segundo dia, atravessaram a divisa e no terceiro dia avistaram à distância alguns índios a cavalo. Um dos índios que se aproximavam fez um sinal:

– *Que índios são vocês?*

– *Nez percés* – responderam, e perguntaram: – *E vocês?*

– *Sioux* – foi a resposta.

No dia seguinte, Touro Sentado acolheu os fugitivos nez percés em sua aldeia canadense.[16]

Para o chefe Joseph e os demais, porém, não haveria liberdade. Em vez de levá-los a Lapwai, como prometera Casaco de Urso Miles, o Exército os despachou como gado para Fort Leavenworth, no Kansas. Lá, numa baixada pantanosa, ficaram confinados como prisioneiros de guerra. Depois de quase cem deles morrerem, foram transferidos para uma planície árida no Território Índio. Tal como havia acontecido com os modocs, os nez percés ficaram doentes e morreram – de malária e tristeza.

Burocratas e senhores cristãos iam visitá-los com frequência, dizendo palavras de solidariedade e escrevendo intermináveis relatórios a várias organizações. Joseph recebeu permissão de visitar Washington, onde conheceu todos os grandes chefes do governo. Joseph comentou:

> Todos eles dizem que são meus amigos, e que terei justiça, mas enquanto todas as suas bocas falam coisas certas não entendo por que não se faz nada por meu povo. [...] O general Miles prometeu que poderíamos voltar para nossa terra. Acreditei no general Miles, ou *nunca teria me rendido*.

Então ele fez um apaixonado apelo por justiça:

> Ouvi falar e falar, mas não se fez nada. Boas palavras não duram, a não ser que resultem em alguma coisa. Palavras não pagam meu povo morto. Não pagam minha terra, agora tomada por homens brancos. [...] Boas palavras não darão boa saúde a meu povo e não impedirão que ele morra. Boas palavras não

> darão um lar para meu povo, onde possa viver em paz e cuidar de si mesmo. Estou cansado de palavras que não levam a nada. Meu coração pesa quando lembro todas as boas palavras e as promessas quebradas. [...] Esperar que qualquer homem que nasceu livre fique contente em se ver confinado e sem liberdade de ir aonde quiser é como esperar que as águas de um rio corram para trás. [...] Perguntei a alguns dos grandes chefes brancos de onde tiraram sua autoridade para dizer ao índio que ele deve ficar num lugar só, enquanto vê os brancos indo aonde querem. Não sabem me dizer.
>
> Deixem-me ser livre – livre para viajar, livre para parar, livre para trabalhar, livre para negociar onde escolher, livre para escolher meus mestres, livre para seguir a religião de meus pais, livre para pensar e andar e agir por mim mesmo – e obedecerei a todas as leis ou me submeterei às penalidades.[17]

Mas ninguém ouviu. Mandaram Joseph de volta para o Território Índio e lá ele ficou até 1885. Naquele ano, haviam restado apenas 287 nez percés cativos, na grande maioria jovens demais para lembrar a anterior vida de liberdade, ou velhos, doentes e com o espírito alquebrado demais para ameaçar o grande poderio dos Estados Unidos. Alguns sobreviventes tiveram autorização de voltar para a reserva de seu povo em Lapwai. O chefe Joseph e cerca de 150 homens foram considerados perigosos demais para ficar juntos com outros nez percés, sobre os quais poderiam exercer influência. O governo os enviou para Nespelem, na Reserva Colville em Washington, e lá terminaram a vida no exílio. Quando Joseph morreu em 21 de setembro de 1904, o médico da agência atestou como causa do óbito "coração partido".

Capítulo catorze

O êxodo dos cheyennes

1878 – *10 de janeiro*, passa no Senado a resolução de conceder uma audiência às mulheres sobre a questão do sufrágio. 4 de junho, Grã-Bretanha toma Chipre da Turquia. 12 de julho, epidemia de febre amarela em New Orleans; 4,5 mil mortos. 18 de outubro, Edison consegue subdividir a corrente elétrica, adaptando-a para uso doméstico; ações de gás caem na Bolsa de Nova York. Dezembro, em São Petersburgo, na Rússia, universitários entram em conflito com a polícia e os cossacos. Na Áustria, Ferdinand Mannlicher inventa o rifle de repetição. David Hughes inventa o microfone. É fundada a New York Symphony Society. Gilbert e Sullivan apresentam a ópera *H.M.S. Pinafore*.

Estivemos no Sul e sofremos muito por lá. Muitos morreram de doenças cujos nomes nem conhecemos. Nossos corações procuram e anseiam pela terra em que nascemos. Restam poucos de nós, e só o que queremos é um pedaço de chão onde possamos viver. Abandonamos nossas tendas e fugimos noite adentro. As tropas nos seguiram. Fui até os soldados e disse-lhes que não queríamos lutar, queríamos apenas seguir para o norte, e que se nos deixassem em paz não mataríamos ninguém. A única resposta que recebemos foi uma saraivada de tiros. Após isso, tivemos que lutar, mas não matamos ninguém que não tivesse atirado em nós primeiro. Minha mãe, Faca Cega, pegou metade do bando e rendeu-se perto de Fort Robinson. Entregaram as armas, e os brancos mataram todos.

OHCUMGACHE (Pequeno Lobo) dos cheyennes do norte

Tudo o que pedimos é podermos viver, viver em paz... Cedemos à vontade do Grande Pai e fomos para o sul. Achamos que um cheyenne não pode viver ali. Então voltamos para casa. Melhor morrer lutando do que de doença, é o que achamos... Podem me matar aqui, mas não me obrigarão a voltar. Não iremos. A única maneira de nos levarem para lá é usando clavas para nos bater na cabeça; daí, podem nos arrastar e nos deixar lá – mortos.

TAHMELAPASHME (FACA EMBOTADA), DOS CHEYENNES DO NORTE

Considero a tribo de índios cheyennes, após conhecer um grande número de grupos, como a porção melhor dessa raça que jamais encontrei.

TRÊS DEDOS (CORONEL RANALD S. MACKENZIE)

NA LUA DA GRAMA VERDE, 1877, quando Cavalo Doido trouxe seus sioux oglalas para rendição em Fort Robinson, vários grupos de cheyennes que se haviam unido a ele durante o inverno também entregaram cavalos e armas, colocando-se à mercê dos soldados. Entre os chefes cheyennes estavam Lobo Pequeno, Faca Embotada, Alce-em-Pé e Porco Selvagem. Juntos, seus povos totalizavam cerca de mil pessoas. Duas Luas e 350 cheyennes que se haviam separado dos outros depois da batalha de Little Bighorn dirigiram-se rio Tongue abaixo, até Fort Keogh, e se renderam a Casaco de Urso Miles.

Os cheyennes que foram a Fort Robinson esperavam viver na reserva com os sioux segundo o tratado de 1868, que Lobo Pequeno e Faca Embotada haviam assinado. Agentes da Agência Índia informaram-lhes, porém, que o tratado lhes permitia viver na reserva sioux *ou numa reserva separada para os cheyennes do sul.* Os agentes recomendaram que os cheyennes do norte fossem transferidos para o Território Índio, onde viveriam com seus parentes, os cheyennes do sul.

Perna de Pau disse:

> Nosso povo não gosta dessa fala. Todos nós queremos ficar neste território, perto das Black Hills. Temos um grande chefe, Alce-em-Pé, que disse que seria melhor irmos embora. Acho que não há nem dez cheyennes em toda a tribo que concordem com ele. Sente-se que ele está falando dessa maneira só para se tornar um grande índio entre os brancos.[1]

Enquanto as autoridades governamentais estavam decidindo o que fazer com os cheyennes do norte, os chefes dos Casacos Azuis em Fort Robinson recrutaram alguns guerreiros para servirem de batedores e ajudarem a encontrar bandos espalhados que ainda estavam fora, pouco dispostos a aceitar a inevitabilidade da rendição.

William P. Clark, um tenente da cavalaria, convenceu Lobo Pequeno e alguns dos seus guerreiros a trabalharem com ele. Clark usava um chapéu branco quando em ação e foi esse o nome que os cheyennes lhe deram: Chapéu Branco. Logo descobriram que Chapéu Branco gostava realmente dos índios, estava interessado em seu modo de vida, na sua cultura, língua, religião e costumes. (Clark depois publicou um tratado erudito sobre a linguagem índia de sinais.)

Lobo Pequeno poderia ter ficado em Fort Robinson com Chapéu Branco, mas, quando vieram ordens de Washington para os cheyennes irem ao Território Índio, decidiu partir com seu povo. Antes de iniciarem a viagem, os apreensivos chefes cheyennes pediram para ter um conselho final com Três Estrelas Crook. O general tentou tranquilizá-los, dizendo-lhes para ir até lá e dar uma olhada no Território Índio; se não gostassem, poderiam voltar para o norte. (Pelo menos foi desse jeito que os intérpretes traduziram as palavras de Crook.)

Os cheyennes queriam que Chapéu Branco fosse com eles para o sul, mas o Exército designou o tenente Henry W. Lawton para a escolta. "Era um homem bom", disse Perna de Pau, "sempre gentil para os índios."[2] Chamaram Lawton de Homem Branco Alto e ficaram satisfeitos quando ele deixou os velhos e doentes seguirem nos carroções dos soldados durante o dia e deu-lhes tendas do Exército para dormirem à noite. O Homem Branco Alto também cuidou que todos recebessem bastante pão, carne, café e açúcar.

No caminho para o sul, seguiram trilhas de caça conhecidas, evitando as cidades, mas puderam ver que as planícies estavam mudando, cheias de estradas de ferro, cercas e construções. Viram poucos e pequenos rebanhos de búfalos e antílopes, e o Homem Branco Alto forneceu rifles para que trinta guerreiros escolhidos pelos chefes fossem caçar.

Eram 972 os cheyennes que partiram de Fort Robinson na Lua em que os Cavalos se Espalham. Depois de viajarem quase cem sonos, 937 deles chegaram a Fort Reno na reserva cheyenne-arapaho, a 5 de agosto de 1877. Alguns velhos haviam morrido na viagem; alguns jovens escaparam para voltar ao norte.

Três Dedos Mackenzie estava em Fort Reno para recebê-los. Retirou-lhes os cavalos e as poucas armas que tinham, mas desta vez não mandou abater os cavalos, prometendo que seu agente iria devolvê-los depois que se instalassem em plantações na sua nova terra. Então, transferiu os cheyennes aos cuidados do agente John D. Miles.

Depois de um ou dois dias, os cheyennes do sul convidaram seus parentes do norte para a festa tribal costumeira aos recém-chegados, e foi ali que Lobo Pequeno e Faca Embotada descobriram pela primeira vez que algo estava errado. A festa consistia em pouco mais que uma panela de sopa aguada; era tudo que os do sul tinham a oferecer. Não havia o suficiente para comer naquela terra deserta – nem caça, nem água limpa para beber, e o agente não tinha rações suficiente para alimentá-los a todos. Para tornar tudo pior, o calor do verão era insuportável e o ar estava cheio de mosquitos e poeira.

Lobo Pequeno foi até o agente e lhe disse que haviam vindo só para ver como era a reserva. Agora, como não haviam gostado dela, estavam prontos para voltar ao norte, como Três Estrelas lhes prometera que poderiam fazer. O agente respondeu que só o Grande Pai em Washington tinha o poder de decidir se e quando os cheyennes do norte poderiam voltar ao território das Black Hills. Prometeu-lhes mais comida; um rebanho de gado estava sendo levado do Texas para eles.

Os *longhorns* do Texas eram magros e sua carne era tão dura quanto seu couro, mas pelo menos os cheyennes agora podiam fazer sopa como seus parentes. No fim do verão, os do norte começaram a adoecer com arrepios e tremores, febres altas e dores nos ossos. Os atingidos definhavam em sofrimento. "Nosso povo morria, morria, morria, um seguia o outro para fora deste mundo."[3]

Lobo Pequeno e Faca Embotada queixaram-se ao agente e ao chefe dos soldados em Fort Reno até que, afinal, o Exército enviou o tenente Lawton, o Homem Branco Alto, para fazer uma inspeção no acampamento dos cheyennes do norte. "Eles não estão obtendo provisões suficientes para evitar a fome", relatou Lawzort. "Muitas mulheres e crianças estão doentes por falta de comida. Uns poucos artigos que vi distribuírem não foram usados por eles, mas levados aos seus filhos, que estavam chorando de fome... A carne que lhes foi dada era de péssima qualidade e não seria considerada comerciável *para qualquer uso."*

O médico do posto não tinha quinino para combater a epidemia de malária que estava dizimando os do norte. "Frequentemente fechava seu consultório, pois não tinha remédios, e saía, porque não queria ser chamado pelos índios quando não podia fazer nada por eles."[4]

O Homem Branco Alto convocou os chefes não para falar com eles, mas para ouvir. "Viemos por causa da palavra do general Crook", disse Faca Embotada. "Ainda somos estranhos neste território. Queremos estabelecer-nos onde viveremos permanentemente e daí mandaremos nossos filhos para a escola."

Os outros chefes e líderes revelaram impaciência diante das palavras de Faca Embotada. Ele não estava falando bastante forte. Fizeram uma consulta rápida e escolheram Porco Selvagem para falar por eles, que disse:

> Desde que estamos nesta agência não recebemos do agente milho, pão suficiente, angu de milho, arroz, feijão ou sal; fermento em pó e sabão só de vez em quando. O açúcar e o café que conseguimos só duram três dias e são fornecidos para sete; carne é a mesma coisa. A farinha de trigo é ruim, muito escura, e não podemos fazê-la crescer na massa.

Sobre o gado, Porco Selvagem acrescentou, "muitos estavam aleijados e pareciam como se estivessem morrendo de fome".

Outros chefes falaram então e contaram a doença e as mortes entre o povo. Os cheyennes haviam concordado em usar os remédios do homem branco, mas não podiam achar nenhum médico que os desse. Se o Homem Branco Alto deixasse que saíssem para caçar, disseram, teriam carne de búfalo para se restabelecerem.

Só o agente poderia dar permissão de caçar búfalo, respondeu Lawton, mas prometeu pedir a Três Dedos Mackenzie (então comandante de Fort Sill) para interceder por eles.

Mackenzie, que fizera uma carreira de matador de cheyennes e seus cavalos, podia se dar ao luxo de mostrar compaixão pelos sobreviventes, agora indefesos. Depois de receber os relatórios do tenente Lawton, Três Dedos queixou-se ao general Sheridan: "Esperam que faça os índios agirem direito, mas o governo está matando-os de fome – e não só isso, matando-os de fome em flagrante violação ao acordo". Ao mesmo tempo, aconselhou o comandante de Fort Rena, major John K. Mizner, a cooperar com o agente na obtenção de rações para os cheyennes.

> Se os índios, devido à fome, se afastarem contra as ordens do agente para pegar búfalos, não tentem obrigar sua volta, ou as tropas terão de ser colocadas em posição de ajudar um grande erro.[5]

Só com a chegada das luas frias, o agente Miles deu permissão para os cheyennes do norte saírem à caça de búfalos e, então, usou alguns dos do sul para espioná-los, a fim de garantir que eles não fugiriam para o norte com os cavalos que lhes haviam sido devolvidos. A caça ao búfalo foi um fracasso tão grande que os caçadores fariam piadas se todos não estivessem morrendo de fome pela carne. Ossos de búfalos estavam espalhados em toda parte das planícies do sul, montes fantasmagóricos de ossos deixados pelos caçadores brancos, mas os cheyennes só puderam achar alguns coiotes. Mataram-nos e os comeram e, antes do fim do inverno, tiveram de matar todos os cachorros para reforçar as magras rações de carne da agência. Alguns falaram de comer os cavalos que lhes foram dados para caçar, mas os chefes não quiseram saber disso. Se decidissem ir para o norte, iriam precisar de todo cavalo que pudessem conseguir.

Durante todo esse tempo, Três Dedos e o Homem Branco Alto tentaram conseguir mais comida para os cheyennes, mas não receberam nenhuma resposta da Washington. Quando pressionado a dar uma explicação, o novo secretário do Interior, Carl Schurz, disse que "tais detalhes, habitualmente, não chegam ao conhecimento do Secretário. É assunto da Agência Índia". Embora Schurz houvesse sido designado secretário com o objetivo determinado de reformar a Agência Índia, declarou que o descontentamento entre os cheyennes do norte podia ser atribuído aos chefes que queriam "manter as velhas tradições e impedir que os outros índios trabalhassem". Admitiu que as verbas não bastavam para comprar rações suficientes para cumprir as disposições dos tratados, mas esperava que, através de "máxima economia" e "administração cuidadosa", a Agência Índia poderia atravessar o ano com um pequeno déficit apenas. (Alguns dos chefes do Território Índio que foram a Washington naquele ano julgaram Schurz espantosamente ignorante sobre os assuntos índios. Os cheyennes chamaram-no de Mah-hah Ich-hon, Olhos Grandes, e se surpreendiam que um homem, com esses enormes órgãos de visão, pudesse ver tão pouco.[6])

Com a chegada das Luas Quentes, os mosquitos começaram a enxamear nas terras baixas da reserva e, logo, os cheyennes do norte foram atingidos novamente por febre e arrepios. Para se juntar às doenças existentes, chegou uma epidemia de sarampo que atingiu as crianças. Na Lua das Cerejas Vermelhas, havia tantas cerimônias fúnebres que Lobo Pequeno decidiu que os chefes deveriam ir tomar satisfações com o agente Miles. Ele e Faca Embotada estavam ficando velhos – bem além da marca da meio século – e sabiam que não importava muito o que lhes pudesse acontecer. Mas tinham o dever de salvar os jovens, a própria tribo, não deixar que fosse apagada da face da terra.

Miles concordou em recebê-los, e Lobo Pequeno foi o porta-voz.

– Desde que estamos neste território, morremos a cada dia – disse. – Este não é um bom território para nós e queremos voltar para a nossa casa nas montanhas. Se não tem o poder de nos dar permissão para voltar, deixe alguns de nós ir a Washington e dizer-lhes como é aqui, ou escreva a Washington e peça permissão para que voltemos.

– Não posso fazer isso agora – respondeu o agente. – Fiquem aqui mais um ano e então veremos o que se pode fazer por vocês.

– Não – falou firmemente Lobo Pequeno. – Não podemos ficar outro ano, queremos ir já. Antes de passar outro ano, podemos estar todos mortos e não sobrará nenhum de nós para viajar para o norte.

Alguns dos jovens pediram permissão para acrescentar suas vozes ao conselho.

– Estamos adoecendo e morrendo aqui – disse um deles –, e ninguém falará em nossos nomes quando tivermos partido.

– Iremos para o norte de qualquer jeito – disse outro –, e se morrermos em combate, nossos nomes serão lembrados e elogiados por todo nosso povo.[7]

Durante o mês de agosto, os chefes fizeram um conselho entre si e se estabeleceu uma divisão entre eles. Alce-em-Pé, Perna de Peru e alguns outros estavam com medo de voltar para o norte. Os soldados iriam segui-los e matar todos; era melhor morrer na reserva. No começo de setembro, Lobo Pequeno, Faca Embotada, Porco Selvagem e Canhoto levaram seus grupos a alguns quilômetros de distância dos outros para estarem prontos para viajar depressa, quando soubessem que chegara a hora de partir para o norte. Faziam trocas todos os dias, dando pertences há muito desejados e recebendo cavalos e as poucas armas de fogo que os cheyennes do sul e arapahos estavam dispostos a comerciar. Mas não tentaram enganar o agente. Na verdade, quando Lobo Pequeno decidiu partir para o norte na Lua da Grama Seca, foi ver Miles e lhe disse que iria voltar para seu lar.

– Não quero ver sangue derramado nesta agência. Se for enviar seus soldados atrás de mim, quero que primeiro me deixe afastar um pouco desta agência. Então, se quiser lutar, lutarei com vocês e poderemos ensanguentar a terra deste lugar.

Miles aparentemente não acreditava que os chefes dissidentes tentariam realmente uma viagem tão impossível; raciocinou que eles sabiam que o Exército iria detê-los. Mas tomou a precaução de enviar Edmond Guerrier (o cheyenne mestiço do sul que sobrevivera a Sand Creek em 1864) ao acampamento de Lobo Pequeno para avisá-lo.

– Se você for – disse Guerrier a Lobo Pequeno –, terá problemas.

– Não queremos transtornos – respondeu Lobo Pequeno. – Não estamos querendo nada dessa espécie. Tudo que desejamos é voltar ao lugar de que viemos.[8]

Durante a noite de 9 de setembro, Lobo Pequeno e Faca Embotada disseram a seu povo que arrumasse as coisas e se preparasse para partir à primeira luz do dia. Deixaram suas tendas armadas e vazias e se dirigiram para o norte, através das colinas de areia – 297 homens, mulheres e crianças. Menos de um terço eram guerreiros – os corações mais fortes de uma tribo orgulhosa e condenada. Não havia cavalos suficientes para todos e fizeram turnos de andar e cavalgar. Alguns jovens cavalgavam à frente, procurando mais cavalos.

Nos dias em que os cheyennes eram aos milhares, possuíam mais cavalos que qualquer outra das tribos das planícies. Eram chamados de Povo Belo, mas a sorte mudara contra eles no sul e no norte. Depois de vinte anos de domínio, estavam mais perto do extermínio que o búfalo.

Durante três dias, viajaram como se impelidos por uma vontade comum, empenhando nervos e músculos, sem ter dó de seus cavalos. A 13 de setembro, atravessaram o Cimarron, a 240 quilômetros ao norte de Fort Rena, e escolheram uma posição defensiva onde se entrecruzavam quatro cânions. Matas de cedro eram excelente cobertura para os guerreiros.

Os soldados deram com eles ali e enviaram um guia arapaho aos cânions para negociar. O arapaho fez sinais de cobertor, avisando que os cheyennes deveriam retornar à reserva. Quando Lobo Pequeno se mostrou, o arapaho adiantou-se e disse-lhe que o chefe dos soldados não queria luta, mas se os cheyennes não o seguissem de volta a Fort Rena, seriam atacados.

Lobo Pequeno falou:

> Estamos indo para o norte, como foi prometido que poderíamos, quando consentimos em vir para este território. Queremos ir pacificamente, se possível, sem atacar nem destruir qualquer propriedade do homem branco no caminho; não atacaremos ninguém, a menos que sejamos molestados. Se os soldados nos combaterem, nós lutaremos contra eles, e se os brancos

que não são soldados ajudarem a combater-nos, também lutaremos contra eles.[9]

Logo depois que o arapaho levou a resposta de Lobo Pequeno de volta ao chefe dos soldados (capitão Joseph Rendlebrock), os soldados avançaram pelos cânions e começaram a atirar. Foi uma coisa irrefletida, pois os cheyennes estavam escondidos à sua volta nas matas de cedro. Mantiveram os soldados cercados ali sem água, um dia e uma noite. Na manhã seguinte, os cheyennes começaram a fugir para o norte em pequenos grupos, deixando os soldados se retirarem.

A luta tornou-se uma batalha de perseguição pelo Kansas e Nebraska. Apareciam soldados de todos os fortes – cavalarianos que galopavam dos fortes Wallace, Hays, Dodge, Riley e Kearney; infantes que chegavam em vagões da estrada de ferro por toda parte ao longo das três vias férreas paralelas que corriam entre o Cimarron e o Platte. Para manter a velocidade de deslocamento, os cheyennes trocavam seus cavalos cansados por montarias dos brancos. Tentavam evitar choques, mas os rancheiros, vaqueiros e colonos, até os comerciantes de pequenas cidades, aderiam à perseguição. Dez mil soldados e três mil brancos civis perseguiram sem parar os cheyennes fugitivos, dizimando os guerreiros que os enfrentavam, recolhendo os velhos e jovens que ficavam para trás. Nas duas últimas semanas de setembro, os soldados enfrentaram os cheyennes cinco vezes, mas eles conseguiram fugir. Indo para terreno acidentado, tornaram impossível o uso dos carroções ou das grandes armas sobre rodas. Embora escapassem de uma coluna perseguidora de Casacos Azuis, sempre havia outra para substituir a que ficara para trás.

Nos primeiros dias da Lua das Folhas Caídas, cruzaram a estrada de ferro Union Pacific, vadearam o Platte e correram para as colinas de areia de Nebraska, que lhes eram familiares. Três Estrelas Crook enviou colunas paralelas em perseguição, mas admitiu que "pegá-los será uma tarefa tão árdua quanto pegar um bando de corvos assustados".[10]

Agora, de manhã, havia geada nas falhas amareladas, mas o ar revigorante era como um tônico depois do longo e quente verão no Território Índio. Seis meses de fuga haviam deixado suas roupas e cobertores em pedaços; nunca havia o suficiente para comer; tinham tão poucos cavalos que metade dos homens fazia turnos de cavalgada e corrida.

Num acampamento noturno, os chefes fizeram a contagem. Estavam faltando 34 dos que partiram do Território Índio. Alguns se perderam durante as lutas e seguiram para o norte por outras trilhas, mas a maior parte morrera com as balas do homem branco. Os mais velhos ficavam cada vez mais fracos, as crianças sofriam com a falta de comida e de sono, e poucas podiam viajar por mais tempo. Faca Embotada disse que deveriam ir à agência de Nuvem Vermelha e pedir que ele lhes desse comida e abrigo contra as luas frias, que logo chegariam. Haviam ajudado Nuvem Vermelha muitas vezes, quando ele lutara pelo território do rio Powder. Agora, era sua vez de ajudar os cheyennes.

Lobo Pequeno desprezou essa opinião. Ele estava indo para o território cheyenne, no vale do rio Tongue, onde poderiam encontrar muita carne e muitas peles e viver novamente como cheyennes.

Finalmente, os chefes resolveram a questão de forma amistosa. Os que desejassem ir para o rio Tongue poderiam seguir Lobo Pequeno; os que estivessem cansados de correr poderiam seguir Faca Embotada à agência de Nuvem Vermelha. Na manhã seguinte, 53 homens, 43 mulheres e 38 crianças continuaram diretamente para o norte, com Lobo Pequeno. Cerca de 150 pessoas desviaram-se para noroeste com Faca Embotada – alguns guerreiros, os velhos, as crianças, os feridos. Depois de alguma discussão, Porco Selvagem e Canhoto também foram com Faca Embotada, para ficar com os filhos, a última semente forte do Povo Belo.

A 23 de outubro, a coluna de Faca Embotada só estava a dois sonos de Fort Robinson, quando uma forte tempestade de neve a surpreendeu em campo aberto. Os pesados flocos úmidos cegavam os esforçados andarilhos, embranqueciam o pelo dos cavalos e retardavam seu avanço. De repente, dos turbilhões da nevasca, apareceu uma fantasmagórica tropa da cavalaria. Os cheyennes estavam cercados.

O chefe dos soldados, capitão John B. Johnson, enviou um intérprete adiante e organizou rapidamente uma conferência.

Faca Embotada disse ao capitão que não queria confusão; tudo que desejava era chegar até Nuvem Vermelha ou Cauda Pintada para que sua gente pudesse ter comida e abrigo.

Nuvem Vermelha e Cauda Pintada haviam mudado bem para o norte, para Dakota, informou-lhe o capitão. Não havia mais a reserva no território de Nebraska, mas Fort Robinson ainda não fora fechado. Os soldados iriam levá-los para o forte.

Primeiro, Faca Embotada foi contra; mas, com a chegada do crepúsculo, surgiu um toque gelado na tempestade; os cheyennes estavam morrendo de frio e fome. Faca Embotada disse que seguiria os soldados até o forte.

A escuridão chegou logo, e os soldados fizeram um acampamento à beira de um riacho, colocando sentinelas em volta dos cheyennes. Nessa noite os chefes conversaram, agitados, imaginando o que os soldados iriam fazer com eles. Decidiram desmontar suas armas melhores, deixando as quebradas para serem entregues, se o chefe dos soldados ordenasse que eles lhe dessem as armas. Durante as horas de escuridão, desmontaram as armas, dando os canos para as mulheres esconderem nas roupas, prendendo molas, travas, pinos, cartuchos e outras peças pequenas a colares e mocassins, como se fossem enfeites. Sem dúvida, na manhã seguinte, o capitão Johnson mandou seus homens desarmarem os cheyennes. Entregaram seus rifles e pistolas quebrados, arcos e flechas, fazendo uma pequena pilha; o capitão deixou os soldados pegarem-nas como lembranças.

A 25 de outubro, chegaram a Fort Robinson e lhes destinaram uma caserna de troncos que fora construída para abrigar uma companhia de 75 soldados. Embora os 150 cheyennes estivessem amontoados, ficaram contentes com o abrigo. Os soldados deram-lhes cobertores, bastante comida e remédios, e havia admiração e boa vontade nos olhos dos guardas que ficavam vigiando a caserna.

Todo dia, Faca Embotada perguntava ao comandante do posto, o major Caleb Carlton, quando eles poderiam ir até a nova agência de Nuvem Vermelha. Carlton disse-lhe que teriam de esperar até ele receber ordens de Washington. Para mostrar sua simpatia pelos cheyennes, deu permissão para que alguns guerreiros saíssem em busca de caça, cedendo-lhes rifles de caça e cavalos. Só descobriram poucos animais; a pradaria em volta de Fort Robinson estava vazia e solitária, sem nenhuma tenda, mas os cheyennes desfrutaram a liberdade de vagar sem medo, mesmo que fosse só por um dia.

No começo da Lua em que os Lobos se Reúnem, seu amigo major Carlton deixou o forte e chegou um novo comandante, o capitão Henry W. Wessells. Os cheyennes souberam que os homens alistados o chamavam de Holandês Voador; Wessells estava sempre percorrendo o forte, espionando os cheyennes, entrando sem se anunciar na caserna, olhando nos cantos, com os olhos vasculhando toda parte. Foi durante essa lua que os brancos chamam de dezembro que Nuvem Vermelha foi trazido para Dakota, a fim de fazer um conselho com eles. Nuvem Vermelha falou:

> Nossos corações estão amargurados por vocês. Muitos do nosso sangue estão entre seus mortos. Isso tornou maus nossos corações. Mas, o que podemos fazer? O Grande Pai é todo-poderoso. O povo dele enche a terra inteira. Devemos fazer o que ele diz. Nós lhe pedimos que deixasse vocês morarem conosco. Esperamos que deixe. Dividiremos o que temos com vocês. Mas lembrem-se, o que ele ordena, devemos fazer. Não podemos ajudá-los. A neve está fina nas colinas. Nossos cavalos estão magros. A caça é rara. Não podemos resistir nem vocês. Ouçam, então, seu velho amigo e façam sem se queixar o que o Grande Pai ordenar.

Assim, Nuvem Vermelha ficara velho e cauteloso nos seus últimos anos. Faca Embotada soubera que ele era um prisioneiro na sua reserva de Dakota. O chefe cheyenne levantou-se, olhando tristemente para a face enrugada de seu velho irmão sioux.

> Sabemos que você é nosso amigo, podemos acreditar em suas palavras. Agradecemos que tenha pedido para dividir suas terras conosco. Esperamos que o Grande Pai deixe que nos unamos a vocês. Tudo que pedimos é podermos viver, viver em paz. Não procuro lutar com ninguém. Estou velho, meus dias de luta já se foram. Cedemos à vontade do Grande Pai e fomos para o sul. Achamos que um cheyenne não pode viver ali. Veio a doença que fez vítimas em todas as tendas. Depois,

as promessas do tratado foram quebradas, e nossas rações eram pequenas. Os que não estavam doentes foram dizimados pela fome. Ficar lá seria a morte para todos. Nossos pedidos ao Grande Pai passaram despercebidos. Melhor morrer lutando para conseguirmos de novo nossas velhas casas do que adoecer e morrer. Então, começou nossa marcha. O resto, você sabe.

Faca Embotada virou-se para o capitão Wessells:

> Diga ao Grande Pai que Faca Embotada e seu povo só pedem para acabar seus dias aqui no norte, onde nascemos. Diga-lhe que não haverá mais guerra. Não podemos viver no sul; não há caça. Diga-lhe que se ele nos deixar ficar aqui, a gente de Faca Embotada não fará mal a ninguém. Diga-lhe que se tentar mandar-nos de volta, nós nos estriparemos com nossas facas.[11]

Wessells gaguejou algumas palavras. Prometeu informar o Grande Pai sobre o que Faca Embotada falara.

Menos de um mês depois, a 3 de janeiro de 1879, chegou uma mensagem do Departamento de Guerra ao capitão Wessells. O general Sheridan e Olhos Grandes Schurz haviam tomado uma decisão sobre os cheyennes de Faca Embotada. "A menos que sejam enviados de volta para o lugar de onde vieram", disse Sheridan, "todo o sistema de reservas receberá um choque que ameaçará sua estabilidade." Schurz acrescentou: "Os índios devem ser mandados de volta para a sua reserva".[12]

Ao estilo do Departamento de Guerra, a ordem era de ação imediata, sem considerar o clima invernal. Era a Lua em que a Neve Cai nas Tendas, a estação de frio e das nevascas violentas.

– Será que o Grande Pai deseja que morramos? – perguntou Faca Embotada ao capitão Wessells. – Se sim, morreremos aqui. Não voltaremos![13]

Wessells respondeu que daria cinco dias para os cheyennes mudarem de ideia. Durante esse período, eles ficariam presos na caserna e não receberiam comida ou lenha para o aquecedor.

Assim, durante cinco dias, os cheyennes se amontoaram na caserna. A neve caiu quase toda a noite, e eles quebraram as beiradas das janelas para conseguir água. Mas nada havia para comer, a não ser restos e ossos que sobraram de refeições anteriores, e a geada na caserna fazia doer mãos e rostos.

A 9 de janeiro, Wessells convocou Faca Embotada e outros chefes para seu quartel-general. Faca Embotada recusou-se a ir, mas Porco Selvagem, Corvo e Canhoto foram com os soldados. Após alguns minutos, Canhoto veio correndo com os pulsos algemados, muitos soldados atrás dele, mas, antes de ser silenciado, gritou para que as pessoas na caserna soubessem o que acontecera. Porco Selvagem dissera ao capitão Wessells que nenhum cheyenne voltaria para o sul, e o capitão mandara que o acorrentassem. Tentando escapar, Porco Selvagem quis matar os soldados, mas eles o dominaram.

Depois de um intervalo, Wessells saiu do quartel-general e falou aos índios pelas janelas.

– Deixem as mulheres e crianças sair – ordenou – para que não sofram mais.

– Morreremos todos aqui, antes de irmos para o sul – responderam.[14]

Wessells foi embora e, então, os soldados colocaram correntes e barras de ferro sobre as portas da caserna. Chegou a noite, mas o luar sobre a neve tornava tudo tão claro como o dia; brilhava nas baionetas de aço das seis sentinelas que iam e vinham, de sobretudo e capuz.

Um dos guerreiros empurrou o fogão frio para o lado e levantou uma parte do assoalho. Sobre a terra seca havia cinco canos de espingarda, escondidos desde o primeiro dia. Começaram a reunir os gatilhos, cães e cartuchos, que estavam nos enfeites e mocassins. Logo tinham os rifles e algumas pistolas de novo. Os jovens pintaram seus rostos e puseram suas roupas melhores, enquanto as mulheres faziam pequenos montes de selas e fardos sob cada janela, para que todos pudessem saltar rapidamente. Então, os melhores atiradores entre os guerreiros tomaram posição em janelas bem colocadas, cada um escolhendo um dos guardas como alvo.

Às 9h45min da noite, foram disparados os primeiros tiros. Ao mesmo tempo, cada caixilho das janelas abriu-se violentamente, e os cheyennes irromperam para fora do edifício. Pegando os rifles dos soldados mortos e feridos, correram para a linha de escarpas além dos limites do posto. Tinham uma vantagem de dez minutos. Depois, os primeiros soldados a cavalo galoparam em perseguição, alguns ainda com a roupa de baixo de inverno. Os guerreiros formaram depressa uma linha de defesa enquanto as mulheres e crianças cruzavam um riacho. Devido às suas poucas armas, os guerreiros disparavam e se atiravam ao chão. Cada vez mais soldados apareciam, espalhando-se num arco envolvente e atiravam em todo índio que se movesse na neve. Na primeira hora de combate, mais da metade dos guerreiros morreram e, então, os soldados começaram a recolher bandos dispersos de mulheres e crianças, matando muitas delas antes que pudessem render-se. Entre as vítimas, estava a filha de Faca Embotada.

Quando chegou a manhã, os soldados reuniram 65 prisioneiros cheyennes, 23 deles feridos, e os levaram a Fort Robinson. A maioria era de mulheres e crianças. Só 38 dos que fugiram ainda estavam vivos e livres; 32 estavam juntos, indo para o norte através dos montes, perseguidos por quatro companhias de cavalaria e uma bateria de artilharia de montanha. Seis outros se esconderam entre algumas pedras, a poucos quilômetros do forte. Entre estes, ficara Faca Embotada; os outros eram sua mulher e seu filho sobrevivente, sua nora e seu neto, além de um jovem chamado Pássaro Vermelho.

Por vários dias, os cavalarianos seguiram os 32 cheyennes, até que, finalmente, os cercaram perto de Hat Creek Bluffs, num charco de búfalos bem fundo. Indo para a beira do charco, os cavalarianos esvaziaram suas carabinas, carregaram de novo e repetiram a ação, até que os índios não revidaram mais. Só nove cheyennes sobreviveram, a maioria mulheres e crianças.

Durante os últimos dias de janeiro, viajando só de noite, Faca Embotada e seu grupo dirigiram-se para o norte, até Pine Ridge. Lá ficaram prisioneiros na reserva de Nuvem Vermelha.

Lobo Pequeno e seus seguidores passaram o inverno em buracos ocultos que cavaram nas margens do riacho Lost Chokecherry, um dos tributários do Niobrara. Quando o tempo melhorou um pouco, na Lua do Olho Dolorido, partiram rumo ao norte, ao território do rio Tongue. No riacho Box Elder, encontraram Duas Luas e cinco outros cheyennes do norte que trabalhavam como batedores para os Casacos Azuis em Fort Keogh.

Duas Luas disse a Lobo Pequeno que Chapéu Branco Clark o procurava e queria fazer um conselho com ele. Lobo Pequeno respondeu que ficaria contente em ver seu velho amigo Chapéu Branco. Encontraram-se a cerca de um quilômetro e meio do acampamento cheyenne; o tenente Clark desarmou-se para mostrar que tinha confiança na sua amizade. O tenente disse que suas ordens eram de levar os cheyennes a Fort Keogh, onde moravam alguns de seus parentes que haviam se rendido. O preço da paz, acrescentou, eram suas armas e seus cavalos; poderiam conservar os cavalos até chegarem a Fort Keogh, mas deveriam entregar agora suas armas. Lobo pequeno disse:

> Desde que o deixei na agência de Nuvem Vermelha, fomos para o sul e sofremos bastante lá... Meu irmão, Faca Embotada, levou metade do grupo e se rendeu perto de Fort Robinson. Achava que você ainda estaria aqui e olharia por ele. Eles entregaram suas armas e, então, os brancos mataram todos. Estou aqui pela pradaria e preciso de minhas armas. Quando eu for para Keogh darei as armas e os cavalos, mas não posso entregar as armas agora. Você foi o único que pediu para falar antes de lutar e isso foi como se o vento, que fez nossos corações vacilarem durante tanto tempo, agora amainasse.

Lobo Pequeno teria de entregar suas armas, sem dúvida, mas não até se convencer de que Chapéu Branco não deixaria os soldados destruírem em seu povo. Foram para Fort Keogh, e ali a maioria dos jovens se alistou como batedores. "Durante bastante tempo não fizemos muita coisa, além de exercícios e do corte de troncos no bosque", disse Perna de Pau. "Aprendi a beber uísque em Fort Keogh... gastei a maior parte do meu salário de batedor em uísque." Os cheyennes bebiam uísque por causa do tédio e da angústia; isso enriqueceu os comerciantes brancos e destruiu o que restara da liderança na tribo. Destruiu Lobo Pequeno.

Depois de meses e meses de atrasos burocráticos em Washington, as viúvas, as órfãs e os guerreiros que sobraram em Fort Robinson foram transferidos para a agência de Nuvem Vermelha em Pine Ridge, onde se reuniram a Faca Embotada. E daí, depois de outros meses de espera, os cheyennes de Fort

Keogh receberam uma reserva no rio Tongue; Faca Embotada e os pouquíssimos sobreviventes em Pine Ridge puderam se unir a seu povo. Para a maior parte deles, já era tarde demais. Os cheyennes haviam perdido a força. Nos anos que se passaram desde Sand Creek, a fatalidade perseguira o Povo Belo. A semente da tribo espalhara-se com o vento. "Iremos para o norte de qualquer jeito", dissera um jovem guerreiro, "e se morrermos em combate nossos nomes serão lembrados e elogiados por todo nosso povo." Logo, não sobraria ninguém para se importar de lembrar, ninguém para falar em seus nomes, agora que estavam mortos.

Capítulo quinze

Urso de Pé se torna pessoa

1879 – *11 de janeiro*, começa a guerra zulu-britânica na África do Sul. 17 de fevereiro, niilistas em São Petersburgo, na Rússia, tentam assassinar o czar Alexandre. 21 de outubro, Edison expõe sua primeira lâmpada incandescente. Publicação de *Progresso e pobreza*, de Henry George. Primeira apresentação no palco de *A casa de bonecas*, de Henrik Ibsen.

Vocês me trouxeram do leste para este lugar, e estou aqui há dois mil anos ou mais. [...] Meus amigos, se vocês me tirarem desta terra, será muito difícil para mim. Quero morrer nesta terra. Quero envelhecer aqui. [...] Não quero dar nenhuma parte dela ao Grande Pai. Mesmo que ele me desse um milhão de dólares, eu não lhe daria esta terra. ...
Quando as pessoas querem matar o gado, elas tocam os animais até um curral, e então os abatem. Assim foi conosco. [...] Meus filhos foram exterminados; meu irmão foi morto.

URSO DE PÉ DOS PONCAS

Os soldados vieram até os limites da aldeia e nos obrigaram a atravessar o Niobrara para a outra margem, tal como se toca um bando de cavalos; e os soldados nos empurraram até chegarmos ao rio Platte. Continuaram nos tocando como se fôssemos um bando de cavalos, e eu disse: "Se tenho de ir, irei para aquela terra. Mande os soldados embora, nossas mulheres têm medo deles." E assim cheguei à Terra Quente [Território Índio]. Vimos que a terra lá era ruim e estávamos morrendo um depois do outro, e dissemos: "Quem terá pena de nós?" E nossos animais morreram. Ah, era quente demais. "Essa terra é realmente fraca, e morreremos aqui, e esperamos que o Grande Pai nos leve de volta." Foi o que dissemos. Cem dos nossos morreram lá.

ÁGUIA BRANCA DOS PONCAS

Em 1804, na foz do rio Niobrara na margem direita do Missouri, Lewis e Clark encontraram uma tribo amistosa de índios chamados poncas. Na época, a tribo tinha apenas duzentos ou trezentos membros, sobreviventes de uma epidemia em massa da varíola dos brancos. Meio século depois, os poncas ainda estavam lá, ainda amistosos, gostando de negociar com os brancos, e a resistente tribo tinha aumentado para cerca de mil pessoas. Ao contrário da maioria dos índios das planícies, os poncas plantavam milho e tinham hortas e, como eram prósperos e possuíam muitos cavalos, frequentemente tinham de expulsar atacantes das tribos sioux ao norte.

Em 1858, o ano em que os funcionários do governo estavam percorrendo o Oeste para demarcar a terra para as diversas tribos, os poncas cederam uma parte de seu território em troca das promessas dos funcionários, garantindo-lhes proteção e propriedades e um lar permanente no Niobrara. Dez anos depois, porém – enquanto os homens do governo estavam negociando com os sioux –, devido a algum erro crasso da burocracia em Washington, as terras poncas foram incluídas no território que constava no tratado assinado pelos sioux em 1868.

Os poncas protestaram inúmeras vezes a Washington, mas os funcionários não tomaram nenhuma providência. Rapazes selvagens das tribos sioux apareciam exigindo cavalos como tributo, ameaçando expulsar os poncas da terra que agora diziam pertencer a eles. "Os sete anos que se seguiram a este tratado", disse Peter Le Claire, membro da tribo, "foram anos em que os poncas tiveram de trabalhar suas hortas e milharais como os peregrinos da Nova Inglaterra [...] com a enxada numa mão e o rifle na outra."[1]

O Congresso finalmente reconheceu as obrigações dos Estados Unidos, pelo tratado, de "proteger" os poncas, mas, em vez de lhes devolver a terra, destinou uma pequena verba "para indenizar a tribo pelos roubos e assassinatos cometidos pelos sioux".[2] Então, em 1876, após a derrota de Custer, o Congresso decidiu incluir os poncas na lista das tribos setentrionais que deviam ser exiladas para o Território Índio. Os poncas, claro, não tiveram nada a ver com os combates de Custer, nunca tinham entrado em nenhuma guerra contra os Estados Unidos, mas alguém em Washington conseguiu que o Congresso destinasse uma verba de 25 mil dólares "para a remoção dos poncas para o Território Índio, e lá lhes providenciar um lar, com o consentimento da dita tribo". O final da frase foi convenientemente deixado de lado, bem como as promessas do tratado que proibiam o assentamento de brancos em território poncã; fazia dez anos que os colonos brancos estavam invadindo terras poncas e olhavam com ganância para os ricos campos de aluvião em que crescia o melhor milho das planícies.

A primeira notícia da iminente remoção que chegou aos poncas foi dada por um inspetor do Setor de Assuntos Índios dos Estados Unidos, Edward C. Kemble, no começo de janeiro de 1877. "Um homem branco chegou lá de repente, depois do Natal, para nos ver", disse o chefe Águia Branca. "Não sabíamos que ele estava vindo; ele veio de repente. Chamaram todos nós na igreja e lá nos disseram o objetivo da vinda dele."

Eis o relato de Águia Branca sobre o que se passou:

> – O Grande Pai em Washington diz que vocês têm de mudar, e foi por isso que eu vim – disse ele.
>
> – Meu amigo, você nos avisa essas coisas muito de repente – disse eu. – Quando o Grande Pai tem algum assunto para tratar conosco, geralmente ele manda avisar o povo inteiro, mas você veio muito de repente.
>
> – Não; o Grande Pai diz que vocês têm de ir – respondeu ele.
>
> – Meu amigo, quero que você mande uma carta para o Grande Pai, e, se ele realmente disser isso, quero que ele nos avise – respondi. – Se for assim, e se eu souber da maneira correta, direi que as palavras são certas.
>
> – Vou mandar uma carta para ele.
>
> Ele telegrafou. Mandou a mensagem por telégrafo, que chegou rápido ao Grande Pai.
>
> – Seu Grande Pai diz para você vir com dez chefes seus – ele falou. – É para vocês irem e verem a terra e, depois de percorrer uma parte, é para vocês irem a Washington. É para

vocês olharem a Terra Quente [Território Índio], e se virem alguma terra boa por lá é para falar com ele sobre ela, e também sobre qualquer terra ruim que tiver lá; falem das duas.

E assim fomos até a Terra Quente. Fomos até a última estação de uma ferrovia e atravessamos a terra dos osages e fomos até a terra cheia de pedras, e na manhã seguinte chegamos à terra dos kaws; e deixando a reserva de Kansas, chegamos à cidade de Arkansas, e então, tendo visitado as terras de duas dessas tribos índias e visto essa terra cheia de pedras e como as árvores eram mirradas, fui a essa cidade dos brancos. Ficamos doentes duas vezes e vimos como era o povo daquela terra, e vimos aquelas pedras e rochas, e achamos que aquelas duas tribos não tinham muitas condições de viver por si mesmas.

E ele nos disse na manhã seguinte:

– Vamos até o rio Shicaska e veremos lá.

E eu falei:

– Meu amigo, eu vi essas terras e fiquei doente na viagem. Vou parar essa viagem por aqui, vendo essas terras, e vou ver o Grande Pai. Conduza ao Grande Pai. Leve-me com você para ver o Grande Pai. Essas duas tribos são pobres e doentes, e essas terras são pobres; portanto já vi o suficiente.

– Não – disse ele –, venha e veja essas outras terras no Território Índio.

– Meu amigo – disse eu –, peço que me leve para ver o Grande Pai. Você disse antes que poderíamos contar a ele tudo o que vimos, bom ou ruim, e eu quero contar para ele.

– Não – ele respondeu –, eu não quero levar você para vê-lo. Se você pegar parte desta terra, eu levo você para vê-lo; se não, não.

– Se você não vai me levar para ver o Grande Pai – eu disse –, então me leve de volta para minha terra.

– Não – ele respondeu –, apesar do que você diz, não vou levá-lo para ver o Grande Pai. Ele não disse que eu tinha de levar você de volta para sua terra.

– Como vou poder fazer alguma coisa? – disse eu. – Você não quer me levar até o Grande Pai, e você não quer me levar de volta para minha terra. Você disse antes que o Grande Pai tinha me chamado, mas agora não é mais isso; você não falou a verdade; você não falou a palavra certa.

– Não – disse ele –, eu não vou levar vocês para suas casas. Se quiserem, vão a pé.

– Isso entristece meu coração – disse eu –, pois não conheço esta terra.

Achamos que íamos morrer, e senti vontade de chorar, mas lembrei que eu era um homem. Depois de dizer aquilo, o homem branco, estando de mau humor, subiu as escadas. Depois que ele subiu, nós chefes sentamos considerando o que fazer. Dissemos:

– Ele não fala em nos levar para ver o Grande Pai nem em nos levar para nossa terra. Não pensamos que foi o Grande Pai que causou isso.

Tínhamos um intérprete lá conosco, e dissemos:

– Como ele não vai nos levar de volta, queremos que ele nos dê um pedaço de papel para mostrar aos brancos, pois não conhecemos a terra.

O intérprete subiu as escadas para ver o homem e voltou e disse:

– Ele não vai lhes dar o papel. Ele não quer.

Mandamos o intérprete voltar e dizer:

– Queremos um pouco do dinheiro que o Grande Pai nos deve, para podermos voltar para casa.

Quando voltou, ele disse:

– Ele não quer lhes dar o dinheiro.[3]

Águia Branca, Urso de Pé, Alce Grande e os outros chefes poncas que foram largados pelo inspetor Kemble no Território Índio agora começaram a voltar para casa. Era a Lua em que os Patos Voltam e se Escondem, e a neve cobria as planícies do Kansas e do Nebraska. Como só tinham poucos dólares, eles andaram o caminho todo de volta – mais de oitocentos quilômetros –, cada um com apenas uma manta e nenhum mocassim de reserva. Se não fosse por seus velhos amigos, os otoes e os omahas, que os acolheram em suas reservas e lhes deram comida e um local para descansar, poucos dos chefes de mais idade teriam sobrevivido à jornada de inverno.

Quarenta dias depois, quando chegaram a Niobrara, encontraram o inspetor Kemble, que tinha chegado antes deles.

Conta Águia Branca:

– Mexam-se – disse ele –; preparem a mudança.

Não queríamos. Eu disse:

– Voltei esgotado. Nenhum de nós quer se mudar.

– Não – disse ele –, o Grande Pai quer que vocês se mudem já, e vocês vão se mudar para o Território Índio.[4]

Mas os chefes estavam unidos na decisão de fazer o governo respeitar as obrigações do tratado, e Kemble resolveu voltar a Washington para apresentar seu relatório ao encarregado dos Assuntos Índios. O encarregado levou o problema ao Secretário do Interior Schurz, que por sua vez o passou para o Grande Guerreiro Sherman. Sherman recomendou o uso de tropas para obrigar os poncas a se mudar, e como sempre Olhos Grandes Schurz concordou.

Em abril, Kemble voltou a Niobrara e, usando a ameaça dos soldados, convenceu 170 membros da tribo a ir com ele para o Território Índio. Nenhum dos principais chefes o acompanhou. Urso de Pé protestou com tanto vigor que recebeu ordem de prisão e foi levado para Fort Randall. "Eles me amarraram e me fizeram prisioneiro e me levaram para o forte", disse ele.[5] Poucos dias depois, o governo enviou um novo agente, E. A. Howard, para tratar com os 34 poncas restantes, e Urso de Pé foi solto.

Águia Branca, Urso de Pé e os outros chefes continuaram a insistir que o governo não tinha o direito de retirá-los de suas terras. Howard respondeu que ele não tinha nada a ver com a decisão do governo; tinha sido enviado para acompanhá-los ao novo lar. Depois de quatro horas de reunião em 15 de abril, Howard encerrou o conselho com uma última pergunta: "Vocês irão por bem ou à força?".[6]

Os chefes ficaram em silêncio, mas, antes de chegarem de volta aos lares, um jovem ponca foi correndo avisá-los. "Os soldados estão nas casas." Os chefes então entenderam que não haveria mais reuniões. Teriam de deixar a terra natal e ir para o Território Índio. "Os soldados vieram com suas armas e baionetas", disse Urso de Pé. "Apontaram as armas para nós, e nosso povo e nossas crianças estavam chorando."

Iniciaram a partida em 21 de maio de 1877. "Os soldados vieram até os limites da aldeia e nos obrigaram a atravessar o Niobrara para a outra margem, tal como se toca um bando de cavalos; e os soldados nos empurraram até chegarmos ao rio Platte."[7]

O agente Howard manteve um diário sistemático daqueles cinquenta dias de viagem por terra. No dia em que saíram, um forte temporal provocou uma súbita enchente do Niobrara, arrancando vários soldados de suas selas; em vez de olharem eles se afundando, os poncas mergulharam e os salvaram. No dia seguinte, morreu uma criança, e tiveram de parar para enterrá-la na pradaria. Em 23 de maio, foram apanhados por um temporal de duas horas e passaram o dia todo encharcados. Morreu uma segunda criança; vários poncas adoeceram durante a noite. No dia seguinte, tiveram de vadear os cursos d'água com enchente, pois as pontes haviam sido destruídas pela inundação. O tempo esfriou. Em 26 de maio, choveu o dia inteiro e não havia lenha para fogueira.

Em 27 de maio, a maioria dos poncas estava doente pela exposição às intempéries. Flor do Prado, filha de Urso de Pé, estava com uma pneumonia séria. No dia seguinte, as tempestades com trovoadas e fortes pancadas de chuva praticamente os impediram de avançar pelo fundo lamaçal do caminho.

Agora era a Lua em que Começa o Tempo Quente, com chuvaradas quase diárias. Em 6 de junho, Flor do Prado morreu, e Urso de Pé lhe deu sepultura cristã no cemitério de Milford, no Nebraska. "As senhoras de Milford prepararam e enfeitaram o corpo para o funeral num estilo da mais alta civilização", comentou Howard com orgulho. "Urso de Pé foi levado a dizer aos que o rodeavam junto ao túmulo que desejava abandonar as maneiras dos índios e adotar as do homem branco."

Naquela noite, um furacão atingiu o acampamento ponca, derrubando tendas, virando carroças e arremessando pessoas a mais de cem metros de distância, ferindo seriamente muitas delas. No dia seguinte, morreu mais uma criança.

Em 14 de junho chegaram à reserva otoe. Os otoes, com pena dos poncas, deram-lhes dez cavalos para ajudar a terminar a jornada. Durante três dias esperaram que as águas baixassem; as doenças continuavam a aumentar; morreu o primeiro homem adulto, Choupo Pequeno. Howard mandou fazer um caixão para ele e conseguiu um enterro cristão perto de Bluewater, no Kansas.

Em 24 de junho a doença grassava a tal ponto que Howard contratou um médico em Manhattan, Kansas, para atender aos poncas. No dia seguinte, duas mulheres morreram durante a marcha. Howard providenciou que recebessem sepultura cristã.

Agora estavam no Meio da Lua de Verão. Um filho do Chefe Búfalo morreu e recebeu enterro cristão em Burlington, Kansas. Um ponca chamado Pegada de Búfalo ficou furioso e tentou matar o Chefe Águia Branca, pondo-lhe a culpa das desgraças da tribo. O agente Howard expulsou Pegada de Búfalo da caravana e o mandou de volta para o norte, para a reserva Omaha. Os poncas invejaram o castigo.

O calor do verão e os mosquitos os atormentaram por mais uma semana, e finalmente, em 9 de julho, depois de ficarem encharcados por um temporal, chegaram à reserva quapaw, seu novo lar, e encontraram o pequeno grupo de poncas que chegara antes, agora vivendo miseravelmente em tendas.

O agente Howard escreveu a seus superiores:

> Sou da opinião de que a transferência dos poncas do clima setentrional de Dakota para o clima meridional do Território Índio se mostrará um erro, e que certamente se seguirá uma grande mortandade entre eles, depois de estarem aqui por algum tempo e ficarem envenenados com a malária do clima.[8]

A sombria previsão de Howard se revelou correta. Como os modocs, os nez percés e os cheyennes do norte, os poncas morriam tão rápido que, no final de seu primeiro ano no Território Índio, quase um quarto deles tinha recebido enterro cristão.

Na primavera de 1878, os funcionários de Washington decidiram lhes dar uma nova reserva na margem ocidental do Arkansas, mas não providenciaram verba para a transferência. Os poncas caminharam quase 250 quilômetros para a nova reserva, mas ficaram várias semanas sem agente que lhes fornecesse provisões ou remédios. "A terra era boa", disse Águia Branca, "mas no verão adoecemos de novo. Éramos como capim pisado, nós e nossos animais. Então veio o tempo frio, e não soubemos quantos morreram."[9]

Um dos mortos foi o primogênito de Urso de Pé.

> No fim só tinha me restado um filho; então ele adoeceu. Quando estava morrendo, ele me pediu que lhe prometesse uma coisa. Implorou para levá-lo, quando morresse, de volta para nosso velho cemitério junto à Água que Corre Rápido, o Niobrara. Prometi. Quando ele morreu, eu e os que estavam comigo colocamos seu corpo numa caixa e então numa carroça e partimos para o norte.[10]

O cortejo fúnebre era composto de 66 poncas, todos do clã de Urso de Pé, seguindo a velha carroça puxada por dois cavalos esqueléticos. Era a Lua quando a Neve Derrete, janeiro de 1879. (Ironicamente, lá no norte distante, os cheyennes de Faca Cega estavam travando sua última luta desesperada pela liberdade, em Fort Robinson.) Para Urso de Pé, era a segunda jornada invernal de volta ao lar. Ele conduziu seu povo por trilhas afastadas dos povoados e dos soldados, e chegaram à reserva omaha antes que os soldados os encontrassem.

Enquanto isso, Olhos Grandes Schurz tinha feito várias tentativas, por meio de seus agentes, para conseguir o retorno dos poncas de Urso de Pé para o Território Índio. Finalmente, em março, ele pediu ao Departamento de Guerra que telegrafasse ao quartel-general de Três Estrelas Crook, em Omaha, Nebraska, ordenando que prendesse imediatamente os fugitivos e os mandasse de volta para o Território Índio. Em resposta, Crook enviou uma companhia de soldados até a reserva omaha; prenderam Urso de Pé e seus poncas e os levaram para Fort Omaha, onde foram postos sob guarda, esperando as providências para serem enviados ao Território Índio.

Fazia mais de dez anos que Três Estrelas combatia os índios, fazia reuniões com eles, prometia-lhes coisas que não podia cumprir. De início relutante, ele reconheceu sua admiração pela coragem índia; desde as rendições de 1877, ele começava a sentir respeito e simpatia por seus velhos inimigos. Ficara indignado com o tratamento dado aos cheyennes em Fort Robinson nas últimas semanas. "Uma demonstração de poder extremamente desnecessária em insistir que essa parcela particular do grupo volte à sua antiga reserva", declarou sem rodeios em seu relatório oficial.[11]

Quando Crook foi ver os poncas na cadeia em Fort Omaha, ficou horrorizado com as condições deploráveis em que estavam os índios. Impressionou-se com a explicação simples de Urso de Pé sobre as razões de voltar para o norte, com seu estoicismo em aceitar as condições que haviam escapado a seu controle. “Pensei que Deus queria que vivêssemos”, disse Urso de Pé a Crook, “mas me enganei. Deus quer dar a terra ao povo branco, e nós temos de morrer. Que seja; que seja.”[12]

Crook ficou tão comovido pelo que viu e ouviu que prometeu a Urso de Pé que faria o máximo possível para cancelar as ordens de retorno dos poncas para o Território Índio. Dessa vez Crook se empenhou ativamente em manter a promessa. Foi visitar o editor de um jornal de Omaha, Thomas Henry Tiblles, e arregimentou o poder da imprensa.

Enquanto Crook segurava a ordem de transferir os poncas, Tibbles espalhou a história deles pela cidade, pelo estado e depois, via telégrafo, por toda a nação. As igrejas de Omaha enviaram um apelo ao secretário Schurz para que ele determinasse a soltura dos poncas, mas Mah-hah Ich-hon – Olhos Grandes – nem se deu ao trabalho de responder. Então um jovem advogado omaha, John L. Webster, ofereceu seus serviços gratuitamente e logo teve o apoio do advogado responsável pelo jurídico da Union Pacific Railroad, Andrew Poppleton.

Os advogados tiveram de trabalhar rápido para montar o processo em favor dos poncas; a qualquer momento o general Crook podia receber ordens de Washington, obrigando-o a enviar os índios para o sul, e aí não seria possível fazer nada por eles. Concentraram todos os seus esforços em conseguir a cooperação do Juiz Elmer S. Dundy, um vigoroso homem da fronteira com quatro interesses principais na vida – boa literatura, cavalos, caça e exercício da justiça. Aconteceu que Dundy estava fora, caçando ursos, e os defensores dos poncas passaram várias horas de ansiedade antes que os mensageiros conseguissem encontrar e trazer o juiz de volta a Omaha.

Com a anuência tácita de Crook, o juiz Dundy emitiu um mandado de habeas corpus ao general, requerendo-lhe que trouxesse os prisioneiros poncas ao tribunal e comprovasse qual a autoridade que tinha para mantê-los presos. Crook obedeceu ao mandado apresentando as ordens militares que recebera de Washington, e o promotor distrital em nome dos Estados Unidos compareceu diante do juiz para negar o direito dos poncas ao mandado, alegando que os índios "não [eram] pessoas no sentido jurídico".

Assim começou em 18 de abril de 1879 o processo de direitos civis *Urso de Pé x Crook*, hoje em dia quase esquecido. Os advogados dos poncas, Webster e Poppleton, argumentaram que um índio era "pessoa" como qualquer branco e podia se valer dos direitos de liberdade garantidos pela Constituição. Quando o promotor dos Estados Unidos declarou que Urso de Pé e seu povo estavam sujeitos às normas e regulamentações estabelecidas pelo governo para as tribos indígenas, Webster e Poplleton retorquiram que Urso de Pé ou qualquer outro índio tinha o direito de se separar de sua tribo e viver sob a proteção das leis americanas, como qualquer outro cidadão.

O clímax do processo se deu quando Urso de Pé teve autorização de falar em nome de seu povo:

> Agora estou com os soldados e oficiais. Quero voltar para meu antigo lar no Norte. Quero salvar a mim e a minha tribo. Meus irmãos, é como se eu estivesse diante de um grande incêndio na pradaria. Pegaria meus filhos e correria para salvar a vida deles; ou, se eu estivesse na margem de um rio transbordando, pegaria meu povo e fugiria para um lugar mais alto. Oh, meus irmãos, o Todo-Poderoso me vê e sabe o que eu sou e ouve minhas palavras. Que o Todo-Poderoso envie um bom espírito que paire sobre vocês, meus irmãos, e faça com que me ajudem. Se um homem branco tivesse terra, e alguém o defraudasse dela, aquele homem tentaria pegá-la de volta, e vocês não o culpariam. Olhem para mim. Tenham piedade de mim e me ajudem a salvar a vida das mulheres e das crianças. Meus irmãos, um poder ao qual não posso resistir me submete. Preciso de ajuda. Terminei.[13]

O juiz Dundy sentenciou que um índio era uma "pessoa" no sentido da lei do habeas corpus, que o direito de exílio era um direito natural, intrínseco e inalienável da raça índia, tal como da raça branca, e que em tempo de paz não existia nenhuma autoridade civil ou militar para transportar índios de um lugar para outro do país sem o consentimento deles, nem para confiná-los em qualquer reserva particular contra a vontade deles. E declarou:

> Nunca fui chamado a ouvir ou decidir um caso que apelasse tão intensamente à minha simpatia. Os poncas estão entre os mais amistosos e pacíficos de todas as tribos índias. [...] Se puderem ser removidos para o Território Índio à força, e lá mantidos da mesma maneira, não vejo nenhuma boa razão para que não possam ser detidos e mantidos à força na penitenciária em Lincoln, ou em Leavenworth ou em Jefferson City, ou em qualquer outro lugar que o comandante das forças possa, segundo seu juízo, considerar adequado. Não posso crer que tal autoridade arbitrária exista neste país.[14]

Quando o juiz Dundy concluiu os procedimentos ordenando que Urso de Pé e seu grupo ponca fossem libertados, o público na sala do tribunal se levantou e, segundo o repórter de um jornal, "ergueu-se um clamor como jamais se ouviu numa corte". O general Crook foi o primeiro a avançar e congratular Urso de Pé.[15]

De início, o promotor distrital dos Estados Unidos pensou em apelar da decisão, mas, depois de estudar o texto do parecer do juiz Dundy (um brilhante ensaio sobre os direitos humanos), não enviou nenhum recurso ao Supremo Tribunal. O governo dos Estados Unidos concedeu a Urso de Pé e seu grupo algumas centenas de acres de terra desocupada perto da foz do Niobrara, e mais uma vez voltaram para lá.

Quando os 530 poncas restantes no Território Índio souberam dessa surpreendente guinada dos fatos, começaram, em sua maioria, a se preparar para ir ao encontro de seus parentes no Nebraska. O Departamento de Assuntos Índios, porém, não foi simpático à ideia. Por meio de seus agentes, o departamento informou aos chefes poncas que somente o Grande Conselho em Washington poderia decidir se e quando a tribo teria permissão de voltar. Os burocratas e políticos (o Círculo Índio) receberam a decisão do juiz Dundy como séria ameaça ao sistema das reservas; ela colocaria em risco o pequeno exército de fornecedores que estavam fazendo uma fortuna com a canalização de alimentos ruins, mantas ordinárias e um péssimo uísque para os milhares de índios presos nas reservas.

Se os poncas tivessem permissão de sair de sua nova reserva no Território Índio e ir embora como cidadãos americanos livres, isso criaria um precedente capaz de destruir todo o sistema político e militar das reservas.

Em seu relatório anual, Olhos Grandes Schurz admitiu que os poncas no Território Índio "tiveram uma séria razão de queixa", mas ele se opunha categoricamente a permitir que voltassem à terra natal, pois isso deixaria outros índios "inquietos com vontade de seguir o exemplo deles", e assim causariam a ruptura do sistema de reservas territoriais.[16]

Ao mesmo tempo, William H. Whiteman, que comandava a lucrativa agência ponca, tentou desacreditar o grupo de Urso de Pé, descrevendo-os como "certos membros renegados da tribo", e discorreu enfaticamente sobre suas grandes despesas com materiais e ferramentas para desenvolver a reserva no Território Índio. Whiteman não fez qualquer menção ao descontentamento que reinava entre os poncas nem às constantes petições que eles faziam para voltar à terra de origem, nem à sua rixa com Cobra Grande.

Cobra Grande era irmão de Urso de Pé, um gigante com mãos do tamanho de um pernil e ombros de um búfalo. Como muitos homens corpulentos, Cobra Grande era calmo e de maneiras gentis (os poncas o chamavam de Pacificador), mas, quando viu que Águia Branca e os outros chefes estavam sendo intimidados pelo agente Whiteman, ele decidiu tomar uma iniciativa. Afinal, era o irmão de Urso de Pé, o ponca que tinha conquistado a liberdade para seu povo.

Decidindo testar a nova lei, Cobra Grande solicitou permissão para deixar a reserva e ir ao norte, para se reunir ao irmão. Tal como esperava, o agente Whiteman lhe recusou a licença de partida. O passo seguinte de Cobra Grande não foi sair do Território Índio, mas percorrer apenas 160 quilômetros até a reserva cheyenne. Foi acompanhado por mais trinta poncas, numa ação que julgavam ser um inofensivo teste da lei que dizia que um índio era uma pessoa e não podia ficar confinado em nenhuma reserva contra sua vontade.

A reação de Whiteman foi a de qualquer burocrata acuado e com sua autoridade ameaçada. Em 21 de maio de 1879, ele telegrafou ao Comissário dos Assuntos Índios, relatando a defecção de Cobra Grande com seu grupo para a reserva cheyenne e solicitando que eles fossem presos e detidos em Fort Reno, "até que a tribo se recupere dos efeitos desmoralizadores da decisão recentemente tomada pela corte distrital dos Estados Unidos em Nebraska, no processo de Urso de Pé".[17]

Olhos Grandes Schurz autorizou a prisão, mas, evidentemente temendo uma outra contestação nos tribunais, pediu ao Grande Guerreiro Sherman para transportar Cobra Grande e seus "renegados" o mais depressa possível, e com a máxima discrição, de volta para a reserva ponca.

Com sua habitual objetividade, Sherman telegrafou ao general Sheridan em 22 de maio: "O ilustre Secretário do Interior solicita que os poncas presos e detidos em Fort Reno, no Território Índio, [...] sejam enviados à agência dos poncas. Pode ordenar que assim se faça." E então, como que prevendo os receios de Sheridan de que lhe acenassem perante os olhos a recente decisão do Juiz Dundy, Sherman decretou: "A soltura por mandado de habeas corpus dos poncas em Nebraska *não se aplica a nenhum caso além daquele*".[18] Para o Grande Guerreiro Sherman, era mais fácil desfazer as leis do que, para os tribunais do país, vir a interpretá-las.

E assim Cobra Grande não passou no primeiro teste da vitória jurídica de seu irmão e nunca teve oportunidade de testá-la outra vez. Depois de ser reconduzido à agência ponca na Lua em que Cresce o Cabelo do Milho, Cobra Grande se tornou um alvo a ser destruído. O agente Whiteman informou a Washington que Cobra Grande tinha "uma influência muito desmoralizadora sobre os outros índios [...] extremamente rabugento e moroso". Num parágrafo, Whiteman acusou Cobra Grande de ter feito repetidas ameaças de matá-lo e, numa outra passagem, reclamou que o ponca nunca mais tinha falado com ele, desde o retorno. O agente ficou tão furioso que pediu ao comissário dos Assuntos Índios "para prender Cobra Grande e transferi-lo para Fort Reno e mantê-lo confinado lá pelo resto de sua vida natural".[19]

Por fim, em 25 de outubro, Whiteman conseguiu autorização de Sherman para deter Cobra Grande e prendê-lo na cadeia da agência. Para fazer a prisão, Whiteman requisitou um pequeno destacamento de soldados. Cinco dias depois, o tenente Santon A. Mason chegou à agência, trazendo treze soldados. Whiteman disse a Mason que enviaria um aviso aos poncas, mandando que os índios que tivessem dinheiro para receber por trabalhos extraordinários comparecessem em seu escritório no dia seguinte. Cobra Grande estaria entre eles, e Mason o prenderia logo que ele entrasse no escritório.

Em 31 de outubro, Cobra Grande entrou no escritório de Whiteman por volta do meio-dia e foi convidado a sentar. O tenente Mason e oito homens armados o cercaram, e Mason o informou que estava preso. Cobra Grande quis saber por que estava sendo preso. Whiteman então falou que era acusado de ameaçar sua vida. Cobra Grande calmamente negou a acusação. Segundo o comerciante do posto J. S. Sherburne, Cobra Grande se pôs de pé e tirou a manta para mostrar que estava desarmado.

Relato de Urso Peludo:

> O oficial disse a Cobra Grande para vir, se levantar e acompanhá-lo. Cobra Grande não se levantou e disse ao oficial que gostaria de saber o que ele tinha feito. Disse que não tinha matado ninguém, não tinha roubado nenhum cavalo e que não tinha feito nada de errado. Depois que Cobra Grande falou, o oficial conversou com o agente e então disse a Cobra Grande que ele tinha tentado matar dois homens e que tinha sido muito malvado. Cobra Grande negou. O agente então falou que era melhor ele ir, e lá em baixo seria posto a par de tudo. Cobra Grande disse que não tinha feito nada de errado e que preferia morrer do que ir. Então fui até Cobra Grande e disse a ele que este homem [o oficial] não ia prendê-lo por nada, e que era melhor ele ir e que talvez voltasse com tudo acertado; insisti de todas as maneiras para que ele fosse; disse-lhe que tinha mulher e filhos, e que pensasse neles e não se deixasse matar. Cobra Grande então se levantou e me disse que ele não queria ir, e que, se eles quisessem matá-lo, podiam matar ali mesmo. Cobra Grande estava muito calmo. Então o oficial lhe disse para se levantar e lhe disse que, se não fosse, poderia acontecer alguma coisa. Disse que era inútil falar; vim para prender você, e quero que você venha. O oficial foi buscar as algemas que estavam com um soldado e trouxe-as. O oficial e um soldado então tentaram lhe colocar as algemas, mas

> Cobra Grande empurrou os dois. Então o oficial falou com os soldados, e quatro deles tentaram algemá-lo, mas Cobra Grande empurrou todos eles. Um soldado, que tinha galões nas mangas, também tentou colocar, mas Cobra Grande empurrou todos eles. Tentaram várias vezes, todos eles, agarrar e segurar Cobra Grande. Cobra Grande estava sentado, quando seis soldados o seguraram. Ele se levantou e os empurrou. Então um dos soldados, que estava na frente dele, golpeou o rosto de Cobra Grande com sua arma, um outro soldado lhe bateu na cabeça com o cano de seu fuzil. Com isso ele caiu contra a parede. Ergueu-se de novo. O sangue lhe corria pela face. Vi a arma apontada para ele, e fiquei assustado, e não quis ver a morte dele. Assim virei as costas e fui embora. Então a arma disparou, e Cobra Grande caiu morto no chão.[20]

O Departamento do Interior, de início, lançou uma declaração de que o irmão de Urso de Pé, "Cobra Grande, um homem malvado" tinha sido "atingido acidentalmente".[21] Mas a imprensa americana, que estava se tornando mais sensível ao tratamento dos índios desde o processo de Urso de Pé, solicitou uma investigação no Congresso. Dessa vez, o sistema político e militar das reservas estava operando no clima familiar de Washington, e a investigação não resultou em nada.

Os poncas do Território Índio tinham aprendido uma dura lição. A lei do homem branco era uma ilusão; não se aplicava a eles. E assim, como os cheyennes, a minguada tribo ponca se dividiu em dois – o grupo livre de Urso de Pé no norte, e os outros prisioneiros no Território Índio.

Capítulo dezesseis

"Os utes têm de ir embora!"

O Exército conquistou os sioux. Vocês podem mandar neles. Mas nós, utes, nunca perturbamos vocês brancos. Então vocês precisam esperar até que a gente faça as coisas de sua maneira.

OURAY, A FLECHA, CHEFE DOS UTES

Eu disse ao oficial que aquilo era uma coisa muito ruim; que era muito ruim que o comissário desse uma ordem daquelas. Eu disse que era muito ruim; que não devíamos lutar, porque éramos irmãos, e o oficial disse que isso não fazia a menor diferença; que os americanos lutariam mesmo que tivessem a mesma mãe.

NICAAGAT (JACK) DOS UTES DO RIO BRANCO

Os utes eram índios das Montanhas Rochosas, e durante uma geração tinham visto os brancos invasores entrando em sua terra do Colorado como nuvens intermináveis de gafanhotos. Tinham visto os brancos expulsarem seus velhos inimigos, os cheyennes, das planícies do Colorado. Alguns guerreiros utes tinham se juntado a Kit Carson, o Lançador de Laço, na guerra dos brancos contra os navajos. Naqueles tempos, os utes acreditavam que os brancos eram seus aliados e gostavam de visitar Denver para trocar couros de búfalo por coisas espalhafatosas das lojas. Mas a cada ano esses estranhos do Leste se tornavam cada vez mais numerosos, invadindo as montanhas dos utes para garimpar metais amarelos e brancos.

Em 1863, o governador do Território do Colorado (John Evans) e outros funcionários do governo foram a Conejos, nas montanhas San Juan, para se reunir com Ouray, a Flecha, e outros nove chefes dos utes. Lá assinaram um tratado, concedendo aos brancos toda a terra do Colorado a leste da crista da cordilheira (a Divisa Continental), deixando para os utes toda a terra a oeste da divisa. Em troca de artigos no valor de 10 mil dólares e de provisões no valor de 10 mil dólares a serem entregues anualmente durante dez anos, os utes concordaram em ceder os direitos sobre os minérios de todas as partes de seu território e prometeram não molestar nenhum cidadão dos Estados Unidos que fosse garimpar em suas montanhas.

Cinco anos depois, os brancos do Colorado decidiram que haviam deixado terra demais para os utes. Com pressões políticas, convenceram o Departamento Índio de que os utes eram um incômodo constante – vagueando por toda parte, percorrendo as cidades e estragando os campos, roubando animais dos colonos. Disseram que queriam que os utes fossem colocados numa reserva com limites claramente definidos, mas o que realmente queriam era mais terra ute. No começo de 1868, com grande ostentação, o Departamento Índio convidou Ouray, Nicaagat (Jack) e mais oito chefes para ir a Washington. Acompanhou-os o Lançador de Laço Carson, como conselheiro e amigo de confiança. Em Washington, ficaram hospedados num ótimo hotel, fizeram refeições excelentes e receberam uma abundância de tabaco, doces e medalhas.

Quando chegou a hora de acertar o tratado, os funcionários do governo insistiram que um dos chefes presentes deveria assumir a responsabilidade pelos sete grupos tribais representados. Ouray, a Flecha, foi unanimemente escolhido como chefe de todos os utes. Era um belo índio mestiço de apache e ute uncompahgre, de rosto redondo e olhos penetrantes, que falava inglês e espanhol com a mesma fluência das duas línguas indígenas que conhecia. Quando os políticos, ávidos em obter mais terras, tentaram colocá-lo na defensiva, Ouray teve o requinte de apresentar o caso dos utes aos jornalistas. E declarou: “A concordância que um índio dá a um tratado dos Estados Unidos é como a concordância que um búfalo dá a seus caçadores quando está cravado de flechas. A única coisa que ele pode fazer é deitar e ceder.”[1]

Os funcionários do governo não conseguiram enganar Ouray com seus mapas coloridos e brilhantes e suas frases untuosas sobre as linhas de fronteira. Ao invés de aceitar um pequeno canto do Colorado ocidental, ele se aferrou a uma área de 16 milhões de acres de campos e florestas na vertente ocidental, bem menor do que seu povo havia reivindicado, mas bem maior do que propunham os políticos do Colorado. Seriam criadas duas agências, uma em Los Pinos para os uncompahgres e outras tribos do sul, e uma em White River para as tribos do norte. Ouray também reivindicou a inclusão de algumas cláusulas de proteção no novo tratado, destinadas a manter os garimpeiros e colonos fora da reserva ute. Segundo o tratado, nenhum homem branco sem autorização "jamais poderá percorrer, se assentar ou residir" no território atribuído aos utes.

Apesar dessa restrição, os garimpeiros continuavam a invadir a área. Um deles era Frederick W. Pitkin, um ianque da Nova Inglaterra que se aventurou nas montanhas San Juan e enriqueceu rapidamente com a extração de prata. Em 1872, Pitkin se tornou um dos principais donos de preciosos garimpos que defendiam a anexação da área de San Juan – um quarto da reserva ute – ao Território do Colorado. Curvando-se aos interesses dos garimpeiros, o Departamento Índio enviou uma comissão especial, encabeçada por Felix R. Brunot, para negociar a cessão dessa área com os utes.

Em setembro de 1873, na agência de Los Pinos, a comissão de Brunot se reuniu com Ouray e os representantes das sete nações utes. Brunot disse aos chefes que o Grande Pai tinha lhe pedido para ir conversar com eles sobre a cessão de uma parte das terras de sua reserva. Garantiu-lhes que não queria a terra para si, e que não tinha vindo para lhes dizer o que fazer, e sim para ouvir o que eles tinham a dizer sobre o assunto. Brunot aconselhou:

– Às vezes é muito melhor fazer algo que não nos agrada agora, se julgarmos que será o melhor para nossos filhos.

Os chefes quiseram saber de que maneira seus filhos seriam beneficiados se eles cedessem a terra. Brunot explicou que o governo destinaria uma grande soma em dinheiro para os utes, e que a tribo receberia juros anuais pela terra cedida.

– Eu não quero os juros do acordo – declarou Ouray. – Prefiro ter o dinheiro no banco.

Então reclamou que o governo não tinha mantido a promessa do tratado em remover brancos que tivessem invadido a reserva ute.

Brunot respondeu francamente que, se o governo tentasse expulsar os garimpeiros, isso causaria uma guerra, e que os utes perderiam a terra sem receber qualquer pagamento em troca. E disse:

– A melhor coisa que se pode fazer, se vocês puderem se privar dessas montanhas, é vendê-las e receber alguma coisa todo ano.

Ouray concordou:

– Os garimpeiros pouco se importam com o governo e não obedecem as leis. Dizem que não se importam com o governo. A sede do governo fica longe, e eles dizem que o homem que vem fazer o tratado volta lá para a sede, e que tudo ficará do jeito que eles querem.

– Suponham que vocês vendam as montanhas – continuou Brunot. – Se elas não tiverem ouro, será uma vantagem para vocês. Os utes recebem o pagamento por elas e os americanos ficam longe. Mas suponham que existam minas de ouro por lá; o problema vai continuar. Não conseguiríamos mantê-los longe.

– Por que vocês não conseguem detê-los? – perguntou Ouray. – O governo não tem força para manter os acordos que fez conosco?

– Eu gostaria de detê-los – respondeu Brunot –, mas Ouray sabe que é difícil.

Ouray disse que estava disposto a vender as montanhas, mas não as ótimas áreas de caça ao redor delas:

– Os brancos podem ir, pegar o ouro e sair. Não queremos que construam casas por lá.

Brunot respondeu que não acreditava que isso fosse possível. Não havia como obrigar os garimpeiros a sair do território ute depois de terem entrado e cavado minas na região. Mas prometeu:

– Vou pedir ao Grande Pai que expulse os garimpeiros, mas outros mil homens vão dizer a ele que deixe os garimpeiros em paz. Talvez ele faça como eu digo, talvez não.[2]

Depois de sete dias de discussões, os chefes concordaram em aceitar a proposta do governo de pagar 25 mil dólares por ano pelos quatro milhões de acres de metais preciosos. Como bônus, Ouray receberia um salário anual de mil dólares durante dez anos, "ou enquanto ele continuar como chefe principal dos utes e em paz com os Estados Unidos". Assim Ouray se tornou parte do sistema estabelecido, com motivação para preservar o *status quo*.

Vivendo numa região paradisíaca de magníficas campinas e florestas abundantes em caça, nozes e amoras silvestres, os utes eram autossuficientes e poderiam dispensar totalmente as provisões que lhes eram distribuídas pelos agentes em Los Pinos e White River. Em 1875, o agente F. F. Bond em Los Pinos respondeu ao pedido de um recenseamento dos utes a seu cargo: "A contagem é totalmente impossível. Seria o mesmo que tentar contar um enxame de abelhas voando. Eles andam por toda a região como os cervos que caçam." O agente E. H. Danforth em White River calculou que sua agência servia de base para cerca de novecentos utes, mas admitiu que não tinha conseguido convencê-los a se assentar no vale ao redor da agência. Nos dois locais, só para agradar seus agentes, os utes mantinham uma pequena criação de gado e algumas leiras de milho, batata e nabo, mas na verdade não tinham necessidade disso.

O começo do fim da liberdade em suas terras da reserva veio na primavera de 1878, quando foi designado um novo agente para White River. Chamava-se Nathan C. Meeker, ex-poeta, romancista, correspondente da imprensa e organizador de cooperativas agrícolas. A maioria de seus empreendimentos faliu e, embora Meeker tivesse se candidatado ao emprego na agência por precisar do dinheiro, ele era possuído por um ardor missionário e acreditava sinceramente que, como membro de uma raça superior, tinha o dever de "elevar e esclarecer" os utes. Como ele disse, estava decidido a tirá-los da selvageria, passando pelo estágio pastoril, depois pelo bárbaro e finalmente conduzindo-os ao "estágio esclarecido, científico e religioso". Meeker acreditava que conseguiria fazer tudo isso em "cinco, dez ou vinte anos".[3]

Meeker, com suas maneiras antipáticas e arrogantes, começou a destruir sistematicamente tudo o que era caro aos utes, para convertê-los à sua própria imagem, tal como ele acreditava que tinha sido feito à imagem de Deus. Sua primeira iniciativa impopular foi transferir a agência a mais de vinte quilômetros descendo White River, onde havia excelentes terras para lavoura. Meeker planejou construir ali uma cooperativa agrícola para os índios utes, mas não levou em conta o fato de que os utes usavam aquela área, desde longa data, como zona de caça e pasto para seus cavalos. O local que ele escolheu para construir os edifícios da agência ficava numa tradicional pista de corrida, onde os utes praticavam seu esporte favorito de apostar em corridas de cavalos.

Para Meeker, o chefe índio mais amigável em White River era Quinkent (Douglas). Era um ute yampa com cerca de sessenta anos de idade, com o cabelo ainda escuro e o bigode caído começando a embranquecer. Douglas tinha mais de cem cavalos, considerado rico segundo os padrões utes, mas tinha perdido a maioria de seus seguidores mais jovens para Nicaagat (Jack).

Como Ouray, Jack era mestiço de apache. Quando menino, tinha aprendido a falar um pouco de inglês morando na casa de uma família mórmon, e foi batedor do general Crook durante as guerras sioux. Quando encontrou Meeker pela primeira vez, Jack estava usando seu uniforme de batedor – calças de couro, botas do exército e um chapéu de aba larga. Sempre usava a medalha de prata que ganhara do Grande Pai, quando foi a Washington com Ouray, em 1868.

Jack e seu povo estavam fora, numa caçada aos búfalos, na época em que Meeker transferiu a agência, e, quando eles voltaram para o local original, não encontraram mais nada. Acamparam por ali, e alguns dias depois Meeker apareceu mandando que Jack se mudasse para o novo local.

Mais tarde Jack rememorou:

> Eu disse a ele [Meeker] que o local da agência antiga tinha sido estabelecido por tratado, e que eu não sabia de nenhuma lei ou tratado que mencionasse o novo local. Então o agente me falou que era melhor todos nós nos mudarmos lá para baixo, e que, se não fôssemos, seríamos obrigados a ir; que era para isso que eles tinham soldados.[4]

Meeker tentou acalmar Jack prometendo que forneceria vacas leiteiras para seu grupo, mas Jack respondeu que os utes não precisavam de vacas nem de leite.

Colorow era o terceiro chefe na hierarquia, um ute muache na casa dos sessenta anos. Durante alguns anos após o tratado de 1868, Colorow e seu povo moraram numa pequena reserva temporária junto de Denver. Quando tinham vontade, perambulavam livremente pela cidade, jantavam nos restaurantes, iam aos teatros e faziam palhaçadas para os cidadãos brancos. Em 1875 a reserva foi fechada, e Colorow levou seus muaches para White River, para se reunir ao povo de Jack. Sentiam falta da animação de Denver, mas gostavam das boas caçadas na região de White River. Os muaches não estavam interessados na comunidade agrícola de Meeker e só iam à agência quando queriam alguns sacos de farinha ou um pouco de café e açúcar.

Canalla (Johnson) era o curandeiro deles, cunhado de Ouray e o encarregado da pista de corrida de cavalos onde Meeker queria construir as novas casas da agência. Johnson gostava de usar um chapéu-coco que tinha arranjado em Denver. Por alguma razão, Meeker escolheu Johnson como o homem mais provável para ajudá-lo a tirar os utes da selvageria.

Também para auxiliá-lo em sua grande cruzada, Meeker trouxe para a agência sua esposa, Arvilla, e sua filha Josie. Contratou sete trabalhadores brancos, entre eles um agrimensor para demarcar um canal de irrigação, um lenhador, um construtor de pontes, um carpinteiro e um pedreiro. A ideia dele era que esses homens ensinassem seus ofícios aos utes enquanto construíam o novo paraíso agrário.

O sonho de Meeker era que os utes o chamassem de Pai Meeker (sendo selvagens, o agente cuidava deles como filhos), mas a maioria o tratava de "Nick", para seu grande desgosto.

Na primavera de 1879, Meeker estava com alguns dos edifícios da agência em construção e quarenta acres de terra arada. A maior parte do trabalho foi feita pelos empregados brancos, que recebiam pelo serviço. Meeker não conseguia entender por que os utes também esperavam receber pagamento para construir a própria cooperativa agrícola deles, mas concordou em pagar trinta utes para cavarem as valas de irrigação. Trabalharam bem até que o dinheiro de Meeker acabou; então foram embora, caçar ou assistir às corridas de cavalos. Meeker reclamou para o Comissário dos Assuntos Índios:

> As necessidades deles são tão pequenas que não querem adotar hábitos civilizados. Eles não dão ao que chamamos de confortos e conveniências o valor suficiente para levá-los a se dispor a obtê-los por seus próprios esforços [...] a grande maioria encara os costumes do homem branco com indiferença e desprezo.

Ele propôs um curso de ação para corrigir esse estado de barbárie: primeiro, retirar as centenas de cavalos dos utes para que não pudessem passear e caçar, substituí-los por alguns cavalos de tração para arar e lavrar, e então, logo que os utes fossem assim obrigados a abandonar a caça e ficar perto da agência, ele deixaria de entregar alimentos para quem não trabalhasse. "Vou levar cada índio ao ponto de morrer de fome se ele não trabalhar", escreveu Meeker ao senador Henry M. Teller, do Colorado.[5]

A mania inveterada de Meeker em pôr por escrito suas ideias e observações, e então enviá-las para publicação, finalmente acabou levando-o a um ponto de total ruptura com os utes. Na primavera de 1879, ele escreveu um diálogo imaginário com uma mulher ute, para mostrar como os índios não eram capazes de entender as alegrias do trabalho nem o valor dos bens materiais. Ao longo do diálogo, Meeker declarou que as terras da reserva pertenciam ao governo e que os utes tinham apenas o usufruto delas. "Se vocês não as usarem e não trabalharem", advertiu ele, "os brancos lá de longe virão aqui e pouco a pouco vocês não vão ter mais nada."[6]

Esta pequena composição foi publicada inicialmente no jornal *Greeley Tribune* (Colorado), onde foi lida por William B. Vickers, um editor e político de Denver que desprezava todos os índios, especialmente os utes. Vickers, naquela época, trabalhava como secretário de Frederick Pitkin, o rico garimpeiro que, em 1873, tinha liderado a iniciativa de retirar as montanhas San Juan do controle e propriedade dos utes. Pitkin tinha usado seu poder para se tornar governador do Colorado, quando se tornou estado em 1876. Após o término das guerras sioux em 1877, Pitkin e Vickers começaram a divulgar uma campanha de propaganda para exilar todos os utes para o Território Índio, assim liberando uma quantidade imensa de terras valiosas para os brancos. Vickers adotou o ensaio de Nathan Meeker publicado no jornal como ótimo argumento para remover os utes do Colorado e escreveu um artigo a respeito no *Denver Tribune*:

> Os utes são, na prática, autênticos comunistas, e o governo deveria ter vergonha de fomentá-los e encorajá-los em sua ociosidade e devasso desperdício da propriedade. Vivendo da generosidade de um Departamento Índio paternalista, mas idiota, na verdade eles se tornam preguiçosos demais para obter as rações da maneira regular e insistem em pegar o que querem onde bem encontram. Transferidos para o Território Índio, os utes poderiam receber roupas e alimentos por cerca de metade do que agora custam ao governo.
>
> O ilustre sr. N.C. Meeker, o conhecido Superintendente da agência de White River, outrora grande amigo e ardente admirador dos índios, foi para a agência na firme convicção de que conseguiria ter êxito em lidar com os índios, com tratamento bondoso, preceitos pacientes e bons exemplos. Mas seus esforços foram coroados por um malogro total, e por fim ele aceitou com relutância a verdade do truísmo extremo de que índio realmente bom é índio morto.[7]

O artigo de Vickers ainda se delongava bastante, e seu artigo foi reeditado por todo o Colorado com o título "Os utes têm de ir embora!" No final do verão de 1879, os inúmeros oradores brancos que proliferavam na fronteira do Colorado, sempre que eram chamados a falar em locais públicos, em sua maioria repetiam o bordão "Os utes têm de ir embora!", arrancando aplausos dos ouvintes.

Os utes souberam de várias fontes que "Nick" Meeker os traíra na imprensa. O que os deixou mais revoltados foi que o agente deles tinha dito que as terras da reserva não pertenciam a eles, e lhe enviaram uma espécie de protesto oficial por meio do intérprete da agência. Meeker reiterou sua declaração e acrescentou que tinha o direito de cultivar qualquer parte da reserva que escolhesse, visto que eram terras do governo e ele era o agente do governo.

Enquanto isso, William Vickers acelerava sua campanha "Os utes têm de ir embora" inventando histórias de crimes e delitos indígenas. Chegou a acusá-los pelos vários incêndios florestais naquele ano excepcionalmente seco. Em 5 de julho, Vickers redigiu um telegrama para o comissário dos Assuntos Índios, assinado pelo governador Pitkin:

> Recebo informes diários de que há um grupo de utes de White River fora da reserva, destruindo florestas. [...] Eles já queimaram milhões de dólares de madeira e estão intimidando colonos e mineiros. [...] Estou convencido de que há uma iniciativa organizada da parte dos índios em destruir a madeira do Colorado. Esses selvagens deveriam ser removidos para o Território Índio, onde não poderão mais destruir as melhores florestas deste estado.[8]

O comissário respondeu prometendo ao governador que tomaria providências, e então enviou uma advertência a Meeker para manter os utes dentro da reserva. Quando Meeker foi procurar os chefes, descobriu que estavam realizando uma reunião de repúdio. Já estavam a par das falsas acusações do governador e de suas ameaças de mandá-los para o Território Índio. Um amigo branco chamado Peck, que tinha uma loja de suprimentos em Bear River, a norte da reserva, tinha lido a notícia num jornal de Denver e contou o fato a Nicaagat (Jack).

Segundo a matéria, os utes tinham ateado fogo ao longo de Bear River e incendiado uma casa pertencente a James B. Thompson, ex-agente dos utes. Jack ficou profundamente perturbado com o artigo, e Peck concordou em ir com ele a Denver, para visitar o governador Pitkin e lhe dizer que aquilo não era verdade. Escolheram um caminho que passava pela casa de Thompson. Mais tarde Jack contou: "Passamos por lá e vimos a casa de Thompson de pé; não estava queimada".

Depois de muita dificuldade, Jack conseguiu ser recebido no escritório do governador Pitkin.

> O governador me perguntou como estavam as coisas na minha terra, em White River, dizendo que os jornais estavam falando muito sobre nós. Eu lhe disse que também pensava assim e por isso tinha ido a Denver. Disse que não entendia por que esse assunto estava naquela condição. [...] Então ele disse: "Eis aqui uma carta do agente índio de vocês". Eu lhe

> disse que, como o agente índio [Meeker] sabia escrever, ele tinha escrito aquela carta; mas que eu, não sabendo escrever, tinha vindo vê-lo pessoalmente e responder a ela. Falamos isso, e então eu lhe disse que não queria que ele acreditasse no que estava escrito naquela carta. [...] Ele me perguntou se era verdade que a casa de Thompson tinha sido queimada. Eu lhe falei que tinha visto a casa – que ela não tinha sido queimada. Então falei ao governador sobre o agente índio, e disse que seria bom ele escrever a Washington e recomendar que colocassem algum outro agente no lugar dele, e ele prometeu escrever no dia seguinte.[9]

Pitkin, evidentemente, não tinha nenhuma intenção de recomendar a substituição de Meeker. Do ponto de vista do governador, tudo estava caminhando na direção certa. A única coisa que ele tinha a fazer era esperar um confronto final entre Meeker e os utes, e então talvez "Os utes têm de ir embora!"

Na mesma época, Meeker estava preparando seu relatório mensal para o comissário dos Assuntos Índios. Ele escreveu que estava pensando em criar uma força policial entre os utes. "Eles estão de mau humor", acrescentou Meeker; mesmo assim, poucos dias depois, ele tomou algumas iniciativas que certamente sabia que tornariam os utes ainda mais beligerantes. Embora não exista nenhuma prova direta de que Meeker simpatizasse com o programa "Os utes têm de ir embora", do governador Pitkin, praticamente todas as suas medidas pareciam destinadas a incitar a revolta entre os utes.

Talvez Meeker não quisesse que os utes fossem embora, mas com certeza queria que seus cavalos fossem expulsos. No começo de setembro, ele mandou que um de seus empregados brancos, Shadrach Price, começasse a arar um trecho que os utes usavam como pasto para os cavalos. Alguns utes protestaram imediatamente, perguntando a Meeker por que não ia lavrar algum outro terreno; eles precisavam do pasto para os cavalos. A oeste da pastagem havia uma área com moitas de artemísia, que Quinkent (Douglas) se prontificou a limpar para o plantio, mas Meeker insistiu com teimosia em arar o pasto. O passo seguinte dos utes foi enviar alguns rapazes com rifles. Aproximaram-se do lavrador e mandaram que parasse.

Shadrach Price obedeceu, mas, quando relatou a ameaça a Meeker, o agente o mandou voltar e terminar o serviço. Dessa vez, os utes deram tiros de advertência por cima da cabeça de Price, e o lavrador desatrelou depressa seus cavalos do arado e deixou o pasto.

Meeker ficou furioso. Escreveu uma carta indignada ao comissário dos Assuntos Índios. "São índios de má laia", escreveu ele; "receberam rações gratuitas por tanto tempo, e foram tão mimados e adulados que se acham donos de tudo."[10]

Naquela tarde, o curandeiro Canalla (Johnson) foi ao escritório da agência para ver Meeker. Disse-lhe que a terra que estava sendo arada havia sido concedida a ele para pastoreio dos cavalos. Agora que tinham parado de arar, ele não queria que recomeçassem.

Meeker interrompeu o discurso caloroso de Johnson. "O problema, Johnson, é o seguinte. Você tem cavalos demais. É melhor você matar alguns."[11]

Por um instante Johnson encarou Meeker incrédulo. Então avançou de repente, pegou o agente pelos ombros, empurrou-o até a varanda e o pôs contra o balaústre. E foi embora, sem dizer uma palavra.

Mais tarde, Johnson narrou sua versão do episódio:

> Eu disse ao agente que não era certo ele mandar os homens ararem minha terra. O agente me falou que eu era sempre encrenqueiro, e que assim eu podia ir para o calabouço. Falei a ele que não sabia por que haveria de ir para a prisão. Disse ao agente que seria melhor que viesse outro agente, que fosse um homem bom e não falasse essas coisas. Então peguei o agente pelo ombro e disse que era melhor que ele fosse embora. Sem fazer mais nada – sem bater nem nada –, apenas o peguei pelo ombro. Eu não estava bravo com ele. Então fui para casa.[12]

Antes de fazer qualquer oura coisa, Meeker chamou Nicaagat (Jack) para conversar em seu escritório. Mais tarde Jack rememorou o encontro:

> Meeker me disse que Johnson o tinha maltratado. Falei a Meeker que não era nada, que era coisa pequena e que era melhor ele deixar aquilo de lado. Meeker disse que não fazia

diferença, que ele se importava e iria reclamar do fato. Eu também lhe disse que seria muito ruim fazer tanto alarde por nada. Meeker falou que não gostou que um rapaz o segurasse, que ele era um homem de idade e não tinha força para revidar, e não queria que um rapaz o pegasse daquela maneira; disse que era idoso e que Johnson o tinha maltratado e não ia mais falar com ele; que ia pedir que o comissário mandasse soldados e ele tiraria os utes de suas terras. Então eu falei que seria muito ruim fazer isso. Meeker falou que, de qualquer maneira, a terra não pertencia aos utes. Respondi que a terra pertencia, sim, aos utes, e que era por isso que o governo tinha agências ali, porque era terra dos utes, e falei de novo que o problema entre ele e Johnson era coisa muito miúda e que mais valia deixar de lado e não fazer tanto alarde sobre aquilo.[13]

Meeker ficou ruminando mais um dia e uma noite sobre suas relações com os utes, em franca deterioração, e finalmente resolveu que devia lhes dar uma lição. Despachou dois telegramas, um para o governador Pitkin pedindo proteção militar, e outro para o comissário dos Assuntos Índios:

> Fui atacado por um chefe importante, Johnson, que me empurrou para fora de minha casa e me ofendeu gravemente. Agora ficou claro que Johnson criou todo o problema. [...] Filho dele atirou no homem arando terra, grande oposição à lavoura. Lavoura parada; vida minha, família, empregados sem segurança; preciso proteção imediata; pedi governador Pitkin para conversar general Pope.

Na semana seguinte, lentamente entraram em ação as pesadas engrenagens dos departamentos do Interior e da Guerra. Em 15 de setembro, Meeker recebeu a informação de que as unidades de cavalaria estavam recebendo ordens de marchar para White River; o agente foi autorizado a prender "líderes do recente distúrbio".[14]

O Departamento de Guerra despachou ordens ao major Thomas T. Thornburgh, comandante de Fort Fred Steele, "para ir com número suficiente de soldados até a agência ute de White River, Colorado, sob instruções especiais". Como Thornburg estava caçando alces, as ordens demoraram a lhe chegar, e ele só saiu em 21 de setembro. Para a marcha de 230 quilômetros até White River, ele equipou cerca de duzentos homens da cavalaria e da infantaria montada.[15]

Thornburgh chegou a Fortification Creek em 25 de setembro. A coluna estava mais ou menos na metade do caminho para a agência de White River, e o major decidiu mandar um de seus guias à frente, para avisar Meeker que ele chegaria à agência dali a uns quatro dias; pediu que Meeker o informasse sobre a situação no momento. No mesmo dia, Colorow e Nicaagat (Jack) souberam da aproximação dos soldados; os chefes utes estavam indo com seu povo para Milk River, nas costumeiras caçadas de outono.

Jack cavalgou até Bear River e lá encontrou os soldados.

– Do que se trata? – perguntou ele. – Por que vocês estão vindo? Não queremos lutar com os soldados. Temos o mesmo pai sobre nós. Não queremos lutar com eles.

Thornburgh e seus oficiais disseram a Jack que tinham recebido um telegrama para ir até a agência; que os índios estavam incendiando as florestas ao redor e que tinham ateado fogo à casa do sr. Thompson. Jack respondeu que era mentira; os utes não tinham queimado nenhuma floresta nem nenhuma casa.

– Deixe seus soldados aqui – disse a Thornburgh. – Sou um bom homem. Sou Nicaagat. Deixe seus soldados aqui, e vamos até a agência.

Thornburgh respondeu que tinha ordens de marchar com os soldados até a agência. Levaria os soldados até White River, a menos que recebesse algum recado do agente Meeker para suspender a marcha.[16]

Jack insistiu de novo que os utes não queriam lutar. Disse que não era bom que os soldados estivessem entrando na reserva deles. Então deixou Thornburgh e galopou até a agência para avisar "Nick" Meeker que aconteceriam coisas ruins se ele deixasse os soldados chegarem a White River.

A caminho do escritório de Meeker, Jack parou para ver Quinkent (Douglas). Eram chefes rivais, mas, agora que todos os utes de White River estavam em risco, Jack achou que os líderes não podiam ficar divididos. Os jovens utes tinham ouvido muitos boatos de que os brancos os expulsariam para o Território Índio; alguns diziam ter ouvido Meeker alardear que os soldados estavam trazendo uma carroça inteira cheia de algemas, correntes e cordas, e que vários utes maus seriam enforcados e outros seriam presos. Se eles achassem que os soldados estavam vindo para tirá-los do lar, lutariam até a morte e nem os chefes conseguiriam impedi-los de combater. Douglas disse que não queria nada com aquilo. Depois que Jack saiu, ele hasteou sua bandeira americana num pau e o fincou no alto de sua cabana. (Talvez não soubesse que Chaleira Preta dos cheyennes estava acenando uma bandeira americana em Sand Creek em 1864.)

Jack contou:

> Falei ao agente [Meeker] que os soldados estavam chegando e que eu esperava que ele fizesse alguma coisa para deter a vinda deles até a agência. Ele falou que não era de sua conta; que não tinha nada a ver com aquilo. Então falei ao agente que queria que ele e eu fôssemos até onde estavam os soldados, para encontrar com eles. O agente disse que eu o ficava molestando o tempo todo; ele não iria. Isso ele me falou em seu escritório; e, depois de terminar de falar, ele levantou e foi para outro aposento, e fechou e trancou a porta. Foi a última vez que o vi.[17]

Algum tempo depois, Meeker mudou de ideia e decidiu seguir o conselho de Jack. Mandou uma mensagem ao major Thornburgh, sugerindo que interrompesse a marcha da coluna e viesse à agência com uma escolta de cinco soldados. "Os índios parecem considerar o avanço das tropas como uma verdadeira declaração de guerra", escreveu ele.[18]

No dia seguinte (28 de setembro), quando a mensagem chegou ao acampamento de Thornburgh em Deer Creek, Colorow também chegou lá para tentar convencer o major a não avançar mais. "Eu falei a ele que não sabia por que as tropas tinham vindo", disse Colorow mais tarde, "ou por que teria de haver guerra."[19] A coluna estava a menos de sessenta quilômetros da agência de White River.

Depois de ler a mensagem de Meeker, Thornburgh disse a Colorow que levaria os soldados até Milk River, na divisa da reserva ute, lá acamparia com seus homens, e então iria com cinco deles até a agência, para conversar com Meeker.

Pouco depois que Colorow e seus bravos saíram do acampamento de Thornburgh, o major fez uma reunião com seus oficiais, na qual ele decidiu mudar de planos. Em vez de parar na divisa da reserva, a coluna avançaria por Coal Creek Canyon. Thornburgh explicou que era uma necessidade militar, porque os acampamentos de Colorow e de Jack ficavam logo adiante. Se as tropas parassem em Milk River e os utes decidissem bloquear o cânion, impediriam os soldados de alcançar a agência. Mas da ponta sul do cânion até White River havia apenas alguns quilômetros de distância, em campo aberto.

Adiantando-se à coluna, Colorow chegou a seu acampamento por volta das nove horas da manhã de 29 de setembro. Encontrou seu povo extremamente agitado com a aproximação dos soldados. "Vi vários deles saírem na direção da estrada por onde vinham os soldados", disse ele. "Depois também saí e fui até onde tinham se reunido os que saíram antes." Lá encontrou Jack e cerca de sessenta guerreiros seus. Os dois chefes trocaram informações, Jack contando a Colorow sobre sua conversa insatisfatória com Meeker, e Colorow contando a Jack sobre a promessa do major Thornburgh de deter seus soldados em Milk River.

> Então eu falei a Jack que achava que seria bom que ele aconselhasse os rapazes para não fazer nenhum tipo de demonstração de guerra, e ele disse que seria melhor afastá-los um pouco da estrada. Dali onde estávamos, não vimos nenhum soldado, e nos retiramos a uma certa distância da estrada. Jack então disse que, quando os soldados chegassem a Milk River [a divisa da reserva], ele desceria e iria vê-los.[20]

Nem Colorow nem Jack sabiam que a coluna de Thornburgh já tinha atravessado Milk River. Depois de dar de beber aos cavalos, Thornburgh decidiu mandar as carroças pela estrada do cânion escoltadas por um soldado, enquanto ele levava o restante da cavalaria por uma rota mais direta, passando pelo alto de um morro. Por ironia do destino, isso os levaria diretamente para os utes enraivecidos que Jack tinha afastado da estrada, justamente para evitar qualquer possível confronto.

Nessa hora, um jovem ute que tinha ido fazer um reconhecimento voltou a galope. "As tropas não estão parando onde prometeram parar ontem, estão avançando", avisou ele a Jack.

Sentindo-se agora muito preocupado, Jack começou a subir até o alto do morro com seu pequeno grupo de guerreiros. Em poucos minutos pôde ver as carroças dos soldados alinhadas na estrada que serpenteava por entre as moitas até o cânion.

> Parei no topo do morro com vinte ou trinta de meus homens, e de repente vi trinta ou quarenta soldados à minha frente e, logo que me viram, eles se posicionaram um após o outro. Eu estive com o general Crook no ano anterior, combatendo os sioux, e num minuto entendi que, na hora em que esse oficial posicionou seus homens daquela maneira, significava luta; então falei a meus homens que também se posicionassem.

O oficial que estava comandando a cavalaria avançada era o tenente Samuel Cherry. Depois de mandar que seus homens tomassem posição de ataque, Cherry os manteve ali no sopé do morro, e aguardou que o major Thornburgh avançasse. Thornburgh avançou alguns metros em seu cavalo e acenou com o chapéu para os índios no alto do morro. Vários acenaram de volta.

Por quatro ou cinco minutos, Jack esperou que um dos oficiais fizesse sinal para se reunirem em conselho, mas eles mantiveram suas posições como se esperassem que os utes dessem o primeiro passo. Jack contou mais tarde: "Então eu e um outro índio saímos ao encontro deles". O tenente Cherry apeou do cavalo e começou a andar na direção dos utes. Depois de alguns passos, ele acenou com o chapéu. Um segundo depois, o silêncio foi rompido pelo tiro de um rifle. Jack contou:

> Quando ainda estávamos a uma certa distância, entre as linhas de escaramuça, houve um disparo. Não sei de que lado, e num instante pipocaram tantos tiros que vi que não conseguiria interromper o combate, mesmo agitando o chapéu e gritando para meus homens: "Não atirem, só queremos conversar"; mas eles entenderam que eu estava incentivando a luta.[21]

Quando aumentou a intensidade do tiroteio, chegando ao comboio de carroças, que então se puseram em círculo como defesa, a notícia do confronto chegou a Quinkent (Douglas) na agência. Ele foi imediatamente ao escritório de "Nick"

Meeker e lhe falou que os soldados tinham entrado na reserva. Douglas tinha certeza de que os guerreiros utes iriam combatê-los. Meeker respondeu que não achava que haveria qualquer problema, e então pediu que Douglas fosse com ele encontrar os soldados na manhã seguinte.

No começo da tarde, todos os utes de White River já sabiam que os soldados estavam combatendo seu povo em Milk River. Uns doze deles pegaram rifles e foram por entre os edifícios da agência atirando em qualquer branco que vissem pela frente. Ao final do dia, tinham matado Nathan Meeker e todos os seus empregados brancos. Prenderam as três mulheres brancas e então fugiram para um antigo acampamento ute em Piceance Creek. No caminho, uma das brancas foi estuprada.

A luta continuou por quase uma semana em Milk River, com trezentos guerreiros utes praticamente cercando os duzentos soldados. O major Thornburgh foi morto na primeira escaramuça. Findo o combate, sua coluna teve doze mortos e 43 feridos. Trinta e sete utes morreram num combate que acreditavam ser uma tentativa desesperada de salvar a reserva das mãos dos militares e de escapar ao destino de serem levados como prisioneiros para o Território Índio.

Na agência de Los Pinos, a cerca de 230 quilômetros ao sul, o chefe Ouray ficou assombrado ao saber da luta. Percebeu que apenas uma ação imediata poderia salvar sua posição de liderança e toda a reserva ute. Ele despachou um mensageiro com instruções em 2 de outubro:

> Aos capitães, chefes e utes na agência de White River:
>
> Solicito e ordeno por meio desta que vocês cessem as hostilidades contra os brancos, sem ferir nenhuma pessoa inocente ou outra qualquer senão para proteger suas próprias vidas e propriedades contra grupos ilegais e não autorizados de malfeitores e ladrões de cavalos, pois qualquer coisa afora isso terminará em desastre para todas as partes envolvidas.[22]

A mensagem de Ouray e a chegada de novos reforços da cavalaria puseram fim aos combates, mas já era tarde demais para salvar os utes do desastre. O governador Pitkin e William Vickers tinham inundado o Colorado com histórias de atrocidades medonhas, muitas delas referentes aos inocentes uncompahgres em Los Pinos, que em sua grande maioria continuavam pacificamente em suas atividades sem a menor ideia do que se passava em White River. Vickers convocou os cidadãos brancos do Colorado para se erguerem e "varrerem os demônios vermelhos", incentivando a organização frenética de milícias nas vilas e cidades de todo o estado. Chegaram tantos repórteres do leste para cobrir essa empolgante nova "Guerra Índia" que o governador Pitkin resolveu dar uma declaração especial para a imprensa:

> Penso que a conclusão deste assunto terminará com as depredações no Colorado. A partir de agora será impossível a coexistência pacífica de índios e brancos. Este ataque não teve nenhuma razão, e os brancos agora entendem que estão sujeitos a ataques em qualquer parte do estado onde os índios tiverem força suficiente.
>
> Minha ideia é que, se não forem removidos pelo governo, eles devem ser necessariamente exterminados. Posso levantar 25 mil homens para proteger os colonos em 24 horas. O estado poderia resolver o problema índio com seus recursos próprios. As vantagens que decorreriam da abertura de 12 milhões de acres de terra a mineiros e colonos mais do que compensariam todas as despesas havidas.[23]

Os utes entregaram as três prisioneiras brancas, e então se formou a inevitável comissão de inquérito para apurar as causas, atribuir as culpas e estabelecer as penas. O combate em Milk River foi considerado uma emboscada, o que não era, e o episódio na agência de White River foi qualificado de massacre, o que de fato era. Jack, Colorow e seus seguidores acabaram por não receber nenhuma penalidade, porque eram combatentes engajados numa batalha justa. Douglas e os homens na agência foram julgados como assassinos, mas não houve ninguém capaz de identificar os utes que dispararam e mataram Nathan Meeker e seus empregados.

Douglas depôs que estava no armazém da agência quando ouviu o primeiro tiro. "Saí do armazém e andei um trechinho. Então fui dali diretamente para casa. Quando cheguei em casa, chorei só de pensar em que estado meus amigos tinham caído."[24] Mas, como Arvilla Meeker jurou em audiências secretas que Douglas a obrigara a ter relações sexuais com ele, o chefe sexagenário foi mandado para a prisão de Leavenworth. Não foi acusado nem julgado por crime algum; uma denúncia pública de estupro constrangeria a sra. Meeker e, naquela época de reticência sexual, o fato de envolver um índio tornava o ato duplamente hediondo.

Mas as penas individuais pouco interessavam aos garimpeiros e aos políticos. Eles queriam punir todas as sete nações utes, expulsá-las daqueles 12 milhões de acres que só esperavam ser garimpados, represados e devidamente desmatados para gerar enormes fortunas durante o processo.

Ouray já estava à beira da morte quando o Departamento Índio, em 1880, levou-o a Washington para defender o futuro do povo ute. Atacado de nefrite, curvou-se aos desejos de Olhos Grandes Schurz e outros funcionários do governo que decidiram que "os utes têm de ir embora" para uma nova reserva em Utah – uma terra que os mórmons não quiseram. Ouray morreu antes que o Exército tocasse seu povo como gado em agosto de 1881, numa marcha de 550 quilômetros do Colorado até Utah. Tirando uma estreita faixa de território na ponta sudoeste – onde um pequeno grupo de utes do sul foi autorizado a morar –, os índios foram varridos do Colorado. Cheyennes e arapahos, kiowas e comanches, jicarillas e utes – todos haviam conhecido suas montanhas e planícies, mas agora não restava nenhum traço deles, exceto os nomes, na terra do homem branco.

Capítulo dezessete

O último chefe apache

1880 – *1º de junho*, a população dos Estados Unidos é de 50.155.783.

1881 – *4 de março*, James A. Garfield assume a presidência. 13 de março, na Rússia, niilistas matam o czar Alexander. 2 de julho, Garfield leva um tiro, morre em 19 de setembro; Chester A. Arthur torna-se o presidente.

1882 – *3 de abril*, Jesse James leva um tiro e morre em St. Joseph, Missouri. 4 de setembro, Edison acende as primeiras luzes elétricas comerciais na Estação Central de Nova York. Mark Twain publica *Huckleberry Finn.*

1883 – *24 de março*, primeira conexão telefônica entre Nova York e Chicago. 3 de novembro, a Suprema Corte decide que índios americanos são estrangeiros e dependentes. Robert Louis Stevenson publica *A ilha do tesouro*.

1884 – *janeiro*, a Rússia revoga o imposto per capita, última relíquia da servidão. 13 de março, no Sudão, começa o cerco a Cartum.

1885 – *26 de janeiro*, Cartum rende-se a Mahdi; o governador-geral Charles George Gordon morre. 4 de março, Grover Cleveland torna-se o primeiro presidente democrata desde a Guerra Civil.

1886 – *1º de maio*, greves se espalham pelos Estados Unidos em exigência por jornada de trabalho de oito horas. 4 de maio, anarquistas bombardeiam a polícia na Hallmarket Square, em Chicago, matando sete e ferindo sessenta. 28 de outubro, a Estátua da Liberdade é erigida em Bedloe's Island. 8 de dezembro, a Federação Americana do Trabalho é fundada.

Eu estava vivendo pacificamente com minha família, tinha muita comida, dormia bem, cuidava de meu povo e estava perfeitamente contente. Não sei de onde vieram primeiro essas histórias ruins. Ali estávamos bem, eu e meu povo. Estava me comportando bem. Não matara nenhum cavalo, nenhum homem, americano ou índio. Não sei qual era o problema com a gente que se encarregara de nós. Sabiam que tudo era assim, mas disseram que eu era um homem mau, o pior homem dali; mas o que eu fizera? Estava vivendo pacificamente com minha família à sombra das árvores, fazendo exatamente o que o general Crook me dissera para fazer, tentando seguir seu conselho. Agora quero saber quem ordenou que eu fosse preso. Rezei à luz e à treva, a Deus e ao Sol, para que me deixassem viver tranquilo com minha família. Não sei qual a razão que leva as pessoas a falarem mal de mim. Frequentemente há histórias nos jornais dizendo que serei enforcado. Não quero mais isso. Quando um homem tenta proceder bem, tais histórias não devem ser colocadas nos jornais. Só restaram poucos dos meus homens. Fizeram algumas coisas más, porém todos estão mortos agora e não falemos mais deles. Sobraram pouquíssimos de nós.

GOYATHLAY (GERÔNIMO)

DEPOIS DA MORTE DE Cochise, em 1874, seu filho mais velho, Taza, tornou-se chefe dos chiricahuas, e Taglito (Tom Jeffords) continuou como agente da reserva de Apache Pass. Ao contrário de seu pai, Taza não conseguiu manter a firme aliança de todos os chiricahuas. Em alguns meses, esses apaches se dividiram em facções e, apesar dos francos esforços de Taza e Jeffords, os ataques, que Cochise proibira estritamente, recomeçaram. Devido à proximidade entre a reserva dos chiricahuas e o México, ela se tornou, de certo modo, uma base e um santuário para os grupos apaches atacantes irem e virem entre Arizona e México. Colonos, mineiros e políticos sedentos por terra não perderam tempo em exigir a remoção de todos os chiricahuas para outro local.

Por volta de 1875, a política índia do governo dos Estados Unidos tendia à concentração das tribos no Território Índio ou em amplas reservas regionais. White Mountain, com seus 2,5 milhões de acres no Arizona oriental, era maior que todas as outras reservas apaches do Sudoeste juntas. Sua agência, San Carlos, já era o lugar de administração para sete tribos apaches e, quando os funcionários de Washington começaram a receber informações de distúrbios na reserva chiricahua, consideraram isso um pretexto excelente para mudar os chiricahuas para San Carlos.

A agência, localizada na junção do San Carlos com o Gila, era considerada, pelos oficiais do Exército, como um posto desagradável, completamente indesejável.

Um deles escreveu:

> Uma planície pedregosa, a uns trinta metros acima dos leitos dos rios e manchada aqui e ali pelas construções de adobe pardo da agência. Fileiras tristes e finas de choupos-do-canadá espalhados, mirrados, quase sem folhas, marcavam o curso das correntes. A chuva era tão rara que assumia a aparência de um fenômeno quando vinha. Quase sem parar, ventos secos, quentes e cheios de poeira e cascalho varriam a planície, tirando-lhe qualquer vestígio de vegetação. No verão, uma temperatura de 45°C à sombra era amena. Em todas as outras épocas do ano, moscas, mosquitos, percevejos desagradáveis... vinham aos milhões.[1]

O agente deste posto, em 1875, era John Clum, que poucos meses antes recolhera Eskiminzin e seus aravaipas de Camp Grant e os ajudara a se tornarem praticamente autossuficientes na terra irrigada ao longo do rio Gila. Ao seu modo obstinado, Clum forçou os militares a se retirarem da ampla reserva de White Mountain; substituiu as tropas por uma companhia de apaches para policiar sua própria agência, além de estabelecer um sistema de tribunais apaches para processar os violadores da lei. Embora seus superiores desconfiassem do método pouco ortodoxo de Clum, permitindo que os índios tomassem suas decisões, não podiam negar seu sucesso em manter a paz em San Carlos.

A 3 de maio de 1876, o agente Clum recebeu um telegrama do comissário de Assuntos Índios, ordenando-lhe que fosse à reserva chiricahua para se encarregar dos índios dali, afastar o agente Jeffords e mudar os chiricahuas para San Carlos. Clum não se entusiasmou com essa missão desagradável; duvidava que os chiricahuas, que tanto amavam a liberdade, se ajustassem à vida regulamentada da reserva de White Mountain. Insistindo que o Exército deixasse seus cavalarianos a distância, Clum levou sua polícia índia a Apache Pass, para informar a mudança forçada aos chiricahuas. Ficou surpreso ao encontrar Jeffords e Taza desejosos de cooperar.

Taza, como seu pai, Cochise, queria manter a paz. Se os chiricahuas precisassem deixar sua terra natal e ir para White Mountain a fim de manter a paz, fariam isso. Contudo, só metade dos chiricahuas se dirigiu para San Carlos. Quando o Exército penetrou na reserva abandonada para cercar os recalcitrantes, a maioria deles fugira pela fronteira para o México. Entre seus líderes estava um apache bedonkohe de 46 anos, que se aliara na juventude a Mangas Colorado, tendo seguido depois a Cochise, considerando-se agora um chiricahua. Era Goyathlay, mais conhecido pelos brancos como Gerônimo.

Embora os chiricahuas que foram voluntariamente para San Carlos não sentissem pelo agente Clum o mesmo que algumas das outras tribos apaches, não criaram problemas. No fim do verão de 1876, quando Clum conseguiu permissão da Agência Índia para levar 22 apaches numa viagem pelo Leste, convidou Taza para ir. Infelizmente, quando o grupo estava visitando Washington, Taza morreu subitamente de pneumonia e foi enterrado no Cemitério do Congresso. Quando Clum voltou a San Carlos, foi defrontado por Naiche, irmão mais jovem de Taza. "Você levou embora meu irmão", disse Naiche. "Ele estava bem e forte, mas você voltou sem ele e diz que ele morreu. Não sei. Acho que talvez não tenha cuidado bem dele. Deixou-o ser morto pelos maus espíritos dos caras-pálidas. Tenho grande dor no meu coração."[2]

Clum tentou confortar Naiche, pedindo a Eskiminzin que contasse a morte e o enterro de Taza, mas os chiricahuas continuaram desconfiados. Sem Taglito Jeffords para aconselhá-los, não estavam certos até onde poderiam confiar em John Clum ou qualquer outro homem branco.

Durante o verão de 1876-77, seus parentes do México apareciam ocasionalmente na reserva com notícias dos fatos além da fronteira. Souberam que Gerônimo e seu grupo estavam fustigando seus velhos inimigos, os mexicanos, e acumulavam grandes rebanhos de gado e cavalos. Na primavera, Gerônimo trouxe esse gado roubado para o Novo México, vendeu-o a rancheiros brancos e comprou novas armas, chapéus, botas e muito uísque. Os chiricahuas de Gerônimo estabeleceram-se num refúgio perto dos seus primos mimbres na agência Ojo Caliente, onde o chefe era Victorio.

Em março de 1877, John Clum recebeu ordens de Washington para levar sua polícia apache até Ojo Caliente e mudar os índios dali para San Carlos. Além disso, deveria prender Gerônimo e quaisquer outros chiricahuas "renegados" que descobrisse por perto.

Gerônimo disse depois:

> Duas companhias de batedores foram enviadas a San Carlos. Disseram que eu e Victorio deveríamos ir até a cidade. Os mensageiros não disseram o que queriam de nós, mas, como pareciam amistosos, achamos que queriam um conselho e fomos encontrar os oficiais. Assim que chegamos à cidade, fomos recebidos por soldados, desarmados e levados ao quartel, onde seríamos submetidos à corte marcial. Fizeram-nos algumas perguntas, e, então, Victorio foi libertado, e eu, condenado à cadeia. Batedores me levaram até lá e me colocaram a ferros. Quando lhes perguntei por que faziam isso, disseram que era porque eu deixara Apache Pass.
>
> Não penso que jamais tenha pertencido a esses soldados de Apache Pass ou que lhes devesse ter perguntado onde eu poderia ir... Fiquei preso por quatro meses, durante os quais fui transferido para San Carlos. Então, acho que fui submetido a outro julgamento, embora não comparecesse a ele, mas me informaram disso, e fui libertado.[3]

Embora Victorio não tenha sido preso, ele e a maioria dos apaches warm springs foram transferidos para San Carlos na primavera de 1877. Clum se esforçou para conseguir a confiança de Victorio, concedendo-lhe mais autoridade do que ele jamais tivera em Ojo Caliente. Durante algumas semanas, parecia que comunidades apaches pacíficas poderiam desenvolver-se na reserva de White Mountain, mas de repente o Exército deslocou uma companhia de soldados para o rio Gila (Fort Thomas). O Exército anunciou isso como uma medida de precaução devido à concentração, em San Carlos, de "quase todos os índios mais refratários do Território".[4]

Clum estava furioso. Telegrafou ao comissário de Assuntos Índios, pedindo autoridade para equipar uma nova companhia de polícia apache para substituir os soldados e recomendando a remoção dos soldados. Em Washington, os jornais souberam do pedido arrojado de Clum e o publicaram. A história despertou a ira do Departamento de Guerra. No Arizona e no México, fornecedores civis do Exército, temendo uma partida total dos soldados e uma perda dos seus negócios lucrativos, condenaram "o descaramento e a impudência" do pretensioso de 26 anos que achava que poderia cuidar sozinho dos índios, fazendo o que vários milhares de soldados foram incapazes de fazer, desde o começo das guerras apaches.

O Exército ficou em San Carlos e John Clum se demitiu. Embora *simpático,* Clum nunca aprendera a pensar como apache, a se transformar em apache, como Tom Jeffords fizera. Não podia compreender os chefes que resistiam até o amargo fim. Não podia vê-los como figuras heroicas que preferiam a morte à perda de sua herança. Aos olhos de John Clum, Gerônimo, Victorio, Nana, Loco, Naiche e os outros lutadores eram fora da lei, ladrões, criminosos e bêbados – demasiado hostis para seguirem o caminho do homem branco. E assim, John Clum deixou os apaches em San Carlos. Foi para Tombstone, no Arizona, e fundou um jornal engajado, o *Epitaph.*

Antes do fim do verão de 1877, as condições em San Carlos tornaram-se caóticas. Embora o número de índios aumentasse em várias centenas, os suprimentos adicionais demoravam para chegar. Para tornar piores as coisas, o novo agente exigiu que todos os grupos deveriam comparecer à sede da agência. Alguns dos apaches tinham de andar 32 quilômetros, e os velhos e as crianças que não pudessem ir não receberiam rações. Os mineiros também se instalaram na parte nordeste da reserva e se recusaram a sair. O sistema de autopoliciamento estabelecido por Clum começou a desmoronar.

Na noite de 2 de setembro, Victorio levou sua tribo warm spring para fora da reserva e partiu de volta a Ojo Caliente. A polícia apache saiu em perseguição, recapturou a maioria dos cavalos e das mulas roubados pelos índios warm springs dos currais de White Mountain, mas deixou as pessoas seguirem. Depois de travar várias lutas com os rancheiros e soldados pelo caminho, Victorio chegou a Ojo Caliente. Durante um ano, o Exército deixou que ele e sua gente ficassem sob a guarda dos soldados de Fort Wingate e, então, no fim de 1878, vieram ordens para levá-los de volta a San Carlos.

Victorio pediu que os oficiais do Exército deixassem seu povo viver na terra onde havia nascido, mas, quando percebeu que não conseguiria, gritou: "Vocês podem levar nossas mulheres e crianças nos seus carroções, mas meus homens não irão!".[5]

Victorio e cerca de oitenta guerreiros fugiram para as montanhas Mimbre, para passar um duro inverno longe de suas famílias. Em fevereiro de 1878, Victorio e alguns homens foram ao posto de Ojo Caliente e se dispuseram à rendição se o Exército fizesse suas famílias voltarem de San Carlos. Durante semanas, o Exército adiou sua decisão; depois finalmente anunciou que aceitaria. Os apaches warm springs poderiam fazer seus lares no Novo México, mas teriam de viver com os mescaleros em Tularosa. Victorio concordou, e, pela terceira vez em dois anos, ele e seu povo tinham de começar a vida novamente.

No verão de 1879, uma velha acusação de roubo de cavalos e assassínio foi apresentada contra Victorio, e os homens da lei entraram na reserva para prendê-lo. Victorio escapou e, dessa vez, decidiu que nunca mais se colocaria à mercê dos brancos, vivendo numa reserva. Estava certo de que fora marcado para morrer e que todos os apaches estavam destinados à extinção, a menos que lutassem, como fizeram no México desde a chegada dos espanhóis.

Estabelecendo um baluarte no México, Victorio começou a recrutar um exército de guerrilheiros "para fazer a guerra para sempre" contra os Estados Unidos. Antes do fim de 1879, tinha um grupo guerreiro de duzentos mescaleros e chiricahuas. Para conseguir cavalos e provisões, atacou ranchos mexicanos e fez ousadas investidas ao Novo México e ao Texas, matando todos os colonos que encontrava, emboscando as forças da cavalaria que o perseguiam e, daí, fugindo rapidamente pela fronteira.

À medida que continuava a luta constante, o ódio de Victorio aumentava. Tornou-se um matador impiedoso, que torturava e mutilava as vítimas. Alguns dos seus seguidores consideraram-no um louco e o deixaram. Finalmente, os exércitos dos Estados Unidos e do México decidiram cooperar num esforço concentrado para apanhá-lo. A 14 de outubro de 1880, soldados mexicanos cercaram o grupo de Victorio nos montes Tres Castillos, entre Chihuahua e El Paso. Mataram 78 apaches, inclusive Victorio, e capturaram 68 mulheres e crianças. Cerca de trinta guerreiros escaparam.

Entre estes, havia um guerreiro mimbre que já passara dos setenta anos. Seu nome era Nana. Combatera brancos de fala espanhola e brancos de fala inglesa desde que se podia lembrar. Na mente de Nana não havia dúvida de que a resistência deveria continuar. Recrutaria outro exército de guerrilheiros, e a melhor fonte de guerreiros eram as reservas, onde centenas de jovens estavam frustrados por não fazerem nada. No verão de 1881, esse pequeno apache, cheio de cicatrizes e rugas, atravessou o rio Grande com seu punhado de seguidores. Em menos de um mês, travaram oito batalhas, capturaram duzentos cavalos e fugiram para o México, com mil cavalarianos nos seus calcanhares. Os ataques de Nana não eram perto de White Mountain, mas os apaches souberam de suas façanhas ousadas e o Exército reagiu enviando centenas de soldados para guardar a reserva.

Em setembro, os chiricahuas de San Carlos ficaram alarmados com uma demonstração da cavalaria perto de seu acampamento. Havia boatos por toda parte; foi dito que o Exército estava preparando a prisão de todos os líderes que já haviam sido hostis. Certa noite, no fim do mês, Gerônimo, Juh, Naiche e cerca de setenta chiricahuas fugiram de White Mountain e se dirigiram depressa rumo ao sul, para seu velho baluarte mexicano na Sierra Madre.

Seis meses depois (abril de 1882), bem armados e equipados, os chiricahuas voltaram a White Mountain. Estavam decididos a libertar todo o seu povo e quaisquer outros apaches que quisessem voltar ao México com eles. Era uma iniciativa audaciosa. Galoparam até o acampamento de Chefe Loco e convenceram a maioria dos apaches chiricahuas e warm springs a partir para o México.

Em rápida perseguição, partiram seis companhias de cavalaria, comandadas pelo coronel George A. Forsyth. (Ele sobrevivera à batalha em que Nariz Romano foi morto; ver Capítulo 6.) Em Horse Shoe Canyon, Forsyth deparou com os apaches fugitivos, mas uma brilhante ação de retaguarda dos índios manteve os soldados imobilizados por tempo suficiente para que a maior parte atravessasse a fronteira para o México. Aí surgiu o desastre, de modo inesperado. Um regimento mexicano de infantaria atacou a coluna apache, matando a maioria das mulheres e crianças que estavam indo à frente.

Entre os chefes e guerreiros que escaparam, estavam Loco, Naiche, Chato e Gerônimo. Amargurados, com suas fileiras reduzidas, logo uniram suas forças com as do velho Nana e seus guerrilheiros. Para todos eles, agora haveria uma guerra de sobrevivência.

Cada acontecimento recente em White Mountain causara um aumento no número de soldados. Enxameavam por toda parte – em Fort Thomas, Fort Apache, Fort Bowie –, e cada aumento provocava mais agitação entre os apaches da reserva, mais fugas para o México, com os ataques inevitáveis contra os rancheiros, ao longo das rotas de fuga.

Para colocar ordem no caos, o Exército convocou novamente o general George Crook – um homem bem diferente do que deixara o Arizona dez anos antes para ir até o norte, lutar com sioux e cheyennes. Aprendera com eles que os índios eram seres humanos, um ponto de vista que a maioria dos seus colegas oficiais ainda não aceitava.

A 4 de setembro de 1882, Crook assumiu o comando do Departamento do Arizona, em Whipple Barracks e, daí, apressou-se em chegar à reserva de White Mountain. Fez conselhos com os apaches em San Carlos e Fort Apache; procurou índios isolados e falou particularmente com eles. "Logo descobri imediatamente que um sentimento geral de desconfiança para com nosso povo existia entre todos os grupos de apaches", relatou.

"Era com muita dificuldade que eu conseguia que falassem, mas, depois de vencer suas desconfianças, conversavam livremente comigo. Disseram-me que haviam perdido a confiança em todos e não sabiam em quem ou no que acreditarem; que eram informados, por grupos irresponsáveis, de que seriam desarmados, que seriam atacados por soldados na reserva e removidos do seu território; e que estavam chegando depressa à conclusão de que seria mais valoroso morrer lutando que ser destruído dessa maneira." Crook convencera-se de que os apaches da reserva "não só tinham as melhores razões de queixa, como também apresentavam uma tolerância notável para permanecerem em paz".

No começo dessas investigações, ele descobriu que os índios haviam sido "saqueados nas suas rações e nos bens fornecidos pelo governo – para sua subsistência e sustento – por agentes gananciosos e outros brancos inescrupulosos". Encontrou muitas provas de que brancos estavam tentando levar os apaches à violência, de maneira que eles fossem expulsos da reserva, deixando-a aberta para o arrebatamento das terras.[6]

Crook ordenou a remoção imediata de todos os colonos e mineiros brancos da reserva e, daí, exigiu ampla cooperação da Agência Índia na introdução de reformas. Em vez da obrigação de viverem perto de San Carlos ou Fort Apache, os vários grupos tinham direito de escolher qualquer parte da reserva para construir suas casas e ranchos. Os contratos de forragem seriam dados aos apaches, em vez de aos fornecedores brancos; o Exército compraria todo o excedente de milho e verduras que os índios pudessem plantar, pagando-o em dinheiro. Poderiam governar-se, reorganizar sua polícia e ter seus próprios tribunais, como acontecera com John Clum. Crook prometeu que eles não iriam ver mais soldados na reserva, a menos que achassem impossível controlar-se.

Primeiro, os apaches estavam céticos. Lembravam-se das maneiras rudes de Crook nos velhos tempos em que era o Lobo Cinzento que perseguia Cochise e os chiricahuas, mas logo descobriram que ele cumpria o que prometera. As rações se tornaram maiores, os agentes e comerciantes não os enganaram mais, não havia soldados para perturbá-los e o Lobo Cinzento estimulava-os a criar seus rebanhos e procurar os melhores lugares para plantar milho e feijão. Eram livres de novo, enquanto ficassem dentro da reserva.

Mas não podiam esquecer seus parentes que eram realmente livres no México, e sempre havia alguns jovens que fugiam para o sul, alguns que voltavam com notícias excitantes de aventuras e boa vida.

Crook também pensava muito nos apaches chiricahuas e warm springs no México. Sabia que era só uma questão de tempo a próxima investida através da fronteira e sabia que deveria estar preparado. O governo dos Estados Unidos assinara recentemente um acordo com o governo mexicano, permitindo que os soldados de cada país cruzassem a fronteira em perseguição de apaches hostis. Estava se preparando para aproveitar esse acordo, esperando que, agindo assim, evitaria que os civis do Arizona e do Novo México o forçassem a começar uma guerra. Crook afirmou:

> É muito frequente jornais fronteiriços... disseminarem toda espécie de exageros e falsidades sobre os índios, o que é copiado em jornais de elevado conceito e ampla circulação, em outras partes do país, enquanto o lado índio do caso é raramente divulgado. Desta forma, as pessoas ficam com ideias falsas sobre a questão. Então, quando há o clímax, a opinião pública se volta para os índios, seus crimes e atrocidades são condenados parcialmente, enquanto as pessoas cuja injustiça os levou a essas ações escapam sem mácula e são as mais ruidosas, em suas denúncias. Ninguém conhece esse fato melhor que os índios, portanto devem ser desculpados por não verem nenhuma justiça num governo que só os castiga, enquanto permite que o homem branco os roube à vontade.

A ideia de outra guerra de guerrilhas com os apaches despertava a maior aversão em Crook. Ele sabia que era praticamente impossível subjugá-los no território acidentado onde a luta seria travada. "Com todos os interesses que estão em jogo, não podemos nos dar ao luxo de combatê-los", admitiu francamente. "Somos culpados demais, como nação, pela situação atual. Isso quer dizer que devemos mostrar-lhes que doravante serão tratados com justiça e protegidos da invasão dos brancos."[7]

Crook acreditava que poderia convencer Gerônimo e os outros líderes guerrilheiros das suas boas intenções – não lutando com eles, mas falando-lhes. O melhor lugar para isso seria um dos seus próprios baluartes mexicanos, onde não haveria promotores inescrupulosos de guerras índias ou jornais divulgadores de boatos para estimular uma guerra visando à obtenção de lucros e ao roubo de terras.

Enquanto esperava um ataque fronteiriço para ter um pretexto de entrar no México, Crook formou tranquilamente sua "força expedicionária". Consistia em cerca de cinquenta intérpretes militares e civis cuidadosamente escolhidos e cerca de duzentos jovens apaches da reserva, muitos dos quais já haviam sido guerrilheiros no México. Nas primeiras semanas de 1883, deslocou parte dessa força até os trilhos da nova estrada de ferro Southern Pacific, que avançava através do Arizona até 75 quilômetros da fronteira. A 21 de março, três chefes menores – Chato, Chihuahua e Bonito – atacaram um acampamento de mineiros perto de Tombstone. Assim que Crook soube do incidente, começou os preparativos finais para sua entrada no México. Porém só depois de semanas de investigação é que os batedores descobriram a localização do acampamento-base dos chiricahuas na Sierra Madre.

Na Estação em que as Folhas são Verde-Escuras (maio), Gerônimo liderou um ataque contra rancheiros mexicanos para conseguir gado. Soldados mexicanos perseguiram-no, mas Gerônimo emboscou-os, castigou-os severamente e fugiu. Quando os apaches estavam voltando à sua base, um dos homens que fora deixado atrás como guarda encontrou Gerônimo e contou-lhe que o Lobo Cinzento (Crook) capturara o acampamento e todas as mulheres e crianças.

Jason Betzinez, um dos primos de Gerônimo que estava com o grupo apache, contou depois como Gerônimo escolheu dois dos guerreiros mais velhos para irem, com uma bandeira de trégua, descobrir para que viera o Lobo Cinzento. "Em vez de voltarem até onde estava Gerônimo", disse Betzinez, "os dois homens voltaram até o meio do caminho para a montanha e nos chamaram para baixo... Nossos guerreiros desceram a encosta, foram até a tenda do general Crook, onde, depois de uma demorada conferência entre os líderes, renderam-se todos ao general."[8]

Na verdade, Gerônimo teve três reuniões com Crook antes de chegar a um acordo. O líder apache declarou que sempre quisera a paz, mas que fora maltratado em San Carlos por homens brancos maus. Crook concordou que isso provavelmente era verdade, mas se Gerônimo quisesse voltar à reserva, o Lobo Cinzento cuidaria para que ele fosse tratado com justiça. Mas todos os chiricahuas que voltassem, teriam de trabalhar no campo e na criação de gado para construir suas vidas. "Não estou tirando as suas armas", acrescentou Crook, "porque não tenho medo de vocês."[9]

Gerônimo gostou da maneira franca de Crook, mas quando o general anunciou que precisava fazer sua coluna partir para o Arizona em um ou dois dias, Gerônimo decidiu testá-lo, para ficar certo de que Crook realmente confiava nele. O líder apache disse que precisaria de vários meses para reunir seu povo. "Ficarei aqui", disse, "até ter reunido todos os homens, mulheres e crianças dos chiricahuas." Chato também ficaria para ajudá-lo. Juntos, levariam o povo todo para San Carlos.[10]

Para surpresa de Gerônimo, Crook concordou com a proposta. A 30 de maio, a coluna partiu para o norte. Com ela iam 251 mulheres e crianças e 123 guerreiros, inclusive Loco, Mangas (filho de Mangas Colorado), Chihuahua, Bonito, até o enrugado e velho Nana – todos os líderes guerreiros, menos Gerônimo e Chato.

Passaram-se oito meses e, então, foi a vez de Crook se surpreender. Fiéis à sua palavra, Gerônimo e Chato cruzaram a fronteira em fevereiro de 1884 e foram escoltados até San Carlos. "Infelizmente, Gerônimo cometeu o erro de trazer consigo um grande rebanho de gado que roubara dos mexicanos", disse Jason Betzinez. "Isso parecia muito justo para Gerônimo, que achava que só estava conseguindo uma boa quantidade de comida para seu povo. As autoridades, de opinião diferente, tomaram o gado do chefe."[11] O honesto Lobo Cinzento ordenou que o gado fosse vendido e, então, devolveu o resultado de

1.762,50 dólares ao governo mexicano para distribuição aos proprietários originais, se pudessem ser encontrados.

Durante mais de um ano, o general Crook poderia proclamar que "nenhum abuso ou depredação de qualquer espécie" fora cometido pelos índios no Arizona ou no Novo México. Gerônimo e Chato rivalizavam no progresso de seus ranchos, e Crook manteve um olho vigilante sobre seu agente, para ver se ele fornecia suprimentos adequados. Fora da reserva e dos postos militares, porém, havia muitas críticas a Crook por ser tolerante demais para com os apaches; os jornais que ele condenara por divulgar "toda espécie de exageros e falsidades sobre os índios" se viraram contra ele. Alguns dos negociantes de boatos foram tão longe a ponto de dizer que Crook se rendera a Gerônimo no México e fizera um acordo com o líder chiricahua para escapar vivo. Quanto a Gerônimo, tornaram-no um demônio especial, inventando histórias de atrocidades às dúzias e pedindo vigilantes para enforcá-lo, se o governo não o fizesse. Mickey Free, o intérprete oficial dos chiricahuas, contou a Gerônimo essas histórias dos jornais. "Quando um homem tenta proceder bem, tais histórias não devem ser colocadas nos jornais", comentou Gerônimo.[12]

Depois do Tempo de Plantar o Milho (primavera de 1885), os chiricahuas ficaram descontentes. Havia pouca coisa para um homem fazer além de comer as rações, jogar, brigar, vadiar e beber cerveja *tiswin*. O *tiswin** era proibido na reserva, mas os chiricahuas tinham muito milho para prepará-lo, e beber era um dos poucos prazeres dos velhos tempos que lhes fora deixado.

Na noite de 17 de maio, Gerônimo, Mangas, Chihuahua e o velho Nana embriagaram-se com *tiswin* e decidiram ir para o México. Foram falar com Chato para convidá-lo a ir, mas Chato estava sóbrio e recusou-se a se juntar ao grupo. Ele e Gerônimo tiveram uma briga grave, que quase terminou em luta antes de Gerônimo e os outros partirem. No grupo, havia 92 mulheres e crianças, oito meninos e 34 homens. Quando deixaram San Carlos, Gerônimo cortou o fio do telégrafo.

* Bebida alcoólica preparada a partir do milho. (N.E.)

Muitas razões foram apresentadas, tanto por brancos quanto por apaches, para este êxodo súbito de uma reserva onde aparentemente tudo corria bem. Alguns disseram que foi devido à embriaguez de *tiswin*; outros disseram que as más histórias sobre os chiricahuas os fizeram ficar com medo da prisão. "Alguns dos líderes haviam sido postos a ferros quando o grupo estava sendo levado a San Carlos", disse Jason Betzinez, "e decidiram nunca sofrer esse tratamento de novo."

Gerônimo explicou depois, deste modo:

> Algum tempo antes de eu partir, um índio chamado Wadiskay conversou comigo. Disse: 'Eles vêm prendê-lo', mas não lhe dei atenção, sabendo que não fizera mal nenhum; a mulher de Mangas, Huera, disse-me que eles iriam pegar-me e colocar-me, junto com Mangas, na prisão, e eu soube, por soldados americanos e apaches, por Chato e Mickey Free, que os americanos iriam prender-me e enforcar. Por isso, fugi.[13]

A fuga do grupo de Gerônimo através do Arizona foi o sinal para uma torrente de boatos imensos. Os jornais publicaram grandes manchetes: OS APACHES FUGIRAM! A simples palavra "Gerônimo" tornou-se um grito por sangue. A "Aliança de Tucson" de fornecedores, vendo uma chance de uma campanha militar lucrativa, exigiu que o general Crook enviasse tropas para proteger os indefesos cidadãos brancos dos apaches assassinos. Porém Gerônimo estava desesperadamente tentando evitar qualquer confronto com cidadãos brancos; tudo o que queria fazer era levar seu povo depressa, através da fronteira, para o velho santuário da Sierra Madre. Por dois dias e noites, os chiricahuas avançaram sem fazer acampamento. Pelo caminho, Chihuahua mudou de ideia em ir para o México; voltou pela trilha com seu grupo, tencionando retornar à reserva. Soldados perseguidores depararam com Chihuahua, forçaram-no a lutar e fizeram-no começar uma trilha sangrenta de saques antes de ele cruzar a fronteira. Todos assaltos que cometeu foram atribuídos a Gerônimo, pois pouca gente no Arizona ouvira falar de Chihuahua.

Enquanto isso, Crook estava tentando evitar a ampla operação militar que a Aliança de Tucson e seus amigos políticos em Washington estavam pedindo. Ele sabia que a negociação pessoal era a única forma de tratar com três dúzias de guerreiros apaches. Porém, para conforto dos cidadãos locais, ordenou que alguns cavalarianos marchassem dos fortes sob seu comando, mas ele dependia inteiramente de seus apreciados batedores apaches para encontrar os chiricahuas resistentes. Ficou contente porque Chato e o filho mais jovem de Cochise, Alchise, apresentaram-se como voluntários para procurar Gerônimo.

Quando o outono se aproximou, ficou claro que Crook teria de cruzar novamente a fronteira do México. Suas ordens de Washington eram explícitas: matar os fugitivos ou fazê-los aceitar a rendição incondicional.

Nesse momento, os chiricahuas descobriram que unidades do exército mexicano os estavam esperando na Sierra Madre. Encurralados entre os mexicanos que só queriam matá-los e os americanos que desejavam prendê-los, Gerônimo e os outros líderes decidiram, afinal, ouvir Chato e Alchise.

A 25 de março de 1886, os chefes apaches "hostis" encontraram-se com Crook alguns quilômetros ao sul da fronteira, em Cañon de los Embudos. Depois de três dias de oratória emocional, os chiricahuas concordaram em se render. Crook disse-lhes então que deveriam render-se sem condições e, quando lhe perguntaram o que queria dizer, ele lhes disse com franqueza que provavelmente seriam levados para longe, no Leste, para a Flórida, onde ficariam presos. Eles responderam que não se renderiam, a menos que o Lobo Cinzento prometesse que voltariam à sua reserva depois de dois anos de prisão. Crook aceitou a proposta, que lhe parecia justa. Acreditando que poderia convencer Washington de que uma tal rendição era melhor que rendição nenhuma, concordou.

"Dou-me a você", disse Gerônimo. "Faça de mim o que quiser. Eu me rendo. Outrora, eu me movia como o vento. Agora, rendo-me e é tudo."

Alchise encerrou o conselho com um apelo a Crook para ter piedade dos seus irmãos chiricahuas errados.

> Todos são bons amigos agora, e estou contente por se terem rendido, pois eles são todos o mesmo povo, todos uma família comigo; como quando se mata um gamo, todas as suas partes

são de um corpo, assim são os chiricahuas... Agora queremos viajar pela estrada aberta e beber as águas dos americanos, e não nos esconderemos nas montanhas; queremos viver sem perigo ou desconforto. Estou muito contente porque os chiricahuas se renderam e porque posso falar com eles... Nunca lhes disse uma mentira, nem vocês nunca disseram uma mentira e agora digo que esses chiricahuas realmente queriam o que é direito e viver em paz. Senão, então estou mentindo e não devem acreditar mais em mim. Está tudo bem; vamos a Fort Bowie; quero que carregue no seu bolso tudo que foi dito aqui hoje.[14]

Convencido de que os chiricahuas iriam a Fort Bowie com sua tropa de escolta, Crook apressou-se em telegrafar para o Departamento de Guerra em Washington as condições que cedera aos chefes chiricahuas. Para sua decepção, a resposta veio logo: "Não pode condicionar a rendição dos hostis à sua prisão Leste por dois anos com sua promessa de volta à reserva".[15] O Lobo Cinzento fizera outra promessa que não poderia cumprir. Num golpe total, soube no dia seguinte que Gerônimo e Naiche haviam fugido da coluna alguns quilômetros abaixo de Fort Bowie e estavam indo de volta para o México. Um comerciante da Aliança de Tucson enchera-os de uísque e mentiras sobre como os cidadãos brancos do Arizona certamente os enforcariam se retornassem. Segundo Jason Betzinez, "Naiche ficou bêbado e disparou para o ar". Gerônimo achou que começara uma luta com os soldados. Ele e Naiche fugiram, levando consigo cerca de trinta seguidores. Talvez essa não fosse toda a verdade. "Eu temia a traição", disse depois Gerônimo, "e quando fiquei desconfiado, voltamos." Naiche disse depois a Crook:

> Eu estava com medo de ser levado para algum lugar que não gostasse; para algum lugar que eu não conhecesse. Pensei que todos os que foram para longe, morreram... Fiquei imaginando... Falamos sobre isso. Estávamos bêbados... pois havia muito uísque ali e quisemos um gole e o tomamos.[16]

Como resultado da fuga de Gerônimo, o Departamento de Guerra repreendeu Crook severamente por sua negligência, por conceder condições de rendição não autorizadas e por sua atitude tolerante para com os índios. Demitiu-se imediatamente, e foi substituído por Nelson Miles (Casaco de Urso), um brigadeiro-general ansioso por promoção.

Casaco de Urso assumiu o comando a 12 de abril de 1886. Com pleno apoio do Departamento de Guerra, colocou rapidamente cinco mil soldados em ação (cerca de um terço da força de combate do Exército). Também tinha quinhentos batedores apaches e milhares de milicianos civis irregulares. Organizou uma rápida coluna de cavalarianos e um custoso sistema de heliógrafos para enviar mensagens através do Arizona e do Novo México. O inimigo para ser derrotado por essa poderosa força militar era Gerônimo e seu "exército" de 24 guerreiros que, por todo o verão de 1886, também estiveram sob perseguição constante de milhares de soldados do exército mexicano.

Afinal, foram o Capitão Nariz Grande (tenente Charles Gatewood) e dois batedores apaches, Martine e Kayitah, que descobriram Gerônimo e Naiche escondidos num cânion de Sierra Madre. Gerônimo jogou fora seu rifle e deu a mão para o Capitão Nariz Grande, perguntando calmamente sobre sua saúde. Então perguntou como estavam as coisas nos Estados Unidos. Como estavam passando os chiricahuas? Gatewood disse-lhe que os chiricahuas que se renderam já haviam ido para a Flórida. Se Gerônimo se rendesse ao general Miles, também provavelmente seria enviado para a Flórida a fim de se reunir a eles.

Gerônimo queria saber tudo sobre Casaco de Urso Miles. Sua voz era grosseira ou agradável para o ouvido? Era cruel ou bondoso? Olhava para as pessoas no olho ou para o chão quando falava? Manteria suas promessas? Então, disse a Gatewood:

– Queremos seu conselho. Considere-se um de nós, não um homem branco. Lembre-se de tudo que foi dito hoje e, como um apache, que conselho nos daria nessas circunstâncias?

– Eu confiaria no general Miles e na sua palavra – respondeu Gatewood.[17]

Assim, Gerônimo rendeu-se pela última vez. O Grande Pai em Washington (Grover Cleveland), que acreditava em todas as histórias terríveis dos jornais sobre as façanhas malignas de Gerônimo, recomendou que ele fosse enforcado. O conselho de homens mais sábios prevaleceu, e Gerônimo e seus guerreiros foram levados até Fort Marion, na Flórida. Viu a maioria dos seus amigos morrendo ali naquela terra quente e úmida tão diferente da sua terra natal, alta e seca. Mais de cem morreram de uma doença diagnosticada como definhamento. O governo tirou-lhes todas as crianças e as mandou para a escola índia de Carlisle, na Pennsylvania, e mais de cinquenta delas morreram lá.

Não só os "hostis" mudaram para a Flórida, como também muitos dos "amistosos", inclusive os batedores que haviam trabalhado para Crook. Martine e Kayitah, que levaram o tenente Gatewood até o esconderijo de Gerônimo, não receberam os dez cavalos prometidos por sua missão; em vez disso, foram embarcados para a prisão na Flórida. Chato, que tentara dissuadir Gerônimo de deixar a reserva e depois ajudara Crook a encontrá-lo, de repente foi removido do seu rancho e mandado para a Flórida. Perdeu sua faixa de terra e todo seu gado; dois de seus filhos foram levados a Carlisle e morreram ali. Os chiricahuas estavam marcados para a extinção; haviam lutado demais para que mantivessem a liberdade.

Mas não estavam sós. Eskiminzin dos aravaipas, que se tornara economicamente independente no seu rancho do Gila, foi preso por se comunicar com um fora da lei chamado Apache Kid. Eskiminzin e os quarenta aravaipas sobreviventes foram mandados até a Flórida, para viverem com os chiricahuas. Depois, todos esses exilados foram transferidos para o quartel Mount Vernon, no Alabama.

Não fossem os esforços de alguns amigos brancos, como George Crook, John Clum e Hugh Scott, os apaches logo teriam sido despejados para o posto cheio de febres do rio Mobile. Apesar das objeções de Casaco de Urso Miles e do Departamento de Guerra, eles conseguiram que Eskiminzin e os aravaipas voltassem a San Carlos. Contudo, os cidadãos do Arizona recusaram-se a permitir que os chiricahuas de Gerônimo entrassem no Estado. Quando os kiowas e comanches souberam, pelo tenente Hugh Scott, da situação dos chiricahuas, ofereceram a seus velhos inimigos apaches uma parte da sua reserva. Em 1894, Gerônimo levou os exilados sobreviventes a Fort Sill. Quando morreu ali, em 1909, ainda prisioneiro de guerra, foi enterrado no cemitério apache. Ainda persiste uma lenda de que, pouco depois, seus ossos foram removidos secretamente e levados para algum lugar no Sudoeste – talvez para as Mogollons ou montanhas Chiricahuas, ou para o interior da Sierra Madre do México. Ele foi o último dos chefes apaches.

Capítulo dezoito

Dança dos Fantasmas

1887 – *4 de fevereiro*, o Congresso cria a Comissão Interestadual de Comércio para regular as ferrovias. 21 de junho, a Grã-Bretanha celebra o jubileu de ouro da rainha Vitória. 2-4 de julho, veteranos da União e da Confederação reúnem-se em Gettysburg.

1888 – *13 de maio*, abolição da escravatura no Brasil. 6 de novembro, Grover Cleveland recebe mais votos populares do que Benjamin Harrison, mas Harrison vence a eleição para presidente pelo votos do Colégio Eleitoral.

1889 – *4 de março*, Benjamin Harrison assume a presidência. 23 de março, o presidente Harrison abre Oklahoma (antes território índio) para colonização branca. 31 de março, a Torre Eiffel é inaugurada em Paris. 31 de maio, 5 mil morrem na enchente de Johnstown. 2-11 de novembro, Dakota do Norte e do Sul, Montana e Washington tornam-se Estados da União.

1890 – *25 de janeiro*, Nellie Bly vence corrida ao redor do mundo em 72 dias, seis horas e onze minutos. 1º de junho, a população dos Estados Unidos atinge 62.622.250. 3-10 de julho, Idaho e Wyoming tornam-se o 43º e o 44º Estados da União.

Se um homem que perdeu alguma coisa voltar atrás e procurá-la cuidadosamente, irá achá-la. É isso que os índios estão fazendo agora, quando lhe pedem as coisas que foram prometidas no passado; não acho que devam ser tratados como animais, e esta é a razão pela qual cresci com as opiniões que tenho... Acho que meu território ficou com mau nome e quero que tenha um bom nome; costumava ter um bom nome. Às vezes, sento-me e imagino quem foi que lhe deu um mau nome.

TATANKA YOTANKA (Touro Sentado)

Nossa terra aqui é a coisa mais querida do mundo para nós. Homens pegam a terra e ficam ricos com ela, é muito importante que nós, índios, a conservemos.

TROVÃO BRANCO

Os índios devem dançar, em toda parte, ficar dançando. Daqui a pouco, na próxima primavera, o Grande Espírito virá. Trará de volta toda a caça, de todas as formas. Haverá muita caça em toda parte. Todos os índios mortos voltarão e viverão de novo. Serão todos fortes como jovens, serão jovens outra vez. O velho índio cego verá novamente e será jovem, terá uma vida boa. Quando o Grande Espírito vier dessa forma, todos os índios irão para as montanhas, bem mais alto que os brancos. Os brancos não poderão ferir os índios, então. Enquanto os índios estiverem no alto, virá uma grande enchente, uma água, e todos os brancos morrerão, afogando-se. Depois disso, a água irá embora e só haverá índios por toda a parte e caça de todo jeito. Então, o feiticeiro diz aos índios para espalharem para todos os índios que eles devem ficar dançando, e o bom tempo virá. Os índios que não dançam, que não acreditam nesta palavra, crescerão pouco, só uns trinta centímetros de altura, e ficarão assim. Alguns deles virarão madeira e serão queimados no fogo.

WOVOKA, O MESSIAS PAUITE

QUANDO AS TRIBOS sioux tetons se renderam depois das guerras de 1876-77, haviam perdido o território do rio Powder e as Black Hills. O ato seguinte do governo foi mudar o limite ocidental da Grande Reserva Sioux do meridiano 104 para o 103, retirando-lhe, assim, uma outra faixa de uns oitenta quilômetros adjacentes às Black Hills e tomando-lhe um triângulo adicional de terra valiosa entre os braços do rio Cheyenne. Em 1877, depois de o governo expulsar os sioux do Nebraska, tudo que lhes restou foi um território em forma de bigorna, entre o meridiano 103 e o rio Missouri – noventa quilômetros quadrados de terra de Dakota, que era considerada praticamente sem valor pelos agrimensores que delimitaram as fronteiras.

Alguns funcionários do governo queriam transferir os tetons para o Território Índio; outros queriam estabelecer-lhes agências ao longo do rio Missouri. Depois de firmes protestos de Nuvem Vermelha e Cauda Pintada, foi negociado um acordo. Os oglalas de Nuvem Vermelha estabeleceram-se na porção sudoeste da reserva, em Wazi Ahanhan, Pine Ridge. Ali, os vários grupos de oglalas fizeram acampamentos permanentes ao longo dos riachos que corriam para o norte, até o rio White – o Yellow Medicine, o Porcupine Tail e o Wounded Knee. A leste de Pine Ridge, Cauda Pintada e seus brulés instalaram-se ao longo do rio Little White, sua agência foi chamada Rosebud. Para as tribos sioux restantes, foram estabelecidas quatro outras agências – Lower Brulé, riacho Crow, rio Cheyenne e Standing Rock. As agências ficariam ali durante um século, mas a maioria dos noventa quilômetros quadrados da Grande Reserva Sioux seria, gradativamente, tomada dos índios.

Quando os tetons estavam se instalando em suas novas aldeias, uma grande onda de emigração do norte da Europa fluiu para Dakota oriental, fazendo pressão sobre a fronteira do rio Missouri da Grande Reserva Sioux. Em Bismarck, no Missouri, uma estrada de ferro que rumava para oeste estava bloqueada pela reserva. Os colonos que desejavam ir para Montana e para o nordeste pediam que fossem construídas estradas através da reserva. Empresários ansiosos por terra barata que poderia ser vendida, com altos lucros, para os imigrantes armavam esquemas para acabar com a Grande Reserva Sioux.

Nos velhos tempos, os sioux haviam combatido para manter todos esses intrusos fora de seu território, mas agora estavam desarmados, sem cavalos, sem conseguirem se alimentar e vestir-se. Seu maior líder guerreiro sobrevivente, Touro Sentado, estava exilado no Canadá. Ele e seus três mil seguidores estavam livres, armados e tinham montarias. Algum dia, eles poderiam voltar.

Como Gerônimo estava livre no México, Touro Sentado livre no Canadá era uma abominação para o governo dos Estados Unidos, um perigoso símbolo de subversão. O

Exército tornou-se frenético nas suas tentativas de forçar o líder hunkpapa e seus seguidores a voltarem ao seu controle. Finalmente, em setembro de 1877, o Departamento de Guerra conseguiu, com o governo canadense, uma permissão para o general Alfred Terry e uma comissão especial atravessarem a fronteira sob escolta da Real Polícia Montada Canadense, rumo a Fort Walsh. Ali, Terry deveria encontrar-se com Touro Sentado e prometer-lhe perdão completo, desde que ele entregasse todas as armas de fogo e cavalos, além de trazer seu povo de volta para a agência hunkpapa em Standing Rock, na Grande Reserva Sioux.

Primeiro, Touro Sentado hesitou em se encontrar com Uma Estrela Terry. "Não há por que falar com esses americanos", disse ao comissário James MacLeod da Polícia Montada. "São todos mentirosos, não se pode acreditar em nada do que dizem." Só a intervenção do comissário MacLeod, que estava querendo que Touro Sentado saísse do Canadá, persuadiu finalmente o hunkpapa a ir até Fort Walsh em 17 de outubro para um conselho.[1]

Uma Estrela Terry fez um curto discurso de abertura. "Este seu bando", disse a Touro Sentado, "é o único que não se rendeu... Viajamos muitas centenas de quilômetros para trazer-lhe esta mensagem do Grande Pai que, como já lhe dissemos antes, deseja viver em paz com todo o seu povo. Já foi derramado sangue branco e índio demais. É hora de cessar o derramamento de sangue."

"O que fizemos para que vocês queiram que paremos?", replicou Touro Sentado. "Não fizemos nada. É toda a gente do seu lado que nos levou a fazer todas essas depredações. Não podíamos ir a parte alguma, portanto buscamos refúgio neste país... Gostaria de saber por que veio aqui... Veio para nos dizer mentiras, mas não as queremos ouvir. Não quero que tal língua seja usada comigo; isto é, dizer-me tais mentiras na casa de minha Grande Mãe (a rainha Vitória). Não diga mais nenhuma palavra. Volte para o lugar de onde veio. Vocês me expulsaram da parte do país que me deram. Agora, vim para cá ficar com essas pessoas e pretendo ficar aqui."

Touro Sentado deixou vários de seus seguidores falar, inclusive um santee e um yankton que se haviam juntado ao seu grupo. As afirmações de todos reforçaram suas declarações anteriores. Então, ele fez uma coisa inédita: colocou uma mulher no conselho, A-que-Fala-Uma-Vez. Alguns índios disseram depois que isso era um insulto deliberado a Terry, essa permissão para uma mulher falar num conselho com um visitante. "Eu estava em seu país", disse ela a Terry. "Queria criar meus filhos ali, mas vocês não me deram tempo. Vim para este país criar meus filhos e ter um pouco de paz. Isso é tudo que tenho a lhe dizer. Quero que volte para o lugar de onde veio. Estas são as pessoas com quem vou ficar e com quem vou criar meus filhos."[2]

Depois de a reunião acabar, Uma Estrela Terry sabia que era inútil fazer outros apelos a Touro Sentado. Sua última esperança era o comissário MacLeod, que concordou em explicar a posição do governo do Canadá em relação aos hunkpapas. MacLeod informou Touro Sentado de que o governo da Rainha o considerava um índio americano que se refugiara no Canadá e que ele não podia afirmar ser um índio britânico. "Não podem esperar nada do governo da Rainha", disse, "exceto proteção, enquanto agirem bem. Sua única esperança é o búfalo e daqui a poucos anos essa fonte de provisões acabará. Não devem cruzar a fronteira com intenções hostis. Se fizerem isso, terão como inimigos não só os americanos, como também a Polícia Montada e o governo britânico."

Nada do que MacLeod disse mudou a decisão de Touro Sentado. Ele ficaria na terra da Avó.

Na manhã seguinte, Uma Estrela Terry partiu de volta aos Estados Unidos. "A presença deste grande grupo de índios, acirradamente hostil a nós, na vizinhança da fronteira", avisou ao Departamento de Guerra, "é uma ameaça constante à paz dos nossos territórios índios."[3]

Os exilados de Touro Sentado ficaram quatro anos no Canadá e, se o governo desse país fosse mais cooperativo, provavelmente viveriam toda a vida nas planícies de Saskatchewan. Porém, desde o começo, o governo da Rainha considerou Touro Sentado um desordeiro em potencial, bem como um hóspede caro, pois requeria Polícia Montada especial para vigiá-lo. A 18 de fevereiro de 1878, um membro da Câmara dos Comuns do Canadá colocou em questão quanto gasto adicional o governo fizera "como resultado da travessia de nossa fronteira por Touro Sentado".

Sir John McDonald – Não sei como um touro sentado possa cruzar a fronteira.

O sr. McKenzie: – Só se ele se levantar.

Sir John: – Então não é um touro sentado.[4]

Esse era o nível habitual da discussão no Parlamento canadense, sempre que o problema dos sioux exilados entrava em pauta. Nenhuma ajuda era oferecida, nem mesmo roupa ou comida nos duros invernos, os índios sofriam a falta de abrigo e cobertores. A caça era rara, e não havia carne suficiente ou peles para fazer roupas e cobertura de tendas. A nostalgia parecia afetar mais os jovens que os velhos. "Começamos a ficar com saudades do nosso país, onde costumávamos ser tão felizes",[5] disse um dos jovens oglalas. À medida que as estações passavam, algumas famílias famintas e andrajosas iam para o sul, atravessando a fronteira, para se renderem às agências sioux em Dakota.

Touro Sentado pediu aos canadenses que dessem ao seu povo uma reserva onde eles pudessem se manter, mas lhe diziam repetidamente que ele não era um súdito britânico, logo não poderia receber uma reserva de terra. Durante o forte inverno de 1880, muitos cavalos sioux morreram de frio numa nevasca e, quando veio a primavera, muitos dos exilados começaram a rumar para o sul a pé. Vários dos lugares-tenentes mais leais de Touro Sentado, inclusive Galha e Corvo-Rei, desistiram e se dirigiram para a Grande Reserva Sioux.

Finalmente, a 19 de julho de 1881, Touro Sentado e 186 dos seus últimos seguidores atravessaram a fronteira e foram para Fort Buford. Ele usava uma camisa rasgada de chita, um par de perneiras esfarrapadas e uma manta suja. Parecia velho e abatido quando entregou seu rifle Winchester ao oficial comandante. Em vez de o mandar para a agência hunkpapa em Standing Rock, o Exército quebrou sua promessa de lhe dar o perdão e conservou-o em Fort Randall como um prisioneiro militar.

Durante o fim do verão de 1881, a volta de Touro Sentado ficou em segundo plano em relação ao assassínio de Cauda Pintada. O criminoso não foi um homem branco, mas Cachorro

Crow, do próprio povo de Cauda Pintada. Sem dar qualquer aviso, Cachorro Crow matou a tiro o famoso chefe brulé, quando este cavalgava por uma trilha da reserva de Rosebud.

Funcionários brancos da agência consideraram o crime como o desfecho de uma disputa por uma mulher, mas amigos de Cauda Pintada disseram que foi o resultado de um plano de acabar com o poder dos chefes e transferi-lo para homens que se pudessem curvar à vontade dos agentes da Agência Índia. Nuvem Vermelha acreditava que se descobriu um assassino covarde para afastar Cauda Pintada, porque ele insistia em fazer seu povo melhorar. "Acusaram os índios, pois um índio é que agiu", disse, "mas quem estava atrás do índio?"[6]

Depois que o furor pela morte de Cauda Pintada amainou, os sioux de toda a Grande Reserva voltaram a atenção para a presença de Touro Sentado em Fort Randall. Muitos chefes e subchefes visitaram-no, honraram-no e lhe desejaram boa sorte. Jornalistas foram entrevistá-lo. Em vez de estar vencido e esquecido como pensara, Touro Sentado ficara famoso. Em 1882, representantes das várias agências sioux vieram pedir seu conselho sobre uma nova proposta do governo de dividir a Grande Reserva em áreas menores e vender metade da terra para colonização branca. Touro Sentado aconselhou-os a não vender; os sioux não tinham terra para desperdiçar.

Apesar de sua resistência, os sioux quase perderam, em 1882, uns 36 mil quilômetros quadrados de território para uma comissão liderada por Newton Edmunds, um perito em negociar terras de índios. Seus colegas eram Peter Shannon, um advogado da fronteira, e James Teller, um irmão do novo secretário do Interior. Acompanhando-os havia um "intérprete especial", nada menos que o reverendo Sammuel D. Hinman, que fora missionário junto aos sioux desde os tempos de Corvo Pequeno. Hinman acreditava que os índios precisavam de menos terra e mais cristianismo.

Enquanto a comissão viajava de uma agência para outra, Hinman dizia aos chefes que estava ali para lotear partes diferentes da reserva para as seis agências. Isso era necessário, dizia, para que as várias tribos sioux pudessem reivindicar as áreas como de sua propriedade e possuí-las enquanto vivessem. "Depois de lotearmos as reservas", disse Hinman a Nuvem Vermelha, "o Grande Pai lhes dará 25 mil vacas e mil touros."[7] Para obter o gado, entretanto, os sioux teriam de assinar alguns papéis que os comissários haviam trazido. Como nenhum dos chefes sioux sabia ler, não sabiam que estavam cedendo mil quilômetros quadrados de terra em troca dos touros e vacas prometidos.

Nas agências em que os sioux hesitavam em assinar qualquer coisa, Hinman, alternadamente, bajulava-os e amedrontava-os. Para obter uma grande quantidade de assinaturas, convencia meninos de até sete anos a assinar os papéis. (Segundo o tratado, só índios adultos, do sexo masculino, podiam assinar.) Numa reunião no riacho Wounded Knee, na reserva de Pine Ridge, Hinman disse aos índios que, se não assinassem, não receberiam mais rações ou anuidades e, mais tarde, seriam enviados ao Território Índio.

Muitos dos sioux mais velhos, que haviam visto os limites de sua terra encolherem depois de "tocarem a pena" em documentos semelhantes, desconfiaram que Hinman estava tentando roubar sua reserva. Cabelo Amarelo, um chefe menor de Pine Ridge, manteve-se inabalável contra a assinatura, mas acabou cedendo, amedrontado pelas ameaças de Hinman. Depois de a cerimônia da assinatura acabar e de os comissários partirem, Cabelo Amarelo pegou uma bola de terra e ofereceu-a zombeteiramente ao agente de Pine Ridge, o dr. Valentine McGillycuddy. "Demos quase toda nossa terra", disse Cabelo Amarelo, "e é melhor que pegue o que sobrou: aqui está."[8]

No começo de 1883, Edmunds e Hinman viajaram para Washington com sua lista de assinaturas e conseguiram ter um projeto apresentado no Congresso, sobre a cessão de metade das terras da Grande Reserva aos Estados Unidos. Felizmente para os sioux, eles tinham suficientes amigos em Washington para colocarem o projeto em questão e mostrarem que, mesmo se todas as assinaturas fossem legais, Edmunds e Hinman ainda não haviam conseguido os nomes dos indispensáveis três quartos do total de sioux adultos do sexo masculino.

Outra comissão, dirigida pelo senador Henry L. Dawes, foi imediatamente enviada para Dakota a fim de investigar os métodos usados por Edmunds e Hinman. Seus membros logo descobriram as tramoias de seus predecessores.

Durante a investigação, Dawes perguntou a Nuvem Vermelha se ele acreditava que o sr. Hinman era um homem honesto.

– O sr. Hinman enganou-os, grandes homens – respondeu Nuvem Vermelha. – Ele lhes disse uma porção de bobagens, e vocês tiveram de vir até aqui e perguntar-nos sobre elas.

Cachorro Vermelho testemunhou que Hinman falara sobre lhes dar vacas e touros, mas nada dissera sobre a cessão de terra dos sioux em troca. Ferida Pequena disse:

– O sr. Hinman disse-nos que, do jeito que era a reserva, nenhum índio podia dizer que ela era sua terra e que o Grande Pai e seu conselho achavam melhor que tivessem reservas diferentes; essa foi a razão pela qual assinamos o papel.

– Ele disse algo sobre o Grande Pai possuir o que sobrasse? – perguntou o senador Dawes.

– Não, senhor; não falou nada sobre isso.

Quando Trovão Branco disse a Dawes que o papel que haviam assinado era um pedaço de patifaria, este perguntou-lhe o que ele queria dizer por "patifaria".

– Patifaria é eles virem pegar terra tão barato; isto é o que chamo de patifaria.

– Quer dizer que os índios daqui estariam dispostos a ceder a terra se eles pudessem pagar mais? – perguntou Dawes.

– Não, senhor; não estariam dispostos a fazer isso – respondeu Trovão Branco. – Nossa terra aqui é a coisa mais querida do mundo para nós. Homens pegam a terra e ficam ricos com ela, e é muito importante que nós, índios, a conservemos.[9]

Pouco antes de a comissão Dawes chegar a Dakota, Touro Sentado foi libertado da prisão em Fort Randall e transferido para a agência hunkpapa em Standing Rock. A 22 de agosto, quando os comissários chegaram para ouvir depoimentos, ele foi para a sede da agência, desde seu acampamento fixado no rio Grande, para comparecer ao conselho. Os comissários ignoraram deliberadamente a presença do mais famoso chefe sioux vivo, pedindo primeiro o testemunho de Antílope Ligeiro e, depois, do jovem John Grass, filho de Grama Velha, chefe dos sioux blackfoot.

Finalmente, o senador Dawes virou-se para o intérprete e disse:

– Pergunte a Touro Sentado se ele tem algo a dizer para a comissão.

– Claro que lhe falarei se desejar que eu faça isso – respondeu Touro Sentado. – Suponho que só homens que deseja que falem devem falar alguma coisa.

– Supúnhamos que os índios escolheriam homens para falarem por eles – disse Dawes –, mas qualquer homem que deseje falar, ou qualquer homem que os índios daqui desejem que fale por eles, será ouvido com agrado por nós, se tiver algo a dizer.

– Sabe quem sou, para falar desse modo?

– Sei que é Touro Sentado, e, se tiver alguma coisa a dizer, gostaríamos de ouvi-lo.

– Reconhece-me; sabe quem sou?

– Sei que é Touro Sentado.

– Diz saber que sou Touro Sentado, mas sabe que posição tenho?

– Não sei de nenhuma diferença entre você e os outros índios desta agência.

– Estou aqui pela vontade do Grande Espírito e, pela sua vontade, sou um chefe. Meu coração é vermelho e doce, e sei que é doce, porque quem passa perto de mim apresenta-me sua língua; vocês vieram para cá falar conosco e dizem que não sabem quem sou. Quero dizer-lhes que, se o Grande Espírito escolheu alguém para ser o chefe deste território, sou eu.

– Qualquer que seja a qualidade com que veio aqui hoje, se quiser dizer-nos alguma coisa, nós o ouviremos; de outro modo, encerraremos este conselho.

– Sim, isto está certo – disse Touro Sentado. – Vocês comportaram-se como homens que beberam uísque, e vim aqui para lhes dar alguns conselhos.

Fez um gesto amplo com a mão e todos os índios, na sala do conselho, levantaram-se e seguiram-no.[10]

Nada poderia desanimar mais os comissários do que o pensamento dos sioux reunidos em torno de um líder forte como Touro Sentado. Tal situação fazia perigar toda a política índia do governo, que objetivava remover tudo que fosse *índio* nas tribos e transformá-los em homens brancos. Em menos de dois minutos, bem diante de seus olhos, haviam permitido que Touro Sentado demonstrasse seu poder de bloquear tal política.

Mais tarde, naquele dia, os outros líderes hunkpapas falaram com Touro Sentado; asseguraram-lhe sua lealdade, mas disseram que ele não deveria ter ofendido os comissários. Esses homens não eram como os ladrões de terra que haviam vindo no ano anterior; esses representantes do Grande Pai estavam lá para ajudá-los a manter suas terras, não para tirá-las.

Touro Sentado não estava tão certo da integridade de caráter de qualquer homem branco, mas disse que, se ele tivesse cometido um erro, estaria disposto a desculpar-se. Mandou uma mensagem para os comissários dizendo que desejava outro conselho.

"Estou aqui para desculpar-me por minha má conduta", começou, "e para pegar de volta o que disse. Pegarei de volta porque acho que magoei seus corações... O que retiro é o que disse para fazer as pessoas deixarem o conselho, e quero desculpar-me por sair também... Agora, vou lhes mostrar meu espírito e falarei tudo francamente. Sei que o Grande Espírito está olhando para mim lá de cima e ouvirá o que eu disser, portanto farei o possível para falar francamente; espero que alguém ouça meus desejos e me ajude a realizá-los."

Fez então um retrospecto da história dos sioux durante sua vida, enumerando as promessas não cumpridas pelo governo, mas disse que prometera seguir pelo caminho do homem branco e manteria suas promessas.

> Se um homem que perdeu alguma coisa voltar atrás e procurá-la cuidadosamente ira achá-la. É isso que os índios estão fazendo agora, quando lhe pedem as coisas que foram prometidas no passado; não acho que devam ser tratados como animais, e esta é a razão pela qual cresci com as opiniões que tenho... O Grande Pai informou-me que tudo que ele tinha no passado contra mim fora esquecido e deixado de lado; ele não queria ter nada contra mim no futuro e aceitei suas promessas e voltei; ele me disse para não ficar fora do caminho do homem branco e eu lhe disse que não ficaria e estou fazendo o possível para segui-lo. Acho que meu território ficou com mau nome e quero que tenha um bom nome; costumava ter

um bom nome. Às vezes, sento-me e imagino quem foi que lhe deu um mau nome.

Touro Sentado continuou a descrever a condição dos índios. Não tinham nenhuma das coisas que o homem branco possuía. Se fossem tornar-se brancos, deveriam ter ferramentas, gado e carroções, "pois essa é a maneira pela qual os brancos fazem sua vida".

Em vez de aceitarem simplesmente as desculpas de Touro Sentado e ouvirem o que ele tinha a dizer, os comissários imediatamente desencadearam um ataque. O senador John Logan censurou-o por acabar com o conselho anterior e por acusar os membros da comissão de estarem embriagados.

> Quero dizer também que você não é um grande chefe deste território que não tem seguidores, nem força, nem controle, nem direito a qualquer controle. Está numa reserva índia apenas devido à tolerância do governo. E alimentado pelo governo, vestido pelo governo, seus filhos são educados pelo governo e tudo que tem e é hoje é devido ao governo. Se não fosse o governo, estaria morrendo de frio e fome nas montanhas. Disse apenas estas coisas para informá-lo que não pode insultar o povo dos Estados Unidos da América ou suas comissões... O governo alimenta, veste e educa seus filhos agora e deseja ensiná-los a se tornarem fazendeiros, e civilizá-los, e *torná-los homens brancos.*[11]

Para acelerar o processo de tornar os sioux homens brancos, a Agência Índia designou James McLaughlin para dirigir a agência em Standing Rock. McLaughlin, ou Cabelo Branco, como os índios o chamavam, era um veterano do Serviço Índio, casado com uma mulher santee mestiça, e seus superiores confiavam que ele pudesse destruir eficientemente a cultura dos sioux e substituí-la pela civilização do homem branco. Depois da partida da comissão Dawes, Cabelo Branco McLaughlin tentou diminuir a influência de Touro Sentado, tratando com Galha os assuntos que envolviam os hunkpapas e com John Grass, os dos sioux blackfoot. Cada ato de Cabelo Branco era calculado para manter Touro Sentado em segundo plano, para demonstrar aos sioux de Standing Rock que seu velho herói não tinha força para liderá-los ou ajudá-los.

As manobras de Cabelo Branco não tiveram efeito sobre a popularidade de Touro Sentado entre os sioux. Todos os visitantes da reserva, índios ou brancos, queriam encontrar-se com Touro Sentado. No verão de 1883, quando a estrada de ferro Northern Pacific comemorou a colocação do último prego na sua linha transcontinental, um dos funcionários encarregados dos cerimoniais decidiu que seria conveniente um chefe índio estar presente e fazer um discurso de boas-vindas para o Grande Pai e outras personalidades. Touro Sentado foi o escolhido – nenhum outro índio chegou a ser considerado –, e um jovem oficial do Exército, que compreendia a língua sioux, foi designado para trabalhar com o chefe na preparação de um discurso. Deveria ser pronunciado em sioux e depois traduzido pelo oficial.

A 8 de setembro, Touro Sentado e o jovem Casaco Azul chegaram a Bismarck para a grande festa. A cavalo, encabeçaram uma parada e, depois, sentaram-se na plataforma dos oradores. Quando Touro Sentado foi apresentado, ele se levantou e começou a fazer seu discurso em sioux. O jovem oficial ouviu espantado. Touro Sentado mudara o floreado texto de boas-vindas. "Odeio toda a gente branca", proferiu. "Vocês são ladrões e mentirosos. Roubaram nossa terra e nos tornaram párias."[12] Sabendo que só o oficial do Exército podia compreender o que ele estava dizendo, Touro Sentado fazia, ocasionalmente, uma pausa para os aplausos; inclinava-se, sorria e então lançava mais alguns insultos. Por fim, sentou-se, e o preocupado oficial tomou seu lugar. O oficial só tinha uma curta tradução escrita, poucas frases amistosas, mas juntando algumas metáforas índias bem adequadas, fez o público ficar em pé numa ovação estrondosa para Touro Sentado. O chefe hunkpapa era tão popular que os funcionários da estrada de ferro o levaram a St. Paul para outra cerimônia.

Durante o verão seguinte, o secretário do Interior autorizou uma viagem de Touro Sentado por quinze cidades americanas, e suas apresentações foram um sucesso tão grande que William F. (Buffalo Bill) Cody decidiu que deveria colocar o famoso chefe no seu *Show do Oeste Selvagem*. A Agência Índia ofereceu alguma resistência no começo, mas quando Cabelo Branco McLaughlin foi consultado, mostrou-se entusiasmado.

Disse que, de qualquer maneira, deveria deixar Touro Sentado ir com o *Show do Oeste Selvagem*. Em Standing Rock, Touro Sentado era um símbolo constante de resistência índia, um defensor contínuo da cultura índia que McLaughlin estava decidido a exterminar. Cabelo Branco gostaria de ver Touro Sentado viajar para sempre.

Assim, no verão de 1885, Touro Sentado uniu-se ao *Show do Oeste Selvagem* de Buffalo Bill, viajando pelos Estados Unidos e Canadá. Atraiu multidões imensas. Vaias e apupos às vezes apareciam para o "Matador de Custer", mas depois de cada show, as mesmas pessoas jogavam-lhe moedas para conseguir suas fotografias assinadas. Touro Sentado deu a maioria desse dinheiro para o grupo de meninos andrajosos e famintos que pareciam cercá-lo aonde fosse. Disse certa vez a Annie Oakley, outra das estrelas do *Show do Oeste Selvagem*, que ele não podia compreender como os brancos poderiam ser tão indiferentes aos seus pobres.

– O homem branco sabe como fazer tudo – disse – mas não sabe como distribuir isso.

Depois do fim da temporada, voltou a Standing Rock com dois presentes de despedida de Bufallo Bill – um grande sombrero branco e um cavalo treinado. O cavalo fora ensinado a sentar-se e levantar uma perna ao som de um tiro.

Em 1887, Buffalo Bill convidou Touro Sentado para acompanhar seu show numa viagem pela Europa, mas o chefe recusou.

– Precisam de mim aqui – disse. – Há novos rumores de que vão tomar nossas terras.[13]

A tentativa de tomada das terras só veio no ano seguinte, quando uma comissão chegou de Washington com uma proposta de dividir a Grande Reserva Sioux em seis reservas menores, deixando nove milhões de acres abertos para colonização. Os comissários ofereceram aos índios cinquenta centavos de dólar por acre nessa terra. Touro Sentado imediatamente se pôs em ação para convencer Galha e John Grass de que os sioux não poderiam aceitar tal fraude, não tinham mais terra para esbanjar. Por quase um mês, os comissários tentaram persuadir os índios de Standing Rock de que Touro Sentado os estava orientando erradamente, que a cessão de terras era em seu benefício e que, se deixassem de assinar, poderiam perder a terra de qualquer jeito. Só 22 sioux assinaram em Standing Rock. Depois de fracassarem em conseguir os três quartos de assinaturas necessárias nas agências de riacho Crow e Lower Brulé, os comissários desistiram. Sem chegar a tentar em Pine Ridge ou Rosebud, voltaram a Washington e recomendaram que o governo ignorasse o tratado de 1868 e tirasse a terra sem o consentimento dos índios.

Em 1888, o governo dos Estados Unidos ainda não estava pronto para desrespeitar um tratado, mas no ano seguinte o Congresso deu o primeiro passo rumo a essa ação – se ela fosse necessária. O que os políticos preferiam era forçar os índios a venderem uma grande parte de sua reserva por medo de que ela fosse tirada se recusassem a venda. Se este plano desse certo, o governo não teria de romper o tratado.

Sabendo que os índios confiavam no general George Crook, funcionários de Washington convenceram-no antes de mais nada de que os sioux perderiam tudo a menos que concordassem voluntariamente em dividir sua reserva. Crook concordou em servir de presidente de uma nova comissão e foi autorizado a oferecer um dólar e meio por acre aos índios, em vez dos cinquenta centavos oferecidos pela comissão anterior.

Com dois políticos determinados, Charles Foster, de Ohio, e William Warner, do Missouri, Crook viajou para a Grande Reserva Sioux em maio de 1889. Estava plenamente decidido a conseguir os indispensáveis três quartos de assinaturas de adultos do sexo masculino. Escolheu deliberadamente a agência de Rosebud para seu primeiro conselho. Desde o assassinato de Cauda Pintada, os brulés estavam divididos em facções, e Crook achava que seria improvável que oferecessem uma frente unida contra as assinaturas da cessão de terras.

Não contava com Chifres Ocos, que insistia que os comissários convocassem todos os chefes das seis agências a um conselho conjunto, em vez de viajarem de uma parte para outra. "Vocês querem fazer tudo certo aqui", disse acusadoramente Chifres Ocos, "então, irão às outras agências e dirão que nós assinamos."

Crook respondeu que o Grande Pai mandara os comissários consultar os índios em agências diferentes, "porque agora é primavera e, se todos vierem juntos para um lugar, suas colheitas sofrerão". Porém Chifres Ocos recusou-se a cooperar e, como ele, Falcão Alto. "A terra que vocês nos destinaram é um pedaço muito pequeno", disse Falcão Alto. "E espero que meus filhos tenham filhos e netos e possuam todo o país; agora, vocês querem privar-me de minha 'ferramenta' e que não tenha mais filhos."

Cabelo Amarelo disse: "Sempre que lhes damos alguma terra, nunca a recuperamos, por isso desta vez quero pensar bem antes de darmos esta terra".

"Os brancos no Leste são como pássaros", disse Crook. "Eles estão se reproduzindo a cada ano e não há espaço suficiente no Leste, então eles precisam ir para outro lugar; vieram para o Oeste, como você viram, nos últimos anos. E ainda estão vindo e virão, até tomarem todo este território; vocês não podem evitar isso... Tudo é decidido em Washington pela maioria, e essas pessoas vêm para o Oeste e, quando veem que os índios têm uma grande porção de terra que não estão usando, dizem 'nós queremos a terra'."[14]

Depois de nove dias de discussão, a maioria dos brulés seguiu a opinião de Crook e assinou. A primeira assinatura do acordo era a de Cachorro Crow, o assassino de Cauda Pintada.

Em Pine Ridge, em junho, os comissários tinham de tratar com Nuvem Vermelha, que demonstrou seu poder cercando o conselho com várias centenas dos seus guerreiros montados. Embora firmes, os comissários conseguiram cerca da metade das assinaturas dos oglalas. Para compensar o que faltava, viajaram para as agências menores, obtendo assinaturas em Lower Brulé, riacho Crow e rio Cheyenne. A 27 de julho, chegaram a Standing Rock. Ali seria decidida a questão. Se a maioria dos hunkpapas e sioux blackfoot recusasse assinar, o acordo fracassaria.

Touro Sentado compareceu aos primeiros conselhos, mas ficou quieto. Sua presença era o bastante para manter uma sólida muralha de oposição. "Os índios prestaram muita atenção", disse Crook, "mas não deram indicação de estarem a favor. Suas maneiras eram, em vez disso, as de homens que já haviam decidido e ouviam com curiosidade qual seria o novo argumento apresentado."

John Grass era o principal porta-voz dos sioux de Standing Rock. "Quando tínhamos muita terra", disse, "podíamos dá-la pelo seu preço, qualquer que ele fosse, mas agora fomos reduzidos à pequena porção que precisamos poupar, e vocês querem nos comprar esse resto. Não somos nós que estamos oferecendo nossas terras. O Grande Pai é que está querendo fazer com que vendamos a terra. Por essa razão é que pensamos que o preço oferecido pela terra não é o bastante; portanto, não queremos vender a terra a esse preço."[15]

Touro Sentado e seus seguidores, sem dúvida, não queriam vender a nenhum preço. Como Trovão Branco dissera à comissão Dawes, seis anos antes, a terra era "a coisa mais querida no mundo" para eles.

Depois de vários dias de discussão infrutífera, Crook percebeu que não conseguiria adeptos em conselhos gerais. Empenhou o agente James McLaughlin num esforço combinado para convencer índios, individualmente, de que o governo tomaria suas terras se eles recusassem vendê-la. Touro Sentado permaneceu inflexível. Por que os índios deveriam vender suas terras para poupar o governo dos Estados Unidos do embaraço de violar um tratado para consegui-las?

Cabelo Branco McLaughlin combinou reuniões secretas com John Grass. "Falei com ele até que ele concordou em falar pela ratificação e trabalhar por ela", disse depois McLaughlin. "Finalmente, acertamos o discurso que ele faria revendo sua posição anterior, a fim de conseguir o apoio ativo dos outros chefes e resolver a questão."[16]

Sem informar Touro Sentado, McLaughlin combinou um encontro final com os comissários a 3 de agosto. O agente colocou sua polícia índia numa formação de quatro colunas, em volta do terreno do conselho, para impedir qualquer interrupção de Touro Sentado ou qualquer dos seus teimosos partidários. John Grass já fizera o discurso, que McLaughlin ajudara a escrever, antes de Touro Sentado abrir caminho através da polícia e entrar no círculo do conselho.

Pela primeira vez, ele falou:

– Gostaria de dizer algo a menos que objetem à minha fala, e, se fizerem isso, não falarei. Ninguém nos falou do conselho e só chegamos agora.

Crook olhou rapidamente para McLaughlin.

– Touro Sentado sabia que estávamos fazendo um conselho? – perguntou.

– Sim, senhor – mentiu McLaughlin. – Sim, senhor, todos sabiam.[17]

Nesse momento, John Grass e os chefes adiantaram-se para assinar o acordo. Estava tudo acabado. A Grande Reserva Sioux estava dilacerada em pequenas ilhas, a cuja volta correria a torrente da migração branca. Antes de Touro Sentado poder sair do local, um jornalista perguntou-lhe como os índios se sentiam ao ceder suas terras.

– Índios! – gritou Touro Sentado. – Não há mais índios, só eu!

Na Lua da Grama Seca (9 de outubro de 1890), cerca de um ano depois da divisão da Grande Reserva, um minneconjou da agência do rio Cheyenne foi a Standing Rock visitar Touro Sentado. Seu nome era Urso Saltador, e ele levou notícias do Messias paiute, Wovoka, que fundara a religião da Dança dos Fantasmas. Urso Saltador e seu cunhado Touro Pequeno haviam voltado de uma longa viagem além das montanhas Shining, em busca do Messias. Sabendo dessa peregrinação, Touro Sentado convocara Urso Saltador para entender melhor a Dança dos Fantasmas.

Urso Saltador contou a Touro Sentado como uma voz o levara a ir adiante e encontrar os fantasmas dos índios que iriam voltar e habitar a Terra. Nos vagões do Cavalo de Ferro, ele, Touro Pequeno e nove outros sioux haviam viajado para longe na direção onde o sol se põe, indo até a estrada de ferro acabar. Ali, encontraram dois índios que não conheciam, mas que os saudaram como irmãos e lhes deram carne e pão. Arranjaram cavalos para os peregrinos e eles seguiram, durante quatro sóis, até chegarem a um acampamento de Comedores de Peixe (paiutes), perto do lago Pyramid, em Nevada.

Os Comedores de Peixe disseram aos visitantes que Cristo voltara à Terra. Cristo deveria tê-los impelido a ir até ali; estava previsto. Para verem o Messias, eles precisavam fazer outra viagem até a agência no lago Walker.

Durante dois dias, Urso Saltador e seus amigos esperaram em lago Walker, com centenas de outros índios que falavam uma dúzia de línguas diferentes. Esses índios haviam vindo de muitas reservas para ver o Messias.

Pouco antes do crepúsculo, no terceiro dia, o Cristo reapareceu, e os índios fizeram uma grande fogueira para iluminá-lo. Urso Saltador sempre pensara que Cristo era um homem branco, como os missionários, mas esse homem parecia ser índio. Depois de um momento, levantou-se e falou à multidão que esperava:

– Chamei-os e estou feliz por vê-los – disse. – Vou ensiná-los como dançar uma dança e quero que vocês dancem. Preparem-se para sua dança e, quando ela acabar, falarei a vocês.

Então, ele começou a dançar, todos o acompanharam, e o Cristo cantava enquanto dançavam. Dançaram a Dança dos Fantasmas até tarde da noite, quando o Messias lhes disse que haviam dançado bastante.[18]

Na manhã seguinte, Urso Saltador e os outros chegaram perto do Messias para verem se ele tinha as cicatrizes da crucificação, de que os missionários da reserva haviam falado. Havia uma cicatriz no seu pulso e uma no seu rosto, mas eles não podiam ver os pés, pois ele estava usando mocassins. Ele falou-lhes o dia inteiro. No começo, disse, Deus fez a Terra e, então, enviou o Cristo à Terra para ensinar o povo, mas os brancos o trataram mal, deixando cicatrizes em seu corpo e, assim, ele voltara para o céu. Agora, retornava à Terra como índio e iria renovar tudo como era antes e tornar tudo ainda melhor.

Na primavera seguinte, quando a grama estivesse à altura do joelho, a Terra seria coberta com um novo solo que enterraria todos os brancos e a nova Terra ficaria coberta de grama verde, água corrente e árvores. Grandes rebanhos de búfalos e cavalos selvagens voltariam. Os índios que dançassem a Dança dos Fantasmas seriam elevados no ar e suspensos, enquanto uma onda de terra nova passaria e, então, seriam baixados entre os fantasmas de seus ancestrais na nova Terra, onde só índios poderiam viver.

Depois de alguns dias em lago Walker, Urso Saltador e seus amigos aprenderam como dançar a Dança dos Fantasmas e depois montaram nos seus cavalos para voltar à estrada. Enquanto cavalgavam, o Messias voou sobre eles, ensinando-lhes novas canções para a nova dança. Na estrada de ferro, ele os deixou, dizendo-lhes para voltar a seu povo e ensinar o que haviam aprendido. Quando o próximo inverno passasse, ele traria os fantasmas de seus pais para encontrá-los na nova ressurreição.

Depois de voltar a Dakota, Urso Saltador começara a nova dança em rio Cheyenne. Touro Pequeno levara-a até Rosebud e outros a introduziram em Pine Ridge. O grupo de minneconjous de Pé Grande, disse Urso Saltador, era constituído principalmente de mulheres que haviam perdido maridos ou outros parentes masculinos em lutas com Cabelo Comprido, Três Estrelas e Casaco de Urso; dançavam até desmaiar, pois queriam trazer de volta os seus guerreiros mortos.

Touro Sentado ouviu tudo que Urso Saltador tinha a contar sobre o Messias e a Dança dos Fantasmas. Não acreditava que fosse possível mortos voltarem e viverem de novo, mas seu povo soubera do Messias e estava com medo de que ele os desprezasse e os deixasse desaparecer quando a nova ressurreição chegasse, a menos que se juntassem à dança. Touro Sentado não fazia objeções a que seu povo dançasse a Dança dos Fantasmas, mas soubera que os agentes de algumas das reservas estavam usando soldados para deter as cerimônias. Ele não queria que os soldados viessem atemorizar os índios e, talvez, disparar suas armas contra o povo. Urso Saltador respondeu que se os índios usassem as roupas sagradas do Messias – Camisas Fantasmas pintadas com símbolos mágicos –, nenhum mal poderia atingi-los. Nem mesmo as balas das armas dos Casacos Azuis podiam penetrar numa Camisa Fantasma.

Com algum ceticismo, Touro Sentado convidou Urso Saltador e seu grupo a ficar em Standing Rock e ensinar a Dança dos Fantasmas. Era a Lua das Folhas Caídas e, em todo o Oeste, em quase toda reserva índia, a Dança dos Fantasmas espalhava-se como um incêndio na pradaria sob um vento forte. Agitados inspetores da Agência Índia e oficiais do Exército, de Dakota a Arizona, do Território Índio a Nevada, estavam tentando avaliar a sua significação. No começo do outono, a palavra oficial era: Parem a Dança dos Fantasmas.

"Não se poderia fornecer um sistema religioso mais prejudicial a um povo que está no limiar da civilização", disse

Cabelo Branco McLaughlin. Embora fosse católico praticante, McLaughlin, como a maioria dos outros agentes, errou ao não reconhecer a Dança dos Fantasmas como sendo inteiramente cristã. Tirando uma diferença nos rituais, seus princípios eram os mesmos de qualquer igreja cristã.

"Não devem ferir ninguém, nem fazer mal a qualquer pessoa. Não devem lutar. Façam sempre o bem", ordenou o Messias. Ao pregar a não violência e o amor fraternal, a doutrina não exigia dos índios qualquer ação, além de dança e canto. O Messias traria a ressurreição.

Mas, porque os índios estavam dançando, os agentes ficaram alarmados e informaram os soldados, e os soldados começaram a marchar.

Uma semana depois de Urso Saltador vir a Standing Rock para ensinar a Dança dos Fantasmas ao povo de Touro Sentado, Cabelo Branco McLaughlin enviou uma dúzia de policiais índios para afastá-lo da reserva. Intimidados pela aura de sobrenaturalidade de Urso Saltador, os policiais transmitiram a ordem de McLaughlin a Touro Sentado, mas o chefe recusou-se a agir. A 16 de outubro, McLaughlin enviou uma força maior da polícia, e, desta vez, Urso Saltador foi escoltado para fora da reserva.

No dia seguinte, McLaughlin informou ao comissário de Assuntos Índios que a força real por trás do "sistema religioso prejudicial", em Standing Rock, era Touro Sentado. Recomendou que o chefe fosse preso, afastado da reserva e confinado a uma prisão militar. O comissário conferenciou com o secretário da Guerra, e eles decidiram que tal ação criaria mais transtornos do que evitaria.

Em meados de novembro, a Dança dos Fantasmas dominava tanto as reservas sioux que quase todas as outras atividades haviam cessado. Nenhum aluno aparecia nas escolas, as lojas de trocas estavam vazias, não se fazia nenhum trabalho nas fazendolas. Em Pine Ridge, o agente temeroso telegrafou a Washington: "Os índios estão dançando na neve, estão selvagens e dementes... Precisamos de proteção, imediatamente. Os líderes devem ser presos e confinados em algum posto militar, até que o problema diminua; isso deve ser feito já."[19]

Touro Pequeno liderou seu grupo de crentes pelo rio White abaixo, pelas Badlands, e, em poucos dias, seu número crescia para mais de três mil. Sem levar em conta o clima frio de inverno, vestiram suas Camisas Fantasmas e dançaram desde a aurora até tarde da noite. Touro Pequeno disse que os dançarinos não deveriam temer os soldados, se eles viessem parar as cerimônias. "Seus cavalos afundarão na terra", disse. "Os cavaleiros pularão dos seus cavalos, mas também se afundarão na terra."[20]

No rio Cheyenne, o bando de Pé Grande aumentou para seiscentos membros, especialmente viúvas. Quando o agente tentou interferir, Pé Grande levou os dançarinos para fora da reserva, até um lugar sagrado no riacho Deep.

A 20 de novembro, a Agência Índia de Washington ordenou que os agentes telegrafassem os nomes de todos os "fomentadores de distúrbios" entre os Dançarinos Fantasmas. Uma lista foi rapidamente compilada em Washington e transmitida ao quartel-general do Exército de Casaco de Urso Miles, em Chicago. Miles viu o nome de Touro Sentado entre os "fomentadores" e imediatamente se convenceu de que era dele a culpa pelos distúrbios.

Miles sabia que uma prisão ostensiva feita pelos soldados criaria perturbações; queria que Touro Sentado fosse afastado silenciosamente. Para conseguir isso, Casaco de Urso chamou um dos poucos brancos de que Touro Sentado gostava ou em que confiava – Buffalo Bill Cody. Buffalo Bill concordou em visitar Touro Sentado e tentar convencê-lo a ir até Chicago, para uma reunião com Miles. (É incerto se Cody sabia ou não do que aconteceria a Touro Sentado se ele realizasse sua missão.)

Quando Buffalo Bill chegou a Standing Rock, deparou com um agente pouco cooperativo. Temendo que Cody frustrasse a tentativa de prisão e só despertasse a ira de Touro Sentado, McLaughlin conseguiu rapidamente que Washington retirasse a autoridade do diretor de shows. Sem chegar a ver Touro Sentado, Cody deixou Standing Rock de mau humor e voltou a Chicago.

Enquanto isso, em Pine Ridge, o Exército já trouxera soldados, criando uma situação tensa entre os índios e os militares. Um antigo agente, o Dr. Valentine McGillycuddy, foi enviado para lá a fim de dar conselhos para a solução das dificuldades. "Eu deixaria a dança continuar", disse McGillycuddy. "A chegada de tropas assustou os índios. Se os adventistas do Sétimo Dia prepararem seus mantos de ascensão para a segunda vinda do Salvador, o Exército dos Estados Unidos não será colocado em ação para impedi-los. Por que os índios não terão o mesmo privilégio? Se os soldados ficarem, é certo que vai haver confusão." Contudo, esse ponto de vista não prevaleceria. A 12 de dezembro, o tenente-coronel William F. Drum, comandando tropas em Fort Yates, recebeu ordens do general Miles "para deter a pessoa de Touro Sentado. Peça ao agente índio (McLaughlin) para cooperar e fornecer tal assistência de modo a ajudar da melhor forma o propósito em vista."[21]

Pouco antes da aurora de 15 de dezembro de 1890, 43 policiais índios cercaram a cabana de troncos de Touro Sentado. A cinco quilômetros de distância, um esquadrão de cavalaria esperava como força de apoio, se necessário. O tenente Cabeça de Touro, o policial índio que liderava o grupo, encontrou Touro Sentado dormindo no chão. Quando acordou, o chefe olhou incredulamente para Cabeça de Touro.

– O que está fazendo aqui? – perguntou.

– O senhor é meu prisioneiro – disse Cabeça de Touro. – Deve ir até a agência.

Touro Sentado bocejou e se sentou.

– Está bem – respondeu –, deixe-me pôr a roupa, que irei com você. – Pediu ao policial que providenciasse que seu cavalo fosse selado.

Quando Cabeça de Touro saiu da cabana com Touro Sentado, viu uma multidão de Dançarinos Fantasmas reunindo-se fora. Sobrepujavam a polícia numa proporção de quatro a um. Pega-o-Urso, um dos dançarinos, aproximou-se de Cabeça de Touro.

– Você acha que vai levá-lo? – gritou Pega-o-Urso. – Não fará isso!

– Vamos – disse Cabeça de Touro, cochichando para seu prisioneiro –, não ouça ninguém. – Mas Touro Sentado ficou atrás, tornando necessário que Cabeça de Touro e o sargento Machadinha Vermelha o empurrassem até o cavalo.

Neste momento, Pega-o-Urso jogou fora seu cobertor, pondo a descoberto um rifle. Atirou em Cabeça de Touro, ferindo-o no lado. Quando Cabeça de Touro caiu, tentou atirar em seu adversário, mas a bala atingiu Touro Sentado. Quase simultaneamente, Machadinha Vermelha atirou na cabeça de Touro Sentado e o matou.

Durante o tiroteio, o velho cavalo de show que Buffalo Bill dera a Touro Sentado começou a fazer truques. Sentou-se, levantou uma pata, o que fez os presentes pensarem que ele estava apresentando a Dança dos Fantasmas. Mas logo que o cavalo parou sua dança e fugiu, o cerrado tiroteio começou de novo e só a chegada do destacamento de cavalaria salvou a polícia índia da extinção.[22]

Capítulo dezenove

Wounded Knee

Não havia esperança na Terra, e Deus parecia nos ter esquecido. Alguns disseram que viram o Filho de Deus; outros não O viram. Se Ele tivesse vindo, Ele faria algumas grandes coisas como Ele fizera antes. Duvidamos disso porque não O vimos, nem as Suas obras.
O povo não sabia; não se importava. Voltou-se para a esperança. Gritavam como doidos por Sua misericórdia. Confiavam na promessa que o ouviram fazer.
Os brancos tinham medo e chamaram os soldados. Nós pedimos a vida, e os brancos pensaram que nós queríamos as deles. Soubemos que os soldados estavam chegando. Não tivemos medo. Esperávamos que pudéssemos contar-lhes nossos problemas e conseguir ajuda. Um homem branco disse que os soldados queriam nos matar. Não acreditamos nisso, mas alguns ficaram com medo e fugiram para as Badlands.

NUVEM VERMELHA

NÃO FOSSE A FORÇA sustentadora da religião da Dança dos Fantasmas, os sioux, em sua dor e ódio pelo assassinato de Touro Sentado, poderiam ter se levantado contra as armas dos soldados. Tão dominante era sua crença em que os brancos logo desapareceriam e na volta de seus parentes e amigos mortos, na próxima estação de grama verde, que não fizeram represálias. Porém, às centenas, os hunkpapas sem líder fugiram de Standing Rock, buscando refúgio num dos acampamentos da Dança dos Fantasmas ou com o último dos grandes chefes, Nuvem Vermelha, em Pine Ridge. Na Lua em que Os Gamos Perdem os Chifres (17 de dezembro), cerca de cem desses hunkpapas fugitivos chegaram ao acampamento minneconjou de Pé Grande, perto de Cherry Creek. No mesmo dia, o Departamento de

Guerra deu ordens para a captura e prisão de Pé Grande. Estava na lista dos "fomentadores de distúrbios".

Assim que Pé Grande soube que Touro Sentado fora morto, dirigiu-se com seu povo para Pine Ridge, esperando que Nuvem Vermelha pudesse protegê-los dos soldados. No caminho, pegou pneumonia e, quando começou a hemorragia, teve de viajar num carroção. A 28 de dezembro, quando se aproximaram de Porcupine Creek, os minneconjous viram quatro soldados da cavalaria vindo na sua direção. Pé Grande ordenou imediatamente que se içasse uma bandeira branca em seu carroção. Por volta de duas da tarde, levantou-se de seus cobertores para receber o major Samuel Whitside, da Sétima Cavalaria dos Estados Unidos. Os cobertores de Pé Grande estavam manchados pelo sangue de seus pulmões e, enquanto falava – num sussurro enrouquecido – com Whitside, gotas vermelhas caíam de seu nariz e congelavam no frio reinante.

Whitside disse a Pé Grande que tinha ordens de levá-lo a um acampamento da cavalaria no riacho Wounded Knee. O chefe minneconjou respondeu que estava indo nessa direção; levava seu povo a Pine Ridge, para protegê-lo.

Voltando-se para seu batedor mestiço, John Shangreau, o major Whitside ordenou-lhe que começasse a desarmar o grupo de Pé Grande.

– Veja, major – respondeu Shangreau –, se fizer isso, é provável que haja luta aqui e, se houver, matará todas essas mulheres e crianças e os homens fugirão.

Whitside insistiu que suas ordens eram capturar os índios de Pé Grande, desarmá-los e tirar-lhes as montarias.

– É melhor levá-los ao acampamento e, então, tirar-lhes armas e cavalos – declarou Shangreau.

– Está bem – concordou Whitside. – Diga a Pé Grande para ir acampar em Wounded Knee.[1]

O major olhou para o chefe doente e deu ordem para trazerem sua ambulância do Exército. A ambulância seria mais quente e faria Pé Grande viajar melhor do que o carroção duro e sacolejante. Depois que o chefe foi transferido para a ambulância, Whitside formou uma coluna para a marcha até o riacho Wounded Knee. Dois pelotões de cavalaria tomaram a frente, em seguida vinham a ambulância e os carroções, os índios reunidos num grupo compacto atrás deles, com outros dois pelotões da cavalaria e uma bateria de dois canhões Hotchkiss na retaguarda.

Caía o crepúsculo quando a coluna passou pela última elevação e começou a descer o declive rumo a Chankpe Opi Wakpala, o riacho chamado Wounded Knee. A poeira invernal e os minúsculos cristais de gelo dançando à luz agonizante acrescentavam uma qualidade sobrenatural à paisagem sombria. Em alguma parte das proximidades do riacho gelado jazia o coração de Cavalo Doido num lugar secreto, e os Dançarinos Fantasmas acreditavam que seu espírito sem corpo esperava impacientemente pela nova terra que, com certeza, viria com a primeira grama verde da primavera.

No acampamento de tendas da cavalaria no riacho Wounded Knee, os índios foram detidos e as crianças contadas. Havia 120 homens e 230 mulheres e crianças. Devido à escuridão dominante, o major Whitside decidiu esperar até a manhã antes de desarmar seus prisioneiros. Destinou-lhes uma área de acampamento contígua ao sul do acampamento militar; forneceu-lhes rações e, como havia falta de coberturas de tendas, cedeu-lhes várias barracas. Whitside mandou que fosse colocado um fogão na tenda de Pé Grande e enviou um médico do regimento para observar o chefe doente. Para assegurar que nenhum dos prisioneiros escaparia, o major colocou dois soldados da cavalaria como sentinelas à volta das tendas sioux e, então, colocou os dois canhões Hotchkiss no cimo de um morro que dominava o acampamento. Os canos raiados dessas armas, que poderiam atirar cargas explosivas a mais de três quilômetros, estavam em posição para cobrir toda a extensão das tendas índias.

Mais tarde, na escuridão daquela noite de dezembro, o remanescente do Sétimo Regimento avançou, do leste, e acampou tranquilamente ao norte das tropas do major Whitside. O coronel James W. Forsyth, comandando o antigo regimento de Custer, encarregou-se das operações. Informou Whitside de que recebera ordens de levar o bando de Pé Grande à estrada de ferro Union Pacific, para transportá-lo a uma prisão militar em Omaha.

Depois de colocar mais dois Hotchkiss no morro, ao lado dos outros, Forsyth e seus oficiais instalaram-se para passar a noite com um barrilete de uísque para celebrar a captura de Pé Grande.

O chefe jazia em sua tenda, doente demais para dormir, mal podendo respirar. Mesmo com suas Camisas Fantasmas protetoras e sua crença nas profecias do novo Messias, seu povo temia os cavalarianos acampados à sua volta. Catorze anos antes, no Little Bighorn, alguns desses guerreiros haviam ajudado a derrotar alguns desses chefes de soldados – Moylan, Varnum, Wallace, Godfrey, Edgerly –, e os índios imaginavam se a vingança ainda poderia estar em seus corações.

"Na manhã seguinte, houve uma clarinada", disse Wasumaza, um dos guerreiros de Pé Grande que, anos depois, mudou seu nome para Dewey Beard. "Então, vi os soldados montando em seus cavalos e nos cercando. Foi anunciado que todos os homens deveriam ir ao centro para uma conversa e, depois dessa conversa, deveriam ir até a agência de Pine Ridge. Pé Grande foi trazido de sua tenda e sentou-se na frente; os mais velhos foram reunidos ao seu redor e sentaram-se bem perto dele, no centro."

Depois de distribuir biscoitos de marinheiro como rações de desjejum, o coronel Forsyth informou os índios de que agora seriam desarmados. "Eles pediram armas de fogo e outras", disse Lança Branca, "de modo que todos nós demos as armas de fogo, que foram reunidas no centro." Os chefes dos soldados não estavam satisfeitos com o número de armas entregues e, então, mandaram soldados revistar as tendas. "Foram direto às tendas e saíram com fardos que rasgavam e abriam", disse Chefe Cão. "Pegaram nossos machados, facas, estacas de tendas e os empilharam perto das armas."[2]

Ainda não satisfeitos, os chefes dos soldados ordenaram que os guerreiros tirassem seus cobertores e se submetessem à revista em busca de armas. Os rostos dos índios mostraram sua raiva, mas só o feiticeiro Pássaro Amarelo fez um protesto aberto. Dançou alguns passos da Dança dos Fantasmas e cantou uma das canções sagradas, garantindo aos guerreiros que as balas dos soldados não podiam penetrar em seus paramentos sagrados. "As balas não irão na sua direção", cantou em sioux. "A pradaria é grande, e as balas não irão na sua direção."[3]

Os soldados só encontraram dois rifles, um deles uma Winchester nova, pertencente a um jovem minneconjou chamado Coiote Preto. Coiote Preto levantou a Winchester acima da cabeça, gritando que pagara muito dinheiro pelo rifle e que ele lhe pertencia. Alguns anos depois, Dewey Beard lembrava que Coiote Preto era surdo.

> Se o tivessem deixado sozinho, ele iria pôr sua arma onde deveria. Agarraram-no e viraram-no para o leste. Mesmo assim, ainda estava tranquilo. Não tinha apontado sua arma para ninguém. Sua intenção era pôr a arma no chão. Mas eles se aproximaram e pegaram a arma que ele estava abaixando. Depois de fazerem Coiote Preto girar, houve a detonação de uma arma, bem alta. Não posso dizer se alguém foi atingido, mas depois disso, houve um barulho.

"Parecia muito com o som da lona rasgada, foi esse o barulho", disse Pena Grossa. Medroso-do-Inimigo descreveu-o como "um estrondo de relâmpago".[4]

Falcão-que-Volta disse que Coiote Preto "era um homem maluco, um jovem de péssima influência e, na verdade, ninguém". Disse que Coiote Preto disparou seu rifle e que "imediatamente os soldados responderam ao fogo, e se seguiu uma matança indiscriminada".[5]

Nos primeiros segundos de violência, o deflagrar das carabinas era ensurdecedor, enchendo o ar com fumaça de pólvora. Entre os mortos que jaziam por terra, no chão gelado, estava Pé Grande. Então, houve uma breve pausa no matraquear das armas, com pequenos grupos de índios e soldados lutando nas tendas próximas, usando facas, clavas e pistolas. Como poucos dos índios tinham armas, logo tiveram de fugir e, então, as grandes armas Hotchkiss no morro abriram fogo, disparando quase uma granada por segundo, varrendo o acampamento índio, rasgando as tendas com os estilhaços volantes, matando homens, mulheres e crianças.

"Tentamos correr", contou Louise Pele de Doninha, "mas eles nos alvejavam como se fôssemos búfalos. Sei que há alguns brancos bons, mas os soldados deviam ser maus, para disparar contra crianças e mulheres. Soldados índios não fariam isso contra crianças brancas."

"Saí correndo, seguindo os que estavam fugindo", disse Hakiktaiwn, outra das jovens. "Meu avô e minha avó, além do meu irmão, foram mortos quando cruzávamos a ravina e, então, fui atingida em cheio no quadril direito e no pulso direito; não pude continuar, pois não conseguia andar. Depois os soldados me pegaram; uma menina se aproximou de mim e engatinhou para o cobertor."[6]

Quando a loucura cessou, Pé Grande e mais de metade de seu povo estavam mortos ou gravemente feridos; 153 foram contados como mortos, mas muitos dos feridos arrastaram-se para longe, morrendo depois. Uma estimativa avaliou o total final de mortos quase em trezentos dos originais 350 homens, mulheres e crianças. Os soldados perderam 25 homens e tiveram 39 feridos, na maior parte atingidos por suas próprias balas e estilhaços.

Depois que os cavalarianos feridos foram levados para a agência em Pine Ridge, um pequeno destacamento percorreu o campo de batalha de Wounded Knee, reunindo os índios que ainda estavam vivos, colocando-os em carroções. Como parecia, no fim do dia, que se aproximava uma nevasca, os índios mortos foram deixados onde haviam caído. (Depois da nevasca, quando um grupo de coveiros voltou a Wounded Knee, achou os corpos, inclusive o de Pé Grande, congelados em posições grotescas.)

Os carroções cheios de sioux feridos (quatro homens e 47 mulheres e crianças) chegaram a Pine Ridge depois do começo da noite. Como todas as barracas disponíveis estavam cheias de soldados, ficaram nos carroções abertos ao frio severo, enquanto um inepto oficial do Exército procurava abrigo. Finalmente, a missão episcopal foi aberta, os bancos removidos e palha espalhada pelo chão duro.

Era o quarto dia após o Natal, no Ano de Nosso Senhor, 1890. Quando os primeiros corpos feridos e ensanguentados foram carregados para a igreja iluminada pelas velas, os que estavam conscientes puderam ver folhagens de Natal pendendo das vigas à mostra. Na frente do santuário, sobre o púlpito, estava estendida uma faixa de letras toscas: PAZ NA TERRA, BOA VONTADE ENTRE OS HOMENS.

Notas

Capítulo 2: A longa marcha dos navajos

1. U.S. Congress. 49th. 1st session. House of Representatives Executive Document 263, p. 14.
2. U.S. Congress. 39th. 2nd session. Senate Report 156, p. 314.
3. Official record. *The War of the Rebellion*. Series I, Vol 15, p. 580.
4. U.S. Interior Dept., Report, 1863, pp. 544-45. Documento publicado em KELLY, Lawrence C. *Life among the Apaches*. São Francisco: 1868, p. 201.
5. U.S. Congress. 39th. 2nd session. Senate Report 156, p. 103.
6. Ibid., p. 108, 116.
7. Ibid., p. 136, 139.
8. Documento em KELLY, *Navajo Roundup*; BAILEY, Lynn R. *Long Walk*. Los Angeles: Westernlore, 1964, p. 157; Senate Report 156, p. 141.
9. Senate Report 156, p. 153-54, 255. Documento em *Long Walk*.
10. U.S. Congress. 49th. 1st session. House of Representatives Executive Document 263, p. 15.
11. Senate Report 156, p. 144, 157, 162-167, 174, 179, 183-4, 259-60; BAILEY, *Long Walk*, pp. 164-66. Documento em KELLY, *Navajo Roundup*; KELLEHER, William A. *Turmoil in New Mexico, 1846-1868*. Santa Fé: Rydal Press, 1952, p. 441.
12. Ibid., p. 221-22.
13. Ibid., p. 223.
14. U.S. Office of Indian Affairs. Report, 1867, p. 190.
15. U.S. Congress. 49th. 1st session. House of Representatives Executive Document 263, p. 15.

Capítulo 3: A guerra de Corvo Pequeno

1. "Big Eagle's Story of the Sioux Outbreak of 1862." Minnesota Historical Society, *Collections*. Vol. VI, 1894, p. 385.
2. FOLWELL, William W. *A History of Minnesota*. St. Paul: Minnesota Historical Society, 1924. Vol. II, p. 232.
3. Ibid., p. 233. MEYER, Roy W. *History of the Santee Sioux*. Lincoln: University of Nebraska Press, 1967, p. 114.
4. "Big Eagle's Story", p. 389.
5. "Ta-oya-te-duta Is Not a Coward." *Minnesota History*, Vol. 38, 1962, p. 115.

6. "Big Eagle's Story", p. 390.
7. CARLEY, Kenneth (org.). "As Red Men Viewed It; Three Indian Accounts of the Uprising." *Minnesota History*, Vol. 38, 1962, p. 144.
8. Ibid., p. 144-45.
9. Ibid., p. 145-46.
10. Ibid., p. 148.
11. Ibid., p. 146.
12. "Big Eagle's Story", p. 394-97.
13. HEARD, Isaac V. D. *History of the Sioux War*. Nova York: Harper & Brothers, 1864, p. 147.
14. CARLEY, Kenneth. *The Sioux Uprising of 1862*. St. Paul: Minnesota Historical Society, 1961, p. 54.
15. HEARD, p. 147-48.
16. RIGGS, S. R. "Narrative of Paul Mazakootemane." Minnesota Historical Society, *Collections*, Vol. III, 1880, p. 84-85.
17. HEARD, p. 151-52.
18. Ibid., p. 150.
19. "Big Eagle's Story", p. 398-99. Sibley Order Book 35. FOLWELL, p. 182.
20. OEHLER, C. M. *The Great Sioux Uprising*. Nova York: Oxford University Press, 1959, p. 197.
21. RIGGS, p. 8.
22. FOLWELL, p. 202-205. OEHLER, p. 208.
23. Lincoln a Sibley, 6 de dezembro de 1863.
24. FOLWELL, p. 211.
25. HEARD, p. 284.
26. "Big Eagle's Story", p. 399-400.
27. HEARD, p. 311.
28. Ibid., p. 312. TRENERRY, Walter N. "The Shooting of Little Crow: Heroism or Murder?" *Minnesota History*, Vol. 38, 1962, p. 152-53.
29. WINKS, Robin W. "The British North American West and the Civil War." *North Dakota History*, Vol. 24, 1957, p. 148-51. FOLWELL, p. 443-50.

Capítulo 4: A guerra chega para os cheyennes

1. GRINNEL, George Bird. *The Fighting Cheyennes*. Norman: University of Oklahoma Press, 1956, pp. 144-46. HYDE, George E. *Life of George Bent*. Norman: University of Oklahoma Press, 1968, pp. 131-32.
2. U.S. Congress. 39th. 2nd session. Senate Report 156, p. 93-94.
3. BERTHRONG, Donald J. *The Southern Cheyennes*. Norman: University of Oklahoma Press, 1963, p. 185.
4. U.S. Congress. 39th. 2nd session. Senate Report 156, p. 94.
5. Ibid., p. 55-56.
6. U.S. Secretary of Interior. Report, 1864, p. 374-75.
7. Ibid., p. 374, 377.

8. HOIG, Stan. *The Sand Creek Massacre*. Norman: University of Oklahoma Press, 1961, p. 99.
9. HYDE, p. 142.
10. U.S. Congress. 39th. 2nd session. Senate Executive Document 26, p. 44.
11. Official record. *The War of the Rebellion*. Series I, Vol 41, Pt. 3, p. 462.
12. U.S. Congress. 39th. 2nd session. Senate Report 156, p. 77.
13. Ibid., p. 87-90.
14. HYDE, p. 146.
15. BERTHRONG, p. 213.
16. U.S. Congress. 39th. 2nd session. Senate Executive Document 26, p. 226.
17. U.S. Congress. 39th. 2nd session. Senate Report 142, p. 18.
18. U.S. Congress. 39th. 2nd session. Senate Executive Document 26, p. 25.
19. Ibid., p. 47. U.S. Congress. 39th. 2nd session. Senate Report 156, p. 53, 74.
20. Ibid., p. 66.
21. George Bent a George Hyde, 14 de abril de 1906 (Coe Collection, Yale University).
22. U.S. Congress. 39th. 2nd session. Senate Report 156, p. 66, 73.
23. U.S. Congress. 39th. 2nd session. Senate Executive Document 26, p. 70.
24. U.S. Congress. 39th. 2nd session. Senate Report 156, p. 73, 96.
25. Ibid., p. 53. BERTHRONG, p. 220.
26. BENT, George. "Forty Years with the Cheyennes". *The Frontier*, Vol. IV, n. 6, dezembro de 1905, p. 3. HYDE, pp. 152, 158-9.
27. U.S. Congress. 39th. 2nd session. Senate Executive Document 26, p. 73-74.
28. HYDE, p. 177.
29. U.S. Commissioner of Indian Affairs. Report, 1871, p. 439.
30. U.S. Secretary of Interior. Report, 1865, p. 701-11.
31. KAPPLER, Charles J. *Indian Affairs, Laws and Treaties*. Vol. 2, p. 887-88.

Capítulo 5: Invasão do rio Powder

1. Official record. *The War of the Rebellion*. Series I, Vol. 48, Pt. 2, p. 1048-49.
2. BENT, George. "Forty Years with the Cheyennes". *The Frontier*, Vol. IV, n. 7, janeiro de 1906, p. 4.
3. HOLMAN, Albert M. *Pioneering in the Northwest.* Sioux City, Iowa, 194.
4. BENT, p. 5.
5. Ibid.
6. GRINNEL, George Bird. *The Fighting Cheyennes*. Norman: University of Oklahoma Press, 1956, p. 210-11.
7. HUMFREVILLE, J. Lee. *Twenty Years among our Hostile Indians*. Nova York: Hunter and Co., 1903, p. 356.

8. PALMER, H. E. "History of the Powder River Indian Expedition of 1865". Nebraska State Historical Society, *Transactions and* Reports, Vol. II, p.216.
9. GRINNEL, George Bird. *Two Great Scouts and Their Pawnee Battalion*. Cleveland: Arthur H. Clark Co., 1961, p. 97.
10. BENT, George. *Life of George Bent*. Norman: University of Oklahoma Press, 1968, pp. 239-40.
11. HAFEN, L. R.; ANN W. *Powder River Campaign and Sawyers' Expedition of 1865*. Glendale, Calif.: A. H. Clark Co., 1961, p. 97.

Capítulo 6: A guerra de Nuvem Vermelha

1. U.S. Congress. 40th. 2nd session. House Executive Document 97, p. 9.
2. U.S. Department of the Interior. Report, 1866, p. 206-07.
3. OLSON, James C. *Red Cloud and the Sioux Problem*. Lincoln: University of Nebraska Press, 1965, p. 31.
4. U.S. Congress. 50th. 1st session. Senate Executive Document 33, p. 5.
5. Ibid., p. 18.
6. CARRINGTON, Frances C. *My Army Life and the Fort Phil Kearny Massacre*. Filadélfia: Lippincot, 1911, p. 291-92. CARRINGTON, Margaret I. *Ab-as-ra-ka, Land of Massacre*. Filadélfia: Lippincot, 1878, p. 79-80.
7. CARRINGTON, H. B. *The Indian Question*. Boston, 1909, p. 9.
8. U.S. Congress. 50th. 1st session. Senate Executive Document 33, p. 20-21.
9. John Stands in Timber and Margot Liberty. *Cheyenne Memories*. New Haven: Yale University Press, 1967, p. 172.
10. Ibid., pp. 174-76. HYDE, George E. *Life of George Bent*. Norman: University of Oklahoma Press, 1968, p. 276-77.
11. LOCKWOOD, James D. *Life and Adventures of Drumer Boy; or Seven Years a Soldier*. Albany, NY, 1893, p. 188-89.
12. NEIHARDT, John G. *Black Elk Speaks*. Lincoln: University of Nebraska Press, 1961, p. 17.
13. STANLEY, Henry M. *My Early Travels and Adventures*. Nova York: Scribner's, 1895, Vol I, p. 201-16.
14. SIMONIN, Louis L. *The Rocky Mountain West in 1867*. Lincoln: University of Nebraska Press, 1966, p. 107.
15. U.S. Congress. 40th. 2nd session. House Executive Document 97, p. 5. U.S. Congress. 49th. 1st. session. Senate Executive Document 39, p. 63-66.
16. U.S. Congress. 44th. 2nd session. Senate Executive Document 9, p. 38.

Capítulo 7: Índio bom é índio morto

1. HYDE, George E. *Life of George Bent*. Norman: University of Oklahoma Press, 1968, p. 253.

2. HANCOCK, Winfield Scott. Reports *of... upon Indian Affairs*. 1867, p, 45-46, 77.
3. Ibid., p. 47.
4. U.S. Secretary of the Interior. Report, 1867, p. 311.
5. HYDE, p. 259.
6. U.S. Secretary of the Interior. Report, 1867, p. 312.
7. STANLEY, Henry M. *My Early Travels and Adventures*. Nova York: Scribner's, 1895, Vol I, p. 37-38. GRINNEL, George Bird. *The Fighting Cheyennes*. Norman: University of Oklahoma Press, 1956, p. 250-52.
8. U.S. Congress. 40th. 2nd session. House Executive Document 97, p. 12.
9. U.S. Congress. 40th. 1st session. Senate Executive Document 13, p. 11-12, 95, 121.
10. BERTHRONG, Donald J. *The Southern Cheyennes*. Norman: University of Oklahoma Press, 1963, p. 294.
11. *Chicago Tribune*, 4 de novembro de 1867. JONES, Douglas C. *The Treaty of Medicine Lodge*. Norman: University of Oklahoma Press, 1966, p. 165-69.
12. BRILL, Charles L. *Conquest of the Southern Plains*. Oklahoma City, 1938, p. 107.
13. GRINNEL, p. 286.
14. KEIM, De Benneville Randolph. *Sheridan's Troopers on the Borders*. Filadélfia: MacKay, 1885, p. 103.
15. U.S. War Department. Report, 1869, p. 47-48.
16. Ibid., p. 48. BERTHRONG, p. 332.
17. Sheridan's Papers, 1º de janeiro de 1869, como citado em Berthrong, p. 333-34.
18. ELLIS, Edward S. *The History of our Country*. Indianapolis, 1900, Vol. 6, p. 1.483.

Capítulo 8: Ascensão e queda de Donehogawa

1. U.S. Department of the Interior. Report, 1870, p. 672-82. U.S. Congress. 41st. 3rd session. Senate Executive Document 39, p. 2.
2. PARKER, Arthur C. *The Life of General ely S. Parker*. Buffalo, NY: Buffalo Historical Society, 1919, p. 102-03.
3. U.S. Congress. 41st. 3rd session. Senate Executive Document 39, p. 38-39.
4. Ibid., p. 39.
5. Ibid., p. 40-41.
6. Ibid., p. 42-44.
7. *The New York Times*, 17 de junho de 1870.
8. OLSON, James C. *Red Cloud and the Sioux Problem*. Lincoln: University of Nebraska Press, 1965, p. 127.
9. *Cheyenne* (Wyoming) *Daily Leader*, 3 de março de 1870.
10. U.S. Congress. 41st. 3rd session. House of Representatives Report 39, p. 284.

Capítulo 9: Cochise e as guerrilhas apaches

1. Cooner, Daniel E. *Joseph Reddeford Walker and the Arizona Adventure*. Norman: University of Oklahoma Press, 1956, p. 37.
2. McCLINTOCK, James H. *Arizona*. Chicago, 1916, Vol I, p. 176-78.
3. CONNER, p. 38-42.
4. U.S. Congress. 39th. 2nd session. Senate Report 156, p. 305-06.
5. U.S. Secretary of the Interior. Report, 1871, p. 485.
6. Ibid., p. 486.
7. Ibid., p. 488.
8. U.S. Secretary of the Interior. Report, 1871, p. 470.
9. Ibid., p. 475-79.
10. ELLIS, A. N. Recollections of an Interview with Cochise, Chief of the Apaches. Kansas State Historical Society, *Collections*, Vol. 13, 1915, p. 391-92.
11. HOWARD, O. O. *My Life and Experiences among our Hostile Indians*. Hartford, Conn., 1907, p. 204-19.
12. SCHMITT, Martin F., ed. *General George Crook*. Norman: University of Oklahoma Press, 1946, p. 182.
13. CLUM, Woodworth. *Apache Agent, the Story of John P. Clum*. Boston: Houghton Mifflin, 1936, p, 99-100, 129.
14. LOCKWOOD, Frank C. *Pioneer Days in Arizona*. Nova York: Macmillan, 1932, p. 171-72.

Capítulo 10: O tormento do Capitão Jack

1. U.S. Congress. 43rd. 1st session. House Executive Document 122, p. 173.
2. RIDDLE, Jeff C. *The Indian History of the Modoc War*. 1914, p. 44.
3. Ibid., p. 45-46.
4. U.S. Congress. 43rd. 1st session. House Executive Document 122, p. 173.
5. Ibid., p. 174.
6. Ibid., p. 50-51.
7. RIDDLE, p. 61.
8. BRITT, Albert. *Great Indian Chiefs*. Nova York: Whittlesey House, 1938, p. 235-36.
9. Sherman a Canby, 12 de março de 1873, cit. in MURRAY, Keith A. *The Modocs and Their War*. Norman: University of Oklahoma Press, 1959, p. 156-57.
10. MEACHAM, A. B. *Wigwam and Warpath*. Boston: 1875, p. 441.
11. Ibid., p. 444-52.
12. RIDDLE, p. 69-77.
13. U.S. Congress. 43rd. 1st session. House Executive Document 122, p. 140-41.
14. RIDDLE, p. 90-91.
15. Ibid., p. 143-44.

16. U.S. Congress. 43rd. 1st session. House Executive Document 122, p. 111.
17. Ibid., p. 140-41.

CAPÍTULO 11: A GUERRA PARA SALVAR O BÚFALO

1. KAPPLER, Charles J. *Indian Affairs, Laws and Treaties*. Vol. 2, p. 980.
2. NYE, W. S. *Carbine and Lance*. Norman: University of Oklahoma Press, 1937, p. 95.
3. LECKIE, William H. *Military Conquest of the Southern Plains.* Norman: University of Oklahoma Press, 1963, p. 113.
4. TATUM, Lawrie. *Our Red Brothers*. Filadélfia: Winston, 1899, p. 29.
5. U.S. Bureau of American Ethnology. Annual Report, 17th, 1895-96, p. 208.
6. L. Tatum a E. Hong, como citado em Nye, p. 173-74.
7. NYE, p. 179.
8. Ibid., p. 182.
9. LECKIE, p. 151.
10. U.S. Bureau of American Ethnology. Annual Report, 17th, 1895-96, p. 329.
11. CARTER, Captain R. G. *On the Border with Mackenzie*. Nova York: Antiquarian Press, 1961, p. 355-56.
12. U.S. Department of the Interior. Report, 1872, p. 516.
13. *Army and Navy Journal*, Vol. 10, 26 de outubro de 1872, p. 165.
14. BATTEY, Thomas C. *Life and Adventures of a Quaker among the Indians*. Boston: Lee and Shepard, 1891, p. 90.
15. NYE, p. 209.
16. Ibid., 219.
17. BATTEY, p. 202-03.
18. GARRETSON, Martin S. *The American Bison.* New York Geological Society, 1938, p. 128. HORNADAY, W. T. *The Extermination of the American Bison*. Washington: Smithsonian Institution, 1889, p. 496-501.
19. NYE, W. S. *Bad Medicine and Good*. Norman: University of Oklahoma Press, 1962, p. 179-80.
20. Ibid., p. 182.
21. NYE, *Carbine and Lance*, p. 246.
22. BATTEY, p. 296.
23. NYE, *Carbine and Lance*, p. 300.

CAPÍTULO 12: A GUERRA PELAS BLACK HILLS

1. New York *Herald*, 27 de agosto e 25 de setembro de 1874.
2. GILBERT, Hila. *"Big Bat" Purier*. Sheridan, Wyoming: Mills Company, 1968, p.43.
3. KAPPLER, Charles J. *Indian Affairs, Laws and Treaties*. Vol. 2, p. 1.002.
4. U.S. Commissioner of Indian Affairs. Report, 1875, p. 187.

5. GILBERT, p. 43.
6. MILLS, Anson. *My Story*. Washington, D.C., 1918, p.168.
7. U.S. Commissioner of Indian Affairs. Report, 1875, p. 199.
8. U.S. Congress. 44th. 1st session. House Executive Document 184, p. 8-9.
9. U.S. Secretary of War. Report, 1875, p. 21.
10. U.S. Congress. 44th. 1st session. House Executive Document 184, p. 10, 17-18.
11. U.S. Secretary of War. Report, 1875, p. 441.
12. NEIHARDT, John G. *Black Elk Speaks*. Lincoln: University of Nebraska Press, 1961, p. 90.
13. MARQUIS, Thomas B. *Wooden Leg, a Warrior Who Fought Custer*. Lincoln: University of Nebraska Press, 1957, p. 165, 168. DE BARTHE, Joe. *Life and Adventures of Frank Grouard*. Norman: University of Oklahoma Press, 1958, p. 98.
14. GARLAND, Hamlin. General Custer's Last Fight as Seen by Two Moon. *McClure's Magazine*, Vol. 11, 1898, p. 444.
15. Ibid., p. 445.
16. MARQUIS, p. 185.
17. VESTAL, Stanley. *Sitting Bull, Champion of the Sioux*. Norman: University of Oklahoma Press, 1957, p. 150-51.
18. NEIHARDT, p. 108-09.
19. MARQUIS, p. 205.
20. U.S. Bureau of American Ethnology. Annual Report, 19th, 1888-89, p. 564.
21. McLAUGHLIN, James. *My Friend the Indian*. Boston: Houghton Mifflin Co., 1910, p. 168-69.
22. NEIHARDT, 108-09.
23. *Leavenworth* (Kansas) *Weekly Times*, 18 de agosto de 1881.
24. GARLAND, p. 446.
25. ROBINSON, D. W. Editorial Notes on Historical Sketch of North and South Dakota. *South Dakota Historical Collections*, Vol. I, 1902, p. 151.
26. *St. Paul* (Minnesota) *Pioneer Press*, 18 de julho de 1886.
27. McLAUGHLIN, p. 175.
28. New York *Herald*, 24 de setembro de 1876. EATERWOOD, T. J. *Memories of Seventy-Six*. Dundee, Oregon, 1880, p. 15.
29. McLAUGHLIN, p. 175.
30. *Leavenworth* (Kansas) *Weekly Times*, 18 de agosto de 1881.
31. U.S. Bureau of American Ethnology. Annual Report, 10th, 1888-89, p. 565.
32. *Leavenworth* (Kansas) *Weekly Times*, 18 de agosto de 1881.
33. New York *Herald,* 16 de novembro de 1877.
34. GRAHAM, W. A. *The Custer Myth*. Harrisburg, Pa.: Stackpole Co., 1953, p. 110.
35. U.S. Congress. 44th. 2nd session. Senate Executive Document 9, p. 5, 31.
36. New York *Herald*, 23 de setembro de 1876.

37. U.S. Congress. 44th. 2nd session. Senate Executive Document 9, p. 8, 38-40, 66.
38. DE BARTHE, p. 157-58.
39. MILLS, p. 171-72.
40. U.S. Secretary of the Interior. Report, 1877, p. 724.
41. U.S. War Department. Military Division of the Missouri. Record of Engagement with Hostile Indians, 1882, p. 62.

Capítulo 13: A fuga dos Nes Percés

1. CHIEF JOSEPH. "An Indian's Views of Indian Affairs." *North American Review*, Vol. 128, 1879, p. 417.
2. Ibid., p. 418.
3. U.S. Commissioner of Indian Affairs. Annual Report, 1873, p. 527.
4. CHIEF JOSEPH, p. 419.
5. U.S. Secretary of War. Annual Report, 1877, p. 594. MCWHORTER, Lucullus V. *Yellow Wolf: His Own Story*. Caldwell: Idaho, 1940, p. 39.
6. CHIEF JOSEPH, p. 420, 423.
7. Ibid., p. 425.
8. Ibid., p. 426.
9. MCWHORTER, p. 144.
10. SHIELDS, G. D. *Battle of the Big Hole*. Chicago: 1889, p. 51-52.
11. MCWHORTER, p. 120, 132;
12. CHIEF JOSEPH, p. 427.
13. MCWHORTER, p. 204.
14. CHIEF JOSEPH, p. 425, 428.
15. U.S. Secretary of War. Report, 1877, p. 630.
16. CHIEF JOSEPH, p. 432.
17. Ibid.

Capítulo 14: O êxodo dos Cheyennes

1. MARQUIS, Thomas B. *Wooden Leg, a Warrior Who Fought Custer*. Lincoln: University of Nebraska Press, 1957, p. 308.
2. Ibid., 310.
3. Ibid., 320.
4. U.S. Congress. 46th. 2nd session. Senate Report 708, pp. 153, 266, 269.
5. Ibid., p. 267-68, 271-72.
6. Ibid., p. 146-47, 217-19.
7. Ibid., p. 278. GRINNEL, George Bird. *The Fighting Cheyennes*. Norman: University of Oklahoma Press, 1956, p. 401.
8. GRINNEL, p. 403.
9. CAMPBELL, C. E. "Down among the Red Men." Kansas State Historical Society", *Collections*, Vol. 17, p. 677-78.
10. U.S. Congress. 46th. 2nd session. Senate Report 708, p. 241.

11. BRONSON, Edgar B. *Reminiscences of a Ranchman*. Nova York: McClure Company, 1908, p. 167-69.
12. U.S. Congress. 46th. 2nd session. Senate Report 708, pp. 244, 251.
13. "Liquidation of Dull Knife". *Nebraska History*, Vol. 22, 1941, p. 109-10.
14. U.S. Congress. 46th. 2nd session. Senate Report 708, p. 242.
15. Ibid., p. 249.
16. MARQUIS, p. 333.

Capítulo 15: Urso de Pé se torna pessoa

1. HOWARD, James H. *The Ponca Tribe* (U.S. Bureau of American Ethnology, Bulletin 195.) Washington, D.C.: 1965, p. 21.
2. U.S. Congress. 46th. 3rd session. Senate Executive Document 30, p. 7.
3. Ibid., p. 14-15.
4. Ibid., p. 15.
5. Ibid., p. 31.
6. U.S. Secretary of the Interior. Report, 1877, p. 493.
7. U.S. Congress. 46th. 3rd session. Senate Executive Document 30, p. 15, 31.
8. U.S. Secretary of the Interior. Report, 1877, p. 493-96.
9. U.S. Congress. 46th. 3rd session. Senate Executive Document 30, p. 16.
10. TIBBLES, Thomas H. *Buckskin and Blanket Days*. Nova York: Doubleday, 1957, p. 197.
11. U.S. Secretary of War. Report, 1879, p. 78.
12. TIBBLES, p. 198.
13. SHELDON, Addison E. *Nebraska, the Land and the People*. Chicago: Lewis, 1931, Vol. I, p. 117.
14. *U.S. v. Crook*, 5 Dillon, 453.
15. FOREMAN, Grant. *The Last Trek of the Indians*. Chicago: University of Chicago Press, 1946, p. 253.
16. U.S. Secretary of the Interior. Report, 1880, p. 22-25.
17. U.S. Congress. 46th. 3rd session. Senate Executive Document 14, p. 4.
18. Ibid., p. 5.
19. Ibid., p. 5-6.
20. Ibid., p. 13.
21. TIBBLES, p. 15.

Capítulo 16: "Os utes têm de ir embora!"

1. SPRAGUE, Marshall. *Massacre; the Tragedy at White River*. Boston: Little, Brown, 1957, p. 92.
2. U.S. Secretary of the Interior. Report, 1873, p. 465-79.
3. U.S. Secretary of the Interior. Report, 1879, p. 124.
4. U.S. Congress. 46th. 2nd session. House Executive Document 83, p. 66.
5. U.S. Secretary of the Interior. Report, 1879, p. 124-25. WELLMAN, Paul. *Death on Horseback*. Filadélfia: Lippincott, 1947, p. 217.

6. SPRAGUE, p. 157.
7. Ibid., p. 163.
8. U.S. Secretary of the Interior. Report, 1879, p. 84.
9. U.S. Congress. 46th. 2nd session. House Executive Document 84, p. 68.
10. Ibid., p. 53-54.
11. SPRAGUE, p. 176.
12. U.S. Congress. 46th. 2nd session. House Executive Document 84, p. 7-8.
13. U.S. Congress. 46th. 2nd session. House Miscellaneous Document 38, p. 199.
14. U.S. Secretary of the Interior. Report, 1879, p. 91-92.
15. U.S. Secretary of War. Report, 1879, p. 9.
16. U.S. Congress. 46th. 2nd session. House Miscellaneous Document 38, p. 193.
17. U.S. Congress. 46th. 2nd session. House Executive Document 83, p. 72.
18. U. S, Secretary of the Interior. Report, 1879, p. 92-93.
19. U.S. Congress. 46th. 2nd session. House Executive Document 83, p. 62.
20. Ibid., p. 63.
21. U.S. Congress. 46th. 2nd session. House Miscellaneous Document 38, p. 14.
22. U.S. Secretary of the Interior. Report, 1879, p. 94.
23. EMMITT, Robert. *The Last War Trail; the Utes and the Settlement of Colorado*. Norman: University of Oklahoma Press, 1954, p. 234-35.
24. U.S. Congress. 46th. 2nd session. House Executive Document 83, p. 3.

Capítulo 17: O último chefe apache

1. DAVIS, Britton. *The Truth about Geronimo*. Chicago: Lakeside Press, 1951, p. 48.
2. CLUM, Woodworth. *Apache Agent, the Story of John P. Clum*. Boston: Houghton Mifflin, 1936, p. 198.
3. BARRETT, S. M. *Geronimo's Story of His Life*. Nova York: Duffield & Company, 1907, pp. 131-32.
4. U.S. Secretary of War. Report, 1877, p. 134.
5. THRAPP, Dan L. *The Conquest of Apacheria*. Norman: University of Oklahoma Press, 1967, p. 179.
6. U.S. Secretary of War. Report, 1883, p. 159-65.
7. Ibid., p. 167.
8. BETZINEZ, Jason; NYE, W. S. *I Fought with Geronimo*. Harrisburg, Pa.: Stackpole Co., 1959, p. 116.
9. THRAPP, p. 290.
10. BOURKE, John G. *Na Apache Campaign in the Sierra Madre*. Nova York: Charles Scribner's Sons, 1958, p. 114.

11. BETZINEZ e NYE, p. 122.
12. U.S. Congress. 51st 1st session. Senate Executive Document 88, p. 12.
13. Ibid., p. 11. BETZINEZ e NYE, p. 129.
14. U.S. Congress. 51st 1st session. Senate Executive Document 88, p. 16-17.
15. CROOK, George. *Résumé of Operations Against Apache Indians, 1882 to 1886*. Omaha, Nebraska, 1886, p. 12.
16. BETZINEZ e NYE, p. 135. BARRETT, p. 139. U.S. Congress. 51st 1st session. Senate Executive Document 88, p. 33.
17. FAULK, Odie B. *The Geronimo Campaign*. Nova York: Oxford University Press, 1969, p. 125-26.

Capítulo 18: Dança dos fantasmas

1. VESTAL, Stanley. *Sitting Bull, Champion of the Sioux*. Norman: University of Oklahoma Press, 1957, p. 215.
2. U.S. Secretary of Interior. Report, 1877, p. 723-25.
3. Ibid., p. 726-27.
4. Canadá. House of Commons Debates, Session 1878, p. 353-54.
5. NEIHARDT, John G. *Black Elk Speaks*. Lincoln: University of Nebraska Press, 1961, p. 159.
6. DE BARTHE, Joe. *Life and Adventures of Frank Grouard*. Norman: University of Oklahoma Press, 1958, p. 248.
7. U.S. Congress. 48th. 1st session. Senate Report 283, p. 137.
8. Ibid., p. 135-36, 149.
9. Ibid., p. 139, 143, 158.
10. Ibid., p. 71-72.
11. Ibid., p. 79-81.
12. GLASPELL, Kate E. "Incidents in the Life of a Pioneer". *North Dakota Historical Quaterly*, Vol. 8, 1941, pp. 187-88.
13. VESTAL, p. 251, 255.
14. U.S. Congress. 51st 1st session. Senate Executive Document 51, p. 52, 58, 65.
15. Ibid., p. 21, 203.
16. McLAUGHLIN, James. *My Friend the Indian*. Boston: Houghton Mifflin Co., 1910, p. 285.
17. U.S. Congress. 51st 1st session. Senate Executive Document 51, p. 213.
18. U.S. Bureau of American Ethnology. Report, 14th, 1892-93, Part 2, p. 795.
19. OLSON, James C. *Red Cloud and the Sioux Problem*. Lincoln: University of Nebraska Press, 1965, p. 326.
20. U.S. Bureau of American Ethnology. Report, 14th, 1892-93, Part 2, p. 789.
21. U.S. Commissioner of Indian Affairs. Report, 1891, p. 333.
22. SCHMITT, Martin F.; BROWN, Dee. *Fighting Indians of the West*. Nova York: Scribner's, 1948, p. 335. UTLEY, Robert M. *The Last Days of the Sioux Nation*. New Haven: Yale University Press, 1963, p. 159.

Capítulo 19: Wounded Knee

1. UTLEY, Robert M. *The Last Days of the Sioux Nation*. New Haven: Yale University Press, 1963, p. 195.
2. McGREGOR, James H. *The Wounded Knee Masacre from the Viewpoint of the Survivors*. Baltimore, Maryland: Wirth Brothers, 1940, p. 105, 118, 134.
3. UTLEY, p. 210.
4. McGREGOR, p. 106, 109, 126.
5. U.S. Bureau of American Ethnology. Report, 14th, 1892-93, Part 2, p. 885.
6. McGREGOR, p. 111, 140.

BIBLIOGRAFIA

"The Affair at Slim Buttles." *South Dakota Historical Collections,* Vol. VI, 1912, p. 493-590.

ALLEN, Charles W. "Red Cloud and the U. S. Flag." *Nebraska History,* Vol. 22, 1941, p. 77-88.

ALLISON, E. H. "Surrender of Sitting Bull." *South Dakota Historical Collections,* Vol. VI, 1912, p. 231-70.

ANDERSON, Harry H. "Cheyennes at the Little Big Horn – a Study of Statistics." *North Dakota History,* Vol. 27, 1960, p. 81-93.

ANDRIST, Ralph K. *The Long Death; the Last Days of the Plains Indian.* Nova York, Macmillan, 1964.

Army and Navy Journal, Vol. 10, 1872-73.

BAILEY, Lynn R. *Long Walk.* Los Angeles, Westernlore, 1964.

BARRETT, S. M. *Geronimo's Story of His Life.* Nova York, Duffield & Co., 1907.

BATTEY, Thomas C. *Life and Adventures of a Quaker Among the Indians* Boston, Lee and Shepard, 1891.

BENT, George. "Forty Years with the Cheyennes." *The Frontier,* Vol. IV, 1905-06.

BERTHRONG, Donald J. *The Southern Cheyennes.* Norman, University of Oklahoma Press, 1963.

BETZINEZ, Jason, and W. S. Nye. *I Fought with Geronimo.* Harrisburg, Pa., Stackpole, 1960.

"Big Eagle's Story of the Sioux Outbreak of 1862." Minnesota Historical Society, *Collections,* Vol. VI, 1894, p. 382-400.

BLACKENBURG, William B. "The Role of the Press in an Indian Massacre, 1871." *Journalism Quarterly,* Vol. 45, 1968, p. 61-70.

BOURKE, John G. *An Apache Campaign in the Sierra Madre.* Nova York, Scribner's, 1958.

——. *Mackenzie's Last Fight with the Cheyennes.* Nova York, Argonaut Press, 1966.

——. *On the Border with Crook.* Nova York, Scribner's, 1891.

BRANDES, Ray. *Frontier Military Posts of Arizona.* Globe, Arizona, 1960.

BRILL, Charles J. *Conquest of the Southern Plains.* Oklahoma City, 1938.

BRITT, Albert. *Great Indian Chiefs.* Nova York, Whittlesey House, 1938.

BRONSON, Edgar Beecher. *Reminiscences of a Ranchman,* Nova York, McClure Company, 1908.

BROWN, Dee. *Fort Phil Kearney; an American Saga.* Nova York, Putnam's, 1962.

—. *The Galvanized Yankees.* Urbana, University of Illinois Press, 1963.

BROWN, Mark H. *The Plainsmen of the Yellowstone.* Nova York, Putnam's, 1961.

BRYANT, Charles S., and A. B. Murch. *A History of the Great Massacre by the Sioux Indians in Minnesota.* Cincinnati, 1864.

CAMPBELL, C. E. "Down Among the Red Men." Kansas State Historical Society, *Collections,* Vol. XVII, 1928, p. 623-91.

CARLEY, Kenneth, ed. "As Red Men Viewed It; Three Indian Accounts of the Uprising." *Minnesota History,* Vol. 38, 1962, p. 126-49.

—. *The Sioux Uprising of 1862.* St. Paul, Minnesota Historical Society, 1961.

CARRINGTON, Frances C. *My Amy Life and the Fort Phil Kearny Massacre.* Philadelphia, Lippincott, 1911.

CARRINGTON, H. B. *The Indian Question.* Boston, 1909.

CARTER, R. G. *On the Border with Mackenzie*, Nova York, Antiquarian Press, 1961.

Chicago Tribune, 1867 and 1872.

Chief Joseph. "An Indian's Views of Indian Affairs." *North American Review*, Vol. 128, 1879, p. 412-33.

CLUM, John P. "Eskiminzin." *New Mexico Historical Review*, Vol. 4, 1929, p. 1-27.

CLUM, Woodworth. *Apache Agent, the Story of John P. Clum*. Boston, Houghton Mifflin, 1936.

COLLINS, John C. *Across the Plains in 64*. Omaha, Nebraska, 1904.

CONNER, Daniel Ellis. *Joseph Reddeford Walker and the Arizona Adventure*. Norman, University of Oklahoma Press, 1956.

COOK, James H. *Fifty Years on the Old Frontier*. New Haven, Yale University Press, 1923.

COOK, John R. *The Border and the Buffalo*. Nova York, Citadel Press, 1967.

CREMONY, John C. *Life Among the Apaches*. San Francisco, 1868.

CROOK, George. *Autobiography*, edited by Martin F. Schmitt. Norman, University of Oklahoma Press, 1946.

—. *Résumé of Operations Against Apache Indians*, 1882 to 1886. Omaha, Nebraska, 1886.

DAVIS, Britton. *The Truth About Geronimo*. Chicago, Lakeside Press, 1951.

DENSMORE, Frances. *Teton Sioux Music* (Bureau of American Ethnology Bulletin 61). Washington, D. C., 1918.

EASTERWOOD, Thomas J. *Memories of Seventy-Six*. Dundee, Oregon, 1880.

ELLIS, A. N. "Recollections of an Interview with Cochise, Chief of the Apaches." *Kansas State Historical Society*, Collections. Vol. 13, 1915, p. 387-92.

EWERS, John C. *Indian Life on the Upper Missouri*. Norman, University of Oklahoma Press, 1968.

FALK, Odie B. *The Geronimo Campaign*, Nova York, Oxford University Press, 1969.

FECHET, E. G. "The True Story of the Death of Sitting Bull." *Nebraska State Historical Society*, Proceedings and Collections, Second Series, Vol. II, 1898, p. 179-90.

FOREMAN, Grant. *The Last Trek of the Indians*. Chicago, University of Chicago Press, 1946.

FRITZ, Henry E. *The Movement for Indian Assimilation, 1860-1890*. Philadelphia, University of Pennsylvania Press, 1963.

GARLAND, Hamlin. "General Custer's Last Fight as Seen by Two Moon." *McClure's Magazine*, Vol. II, 1898, p. 443-48.

GARRETSON, Martin S. *The American Bison*. Nova York Zoological Society, 1938.

GLASPELL, Kate E. "Incidents in the Life of a Pioneer." *North Dakota Historical Quarterly*, Vol. 8, 1941, p. 184-90.

GRAHAM, W. A. *The Custer Myth*. Harrisburg, Pa., Stackpole, 1953.

GRANGE, Roger T., Jr. "Treating the Wounded at Fort Robinson." *Nebraska History*, Vol. 45, 1964, p. 273-94.

GRINNELL, George B. *The Fighting Cheyennes*. Norman, University of Oklahoma Press, 1956.

——. *Two Great Scouts and Their Pawnee Battalion*. Cleveland, A. H. Clark, 1928.

HAFEN, Le Roy R. Ann W. *Powder River Campaigns and Sawyers' Expedition of 1865*. Glendale, Calif., A. H. Clark, 1961.

HANCOCK, Winfield Scott. *Reports of... upon Indian Affairs, with Accompanying Exhibits*, 1867.

HEARD, Isaac V. D. *History of the Sioux War*. Nova York, Harper, 1864.

HOIG, Stan. *The Sand Creek Massacre*. Norman, University of Oklahoma Press, 1961.

HOLMES, Albert M. *Pioneering in the Northwest*. Sioux City, Iowa, 1924.

HOWARD, O. O. *My Life and Experiences Among Our Hostile Indians*. Hartford, Connecticut, 1907.

HYDE, George E. *Life of George Bent; written from his letters*, Editado por Savoie Lottinville. Norman, University of Oklahoma Press, 1967.

——. *Red Cloud's Folk; a History of the Oglala Sioux Indians*. Norman, University of Oklahoma Press, 1937.

——. *A Sioux Chronicle*. Norman, University of Oklahoma Press, 1956.

——. *Spotted Tail's Folk, a History of the Brulé Sioux*. Norman, University of Oklahoma Press, 1961.

JACKSON, Donald. *Custer's Gold, the United States Cavalry Expedition of 1874*. New Haven, Yale University Press, 1966.

John Stands in Timber and Margot Liberty. *Cheyenne Memories*. New Haven, Yale University Press, 1967.

JONES, Douglas C. *The Treatly of Medicine Lodge*. Norman, University of Oklahoma Press, 1966.

JOSEPHY, Alvin M., Jr. *The Patriot Chiefs*. Nova York, Viking, 1961.

KAPPER, Charles J. *Indian Affairs, Laws and Treaties*. 4 Vols. Washington, D. C., 1904-1927.

LAVENDER, David. *Bent's Fort*. Nova York, Doubleday, 1954.

LECKIE, William H. *The Military Conquest of the Southern Plains*. Norman, University of Oklahoma Press, 1963.

"The Liquidation of Dull Knife." *Nebraska History*, Vol. 22, 1941, p. 109-10.

LOCKWOOD, Frank C. *Pioneer Days in Arizona*. Nova York, Macmillan, 1932.

McCREIGHT, M. L. *Firewater and Forked Tongues; a Sioux Chief Interprets U. S. History*. Pasadena, Calif., Trail's End Pub. Co., 1947.

McGREGOR, James H. *The Wounded Knee Massacre from the Viewpoint of the Survivors*. Baltimore, Wirth Bros., 1940.

McLAUGHLIN, James. *My Friend the Indian*. Boston, Houghton Mifflin, 1910.

MARQUIS, Thomas *B. Wooden Leg, a Warrior Who Fought Custer*. Lincoln, University of Nebraska Press, 1957.

MAYHALL, Mildred P. *The Kiowas*. Norman, University of Oklahoma Press, 1962.

MEACHAM, A. B. *Wigwam and Warpath*. Boston, 1975.

MEYER, Roy W. *History of the Santee Sioux*. Lincoln, University of Nebraska Press, 1967.

NEIHARDT, John G. *Black Elk Speaks*. Lincoln, University of Nebraska Press, 1961.

New York Herald, 1872.

NYE, W. S. *Bad Men and Good; Tales of the Kiowas*. Norman University of Oklahoma Press, 1962.

—. *Carbine and Lance; the Story of Old Fort Sill*. Norman, University of Oklahoma Press, 1937.

—. *Plains Indian Raiders*. Norman, University of Oklahoma Press, 1968.

OEHLER, C. M. *The Great Sioux Uprising*. Nova York, Oxford University Press, 1959.

OLSON JAMES C. *Red Cloud and the Sioux Problem*. Lincoln, University of Nebraska Press, 1965.

Omaha Weekly Herald, 1868.

PALMER, H. E. "History of the Powder River Indian Expedition of 1865." *Nebraska State Historical Society*, Transactions and Reports, Vol. II, 1887, p. 197-229.

PARKER, Arthur C. *The Life of General Ely S. Parker*. Buffalo, N. Y., Buffalo Historical Society, 1919.

A Pictographic History of the Oglala Sioux, drawings by Amos Bad Heart Bull, text by Helen H. Blish. Lincoln, University of Nebraska Press, 1967.

PRAUS, Alexis A. *A New Pictographic Autobiography of Sitting Bull* (Smithsonian Miscellaneous Collections, Vol. 123, Nº 6) Washington, D. C., 1955.

ROBINSON, D. W. "Editorial Notes on Historical Sketch of North and South Dakota." *South Dakota Historical Collections*, Vol. I, 1902, p. 85-162.

ROBINSON, Doane. "Crazy Horse's Story of Custer Battle." *South Dakota Historical Collections*, Vol. VI, 1912, p. 224-28.

——. *A History of the Dakota or Sioux Indians*. Minneapolis, Ross & Haines, 1967.

SAKS, Benjamin H. "New Evidence on the Bascom Affair." *Arizona and the West*, Vol. 4, 1962, p. 261-78.

SALZMAN, M., Jr. "Geronimo the Napoleon of Indians." *Journal of Arizona History*, Vol. 8, 1967, p. 215-47.

SANDOZ, Mari. *Cheyenne Autumn*. Nova York, Hastings House, 1953.

——. *Crazy Horse, the Strange Man of the Oglalas*. Nova York, Knopf, 1945.

——. *Hostiles and Friendlies*. Lincoln, University of Nebraska Press, 1950.

SCHELLIE, Don. *Vast Domain of Blood; the Camp Grant Massacre*. Los Angeles, Westernlore, 1968.

SCHMECKEBIER, Lawrence F. *The Office of Indian Affairs; Its History, Activities and Organization*. Baltimore, Johns Hopkins Press, 1927.

SCHMITT, Martin F.; BROWN, Dee. *Fighting Indians of the West*. Nova York, Scribne's, 1948.

SEYMOUR, Flora W. *Indian Agents of the Old Frontier*. Nova York, Appleton-Century, 1941.

SHELDON, Addison E. *Nebraska, the Land and the People*. Vol. I. Chicago, Lewis Publishing Co., 1931.

SONNICHSEN, C. L. *The Mescalero Apaches*. Norman, University of Oklahoma Press, 1958.

SPRAGUE, Marshall. *Massacre; the Tragedy at White River*. Boston, Little, Brown, 1957.

STEWART, Edgar I. *Custer's Luck*. Norman, University of Oklahoma Press, 1955.

STIRLING, M. W. *Three Pictographic Autobiographies of Sitting Bull* (Smithsonian Miscellaneous Collections, Vol. 97, Nº 5). Washington, D. C., 1938.

SWANTON, John R. *The Indian Tribes of North America*. Washington, D. C., 1952.

TATUM, Lawrie. *Our Red Brothers and the Peace Policy of President Ulysses Grant*. Philadelphia, Winston, 1899.

TAYLOR, Alfred A. "Medicine Lodge Peace Council." *Chronicles of Oklahoma*, Vol. 2, 1924, p. 98-118.

THRAPP, Dan L. *The Conquest of Apacheria*. Norman, University of Oklahoma Press, 1967.

TIBBLES, Thomas Henry. *Buckskin and Blanket Days*. Nova York, Doubleday, 1957.

TURNER, Katherine C. *Red Men Calling on the Great White Father*. Norman, University of Oklahoma Press, 1951.

TYLER, Barbara Ann. "Cochise: Apache War Leader, 1858-1861." *Journal of Arizona History*, Vol. 6, 1965, p. 1-10.

U.S. Board of Indian Commissioners. Reports, 1869-1891.

U.S. Bureau of American Ethnology. *Annual* Reports, 10th, 14th, 17th, and 46th.

U.S. Census Office. *Report on Indians Taxed and Indians Not Taxed in the United States*. Washington, D.C., 1894.

U.S. Commission to Investigate the Affair of the Red Cloud Indian Agency. Report, July, 1875. Washington, D. C., 1875.

U.S. Commissioner of Indian Affairs. Annual Reports, 1860-1891.

U.S. Congress. 38th. 2nd session. Senate Report 142.

U.S. Congress. 39th. 2nd session. House Miscellaneous Document 37.

U.S. Congress. 39th. 2nd session. Senate Executive Doc. 26.

U.S. Congress. 39th. 2nd session. Senate Report 156.

U.S. Congress. 40th. 1st session. Senate Executive Doc. 13.

U.S. Congress. 40th. 2nd session. House Executive Doc. 97.

U.S. Congress. 41st. 3rd session. House Report 39.

U.S. Congress. 41st. 3rd session. Senate Executive Doc. 39.

U.S. Congress. 43rd. 1st session. House Executive Doc. 122.

U.S. Congress. 44th. 1st session. House Executive Doc. 184.

U.S. Congress. 44th. 2nd session. Senate Executive Doc. 9.

U.S. Congress. 46th. 2nd session. House Executive Doc. 83.

U.S. Congress. 46th. 2nd session. House Miscellaneous Doc. 38.

U.S. Congress. 46th. 2nd session. Senate Report 708.

U.S. Congress. 46th. 3rd session. Senate Executive Doc. 14.

U.S. Congress. 46th. 3rd session. Senate Executive Doc. 30.

U.S. Congress. 48th. 1st session. Senate Report 283.

U.S. Congress. 49th. 1st session. House Executive Doc. 356.

U.S. Congress. 49th. 2nd session. Senate Executive Doc. 117.

U.S. Congress. 50th. 1st session. Senate Executive Doc. 33.

U.S. Congress. 50th. 2nd session. Senate Executive Doc. 17.

U.S. Congress. 51st. 1st session. Senate Executive Doc. 51.

U.S. Interior Departament. Annual Report*s*, 1860-1891.

U.S. National Park Service. *Soldier and Brave*. Nova York, Harper & Row, 1963.

U.S. War Departament. Annual Report*s*, 1860-1891.

U.S. War Departament. Military Division of the Missouri. *Record of Engagements with Hostile Indians... 1868-1882*. Washington, D.C., 1882.

UTLEY, Robert M. "The Bascom Affair; a Reconstruction." *Arizona and the West*, Vol. 3, 1961, p. 59-68.

——. *Custer and the Great Controversy*. Los Angeles, Westernlore, 1962.

——. *Frontiersmen in Blue; the U. S. Army and the Indian, 1848-1865*. Nova York, Macmillan, 1967.

——. *The Last Days of the Sioux Nation*. New Haven, Yale University Press, 1963.

VAUGHN, J. W. *The Battle of Platte Bridge*. Norman, University of Oklahoma Press, 1964.

——. *Indian Fights; New Facts on Seven Encounters*. Norman, University of Oklahoma Press, 1966.

——. *The Reynolds Campaign on Powder River*. Norman, University of Oklahoma Press, 1961.

——. *With Crook at the Rosebud*. Harrisburg, Pa., Stackpole, 1956.

VESTAL, Stanley. *Sitting Bull, Champion of the Sioux*. Norman, University of Oklahoma Press, 1957.

——. *Warpath and Council Fire*. Nova York, Random House, 1948.

WALLACE, Ernest, and E. Adamson Hoebel. *The Comanches, Lords of the South Plains*. Norman, University of Oklahoma Press, 1952.

WARE, Eugene F. *The Indian War of 1864*. Nova York, St. Martin's Press, 1960.

WELSH, William. *Report and Supplementary Report of a Visit to Spolled Tail's Tribe of Brulé Sioux Indians*. Philadelphia, 1870.

WEST, G. Derek. "The Battle of Adobe Walls (1874)." *Panhandle-Plains Historical Review*, Vol. 36, 1963, p. 1-36.

THE WESTERNERS. Potomac Corral, Washington, D. C. *Great Western Indian Fights*. Nova York, Doubleday, 1960.

WHITE BULL, Joseph. *The Warrior Who Killed Custer*... Translated and edited by James H. Howard. Lincoln, University of Nebraska Pres, 1968.

WINKS, Robin W. "The British North American West and the Civil War." *North Dakota History*, Vol. 24, 1957, p. 139-52.

WRIGHT, Peter M. "The Pursuit of Dull Knife from Fort Reno in 1878-1879." *Chronicles of Oklahoma*, Vol. 46, 1968, p. 141-54.

Coleção L&PM POCKET

600.**Crime e castigo** – Dostoiévski
601.**Mistério no Caribe** – Agatha Christie
602.**Odisseia (2): Regresso** – Homero
603.**Piadas para sempre (2)** – Visconde da Casa Verde
604.**À sombra do vulcão** – Malcolm Lowry
605(8).**Kerouac** – Yves Buin
606.**E agora são cinzas** – Angeli
607.**As mil e uma noites** – Paulo Caruso
608.**Um assassino entre nós** – Ruth Rendell
609.**Crack-up** – F. Scott Fitzgerald
610.**Do amor** – Stendhal
611.**Cartas do Yage** – William Burroughs e Allen Ginsberg
612.**Striptiras (2)** – Laerte
613.**Henry & June** – Anaïs Nin
614.**A piscina mortal** – Ross Macdonald
615.**Geraldão (2)** – Glauco
616.**Tempo de delicadeza** – A. R. de Sant'Anna
617.**Tiros na noite 2: Medo de tiro** – Dashiell Hammett
618.**Snoopy em Assim é a vida, Charlie Brown! (3)** – Schulz
619.**1954 – Um tiro no coração** – Hélio Silva
620.**Sobre a inspiração poética (Íon)** e ... – Platão
621.**Garfield e seus amigos (8)** – Jim Davis
622.**Odisseia (3): Ítaca** – Homero
623.**A louca matança** – Chester Himes
624.**Factótum** – Bukowski
625.**Guerra e Paz: volume 1** – Tolstói
626.**Guerra e Paz: volume 2** – Tolstói
627.**Guerra e Paz: volume 3** – Tolstói
628.**Guerra e Paz: volume 4** – Tolstói
629(9).**Shakespeare** – Claude Mourthé
630.**Bem está o que bem acaba** – Shakespeare
631.**O contrato social** – Rousseau
632.**Geração Beat** – Jack Kerouac
633.**Snoopy: É Natal! (4)** – Charles Schulz
634.**Testemunha da acusação** – Agatha Christie
635.**Um elefante no caos** – Millôr Fernandes
636.**Guia de leitura (100 autores que você precisa ler)** – Organização de Léa Masina
637.**Pistoleiros também mandam flores** – David Coimbra
638.**O prazer das palavras** – vol. 1 – Cláudio Moreno
639.**O prazer das palavras** – vol. 2 – Cláudio Moreno
640.**Novíssimo testamento: com Deus e o diabo, a dupla da criação** – Iotti
641.**Literatura Brasileira: modos de usar** – Luís Augusto Fischer
642.**Dicionário de Porto-Alegrês** – Luís A. Fischer
643.**Clô Dias & Noites** – Sérgio Jockymann
644.**Memorial de Isla Negra** – Pablo Neruda
645.**Um homem extraordinário e outras histórias** – Tchékhov
646.**Ana sem terra** – Alcy Cheuiche
647.**Adultérios** – Woody Allen
651.**Snoopy: Posso fazer uma pergunta, professora? (5)** – Charles Schulz
652(10).**Luís XVI** – Bernard Vincent
653.**O mercador de Veneza** – Shakespeare
654.**Cancioneiro** – Fernando Pessoa
655.**Non-Stop** – Martha Medeiros
656.**Carpinteiros, levantem bem alto a cumeeira & Seymour, uma apresentação** – J.D.Salinger
657.**Ensaios céticos** – Bertrand Russell
658.**O melhor de Hagar 5** – Dik e Chris Browne
659.**Primeiro amor** – Ivan Turguêniev
660.**A trégua** – Mario Benedetti
661.**Um parque de diversões da cabeça** – Lawrence Ferlinghetti
662.**Aprendendo a viver** – Sêneca
663.**Garfield, um gato em apuros (9)** – Jim Davis
664.**Dilbert (1)** – Scott Adams
666.**A imaginação** – Jean-Paul Sartre
667.**O ladrão e os cães** – Naguib Mahfuz
669.**A volta do parafuso** *seguido de* **Daisy Miller** – Henry James
670.**Notas do subsolo** – Dostoiévski
671.**Abobrinhas da Brasilônia** – Glauco
672.**Geraldão (3)** – Glauco
673.**Piadas para sempre (3)** – Visconde da Casa Verde
674.**Duas viagens ao Brasil** – Hans Staden
676.**A arte da guerra** – Maquiavel
677.**Além do bem e do mal** – Nietzsche
678.**O coronel Chabert** *seguido de* **A mulher abandonada** – Balzac
679.**O sorriso de marfim** – Ross Macdonald
680.**100 receitas de pescados** – Sílvio Lancellotti
681.**O juiz e seu carrasco** – Friedrich Dürrenmatt
682.**Noites brancas** – Dostoiévski
683.**Quadras ao gosto popular** – Fernando Pessoa
685.**Kaos** – Millôr Fernandes
686.**A pele de onagro** – Balzac
687.**As ligações perigosas** – Choderlos de Laclos
689.**Os Lusíadas** – Luís Vaz de Camões
690(11).**Átila** – Éric Deschodt
691.**Um jeito tranquilo de matar** – Chester Himes
692.**A felicidade conjugal** *seguido de* **O diabo** – Tolstói
693.**Viagem de um naturalista ao redor do mundo** – vol. 1 – Charles Darwin
694.**Viagem de um naturalista ao redor do mundo** – vol. 2 – Charles Darwin
695.**Memórias da casa dos mortos** – Dostoiévski
696.**A Celestina** – Fernando de Rojas
697.**Snoopy: Como você é azarado, Charlie Brown! (6)** – Charles Schulz
698.**Dez (quase) amores** – Claudia Tajes
699.**Poirot sempre espera** – Agatha Christie
701.**Apologia de Sócrates** *precedido de* **Êutifron** e *seguido de* **Críton** – Platão
702.**Wood & Stock** – Angeli
703.**Striptiras (3)** – Laerte
704.**Discurso sobre a origem e os fundamentos da desigualdade entre os homens** – Rousseau
705.**Os duelistas** – Joseph Conrad
706.**Dilbert (2)** – Scott Adams

707.**Viver e escrever** (vol. 1) – Edla van Steen
708.**Viver e escrever** (vol. 2) – Edla van Steen
709.**Viver e escrever** (vol. 3) – Edla van Steen
710.**A teia da aranha** – Agatha Christie
711.**O banquete** – Platão
712.**Os belos e malditos** – F. Scott Fitzgerald
713.**Libelo contra a arte moderna** – Salvador Dalí
714.**Akropolis** – Valerio Massimo Manfredi
715.**Devoradores de mortos** – Michael Crichton
716.**Sob o sol da Toscana** – Frances Mayes
717.**Batom na cueca** – Nani
718.**Vida dura** – Claudia Tajes
719.**Carne trêmula** – Ruth Rendell
720.**Cris, a fera** – David Coimbra
721.**O anticristo** – Nietzsche
722.**Como um romance** – Daniel Pennac
723.**Emboscada no Forte Bragg** – Tom Wolfe
724.**Assédio sexual** – Michael Crichton
725.**O espírito do Zen** – Alan W.Watts
726.**Um bonde chamado desejo** – Tennessee Williams
727.**Como gostais** *seguido de* **Conto de inverno** – Shakespeare
728.**Tratado sobre a tolerância** – Voltaire
729.**Snoopy: Doces ou travessuras? (7)** – Charles Schulz
730.**Cardápios do Anonymus Gourmet** – J.A. Pinheiro Machado
731.**100 receitas com lata** – J.A. Pinheiro Machado
732.**Conhece o Mário?** vol.2 – Santiago
733.**Dilbert (3)** – Scott Adams
734.**História de um louco amor** *seguido de* **Passado amor** – Horacio Quiroga
735(11).**Sexo: muito prazer** – Laura Meyer da Silva
736(12).**Para entender o adolescente** – Dr. Ronald Pagnoncelli
737(13).**Desembarcando a tristeza** – Dr. Fernando Lucchese
738.**Poirot e o mistério da arca espanhola & outras histórias** – Agatha Christie
739.**A última legião** – Valerio Massimo Manfredi
741.**Sol nascente** – Michael Crichton
742.**Duzentos ladrões** – Dalton Trevisan
743.**Os devaneios do caminhante solitário** – Rousseau
744.**Garfield, o rei da preguiça (10)** – Jim Davis
745.**Os magnatas** – Charles R. Morris
746.**Pulp** – Charles Bukowski
747.**Enquanto agonizo** – William Faulkner
748.**Aline: viciada em sexo (3)** – Adão Iturrusgarai
749.**A dama do cachorrinho** – Anton Tchékhov
750.**Tito Andrônico** – Shakespeare
751.**Antologia poética** – Anna Akhmátova
752.**O melhor de Hagar 6** – Dik e Chris Browne
753(12).**Michelangelo** – Nadine Sautel
754.**Dilbert (4)** – Scott Adams
755.**O jardim das cerejeiras** *seguido de* **Tio Vânia** – Tchékhov
756.**Geração Beat** – Claudio Willer
757.**Santos Dumont** – Alcy Cheuiche
758.**Budismo** – Claude B. Levenson
759.**Cleópatra** – Christian-Georges Schwentzel
760.**Revolução Francesa** – Frédéric Bluche, Stéphane Rials e Jean Tulard
761.**A crise de 1929** – Bernard Gazier
762.**Sigmund Freud** – Edson Sousa e Paulo Endo
763.**Império Romano** – Patrick Le Roux
764.**Cruzadas** – Cécile Morrisson
765.**O mistério do Trem Azul** – Agatha Christie
768.**Senso comum** – Thomas Paine
769.**O parque dos dinossauros** – Michael Crichton
770.**Trilogia da paixão** – Goethe
773.**Snoopy: No mundo da lua! (8)** – Charles Schulz
774.**Os Quatro Grandes** – Agatha Christie
775.**Um brinde de cianureto** – Agatha Christie
776.**Súplicas atendidas** – Truman Capote
779.**A viúva imortal** – Millôr Fernandes
780.**Cabala** – Roland Goetschel
781.**Capitalismo** – Claude Jessua
782.**Mitologia grega** – Pierre Grimal
783.**Economia: 100 palavras-chave** – Jean-Paul Betbèze
784.**Marxismo** – Henri Lefebvre
785.**Punição para a inocência** – Agatha Christie
786.**A extravagância do morto** – Agatha Christie
787(13).**Cézanne** – Bernard Fauconnier
788.**A identidade Bourne** – Robert Ludlum
789.**Da tranquilidade da alma** – Sêneca
790.**Um artista da fome** *seguido de* **Na colônia penal e outras histórias** – Kafka
791.**Histórias de fantasmas** – Charles Dickens
796.**O Uraguai** – Basílio da Gama
797.**A mão misteriosa** – Agatha Christie
798.**Testemunha ocular do crime** – Agatha Christie
799.**Crepúsculo dos ídolos** – Friedrich Nietzsche
802.**O grande golpe** – Dashiell Hammett
803.**Humor barra pesada** – Nani
804.**Vinho** – Jean-François Gautier
805.**Egito Antigo** – Sophie Desplancques
806(14).**Baudelaire** – Jean-Baptiste Baronian
807.**Caminho da sabedoria, caminho da paz** – Dalai Lama e Felizitas von Schönborn
808.**Senhor e servo e outras histórias** – Tolstói
809.**Os cadernos de Malte Laurids Brigge** – Rilke
810.**Dilbert (5)** – Scott Adams
811.**Big Sur** – Jack Kerouac
812.**Seguindo a correnteza** – Agatha Christie
813.**O álibi** – Sandra Brown
814.**Montanha-russa** – Martha Medeiros
815.**Coisas da vida** – Martha Medeiros
816.**A cantada infalível** *seguido de* **A mulher do centroavante** – David Coimbra
819.**Snoopy: Pausa para a soneca (9)** – Charles Schulz
820.**De pernas pro ar** – Eduardo Galeano
821.**Tragédias gregas** – Pascal Thiercy
822.**Existencialismo** – Jacques Colette
823.**Nietzsche** – Jean Granier
824.**Amar ou depender?** – Walter Riso
825.**Darmapada: A doutrina budista em versos**
826.**J'Accuse...! – a verdade em marcha** – Zola
827.**Os crimes ABC** – Agatha Christie
828.**Um gato entre os pombos** – Agatha Christie
831.**Dicionário de teatro** – Luiz Paulo Vasconcellos
832.**Cartas extraviadas** – Martha Medeiros
833.**A longa viagem de prazer** – J. J. Morosoli
834.**Receitas fáceis** – J. A. Pinheiro Machado

835.(14).**Mais fatos & mitos** – Dr. Fernando Lucchese
836.(15).**Boa viagem!** – Dr. Fernando Lucchese
837.**Aline: Finalmente nua!!!** (4) – Adão Iturrusgarai
838.**Mônica tem uma novidade!** – Mauricio de Sousa
839.**Cebolinha em apuros!** – Mauricio de Sousa
840.**Sócios no crime** – Agatha Christie
841.**Bocas do tempo** – Eduardo Galeano
842.**Orgulho e preconceito** – Jane Austen
843.**Impressionismo** – Dominique Lobstein
844.**Escrita chinesa** – Viviane Alleton
845.**Paris: uma história** – Yvan Combeau
846(15).**Van Gogh** – David Haziot
848.**Portal do destino** – Agatha Christie
849.**O futuro de uma ilusão** – Freud
850.**O mal-estar na cultura** – Freud
853.**Um crime adormecido** – Agatha Christie
854.**Satori em Paris** – Jack Kerouac
855.**Medo e delírio em Las Vegas** – Hunter Thompson
856.**Um negócio fracassado e outros contos de humor** – Tchékhov
857.**Mônica está de férias!** – Mauricio de Sousa
858.**De quem é esse coelho?** – Mauricio de Sousa
860.**O mistério Sittaford** – Agatha Christie
861.**Manhã transfigurada** – L. A. de Assis Brasil
862.**Alexandre, o Grande** – Pierre Briant
863.**Jesus** – Charles Perrot
864.**Islã** – Paul Balta
865.**Guerra da Secessão** – Farid Ameur
866.**Um rio que vem da Grécia** – Cláudio Moreno
868.**Assassinato na casa do pastor** – Agatha Christie
869.**Manual do líder** – Napoleão Bonaparte
870(16).**Billie Holiday** – Sylvia Fol
871.**Bidu arrasando!** – Mauricio de Sousa
872.**Os Sousa: Desventuras em família** – Mauricio de Sousa
874.**E no final a morte** – Agatha Christie
875.**Guia prático do Português correto – vol. 4** – Cláudio Moreno
876.**Dilbert (6)** – Scott Adams
877(17).**Leonardo da Vinci** – Sophie Chauveau
878.**Bella Toscana** – Frances Mayes
879.**A arte da ficção** – David Lodge
880.**Striptiras (4)** – Laerte
881.**Skrotinhos** – Angeli
882.**Depois do funeral** – Agatha Christie
883.**Radicci 7** – Iotti
884.**Walden** – H. D. Thoreau
885.**Lincoln** – Allen C. Guelzo
886.**Primeira Guerra Mundial** – Michael Howard
887.**A linha de sombra** – Joseph Conrad
888.**O amor é um cão dos diabos** – Bukowski
890.**Despertar: uma vida de Buda** – Jack Kerouac
891(18).**Albert Einstein** – Laurent Seksik
892.**Hell's Angels** – Hunter Thompson
893.**Ausência na primavera** – Agatha Christie
894.**Dilbert (7)** – Scott Adams
895.**Ao sul de lugar nenhum** – Bukowski
896.**Maquiavel** – Quentin Skinner
897.**Sócrates** – C.C.W. Taylor
899.**O Natal de Poirot** – Agatha Christie
900.**As veias abertas da América Latina** – Eduardo Galeano
901.**Snoopy: Sempre alerta! (10)** – Charles Schulz
902.**Chico Bento: Plantando confusão** – Mauricio de Sousa
903.**Penadinho: Quem é morto sempre aparece** – Mauricio de Sousa
904.**A vida sexual da mulher feia** – Claudia Tajes
905.**100 segredos de liquidificador** – José Antonio Pinheiro Machado
906.**Sexo muito prazer 2** – Laura Meyer da Silva
907.**Os nascimentos** – Eduardo Galeano
908.**As caras e as máscaras** – Eduardo Galeano
909.**O século do vento** – Eduardo Galeano
910.**Poirot perde uma cliente** – Agatha Christie
911.**Cérebro** – Michael O'Shea
912.**O escaravelho de ouro e outras histórias** – Edgar Allan Poe
913.**Piadas para sempre (4)** – Visconde da Casa Verde
914.**100 receitas de massas light** – Helena Tonetto
915(19).**Oscar Wilde** – Daniel Salvatore Schiffer
916.**Uma breve história do mundo** – H. G. Wells
917.**A Casa do Penhasco** – Agatha Christie
919.**John M. Keynes** – Bernard Gazier
920(20).**Virginia Woolf** – Alexandra Lemasson
921.**Peter e Wendy** *seguido de* **Peter Pan em Kensington Gardens** – J. M. Barrie
922.**Aline: numas de colegial (5)** – Adão Iturrusgarai
923.**Uma dose mortal** – Agatha Christie
924.**Os trabalhos de Hércules** – Agatha Christie
926.**Kant** – Roger Scruton
927.**A inocência do Padre Brown** – G.K. Chesterton
928.**Casa Velha** – Machado de Assis
929.**Marcas de nascença** – Nancy Huston
930.**Aulete de bolso**
931.**Hora Zero** – Agatha Christie
932.**Morte na Mesopotâmia** – Agatha Christie
934.**Nem te conto, João** – Dalton Trevisan
935.**As aventuras de Huckleberry Finn** – Mark Twain
936(21).**Marilyn Monroe** – Anne Plantagenet
937.**China moderna** – Rana Mitter
938.**Dinossauros** – David Norman
939.**Louca por homem** – Claudia Tajes
940.**Amores de alto risco** – Walter Riso
941.**Jogo de damas** – David Coimbra
942.**Filha é filha** – Agatha Christie
943.**M ou N?** – Agatha Christie
945.**Bidu: diversão em dobro!** – Mauricio de Sousa
946.**Fogo** – Anaïs Nin
947.**Rum: diário de um jornalista bêbado** – Hunter Thompson
948.**Persuasão** – Jane Austen
949.**Lágrimas na chuva** – Sergio Faraco
950.**Mulheres** – Bukowski
951.**Um pressentimento funesto** – Agatha Christie
952.**Cartas na mesa** – Agatha Christie
954.**O lobo do mar** – Jack London
955.**Os gatos** – Patricia Highsmith
956(22).**Jesus** – Christiane Rancé
957.**História da medicina** – William Bynum
958.**O Morro dos Ventos Uivantes** – Emily Brontë
959.**A filosofia na era trágica dos gregos** – Nietzsche
960.**Os treze problemas** – Agatha Christie
961.**A massagista japonesa** – Moacyr Scliar

963.**Humor do miserê** – Nani
964.**Todo o mundo tem dúvida, inclusive você** – Édison de Oliveira
965.**A dama do Bar Nevada** – Sergio Faraco
969.**O psicopata americano** – Bret Easton Ellis
970.**Ensaios de amor** – Alain de Botton
971.**O grande Gatsby** – F. Scott Fitzgerald
972.**Por que não sou cristão** – Bertrand Russell
973.**A Casa Torta** – Agatha Christie
974.**Encontro com a morte** – Agatha Christie
975(23).**Rimbaud** – Jean-Baptiste Baronian
976.**Cartas na rua** – Bukowski
977.**Memória** – Jonathan K. Foster
978.**A abadia de Northanger** – Jane Austen
979.**As pernas de Úrsula** – Claudia Tajes
980.**Retrato inacabado** – Agatha Christie
981.**Solanin (1)** – Inio Asano
982.**Solanin (2)** – Inio Asano
983.**Aventuras de menino** – Mitsuru Adachi
984(16).**Fatos & mitos sobre sua alimentação** – Dr. Fernando Lucchese
985.**Teoria quântica** – John Polkinghorne
986.**O eterno marido** – Fiódor Dostoiévski
987.**Um safado em Dublin** – J. P. Donleavy
988.**Mirinha** – Dalton Trevisan
989.**Akhenaton e Nefertiti** – Carmen Seganfredo e A. S. Franchini
990.**On the Road – o manuscrito original** – Jack Kerouac
991.**Relatividade** – Russell Stannard
992.**Abaixo de zero** – Bret Easton Ellis
993(24).**Andy Warhol** – Mériam Korichi
995.**Os últimos casos de Miss Marple** – Agatha Christie
996.**Nico Demo: Aí vem encrenca** – Mauricio de Sousa
998.**Rousseau** – Robert Wokler
999.**Noite sem fim** – Agatha Christie
1000.**Diários de Andy Warhol (1)** – Editado por Pat Hackett
1001.**Diários de Andy Warhol (2)** – Editado por Pat Hackett
1002.**Cartier-Bresson: o olhar do século** – Pierre Assouline
1003.**As melhores histórias da mitologia: vol. 1** – A.S. Franchini e Carmen Seganfredo
1004.**As melhores histórias da mitologia: vol. 2** – A.S. Franchini e Carmen Seganfredo
1005.**Assassinato no beco** – Agatha Christie
1006.**Convite para um homicídio** – Agatha Christie
1008.**História da vida** – Michael J. Benton
1009.**Jung** – Anthony Stevens
1010.**Arsène Lupin, ladrão de casaca** – Maurice Leblanc
1011.**Dublinenses** – James Joyce
1012.**120 tirinhas da Turma da Mônica** – Mauricio de Sousa
1013.**Antologia poética** – Fernando Pessoa
1014.**A aventura de um cliente ilustre** ***seguido de*** **O último adeus de Sherlock Holmes** – Sir Arthur Conan Doyle
1015.**Cenas de Nova York** – Jack Kerouac
1016.**A corista** – Anton Tchékhov
1017.**O diabo** – Leon Tolstói
1018.**Fábulas chinesas** – Sérgio Capparelli e Márcia Schmaltz
1019.**O gato do Brasil** – Sir Arthur Conan Doyle
1020.**Missa do Galo** – Machado de Assis
1021.**O mistério de Marie Rogêt** – Edgar Allan Poe
1022.**A mulher mais linda da cidade** – Bukowski
1023.**O retrato** – Nicolai Gogol
1024.**O conflito** – Agatha Christie
1025.**Os primeiros casos de Poirot** – Agatha Christie
1027(25).**Beethoven** – Bernard Fauconnier
1028.**Platão** – Julia Annas
1029.**Cleo e Daniel** – Roberto Freire
1030.**Til** – José de Alencar
1031.**Viagens na minha terra** – Almeida Garrett
1032.**Profissões para mulheres e outros artigos feministas** – Virginia Woolf
1033.**Mrs. Dalloway** – Virginia Woolf
1034.**O cão da morte** – Agatha Christie
1035.**Tragédia em três atos** – Agatha Christie
1037.**O fantasma da Ópera** – Gaston Leroux
1038.**Evolução** – Brian e Deborah Charlesworth
1039.**Medida por medida** – Shakespeare
1040.**Razão e sentimento** – Jane Austen
1041.**A obra-prima ignorada** ***seguido de*** **Um episódio durante o Terror** – Balzac
1042.**A fugitiva** – Anaïs Nin
1043.**As grandes histórias da mitologia greco--romana** – A. S. Franchini
1044.**O corno de si mesmo & outras historietas** – Marquês de Sade
1045.**Da felicidade** ***seguido de*** **Da vida retirada** – Sêneca
1046.**O horror em Red Hook e outras histórias** – H. P. Lovecraft
1047.**Noite em claro** – Martha Medeiros
1048.**Poemas clássicos chineses** – Li Bai, Du Fu e Wang Wei
1049.**A terceira moça** – Agatha Christie
1050.**Um destino ignorado** – Agatha Christie
1051(26).**Buda** – Sophie Royer
1052.**Guerra Fria** – Robert J. McMahon
1053.**Simons's Cat: as aventuras de um gato travesso e comilão – vol. 1** – Simon Tofield
1054.**Simons's Cat: as aventuras de um gato travesso e comilão – vol. 2** – Simon Tofield
1055.**Só as mulheres e as baratas sobreviverão** – Claudia Tajes
1057.**Pré-história** – Chris Gosden
1058.**Pintou sujeira!** – Mauricio de Sousa
1059.**Contos de Mamãe Gansa** – Charles Perrault
1060.**A interpretação dos sonhos: vol. 1** – Freud
1061.**A interpretação dos sonhos: vol. 2** – Freud
1062.**Frufru Rataplã Dolores** – Dalton Trevisan
1063.**As melhores histórias da mitologia egípcia** – Carmem Seganfredo e A.S. Franchini
1064.**Infância. Adolescência. Juventude** – Tolstói
1065.**As consolações da filosofia** – Alain de Botton
1066.**Diários de Jack Kerouac – 1947-1954**
1067.**Revolução Francesa – vol. 1** – Max Gallo
1068.**Revolução Francesa – vol. 2** – Max Gallo
1069.**O detetive Parker Pyne** – Agatha Christie
1070.**Memórias do esquecimento** – Flávio Tavares
1071.**Drogas** – Leslie Iversen

072.**Manual de ecologia (vol.2)** – J. Lutzenberger
073.**Como andar no labirinto** – Affonso Romano de Sant'Anna
074.**A orquídea e o serial killer** – Juremir Machado da Silva
075.**Amor nos tempos de fúria** – Lawrence Ferlinghetti
076.**A aventura do pudim de Natal** – Agatha Christie
078.**Amores que matam** – Patricia Faur
079.**Histórias de pescador** – Mauricio de Sousa
080.**Pedaços de um caderno manchado de vinho** – Bukowski
081.**A ferro e fogo: tempo de solidão (vol.1)** – Josué Guimarães
082.**A ferro e fogo: tempo de guerra (vol.2)** – Josué Guimarães
084(17).**Desembarcando o Alzheimer** – Dr. Fernando Lucchese e Dra. Ana Hartmann
085.**A maldição do espelho** – Agatha Christie
086.**Uma breve história da filosofia** – Nigel Warburton
088.**Heróis da História** – Will Durant
089.**Concerto campestre** – L. A. de Assis Brasil
090.**Morte nas nuvens** – Agatha Christie
092.**Aventura em Bagdá** – Agatha Christie
093.**O cavalo amarelo** – Agatha Christie
094.**O método de interpretação dos sonhos** – Freud
095.**Sonetos de amor e desamor** – Vários
096.**120 tirinhas do Dilbert** – Scott Adams
097.**200 fábulas de Esopo**
098.**O curioso caso de Benjamin Button** – F. Scott Fitzgerald
099.**Piadas para sempre: uma antologia para morrer de rir** – Visconde da Casa Verde
100.**Hamlet (Mangá)** – Shakespeare
101.**A arte da guerra (Mangá)** – Sun Tzu
104.**As melhores histórias da Bíblia (vol.1)** – A. S. Franchini e Carmen Seganfredo
105.**As melhores histórias da Bíblia (vol.2)** – A. S. Franchini e Carmen Seganfredo
106.**Psicologia das massas e análise do eu** – Freud
107.**Guerra Civil Espanhola** – Helen Graham
108.**A autoestrada do sul e outras histórias** – Julio Cortázar
109.**O mistério dos sete relógios** – Agatha Christie
110.**Peanuts: Ninguém gosta de mim... (amor)** – Charles Schulz
111.**Cadê o bolo?** – Mauricio de Sousa
112.**O filósofo ignorante** – Voltaire
113.**Totem e tabu** – Freud
114.**Filosofia pré-socrática** – Catherine Osborne
115.**Desejo de status** – Alain de Botton
118.**Passageiro para Frankfurt** – Agatha Christie
120.**Kill All Enemies** – Melvin Burgess
121.**A morte da sra. McGinty** – Agatha Christie
122.**Revolução Russa** – S. A. Smith
123.**Até você, Capitu?** – Dalton Trevisan
124.**O grande Gatsby (Mangá)** – F. S. Fitzgerald
125.**Assim falou Zaratustra (Mangá)** – Nietzsche
126. **Peanuts: É para isso que servem os amigos (amizade)** – Charles Schulz
127(27).**Nietzsche** – Dorian Astor
128.**Bidu: Hora do banho** – Mauricio de Sousa
1129.**O melhor do Macanudo Taurino** – Santiago
1130.**Radicci 30 anos** – Iotti
1131.**Show de sabores** – J.A. Pinheiro Machado
1132.**O prazer das palavras** – vol. 3 – Cláudio Moreno
1133.**Morte na praia** – Agatha Christie
1134.**O fardo** – Agatha Christie
1135.**Manifesto do Partido Comunista (Mangá)** – Marx & Engels
1136.**A metamorfose (Mangá)** – Franz Kafka
1137.**Por que você não se casou... ainda** – Tracy McMillan
1138.**Textos autobiográficos** – Bukowski
1139.**A importância de ser prudente** – Oscar Wilde
1140.**Sobre a vontade na natureza** – Arthur Schopenhauer
1141.**Dilbert (8)** – Scott Adams
1142.**Entre dois amores** – Agatha Christie
1143.**Cipreste triste** – Agatha Christie
1144.**Alguém viu uma assombração?** – Mauricio de Sousa
1145.**Mandela** – Elleke Boehmer
1146.**Retrato do artista quando jovem** – James Joyce
1147.**Zadig ou o destino** – Voltaire
1148.**O contrato social (Mangá)** – J.-J. Rousseau
1149.**Garfield fenomenal** – Jim Davis
1150.**A queda da América** – Allen Ginsberg
1151.**Música na noite & outros ensaios** – Aldous Huxley
1152.**Poesias inéditas & Poemas dramáticos** – Fernando Pessoa
1153.**Peanuts: Felicidade é...** – Charles M. Schulz
1154.**Mate-me por favor** – Legs McNeil e Gillian McCain
1155.**Assassinato no Expresso Oriente** – Agatha Christie
1156.**Um punhado de centeio** – Agatha Christie
1157.**A interpretação dos sonhos (Mangá)** – Freud
1158.**Peanuts: Você não entende o sentido da vida** – Charles M. Schulz
1159.**A dinastia Rothschild** – Herbert R. Lottman
1160.**A Mansão Hollow** – Agatha Christie
1161.**Nas montanhas da loucura** – H.P. Lovecraft
1162(28).**Napoleão Bonaparte** – Pascale Fautrier
1163.**Um corpo na biblioteca** – Agatha Christie
1164.**Inovação** – Mark Dodgson e David Gann
1165.**O que toda mulher deve saber sobre os homens: a afetividade masculina** – Walter Riso
1166.**O amor está no ar** – Mauricio de Sousa
1167.**Testemunha de acusação & outras histórias** – Agatha Christie
1168.**Etiqueta de bolso** – Celia Ribeiro
1169.**Poesia reunida (volume 3)** – Affonso Romano de Sant'Anna
1170.**Emma** – Jane Austen
1171.**Que seja em segredo** – Ana Miranda
1172.**Garfield sem apetite** – Jim Davis
1173.**Garfield: Foi mal...** – Jim Davis
1174.**Os irmãos Karamázov (Mangá)** – Dostoiévski
1175.**O Pequeno Príncipe** – Antoine de Saint-Exupéry
1176.**Peanuts: Ninguém mais tem o espírito aventureiro** – Charles M. Schulz
1177.**Assim falou Zaratustra** – Nietzsche

1178.**Morte no Nilo** – Agatha Christie
1179.**Ê, soneca boa** – Mauricio de Sousa
1180.**Garfield a todo o vapor** – Jim Davis
1181.**Em busca do tempo perdido (Mangá)** – Proust
1182.**Cai o pano: o último caso de Poirot** – Agatha Christie
1183.**Livro para colorir e relaxar** – Livro 1
1184.**Para colorir sem parar**
1185.**Os elefantes não esquecem** – Agatha Christie
1186.**Teoria da relatividade** – Albert Einstein
1187.**Compêndio da psicanálise** – Freud
1188.**Visões de Gerard** – Jack Kerouac
1189.**Fim de verão** – Mohiro Kitoh
1190.**Procurando diversão** – Mauricio de Sousa
1191.**E não sobrou nenhum e outras peças** – Agatha Christie
1192.**Ansiedade** – Daniel Freeman & Jason Freeman
1193.**Garfield: pausa para o almoço** – Jim Davis
1194.**Contos do dia e da noite** – Guy de Maupassant
1195.**O melhor de Hagar 7** – Dik Browne
1196(29).**Lou Andreas-Salomé** – Dorian Astor
1197(30).**Pasolini** – René de Ceccatty
1198.**O caso do Hotel Bertram** – Agatha Christie
1199.**Crônicas de motel** – Sam Shepard
1200.**Pequena filosofia da paz interior** – Catherine Rambert
1201.**Os sertões** – Euclides da Cunha
1202.**Treze à mesa** – Agatha Christie
1203.**Bíblia** – John Riches
1204.**Anjos** – David Albert Jones
1205.**As tirinhas do Guri de Uruguaiana 1** – Jair Kobe
1206.**Entre aspas (vol.1)** – Fernando Eichenberg
1207.**Escrita** – Andrew Robinson
1208.**O spleen de Paris: pequenos poemas em prosa** – Charles Baudelaire
1209.**Satíricon** – Petrônio
1210.**O avarento** – Molière
1211.**Queimando na água, afogando-se na chama** – Bukowski
1212.**Miscelânea septuagenária: contos e poemas** – Bukowski
1213.**Que filosofar é aprender a morrer e outros ensaios** – Montaigne
1214.**Da amizade e outros ensaios** – Montaigne
1215.**O medo à espreita e outras histórias** – H.P. Lovecraft
1216.**A obra de arte na era de sua reprodutibilidade técnica** – Walter Benjamin
1217.**Sobre a liberdade** – John Stuart Mill
1218.**O segredo de Chimneys** – Agatha Christie
1219.**Morte na rua Hickory** – Agatha Christie
1220.**Ulisses (Mangá)** – James Joyce
1221.**Ateísmo** – Julian Baggini
1222.**Os melhores contos de Katherine Mansfield** – Katherine Mansfield
1223(31).**Martin Luther King** – Alain Foix
1224.**Millôr Definitivo: uma antologia de *A Bíblia do Caos*** – Millôr Fernandes
1225.**O Clube das Terças-Feiras e outras histórias** – Agatha Christie
1226.**Por que sou tão sábio** – Nietzsche
1227.**Sobre a mentira** – Platão
1228.**Sobre a leitura *seguido do* Depoimento de Céleste Albaret** – Proust
1229.**O homem do terno marrom** – Agatha Christie
1230(32).**Jimi Hendrix** – Franck Médioni
1231.**Amor e amizade e outras histórias** – Jane Austen
1232.**Lady Susan, Os Watson e Sanditon** – Jane Austen
1233.**Uma breve história da ciência** – William Bynum
1234.**Macunaíma: o herói sem nenhum caráter** – Mário de Andrade
1235.**A máquina do tempo** – H.G. Wells
1236.**O homem invisível** – H.G. Wells
1237.**Os 36 estratagemas: manual secreto da arte da guerra** – Anônimo
1238.**A mina de ouro e outras histórias** – Agatha Christie
1239.**Pic** – Jack Kerouac
1240.**O habitante da escuridão e outros contos** – H.P. Lovecraft
1241.**O chamado de Cthulhu e outros contos** – H.P. Lovecraft
1242.**O melhor de Meu reino por um cavalo!** – Edição de Ivan Pinheiro Machado
1243.**A guerra dos mundos** – H.G. Wells
1244.**O caso da criada perfeita e outras histórias** – Agatha Christie
1245.**Morte por afogamento e outras histórias** – Agatha Christie
1246.**Assassinato no Comitê Central** – Manuel Vázquez Montalbán
1247.**O papai é pop** – Marcos Piangers
1248.**O papai é pop 2** – Marcos Piangers
1249.**A mamãe é rock** – Ana Cardoso
1250.**Paris boêmia** – Dan Franck
1251.**Paris libertária** – Dan Franck
1252.**Paris ocupada** – Dan Franck
1253.**Uma anedota infame** – Dostoiévski
1254.**O último dia de um condenado** – Victor Hugo
1255.**Nem só de caviar vive o homem** – J.M. Simmel
1256.**Amanhã é outro dia** – J.M. Simmel
1257.**Mulherzinhas** – Louisa May Alcott
1258.**Reforma Protestante** – Peter Marshall
1259.**História econômica global** – Robert C. Allen
1260(33).**Che Guevara** – Alain Foix
1261.**Câncer** – Nicholas James
1262.**Akhenaton** – Agatha Christie
1263.**Aforismos para a sabedoria de vida** – Arthur Schopenhauer
1264.**Uma história do mundo** – David Coimbra
1265.**Ame e não sofra** – Walter Riso
1266.**Desapegue-se!** – Walter Riso
1267.**Os Sousa: Uma famíla do barulho** – Mauricio de Sousa
1268.**Nico Demo: O rei da travessura** – Mauricio de Sousa
1269.**Testemunha de acusação e outras peças** – Agatha Christie
1270(34).**Dostoiévski** – Virgil Tanase

271.**O melhor de Hagar 8** – Dik Browne
272.**O melhor de Hagar 9** – Dik Browne
273.**O melhor de Hagar 10** – Dik e Chris Browne
274.**Considerações sobre o governo representativo** – John Stuart Mill
275.**O homem Moisés e a religião monoteísta** – Freud
276.**Inibição, sintoma e medo** – Freud
277.**Além do princípio de prazer** – Freud
278.**O direito de dizer não!** – Walter Riso
279.**A arte de ser flexível** – Walter Riso
280.**Casados e descasados** – August Strindberg
281.**Da Terra à Lua** – Júlio Verne
282.**Minhas galerias e meus pintores** – Kahnweiler
283.**A arte do romance** – Virginia Woolf
284.**Teatro completo v. 1: As aves da noite** ***seguido de*** **O visitante** – Hilda Hilst
285.**Teatro completo v. 2: O verdugo** ***seguido de*** **A morte do patriarca** – Hilda Hilst
286.**Teatro completo v. 3: O rato no muro** ***seguido de*** **Auto da barca de Camiri** – Hilda Hilst
287.**Teatro completo v. 4: A empresa** ***seguido de*** **O novo sistema** – Hilda Hilst
289.**Fora de mim** – Martha Medeiros
290.**Divã** – Martha Medeiros
291.**Sobre a genealogia da moral: um escrito polêmico** – Nietzsche
292.**A consciência de Zeno** – Italo Svevo
293.**Células-tronco** – Jonathan Slack
294.**O fim do ciúme e outros contos** – Proust
295.**A jangada** – Júlio Verne
296.**A ilha do dr. Moreau** – H.G. Wells
297.**Ninho de fidalgos** – Ivan Turguêniev
298.**Jane Eyre** – Charlotte Brontë
299.**Sobre gatos** – Bukowski
300.**Sobre o amor** – Bukowski
301.**Escrever para não enlouquecer** – Bukowski
302.**222 receitas** – J. A. Pinheiro Machado
303.**Reinações de Narizinho** – Monteiro Lobato
304.**O Saci** – Monteiro Lobato
305.**Memórias da Emília** – Monteiro Lobato
306.**O Picapau Amarelo** – Monteiro Lobato
307.**A reforma da Natureza** – Monteiro Lobato
308.**Fábulas** ***seguido de*** **Histórias diversas** – Monteiro Lobato
309.**Aventuras de Hans Staden** – Monteiro Lobato
310.**Peter Pan** – Monteiro Lobato
311.**Dom Quixote das crianças** – Monteiro Lobato
312.**O Minotauro** – Monteiro Lobato
313.**Um quarto só seu** – Virginia Woolf
314.**Sonetos** – Shakespeare
315(35).**Thoreau** – Marie Berthoumieu e Laura El Makki
316.**Teoria da arte** – Cynthia Freeland
317.**A arte da prudência** – Baltasar Gracián
318.**O louco** ***seguido de*** **Areia e espuma** – Khalil Gibran
319.**O profeta** ***seguido de*** **O jardim do profeta** – Khalil Gibran
320.**Jesus, o Filho do Homem** – Khalil Gibran
321.**A luta** – Norman Mailer
322.**Sobre o sofrimento do mundo e outros ensaios** – Schopenhauer
323.**Epidemiologia** – Rodolfo Sacacci
1324.**Japão moderno** – Christopher Goto-Jones
1325.**A arte da meditação** – Matthieu Ricard
1326.**O adversário secreto** – Agatha Christie
1327.**Pollyanna** – Eleanor H. Porter
1328.**Espelhos** – Eduardo Galeano
1329.**A Vênus das peles** – Sacher-Masoch
1330.**O 18 de brumário de Luís Bonaparte** – Karl Marx
1331.**Um jogo para os vivos** – Patricia Highsmith
1332.**A tristeza pode esperar** – J.J. Camargo
1333.**Vinte poemas de amor e uma canção desesperada** – Pablo Neruda
1334.**Judaísmo** – Norman Solomon
1335.**Esquizofrenia** – Christopher Frith & Eve Johnstone
1336.**Seis personagens em busca de um autor** – Luigi Pirandello
1337.**A Fazenda dos Animais** – George Orwell
1338.**1984** – George Orwell
1339.**Ubu Rei** – Alfred Jarry
1340.**Sobre bêbados e bebidas** – Bukowski
1341.**Tempestade para os vivos e para os mortos** – Bukowski
1342.**Complicado** – Natsume Ono
1343.**Sobre o livre-arbítrio** – Schopenhauer
1344.**Uma breve história da literatura** – John Sutherland
1345.**Você fica tão sozinho às vezes que até faz sentido** – Bukowski
1346.**Um apartamento em Paris** – Guillaume Musso
1347.**Receitas fáceis e saborosas** – José Antonio Pinheiro Machado
1348.**Por que engordamos** – Gary Taubes
1349.**A fabulosa história do hospital** – Jean-Noël Fabiani
1350.**Voo noturno** ***seguido de*** **Terra dos homens** – Antoine de Saint-Exupéry
1351.**Doutor Sax** – Jack Kerouac
1352.**O livro do Tao e da virtude** – Lao-Tsé
1353.**Pista negra** – Antonio Manzini
1354.**A chave de vidro** – Dashiell Hammett
1355.**Martin Eden** – Jack London
1356.**Já te disse adeus, e agora, como te esqueço?** – Walter Riso
1357.**A viagem do descobrimento** – Eduardo Bueno
1358.**Náufragos, traficantes e degredados** – Eduardo Bueno
1359.**Retrato do Brasil** – Paulo Prado
1360.**Maravilhosamente imperfeito, escandalosamente feliz** – Walter Riso
1361.**É...** – Millôr Fernandes
1362.**Duas tábuas e uma paixão** – Millôr Fernandes
1363.**Selma e Sinatra** – Martha Medeiros
1364.**Tudo que eu queria te dizer** – Martha Medeiros
1365.**Várias histórias** – Machado de Assis
1366.**A sabedoria do Padre Brown** – G. K. Chesterton
1367.**Capitães do Brasil** – Eduardo Bueno
1368.**O falcão maltês** – Dashiell Hammett
1369.**A arte de estar com a razão** – Arthur Schopenhauer
1370.**A visão dos vencidos** – Miguel León-Portilla

IMPRESSÃO:

PALLOTTI
GRÁFICA

Santa Maria - RS | Fone: (55) 3220.4500
www.graficapallotti.com.br